3일
전쟁

친일파의
완전 척결

姜必元 지음

로일전쟁

좋은땅

-1부-

여의도 국회의사당

'아니야. 거기까지는 아닐 거야. 설마 그렇게까지? 내가 너무 과민 반응인가? 그래도 이게 어디까지 이어질지 은근히 겁이 나네.'

여의도 의사당 앞을 흐르는 밤의 한강은 그냥 검은색이다. 그와 대조적인 연한 푸른색으로 칠한 실내의 벽 무늬는 푸른색이 강조하는 그대로 맑고 푸른 기운을 띠고 있지만 그의 마음마저 맑고 푸르게 하지는 못했다.

이미 며칠 동안이나 책상 앞에 놓인 파일 뭉치를 읽느라 거의 숙면을 못 한 그에게는, 이 파일의 내용이 가리키는 종착지가 어둠 속 희미한 그 어디인가에 초점이 맞춰져 있어 과연 혼자만 이 내용을 알고 있어야 하는가?라는 점에 머리끝이 쭈뼛 곤두서게 만드는 공포와는 또 다른 그 무언가 때문이었다.

앞에 놓인 커피잔을 들다가 멈춘 그는 손에 들고 있는 두꺼운 파일을 다시 한번 들여다보았다. 그리고 다시 컴퓨터에 눈을 옮기고 검색을 시작했다. 잠시 후 화면에 뜬 전화번호 하나를 깊이 응시하며 머리에 새긴 그는 옆에 놓인 A4 용지에 뭔가 옮겨 적었다.

1: 유학 대상 학교

* 어느 학교인가?

* 그 학교 재학 시의 장학금 후원은 누가?

기업?

민간 단체?

2: 연관된 기업

* 전범 기업?

* 그들과의 접촉점은?

3: 머문 시간과 장소

* 하숙집?

* 유학, 또는 장학금 지원 유학? 연수 기간은?

* 체류 기간 중 학자금, 혹은 체류비용 수령은 누구에게?

4: 현재 국내의 사회적 위치

* 정치(국회, 사법, 검, 경찰)?

* 교육계(특히 역사학계)?

* 경제계(친일 후손)?

* 군 인사?

* 언론계 인사?

5: 자주 접촉하는 인물, 단체와 그 구성은?

* 점 조직?

* 선 조직?
* 피라미드 조직?

며칠 동안 수없이 읽은 후 파악한 문제점을 A4 용지에 일일이 옮겨 적는 그에게 밤이 주는 어둡고 무거운 그림자의 무게는, 마치 앞을 볼 수 없는 사람과 다를 바 없이 그의 마음을 답답하게 만들었다. 이렇게 정리하고 보니 연관된 고리의 종착지가 눈에 보이는 듯했고, 그 종착역은 바로 친일파들의 친일 활동이 누군가에 의해 조직적이고 치밀한 계획적인 책략을 가리키는 듯한 감을 지울 수 없었다. 그러나 이 의문투성이 흔적에서 그가 해야 할 일은 친일 색이 강한 보수층 주요 인사들이 풍긴 냄새를 따라가며 그들이 곳곳마다 흘린 더러운 찌꺼기들이 무엇을 뜻하는지, 그것을 어떻게 파악하고 처리해야 하는가였다.

그는 모두 옮겨 적은 A4 용지 3장을 착착 접은 후 책꽂이의 흰 봉투를 꺼내 그 속에 조심스레 넣었다.

'그래. 이게 시작이야. 시작은 끝이 있어야 하니까 그 끝을 꼭 봐야지.'

그의 얼굴엔 굳은 결심과 함께 도전에 굴하지 않는 미소가 떠올랐다.

-4월 3일 21:00-

뉴스첩보 유튜브 방송국

방송 기자재가 어지럽게 흩어져 의자 위까지 널브러진 케이블 선을 밀어 버린 이영현은, 핸드폰 소리에 의자 위로 털썩 주저앉으며 폴더 폰을 꺼내고 소리 질렀다.

"예. 이영현입니다. 누구신지요?"

"여기 여의도입니다. 이영현 기자님 맞으시지요?"

"네. 제가 이영현입니다만, 여의도 누구십니까?"

'여의도? 이 밤중에 누가? 왜?'

늦은 저녁을 짬뽕으로 때우고 이 사이의 음식 찌꺼기를 헛바닥으로 밀어내던 이영현은 가볍게 놀랐다.

그의 통화에 옆 의자에 앉아 광화문 광장의 시위대를 보여 주는 유튜브 중계 화면에서 눈을 뗀 정찬식 보도국 실장이 고개를 위로 치켜세우며 누구냐고 입 모양으로 물었다.

이 기자는 그를 향해 고개를 끄덕거리며 '잠시만요'라고 입으로만 말했다.

"안녕하세요? 이 기자님. 저 민주당 김형식 의원실의 현진규라고 합니다."

"아~~ 현 선생님? 그러시군요, 네네. 그런데 이 밤중에 웬일로 연락을 주셨습니까?"

"하하. 기자님이 밤늦게까지 수고하시는데 나라고 늦게까지 일하지 말란 법이 있나요? 그나저나 한번 이야기 좀 나누고 싶은데요, 시간이 나실지 궁금합니다. 이 기자님의 전문 분야에 대해서 말입니다."

"친일파 때려잡기 말씀이십니까? 영광입니다. 현 비서님. 시간만 알려 주시면 제가 찾아뵙겠습니다."

옆에서 대화를 듣던 정찬식의 눈이 크게 떠졌다.

"그러시면 혹시 내일은 어떠신가요?"

"네 알겠습니다. 일정 제치고 가겠습니다. 제가 내일 오전 중으로 의원님 사무실로 찾아뵐까요?"

"아니, 아니, 여기 말고 적당한 카페 같은 곳 있으면 알려 주시지요. 거기서 만나면 어떠신가요?"

그가 황급하게 말했다.

'카페? 적당한? 그것도 중간 비서진을 거치지 않고 수석 보좌관이?'

"네. 그럼 미사리 쪽은 어떻습니까? 좀 멀어서 힘드실까요?"

"아닙니다. 거기도 괜찮아요. 차라리 조용해서 좋을지도 모르지요."

"마침 제가 알고 있는 곳이 있습니다. 미사리 조정 경기장 중간쯤의 강과 달 카페는 어떠십니까?"

"아~~ 강과 달?"

마치 알고 있는 듯한 말투다.

"보좌관님도 강과 달 알고 계십니까?"

"아니. 모릅니다. 가 봐야 알지요. 하하하~~"

"네. 내일 오전 11시는 괜찮으시겠습니까?"

"좋습니다. 그 시간도 적당하겠어요. 내일 거기서 만날까요?"

여의도에서 이름난 협상의 달인으로 알려진 김형식 의원의 수석 보좌관 현진규 역시 언변이 능한 사람이다.

'그런 사람이 내게 전화를?'

무게 잡지도 않고 가볍지도 않으면서 강단 있는 김형식 의원의 언행은 야당 정치인 중에서 매우 특출한 스타일이었다.

하긴 화를 내거나 막무가내로 밀어붙이는 스타일은 절대 아니어서, 그의 협상은 대부분 상대와의 큰 충돌 없이 원만하게 합의점을 찾아내는 능력이 있기에 그의 존재감은 유독 돋보였다. 더구나 여의도에서 큰 비중은 아니라고 할 수 있는 문화교육 상임위원회 소속이기에 그의 은근한 기질은 그의 신중함을 한층 깊이 있게 만들었다.

'대체 무슨 일이기에 이렇게 급하시지?'

혼잣말이 저절로 나왔다.

'더구나 이 밤중에 말이야.'

옆 의자에서 이영현의 통화를 듣던 정찬식 실장은 그에게 궁금증이 담긴 눈길을 주며 물었다.

"어이~~ 특종이야?"

"어이구~~ 실장님. 특종이면 좋겠습니다. 가 봐야 압니다."

맥없이 엉덩이를 들고 의자를 툭툭 털며 말했으나 그는 현 보좌관의 어투에서 뭔가 알 수 없는 무거움을 느꼈다.

지금의 대통령은 취임하자마자 그 무능과 포악성이 드러나서 거의 매일 시위대의 함성이 서울 시내를 진동하고 있다. 뉴스 첩보의 전 직원들은 광화문, 시청 앞, 그리고 대통령 집무실이 있는 예전 용산의 미군 부대로 뿔뿔이 흩어져서 취재하기 바쁘고, 저녁이 되면 한두 사람만 제외하고 모두 사무실로 모여서 밤늦게까지 취재록을 훑으며 회의하고 편집하기 바빴다.

'이 와중에 국회의원 보좌관 나리께서 만나자고 하다니…'

산뜻한 봄날 미풍이 한강 변을 달리는 이영현의 승용차 차창을 열게 했다. 한창때인 29세의 영현은 차창 밖으로 미사리 조정장의 푸른 물이 보이고, 한가한 봄날의 여유를 즐기며 길가의 자전거 도로를 따라 산책하는 사람들이 울긋불긋한 옷으로 치장한 채 오가는 모습이 한없이 평화롭게 느껴졌다. 카누 경기장 사거리에 이르러 좌회전 신호를 받은 그의 승용차가 강변 넘어 숲 뒤쪽으로 이어지는 도로로 우회전했고, 곧이어 내비게이션에서 친절한 안내 음성이 들렸다.

"목적지 부근입니다."

그의 승용차가 목적지에 도착하자 멘트는 끊겼고 그는 차에서 내려 길 건너 아담한 1층짜리 카페를 둘러보았다.

현진규는 단정하면서도 어깨 폭이 넓은 이영현이 카페 문을 열고 들어서는 모습을 보자 즉시 손을 들며 아는 척했다.

"이 선생님. 저 여기 있습니다."

현진규가 그를 선생님이라 부르자 그는 즉시 그 뜻을 알아챘다.

"아이쿠~ 현 사장님. 안녕하십니까? 먼저 오셨네요? 늦어서 죄송합니다. 이영현 인사드립니다."

"아~ 오셨군요. 여기 앉으시지요. 사진에서 보던 느낌과는 전혀 다른 분이시네요?"

그의 소탈한 음색은 이영현의 마음을 편하고 가볍게 해 주었으며, 그 모습은 평소 김 의원 옆에서 보여 주던 모습과 크게 다르지 않았다.

현진규는 이영현의 순발력에 매우 감탄하며 물컵을 들고 한 모금 마시고는 말을 꺼냈다.

"이 선생님도 커피 한 잔 드시지요."

"주문하셨습니까? 저야 뭐 아무거나 좋습니다. 현 사장님 드시고 싶으신 커피라도 있습니까?"

'제길~~~!! 소위 잘나가는 사람을 만나면 이렇게 격식을 따져야 해서 골치야.'

"제 사진 보셨나 봅니다."

"그럼요. 오늘 만날 분인데 얼굴은 알아야지요. 그나저나 저도 젊은이들처럼 아메리카노 한잔하고 싶은데 이 선생님은?"

"전 경로당 커피입니다. 하하하~~~ 흉보시면 안 됩니다."

"경로당? 그건 또 뭔가요?"

"그러실 줄 알았습니다. 사장님. 커피 한 스푼, 프림 두 스푼, 설탕 세 스푼입니다. 하하~~"

그의 눈치를 보며 말하고 싶었으나 그건 그의 스타일이 아니었다.

"그런데 사장님 혼자 오셨습니까?"

"아닙니다. 한 사람은 차에 있고 한 사람은 저기 저쪽에 있어요."

하며 한쪽 구석을 가리켰다. 그곳에는 산뜻한 양복 차림에 날카로운 눈매의 청년은 넘었고 중년은 아직인 30대 후반쯤의 남자가 앉아 있었다.

자신의 주장이 강하고 의지가 굳은 사람들은 굳이 타인의 눈치를 보지 않는다. 그렇다고 주위에 쌓은 담이 높지도 않지만 얕지도 않을 만큼의 높이를 가지고 사회생활을 하는 이영현에게, 뜻하지 않은 야당 국회의원 수석 보좌관과의 만남은 결코 가볍게, 그렇다고 무겁게 느껴서도 자신의 본분에는 어울리지 않는다고 판단했다.

'나는 어디까지나 사실에 입각한 기사야말로 내가 추구하는 최종 목적이고, 그 기사를 세상에 내놓을 때는 반드시 정의와 진실에 입각하며, 부당하고 허술하거나 거짓된 소식은 내 취재 테이블 위에 올라갈 수 없다.'

그는 뚜렷하고 확고한 소신으로 살벌한 정치 뉴스를 취재하면서도 중심을 잃지 않았으며 덕분에 거짓과 불법이 판치는 보수 여당 쪽 인사들은 그를 매우 싫어했다.

"이 선생님. 오늘 뵙자고 한 문제는 부탁 하나 드리려고 모셨습니다."

"아~ 저야 뭐 큰 건수라면 자다가도 벌떡입니다. 사장님."

"하하. 거기까지는 잘 모르겠지만 아무튼 저는 선생님의 날카로운 지적에 매일 탄복하고 있는 사람 중의 하나입니다. 혹시나 누가 압니까? 나중에 그렇게 될지도요."

"네? 나중에요? 지금 당장 때리면 안 됩니까?"

실내의 인테리어는 젊은 여성들 취향에 딱 맞게 아기자기한 스타일이다.

'이런 낯간지러운 스타일이 뭐가 중요한가? 오늘 내 귀에 들어오는 대화의 무게가 중요하지.'

현 보좌관은 어젯밤 김 의원이 그에게 지시하며 이 일이 얼마나 막중한지, 그리고 그 지시의 이행이 얼마나 어려울지 그 과정의 험난함을 두 번, 세 번 강조한 점을 상기했다. 그렇기에 오늘의 만남과 그 속에 숨겨져 있는 의원님의 심려는 대단히 깊다는 것을 되새기며 이영현과 만나야 했다.

'신중하자. 쥐도 있고 새도 있으니 신중하자.'

현 비서가 그의 두 눈을 똑바로 바라보며 낮은 목소리로 말했다.

"다름이 아니고 이 파일을 좀 검토해 보시고 연락을 주신다면 고맙겠습니다. 이 선생님! 우리는 이 선생님의 명성을 익히 알고 있기에 믿을 수 있는 분인 걸 잘 알고 있습니다."

그리고 양복 안주머니에서 작은 USB를 슬며시 꺼내어 테이블 위의 계산서 밑으로 숨기더니 계산서를 그에게 밀었다.

"오늘 커피값은 선생님이 한턱 쓰시지요!"

'그래. 바로 이거야. 이건 뭔가 있어. 틀림없어.'

"아니. 초면에 저에게 바가지 씌우시는 건가요?"

이영현의 대꾸에 현진규는 날파리 쫓듯 손을 휘휘 저으며 부정의 몸짓을 했다.

"그럴 리가요. 오늘은 제가 신세 지고 다음에는 세 배로 갚아 드리려고 마음먹었는데 모르셨나 봅니다. 그나저나 요즘 선생님 회사 운영 방향은 올바로 잡고 계시지요?"

"그게 뭐 요즘 여러모로 시국이 시끄러워서 간단치 않습니다. 현 사장님께서 많이 가르쳐 주시면 정말 고맙겠습니다만."

"아~~ 그 말씀 저도 공감합니다. 하지만 세상이 매일 시끄러울 수는 없겠지요. 물고기는 물을 만나야 살 수 있으니까 우리 물이 들어올 때까지만 버텨 볼까요?"

"그럼 저는 어서 빨리 밀물만 들어오길 기다리겠습니다."

그는 계산서를 자기 앞으로 쭉 끌어당겨서 테이블 끝에서 떨어뜨리며 잽싸게 손을 오므려 계산서 밑의 물건을 손에 꼭 쥐었다.

"오늘 커피는 제가 대접하겠습니다. 다음에는 꼭 사장님께 한 잔 얻어먹겠습니다."

더 이상 나눌 말은 없었다.

바짓가랑이가 휘날리도록 벌떡 일어선 이영현의 얼굴에는 이미 흐뭇한 미소가 떠올랐다.

'이건 특종감이야. 뭔진 몰라도 감이 오는데?'

그날의 업무를 마친 이영현은 집에 들어오자마자 노트북을 켜고 김 의원이 건네준 자료를 들여다보았다. 김 의원이 건넨 자료는 대부분 추정에 의한 논거였으나, 일부분에 있어서는 그 추론이 대단한 당위성을 갖고 있었기에 이영현은 밤새는 줄 모르게 깊이 빠져들기 시작했다.

다음 날 이영현은 출근하기 전 즉시 어딘가로 전화했다. 그리고 그의 전화를 받은 사람과 오후에 만날 약속을 잡았다.

그의 전화를 받은 권기만은 IT 계통에서 한국 제1의 얼굴 없는 해커라 불리는 trspnt(Transparent=투명)이었다.

권기만은 이영현과 서울 **중학교 동창이다. 그들의 학창 생활은 다른 친구들과는 조금 다른 독특한 관계였다. 어딘가 모를 음울한 분위기의 기만은 친구들과 대체로 잘 어울리지 못했고, (못했는지 안 했는지는 잘 몰랐다) 그의 가정환경에 대해서도 잘 알지 못했으나 어느 날 우연한 기회에 그와 친해질 기회가 생겼다.

영현이 중 2병에 걸려 매일 게임에 빠져 학교 옆 PC방에서 스타크에 꽂혀 죽어라 키보드만 두드리다 결국 상대에게 처참하게 깨지고 나온 어느 날, PC방 1층 복도에서 서성거리던 그를 발견했다.

'보나 마나 복도 모퉁이에서 담배 피우고 나오겠지!'

"야. 기만이. 너 여기서 뭐 하나? 겜 하러 왔나?"

"어. 그래. 영현아. 넌 끝났어? 어떻게 됐나?"

"아이 씨~~ 말도 마라. 비참하다. 지금."

"어이구. 신나게 깨졌구나. 열받겠네?"

"말 걸지 말라니까 그러네."

"알았다. 말 안 걸면 되지 뭘 열 내고 그래?"

기만이 잠시 그를 쳐다보더니 말을 이었다.

"야. 영현아. 내가 그 새끼 복수해 줄까?"

"니가? 너 스타크 하는 거 한 번도 못 봤는데 너도 하나?"

"응. 나도 좀 한다."

그리고 둘은 다시 PC방에 들어갔다.

그날 기만은 영현에게 키보드 위의 손가락이 보이지 않을 정도로 날아다니며 상대를 무참히 깨 버리는 모습을 똑똑히 보여 줬다. 알고 보니 기만은 남들 모르게 컴퓨터에 많은 시간을 쏟아부어 그 방면엔 또래들보다 훨씬 뛰어난 실력의 소유자였다.

그리고 둘은 그날부터 절친한 사이가 되었다. 그렇지 않아도 전부터 영현은 말이 없고 공부도 별 흥미 없어 보이고 잘하지도 못하는 스포츠에만 열성인 기만을 관심 깊게 바라보고는 했으나, 그에 대해 아는 게 거의 없는 자신을 느끼며 언젠간 기만과 친해지고 싶은 마음은 있었다.

그리고 기만이도 영현과 같은 취미가 있었는데, 그 사실은 나중에야 기만이도 중국 무협 소설광인 것을 알았을 때였다.

영현은 어릴 때 할아버지께서 흑석동에 살고 계셨고 그곳에서 동네 만화방을 운영하셨는데, 만화방 구석의 책꽂이에는 오래된 해적판 중국 무협 소설이 잔뜩 꽂혀 있었다. 손자인 영현이의 집은 할아버지 만화방과 가까이 있어서 영현은 일요일마다 작가의 이름조차 생소한 그 무협지들을 옆에 끼고 살았다.

그런데 기만이도 무협지를 좋아하는 것이 아닌가?

당시에는 중국 무협 작가 김용 씨의 여러 무협 소설이 판을 치던 시절이라 그와 기만이는 김용 씨의 소설 말고도, 그보다 훨씬 오래전의 무명 무협 작가들 책부터 시작해서 해적판 무협지들까지 공짜로 밤새는 줄 모르고 읽었던 기억이 있었다.

영현이 성장한 후 힘들게 사는 서민층의 고달픔에 눈을 뜬 계기가 바로 그 오래된 무협지 덕분인 것 같았다. 어릴 때 지독한 고통 속에 성장한 주인공이 어느 날 기연을 만나 천하무적의 무림 고수가 되어 악한 자를 무찌르고, 어렵고 가난한 사람들을 위해 자신을 희생하며 그들을 돕는 장면은, 어린 영현이지만 그의 영웅심을 자극하는 줄거리였으나, 그 내용이 철없는 중학생이었던 영현의 감성을 자극해 깊이 물들인 것은 어찌 보면 천성이 착한 그에게는 당연한 결과일지도 몰랐다.

덕택에 그날 PC방의 만남을 계기로 둘은 더욱 친해졌고, 무협지 탐독하는 취미까지 같았으니, 그들은 친하지 않을 수가 없었다.

영현이 오랜 시간이 흐른 후 알게 된 사실 또 하나는 그의 집안이 여수 순천 반란 사건 때 억울하게 숨진 민간인 희생자 집안이었고, 그 살아 있는 증인이 그의 할아버지였다는 것도 알게 됐다. 그의 집안을 박살 낸 인간은 당시 자유공화당 정권 국방부 장관을 지낸 선정철이었고, 그는 떠도는 소문에 의하면 일본도로 사람 목을 참수한 경력도 있다고 했다. 영현은 기만의 입을 통해서 그의 집안이 그때부터 주위에서 빨갱이 집안이라고 소문나기 시작됐고, 말이 안 될 정도의 어려운 고생이 시작되었다는 것도 알게 됐다.

영웅심이란 어느 한순간에 갑자기 이루어지는 것은 아니다. 영현이 정신적으로 성숙해 가던 사춘기 때, 기만과의 만남을 기점으로 세상 바라보는 눈을 뜨기 시작했다고 봐도 과언이 아니었다.

그 둘은 성장해서도 질긴 우정을 이어갔으며 기만은 어느새 IT 계통의 얼굴 없는 국내 제1의 해커로 인정받는 컴퓨터 박사가 되어 있었고, 밖에서는 각종 온라인 게임의 우승권에 항상 머무르는 존재로 변해 있었다.

하지만 그 누구도 게임계의 황제 rainbow가 그 유명한 해커 trspnt 인 줄은 몰랐다.

그날 저녁 영현은 그런 기만을 만나 내용을 설명하자 기만도 크게 공감하며 의기투합해 즉시 김 의원의 USB에 담긴 내용을 들여다보기 시작했다. 그리고 USB 마지막 구절에 이르자 각자 깊은 생각에 잠겼다.

-저 친일파들의 악행이 뜻하는 바를 짐작하면서도 아무런 제재를 가하지 못한다는 사실이 우리나라를 좀먹고 있습니다.
나는 민주주의 국가는 법치로 사회질서의 임계점을 지킨다는 사실에 안도하면서도, 그러나 내심 법 이상의 잣대로 저들을 처벌할 수 있는 그 무언가가 있으면 좋겠다는 생각을 수도 없이 했습니다.
하지만 나는 공직에 매인 몸이라 그러한 생각이 있다고 해도 실행할 수 없는 사람입니다.
결국 여기까지 생각이 미치자, 이 의혹을 들춰내어 사실로 확인하기 위해서는 공직자가 아닌 외부 활동에 큰 제약이 없는 누군가의 도움이 필요했고, 또 친일파 척결은 나뿐이 아닌 대다수 국민이 지지와 공감을 표한다는 것도 알기에, 그분들 중 누군가의 도움을 얻고자 심사숙고 끝에 결국 이 기자님께 수고를 끼치게 되었습니다.
부디 민족의 정기를 올바로 세우고 국가의 미래를 밝힐 횃불이 되고자 하는 나의 마음을 이해하셔서 이 친일파를 몰아내는 일을 도와주시면 고맙겠습니다.

절절한 마음으로 부탁드립니다. -

시간은 속절없이 흘러 저녁이 되고 배가 슬슬 고프기 시작했다.

영현이 기만에게 말했다.

"기만아. 우리 밥부터 먹고 이거 다시 생각하자."

"그래. 근데 난 밥맛도 없을 것 같다."

"그래? 왜?"

매서운 눈빛의 기만은 눈빛에 걸맞게 체형도 호리호리해, 누구나 첫눈에도 무척 예민한 성격이란 것을 알 수 있다.

그가 화면을 가리키며 말했다.

"봐라. 김 의원님이 바라보는 관점이 결국 저놈들의 정체가 어딘가 한 곳을 가리킨다고 판단하지 않냐? 나도 이 의문투성이 자료를 보니 분명히 누군가의 사주이거나, 그게 아니라면 저 인간들의 욕심을 채우기 위한 뭔가의 미끼가 틀림없이 있다고 보는데 넌 어떠냐?"

"그래. 니 말이 맞을 거 같다. 나도 그래서 너를 불렀고 이 자료를 시작으로 저 인간들 한바탕 뒤집어 보고 싶어서 그런다. 분명 거꾸로 세워서 털다 보면 뭔가 나올 것 같은 기분이네~!"

"응. 이 정도면 분명 뭔가 나올 거 같지? 일단 밥 먹으러 가자."

그 둘의 의기투합으로 얻은 결과물이 동북아, 아니 전 세계 정세를 완전히 뒤바뀌게 될 단초로 이어질 줄은 그 둘은 물론이고 그 누구 하나 몰랐다.

뉴화이트 조직의 자문 역을 맡고 있는 서울 Y 대 임영우 명예교수는 강의를 나갈 때, 교수실 문 앞 복도에 푸른 점퍼를 입은 웬 학생이 강의 나가기 전에 서 있는 것을 봤는데, 강의 마치고 올 때도 그 학생이 보였다.

그 학생은 복도 벽에 기대선 채 책을 보다가 임 교수가 다가오는 모습을 보곤 그의 앞으로 나서며 꾸벅 인사를 했다.

"교수님 안녕하십니까? 저는 J 대학 정외과 복학생 19학번 유경식이라 합니다. 다름이 아니라 제가 일본에 갈 일이 있어서 교수님께 자문을 얻고 싶어 불쑥 찾아뵙게 되었습니다."

"그래? 그런데 왜 날 찾아왔지?"

"대한민국에서 교수님만큼 일본을 잘 아시는 분이 어디 계시겠습니까? 저도 교수님처럼 일본 공부를 많이 하고 싶어서 찾아뵙습니다."

임 교수는 그를 아래위로 훑어보고 말했다.

"그렇다면 나중에 연락하고 오게."

그는 시큰둥한 모습으로 대꾸하고 문으로 돌아섰다.

그 학생은 그가 문을 여는 모습에 황급히 말을 덧붙였다.

"네. 감사합니다. 교수님. 그런데 저의 부모님께선 제가 일본에 대해 더 공부하고 싶어 하는 것을 달가워하시지 않으십니다. 그래서 저의 처지가 조금 곤란하지만, 부모님께서 아무리 그러셔도 제 생각은 부모님과 다릅니다. 제 친구 중 몇 명도 교수님의 가르침을 받고 싶어 합니다. 다만 저희는 이 학교 학생이 아니기에 교수님 강의를 들을 기회가 없어서 그게 안타깝습니다. 하지만 언제 어디서든 저와 친구들 모두 교수님께 일본에 대해 많은 가르침을 받고 싶습니다. 후에라도 시간 되셔서 연락을 주시면 꼭 찾아뵙겠습니다."

그가 전화번호와 e-메일 주소가 적힌 포스트 잇 쪽지 하나를 꺼내 임영우 교수에게 내밀며 싱글벙글 웃었다.

경식은 임 교수가 쪽지를 받아 들고 읽는 사이 그를 향해 꾸벅 절을 하며 뒤돌아서 복도를 걸어갔다. 임 교수는 당혹한 모습으로 그의 뒷모습을 보았다.

유경식은 초봄 대학가의 젊고 싱그러운 정취를 가슴 깊이 들이키며 교문을 나선 후 폰을 들고 이영현에게 전화를 걸었다.

-4월 13일 19:00-

핸드폰에 모르는 주소의 네이* 메일 알람표시가 뜬 것을 본 경식은, 친구들과 저녁 식사를 마치고 집에 들어와서 컴퓨터를 켜고 의자를 끌어당겨 털썩 주저앉았다. 그리고 메일함을 열어 보고 그 메일이 임 교수가 보낸 메일인 것을 알았다. 경식은 내용을 읽은 후 그것을 그대로 복사해 이영현에게 메일로 보낸 다음 머리 뒷짐을 지고 의자 깊숙이 등을 기댔다. 메일의 내용은 간단해 크게 주목할 만한 점은 없었으나, 그래도 이게 첫걸음이기에 분명 큰 성과가 있었다.

-유 군 보게나.

유 군과 유 군 친구들의 일본을 향한 관심이 어떤 종
류의 관심인지는 모르겠으나 그래도 나에게 자문을
얻겠다는 점을 고맙게 생각한다네.
그 관심이 일본의 어떤 분야에 관한 관심인지 내용을
조금 더 세밀하게 구체적으로 알려 주면 내가 아는
만큼 답을 주겠네.-

-4월 14일 14:30-

유경식은 이영현의 전화번호가 뜨자마자 얼른 받았다. 이영현이
말했다.

"경식아. 임 교수 멜 봤는데 그 정도 내용이면 니가 답장 보내도 될
거 같지? 답장 이 메일 보낼 때 어떤 내용으로 보낼지 우리 그거 의논
좀 하자."

그리고 이영현의 말이 한참 이어졌고 경식은 고개를 끄덕였다.

영현이 말했다.

"너 우리 집 알지? 내일 저녁 6시까지 우리 집 근처에 와서 전화해
라. 가까운 곳에서 저녁 먹으면서 이야기 다시 하자. 그리고 내일 만
날 때 금방 말한 친구도 같이 만난다. 그렇게 알고 와라. 알았지?"

"그래요. 형. 난 형이 이 일에 대해 솔직히 말해 줘서 고마워. 내가
항상 느끼는 것이지만 형은 너무 솔직해. 그래서 형이 좋은가 봐."

"그래. 고맙다. 어쨌거나 이 일은 얼렁뚱땅 넘어갈 일은 아니다.

기왕 하는 김에 확실한 결과를 얻어야 하고, 또 할 거면 목숨 걸다시피 해야 할 거 같다. 이게 어디 보통 문제냐?"

"그건 그래요. 형이 알아서 계획 잘 짰을 테니 난 그냥 형이 하라는 대로만 할게요. 그 형도 이 일에 적극 찬성이지요?"

"당연하지. 그 친구 할 일에 우리 일의 성패가 달렸어. 그러니까 우리, 특히 경식이 니가 얼마나 잘하느냐에 따라 결과도 좋을 거다. 그렇게 알고 내일 보자."

"응 알았어. 형, 그럼 내일 봐."

-4월 15일 18:00-

이영현은 방송국을 나와 경식과 기만을 만나기로 한 식당으로 갔다.

태양이 온종일 하늘을 달리다 서산 꼭대기에 걸터앉아 가쁜 숨을 헐떡이며 내뿜는 초저녁의 따뜻한 미풍이, 상쾌하다 못해 살갗이 간지러울 정도의 쾌감을 느끼게 했다.

영현의 집이 있는 혜화동에서 멀지 않은 초원식당은 그저 그런 동네 주택가에 자리 잡은 한식당이다.

기만은 엉성한 차림새와 허약한 모습으로 문을 열고 들어와서 영현의 앞자리에 앉았다.

"왔냐? 시간이 좀 걸렸구나."

"그럼, 이문동이 가깝냐? 당연히 시간 걸리지. 그 친구는 아직 안 왔구나."

"응 오겠지. 너도 메일 봤지? 혹시 좋은 생각 떠오른 거 있어?"

그의 질문에 기만이 말했다.

"그래. 있지만 너하고 이야기해서 결론 내야지."

"알았다. 일단 이야기해 봐라."

기만의 설명은 간단했다. 자신이 개발한 해킹 바이러스를 임 교수 컴퓨터에 침투시키면 그다음부터는 알아서 작업이 진행되는 구조라고 설명했다.

"그러니 이걸 경식이 친구에게 전 해주고 경식이가 문구 적당히 넣거나 뺀 다음 보내면 된다. 그다음부터는 모든 일을 일사천리로 처리할 수 있으니 큰 걱정은 없을 거야."

"그나저나 이거 분명 불법 맞지?"

영현이 근심스레 질문하자 기만이 웃으며 말했다.

"그거 불법 아니라고 우기면 간단하다. 경식이도 여기 바이러스 묻어 있는 줄 몰랐다고 하면 어떡할 건데? 내 블로그에 누군가 바이러스 심어 놓았는데 내가 컴퓨터 귀신이 아닌 바에야 어떻게 그걸 알겠느냐고 우겨 봐. 너라면 어떻게 반박할래?"

컴퓨터에 관해서는 기만의 말은 믿어도 될 정도라서 영현은 "그런가?" 하고 말았다.

영현의 폰이 울렸다. 영현은 받자마자 말했다.

"경식아. 너 지금 어디냐?"

"응. 그래? 그럼 그 사거리에서 조금 직진하면 세븐 일레븐 편의점 옆으로 우측 골목이 보인다. 그 골목으로 조금만 들어오다 보면 초원 식당이 보이는데 우리 지금 거기 있으니 들어와라."

경식은 잠시 후 도착했다. 그들은 저녁 식사를 마치고 커피숍으로 자리를 옮긴 후 경식은 자세한 설명을 들었다.

다음 날 경식은 기만의 말에 따라 메일 내용을 약간 수정한 후 임 교수에게 보냈다.

-교수님,

교수님을 향한 저의 기대감이 어긋나진 않은 것 같아 정말 감사드립니다.

교수님께서 시간 내 주서서 저의 친구 2명과 같이 교수님 찾아뵙고 지도를 받을 수 있다면 저희에게는 크나큰 영광입니다.

그리고 저의 친구가 일본에 대한 우리의 생각을 온라인에 올린 블로그가 있습니다.

만약 보실 기회가 있으시다면 저희 판단 중 어떤 점이 부족한지, 어떤 면을 더 부각해 일본과의 건설적인 관계를 확대할 수 있는지 지적해 주시면 더욱 감사하겠습니다.

혹시나 저희가 무례한 점이 있다면 널리 이해해 주시기를 바라며 블로그 주소를 첨부하겠습니다.-

https://m.blog.naxxx.com/ ~~

누군가가 이 주소를 클릭하는 순간 해킹 바이러스는 굴러가게 돼 있다.

-4월 16일 17:00-

기만은 컴 앞에 앉아 듀얼 모니터로 게임에 열중하고 있었다. 화면 하나는 임 교수가 자기의 컴퓨터에서 경식의 블로그에 접속 즉시 해킹이 가능하게 비워 뒀고, 옆의 모니터로는 Westover Islands(레이싱 게임의 일종)에 집중하고 있었다.

그의 차가 커브에서 앞서 달리는 메르세데스를 추월하는 그 순간, '딩동' 하며 임 교수가 경식이 보낸 메일에 접속하는 신호음이 들렸다.

기만이 즉시 화면 앞에 정좌하며 키보드 위에 열 손가락 모두 얹은 채 해킹 프로그램을 작동하기 시작했다. 이 해킹 프로그램이야말로 그의 별명인 'trspnt'라는 별칭이 대한민국을 넘어 전 세계에서 제법 이름깨나 알려진 해커들이 모두 알고 있는, 투명한 그림자 속에 숨어 있는 기만이 만든 해킹 프로그램이었다.

"그래. 이 나쁜 놈들. 이제 시작이다. 뭐가 나오나 보자. 내가 너 같은 친일파들 조상 3대까지 탈탈 털어서 아주 껍데기까지 벗겨 놓을 테다."

기만은 이 작업을 위해 그와 정치적 견해를 같이하면서 이 일을 추진할 만한 믿을 수 있는 친구 몇 명을 머릿속에서 떠올렸었다. 물론 그들 모두가 컴퓨터를 가지고 노는 게이머들이다.

한참의 생각 끝에 그가 점찍은 친구 5명이 있었지만, 그들이 어떤 반응을 보일지가 의문스러웠다. 기만은 결국 그들 각자와 만나서 직접 이야기하는 방법을 택했고 그중 김진환, 민중구, 강동환 3명의 동의를 얻고 나서야 일을 시작할 수 있었다.

그들은 게임산업과 게이머를 바라보는 보수 정치인들의 정치적 방향성에 대해 깊은 불신과 반감이 있었기에, 친일파 수색에 참여하자는 기만의 취지에 쉽게 공감했다.

-4월 20일 10:00-

혜화동 이영현 자택

권기만, 김진환, 민중구. 강동환, 유경식의 5명은 영현이 혼자 살고 있는 혜화동 제일 아파트 25층 집에 모여 회의에 들어갔다.

영현은 그들 모두의 기대에 찬 눈빛을 보고 안심했다. 그는 친구들을 거실 소파에 앉으라고 권하고 커피포트에서 진한 향이 풍기는 커피를 한 잔씩 따르고 나눠 줬다.

영현이가 말했다.

"기만아. 난 일 때문에 많이 도와주지 못하겠다. 이 일은 기만이 니가 알아서 잘 처리해 줄 거지? 작업은 우리 집에서 하든가, 아니면 편하고 좋은 다른 곳 있으면 해라."

기만이 말했다.

"알았어. 작업은 우리가 알아서 할 테니까 걱정 마."

"그래. 난 방송국 오래 비우지 못해서 먼저 간다."

영현의 뒤를 이어 그들도 뒤따라 영현의 집을 나와 곧장 기만의 집으로 옮겼다.

그리고 곧이어 김 의원의 파일을 참고로 하며 각자의 조사 범위를 정했다. 이에 따라 유경식은 현재 알려진 극렬 친일파 조직인 뉴 화이트 조직의 조사를 맡았다.

김진환은 해방 후의 전체 일본 유학생 중 알려진 인물의 현재와 과거 행적에 대한 탐색을 맡았으며, 강동환은 각종 언론에 보도된 친일 기사를 매개로 해 친일 기사를 작성한 언론인과 기사 내용에 언급된 친일 인물의 검색에 들어갔다.

민중구는 발로 뛰어야 할 일을 맡았다.

마지막으로 권기만은 침입하기에 가장 어려운 이동통신사에 접속해 오래전부터 친일파로 알려진 인물과 그 주변 인물들 연락망을 확보하기로 했다.

이렇게 현 비서가 비밀리에 부탁한 전대미문의 사건을 밝히기 위한 진행 방향과 취지를 깊게 토의하고 각각 할 일을 지정한 후, 약 2개월 동안의 작업을 거쳐 그들이 털어낸 먼지 속에는 실로 기가 막힌 내용이 들어 있었다.

-6월 15일 20:20-
이문동 권기만 자택

그들은 임 교수 컴퓨터의 숨겨진 비밀을 시작으로 임 교수와 연관된 인물들이 나눈 메일, 전화 등의 연락망 등을 모두 찾아낸 후, 이틀이나 걸려 임 교수와 연결된 인물들에 대한 조사를 마치고 그 내용을 작성, 완료한 결과를 파일로 정리하고 보니, 임 교수란 인간이 단순한 친일 성향의 대학교수는 아니라는 점을 파악했다.

기만이 말했다.

"정말이지 이 새끼들 이걸 보니 완전 간첩에 매국노들이구나. 이런 놈들이 여태 나라를 갉아먹고 있었으니 나라가 시끄러웠지. 이건 절대 가만 내버려 둘 수가 없네~"

경식이 말했다.

"기만이 형. 아직 남은 작업이 있을 것 같은데 형은 어떻게 생각해?"

옆에 있던 동환이가 말했다.

"뭔데? 니가 생각하는 남은 일이 뭔데?"

"동환이 형. 난 암만 봐도 이 개새끼들이 분명 돈줄도 꿰차고 있는 걸로 보여. 형들은 어떻게 생각할지 몰라도 이 나쁜 놈들이 과연 맨입에 이런 짓거리 했을까?"

기만이 말했다.

"거야 당연히 뭔가 돌아오는 대가가 있으니 했겠지. 그게 돈이 아니면 뭐겠어?"

진환이가 말했다.

"그러면 이놈들이 거래하는 은행도 뒤져 봐야겠네?"

동환이가 말했다.

"은행까지? 그건 너무 엄청난데?"

기만은 이 작업의 끝이 최종적으로는 그들의 은행 계좌를 털어내서 결과를 찾아내야 한다는 것을 느끼고 일단 작업을 여기서 끝내야겠다고 판단했다.

기만이 입을 열었다.

"우리 작업은 일단 여기서 마치자. 더 나갈 수도 있겠지만 은행은 우리도 벅찬 일 같으니까. 너네는 어때?"

모두가 깊은 침묵에 잠겼다.

허공을 노려보며 깊은 생각에 잠겨 있던 중구가 입을 열었다.

"그래. 기만이 말대로 일단 여기서 마치자. 이걸 정리해서 건네주고 우리 일은 여기서 끝내면 어떻겠냐?"

중구가 모두를 돌아보며 말하자 그들은 고개를 끄덕이며 긍정의 표시를 보였다.

이들 5명이 느낀 분노의 감정은, 분노를 넘어 참담할 정도였다.

다시 컴퓨터 앞에 앉아서 이 내용을 한 눈으로 볼 수 있게끔 정리하는 데 또 이틀이 더 걸렸다. 그리고 권기만은 친구들에게 양해를 구하고 영현이에게 연락했다.

-6월 21일 17:00-

여의도 김형식 의원 사무실

핸드폰 진동에 현진규는 옆 직원 모르게 폴더 폰을 슬쩍 꺼내어 화면에 뜬 이름을 보았다.

사무실 안의 키보드 두드리는 소리가 마치 호수에 던진 돌멩이의 파문이 퍼지듯 넓게 퍼지고 있었으나 그는 폰 화면에 뜬 이름을 본 즉시 키보드를 밀어 넣은 후 의자에서 일어났다.

"누구야? 약속이야?"

건너편 테이블의 홍보실 차석 비서인 박명철이 키보드를 두드리다 그를 힐끗 쳐다보며 물었다.

"아니야. 시끄러우니까 나가서 받을게."

"알았어. 저녁 약속이면 나도 끼워 줘. 어때?"

믿지 않은 그의 농담에 현 비서는 씩 웃었다.

"그래 그렇게 할게. 근데 돈은 자네가 내야 해."

"어이쿠야~! 안 가고 만다. 안 가고 말어."

그의 가벼운 푸념을 뒤로하고 문을 나서서 복도에 나온 현진규는 폰을 귀에 대며 주위를 둘러보았다. 대리석으로 만든 마름모형의 사각 타일이 깔린 복도에는 작은 발소리도 크게 들린다.

그의 귀에 지나다니는 구둣발 소리가 들리지 않자. 그는 작은 소리로 말했다.

"네. 현진규입니다. 잠시만요. 여긴 좀 시끄러우니 밖에서 전화하겠습니다."

의사당 현관 밖으로 나온 그는 눈앞 대로에 펼쳐진 짙은 초록빛 나뭇잎이 초여름 바람에 흔들리며 춤추는 몸짓에 기분이 슬며시 풀어지는 것을 느꼈다. 현진규는 두어 계단을 내려가 털썩 앉더니 손에 든 핸드폰을 바라보며 재다이얼을 눌렀다.

"네~! 접니다. 바쁘시지요?"

여의도 눈칫밥은 확실히 효과가 있다. 쉼 없이 의사당 계단을 오르내리는 사람들, 국회의원과 그 보좌관, 택배 기사님, 수시로 순찰하는 경비원들, 저 멀리에는 여의도 나들이하는 한가한 사람들과 현정부를 규탄하는 시위대의 핸드마이크 소리가 들려왔다.

'모두들 바쁘게 사는구나. 목적이야 다들 있겠지만 그래도 지금 이일만큼 큰일이 있을까?'

그가 김형식 의원에게 파일의 내용에 대해 대충이나마 들은 후에는 국가에 이 일보다 더 중요한 일은 없다고 느꼈다.

주위에 사람들이 뜸할 즈음 그는 마음 놓고 대화를 시작했다.

"네. 저 이영현입니다. 전에 현 선생님이 저에게 전해 주셨던 의원님의 그 파일 혹시 보좌관님도 보셨나요?"

"아니요. 보진 못했고 의원님께 말씀만 들었습니다."

"아~~ 그러시면 전해 주시면 좋겠는데요. 내용이 대충 정리되는 중입니다. 이거 전해 드리려면 이틀 정도 좀 걸릴 것 같다고 말씀해 주시겠습니까? 그리고 완전히 정리해서 메일로 보내드리려고 하는데 괜찮을까요?"

기자의 촉이 무섭긴 무서운가 보다.

'그래, 그는 믿을 만한 사람이야.'

"네 그럼요. 메일이 좋겠습니다."

일이 제대로 진척돼 가는 중인 것 같았다.

"알겠습니다. 그럼 자료 정리 완비하고 보내드리겠습니다."

"네. 그럼 부탁드립니다. 감사합니다."

그는 155만 원짜리 폴더 폰 뚜껑을 덮었다.

'이제 시작인가?'

한낮의 따스함은 이제 바야흐로 한여름을 맞이하려는 듯한 느낌이다. 그러나 이와는 반대로 그의 속내는 싸늘하기만 했다.

세상사 피고 지다 깨닫지도 못하는 새 종말 맞이하는 법. 그러나 시작이 있기에 종말은 반드시 따라온다. 그는 지금의 시작이 부디 좋은 결말이 되면 좋겠다는 간절한 바람으로 의원님께 보고드릴 말을 머릿속으로 정리했다.

-6월 21일 18:00-

이문동 권기만 집

모두 각자 정리한 자료를 취합해 권기만의 컴퓨터에 입력한 그들은 크게 한숨 돌리고 모여 앉았다.

기만이 말했다.

"니들도 알겠지만 이건 누가 봐도 법을 어긴 일이야. 그리고 내용 자체도 나라가 뒤집어질 내용이니까 우리 모두 일단 오늘로 헤어지고 모두 잠수 타라. 나머지 일은 내가 알아서 할 테니 나중에 연락하고 다시 모이자. 어떠냐?"

사안의 심각성에 대해 모두가 뭐라 형용할 수 없는 감정이 극심하게 회오리치고 있었기에 자리가 무거울 수밖에 없었다.

중구가 말했다.

"그러자. 그게 낫겠다. 자료는 힘들겠지만 기만이 니가 정리하고 알아서 처리해라."

그들은 매일매일 모여 작업을 하면서 친일파를 향한 느낀 분노와 절망 등 온갖 감정을 권기만의 방에 남긴 채로 각자의 컴퓨터를 챙겨 떠났다. 그들이 뿌린 씨앗이 어떤 결과를 초래하게 될 줄도 모르는 채…

그날 저녁 모든 작업을 끝마치고 권기만은 임 교수 컴퓨터의 C: 드라이브에 새 파일 하나 만든 후 파일명을 지어 추가했다. 파일명은 trspnt였다. 누군가 그 파일을 들여다보면 거기엔 딸랑 (.) 하나 들어 있을 뿐이다. 그 (.)이 바로 그의 트레이드 마크였고, 이 마크를 보고 해커 친구들이 그의 별명을 trspnt라 지어 준 것이었다.

권기만은 언제든지 임 교수 컴퓨터를 볼 수 있도록 연동했으며, 자기의 계정으로 로그인하지 않으면 삭제 불가능하게 만들었다.

기만이 그 모든 자료를 취합해 보니 실로 엄청난 양이었다. 그는 밤늦도록 두 번, 세 번 다시 점검하고, 자료를 완전히 정리하면서도 찜찜한 기분을 떨칠 수 없었다.

'왜 저들 중 많은 인물이 중학교 졸업반 또래의 아들과 방학 중에 일본으로 갔을까?'

뭔가 이상함을 느낀 기만은 결국 명단에 올라 있는 소년들 이름을 1950년대 이후부터 시작해 2000년대까지의 방일 인사들과 김 모 군, 윤 모 군 등 성으로만 표기하고, 전체 이름은 알려지지 않는 소년들의 기록을 그 당시 정부 각 부처(외무부, 내무부, 문교부) 등의 공무원 출장 기록, 기타 인물들은 시중의 신문 기사와 각종 언론 기록 등을 샅샅이 수색해 오래된 여행 기록에서 대조한 후, 확인했고 그 기록을 토대로 그들의 가계(家系)를 일일이 추적해 정확한 실명을 확보했으며, 당시 소년들이 성장한 후, 현재의 사회적 위치까지 확인해 작성한 명단을 따로 정리하고 파일로 만들어 깊이 숨겼다.

그 인원들의 총 숫자는 무려 1,200여 명에 이르렀다.

기만은 혹시나 하는 마음에 영현에게 그 사실을 말해 주며 반드시 혼자만 간직하라고 부탁하면서 그 명단을 건넸다.

그리고 그 명단은 추후 친일파 정체를 밝히는 가장 중요한 키포인트가 됐으나 그때까지 기만과 영현은 전혀 알 수 없었다.

-6월 22일 10:00-

여의도 민주당 이명재 의원사무실

정국은 본격적으로 요동치기 시작했다. 대통령 자신과 그의 가족에 얽힌 부정과 비리, 그리고 사기 사건 등, 온갖 얼룩진 사건으로 인해 광화문 광장에 모이는 인파의 숫자가 주말마다 늘어나고 있었다. 교복 입은 학생, 나이 지긋한 노인들, 이젠 젊은 여대생들까지 모여서 시위에 합류해, 이순신 장군 동상 앞의 트럭 위에 마련한 주최 측의 확성기에서 토해 내는 추임새 소리에 맞춰 '물러가라 윤기열, 구속하라 김근화'라는 외침이 이른 여름의 광장을 가득 덮었다. 날씨조차 시위대를 도와주는 것 같았다.

그러나 대통령은 대통령 놀이에 취해 세월이 가는지 국민이 편한지 도대체 관심은 없고, 자신만의 담 안에서 자신의 심복들(주로 검찰 출신들)에 둘러싸여 누군가를 표적으로 화살을 겨누는 중이었다.

가장 중요한 표적인 민주당 대표 이명재 의원은 지난 대선에서 아깝게 낙선했으나, 자신의 낙선은 자신의 패배가 아닌 민주주의의 패배라 말하며 깨어 있는 국민의 큰 호응을 얻었다.

그렇다.

아직 민주주의란 단어가 주는 무게감을 제대로 인식하지 못하고 있는 일부 사람들은, 자신의 무력함을 대신 발산해 주는 조직을 거느리는 사람을 따르게 되고 그가 민중을 이끌어 주길 바라며 대리만족을 느끼는 경우가 많다. 막강한 힘을 가진 초인의 위력을 눈으로 보고 싶어 하는 극히 일차원적인 사고방식에 찌든 사람들이 특히 더 그랬다. 그래서 고대에는 왕이 필요했고 현대에 와서는 투표에 의한 집권자가 그 대표적 인물이 된 것이다.

그러나 오랜 세월을 거쳐 사람들의 필요성에 의해 시민이 주체가 되는 성숙한 민주적 시민사회로 발전한 서양에 비해, 아시아 대륙 동쪽 끝에 자리한 대한민국은 민주적 사고방식에 익숙한 시민사회가 제대로 자리 잡지 못했다. 왕정에서 식민지로, 그리고 식민지의 핍박을 겨우 벗어나자마자 전 세계를 휩쓴 동서 냉전의 피해로 민족상잔의 비극을 경험했으니 이러한 동·서 이념 전쟁의 와중에서 근대적 민주주의 사상이 싹틀 기회조차 없었고, 이러한 소용돌이를 극복하지 못한 채 결국 극단적 좌우 이념의 진흙탕에 빠져 지금껏 그 굴레에서 벗어나지 못하는 것이다. 하지만 어쨌든 현대 민주주의 체제는 모든 이들의 불만과 호응, 반대와 찬성을 아우르며 투표로 자신의 권리와 삶의 방향을 행사하는 가장 정직한 제도임에는 이견이 없었다.

세상만사 완벽한 삶이 대체 어디 있는가?

인간은 절대 그 완벽을 손에 쥘 수 없지만, 그곳에 다다르기 위해서는 자신이 추구하는 일에 대해 상식선과 보편성을 지닌 대책을 세워서 실행으로 나아가는 길이 가장 큰 무리가 없을 것이다. 하지만 그 보편성과 상식선을 갖추지 못한 부류의 판단력은 결국 주관적인 판단으로 치우치기 마련이며, 사실에 입각하고 그 사실이 알려 주는 객관적 징표는 당연히 무시된다.

왜냐하면 자기의 생각과 판단만이 옳고 상대의 판단은 틀린다고 생각하기에 심각한 갈등이 일어날 수밖에 없는 것이다.

그들은 타인의 생각이 자신과 다르다는 점을 깨닫지 못하고 오히려 틀렸다고 생각한다. 틀렸다고 생각하기에 다툼이 일어날 수밖에 없으며, 다름과 틀림의 차이점을 이해하려 들지 않는 이러한 인식이야말로 민주적 사고의 기본을 망각하는 일이다.

민(民)은 단수(單數)가 아닌 복수(複數)다. 혼자만의 백성이 있는가? 혼자만을 위한 국가가 있는가?

이 점을 깨우치지 못하는 부류의 단점이 바로 타인과 자신의 다른 점을 인정하지 않는 점이다. 틀린 점이 아닌 다른 점을 말이다. 틀림과 다름의 반대말을 보면 알 수 있는데도 불구하고 그 차이를 모르면서 알려고 하지도 않는 부류, 그 부류들 덕분에 민주적 사고방식이 자리 잡지 못한 사회가 바로 우리 사회다. 그렇기에 그들은 다름과 같음, 틀림과 맞음을 판단할 때 애초에 그 기준을 어디 둬야 하는지조차 모른다. 오직 자신의 주관과 비뚤어진 편파적 사고방식만이 올바르다고 믿으며, 미래를 설계할 때 현실 상황에 대한 객관적 고찰도 무시한 채 그저 짐작과 편견으로만 우기기 일쑤였다.

삶이란 우리 각자가 장밋빛 미래를 기대하는 희망의 발걸음을 옮기는 여정을 뜻해야 한다. 비록 그 발걸음이 향하는 길이 파멸의 길일지라도 사람들은 미래를 알 수 없기에, 당연히 그 길이 꽃길이고 옳은 길이라 믿으며 걸음을 옮기고 있다.

그 미지의 미래에 대해 누가 감히 틀렸다고 단정할 수 있단 말인가? 상대의 주장이 틀렸다고 주장하는 사람이야말로 편협한 사람이라 하지 않을 수 없다. 미래를 향한 올바른 길은 알지도 못하면서 자기 뜻과 주장에 적합하지 않다고 떠들며 상대에게는 틀렸다고 말하는 편협함.

그러나 과연 우리는 그 미래를 향한 올바른 길을 찾아갈 수 있을까? 그 길을 찾은 사람은 역사 이래 아무도 없다.

누군가가 이 길이야말로 바른길이라고 주장해도 그 길은 나와는 다른 길이 아닌 틀린 길이라 주장하는 사람들이 반드시 나타나기에, 세상은 온갖 갈등이 번지고 그로 인한 역사의 중심점은 시대에 따라, 위정자의 뜻에 따라 엄청난 변화와 굴곡을 겪어 왔다.

그러나 지금은 과거를 따지기보다는 미래를, 그리고 그 미래를 위해서는 각자의 다름을 인정하고 다른 점의 차이를 찾아서 그 간격을 좁혀야 한다.

그것이야말로 민주주의가 지향하는 진정한 정치사상이다.

그러므로 지성적으로 높은 위치에서 각각의 다른 점을 바라보고 찾아내어 그 간격을 좁히려 노력하는 것이 올바른 길일 것이다.

그러나 누군가는 이미 비뚤어진 관성에 의해, 그리고 이기심과 자신의 아집을 지키기 위해 그 길을 가지 않는다면 그건 이미 미래에 대한 구상이 없다는 이야기와 마찬가지다.

진심으로 미래를 위한다면 같은 시대, 같은 공간을 살아가는 내 옆 사람과 손을 잡고 가는 것이 가장 올바른 선택이 아닌가? 상대의 주장은 틀린 것이라고 목청 높이 외치며 자신만이 옳다고 우기는 사람에게 통할 수 있는 말은 거의 없다.

'행동뿐이다. 그렇기에 이제부터 나는 행동으로 옮기겠다. 실천하지 않는 지성은 위선이다.

그렇지만 어떻게? 하지만 나는 찾아야 하고 찾을 것이다.

나는 차기 대선에서 반드시 이 점을 강조해 피력할 것이다.'

-6월 26일 14:00-

국회의사당 김형식 의원사무실

딩동, 소리와 함께 폰에서 e-mail 뜨는 소리가 들렸다.

책상 위의 폰으로 눈을 슬쩍 돌리자, 폰 상단에 작은 알림 문자가 떴다,

-새 메일 이영현 님으로부터-

현진규는 김형식 의원의 다음 일주일 일정을 검토하던 손을 멈추고 메일로 들어갔다.

-보낸 사람- 뉴스첩보
newsshadow@newsshadow.org

23. 06. 26 14. 02. 28

안녕하십니까?
그동안 연락 뜸했던 점 사과드립니다.
제법 많은 조사와 탐사가 불가피해 답신이 늦은 점을
널리 양해해 주시길 바라며 다음과 같은 사실을 알려
드립니다.

1. -친일반민족행위진상규명위원회-에서 밝혀진 대로 친일 인명사전에 등록된 자들의 후손 중 거취를 알 수 있는 후손 총 1,177명

2. 1950년 이후 일본 유학생 총 인원= 교육 당국의 취재 비협조로 실제 유학 인원 파악 불가(대략 45,000명으로 추산)

3. 해방 후 각종 문서와 신문 등 언론을 통해 파악한 유학생 중 일본 문부과학성의 장학금 수혜 학생 3,275명
* 생존자 284명
* 현직 56명(현재 13명이 친일 행적을 보이고 있음)

4. 해방 후 일본 기업(전후 전범 기업으로 등록된 기업) 장학금 수혜자 1,487명
* 전범 기업이 투자한 회사의 장학금 수혜자도 포함
* 생존자 141명
* 현직 67명 中 현재 44명이 전범 기업과 인적, 물적 정기적 유대관계 유지

5. 상기 4,762명 중 국가 공무원 2,320명(선출직 공무원 326명 포함)
* 총 생존자 425명
* 현직 143명(유신 체제 동조 인사 105명)
* 현직 중 정보계통(국정원, 군 정보기관 포함) 114명 중 73명이 친일 행보 중, 또는 의심

* 법조계 전, 현직(검, 경 포함) 63명(48명이 친일 행보 중)

6. 교육계 종사 인원 643명

* 생존자 78명

* 현직 52명(뉴 화이트 등의 노골적 친일 인사 47명)

7. 경제계 인사(대기업 이사 이상 고위직) 231명

* 생존자 34명

* 현직 13명(정치적 중립으로 파악)

8. 언론 종사자 364명

* 생존자 86명

* 현직 56명(유신 독재체제, 친일 기사 옹호 인사 51명) (참조 사항: 전국 일간지 극우 보수편향 인물, 종편 방송 극우 보수 패널, 인터넷 방송 기자의 보수 진영 옹호 발언을 통한 간접 친일 행위자=전국 기자 11,000여 명 중 70%에 달함, 이를 근거로 본다면 친일 행위의 선봉은 이들이라고 추정함)

9. 군부 인사 212명

* 생존자 76명

* 현직 21명(우익 장성급 이상의 인사 17명)

10. 종교계 인사 402명

* 생존자 186명

* 현직 143명(대형교회 고위 간부, 친일 행적 다수)

* 종교계 인사는 대체로 1970년 이후의 유학이었으며 이 중 대부분이 일본 우익정치권 인사, 재계(전범 기업, 혹은 이에 준하는 기업) 인사들과 유대관계를 맺고 있으며, 저들은 따로 비밀리에 조직된 단체가 있다고 추정

이는 저들의 금융 계좌까지는 확인하지 못했기에 내린 추론이며 사실 증빙은 불가

11. 총평

① 이외 친일파 1세대(1945년 이전)의 직, 방계 후손 등의 6촌 이내 친척 관계인 자 일본 유학 숫자 862명

② 상기 현직 인물들의 현 직책 권한은 최소 맡은 직무에서의 결정권 지니고 있음

③ 이들의 현재 친일 행위는 정계, 사법계, 교육계, 언론계의 4분야에서 특히 두드러짐

④ 나머지 590명의 상태는 파악하지 못함

이들은 사망, 혹은 은둔으로 추정하며 그중 접근 불가 등의 이유로 인해 현재 상황을 알 수 없는 사람 41명

⑤ 또한 일본 유학생 중 진보 인사로 분류할 수 있는 이름도 제법 있음

다만 이들을 자세히 알아본 결과 대다수가 일본 극우
인사, 혹은 국내 친일 인사들과의 접속은 없었음
파악한 인물 중 중복, 기재된 인물도 있으며 이들은
각각의 범주에 합산했음
이 외에도 알지 못하는 인물이 있을 수 있으며 그들
에 대해서는 추적하지 못했음

일본 유학 중 일본인과 자주 접촉한 한국인 유학생,
또는 직무파견차 방일한 인물들은, 저와 뜻을 같이하
는 동료들이 파악한 결과 그 대부분이 우익, 또는 보
수 계열의 인사들이었으며, 상대 일본인들은 재계인
사가 가장 많았고 정치계의 인물(자민당) 접촉도 많
았습니다.
이 사실로 볼 때 저 인물들은 이미 유학 전부터 친일
행위에 동조했다고 보이며, 틀림없이 선대부터 친일행
각에 동조, 또는 가담했다고 봐도 무방하리라 봅니다.
그리고 여기 적힌 교육계 인물 중 선대부터, 혹은 당
대에 사학 재단을 설립해 운영하며 재학생 중 우수한
성적을 올린 자를 임의로 선별해 일본 유학을 제공하
거나, 혹은 일본 학생을 교환학생으로 초청해 이미지
세탁을 한 징후도 있으며, 이 숫자는 이 외에도 상상
조차 할 수없이 많을 것 같으며 줄잡아 8,000여 명의
인물이 연관된 것으로 보입니다.

이상으로 보아 저들의 뒷배경을 오래전의(5.16 쿠데타쯤?) 금융 거래 내역을 시작점으로 삼고 조사해서 현재까지의 경로를 추적한다면 더욱 확실한 증거를 찾을 수 있으리라고 판단됩니다.

그러나 우리 활동은 분명한 법적 한계가 있기에 금융 계좌 추적까지는 하지 못했습니다.

이 점 양해 바랍니다.

실제 조사에는 매우 많은 땀을 흘렸던 점 알려드리며, 또한 이 사실은 극비에 속한다는 점도 알고 계시리라 믿습니다.

저들의 실체를 더 이상 깊이 파악하기에는 저의 능력이 한계에 다다랐기에 제가 파악한 인사들의 명단만 제출하겠습니다.

P/S

이 종합 보고서는 그동안 국내에서 지속적인 친일행각을 보인 신(新)친일파 중 누군가의 자료에서 시작해 결부된 인물들의 추적을 통해 얻은 결과물입니다.

그렇기에 이 내용은 세상에 공개되어서는 극히 곤란하며 관계자 몇 분만 알고 계신다면 고맙겠습니다.

내용이 너무나 충격적이라 저와 저의 친구들은 이 메일을 끝으로 당분간 이 사실이 세상에 공개적으로 알려져도 별 탈 없을 때까지 잠수하겠습니다.

혹시라도 저에게 연락하실 일이 있으시면 정찬식 실
장님께 문의해 주시면 감사하겠습니다. -

첨부파일에는 그동안의 행적으로도 친일파가 틀림없는 수많은 인
물의 이름이 각자 현재의 직업, 메일 주소, 연락처 등 기초 자료를 포
함해 적혀 있었다. 물론 오래전의 기록은 주로 일제 치하의 어용 언
론과 그 외 각종 출판물기록 등을 통해 알려진 내용이 근거였다.

현 보좌관에게서 자료를 넘겨받은 김형식 의원은 거의 까무러칠
지경이 되었다. 이들은 거의 모두가 온라인 방송인 뉴스**에서 발간
한 《친일과 망각》이라는 책에 등재된 친일파들과 가까운 인척이나
혹은 친구, 아무리 좁게 잡아도 그 이상의 관계가 확실했다.
김 의원은 심각한 고민에 빠졌다.
'친일파들의 행적이 이토록이나 뿌리가 깊다고? 이제 어떡하지?
그래도 나는 이 일을 시작했으니 그 결말은 보고 말겠다.'
그는 단단히 각오하고 권기만의 자료에 자신의 견해를 더해 새로
이 문서를 작성했다.

-6월 28일 16:00-
민주당 여의도 중앙당사

조용한 사무실에 폰 소리가 낮게 울려 퍼졌다. 홍희윤 사무총장은

미처 진동으로 돌리지 못한 자신을 질책하며 흰색 업무용 폰을 들었다.

"총장님 안녕하십니까? 저 김형식입니다. 혹시 통화 가능하신지요?"

"네. 의원님 반갑습니다. 여전히 바쁘시지요? 의원님의 통화야 언제든지 환영합니다. 다른 분의 통화는 불가능하지만요. 하하하~~"

사무총장의 꾸밈없는 작은 농담으로 시작한 통화는 통화가 길어질수록 벽에 찬물을 끼얹듯 차가운 냉기가 흘러내리기 시작했다.

"그렇습니까? 그럼 전 당장 대표님께 연락드리고 긴급회의 소집하겠습니다."

"네. 제 생각도 그렇습니다. 그렇게 추진하시면 더 좋겠지요."

"잘 알겠습니다. 그러시면 의원님은 몇 분을 염두에 두고 계십니까?"

"평소 대표님께서 염두에 두신 분들이 계시겠지요."

"네. 알았습니다. 초긴급으로 대표님께 말씀드린 후 소집하겠습니다."

그날 저녁 8시 이명재 대표의 지시에 따라 중앙당사 소회의실에 민주당 고위 인사 몇몇이 속속 입장했다. 민주당 수뇌부의 긴급회의가 비공개로 열리자, 기자들이 숙덕대며 기웃거렸으나 비서진에서 비공개회의라며 언론 매체의 관심을 엄격히 차단했다. 마지막으로 입장한 대변인 정용주 의원의 부리부리한 눈빛이 먼저 참석한 중진 인사 7명 모두에게 고개 인사를 대신하며 자리에 앉았다. 이 자리에는 이 대표의 신임이 두텁고 재야 진보 진영에서도 인정하는 정치적 신망이 높은 인물이 참석했다.

그들은,

당 대표 이명재,

원내대표 안문식,

사무총장 홍희윤,

당 대변인 정용주,

최고위원 박민주,

최고위원 조인혁,

최고위원 김원주,

국회의원 김형식 등 8인이었다.

그들은 회의실에 도착한 후 각자의 자리 앞 테이블 위에 올려 있는 서류를 읽었다.

최고위원 박민주 의원이 심각한 얼굴로 끝까지 읽은 후 서류를 덮고 잠시 기다렸다.

한참의 시간이 지나 모두가 서류를 읽은 것을 확인한 이명재 대표가 코끝에 아슬아슬하게 걸린 안경을 밀어 올리더니 손에 들린 파일을 말아쥐고 시선을 돌리며 좌중을 향해 입을 열었다.

"자. 여러분 오시느라 수고 많으셨습니다. 이 서류는 여러분 모두 보셨지만, 그 특성상 절대 알려지면 안 될 주제를 다룰 자리니까 모두 유념하시고 이야기하도록 하겠습니다."

"맞습니다. 대표님. 이 이야기는 우리만 알고 기록으로 남기지 않았으면 하는데 의원님들께서는 어떠신지요?"

김형식 의원의 제안에 참석자들은 고개를 끄덕거리며 찬성의 뜻을 표했다.

이명재 대표가 말했다.

"나눠드린 파일은 끝까지 읽으셨으리라 믿습니다. 우선 발언하실 분 계시면 발언하십시오."

김형식 의원이 먼저 입을 열었다.

"저는 이 문제는 우리끼리만 알고 있기에는 너무 큰 것 같습니다. 그래서 드리는 말씀이지만 우리와 뜻을 같이하시는 재야인사 분들의 의견도 참조해 대책 회의를 하면 좋을까 합니다."

당 대변인 정용주 의원이 말했다.

"그러신가요? 저도 다 읽고 나니 등골이 오싹할 지경입니다. 저도 그 의견에 동조합니다. 이 내용을 우리만 알고 있다가 혹시라도 대외적으로 밝혀지면 틀림없이 우리 민주당의 정치공작으로 몰아붙이려 할 겁니다."

홍희윤 사무총장도 파일을 보고 생각을 한 결과 같은 결론을 내렸다.

"아마 의원님께서도 같은 뜻으로 확대회의를 진행하시고 싶은 건 아니신지 모르겠습니다."

그는 김형식 의원을 바라보며 동의를 구했다. 김형식 의원은 고개를 끄덕거리며 동감의 표시를 했고 이어서 나지막한 기침 소리와 함께 이명재 대표가 잠시 주의를 환기했다.

"그러시다면 다른 분들께서도 이 내용에 대해 확대회의를 찬성하시는지 알고 싶습니다. 어떠신가요? 여러분?"

'혹시 내가 찾고자 했던 행동의 시작이 바로 이 일은 아닐까?'

가슴속에 피어나는 몇 가지 뜬구름이 매우 느린 속도로 실체를 찾아가고 있는 듯했다.

잠시 후 참석자 8명 모두가 조용히 손을 들며 찬성을 표했다.

"저는 이 일의 처리에 대한 순서를 미리 정하고 실행해야 할 것 같습니다."

사무총장의 발언에 법사위 소속 최고위원 박민주 의원이 벗겨진 앞머리를 슬쩍 쓰다듬으며 손을 들고 발언권을 청했다.

"저의 판단은 이렇습니다. 첫째, 이 사실이 알려진다면 정국에 정말 큰 파문을 일으킨다고 보며, 또 이 사람들(파일을 가리키며)이 만약 이 내용을 안다면 일단 무조건 부인한다고 봅니다. 그리고 또 모르지요. 무고죄나 뭐 그런 걸로 엮으려 할지도요."

정보위 소속인 최고위원 조인혁 의원이 입을 열었다.

"이게 뜻하는 바가 뭘까요? 저는 저들이 각 분야에서 조직적인 활동을 한다고 보입니다만, 그 실체가 보이지 않고 알 수 없으니 움직일 때 정말 조심해야 할 것 같습니다."

박민주 의원이 말했다.

"그럼 우리는 먼저 확대회의에 참석 가능성이 있는 분들을 알아보는 것이 어떻습니까? 물론 이 일을 아는 분이 적으면 적을수록 좋겠다고 생각합니다. 그리고 그 후에 해결 방법을 모색하면 좋지 않을까 합니다."

매사에 신중하고 차분한 박민주는 행동으로 보여 줄 때는 때에 따라 파격적으로 변신하기도 하는 인물이다. 비록 잠시였지만 변장한 채 노숙자 생활도 했으며, 골목길을 다니면서 서민들과의 막걸리 대화도 서슴지 않았다.

그로 인해 얻은 결론은, '옳은 것이 항상 옳은 것은 아니다, 때론 옳지 않은 것이 옳을 때도 있다.'라는 시의적절한 유연성이 그의 자리를 보전해 주었다. 그리고 앞으로도 그는 그 자리를 굳건히 지킬 것으로 모두가 믿었다.

이명재 대표가 입을 열었다.

"우리 이제 일의 경중에 대해 어느 정도 파악했으니 대책을 논의해 볼까요?"

'어려울수록 맺고 끊을 때가 확실해야 하는 법이다. 어물어물하다 보면 때도 놓치기 마련이다. 한번 잃은 기회는 되돌리기 힘들다. 더구나 살벌하기 이를 데 없는 대한민국 정치풍토에서는 더더욱 그렇다. 어디 한두 번 경험했나?'

당 대표 이명재가 다시 입을 열었다.

"제 생각에는 이 기자분이 이 사실이 만약에라도 외부로 알려진다면 정말 위험하다면 위험하다고 할까, 암만 생각해도 곤란한 처지에 처할 것이 틀림없다고 봅니다만 여러분 생각은 어떠신지요?"

이 생각은 아무도 하지 못했나 보다. 파일의 내용에만 집착하던 그들은 서로 얼굴만 마주 보았다.

'그러면 그렇지. 이 중차대한 소식에 다들 눈이 팔렸으니 그럴 만도 하지.'

잠시 후 박민주 의원이 입을 열었다.

"대표님. 아예 저분을 우리 곁에 모시는 건 어떨까요? 사무실 하나 제공해 공개적으로 저분을 우리 곁에 모시면 누가 함부로 사건을 일으키지 못하지 않을까 합니다만, 그리고 철저하게 보호하면 좋지 않을까 합니다. 아직은 저쪽에서도 이 사실을 모르고 있으니 어쩌면 그분에게는 더 좋은 방어막이 될 것 같습니다."

"그렇군요. 박 최고위원님 말씀대로 하는 것도 좋을 것 같습니다. 그럼 다른 분들 생각도 들어보겠습니다. 말씀해 주세요."

대표의 발언에 모두가 깊이 생각에 잠겼다.

국방위원회 소속인 김원주 의원이 입을 열었다.

"그 방법이 가장 좋을 것 같습니다."

모두의 눈이 그에게 쏠렸다.

"제 생각엔 박 최고위원님의 생각이 적절한 것 같습니다. 그래서 어느 의원님의 보좌관으로 초빙해 우리가 보호하면서 그 기자분의 움직임에 큰 제약이 없게 해 드리면 좋을 것 같습니다."

참석자 다수의 고개가 끄덕였다.

박민주 의원도 고개를 끄덕이며 승낙의 표시를 했다.

이명재 대표가 입을 열었다.

"그렇다면 이 기자분 문제는 박 최고위원님께서 잘 해결하시리라 믿겠습니다."

박민주 의원이 말을 꺼냈다.

"대표님 감사합니다. 그리고 저는 외부 인사는 가능하면 적은 수의 재야인사만 초빙하면 좋지 않을까 합니다. 전 법무부 장관님 박윤옥 교수님, 그리고 추민혜 전 대표님이시면 이 일에 대해 깊이 터놓고 의논도 가능하다고 보입니다만."

사무총장 홍희윤이 말을 이었다.

"맞습니다. 인원이 많이 모이면 그만큼 주의를 끌게 되고요. 그리고 마침 당직 인선도 해야 하니까 그분들께 이 내용에 대해서는 함구하고 당의 나아갈 길을 찾고자 좋은 분들을 초빙해 모셔서 같이 당을 이끌고 나가기 위한 회의라 말씀드리고 입당을 권유하고 싶습니다. 그분들이 입당하신 후에 이 사실을 알려드리고 이 문제에 대한 본격적인 해결책을 찾는 방법이 좋지 않을까 합니다."

"좋습니다. 다른 의견들 있으신가요?"

이명재 대표의 발언에 모두 고개를 저었다.

오늘의 첫 만남에서 깊이 이야기하기에는 아직 준비가 덜 된 탓이 컸기에 모두가 부담을 가진 것 같았다.

이명재 대표가 분위기를 파악하고 말을 이었다.

"알겠습니다. 오늘은 이것으로 회의를 끝내는 것이 어떻습니까? 밖에서 비공개라고 떠들며 공연한 소문을 만들고 싶지는 않으니까요."

이명재 대표의 제안으로 회의는 끝을 맺기로 했다.

마지막으로 그들 모두 내용을 머리에 단단히 저장한 후 서류파쇄기에 파일을 일일이 집어넣고 흔적을 깨끗이 없앴다.

이렇게 추후 재야인사를 당직에 선임하기로 한 후, 그들을 포함해 비공개 비밀 확대회의를 결정하고 회의를 끝냈다.

다음 날 아침 뉴스 첩보 방송국의 정찬식 실장은 민주당 대변인 정용주 의원의 전화를 받고 이영현 기자를 호출했다.

경기도 광주의 친척 집에서 은둔 아닌 은둔 생활을 각오했던 그는 정 실장의 이야기를 듣자마자 서울로 달려왔다. 그리고 자초지종을

들은 후 낮 11시에 문래동의 방송국에서 여의도로 출발해 그 즉시 민주당사에 들어갔다. 그러나 이영현이 민주당에 동반 입당하자고 권유한 기만은 거절했다. 이영현에게 주어진 직책은 박민주 민주당 최고위원의 홍보 담당 개인 보좌관이었다.

-7월 3일 10:00-
민주당 중앙당사

민주당 당사 대 회의실 문을 열고 이전 19대 문재연 대통령의 민정수석이었던 박윤옥 교수가 들어섰다. 훤칠한 키에 미남 배우라 불러도 무방할 정도의 빼어난 풍모를 지닌 그는 그가 지닌 학식과 더불어 그의 품위를 한층 더 높여주었다. 세상은 간혹 재야의 뛰어난 인재가 그 능력을 발휘하지 못할 때도 있게 만든다. 한때는 나라 전체가 알아주는 중요한 위치에 있었지만 보수 정권으로 바뀌면서 박윤옥 전 장관은 보수 진영의 집중 표적이 되어 국민의 시야에서 멀어졌으나, 이제 그는 또다시 자신을 필요로 하는 사람들 앞에 서게 된 것만으로도 다행이라 생각했다.

여의도는 어제의 파도가 오늘의 파도가 될 수 없듯 오늘의 권력자도 내일은 그 자리가 어떻게 변할지 모를 정도로 극도의 혼란에 빠져들었다.

그 와중에 자신을 찾는 사람들이 있다는 사실. 물론 그에게 부여된 직책은 민주당 법무팀 팀장이지만 그 위치에서 어떤 일을 해야 할지 아직은 모른다. 법무팀이라는 직책이 당규에서 정해진 정식 직책은 아니라고 했으나 그의 속에 숨겨진 정치적 촉감은 현 정세로 볼 때 틀림없이 법무적인 일이 아닌 뭔가 말하기 곤란한 일로 인해 자신을 불러들인다고 짐작했고, 이는 불행인지 다행인지 그대로 들어맞았다.

첫 출근길의 기자회견에서 그는 자신을 둘러싸고 질문을 하는 기자들에게 이렇게 말했다.

"전 그냥 당에서 지시하는 일만 할 뿐입니다. 당이 안팎으로 위기에 봉착했고 국가의 미래는 그 끝이 보이지 않을 정도로 어두워져 제가 당을 위해서, 국가를 위해서 뭔가 필요한 존재라고 인식하셨기에 당에서 절 부르셨다고 봅니다. 그 외에는 아직 말씀드릴 수 있는 것이 없습니다."

그의 신사적인 말투와 점잖은 풍모는 자칫 유약한 샌님처럼 보일 수도 있었다.

'겉보기가 다는 아니야. 분명히 나는 이전과는 다른 사람이 될 거야.'

가정이 풍비박산되어 아내는 억울한 감옥살이를 하고 있으며 사랑하는 아이들마저 악랄한 정권과 그 앞잡이들로 인해 인신공격에 가까운 피해를 보게 만든 원흉들.

그렇게 박윤옥 전 민정수석 비서의 민주당 입당과 더불어, 추미혜 전 민주당 대표를 상임고문으로 모신 후 이 10인의 민주당 고위 인사를 중심으로 철저하게 대외적 비밀로 하는 친일파 척결 비상대책반 결성이 완료되었다.

그로부터 일주일간 민주당은 매일 10인 고위 간부 특별 대책 회의를 열고 대대적인 인사 세 l 락을 징구하고, /월 13일 대변인을 통한 성명을 발표하며 여당과의 정면 대결을 선포함과 동시에 군사, 교육 분야 전문가 등의 많은 재야 인사에게 당의 주요 직책을 맡겼고, 대외적으로는 국민과 힘을 합쳐 포악한 정권을 몰아내기 위한 각종 가두시위와 원내 시위 등 정략적 대비책을 마련하며 대여 초강경 자세를 내보였다.

재야인사에 대한 기초 정보는 박민주 의원 홍보비서인 전 '뉴스 첩보' 기자 이영현이 오랫동안 기자로 뛰며 얻은 내밀한 개인 자료가 큰 힘이 되었다.

-7월 26일 10:00-
민주당 중앙당사 대회의실

신임 주요 당직 인사들의 비공개 전체 회의가 열리는 회의실 안팎은 무거운 침묵과 당사 건물 전체를 짓누를 만큼 엄숙한 분위기가 풍겼다.

이른 아침부터 대회의실 앞에 삼삼오오 모여 시간이 되기만 기다리던 주요 당직자 26인은 10시가 되자마자 회의실 문을 열고 들어갔다.

언제 착석하고 있었는지조차 모르게 회의실에서 미리 기다리던 이명재 대표의 모습이 회의실 사각 테이블 정면 한가운데 의자에 보이자, 그들은 자신도 모르게 꾸벅 고개 인사를 하고 말없이 지정된 의자에 앉았다.

이어진 회의는 무려 4시간 동안 이어졌으며 당사 앞에서 기다리던 신문, 방송의 언론 기자들은 민주당 주요 인사들이 떼 지어 나오는 모습을 보자마자 마이크와 취재 노트를 펼치고 몰려들었다. 하지만 약속한 듯이 그들 모두가 손사래를 치며 말없이 각자의 차에 올라탔고 카메라맨들은 그들의 뒷모습만 열심히 카메라에 담을 수밖에 없었다.

**(회의 내용: 비공개)

1: 대통령 탄핵 절차 시작과 분임 활동, 소속 국회의원들의 시위 참가 결의 (공개)

2: 1960년 이후부터 전 세계 한국 유학생 분포 자료 교육부에 요구

* 표면적 이유: 전문 교육을 이수한 유학생들의 귀국 지체 이유 파악해 전문학자 및 고급 기술자 부족 사태 대비책과 이에 따르는 정부 차원의 지원 정책 방안 확인 (공개)

3: 대마도 반환 소송에 대한 사전 대책 입안 (비공개)

4: 현 정권의 부도덕성과 여당인 국민의회망당의 이념적 결핍 맹공

* 표면적 이유: 무려 30여 년간 보수 정당의 대선 후보로 외부 인사 내세우는 이유는? (공개)

* 보수 정권 대통령들의 비참한 말로와 연이은 수감

을 바라보는 거시적 시각의 본질은? (공개)

5: 각 기관과 단체의 인맥 중 친일 명단에 포함된 자들
과 관련자들의 동태를 조심스레 파악 요망 (비공개)

이 비공개 전체 회의에서 결의한 안건 중 대변인을 통해 대외적으로 발표한 결정은 1, 2, 4항이었다.

이로써 민주당은 대여 투쟁의 기틀을 확보했으나, 그 길을 걷기 위한 과정은 처음부터 고난의 시작이었다.

그렇지만 미래에 대한 희망찬 기대는 그 어느 때보다도 더욱 높게 다가올 수 있었다.

-10월 21일 14:30-

국회의사당 법사위 국정감사

"아니 이런 큰일도 그냥 덮어두면 없던 일로 됩니까?"

박민주 의원의 호명으로 불려 나온 검찰총장의 얼굴이 벌겋게 달아올랐다.

"의원님. 그렇게 표현하시면 저희가 마치 사건을 축소하는 것처럼 보입니다."

"됐습니다. 덮었어요? 안 덮었어요? 그냥 한마디로 정리해 주세요!"

"아닙니다. 덮지 않았습니다. 분명히 말씀드리지만, 저희 검찰 입장은 모든 사건을 법이 정한 기준에 따라 진행하고 있습니다. 그런

일은 있을 수 없습니다. 의원님."

"그러신가요? 그렇다면 이 문서는 어디서 나온 문서입니까? 지난 번 검찰 조서 문서 아닌가요?"

사건의 주요쟁점은 대통령의 장모인 채 모 여사의 금융사기 건이다. 그러나 이어지는 검찰의 오리발과 줄지어 터지는 민주당의 고함이 어우러진 국정감사는 정국의 혼란을 여과 없이 그대로 대변하는 모습이었다.

온갖 악조건 속에서도 국정감사에서 밝혀지는 대통령 친인척들의 수많은 의혹 사건이 하나둘 밝혀짐에 따라 정국은 더욱더 냉각되었고, 대통령 장모 채 모 여사의 사기 사건부터 시작해, 그 일당들의 각종 사기 사건과 불법 비리 사건의 피해자들이 국정감사장에 나타나서 증언하기 시작하자 이미 극악한 정권의 말로는 그 끝에 다다른 형국이었다.

법사위 국정감사의 쟁점 안건에 대한 답변을 성실히 수행해야 할 지법과 고법원장, 그리고 지방 검, 경찰청 수뇌부들의 오만한 답변과 논쟁의 주제를 벗어난 정치적 발언 등이 어우러져 그야말로 난장판이 따로 없었다. 또한 감사를 성실히 진행해야 할 국민의희망당 소속 각 분과위원장의 편파적인 진행 역시 도마 위에 올랐고, 법사위원장 김도협 위원장은 여당과 합세한 기색이 역력한 사법기관 수장들의 답변을 암묵적으로 옹호하는 발언도 주저하지 않았다.

그야말로 총체적 난장판이었다. 이 장면을 TV 생중계로 생생하게 보는 시민들의 속은 그야말로 열불이 터질 지경이었으나, 우이독경인 여당의 작태는 국회의 신뢰성을 현저하게 떨어뜨렸고 이는 궁극적으로 국민의희망당이 느끼는 긴 국민의 우민화를 반영하는 것이었다.

-10월 21일 23:30-
민주당 김병춘 의원사무실

국회 국방위원회 간사 겸 민주당 최고위원인 김병춘 의원은 창밖으로 희미하게 보이는 한강의 흐름을 바라보았다.

이달 초 민주당 주요 인사 전체 회의에서 결의한 중요 안건은 그의 책상 속에 들어 있었고 그 안건들은 이미 그의 머릿속에 저장되어 있었다.

그는 5년 전 여름 삼성 장군으로 예편한 후 자신의 정치적 이념에 따라 민주당의 초빙에 응해 입당하고 총선에서 당선된 후 전문 분야인 국방위원회 간사라는 중책을 맡았다.

하지만 방금 끝난 국방위원회 감사는 믿었던 그의 선배이자 친구들, 그리고 후배들이 가식과 허언으로 얼룩진 진실을 외면하는 국정감사 답변에 극도의 배신감을 느꼈다.

국방부 차관 주배욱은 예전 그의 육사 선배이고 사성장군 임형배 국방부 작전참모장은 그의 사관학교 동기다. 우크라이나 침범을 시작으로 동유럽까지 노리는 러시아군을 격퇴하기 위해 유럽 각국이 각종 무기와 군사 장비를 우크라이나에 제공한 후, 동유럽과 서유럽 각국은 심각한 군 전력의 공백으로 인해 그를 보충하고자 한국에 무기 수출을 타진한 결과, 대한민국은 막대한 금액의 군사 무기 수출 실적을 올렸으나 이는 역으로 우리 군 전력의 공백을 초래하는 부분도 적잖게 있었다. 이 때문에 김병춘 의원이 어제의 국감에서 강조한 군 전력의 공백에 대한 대비책을 국방부 차관 주배욱에게 질문하자 그는 군 전력 공백의 충당을 위한 대책과는 어울리지 않는 발언, 즉 북한 정권이 이념적 실패와 그 실패를 만회하기 위해 미국과 남한을 도발하는 각종 장거리 첨단 미사일 발사 등의 심각성에만 집중하고 있다는 등 엉뚱한 답변만 했다.

"……중략. 그러므로 우리 군의 현재 전력은 북한의 미사일 전력에 충분히 대응할 만한 전력을 구축하고 있으며, 이 방어망을 중심으로 북한의 무력 도발과 그 외 어떤 준동에도 충분한 방어를 할 수 있다고 판단합니다. 다만 우려되는 점은 내년도 국방 예산의 편성이 우리 군수물자의 동유럽 수출로 인한 군 전력의 핵심 무기 공백을 얼마나 메울 수 있느냐에 따라 그 성취 여부가 나타나리라 봅니다."

그야말로 지극히 원론적이고 질문의 핵심을 빠져나가려는 속셈이 훤히 보였다.

김병춘 의원은 부글대는 심사를 가라앉히며 차분히 재차 질문을 던졌다.

"차관님. 그러시다면 그 예산이 부족하거나 요구하는 수준에 미치지 못하면 군 전력의 공백을 메꾸기 힘들다는 말씀인가요?"

"그렇습니다. 다만 우리 군의 전력은 지금도 북의 침공과 도발을 저지할 능력은 있는 수준입니다. 그러나 항상 매사 불여튼튼이기에 드리는 말씀입니다."

"네. 그러시군요. 잘 알겠습니다. 그런데 그 불여튼튼의 뜻이 저 개인적으로는 지금의 전력으로도 북의 도발 등에 대한 방어 전략이 가능하다는 말씀으로 알아듣겠습니다."

"네 그렇습니다. 바로 그 말씀입니다."

김병춘의 투망에 걸려든 줄도 모르고 선뜻 대답한 주배욱은 아차 싶었으나 이미 엎질러진 물이었다.

"네. 차관님의 답변 그야말로 시원한 답변이십니다. 그러시면 내년도 국방 예산은 증액 없이 올해와 마찬가지로 편성해도 괜찮겠군요. 이상 질문을 마칩니다."

그의 마이크는 꺼졌다.

'예산안 심사는 그때 가서 따져야지. 쯧쯧~~'

그러나 답변자 주배욱의 마이크는 아직 살아 있기에 그는 다급히 덧붙였다.

"제 말은 그런 뜻이 아니고 우리 군의 전력은 항상 북의 도발에 충분히 대응할 만한 전력을 갖추고 있다는 말씀을 드리고 싶습니다."

그러나 그의 대답은 맞은편 국민의희망당 의원들 몇몇과 옆 좌석의 민주당 의원들의 탄식만 불러일으켰다.

옆자리의 김원주 의원이 꺼진 마이크 앞에서 혼잣말했다.

"네 네~~ 알겠습니다. 우리는 군을 믿고 있으니 국방 예산에 대한 염려는 장롱 속에 고이 모셔놓아도 될 것 같군요."

김병춘 의원은 테이블 위의 파일을 정리하며 그의 좌석에서 몇 걸음 떨어진 의원들에게는 들리지 않을 정도의 목소리로 말했다.

'그렇구나~~ 이게 바로 저들의 정체였구나. 안보 정책과 실행에 대한 의지도 없고 방안도 없는 작자들 같으니.'

라고 중얼거리며 저들의 무책임한 자세에 새삼 분노를 느꼈다.

평생을 다 바쳐 조국과 군에 충성한 자신의 어리석음을 한탄할 수밖에 없었다. 창밖을 응시하던 시선이 이윽고 책상을 바라보았다.

그렇다면 이제 남은 일은 조국을 위해 그의 집무실 책상 서랍을 잠근 채로 깊숙이 넣어둔 이명재 대표가 보낸 당의 지시 사항을 실행에 옮기는 일이다.

-10월 22일 14:00-

용산 대통령 집무실

휴일을 맞이해 전국에서 모여든 집회 시민들의 발걸음이 향한 곳은 용산 대통령 집무실이었다. 참석 인원이 눈짐작으로도 대략 30만 명이 넘을 정도였으며 그 수는 시간이 지날수록 더 늘어나고 있었다. 대통령 집무실 건물 앞에 늘어선 경비 경찰들의 자세는 흐트러짐이 없었으나, 그것은 국민의 분노를 더 크게 일으킬 뿐이었다.

"물러나라 윤기열, 투옥하라, 김근화."

반복적으로 온 시내에 울려 퍼지는 외침은 대통령 집무실 안의 윤 대통령에게도 들릴 정도였지만 그는 어제저녁 들이킨 술로 인해 아직도 비몽사몽이었다.

"아, 왜 저렇게 떠드는 거야. 그렇다고 내가 물러날 줄 아는가 보네."

정무수석 실장 장재운은 그 말에 야비한 얼굴로 빙긋이 웃으며 말했다.

"저들은 각하의 진정한 힘을 모르기에 저러는 겁니다. 숨겨진 힘은 위기에서 나타나는 법이니까 안심하셔도 됩니다. 각하."

"그래? 그렇지? 그래도 너무 시끄러우니까 조용히 시킬 방법은 없을까?"

"각하. 개돼지에겐 몽둥이가 약입니다. 몽둥이가 필요하십니까?"

"음~~!!!"

윤 대통령의 침묵이 길어질수록 그 답은 긍정적으로 봐야 한다.

"알겠습니다. 그러시면 제가 시경에 전화하겠습니다."

"전화해서 뭐라고 할 거야?"

"시경 테러 대책반 소속의 경찰 투입을 요구하겠습니다."

"그래? 그거 괜찮은 생각이네?"

그에게는 반말이 극히 자연스러운 것이다.

테러 대책반이 무슨 일을 하는지나 알고 있을까 하고 장재운은 생각했지만, 그는 자신이 운영하는 대학의 학교 정책에 반대하는 학생들의 시위 때도 자신을 지지하는 학생과 교직원들을 내세워 진압한 경험이 있으므로 이 시위대도 별로 다를 것 없다고 판단했다.

대통령이 집무실 전화를 들고 내선 1번을 눌렀다.

"아. 여보세요. 나야. 당신 지금 뭐 하고 계시나?"

소파 깊숙이 몸을 누인 채로 귀에 전화기를 받친 그는 어부인인 김근화 여사에게 안부 전화하는 중이다.

"그래? 그러면 오늘은 대전에서 볼일 보시는가 보네? 어디? 요양원?"

"알았어요. 그럼 잘 다녀와요."

심술 볼이 축 늘어진 그의 얼굴은 이를 내보이며 입을 옆으로 벌린 채 웃는 모습이 바로 자신의 결심을 더욱 확고하게 굳혀 준다고 믿는 눈치였다.

서류 더미는 집무 책상 위에 수북이 쌓여 있었다.

뒤쪽 벽에 붙어 있는 액자에 그려진 무궁화꽃의 산뜻함이 아까워 보였다.

집무실 전화가 아닌 핸드폰 벨이 울리는 소리에 대통령이 폰 뚜껑을 열고 귀에 붙였다.

"그래? 그 새끼들이 제정신이 아니네? 그래서? 잠시만. 스피커폰으로 돌릴게."

마침 핸드폰으로 시 경찰청장에게 전화하려던 장재운이 그 말을 듣고 폰 뚜껑을 다시 덮었다. 스피커폰에서 울려 나오는 소리가 방 안에 울려 퍼졌다.

"각하, 그래서 용산에서 국방부 청사로 오는 도로가 이미 모두 시위대에 점거되어 차량 운행이 중단됐고 여기서 한남동으로 넘어가는 도로도 마찬가지고 반대 차선도 차량 통행이 중단됐습니다."

"아~~ 그래? 이제 결판내자 이거네? 개돼지들, 지들이 뽑아주더니 이젠 나가라? 이게 말이야? 방귀야?"

거칠기 짝이 없는 시정잡배 같은 그의 어투와 행농은 이미 외국에까지 인터넷 짤로 퍼졌지만, 그는 그런 정도의 일에는 눈도 깜짝하지 않았다. 그는 핸드폰 뚜껑을 거칠게 닫으며 입맛을 쩝쩝 다셨다.

자기가 하고 싶은 일에 대해 누군가가 반대하거나 반항하면 주위에 널린 검찰 후배들이 알아서 해결해 주고 있지 않은가? 그는 자신의 눈 위에는 사람이 없고 오로지 눈 밑에만 사람이 있기에 그가 보는 것은 위가 아닌 아래일 뿐이었다. 그래도 아직 다 하지 못한 일이 있어 그는 이 난관을 억지로라도 헤쳐 나갈 수밖에 없었다. 아니면 다른 방법이 없는데 어찌하나?

대통령의 측근들은 그에게 뭔가 부탁이라도 하려면 그의 눈 위에 있으면 곤란하다. 아쉽지만 자신들 모두 그의 눈 밑에 있다고 인정해야만 그는 움직이는 사람이었다.

그는 양심조차 없는 무개념 독재자였다. 전형적인 독재자의 모습도 아닌 그저 천방지축, 안하무인의 독재자가 21세기 민주주의 국가인 대한민국에서 나타난 것이다. 반대파는 여지없이 깔아뭉개지만, 추종자들에게는 그럴듯한 자리 하나를 줘야 의리가 있는 인물로 비치기에 그에게 잘 보이면 떡고물 자리 하나는 따 놓은 당상이다.

사시 8수생이라 동기들보다 훨씬 많은 나이, 돼지 같은 몸집에 우렁찬 목소리, 술은 말술로 마셔야만 직성이 풀리고 정식으로 결혼하지 않아서 등에 짊어져야 할 자식새끼도 없는 그는 말 그대로 독불장

군이었다.

'그런데 왜 아버지는 외아들인 나의 결혼을 반기지 않으실까? 결혼도 내 마음대로 하지 못하다니. 이 자리에 오기까지 얼마나 힘들었단 말인가?'

아버지의 명령으로 숨을 죽이며 힘들게 사시 공부했으나 그에게 주어진 아버지의 진짜 명령은 애초의 목적과는 거리가 먼 일이었다. 그것은 그가 청와대까지 가야 한다는 명령이었다.

아니 거기까지는 못 가도 그 근처에서 국정의 중심인물이라도 돼야 한다는 지상 명령으로 인해, 그는 아버지에게 반대하는 대신 술에 빠져 지내고 사시 동기들에게서 형님 대접을 받으며 마치 뒷골목 양아치 두목 같은 위세를 누렸다. 그러나 아버지는 그가 무엇을 어떻게 하며 지내는지 뻔히 알면서도, 그가 원하는 만큼의 물질적 지원은 절대 마다하지 않았다. 그 덕에 그는 주위에 많은 인맥을 쌓을 수 있었고, 그 인맥들은 그가 필요로 할 때 그의 손을 들어주었다.

그러나 세상에 믿을 인간이 어디 있단 말인가? 권력의 매력은 그걸 지녔을 때만 알아본다고 했다. 지난 시절 무소불위의 검사 생활과 대검 검찰총장 직위에 오르기까지 그에게서는 인간적이고 진실한 모습은 단 한 번도 볼 수 없었다. 아니 원래부터 그런 인간이었다. 아버지의 피를 그대로 물려받았으니, 아버지와 닮아가는 것은 어쩔 수 없는 운명이다.

'그래. 까짓것 아버지가 원하신다면 그렇게 하면 되지. 뭐… 아니다. 이젠 내가 이 나라의 왕이니 내 뜻대로 하는 게 더 재미있을 것 같으니 이젠 아버지 그늘에서 벗어나야겠다. 누가 뭐라 하겠는가?'

세상에 무서운 사람은 없으나 단 한 사람 아버지만큼은 그에게 공포와 경외의 대상이었다.

그가 15살의 중학교 3학년 겨울 방학에 아버지와 같이 일본 여행을 갔을 때 널찍한 다다미방에서 아버지에게 무릎 꿇고 고개를 조아리며 뭔가 보고하던 사람들과, 그 주위에서 옆구리에 기다란 칼집을 차고(실제 그 안의 내용물은 진검이 아닌 목검이었지만) 부동자세로 꼼짝없이 서 있던 일본 사람들이 보여 준 깍듯하고 예의 바른 행동이 그야말로 멋지고 절도 있는 것처럼 보임과 동시에 머리카락이 곤두서는 공포를 느껴야 했으며, 한밤중에 아버지의 명령으로 불려 나간 후 낯선 일본 아저씨에게 끌려가 얼굴에 온통 하얀 화장을 한 누나들과 밤을 지새운 일도 가끔 생각났다. 그러나 그 장면이 몰래 사진으로 남겨진 사실은 알지 못했다.

그날 밤은 어린 윤기열에게 그야말로 충격이었고 세월이 흘러서도 잊을 수 없는 아찔하고도 살벌한 광경이었다. 아버지에게 그 아저씨들이 왜 아버지에게 무릎을 꿇고 말하는지, 그들이 누구인지 묻지도 못했다. 그는 아버지의 말이라면 자다가도 벌떡 일어나서 따라야 했다.

그러나 지금은 다르다.

'두고 보라지. 개돼지들이 날뛰어 봐도 얼마나 뛰겠냐? 내일 날이 밝으면 길거리에는 개미 새끼 한 마리도 얼씬거리지 못하게 할 테다.'

그에게는 서방 G7 정상회의나 한미 정상회담, 한일 정상회담의 처참한 실패는 관심 밖이었다.

이태원에서 용산 삼각지 로터리로 넘어가는 도로에 자동차들이 줄줄이 밀려 있다.

'아직 날이 완전히 밝지 않은 출근길에 웬 차량 행렬이 이렇게나 밀려 있지?'

민형준은 도로 위의 자동차 행렬이 천천히 서행하기에 창밖으로 머리를 내밀고 앞을 보니 경찰도 아니고 군인도 아닌 것 같은 모습을 한 제복 차림의 남자들이 검은 전투복 비슷한 옷을 걸친 채 지나가는 차량을 손짓하며 한 대씩 보내고 있었다.

노량진에서 합기도장을 운영하는 민형준은 밀려가는 차량 속에 섞여 천천히 용산 쪽으로 이동했다. 그가 예전 국방부 청사 앞에 다다를 즈음, 소속 부대가 어디인지 모를 제복의 군인이 다가오며 창을 열라고 손짓하더니 창문 밖에서 민형준의 험한 얼굴을 들여다봤다.

그가 말했다.

"잠시 차를 멈춰 주시면 고맙겠습니다."

"아니, 왜요?"

"네. 미안하지만 잠시만 트렁크 열어 주시겠습니까?"

위압감을 잔뜩 풍기면서 창문 밖에서 쳐다보는 남자의 오른쪽 어깨에는 K2 소총이 매달려 있고, 왼쪽 어깨 위에는 무전기가 달랑대며 매달려 있었다. 그는 오른손으로 총 머리를 받친 채 왼손바닥으로 차 옆을 훑으며 뒤로 갔다.

민형준은 속으로 생각했다.

'아니. 밤새 계엄령이라도 내렸나? 이 새끼들 도대체 누구지?'

싸움에야 이골이 난 그이지만 이건 차원이 다른 일이다.

그가 트렁크 로커를 풀어주며 힐끗 옆의 골목길을 쳐다보자, 아직도 컴컴한 골목 안에 검은 탑차같이 생긴 트럭들이 줄줄이 주차해 있는 것이 보였다. 겉에는 흰색 글씨로 SPTD(서울 시경 테러방지대)라고 적혀 있었다.

그가 뿌루퉁한 표정으로 말했다.

"열었습니다. 그런데 무슨 일인가요? 테러라도 발생했나요?"

총을 든 남자는 대꾸도 없이 트렁크 뚜껑을 열고 안을 잠시 들여다보곤 무뚝뚝하게 말했다.

"이제 출발하셔도 됩니다. 죄송합니다."

그리고 차를 탕탕 두들겼다.

'미친 새끼들이 참 가지가지 한다. 이 새끼들, 이번 주말에는 나도 광화문 가야겠다.'

근래 TV 화면으로 매일 매일 터져 나오는 반정부 시위대의 시위 방송에 신물이 났지만, 이건 그 시위를 진압하기 위한 모종의 작전이란 건 안 봐도 비디오였다. 더구나 이 길은 대통령 집무실로 가는 길목이 아니던가?

'그것도 테러 진압 경찰이라니.'

한참 지나서야 그들의 정체를 깨달은 그는 나라 꼴이 말이 아니게 변하는 것을 더 이상 두고 볼 수 없었다.

'그래 멧돼지야, 한번 해 보자, 이거지?'

뜻하지 않은 봉변을 당한 그는 자신도 모르게 차를 거칠게 다루었다.

새벽 운동을 위해 일찍 나오는 수련생들 때문에 출근 시간이 빠른 그에게 오늘 아침의 난리는 이제 갓 공포 정치의 시작이라는 점은 안 들어도 오디오요, 안 봐도 비디오다.

-10월 24일 09:00-

여의도 민주당 중앙당사

오늘 아침 용산 쪽에서의 난리를 전해 들은 민주당 인사들은 바쁜 걸음으로 당사 대회의실로 모였다. 그게 아니라도 이명재 대표의 긴급 소집이 있었기에 빨리 가야 했지만 그 난리 덕에 발걸음이 더 빨라졌다.

8시 30분쯤 되자 이미 대회의실에는 민주 당원들이 꽉 차서 일부 인사들은 밖에서 대기해야 했다.

갑자기 회의실 안에서부터 핸드 마이크 소리가 들렸다.

"실장급 이상의 임원들께서는 안으로 들어오십시오. 대표님께서 기다리십니다."

직책 낮은 당원들이 회의실 밖으로 한꺼번에 밀려 나오고 주요 간부들과 약간 늦게 도착한 주요 간부들이 안으로 발걸음을 옮겼다. 의자가 부족해 늦게 입장한 인물들은 중앙 테이블 주위에 빙 둘러설 수밖에 없었다.

그리고 10분쯤 지났을 무렵 이명재 대표의 목소리가 테이블 중간에서 들려왔다.

"여러분 용산 쪽에서 외치는 소리 들으셨지요?

"네~!!"

모두가 큰 소리로 대답했다.

"이제 우리가 나가야 할 때인 것 같습니다. 시위대 저지한다고 테러 경찰을 출동시키는 대통령의 저 짓거리는 무력 통치의 시작입니다. 우리는 나가야 합니까? 물러나야 합니까?"

"나가야 합니다."

일동의 목소리가 건물이 무너지도록 우렁차게 들렸다.

"좋습니다. 이제 우리 용산으로 출발합시다. 그리고 우리의 출발을 진보 유튜버들께 전해 주시길 바랍니다. 더 이상 머뭇거릴 때가 아닙니다. 저들을 쫓아내야 합니다."

"홍보팀에선 핸드마이크 있는 대로 준비해 주세요. 가시는 도중에 핸드마이크 있을 만한 가게에서 구입하셔도 좋습니다. 우리는 도보로 이동합니다."

누군가가 소리쳤다.

"홍보실 정 실장 나오세요."

고함에 맞춰 누군가의 대답 소리가 들렸다.

"저 여기 있습니다. 대표님 말씀하셔요."

"정 실장님, 지금부터 행렬 선두에서 선창 부탁드립니다."

여의도 민주당사에서 출발한 민주 당원들의 행렬은 곧바로 인터넷 SNS 망을 따라 전국에 퍼졌다. 그 행렬이 여의도 대교를 지나자마자 어디서 나타났는지 수많은 행렬이 모여서 행렬을 따라가거나 앞서거나 하며 한 무리를 이루었다.

선두의 홍보실 정 실장의 핸드마이크 목소리가 길거리에 크게 울려 퍼졌다.

"독재자 윤기열은 물러가라."

선창에 맞춰 모여든 시민들의 우렁찬 고함이 한강 물결을 휩쓸고 지나갔다. 마치 자유당 치하 때의 4.19 데모 행렬을 보는 듯했다.

"테러 경찰 웬 말이냐. 민주주의 다 죽인다."

선두의 선창에 맞춰 곧이어 들려오는 시민들의 한 맺힌 고함이 퍼졌다.

"테러 경찰 웬 말이냐. 민주주의 다 죽인다."

민주당 일부 당직자마저 합세한 시위대의 분노는 걷잡을 수 없게 커져 전국에 퍼졌다. 평화 시에, 그것도 민주주의 국가에서 테러가 발생하지 않았는데도 불구하고 대통령 집무실 근처에 테러 진압 경찰 출동이라니, 순식간에 이 뉴스는 전 세계로 퍼져나갔다.

12시쯤 되자 삼각지 로터리에 모인 시위대의 규모는 이미 100만 명을 훨씬 넘긴 것 같았다. 서울 도심의 중심가 전체에서 즉시 교통 마비가 일어났고 지하철마저 운행을 축소하는 사태에 이르렀다.

-10월 24일 13:00-

여의도 국민의희망당 중앙당사

여의도 주변의 나무들은 하루가 다르게 차가워지는 가을바람에
못 이겨 누렇게 병든 잎이 하나둘 떨어지며 한 해의 생명이 꺼지기
시작했다. 남은 잎마저 강바람에 춤추듯 몸을 흔들다 기어코 맥없이
떨어지고, 찬 바람에 벌거벗은 앙상한 가지마다 그 가느다랗고 못생
긴 몸매를 드러냈다.

국민의희망당사 앞 광장에는 이미 수많은 시위 인파가 몰려들어
시끄럽게 구호를 외치고 있었지만 정작 당사 안은 무거운 침묵에 휩
싸여 있었다.

당 대표 김무형은 테러 경찰 진압반의 출몰 소식을 듣고 달려온
수십 명의 당직 인사들에게 말을 꺼냈다.

"저들의 마지막 발악입니다. 여러분. 동요하지 마시고 의원님들은
의사당으로 다시 가시고 나머지 당직자분들은 이곳에 남아서 저들
의 동태를 지켜봅시다."

아침부터 벌집을 쑤신 듯 바쁘게 돌아가던 국민의희망당사는, 그
러나 당사 주위를 둘러싸고 있는 시위대의 표적이 되어 국회의사당
은 고사하고, 편의점조차도 오가지 못했다. 밖에서 또다시 요란한 핸
드마이크 소리가 들렸다.

"국민의 암 덩어리는 즉시 해체하라, 즉시 해체하라."

선창에 맞춰 일제히 질러대는 분노의 함성은 그들의 몸을 잔뜩 움
츠러들게 했으나, 눈칫밥 100단의 중견 정치인들은 그 소리는 귀에
들리지도 않은 듯했다.

의사당으로 가야 할 의원들은 그래도 뭔가 꺼림직했는지 발걸음을 쉽게 떼지 못했고, 남아 있는 당원들도 이 사태의 끝은 과연 어디일지 몹시 안달하며 궁금해했다. 그중에는 대통령의 이런 대응책을 몹시 못마땅해하는 사람들도 많았다.

'시위대 진압도 문제지만 그 진압을 테러 방지하라는 임무를 준 대테러 경찰에게 맡기더니, 그것도 모자라 총을 들고 집무실 앞에 세워?'

누가 봐도 무리수였으며 암만 생각해도 수긍할 수 없는 대응책인 것을 알 수 있었다.

대구의 초선의원인 50대 중반의 주해승이 즉시 말을 꺼냈다.

"대표님. 이 테러 경찰 진입은 암만 봐도 무리한 사건 같습니다. 시절이 아무리 험하다 해도 지금 이 시기엔 어울리지 않는 진압 대책으로 보이는데 대통령께서는 대체 어쩌실 생각이신지 당최 모르겠네요."

"나도 그 생각엔 크게 반대하지 않습니다. 다만 대체 누가 이런 결정을 내렸는지 알 수 없으니 아직은 움직이기 어려울 것 같습니다."

옆에서 또 다른 의원이 주 의원의 말을 받아 입을 열었다. 김무형 대표가 쳐다보니 그는 진해의 초선의원인 배경환 의원이었다.

"대표님. 용산에 연락은 해보셨는지요?"

"장 비서가 연락해 왔습니다만, 대통령 의중이라 하더군요."

"대통령 의중이라고요? 이거 큰일 났네, 큰일 났어~~"

그 소리에 맞춰 주위는 금방 웅성거리는 소리에 부산스러워졌다.

갑자기 누군가 소리쳤다.

"우리 모두 용산에 가서 면담하는 건 어떻습니까?"

순식간에 여러 사람이 대답했다.

"그럽시다."

"가서 대체 무슨 생각인지 물어봅시다."

"우리를 죽이려고 작정했나요?"

온갖 외침이 어우러지더니 즉시 아귀다툼이 되었다.

"기다려 봅시다. 여러분 우리 조금만 진정하고 기다려 봅시다. 그리고 초선의원님들은 이리 잠깐만 모여 주시지요."

뒤이어 주해승 의원의 이 외침에 초선의원들이 하나둘 실내 벽 모퉁이 구석진 곳으로 모이기 시작했다. 곧이어 그들끼리 웅성대기 시작했다.

그리고 이윽고 앞으로 나온 초선의원 모임의 대표 격인 부산 동래갑 지역구의 권순식 의원이 당 대표 앞으로 나갔다.

"대표님. 어떻게 생각하실지는 모르겠으나 우리 초선들은 이 사태에 대한 우리들의 생각을 정리해야겠습니다. 저희끼리 이야기할 필요가 있어서 양해를 구하겠습니다."

김무형 대표가 인상을 찡그렸다.

"아니 우리끼리 똘똘 뭉쳐서 대책을 마련해야 하는 것 아닌가요?"

"맞는 말씀이지만 우리에게도 생각을 정리해야 할 필요가 있어서입니다."

"아니. 그러시면 안 되지~~ 같은 배 탔는데 입장이 뭐가 다를 게 있나요?"

"아무리 그래도 총을 들게 하다니 이건 있을 수 없는 일입니다. 일단 저희는 의견 일치를 위해 자리를 옮기겠습니다."

강경한 자세의 초선의원들에게 더 이상 뭐라고 하는 사람은 없었다.

당사 소회의실로 옮긴 초선의원들은 즉시 초선 대표를 선출하기로 하고 거수로 권순식 의원을 선출했다.

이 험악한 사태에 국민의희망당의 하늘 높은 줄 모르던 드센 기운도 초겨울 찬바람을 맞이해 서서히 저물고 있었으나 그때까지는 아무도 몰랐다.

-11월 2일 09:00-

청와대 기자회견장

대통령 집무실에서 기자회견장으로 나올 때 윤기열은 약속된 오전 9시에서 18분이나 늦게 나왔다. 전날의 양주 세 병이 그의 위장을 괴롭혔지만, 여전히 동네 뒷골목 양아치 같은 건들거리는 걸음걸이로 등장했다.

회견장에 모인 기자들은 이전과는 다르게 박수로 맞이한다거나 작은 환호도 보내지 않았다. 실내는 싸늘한 분위기로 휩싸여 침묵의 공기만 한없이 무겁게 떠돌고 있었다.

지난달 24일 새벽 용산 집무실에 나타난 시경 소속 대테러 작전반의 출현으로 이미 정국은 급속도로 긴장됐고, 그 살벌한 기운은 고스란히 이곳 기자회견장에도 나타났다.

청와대 대변인 최정숙이 단상 앞으로 나서더니 마이크를 잡고 두어 번 두들겼다.

"오늘 갑자기 기자회견을 열게 되어 여러분들께 수고를 끼쳐서 죄송합니다. 이미 예정된 대로 대통령님의 기자회견을 시작하겠습니다. 질문은 받지 않겠으니 양해 바랍니다."

딱딱한 얼굴로 등장한 대변인은 딱딱한 말투로 말을 마치고 역시 딱딱한 얼굴로 물러섰다.

'가관이구나.'

기자들의 한복판에서 누군가가 작은 소리로 중얼거렸다. 기자들도 용산 테러 진압 경찰의 출현으로 몹시 놀랐다. 아무도 말을 꺼내지 않고 묵묵히 노트북과 카메라만 만지작거렸지만, 시선만큼은 윤기열을 뚫어지게 바라보았다.

입을 꽉 다문 표정으로 단상 앞에 선 대통령은 고개를 좌우로 돌리며 시선을 둘 곳을 찾았으나 그의 시선이 닿는 곳은 그 어디도 아니었다. 그저 한번 허공을 휘리릭 둘러봤을 뿐 표정은 또다시 변해 뭔가 단단히 각오한 모습 같았다. 그러더니 단상 위의 A4 용지에 쓴 (손으로 썼는지 워드로 쳤는지) 글을 무성의하게 읽어 나가기 시작했다.

"지금 시중에는 많은 이야기, 특히 본인을 향한 많은 험담과 이에 따른 퇴진 시위가 한창입니다. 이제 제가 국민 여러분의 선택에 따라 대통령의 임무에 박차를 가하려는 이 시점에 불행하게도 저를 향해 직에서 물러나라. 하는 소리가 거의 매일 들리다시피 하고 있습니다."

그가 시선을 들더니 고개를 좌우로 몇 번 왔다 갔다 돌렸다. 도리도리는 여기서도 그 버릇이 나왔다. 그리고 단상의 컵을 들어 물 한 모금 마시고는 이어 말했다.

"저는 취임 때부터 국가를 위해, 국민을 위해 제가 지닌 모든 역량을 다해 봉사하기로 마음먹었으나, 저의 그 진심을 모르고 저와 제 가족을 향해 갖은 험담과 고소 등의 막 나가는 행위가 있기에, 이 일은 제가 지닌 상식과 법의 기준으로 볼 때 도저히 용납하기 힘든 일이 아닐 수 없습니다. 더구나 시간이 지날수록 저를 향한 반대 시위가 강도를 점점 더하더니 이젠 저의 집무실 앞까지 침범하며 저를 물리적으로 위협하고 있습니다. 그렇기에 저는 대통령의 임무 보장을 위해 부득이 집무실 앞에 저를 경호하는 인원을 배치하기로 한 것입니다. 그러므로 국민 여러분께서는 저와 제 가족을 향한 각종 음해성 발언과 저의 퇴진을 요구하는 시위를 멈추어 주시면 고맙겠습니다.

저도 역시 국민의 요구에 따라 더욱 성실하게, 그리고 부족한 능력이지만 많은 분의 조언과 충언에 따라 국정을 열심히 운영하겠습니다. 이제 용산에 모이신 국민의 뜻을 충분히 깨우쳤으므로 저에게 더 이상의 부담감을 느끼지 않게 해 주신다면 저는 지금 이상으로 국가의 번영과 국민의 자유, 그리고 희망찬 미래를 위해 매진할 것을 약속드리겠습니다. 이상입니다."

이 기가 막힌 발언을 받아적거나 카메라 렌즈를 고정한 채 열심히 찍고 있는 취재기자들은 퇴장하는 대통령에게 질문은 고사하고, 아예 처다보지도 않고 손을 흔들어 주는 제스처조차 없이 도리어 비웃는 듯한 표정으로 퇴장하는 대통령을 무시했다.

-11월 2일 09:30-

민주당 중앙당사

TV에서 중계하는 화면을 바라보던 민주당 인사들은 격앙된 감정을 숨기지 못했다.

누군가가 말을 꺼냈다.

"저렇게 뻔뻔하고 기가 찬 인면수심의 인간이 어떻게 국민의 지지를 받았는지 당최 모르겠네."

이어서 좌중의 한가운데에서 대표의 목소리가 들려왔다.

"자, 자~~ 여러분. 이제 일은 벌어졌습니다. 그리고 우리가 해야 할 일은 이미 정해졌습니다. 여러모로 힘드시겠지만, 마음 다잡으시고 아직 할 일도 많이 남아 있으니 다시 이야기 나눌까요?"

이명재 대표는 대통령의 회견에서 나타난 그의 조바심을 느낄 수 있었다.

'이제 조금만 더 뜻있는 국민과 힘을 합해 움직인다면 저 악랄한 집권자는 임기를 채우지 못한다.

그건 틀림없는 사실이다.

자신의 책임보다는 체면이, 자신이 할 일보다는 검찰의 할 일이 더 우선시되는 저 인간의 작태가 언제까지 지속되겠는가?

그가 취임한 이후 2년여 시간 동안 물가는 가파르게 치솟았고 북한과의 관계는 더욱 악화했으며 국방에 무지한 그의 무능력으로 군부의 지지도 제대로 받지 못하고 있고, 나아가 외교 문제에서도 경박한 언행으로 세계의 조롱거리로 전락한 지금, 사태가 나아질 징조는 그 어디에도 없다.

그렇다면 나는 과연 준비는 돼 있는가? 지난 대선 때도 그랬고 지금도 역시 마찬가지다. 내게 주어진 임무라면 나는 거부하지 않을 것이며, 준비가 미흡하더라도 나는 그 부족함을 메꿔 줄 수 있는 훌륭한 친구들도 있고, 또 앞이 보이지 않을 때는 빛을 밝혀 줄 뛰어난 선배들도 계시니 나는 오로지 몸으로 때우기만 하면 된다.

그렇다. 준비는 내가 한 게 아니라 이 나라의 국민이, 내 훌륭한 친구들이, 선배들이 그 기틀을 다져놓았기에 나는 주저하지 말고 그분들이 가리키는 길을 따라가기만 하면 된다. 그 길이 바로 민주주의라는 체제가 아닌가?

나는 스스로 지성인이라 생각하진 않으나, 그래도 나에게 주어진 책임을 이루기 위해서는 나에게 약간이나마 지혜가 있다면 나는 그것을 아낌없이 조국을 위해, 민족을 위해 바칠 것이다. 항상 다짐하지만 길은 가라고 있고 뜻은 이루라고 있는 법. 내가 그것을 외면하거나 중단한다면 나는 어리석을 뿐만 아니라 역사에 죄를 지은 위선자로 기억된다.

지금에 와서는 나에게 주어진 임무를 부디 완수하게 해 달라고 하느님께 빌고 싶은 심정이다.'

문득 상념에서 깨어난 그는 당의 많은 인물이 그를 주시하고 있는 것을 느끼고 안경을 고쳐 썼다. 이 대표는 고위급 인사들을 소회의실로 오라고 말했다.

지목된 인사들은 즉시 그의 곁으로 몰려왔고 그들은 대표의 뒤를 따라 소회의실로 향했다. 실로 무거운 침묵 속의 회합이었다.

아직 의견을 나누기에는 뭔가 애매해 옆에 앉은 사람끼리 가벼운 잡담을 나누며 가라앉은 분위기를 일으켜 세우려 애쓰던 몇몇 인사들의 시선이 이윽고 대표에게 향하자, 이명재 대표는 침묵을 깨고 입을 열었다.

"여러분, 참 어렵습니다. 뭔가 될 듯 될 듯하면서도 아직은 시기상조인 것 같기도 하고, 또 지금이 바로 그때라고 말하는 것 같기도 합니다. 지난 며칠 동안 우리는 길에서 투쟁했지만 아직은 그 효과가 미미했다고 보이는데요. 그래서 이젠 결단을 내려야 할 때라고 봅니다. 다만 여러분께서는 어떻게 생각하실지 궁금합니다. 말씀 많이 해 주시길 바랍니다."

박민주 최고위원이 조심스레 입을 열었다.

"어제 국민당에서 초선의원들이 나름 입을 열었다고 합니다. 다들 아시겠지만 김무형 대표가 반대하는데도 불구하고 그들은 따로 모여 이 사태를 논의했다고 하는데 저는 이게 상당히 신경 쓰입니다."

"네 그 이야기는 저도 들었습니다."

대표의 맞장구에 이어 말을 받은 사람은 당내에서 소식통이라 불리는 고형숙 의원이었다.

고 의원이 말을 이었다.

"대표님. 어제 제 보좌관이 말하던데요. 그 초선의원들은 사태가 심각하다는 걸 느끼고 따로 행동하기로 한 것 같다고 합니다. 그 따로가 무슨 내용인지는 잘 모르겠지만 저는 그들이 아마도 우리 눈치를 보고 행동을 정할 것같이 보입니다."

"그래요? 그러면 우리가 가는 길에. 아니지, 우리가 갈 수도 있는 길에 그들도 굳이 반대하지는 않겠다는 뜻으로 들어도 됩니까?"

이 말에 두 칸 건너 의자에 앉아서 조는 듯 마는 듯한 눈을 가진 조인혁 의원이 눈을 크게 떴다.

항상 새로운 소식에 목말라 있는 그에게 이런 말이 귀에 들어오지 않을 리 없었다.

그가 입을 열었다.

"그럼 이렇게 하면 어떨까요, 대표님?"

"아~~ 뭔가 떠올랐습니까? 조 의원님?"

"네. 그럼 미흡하지만 제 의견을 말씀드려 보겠습니다. 저는 내일부터 국정감사를 무기한 연기하자고 주장하고 싶습니다.

그 이유는 첫째, 대통령의 테러 부대 투입에 대한 절차가 적법한지에 대한 국회 차원의 법적 검토가 선결 조건이고요.

둘째, 국정감사에 나오는 정부 측 피 감사인들의 오만하고 국민을 깔보는 자세가 고쳐져야 합니다.

이 두 가지 이유로 저는 국민께 욕을 먹을망정 국정감사를 당분간 연기하자고 주장하겠습니다. 이건 오직 대통령의 실정과 연관시키는 면으로 부각해야 합니다."

가히 파격적인 주장이었다.

이어지는 그의 발언에 많은 당직자가 다시 귀를 기울였다.

"그러나 우리의 의정 활동이 중단되면 곤란하기에 저는 다음과 같은 방법을 제의하겠습니다.

첫째, 그동안 의원님들께서는 각자 지역구로 돌아가셔서 이 사태

에 대한 지역 주민의 의견을 들어보시면 좋을 듯하고요. 예산안 심의
는 계속하겠지만 국정감사의 중단에 대해 엄청난 비난을 감수하셔
야 할 것 같습니다. 다만 그 이유를 해명하시되 대통령의 무리한, 독
재에 가까운 정치 행보를 부각하셔서 우리 입장을 알려야 할 것 같습
니다. 그렇게 주민분들의 의견을 듣는 자리를 마련하시고 그 의견을
모두 들으신 후, 그 자리에서 조심스레 탄핵 이야기를 한번 꺼내시면
좋을 것 같습니다.

둘째, 탄핵을 시작할 태세가 돼 있다는 것을 저쪽 초선의원들에게
은근히 알리는 것입니다. 이 소식을 퍼뜨릴 때 꼭 성공시킨다고 자신
하는 자세를 보여 주는 것입니다. 시중 여론도 일방적으로 대통령과
여당을 매도하는데 탄핵이 이루어지지 않을 수 없으니까요. 이 일은
아마도 보좌관 중 어느 분께서 수고 좀 해 주시면 성과가 더 있지 않
을까 합니다."

이미 측근들을 통해 의중을 퍼뜨리는 작전은 그들로서는 자주 있
는 일이지만, 이 일은 특히 겉과 속이 달라야 하기에 그렇게 말한 것
이었다.

"네. 최고위원님의 말씀 잘 알아듣겠습니다."

대표의 그 한마디에 모두가 숨을 죽이고 다음 말을 기다렸다.

"그럼 어느 분이 적합하신지 추천을 부탁드립니다."

박민주 최고위원이 슬며시 손을 들었다.

"일전에 우리가 모신 기자분 계시지 않습니까? 이영현 씨라고 뉴
스첩보에 근무하시다 저의 홍보실로 오신 분 말입니다. 그분이 발이
넓은 것 같아서 저는 그분께 이 일을 부탁드리고 싶은데 여러분께서

는 어떻게 생각하시려는지요."

"아~ 맞다. 그분이 계셨지요? 그런데 그분이 이 일을 잘 처리하실지 모르겠어요."

박원주 의원의 우려 섞인 말이 뒤따랐다.

"아마도 잘 처리하시리라 믿습니다. 왜냐하면, 그분은 우선 안면이 엄청 넓고 기자로서의 임무감도 투철하시고, 비록 지금은 우리 당에 머물고 있으나 아직도 기자의 본분을 잊지는 않으신 분이거든요. 저도 사실 그분께 많은 일을 부탁하진 않습니다. 그럴 수밖에 없는 이유는 모두 잘 아시겠지만 언젠간 알려질지도 모를 그분의 지난 활동이 아직도 부담으로 남은 것 같습니다."

박원주 의원이 입을 열었다.

"하긴 충분히 이해합니다."

"네 그래서 말씀인데요, 이 일은 저쪽에서 몇몇이 우리 손을 들어주면 성공한다고 믿습니다. 다행히 그분이 기자 생활하시면서 그쪽 사람들과도 그럭저럭 잘 지내셨기에 아마도 그분이 우리의 뜻만 충분히 이해하고 공감하신다면 무난하게 우리 뜻을 그쪽에 전달할 수 있다고 생각합니다."

이명재 대표는 한참 동안 좌중의 토론을 조용히 듣고 있다 갑자기 입을 열었다.

"그럼 우리 이제 민주적으로 거수투표합시다."

"으하하하~~~"

심각한 자리에 어울리지 않는 발언으로 실내는 순식간에 웃음바다가 되었다.

웃음기가 가득한 모습으로 모든 이들의 시선을 자신에게 끌어모은 이명제 대표는 엉거주춤한 자세의 몸을 일으켜 세우고는, 안경을 밀어 올리며 고쳐 썼다. 그건 그가 조금 무거운 주제를 이야기할 때의 버릇이었다.

"행동하기 위해서라면 뭔가 뚜렷한 명분이 있어야 합니다. 이제 우리는 그 명분을 어느 정도 확보했고 남은 일은 최종 목표를 달성하기 위해 노력하는 일만 남았겠지요? 물론 절대 쉽지 않습니다. 몇 년 전의 새 천지 당 때는 정권의 무능으로 국정농단에 이르러 나름 쉽게 움직였을지 몰라도, 지금은 오로지 이 정권의 악행만 다뤄야 합니다. 그러므로 이 점에 대해 홍보팀에서 문맥을 잘 다듬으시고 모두 다시 모여서 그 문장을 검토한 후에 재차 의견을 나누도록 하면 어떻겠습니까?"

대표의 말은 항상 핵심을 찌르는 말이었다.

이제 탄핵성명서의 초안 잡기에 들어가게 되었고, 이 일을 추진하는 주체 또한 홍보팀에게 맡겼기에 모든 이들은 불만이 있을 수 없었다. 이어지는 회의는 국정감사 중단에 대한 찬반 토론으로 2시간 이상 이어졌다.

다음 날 민주당은 예정했던 7개 상임위원회의 국정감사를 용산 테러 대책반 투입의 비합법적 과정과 피 감사인들의 감사행위 비협조를 이유로 무기한 연기했다. 이로써 국정감사는 파행을 면치 못했으나 이는 정국을 살벌한 분위기로 끌고 간 대통령의 잘못이 가장 컸다.

많은 국민이 '이러다 계엄령까지 터지는 거 아니냐?' 하는 걱정과 함께 분노가 솟구쳐 시위대의 목소리는 한층 더 커졌다.

-11월 12일 13:00-
여의도 국회의사당 주해승 의원 사무실

민채석은 주머니에 넣은 폰이 진동으로 떨리는 것을 느끼고 폰을 꺼냈다. 혹시 사무실 내에서 폰 소리가 들리면 주 의원의 호통이 뒤따라오기에 그는 항상 진동으로 저장하고 폰을 사용했다. 발신자는 -정일웅-이었다.

'오잉? 이 친구가 웬일이지?'

폰 뚜껑을 열고 귀에 붙인 후 그가 소리 질렀다.

"아니 이 친구야. 그동안 바빴나?"

"그래. 죽어라 바빴다. 너는 안 바빴구나."

"야. 지금은 조심해야 할 때란 말이야. 바빠도 안 바쁜 척, 안 바빠도 바쁜 척, 해야지. 넌 몰랐냐?"

"그래. 너 잘났다. 점심은 먹고? 안 먹었으면 밥 한 끼 사라. 배고파 죽겠다."

"하하하. 넌 뭘 갖고 올 거냐? 속이 훤~히 보인다. 인간아."

"니가 뭘 원하냐에 따라 다르지. 그리고 나 만나서 너 손해 본 적 있었냐?"

그가 저렇게 말하면 분명히 뭔가가 있다.

'배는 부르지만 한 번 더 먹지 뭘!'

"알았다. 어디로 가면 돼?"

-11월 12일 14:00-

홍대 앞 젊음의 거리

간판을 기웃거리며 이리저리 고개를 돌리던 정일융은 '들뢰'라는 간판이 보여, 문을 열고 제법 차가워진 바람을 옆구리에 붙인 채 실내로 들어갔다.

길거리 풍경이 보이는 창가에 앉아 있던 민채석은 다가오는 일융을 바라보며 말했다.

"짜식. 지지리도 궁상맞기는. 밥도 못 먹고 돌아다니면서 대체 뭘 했냐?"

"그러는 넌 채석장에서 돌은 안 캐고 뭐 하러 시내 돌아댕기냐?"

고등학교 동기인 그들은 항상 붙어 다니던 단짝이었지만, 이제는 각자의 신분이 있기에 자주 만나진 못했으나 안부는 수시로 주고받는 사이였다.

정일융이 결혼할 때 민채석이 사회를 봤고, 그 반대로 민채석의 결혼식에서는 정일융이 사회를 보기도 했다.

"그래 점심은 먹었고?"

"먹었지. 먹고 나니 커피 생각이 간절해서 널 불렀다."

"다행이다. 밥도 못 얻어먹고 돌아다니면 제수씨 속이 상해서 어쩌냐?"

"에라이. 죽일 놈. 넌 속이 안 상하냐? 내가 배곯고 다녀도?"

"안 상하지. 너 죽으면 땅은 내가 파 준다고 약속했잖아. 내가 힘 있을 때 너 죽어야 땅이라도 파 주지 인간아. 그러니 너 곯고 다녀도 난 맘 안 아프다."

"허이구, 저 인간 저러니 한자리 차지했지. 그래 너네 의원 나리께서는 잘나가고 있냐?"

"아~~ 말 마라~~ 그쪽 인간들 이제 나도 슬슬 신물 나기 시작한다."

"아니~~ 왜에~??"

일융은 짐짓 놀라면서 그를 빤히 쳐다봤다.

"왜긴 뭐가 왜야? 몰라서 물어? 용산에서 저 지랄이지. 여의도에서도 그 인간 이제 끝장이라고 수군대지, 갈 데까지 다 간 거 같다. 제기랄~~!"

말 꺼내고 보니 아차 싶었는지 그는 일융의 눈치를 봤다.

"그럼 길 건너가라. 그럼 되잖아."

"어디로? 민주당으로? 가면 받아 주냐? 하긴 이제 끝이 보이니 갈 때도 됐다만…"

"그건 내가 알아봐 줄게. 커피나 받아 와라. 이놈아."

"제~~길."

그가 일어서서 자리를 뜨자 일융은 씨익 헛웃음을 날리며 그의 뒷모습을 쳐다봤다.

'어휴. 저 인간은 지가 갈 길도 못 찾고 헤매더니 이젠 한숨까지 쉬냐?'

"너 아직 아메리카노 맞지?"

돌아온 채석의 손에 들린 커피 쟁반에는 진한 향기가 배어나는 커피 두 잔이 있었다.

일융의 앞에 잔을 내려놓은 채석은 그의 안색을 쳐다보며 말했다.

"넌 그래 지금 일이 재미있고?"

"아냐. 나도 그저 그래. 시국이 너무 시끄러우니 이젠 나도 쉬고 싶지만 쉬면 또 몸이 근질거려서 못 쉰다. 쩝~~!"

"그래. 우리 지금이 한창 아니냐~~! 굴릴 수 있을 때 굴려야지."

"응 그건 그렇고 너한테 좋은 소식인지 아닌지는 몰라도 나 혼자 알기에는 좀 아깝다. 그렇다고 터뜨리기엔 아직이고."

"그래? 말해 봐라. 귀는 항상 열려 있으니까."

"얌마~~ 니가 커피 한잔 사 줘서 말해 주는 거니 잘 들어라. 어제 우리 실장 있잖아."

"누구? 정 씨란 분 말이냐?"

"응 그래. 그분 밑에 지난번 민주당에 스카웃됐던 기자 있는데 너도 아냐?"

"아니, 모르는데? 그래서?"

"너 빨리 거기서 탈출해야겠더라."

"그래? 그거 심각하냐?"

"말도 마라. 엄청 심각하다."

자기 앞에 놓인 커피를 말도 없이 홀짝거리며 창밖을 본 지 몇 분 지났을까.

채석은 이윽고 고개를 돌리고 일융을 바라봤다.

"알겠다. 니가 심각하다면 심각한 일이겠지. 근데 그 내용은 내가 알아도 되는 거야?"

"오프 더 알지?"

"말하지 않아도 안다. 말해라."

그들은 약 삼십 분가량 더 이야기를 나누곤 헤어졌다.

밖에는 아직도 늦은 오후의 따스한 햇볕이 머물고 있었다.

-11월 12일 18:00-

여의도 국민의희망당 당사

주해승 의원은 자신의 집무실로 급하게 발걸음을 옮겼다.

'계단 몇 개 올라가는데 왜 이렇게 힘드냐. 이젠 숨까지 차오르네. 작년까지는 테니스 친다고 코트를 뛰어다녀도 이렇게까지 힘들진 않았는데 이젠 나도 다 됐나?'

운동을 해야 한다면서도 실행에 옮기지 못한 적이 한두 번 아니다.

'그런데 이 친구가 어디서 무슨 말을 들었기에 이렇게 급하게 빨리 오라고 하지? 하여간 만나 보면 알겠지.'

그는 급한 걸음으로 사무실 문을 열다가 안에서 누군가 동시에 문 여는 바람에 서로 머리를 받칠 뻔했다.

"아니. 조심하지 그래~~!!"

의례 자기 사무실 직원이라고 판단한 그가 큰 소리로 꾸짖다가 권순식 의원이 나오는 모습을 보며 머리를 감싸 쥐었다.

"권 의원님. 여긴 어쩐 일로~~??"

"아~~ 지나가다 민 보좌관이 문밖으로 머리를 내밀고 누군가를 찾기에 그냥 들어가 봤습니다. 잠시 커피 한잔 얻어 마시고 가려는 중입니다."

"네. 그렇군요. 저도 민 보좌관에게 급하게 할 말이 있어서 서둘렀네요."

안에서 민 보좌관이 "의원님 오셨습니까?" 하고 머리를 내밀었다.

"그래. 이제 숨 좀 돌려야겠네. 자네 나 커피 한 잔 주게나."

"의원님 그렇지 않아도 커피 두 잔 만들었습니다. 권 의원님 드리고 혹시나 해서 한 잔 더 탔습니다."

권 의원이 손사래를 치며 말했다.

"커피 잘 마셨습니다. 가 보겠습니다."

요 며칠간 초선의원들 사무실에는 중진들이 수시로 들락거렸고, 초선들도 중진 의원들 눈치 보느라 전보다 중진들 방에 더욱 자주 들락거렸다.

커피나 한잔하자, 저녁에 약속 있느냐, 사회 친구들 자주 만나냐 등등 그들은 질문을 하면서 의식적으로 분위기 탐색까지 하는 눈치였다.

정국은 점점 벼랑 끝으로 치닫고, 그에 따라 그들은 그 누구랄 것도 없이 잔뜩 신경이 곤두서 있었다.

속셈은 뻔했다. 혹시 모를 탄핵 사태가 오면 표 싸움이 필요한데 한 표라도 이탈자를 막기 위해서 중진들은 눈이 벌건 채 초선들을 집중 표적으로 삼아 회유 작전을 펼치는 것이었다.

민 보좌관이 커피를 내왔다. 그리고 옆에 서서 눈치를 보며 말했다.

"저~ 의원님. 바쁘신데 오시라 해서 대단히 죄송합니다. 하지만 조금은 서둘러야 할 일 같아서 의원님 뵙자고 한 것입니다."

"그래. 알았어. 나도 궁금한데? 무슨 일인지 말이야."

"네. 의원님. 제 고등학교 동기 중에 유튜버 하는 친구가 있습니다. 그 친구가 다른 유튜버에게서 들었다며 알려 준 말인데요."

잠시 큰 호흡을 가다듬은 그는 다시 말을 꺼냈다.

"이번에 민주당이 기어코 탄핵을 꺼낼 모양입니다. 그런데 그 일에 대해 그 유튜버가 알게 돼서 저에게 말해 줬습니다."

"그래? 그것 참~~! 자네 엉뚱한 말을 듣고 다니는 건 아니지?"

"아닙니다. 그야말로 신빙성 있는 말이고 믿을 수 있는 친구입니다."

"음~~!! 그럼 문 잠그고 와."

"네 알겠습니다."

문을 잠그고 돌아서는 그에게 주의원이 재촉했다.

"그래. 무슨 내용이지?"

"의원님. 얼마 전 박윤옥 전 장관과 추 전 대표가 입당하신 건 아시지요?"

"그래."

"그분들까지 고위 간부들만 모여서 대책 회의를 열었답니다."

"무슨 대책 회의?"

이 말을 시작으로 약 20분에 걸쳐 민 보좌관의 보고를 들은 후 그들은 각자의 의자 등에 깊숙이 몸을 뉘며 걸 큰 숨을 몰아쉬었다.

그리고 민 보좌관은 크게 숨을 내뱉더니 마지막으로 말을 꺼냈다.

"그 친구가 지나가면서 슬쩍 봤는데요, 그 명단에 우리 당 의원님 몇 분의 이름이 보이더랍니다."

"그래?"

그가 반문하며 깜짝 놀랐다.

"아니~! 그럼 거기 적힌 양반들은 돌아선 사람들이란 말인가? 그렇게 된 거야?"

"네. 그렇습니다. 그 친구가 자기 눈으로 똑똑히 보고 이 친구에게 말했답니다."

주 의원은 아예 등받이 속에 몸을 파묻듯 허리를 깊숙이 뉘었다.

"그래. 그렇단 말이지~! 그러면 이제 나도 가만히 있을 수 없지."

주해승은 혼자 중얼거리더니 의자에 깊숙이 몸을 뉜 채 눈을 감으며 침묵 속으로 빠지기 시작했다.

'벌써 민주당에서 손을 썼나? 아니면 우리 중 누군가가 눈치 채고 잽싸게 탄핵 판에 끼어들었나? 그럼 나는? 신중해서 나쁠 건 없지. 우리가 모두 28명인데 12명 빠지면 16명이 남는다. 그중에 통할 만한 분이 누구더라? 아무래도 그 사람과 이야기하는 게 좋겠구나. 내가 먼저 그 사람들과 손잡아야 하는데 때를 놓치면 안 되지.

사람은 뭔가를 손에 쥐어주면 잘 움직인다. 그게 진리다. 적어도 내가 살아온 길은 그랬다.'

'누구라도 손에 쥐어지는 게 없으면 움직이기 싫어한다.'

이 말은 교육계에 평생을 바치셨으나 왠지 모르게 제자들이나 동료 교수들에게 큰 호감을 얻지 못하는 그의 부친이 한 말이었다.

'아버지는 담백하신 분이었어. 누가 당신 손에 뭘 쥐어 줘도 움직이지 않으셨고 다른 사람 손에 뭘 쥐어 주시지도 않으신 분이셨어. 그러나 나는 그게 싫어.

내 몸을 움직이려면 소모되는 에너지만큼 보충해야 하는데 나 혼자 그걸 채울 수도 있지만, 가만히 있어도 누가 그 에너지를 보충시켜 주는데 왜 내가 굳이 먼저 움직여야 하지?

하지만 이건 차원이 다른 문제야. 움직이느냐. 움직이지 않느냐. 움직이려면 먼저 움직이든가 아니면 아예 이 자리에 뿌리 박든가 해야겠지?

일단 저쪽 16명이 움직였다고 가정하고 난 나머지 12명을 움직여 봐야겠구나. 내 표도 이럴 땐 제법 쓸모 있단 말이야.

나라의 운명이 왔다 갔다 하는데, 그 정도의 메리트는 있어야 하지 않겠나? 무리의 힘은 이럴 때 쓰라고 있는 것이지.

진보 쪽 표 13석, 민주당 169석 합하면 182석, 우리까지 들어가면. 아니지. 나까지 12명이 같이 들어가면? 194? 여섯 자리가 부족하네? 그래. 그렇다면 그건 아마도 권 의원 몫이 될 거야. 수학은 답이 확실해서 좋아. 공식만 알면 말이야. 대부분은 그 공식을 모르고, 알아도 써먹을 줄 모르지. 내가 아버지와 다른 점이 바로 이거야.'

"민 비서."

"네 의원님."

"민 비서는 내가 가면 어디든 따라올 건가?"

"당연히 의원님 따라가야지요."

"그래. 알았어. 그럼 힘들지는 몰라도 그 친구의 친구라는 사람 있잖아. 유튜버 한다는 사람, 그 사람에게 좀 전해 줘."

"아~~ 네. 뭐라고 전할까요?"

"3일 내로 결과가 보이도록 할 거라고 전해 줘."

"3일이요? 그렇게 빨리요?"

"응. 그 정도면 가능할 거야."

"네. 알겠습니다. 의원님은 항상 앞서가신다니까요."

'이제 3일 후면 내 앞길이 다른 곳으로 갈지, 아니면 주저앉을지 결 판나겠구나.'

-11월 16일 09:00-

여의도 민주당 대표 집무실

"대표님."

의자에 앉은 채 잠시 선잠이 들었던 이명재 대표는 누가 부르는 소리에 얼른 눈을 떴다.

"응? 누구시지?"

"접니다. 대표님. 김형식입니다."

"아~~ 김 의원님 오셨군요. 어서 앉으시지요. 밤새 잠을 제대로 못 자서 아침부터 그러네요. 하하."

"아닙니다. 대표님. 저도 요즘 잠이 부쩍 줄었습니다."

"그리시군요. 이 사태가 빨리 끝나면 마음 편히 푹 자도 되겠지요."

"그렇습니다. 좋은 소식들이 꾸준히 들어오고 있어서 마음을 좀 놓으셔도 괜찮으실 듯합니다."

"그러셔요? 아마 좋은 소식 들으셨나 봅니다. 의원님."

"네. 좋다면 좋고 아니라면 아닐 수도 있습니다만 좋은 방향으로 판단하시면 좋을까 합니다."

"알겠습니다. 의원님 말씀은 항상 길을 안내해 주시는 말씀이니까 그렇게 알겠습니다."

"별말씀 다 하십니다. 대표님."

빙긋이 웃는 그의 모습이 뭔가 하고 싶은 말이 있나 보았다. 그렇기에 그가 지니고 온 뉴스는 좋은 소식이 틀림없을 것 같았다.

"대표님. 국민당 초선들 말입니다."

"네."

"그 사람들이 움직이기 시작한 것 같습니다."

"그런가요? 우리가 원하는 방향으로인가요?"

"네. 누군가가 전해 온 소식입니다. 믿을 만한 소식통입니다."

"아~~ 그렇다면 당연히 좋은 소식이군요. 이 기자님이라고 하셨던가요? 그분 덕분인 것 같은데 언제 한번 뵈면 좋겠군요."

"그렇습니다. 그분이 말씀을 잘하시는 분이라 아마 좋은 결과가 나왔지 싶습니다."

"그분도 혼자 하시진 않았을 텐데…"

대표가 말꼬리를 끌면서 고개를 가웃거렸다.

"그건 아마 말을 하지 않을 것 같습니다. 우리가 모르는 것이 차라리 낫지 않을까요?"

"알겠습니다. 안정되면 꼭 그분 모시고 식사라도 해야겠어요."

"네. 그래야 할 것 같습니다. 그리고 이젠 법무팀에서 시작해야 하지 않을까 합니다."

"좋습니다. 그러면 임시 중진 회의를 연다고 공지 부탁드릴게요. 이어서 법무팀에 준비하시라고 부탁합시다."

"그럼요. 정식으로 발표하시고 시작해야 순시기 맞겠지요."

"네. 너무 감사합니다. 항상 수고가 많으셔서~~"

"아닙니다. 대표님. 당연히 해야 할 일입니다."

"그렇지요? 당연히?"

이명재 대표는 되물으며 당연히 해야 할 일과 어쩌다 할 수도 있는 일의 선택은 무엇을 기준으로 어떻게 해야 하는가? 하고 자문했다.

몇 년 동안 그와 그의 가족들, 그리고 지인들과 같이 엮어서 똘똘 뭉쳐 넘기려고 발버둥 치는 저쪽 세력의 악랄함에 분노가 쌓이다 못해 허탈할 지경이지만 그는 역시 그릇이었다. 그것도 큰 그릇.

그는 공직 생활 중 기왕 해야 할 일이라면 이를 악물고 해 왔으며 할 수도 있는 일이라면 누가 그 혜택을 받는가에 따라 자신의 행보를 결정했다. 그 결과 오늘까지 무난하게 걸음을 옮겼으나 그래도 뭔지 모르게 부족하기에 쓰디쓴 패배의 잔을 들었지 않은가?

'혹시 내가 너무 독한 길만 선택했던 건 아닐까? 그래서 대선에서 패배한 건 아닐까? 대선이라는 벽을 넘기 위해 택한 길이 혹시 너무 멀리까지 갔었던가?'

그는 젊은 날 때로 벽에 부딪힐 때마다 더욱 이를 악물고 독해지는 자신을 발견할 때가 많았다. 물론 소신 관철을 위해라고 변명했지만 제법 손가락질받은 경우도 많았다. 그래도 그는 후회가 없었으며 만약 후회할 일이 있다면 후회 이전에 분노부터 느껴야 한다고 생각했다.

자신에 대한 분노, 그리고 사건을 일으킨 연유에 대한 분노. 하지만 그러한 분노의 감정은 오직 혼자만이 간직해야 하고 옆에서 눈치채게 만들면 다 같이 힘들 뿐이다.

모두 다 같이 손잡고 가는 길과 따로국밥으로 가는 길의 차이는 실로 엄청난 결과가 발생한다.

'나는 그 결과를 모두 다 같이 공유하기를 원한다. 왜냐하면 공동운명체이기에. 그러나 기왕이면 좋은 결과만 있으면 좋겠다.'

-11월 18일 09:00-
여의도 국민의희망당 당사 대표실

이제 김무형은 민주당의 탄핵 움직임에 신경을 날카롭게 곤두세우며 의원들 단속에 남은 에너지를 써야 할 지경이었다. 지지난번 정권이 탄핵으로 종말을 고했고, 또다시 그런 결과가 나온다면 당은 틀림없이 오랜 시간 진통을 겪을 수밖에 없다고 판단했다.

'하지만 우리에겐 든든한 아군이 있지.'

어쨌거나 언론은 때로는 우리를 향해 질책도 마다하지 않지만 결국 뿌리는 같기에 신문 방송에 올라오는 각종 뉴스에 큰 관심을 두진 않았다. 문제는 유튜브였다. 소위 진보 유튜버라는 작자들이 어디서 뉴스를 캐 오는지 섬   한 적이 한두 번 아니니 이제 저들의 정강이를 걷어차 무릎을 꿇게 만들어야 할 시기가 됐지만 아직은 검찰에게 넌 지시 언질만 주고 있었다.

그런데 추석들이 요즘 조용한데 뭔가 꾸미고 있지는 않은가? 물론 그들의 행보는 중진뿐이 아니라 많은 당원에게 노출되었기에 크게 티 나진 않았으나 몰래 주고받는 전화야 어쩔 수 없기에 그 점이 정말 신경 쓰였다.

어둠 속의 화살은 피하기 어려운 법. 그저 근처에 적이 있다는 것만 알 뿐 어디서 뭘 하는지 알 수 없다면 싸움은 이미 절반의 약점을 안고 간다. 그래도 준비는 단단히 할 수 있었던바, 누군가가 민주당 내부 흉계를 그에게 알려 준 소식통이 있었기에 다행이지.

'두고 봐라. 아마 며칠 내로 여의도에 또 한 번 검찰의 칼이 날아간다.'

문제는 싸움의 결과를 장담하지 못하는 것에 있었다. 그렇기에 그는 아군이 많아도 정말 코너에 몰렸을 때가 돼야 진정한 아군이 누구인지 알 수 있다고 생각하지만 그건 미래의 일이 아닌가?

현재 상황을 본다면 그는 적군이야 말할 것도 없고 아군도 믿지 못했다.

'지난번 탄핵 때도 우리 측에서 무려 40여 명이나 이탈표를 던지지 않았던가? 작년에 쫓겨난 젊은 당 대표는 젊은이들이 겪을 수도 있는 여자관계로 그랬지만 나야 뭐 그럴 일은 없지.'

그래도 제법 많은 의원이 그 친구를 잊지 못하는 것 같은데 보나마나 초선의원들이 그 속에 포함될 거라고 믿었다.

'누군가가 표를 지도부 뜻과 다르게 행사한다면 그건 틀림없이 초선들 외에는 없지.'

그는 인터폰 벨을 눌렀다.

좌측 벽의 작은 문이 열리며 김해 공항 노룩 패스의 주인공인 한희영 보좌관이 들어왔다. 한희영 본인은 모르고 있지만 그는 그때부터 당사 안에서는 은연중 그냥 노루, 혹은 노루 비서라 불리었다.

별명이 사람을 만드는 건가?

사람이 별명을 만드는 건가?

그는 얼굴 형태도 노루나 사슴처럼 갸름하고 좁으며 길쭉한 모습이다. 에누리 없이 별명과 딱 어울리는 모습이라 누가 지었는지 모르지만 기차게 잘 지었다.

그는 한 비서에게 말했다.

"지금 권순식 의원은 진해 내려가 있겠지?"

"네. 알아보겠습니다."

"이 사람아. 그런 일은 내가 말하기 전에 진작 알고 있어야 하는 거 아닌가?"

"죄송합니다. 대표님. 거기까진 생각 못 했습니다. 나가서 알아본 후 보고 올리겠습니다."

김무형은 그가 허리를 꾸벅 숙이며 나간 후 또다시 생각에 잠겼다.

'나도 부산에 내려가 볼까? 가면 누굴 만나 이야기해야 하나?'

아무래도 이번 사태는 당사 안에서 이야기 나누기보다는 어디든 밖에서 조용히 이야기하는 것이 훨씬 좋겠다고 판단한 그는 자리에서 일어났다.

민주당 중앙당사 당 대표실

날씨는 정말 좋았다.

며칠간 이어지는 맑은 늦가을 날씨에 많은 서울 시민이 마지막 단풍 구경 간다고 서울을 떠났지만, 이곳 여의도에서도 단풍을 즐길 수 있다는 것을 알고 있는 시민들은 멀리 가지 않고 대통령 퇴진 시위도 할 겸 단풍도 구경할 겸 몰려 들어와 여의도에도 차량 행렬이 끝없이 이어지고 있었다.

이명재 대표는 창밖으로 그 행렬을 바라보며 나직이 한숨 쉬었다.

'나도 저런 시간을 가질 수 있다면.'

그러나 자신에게 주어진 막중한 책임감에 부럽다는 마음은 가질 수 있으나 그렇게 하고 싶다는 마음까지는 갖지 못했다. 그의 어깨에 얹힌 무게가 그런 편한 시간과 마음의 여유를 갖기에는 너무나 무거웠기 때문이었다.

홍보팀에서 당 법무과와 공동으로 철저한 보안 속에 작성한 탄핵 문구는 이미 그의 책상 위에 올라와 있다. 사본 역시 중진을 포함한 중요 인사들에게 나눠 줬으며 이제 잠시 후면 그분들 모두 모여 문맥을 훑어보고 마지막 정리를 한 후 국회 본회의로 넘길 예정이었다.

'이제 끝이 다가왔으니 마지막 결말까지 좋으면 정말 좋을 텐데…'

나직한 한숨이 자꾸만 나오는 것을 느끼며 불안한 마음이 쉽게 진정되지 않았다.

'이 불안감은 대체 어디서 나오는가?

나의 욕심에서 나오는 불안감인가?

아니라면 나라와 국민을 위하는 불안감인가?

미래를 알지 못한다는 것은 인간에게 커다란 축복이다. 좋든 나쁘든 미래는 정해져 있기에 그 정체를 미리 안다면 노력할 필요도 없고 걱정도 필요 없고 그야말로 아무것도 할 이유가 없는 것이다.

그러나 미래는 항상 미지의 세계이기에 우리는 장밋빛 희망을 품어야 하고 그 희망을 이루기 위해서는 당연히 계획을 세워야 한다.

우리의 계획?

그래~

나의 계획이 아닌 우리 당, 우리 민족, 우리 국가를 위한 계획과 노력이어야 한다. 그 노력에 사심이 들어가 있다면 그건 희망이 아니라 욕심이다.

희망은 먼 미래(언제일지는 아무도 모른다)를 바라보며 가져야 하는 열정이지만 사심이 깃든 열정은 순간순간의 만족을 위한 것일 따름이다. 그 차이를 모르는 저런 인간이 정권을 잡고 있고 그를 맹종하는 무리가 창궐하고 있지 않은가?'

인터폰이 울리며 짙은 회한과 상념을 깨웠다.

"여보세요? 대표입니다."

수석 보좌관의 목소리가 들려왔다.

"대표님. 의원님들께서 거의 모두 모이셨답니다."

"알겠어요. 나도 가지요."

어느새 모두 모일 시간이 되어 그의 무거운 발길은 대회의실로 옮겨갔다.

민주당 중앙당사

민주당 당사 경비를 담당하는 청원경찰 최천수는 아직 컴컴한 하늘을 바라보며 초소에서 잠시 밖으로 나왔다. 경비 2팀이 순회 순찰하고 있을 시간이라 그에게는 아직 30분의 시간이 남아 있었다.

당사 앞 대로에서 갑자기 자동차 바퀴가 끼익하며 급히 자동차 멈추는 소리가 들렸다. 그의 얼굴이 그곳으로 향했다.

'이 새벽 시간에 어떤 미친 인간이 저렇게 운전하는 거지? 그것도 여의도 한복판에서.'

라이트를 밝힌 검은 스타렉스 봉고차 한 대가 비상등을 깜빡이며 당사 앞에 섰다. 그 뒤로 줄지어 두 대 더 정차했다.

맨 앞의 봉고차 조수석 앞문이 열리고 한 사람이 내렸다.

그리고 뒷문으로 검은 양복을 입은 남자들 세 명이 내리더니 그의 앞으로 다가왔다.

가장 앞에서 오고 있는 사람이 양복 안주머니에 손을 넣으며 그에게 말했다.

"혹시 민주당 경비 담당이십니까?"

"네. 그런데요? 어디서 오셨습니까?"

"대검에서 왔습니다. 압수 수색 영장 여기 있습니다."

"네? 아니 이 시간에 사전 통보도 없이 압수를요?"

"궁금하시면 직접 보십시오."

그에게 내민 종이가 바람에 흔들렸다. 그는 글자가 보이지 않아 눈 가까이 들이대고 자세히 훑어보았지만 어두움 때문에 잘 보이지 않았다. 저 멀리서 이 모양을 보고 순찰 경비 두 명이 헐레벌떡 뛰어 오고 있었다.

최천수는 가로등 밑으로 자리를 옮겨 영장을 보았다. 그가 제법 훤한 가로등 밑에서 영장을 읽기 시작하자마자 누가 그것을 홱 낚아 챘다.

"보셨지요? 지금 문을 열어 주세요."

"아니. 보긴 뭘 봐요. 뺏어가고는 뭘 봤다고 그래?"

그가 큰 소리로 항의했으나 키 큰 그 사람은 무궁화꽃이 새겨진 배지를 보여 주며 말했다.

"금방 보셨잖아요. 얼른 문 여세요. 우린 공무집행 중입니다."

강한 힘으로 최천수를 뒤편으로 밀며 그가 윽박질렀다.

"아니 이런 일을 저지르다니. 영장도 엉터리 같은데 무슨 짓이요?"

한 사람이 다가오더니 그의 손을 등 뒤로 잡아당기며 뒤에서 두 손을 옴짝 못하게 강한 힘으로 옭아 쥐었다. 옆의 다른 검은 양복이 그의 주머니를 뒤졌다.

달려오던 경비 두 사람이 소리 질렀다.

"이봐요. 당신들 누구요?"

"거기 꼼짝 말고 있으세요. 우린 대검에서 나왔는데 이 사람이 공 무 방해를 해서 이렇습니다. 당신들도 공무 방해할 거요?"

뛰어오던 경비 두 사람은 놀라서 그 자리에 얼어붙었다.

그러자 경비 중 한 사람이 재빨리 스마트폰을 꺼내 이 장면을 동영상으로 촬영하기 시작했다.

"키 내놔요."

손을 쓰지 못하는 최천수가 버둥대었다.

"이런 나쁜 놈들이 있나. 이 손 놓지 못하냐?"

"키나 빨리 내놔. 다치기 전에."

이번엔 거의 공갈 투로 다그치는 그들의 완력에 그는 옆구리에 있는 키를 가리켰다.

"에라이. 이 나쁜 놈들아. 키는 여기 있지만 내 손으로는 주지 않을 거다. 강도 새끼처럼 뺏어 가 봐라."

키가 약간 작은 검은 양복이 그의 허리춤에 매달려 있는 현관 키를 뺏었다.

"갑시다."

그리고 성큼성큼 앞서며 현관으로 다가갔다. 최천수를 잡았던 손도 떨어지더니 그들의 뒤를 따라 걸음을 옮겼다.

최천수는 즉시 이명재 대표의 폰으로 연락했다. 새벽이지만 대표는 금방 폰을 받았다.

"대표님 큰일 났습니다. 대검에서 수색 중입니다."

"네? 아니 그런 일이~~ 그럼 진정하시고 지금부터 폰을 들고 그들 뒤를 쫓아가십시오. 동영상 확보 부탁드리겠습니다. 우린 지금 출발하겠으니 도착할 때까지만 기다려 주십시오."

이명재 대표는 급하게 옷을 챙겨 입으면서 동시에 업무 폰에 저장된 단축 버튼 10번을 눌렀다. 졸지에 민주당 주요 인사들에게 총 비상 연락이 떴다.

당 홍보실의 연락 담당 전희걸 의원의 폰에서 사이렌 소리(그는 비상시의 폰 소리는 사이렌 소리가 나도록 설정했다)가 울리며 그의 잠을 깨웠다.

너무나 놀란 그는 벌떡 일어나자마자 폰을 들여다보고 문자를 확인했다.

'전 직원 비상 연락, 대검에서 당사 압색 보고 받음.'

"어이쿠야. 이건 또 무슨 난리냐~~?"

그는 순간적으로 놀란 나머지 대변인, 사무총장, 그리고 생각나는 인물들 번호를 정신없이 눌러대기 시작했다.

잠시 후 정신 차린 그는 민주당 주요 당원 단톡으로 들어가서 메시지를 올렸다.

"비상입니다. 본부가 대검의 압색으로 지금 수색당하고 있습니다. 즉시 모여 주시길 바랍니다."

잠시 한숨 돌린 그는 그 즉시 평소에 친한 유튜버가 생각났다. 일명 '붉은 아재'인 진보 유튜버는 박윤옥 전 법무부장관 사태에 그 억울함과 분노를 생방송으로 유튜브에 가감 없이 올리는 것으로 유명했다. 그의 번호를 찾은 그가 급하게 번호를 눌렀다.

'다음에는 꼭 이 양반을 단축번호로 지정해야겠다.' 하며 그는 '얼른 전화 받아라' 하고 속으로 소리쳤다.

폰에서 요란하게 수신 신호가 울려 퍼졌다.

그는 잠시 발신을 중단하고 전화를 연결했다.

"여보세요? 전 의원님 무슨 일인가요?"

사무총장 홍희윤이었다.

"총장님. 큰일입니다. 당사 건물이 대검 압색 중이랍니다. 즉시 모여야겠습니다."

놀란 음성의 홍 총장이 말했다.

"그래요? 알겠습니다. 지금 출발하겠습니다."

대화가 끊기자마자 또 폰이 울렸다.

"여보세요? 전희걸입니다."

"네. 안녕하십니까? 의원님 저 붉은 인간입니다. 웬일로 새벽에 전화 주셨습니까?"

"아~~ 지금 뭐 하세요? 바쁘세요?"

"아니 새벽에 깨우시고 웬 바쁘냐는 말씀을? 저 안 바쁩니다. 무슨 일 났나요?"

"난리 났습니다. 얼른 카메라 갖고 당사로 오시면 고맙겠는데요."

"왜요? 누가 쳐들어왔습니까?"

한 시간도 지나지 않아 민주당사 앞은 꼭두새벽부터 난리가 벌어졌다.

언제 왔는지 경찰들이 당사 앞에 일렬로 죽 늘어서서 출입자들을 단속하기 시작했고, 아직은 어두운 여의도 대로를 드문드문 지나가

108

던 차량들이 서행하며 민주당사를 쳐다보자 얼른 지나가라고 손짓하기 바빴다.

모여든 인파는 검찰, 경찰들의 일거수일투족을 샅샅이 훑어보며 쫓아다니기 바빴다. 이리저리 몰려다니는 인파 중에서도 유독 눈에 띄는 사람들이 있었다. 연두색 형광 조끼에 자신이 속한 유튜브 방송국명이 적힌 유튜버들이었다. 그들은 커다란 직캠을 들고 이리저리 옮겨 다니며 보이는 대로 닥치는 대로 카메라 초점을 맞췄다. 특히 현관 앞 가장 가까운 쪽에서 검찰청 직원들을 향해 열심히 초점을 맞추는 유튜버가 보였다.

그는 '붉은 아재'였다.

민주 당원들의 분노에 찬 고함, 자동차 경적 소리, 언제 몰려왔는지 모를 시위대가 지르는 고함 등등, 그야말로 아수라장이 따로 없었다.

'붉은 아재'의 카메라 앞에 누군가가 다가왔다. 민주당 홍보실의 전희걸 의원이었다. 그가 카메라를 향해 고함을 질렀다.

"국민의당원들은 보고 있는가? 권력은 영원하지 않은 법이다. 역사는 당신들을 절대로 용서하지 않을 것이다. 어서 이 폭력적 수색을 멈추라고 해라."

한 인간의 욕심과 그를 맹종하는 개돼지와 다름없는 군중들로 인해 민주주의가 죽어가는 순간이었다.

-11월 19일 07:00-

MBS 방송국의 아침 11시 뉴스 속보로 민주당 당사의 한 장소가 쩌쩌 오라와다 그리고 이어지는 여자 앵커의 침착하지만 열에 들뜬 목소리가 화면을 가득 울렸다.

"지금 시청자 여러분께서는 오늘 새벽 일어난 민주당 압수수색 장면과 민주당 당사 안의 한 사무실을 보고 계십니다. 오늘 새벽 5시 대검찰청에서 압수수색 영장을 받은 검찰 직원들이 민주당 당사에 들어가서 지금 보시는 대로 압수수색을 했습니다."

화면에서는 컴컴한 어둠 속에서 양복 입은 남자들 몇몇이 민주당 청원 경비를 힘으로 제압한 후 강제로 옆구리의 키를 뺏는 모습이 보이고, 이어서 실내의 열려 있는 캐비닛 문, 책상에서 쑥 빠져 덜렁거리는 서랍, 그리고 테이블 위에 제멋대로 흩어진 각종 서류가 보였다.

화면에 다시 앵커의 얼굴이 뜨더니 이야기가 이어졌다.

"지금 여러분께서 보시는 대로 민주당 당사는 난장판이 되었으며 민주당 인사들은 현관 앞에 모여 검찰을 규탄하고 있습니다. 잠시 보시지요."

화면이 바뀌고 이명재 민주당 대표의 얼굴이 클로즈업되며 그의 울부짖는 고함이 들려왔다.

"국민 여러분. 지금 이것이 바로 저 악랄한 정권의 실체입니다. 그리고 그 뒤를 열심히 쫓아다니는 검찰과 경찰의 행패를 보십시오. 이것이 민주주의입니까? 이것은 민주주의가 아니라 독재자의 폭력입니다. 우리 당은 이에 굴하지 않겠습니다. 우리는 분명히 저들을 심판할 것이고 저들의 죄를 낱낱이 밝혀서 민주주의의 승리를 되찾겠습니다. 국민 여러분, 이 폭력 정권을 심판해야 합니다."

피를 쏟는 듯한 이명재 대표의 절규는 온 국민의 분노를 들끓게 하기에 충분했으며 이에 여의도로 밀려오는 인파는 오후가 되자 더욱 크게 불어났고 그 고함은 여의도뿐 아니라 서울 시내 전체에 울려 퍼지기에 충분했다. 아니 전국으로 퍼져나갔다.

그날 오후 국회 내 의원 식당에서 점심 식사를 마친 민주당 의원들은 의원회관에서 모였다. 그리고 이 모임은 '붉은 아재'의 유튜브 생방송을 통해 전국에 중계되었다. 카메라는 이명재 대표를 중심으로 둥그렇게 모여 있는 민주당 의원들을 비추고 있었다.

이명재 대표는 잠시 카메라를 응시하더니 왼손에 있는 파일을 들어 보였다.

"여러분. 이 서류는 저 악랄한 정권의 대표자인 윤기열 대통령의 탄핵 서류입니다. 저들은 이 서류를 탈취하기 위해 불법적이고 폭력적인 압수수색을 했으나 탄핵만큼은 막지 못할 것입니다. 국민 여러분께는 대단히 죄송하지만 근래 며칠 동안 우리 민주당은 국회 본연의 임무에 소홀히 했습니다. 이 점에 대해서는 변명의 여지가 없으나 단지 그것이 진심은 아니었다는 점만은 꼭 믿어주시면 감사하겠습니다. 그래서 저희는 내일 재차 정기국회를 열 것이며 이 탄핵안건을 상정해 용산의 무뢰배들을 반드시 쫓아내어 살아 있는 민주주의를 되찾을 것입니다.

저희는 내일부터 생즉사 사즉생의 사생결단을 할 것이고 이 무도한 정권과 폭력에 앞장선 검찰의 행패는 여야 할 것 없이 앞으로 나서서 막아야 합니다.

저는 대한민국의 민주주의가 막다른 곳에 몰렸다고 생각합니다. 단 한 명의 인간 때문에 말입니다. 저들은 이제 그 죄의 심판을 받아야 하며 이 죄를 묻기에는 너와 나, 여와 야를 가려서도 안 됩니다.

내일 정기국회에 제출하는 대통령 탄핵안이 반드시 통과되어 이 무도한 정권의 폭력적인 행패를 막아야 하는 일에는 여당도 적극 협력해 주시기 바랍니다. 대한민국의 민주주의가 이렇게 죽어야 하겠습니까?"

-11월 19일 19:00-
국민의희망당 당사

당 대표 김무형은 장방형 회의실의 가장 안쪽 의자에 앉아서 여러 의원을 바라보았다. 왼쪽의 중진들을 포함한 다선 의원들은 여유로운 표정이었고 오른쪽의 초선, 재선 등 비교적 선수가 낮은 의원들은 침묵을 유지하고 있었다.

실내에는 이상한 침묵이 감돌았다. 중진급과 초선급 의원들 사이에 어색한 기류가 흐르며 피차 눈길을 마주치지도 않았다.

김무형이 입을 열었다.

"오늘 저들의 발언을 들어보면 내일 탄핵안을 기필코 발의할 것 같습니다. 이제 우리가 해야 할 일은 정해졌네요. 내일 국회에 나가실 분 혹시 계십니까? 정족수가 모자라기에 민주당 단독으로 통과하지는 못합니다. 그렇다면 우리는 내일 그 시간에 점심 식사 같이하면서 저들의 행동이 어긋나도록 하면 되겠지요? 그렇지 않습니까?"

김무형의 발언은 내일 국회는 민주당 단독으로 개최하도록 내버려 두자는 말이었다.

좌측 열 몇 번째쯤의 좌석에 앉아 있는 노련한 유민승 의원이 말을 꺼냈다.

"지난번 탄핵 때도 우리 모두 참석했습니다. 우리는 우리 자신들을 믿어야 하니까 참석해야 하지 않을까요?"

"뭐 그렇긴 합니다."

김무형은 마지못해 맞장구쳤다.

"말이 나왔으니 조금만 더 말하겠습니다. 용산의 조치는 국민의 뜻을 거스르는 매우 불법적인 조치입니다. 그 조치가 어떤 결과를 초래할지 용산은 제대로 숙고하지도 않은 채 일을 저질러 버린 것 같습니다. 아마 이 일의 파장이 이토록 커질 줄 몰랐겠지만 그건 반대로 해석하면 정무 감각의 한계가 아닌가 합니다. 그 덕에 우리 당까지 덩달아 피해 보고 있으니 이 문제는 어떻게 해결하실지 궁금합니다."

유민승 의원의 발언은 논리 정연했다.

문제를 일으킨 범인은 따로 있는데 왜 우리까지 덤터기 써야 하느냐. 그 말에 초선의원들 거의 모두 고개를 끄덕였다.

김무형이 입을 열었다.

"제가 그래서 아까 용산에 전화를 드렸습니다. 대통령의 의중은 우리가 참석하지 않으면 탄핵안은 통과 못 한다는 겁니다. 기껏해야 국정감사나 하겠지요. 그러니 우리가 나가지 않으면 좋겠다, 하는 뜻입니다."

그 말에 초선의원 중 한 사람이 벌떡 일어나더니 큰 소리로 말했다.

"우리는 국민이 뽑아 준 국회의원입니다. 우리에게 이래라저래라 명령할 사람은 국민 외에는 없습니다. 그런데 용산이 언제부터 우리에게 명령할 위치까지 올라갔나요?"

김무형의 안색이 변했다.

"의원님. 우리는 피차 협조해야 살아남습니다. 용산도 그렇고 우리끼리도 마찬가지입니다. 서로서로 같이 살자고 그런 것 아닌가요? 너무 깊이 생각하시진 마시지요."

'말이야 그럴싸하지만 그냥 시키는 대로 하면 된다는 뜻과 다를 게 뭐란 말인가? 능구렁이가 따로 없군.'

권순식은 김무형 대표의 말이 귓전에 앵앵거렸다.

'서로서로 같이 살자고? 그럼 죽을 때는? 같이 죽어 줄 건가? 어림도 없는 소리. 저렇게 행동하니 이 바닥에서 오랜 세월 견뎌 왔겠지. 하지만 나는? 나도 저렇게 급하면 빠지고 아니면 달라붙어야 하나? 그래도 이젠 끝이야. 왜 테러 경찰들 끌어들이고 불법으로 민주당 압색해서 이 난리로 만드냐? 그것 자체가 국민을 향한 테러란 말이다. 그래. 두고 보자.'

두 자리 건너서 앉아 있는 주해승 의원도 안색이 그리 밝아 보이지 않았다. 그는 김무형 대표에게 귀띔해 준 소식이 있었다.

그가 김 대표에게 전한 말은 민주당 내부 안건을 검찰의 압색으로 확보해서, 혹시나 그 안에 있을지도 모르는 국민의희망당 의원 중 탄핵에 찬성하는 의원을 색출할 수는 없을까요? 하고 부추긴 사람이 그였다.

그는 당연히 자신의 이름은 거기 올라가 있지 않지만, 만약 권순식 의원 이름이 올라가 있다면?

그 역시 탄핵에 한 자리 차지한다고 본 그의 속셈이었다.

그러나 민주당 당사 압수수색으로 그런 비밀문서는 찾지도 못했고 도리어 국민의 반발과 진보 진영의 합세만 더 크게 부추긴 꼴이 됐다.

민주당 박민주 의원의 전략이 바로 그 점을 노린 것까지는 주해승 의원도 몰랐고, 결국 그는 내심 재빠르게 태세 전환하기로 작정했다.

알맹이 없는 갑론을박으로 시간을 보낸 그들은 결국 의견통일을 이루지 못하고 각자 저녁 식사 자리로 향했다. 검찰의 민주당 당사 압수수색은 건수 하나 찾지 못한 채 용두사미로 끝나서 더욱 큰 불씨만 키운 꼴이 되었다.

-11월 20일 08:00-
여의도 국회의사당

새벽부터 의사당 앞에 모인 민주당 인사들은 의사당 문이 열리기만 고대했다.

의사당 후면 주차장에는 국민의희망당 국회의원들의 승용차가 여러 대 주차하고 있었다. 그들은 차에서 내리지 않은 채 의사당 전면 주차장에 나가 있는 보좌관들에게 출석 의원들의 면면을 보고 받는 중이었다.

정각 9시에 정문이 열리자마자 민주당 의원들이 우르르 몰려 들어가는 모습에 국민의당 의원 보좌관들은 폰을 열심히 두드리며 각자의 상관에게 보고했다.

9시 조금 넘은 시각, 후면 주차장에 또 다른 승용차 한 대가 주차하더니 웬 인물이 내렸다. 유민승 의원이었다. 그리고 곧이어 들어오는 차량의 문도 열리더니 초선의원 중 가장 연장자인 주해승 의원을 필두로 여러 의원이 한꺼번에 의사당 안으로 들어가는 모습이 보였다.

차에 있던 김무형이 발끈했다.

"아니. 주 의원이 저럴 수가 있단 말인가? 나에게 한 말도 있으면서 저러다니?"

그러나 그 말이 그들의 귀까지 도달하지는 못했다.

오후가 되자 야권 3당인 민주당 169석, 열린 정의당 13석, 녹색당 3석을 대표해 3당 대표가 공동 발의한 탄핵소추안 발언에 이어 여당 초선의원 28명을 포함한, 총 213명의 발의가 이루어졌다.

이제 공은 굴러가기 시작했다. 그리고 일주일 후 11월 27일 본회의에 보고된 발의안은 법제사법위원회로 회부되었다.

11월 30일의 법사위에서는 이 탄핵안을 회부하지 않기로 결의했다.

그리고 역사의 비극인 2번째 탄핵안 의결이 이루어지는 12월 1일의 햇살이 떴다.

국민의당 의원들은 결국 참석을 결정하고 여의도 의사당 회의장에 들어섰으나 비공개로 이루어진 오후의 의결은 재적 298인 중 출석 297인이 투표한 결과 찬성 213표 반대 58표, 기권 26표로 가결되어 보수파에서 배출한 대통령들 중 두 번째로 탄핵안 등본이 헌법재판소로 송달됐다.

약 2시간 후 헌재의 접수를 마치자마자 윤기열의 대통령 권한 행사는 중지되었으며 심판의 날만 기다리는 처지로 변했다.

헌재의 심리에 걸린 시간은 대통령 변론의 지체와 더불어 대검찰청의 집요한 방해 공작으로 말미암아 5개월 이상 걸렸고 해가 지나서 다음 해 3월 6일에야 파면 선고가 이루어졌다.

-2024년-

이른 봄

겨우 2년여의 짧은 기간 동안 그가 저지른 국격의 추락과 경제의 몰락, 그리고 정국의 혼란상은 이루 말할 수 없이 커다란 흠집을 남겼고, 이 상처를 치유하기 위해서는 대대적인 수술이 필요할 지경이었다.

그중 기득권 세력의 악착같은 준동으로 여, 야 정치권의 이념적 갈등으로도 모자라, 그 여파에 직접적으로 영향을 받는 동, 서 지역 간의 갈등을 넘어 급기야는 또다시 좌, 우 갈등으로까지 이어져 그 폐해는 거의 메우기 불가능한 틈을 보였다.

이 간격을 좁히는 것이 진보 진영의 가장 큰 숙제이지만, 반대로 그 간격의 벌어짐은 기득권의 희망이었다.

하지만 허망하게도 기득권의 소망은 윤기열의 파면으로 일단 멈추었으나 그건 일시적인 현상으로 봐야 했다.

그들을 지지하는 한반도 남부의 동쪽 지역 주민들은 항상 그래왔기에 차기 대선이라고 별다를 리 없을 것이다.

그러나 자유당으로 시작해 국민의희망당으로 이어지는 기득권 세력이 만들어 낸 탐욕과 자만심으로 가득한 전직 보수 대통령들은 한결같이 그 종말이 처참했다. 이승관, 백성희. 전유환, 이명복, 백근희 등의 말로가 그랬다. 그러나 국토 동남부 쪽 주민들에게는 좋지 못한 결말을 맞이한 대통령들은 단지 개인의 정치적 잘못으로 치부하기 일쑤였고, 그들 스스로 애써 자위하는 것 이상도 이하도 아니었다.

수십 년 동안 진보와의 투쟁에서 절대 밀리지 않는 이념(?)적 승리를 가져오는 원동력이 바로 그런 자기 위안이었다.

그들 눈에 보이던 보수 대통령들은 한결같이 자신들이 하지 못하고 갖지 못하는 배짱 가득한 언행을 보이는 지도자로 보이기에 우러러보는 것이었다. 실로 낯간지러운 자기 위안이 아닐 수 없었다.

그러나 그 점을 교묘히 이용하며 자신들의 세력 약화를 결코 좌시할 수 없는 기득권은 보수색채를 유지하며 기득권을 이어가기 위한 정치적 이념을 '진보세력=빨갱이'라는 구호로 감추며 수십 년 동안이나 면면히 이어가고 있었다.

그래도 국민의희망당 텃밭인 동남부 쪽 주민들은 그 점을 전혀 깨우치지 못하고 있었다.

그리고 그렇게 정립된 정치 구도를 뒷받침하는 중추 세력이 바로 기득 언론인 J 일보, J 신문, D 일보 등 3개 메이저 언론사였으며, 그들의 얼토당토않은 기사를 버텨 주는 기둥이 검찰이었다. 이 삼각 세력 구도는 해방 후부터 지금까지 이어져 내려온 정치 구도가 변하지 않게 하는 든든한 기조를 이루었다.

그에 걸맞게 대한민국 검찰은 헌법재판소에서 보수 정당이 배출한 대통령의 두 번째 탄핵안이 인용되자마자 민주당 주요 인사들의 집무실과 자택까지 일일이 압수수색을 벌였으나, 언론에 알려진 사건은 민주당 국회의원 진호준의 불법 대출 사기 사건 하나였다.

국민의희망당과 검찰, 기득 언론 세력은 국가와 민족의 역적이었다.

차기 대통령 선거일은 탄핵 사태에 따라 법정 기한이 24년 6월 4일까지이지만 대통령 선거 요일인 수요일에 맞춰 전주 수요일 즉 5월 30일로 결정됐다. 그전 달 4월에는 국회의원 총선이 있으나 이미 선거 구도는 민주당의 압승이 확정되다시피 했다.

윤기열의 기가 막힌 폭정으로 국민의희망당은 국민의 역적 당으로 몰렸고 이를 무마하기 위한 국민의희망당의 그 어떠한 노력도 물거품이 되고 말았다.

그러나 민주당으로서는 지난 총선의 진보 진영 의석수 180여 석보다 더 많은 의석을 확보하느냐가 관건이었고, 또 확보해야만 그동안 물밑에서 열심히 작업했던 탄핵에 이은 각종 개헌안을 무사히 통과

시킬 수 있기 때문이었다.

결과는 민주당과 민심을 배신하지 않았다. 민주녕은 총선에서 무려 206석이라는 전대미문의 의석을 확보했고 이 숫자는 곧바로 국정 전반에 걸친 산적한 난제에 대해 안정과 기대, 그리고 불안감을 동시에 발생하게 했다.

그래도 그 무엇보다 가장 먼저 착수해야 할 문제는 경제 안정이었다. 이를 뒷받침하기 위한 입법 추진, 즉 부자 증세, 고액 소득자의 소득세 증세, 다가구 주택 소유자의 증세 등의 입법 추진안은 기득권의 반대로 난관에 빠졌으나, 이보다 더 큰 문제는 수십 년 동안 정치판을 뒤흔들던 언론, 그리고 검찰과 일심동체로 비유할 수 있는 여론형성과 이 왜곡된 여론을 따라가며 민주주의를 마구 흔들던 언론, 검찰 두 집단의 악랄한 관행이었다.

하지만 정의와 국민 여론에 밀린 사법부는 윤기열과 그 가족, 그리고 그가 발탁했던 고위 인사들의 불법 행위는 결국 사정의 칼날을 꺼내지 않을 수 없었고, 증거 또한 완벽하게 존재하기에 그들은 결국 법망을 피하지 못했다. 악행의 결과는 교도소 직행뿐, 또다시 보수 대통령이 당당하게(?) 감옥으로 들어갔다. 그리고 이에 맞장구치며 불법적 전횡을 일삼던 보수 고위 관료들도 법의 칼날을 피할 수는 없었다.

-2024년 5월 16일 10:00-

대전역 광장 대선 후보 연설회

보도는 드문드문 눈에 띄는 작은 휴지 조각 외에는 크게 어질러지진 않았다. 수많은 인파가 몰려든 민주당 대통령 후보 이명재의 연설은 그렇게 넓지 않은 대전역 광장에 몰려든 시민과 찬조 인사, 그 수행원 등 수많은 인파가 북적대며 따뜻한 봄바람을 등에 업고 선거 열기를 더욱 크고 뜨겁게 덥히고 있었다.

흰색 긴팔 와이셔츠를 걸쳐 입고 민주당을 상징하는 파란색 넥타이를 맨 이명재 후보는 단상에 올라서서 자신에게서 어떤 말이 나올지 기다리는 청중들에게 깊이 고개 숙여 인사드렸다.

국민 대부분은 이미 전임 대통령의 실정으로 인해 차기 대통령은 당연히 민주당 후보가 당선된다고 판단하고 있었으며, 이는 시중의 각종 여론조사에서도 그런 결과가 나오고 있었다.

대전역 광장에는 대통령 후보의 연설이 있다는 것을 이미 알고 모였거나, 혹은 몰랐으나 지나가다 이 광경을 보고 몰려든 시민들은 모두가 꼭 당선을 바라는 심정으로 이명재 후보의 연설을 기다렸다.

청중들은 마이크 높이를 조절하는 그를 바라보며 전임 대통령 친인척의 각종 비리와 독재적 횡포, 그리고 이에 휩쓸려 물불 안 가리고 사회 전 분야에 걸쳐 불법과 비리, 그리고 악담과 악행으로 국회를 휘졌던 국민의희망당을 크게 매도하며 이명재 후보를 열렬히 지지했다.

하늘은 한없이 맑고 깨끗했고 대기는 초여름의 따뜻한 공기 덕에 기분조차 상쾌했으나, 수많은 청중의 눈빛은 국가와 민족의 장래에 내한 긱정으로 깊은 수심과 기대, 그리고 염려가 한데 섞인 눈빛으로 가득했다.

이윽고 마이크 높이를 조절한 이명재 후보가 카랑카랑한 목소리로 입을 열었다.

"국민 여러분, 저는 오늘 대단히 큰 결심으로 이 자리에 나왔습니다. 저는 대한민국의 국가 정체성을 짓밟는 친일적인 언행을 일삼고 불법과 비리, 그리고 국회 파행 운영을 일삼는 국민의희망당의 행위는 도저히 용납할 수 없습니다.

국민의희망당의 이러한 악랄한 국정 운영 자세는 그 뿌리가 해방 후부터 시작해 60여 년 전의 오늘인 5. 16 군사쿠데타로 불 난 집에 더 많은 기름을 끼얹었습니다. 해방 후를 기점으로 80년 가까이 세월이 흐르는 동안 저들은 도대체 어떻게, 왜 같은 민족으로서의 정체성을 유지하지 못하는지 저는 도저히 이해할 수 없습니다.

그 여파로 인해 우리는 지금까지도 좌, 우의 이념 정쟁에 파묻혀 올바른 정체성을 확립하지 못하고 있으며, 이러한 이념적 갈등은 이른 시일 내로 정상 궤도에 오르기가 힘들 지경입니다. 누구나 알고 있듯 우리 민족은 반만년의 유구한 전통과 역사를 이어 오며 위대한 문명과 문화적 우월성을 간직하고 있습니다.

그러나 이를 뒷받침 못 하는 보수정치권은 국민의 삶과 행복, 그리고 발전에 대해 정당하고 바른길을 제시하고 이끌어야 할 임무가 있음에도 불구하고, 해방 후 오랜 세월 동안 좌우의 이념 투쟁 외엔, 국가의 발전과 민족 번영을 위해서는 다른 방향은 없는 듯이 이념 아닌 이념 정쟁으로 허송세월을 보냈습니다. 여러분께서는 저의 이 말에 동감하십니까?"

모여든 시민들의 입에서 '옳소' 하는 큰 외침이 들리자, 그는 물컵을 들고 한 모금 마시며 마이크를 다시 잡았다.

"우리 민족은 근대에 이르러 그 위대함을 꽃피우기도 전에 혼란한 상황을 겪었습니다. 그런 혼란을 틈탄 외부 세력 중 특히 일본의 야욕이 우리에게 끼친 피해는 이루 말할 수조차 없이 잔혹했건만, 아직도 그 그늘에 숨어 정치적 행패와 사회적 물의를 일삼는 친일 정치세력의 집결지라 봐도 무방할 정도인 국민의희망당 위세는 수그러들지 않고 있습니다.

왜 저들은 30여 년 동안 자신들의 당에서 성장한 정통당원 중에서 대선 후보를 선출하지 못하고 외부의 유력인사만 내세우고 있습니까? 저들은 그렇게까지 하면서도 결국 대통령 한 분은 총격에 쓰러졌고 보수 정당의 대통령들 5분은 감옥에 가고 말았습니다.

불과 40여 년 동안에 전직 대통령 9분 중 5분이 감옥에 가는 기막히고 부끄러운 사건이 발생한 것입니다. 그야말로 대한민국의 수치가 아닐 수 없습니다. 더구나 우리 모두 존경해 마지않던 한 분은 스스로 생을 마감하셨습니다.

-이명재 후보는 이 대목에 이르러 목이 마른 듯 물 한 모금 들이켰다.-

보수 정당의 대통령들을 지지했던 분들은 부끄러움도 느끼지 못하시는가 봅니다. 이런 정치풍토가 어떻게 올바른 민주주의 정치라

할 수 있겠습니까? 이는 오로지 국민을 위한 정치가 아니라 권력 유지를 위한 정권 잡기에만 혈안이기에 그런 결과가 나오는 현상이 아니라면 대체 무엇입니까?

더구나 그들, 보수라 자칭하는 세력의 핵심 인물들은 해방 후 80년이 지났는데도 친일적인 언행을 노골적으로 내보이고 있으며, 아직도 그 세력들은 정치, 경제, 교육, 언론 등 우리 사회 구석구석에서 음모와 일탈을 일삼으며 단군께서 정립하신 위대한 대한민국의 건국이념이자 인류의 공통 이념이라 할 수 있는 홍익인간과는 너무나도 거리가 먼 정책을 견지하고 있습니다.

국민의희망당의 정체성과 정당 이념은 대체 무엇입니까? 시대에 뒤떨어진 반공입니까? 말로만의 국가 발전입니까? 그동안의 행태로 보아서는 친일 발언과 행적이 수도 없이 많던데 그렇다면 친일입니까?"

"맞습니다~!"

커다란 고함으로 맞장구치는 청중을 바라보며 한숨 돌린 후보는 잠시 시선을 하늘로 향했다. 그리고 조금 전보다 더욱 큰 소리로 말하기 시작했다.

"자칭 보수라 칭하는 분들은 진보 진영 인사를 향해서 주로 하는 말이 있습니다. '너 빨갱이지?'라고 말입니다.

여러분. 제가 빨갱이로 보입니까?"

청중들은 일제히

"아니요~~!!!"라고 외쳤다.

이명재 후보가 격분한 듯 소리쳤다.

"이 빨갱이란 단어가 주는 위대한 대한민국 국민의 결속력 약화와

편 가르기가 바로 부끄럽게도 보수 대통령들의 비참한 몰락과 두 번의 탄핵 사태를 초래한 이유입니다.

이제 이 빨갱이란 단어는 사라져야 합니다. 일부 극우 국민은 이 단어에 열렬히 호응하며, 급기야 진보는 빨갱이, 보수는 애국자라는 말도 안 되는 주장을 하고 있습니다.

그러나 이제는 국가가 잘되고 민족이 번영하기 위해서라도 빨갱이라고 뒤집어씌우는 일은 없어야 합니다.

여러분~!

진보는 진보일 뿐 빨갱이가 아니며 보수도 나름의 장단점을 지니고 있습니다. 정치인의 모든 정치적 이념과 공약은 오로지 국민을 조금이라도 더 안전하고 편안한 생활을 보장하기 위한 것이 되어야 합니다.

그렇기에 저는 여기에 목표를 두고 오로지 국가의 발전과 건강한 미래를 위해 모든 노력을 기울일 것을 재차 다짐하며, 우리와 친밀하게 지내야 할 이웃 국가와의 건설적인 관계를 이루기 위해서라도, 올바르지 못한 영토분쟁을 종식해야 하기에 독도 근해 우리 영토의 불법 침범을 절대 용납하지 않을 것입니다.

또한, 일본 정부가 독도에 대한 억지 주장을 중단하지 않는다면 저는 대마도 반환을 정식 선거공약으로 선언하겠습니다. 역사적으로나 지리적으로나 고대부터 한반도의 세력과 지배하에 있던 대마도를 공식적으로 반환 요구하겠으며, 이를 위해 국제사법재판소에 영토 반환을 위한 정식 소송안건으로 제소할 예정입니다.

얼마 전 국제해양법 재판소에서 우리와 일본 측의 공동관리로 대마도를 관리하자는 안이 나올 수 있다던데, 만약 사실이라면 우리는 이를 정면으로 반대해야 합니다.

일천 년 전부터, 혹은 우리도 알지 못하는 그 이전부터 한반도의 관리와 예속을 받은 역사적 증거와 전례가 있고, 근대에 이르러 삼국접양지도에도 분명하게 기록되어 있어서 일본 측이 오가사와라 제도에 대한 미국과의 영토 반환 협상 근거로 삼았는데, 그 지도조차 대마도가 우리 땅임을 뚜렷하게 명기하고 있습니다.

그러므로 삼국접양지도를 포함해서 우리가 그동안 수집한 각종 역사적 자료를 정리해 이를 국제 사법 재판소에 제소해서 우리의 땅이라는 사실을 주장할 것입니다. 일본 정부는 지금이라도 늦지 않았으니, 대마도를 즉각 반환하고 독도 관련 억지 주장을 중지해 앞으로의 양국 간 번영을 위한 협조 관계를 모색해야 할 것입니다.

이에 저는 금번 대선에서 국민 여러분께서 저를 선택해 주신다면 국민 여러분의 명령에 따라 주어진 임무에 최선을 다할 것을 약속드리겠습니다. 그리고 한반도에 대한 험한 언행과 정치, 경제 등 온갖 만행을 지속해서 일삼는 일본 정부에 강력하게 그 시정을 촉구할 것이며 이를 위한 어떠한 조치도 마다하지 않을 것 또한 약속드립니다."

우렁찬 박수 소리가 천지를 진동했다.

"그러므로 지금이라도 늦지 않았으니 일본 정부는 이웃 국가의 평화는 곧 자신들의 평화와 직결되는 공동체라는 올바른 인식하에 우리 대한민국을 향해 그동안의 역사적 사실에 근거한 피해와 악행에 대해 진심으로 사죄할 것을 촉구하며 이에 성실히 응할 것을 재차 당

부합니다.

또한 저를 믿어주신다면 앞으로는 친일적인 어떠한 행위도 용납하지 않을 것이며 더불어 사회 규범을 무너뜨리고 불법과 비리, 그리고 사회질서 파괴를 일삼는 각종 기득권층의 불법과 범법 행위에 대해서도 엄중히 대처할 것을 천명합니다.

이에 저는 저를 포함한 국민 여러분의 능력으로 개헌을 이룰 수 있다면 그 내용에 반드시 검찰과 경찰, 사법부 고위직을 임명직이 아닌 국민께서 직접 선출하는 선출직으로 개헌하는 법안을 상정하겠습니다.

이는 기존의 줄만 잘 서면 퇴임 시까지 거의 반영구적 권력을 약속하는 임명직의 한계를 무너뜨리는 일이지만, 지금의 법질서 확립을 위한 사법기관들은 이 줄 잘 서기에 능통한 사람들이 그 중심에 버티고 선 채, '앞으로 나란히' 줄 서면서 줄곧 악습과 불법, 비리에 앞장서다시피 했으나, 저의 이 개헌 약속은 불법과 비리의 온상인 일부 검, 경, 사법 조직의 횡포를 막기 위한 일임과 동시에 앞으로 우리 사회의 정의와 발전을 위해 반드시 실천해야 하는 법적, 도덕적 질서 확립의 첫걸음이라고 판단합니다.

또, 언론의 징벌적 손, 배상을 엄격히 적용할 것이며 이를 철저히 실행에 옮기겠습니다. 덧붙여 종교단체의 과세는 국민 과세 평형의 기준에 따라 과세할 것이며 우리 민주당에서는 이를 위해 과세 기준을 확립할 것을 약속드립니다."

또다시 요란한 박수가 터져 나왔다.

"국민 여러분, 제가 마지막으로 국민 여러분께 질문을 하나 드리겠습니다 그리고 제가 하나, 둘, 셋을 세겠습니다. 제가 셋을 외치면 큰 소리로 답을 말씀해 주십시오."

청중들은 의아한 느낌으로 그의 입을 바라보았다.

이명재 후보가 입을 열었다.

"우리 국민께서 너무나 잘 아시는 축구 월드컵이 있습니다. 만약 대한민국 대표팀과 일본 대표팀이 월드컵 축구 결승전에서 대결한다면 북한 주민분들은 누구를 응원할 것 같습니까?

하나~~!

둘~~~!

셋~!"

하고 크게 소리쳤다.

그러자 천지가 떠나갈 듯한 외침이 터졌다.

"대~한민국~~~~~~~~~!!!"

"맞습니다. 그렇다면 북한과 일본이 월드컵 결승전에서 마주친다면 우리는 누굴 응원해야 할까요?

하나~

두울~

세엣~!"

"북한이요~~~~~~"

그 외침은 광장을 넘어 멀리멀리 하늘 끝까지 울려 퍼졌다.

이명재 후보는 감격에 겨워 목소리마저 떨렸다.

"여러분. 저도 그렇습니다.

비록 우리 민족이 남과 북으로 헤어져 있으나 서로가 잘되기를 바라는 마음은 남과 북이 한결같습니다. 그러나 우리의 주위 여건은 그 어느 하나도 우리에게 도움이 되지 못하고 있습니다. 우리는 중국과의 평화적 이웃 관계, 그리고 특히 일본과의 암울한 미래 등등 수많은 관계와 관계들을 걱정하기 바쁩니다.

그러나 저는 이에 굴하지 않고 국민 여러분께서 저를 선택하셔서 저에게 국가 발전과 대한민국 국가 위상의 제고에 대한 책임을 지우실 기회를 주시리라 믿기에, 저는 온 힘을 다해 국민의 기대에 어긋나지 않도록 노력할 것을 약속드립니다. 감사합니다."

엄청난 함성과 박수 소리가 어우러져 대단히 긴 연설이었으나, 그 의미와 파급력은 엄청났으며 이 연설에 포함된 함축성으로 인해 대한민국 대통령 후보 이명재의 공약은 전 세계에 타전되어 큰 반향을 일으켰고, 특히 일본은 더욱 큰 충격에 빠지게 되었다.

대선 후보가 대, 내외 문제에 대해 저렇게 강력한 어조의 공약을 발표하다니…

-5월 16일 20:00-
일본 총리대신 집무실

"총리 각하, 한국의 이명재 후보 공약 어떻게 보셨습니까?"

갸름한 얼굴과 정수리에 머리카락이 찰싹 들러붙은 스타일의 외무대신 유키오 나와무네가 심히 걱정스럽게 말했다.

한국 대선 후보의 공약에 깜짝 놀란 일본 정국이 긴급 각료 회의를 소집해 총리 관저의 회의실에 둘러앉은 외무, 관방, 상무성 등 총 8명의 정부 각 기관의 수장들은 다카키 총리대신을 힐끗 쳐다보더니 한결같이 고개를 끄덕였다.

볼살이 축 늘어져 중후하게 보이는 인상의 다카키 총리는 집게손가락으로 안경테를 밀어 올리며 힘겹게 입을 열었다.

"여러분, 이에 대한 대비책이 있어야 하겠지요? 먼저 관방대신부터 말씀해 보세요."

정부 대변인 관방장관 시바다 곤노스케가 입을 열었다.

"각하, 그의 공약은 명백하게 우리를 겨냥한 선전포고라고 봅니다. 그러므로 우리 모두 이에 대해 지혜를 모아야 할 때라고 판단합니다."

다카키 총리는 의자 깊숙이 몸을 누이며 고개를 들고 천장을 쳐다보았다.

잠시 후 고개를 정면으로 향한 그가 말했다.

"이제부터 각 부 대신께서는 한국의 대통령이 이명재 후보가 당선된다는 가정하에 이에 대한 경제, 군사, 외교적 대응책 등을 입안하시어 일주일 후에 다시 이야기하면 어떨까요."

외무대신 나와무네가 입을 열었다.

"알겠습니다. 총리 각하. 갑자기 기습당한 기분이 들긴 하지만 우리는 충분히 이에 대한 대비책을 마련할 수 있습니다. 이 문제는 의

외로 쉽게 해결이 가능할 수 있다고 봅니다."

다카키 총리가 그를 지긋한 눈길로 바라보며 말했다.

"하긴 이런 문제는 외무대신의 전문 분야이니까 좋은 방안이 있으리라 봅니다. 오늘의 이야기는 간단히 결론 내릴 문제가 아니니 여기서 마칩시다."

-5월 17일 10:00-
일본 외무성대신 집무실

외무대신 나와무네는 책상 위의 인터폰 벨 중 1번을 눌렀다. 붙임머리의 깡마른 외무대신은 잔뜩 찌푸린 얼굴로 문이 열리길 기다리며 핸드폰을 만지작거렸다.

깔끔한 양복 차림의 비서 유키노리가 들어서며 90도로 깍듯이 인사했다.

"대신님. 늦게 들어와서 죄송합니다."

"그래, 앉아 보게나."

그렇게 둘은 머리 맞대고 앉아서 약 20분간 이야기 나누었다.

일본 내부에서의 한국의 대마도 반환 대응 작전은 여기서부터 시작이었다. 그리고 그날 오후 국민의희망당 당 대표 김무형에게 주한일본 대사의 면담 요청이 급하게 들어왔다.

-5월 19일 09:00-

정치인으로의 생활 중 벌써 몇 번째인지도 모를 당 대표를 맡고 있는 김무형 국민의희망당 대표가 긴급 대책 회의를 소집했다. 이에 따라 시간에 맞춰 모인 당 중진과 유민승 대통령 후보를 포함한 간부급 인사들이 모인 당사 중앙회의실에는 외부 인사의 접근을 일절 금지한 채 문을 걸어 잠그고 비공개회의에 들어갔다.

무려 3시간 이상의 시간이 흐른 후 문을 열고 나오는 그들의 눈에는 굳은 결의가 가득했고 발걸음 또한 장중해 보였다.

그리고 당 대변인 최정숙 의원이 모여든 기자들의 마이크를 향해 입을 열었다.

"오늘 우리 국민의희망당은 굳은 결의로 다음과 같은 선언을 합니다. 금번 대선에서 우리 당이 선전하고 있으나 우리의 집권 도전에 대한 의지를 얄팍한 몇 마디 말로 꺾고자 하는 민주당 후보의 음해성 유세에 대해 짚고 넘어가지 않을 수 없습니다.

민주당 후보께서 말씀하시는 친일, 친일, 하는 발언은 과연 누구를 겨냥하는 말씀인지 되묻고 싶습니다. 지난날 우리 당의 몇몇 중진 의원께서 일본이 주최하는 작은 행사의 참석을 트집 잡고, 또 일본의 입장에 대해 대응책을 내놓을 때마다 친일이라고 지적하며 사사건건 트집 잡는 사람들은 대체 누구입니까?

이에 친일이라는 새로운 프레임을 씌우는 민주당의 구세대적인 발상에 허탈감을 금할 수 없으나, 우리 국민의희망당은 오로지 국민의 뜻에 따라 새로운 질서와 발전을 위해 금번 대선을 맞이할 것을 천명합니다.

이에 우리 국민의희망당을 지지하시는 국민 여러분께서는 민주당 후보의 험담에 대해 흔들림 없이 반드시 현명한 판단과 선택을 해 주시리라 믿겠습니다.

우리는 친일이라는 얼토당토않은 프레임에 절대 넘어가지 않을 것이며 오로지 국민과 국가의 앞날만 바라보는 정책으로 일관할 것을 말씀드립니다."

국민의희망당 입장에서는 이제 이러한 마지막 발악이라도 하지 않으면 그야말로 존폐 위기에 처하는 지경이 될 것이 틀림없기에 악착같이 버틸 수밖에 없었다.

그러나 국민의 반응은 싸늘하기만 했다.

이명재 후보가 거의 욕먹을 만큼의 수위로 지적한 보수파 전 대통령들의 처참한 말로(末路)야말로 그들의 약점을 지독한 아픔으로 가닿게끔 찔렀고, 이는 과연 대선 후보의 유세에서 이런 표현이 가능할까? 하는 문제까지 제기했으나 사실이 그러하기에 모두가 그냥 넘어갈 수밖에 없었다.

또 이 와중에 민주당 대선후보를 향한 언론의 집중포화도 가관이었다. 전국 일간지이며 3대 일간지 중 하나인 J 일보가 그 포문을 열었다. 외부 기고자 송병순의 명의로 1면 사설에 올라온 글이 대표적이었다.

〈누구를 위한 선택인가?〉

금번 대선에 총력을 집중하는 여야의 마지막 노력은 바야흐로 점입가경에 들어갔다.

국민의희망당의 후보로 출사표를 던진 유민승 후보는 국가 안보와 국익(國益)을 기본으로 한 정책을 발표했으며, 그 골자는 동북아의 한, 중, 일 삼국과의 관계에서 주도적인 위치를 점한 후 움직여야 한다고 주장했다.

물론 아직은 세부적 지침이 마련되지 않은 공약이라 하겠으나, 만약 세부 공약이 발표된다면 조야 각 분야에서의 면밀한 검토와 합의가 따라야 할 것이라 보인다.

그러므로 종래 한국의 동북아 관계에서 가장 중요한 위치에 있는 대일 관계, 즉 정치, 경제, 문화 등 각 분야의 협력을 통해 동북아의 안정을 바라는 정책이 이미 오래전부터 한·미, 미·일 삼각 구도를 형성해 존재하고 있으며, 유 후보의 공약은 이의 확대를 주장하는 공약이건만 이를 외면하는 듯한 민주당 대선후보의 발언은 그야말로 놀라움을 일으켰다.

이는 세 가지 이유로 민주당 후보의 주장이 전혀 설득력을 얻지 못한다고 보인다.

첫째,

중국의 팽창정책으로 인해 안보적인 측면이 대단히 우려되는 동북아의 정세가 그 어느 때보다 위험한 이 시기에, 굳이 일본을 적대시하는 정책이 필요할지 의문이 든다.

미국의 협력과 지원, 그리고 한·일 양국의 군사적 협조가 더욱 돈독히 이루어져야만 북한의 핵 위협과 중국의 무력시위를 억제할 수밖에 없는 시기가 닥쳤는데도 불구하고 왜 굳이 동북아 정세를 혼란에 빠뜨리는 영토분쟁을 일으키려 하는가?

둘째,

일본과의 협력은 그동안 수많은 갈등과 알력이 존재했으나 그때마다 양측의 선린과 존중에 입각한 노력으로 그 위기를 벗어났다.

양국의 경제는 작년의 무역 수치만 봐도 양측 합해 약 1,600억 달러에 이르는바, 세계적으로도 어느 두 국가 간의 무역 거래 규모로 볼 때 매우 큰 규모에 이른다.

대일 무역은 우리나라 연간 GDP의 약 10%를 차지하고 있는 규모다.

이러한 가시적인 수치를 논외로 가정해도 양측의 산업구조에 깊이 파고 들어간 분야는 피차 매우 방대하며, 특히 한국의 각종 산업에 일본의 자본과 기술이 기여하고 있는 분야는 세계 어느 나라보다도 큰 영향을 미치고 있다고 봐야 한다.

그러므로 일본과의 경제적 갈등이 크게 불거질 수도 있는 민주당 후보의 반일 정치적 공약은 이 시점에서 매우 위험하다고 보인다.

셋째,

대한민국은 바야흐로 모든 분야에 걸쳐 전 세계에 군사, 문화, 경제, 사회 안정성 등에 있어서 지대한 영향을 미치고 있다.

팬데믹으로 발생한 전 세계의 혼란한 와중에서도 대한민국은 그 특유의 문화적 성취로 말미암아 K-로 대표되는 각 분야의 영향력은 이전에 볼 수 없었던 국가적 성취감을 일깨우고 있다.

이에 주변 국가, 특히 일본을 상대로도 문화적 포용성과 다양성, 그리고 우리 문화의 우수성을 알려 양국의 정치, 사회, 문화 등 각 분야에 걸쳐 상호 선의의 경쟁으로 유도해 동북아, 그리고 나아가서는 전 세계의 발전을 이룩하는 것이 더 이상의 갈등 요인을 발생시키지 않는 첩경이라 판단되건만, 이에 시대를 역행하는 민주당 후보의 발언은 현시점에 어울리지 않는 시대착오적 발언이라 하지 않을 수 없다.

필자는 민주당 대선 후보의 정세 판단이 방향 감각을 잃은 듯한 강경한 대일 정책을 골자로 하는 공약 발표로 이어져 이에 놀라움을 표하지 않을 수 없으며, 많은 국민 또한 이러한 급격한 외교, 정치적 노선 변경은 지역 안정과 평화에 어울리지 않다고 판단하리라 믿는다.

그야말로 매국적 친일(親日) 사설이 따로 없었다. J 일보 외의 다른 유수 언론에서도 이와 비슷한 논조로 민주당 후보를 깎아내리기 바빴다.

-5월 24일 20:00-
도쿄 총리 관저 내각 각료 대회의실

일주일 전에 결정한 내각 전체 각료 회의가 열리는 대회의실에 다카키 총리가 입장하자 미리 모인 각료들이 모두 자리에서 일어났다.

그가 착석하고 이어서 각료들 역시 자리에 앉았고 다카키는 자리에 앉은 후 입을 열었다.

"우선 외무대신의 보고부터 듣겠습니다. 말씀하시길 바랍니다."

외무대신 나와무네가 자리에 앉은 채 입을 열었다.

"첫 보고를 말씀드립니다. 우선 한국 국민의희망당 대표인 김무형 씨와 연락한 결과 이명재 후보의 반일 감정이 매우 심각해 우리의 요구에 대한 합당한 반응을 얻지 못했습니다. 친일로 들리기 쉬운 발언일시 모르기에 극히 조심스러워 전면에 나서지 못하는 것이 자신들 입장이라고 전해 왔습니다."

다카키가 말했다.

"그렇기도 하겠군요. 이제 다른 각료분의 이야기도 듣겠습니다."

방위대신 구로다 곤노스케가 헛기침으로 좌중의 시선을 유도했다.

"지금 조선의 이명재 후보는 강력한 반일 감정에 휩싸여 있기에 우리가 약세를 보인다면 조선은 더욱 날뛴다고 봅니다. 그러므로 우리가 약한 모습을 보이면 곤란하므로 사세보의 제2 호위대군 휘하 제2 호위대 소속 함정을 쓰시마 서쪽 해양 경계선 근처에 파견해 우리의 의지를 보여 줘야 한다고 생각합니다."

일본 내각은 대대로 그들만의 공개 석상에서는 아직도 일부가 한국을 조선이라 칭했으나 아무도 이에 토를 달지 않았다.

그러자 내무대신 히데요리 곤조가 입을 열었다.

"저는 방위대신의 의견은 군사적 대결을 초래할 수도 있는 조치라 보입니다. 그러므로 조금 더 현실적인 대응책을 이야기하면 좋을 것 같습니다."

다카키가 입을 열었다.

"그렇다면 어떤 대응책이 필요할까요?"

누구에게라 할 것 없이 모두에게 말했지만 아무도 입을 열지 않았다.

침묵의 시간이 길어지자 다카키가 결심한 듯 입을 열었다.

"나도 방위대신의 의견이 적절하다고 말할 수는 없지만, 그러나 그렇다고 이 시점에서 우리가 가만히 있을 수는 없다고 생각합니다. 그러므로 방위대신의 의견에 따라 제2 호위대군의 파견을 지시합니다."

이 명령에 따라 사세보항은 급박한 상황에 돌입했으며 제2 호위대군 예하 제2 호위대의 아타고급 미사일 구축함을 비롯한 구축함 3척이 동시에 쓰시마 서쪽 바다로 집결하라는 명령을 받았다.

일본의 섣부른 함대 이동은 즉각 한국 해군의 감시망에 인지됐고 이에 따라 진해의 해군 본부 역시 사태의 추이를 주도면밀히 주시하게 됐다. 그러나 군부에서는 국내 정세가 대선 결과에 따라 매우 유동적이므로 어떠한 직접적 조치까지는 이뤄지지 않았다.

-5월 30일 20:00-
여의도 민주당 중앙당사 제1 회의실

투표가 끝난 초저녁부터 당사 대 회의실 TV 앞에 모여 앉은 민주당 인사들은 고개를 길게 내민 채, 개표 결과를 내보내는 화면에 시선을 집중했다.

국민의희망당 후보인 유민승 후보의 득표가 전체 투표인인 3,430여만 명의 표 중 22%인 약 750여만 표를 득표해 의외로 적게 나오며 승리의 기쁨에 들뜨기 시작한 시간은, 저녁 식사를 거른 채 바라보던 모든 민주당 당원이 허기에 지쳐 가기 시작하던 밤 9시쯤부터였다.

-그날 저녁 21시 안동 이명재 후보 고향-

그러나 정작 이명재 후보는 고향인 안동 자택에서 적막한 기운이 삼도는 초저녁부터 동네 어른들의 방문도 고사하며, 부인인 김희경 여사와 저녁 식사를 마친 후 읽다가 만 《소국의 시간》을 꺼내 읽고 있었다.

4년 전과 작년 여름 민주당 대표로 선출됐을 때부터 윤기열 탄핵, 그리고 민주당 대통령 후보 경선을 거쳐 이날까지 정신적, 육체적 고통을 두루 경험한 민주당 대선 후보 이명재는 거실에서 진인사대천명의 자세로 저녁 시간을 보내고 있었다.

그가 다니는 ○○교회 목사가 전화해 같이 기도 시간을 갖는 건 어떠신지 물었지만, 그는 쉬고 싶다는 핑계로 정중히 거절하고 마음 편한 시간을 갖고 싶었으나 생각만 그랬고 실제 몸과 마음 모두 편히 쉬지 못했다.

평범한 동네 주부의 인상인 김 여사가 커피를 내오며 말을 걸었다.

"여보, 내가 더 긴장되는 것 같아요."

"하하. 신경 쓰지 말아요. 당선이든 낙선이든 우리가 애태우지 않아도 결과는 이미 정해져 있으니 난 걱정 안 해요."

커피를 한 모금 마신 이명재 후보는 이마의 주름살을 짙게 드리우며 상념에 빠졌다.

'혹시 내가 당선되어 임기를 마친다 해도 다음 선거에서는? 또다시 보수 진영의 누군가가 도전할 텐데 이런 비생산적이고 비효율적인 선거 풍토는 대체 어떻게 바로 잡아야 하나? '나라를 팔아먹어도 보수당 찍겠다.'는 어리석고 반민주적 사고에 젖은 무지몽매한 백성들을 대체 어쩌란 말인가? 보수의 가면을 뒤집어쓴 적폐를 지지하는 국민의 비뚤어진 인식을 어떻게 해야만 바로잡을 수 있을까?

저들은 보수가 아닌 무뢰배 집단이다. 그러나 이것을 다른 각도로 바라본다면 기회가 될 수도 있지 않을까? 위기는 곧 기회다. 이제는 정권의 입맛에 따라 국가 정책이 극과 극을 오락가락하는 널뛰기 작태를 끝내야 한다.

나는 철저한 계획과 실천으로 내 임기 동안 반드시 이 위기를 기회로 삼을 테다.'

각종 여론조사와 민심은 이미 지난 정권의 수많은 악행 덕에 모두 민주당으로 쏠려 있어, 이 후보는 편한 기분으로 커피잔을 들고 망중한의 느긋함을 느낄 수 있었다.

'2년 전 오늘은 이렇게까지 무심하진 않았는데…' 하는 지난 대선 당시의 심장 쫄깃했던 기억과 더불어, 이미 권력에 대한 집착은 어느 정도 내려놓았기에 남아 있는 그의 정열은 온통 차기 정부 구성과 정국 운영, 그리고 이후의 동북아 정세를 판단하고 이끌어 갈 생각으로 불붙어 올랐다.

커피를 다 마신 이 후보는 TV의 개표 결과를 잠시 보더니 미소를 지으며 채널을 돌렸으나 모든 방송이 대선 개표 중이었다. 파죽지세가 따로 없었다.

문득 고개를 돌린 이 후보는 옆에 앉아 있는 부인에게 말을 꺼냈다.

"여보. 우리 내일 아침 일찍 양산으로 가 볼까요?"

"양산엔 왜요? 문 대통령님 만나 뵈려고요?"

"그래요. 비서에게 말해 놓읍시다."

"나도 오랜만에 가서 인사드려도 괜찮을지."

"잠깐만. 내가 작업 좀 남아 있으니 먼저 자리에 드시지."

말과 함께 작은 방에 들어간 후보는 노트북을 꺼내어 키보드를 두드리기 시작했다.

피곤한 몸으로 3시간 넘은 후에야 워드 작업을 마친 이 후보는 USB에 담은 내용을 다시 한번 떠올리며 늦은 밤의 휴식과 단잠을 맛보기 위해 잠자리에 들었으나 결국 온밤을 거의 뜬눈으로 새웠다.

대선 결과는 이명재 후보의 압승이었다. 야당 후보인 유민승이 얻은 득표수는 고작 1,042만 표에 불과해 전체의 1/3도 얻지 못했다.

다음 날 아침 그의 신분은 대한민국 제21대 대통령 당선인 신분으로 변했다.

아침 일찍 대문을 열고 나온 그의 눈에는 익숙하지 않은 검은 대형 승합차 두 대가 들어왔다. 그리고 대선 투표 당일부터 지금까지 그 뒤쪽 도로에 줄지어 서 있는 각종 승용차와, 수많은 방송국 차량 등과 방송용 카메라를 어깨에 멘 채 기다리고 있는 수많은 내·외신 기자들의 모습도 보였다.

보좌관이 문을 열고 대기 중인 자신의 승용차로 발걸음을 옮기다 멋쩍게 멈춘 대통령 당선인 이명재는 다가오는 검은 양복 차림의 훤칠한 남성이 보내는 깍듯한 인사에 가벼운 인사로 답례했다.

그리고 그를 바라보며 새삼스레 자신의 위치가 밤새 180도 바뀐 사실을 실감했다.

대통령 당선인 임시 경호 실장 정윤혁은 새 대통령의 작은 눈매가

여간 날카롭지 않다고 느꼈으나, 그러나 그의 진실성이 느껴지는 미소에는 그 자신도 뭔가 모를 뿌듯한 기분을 가졌다.

"당선자님, 오늘의 일정 따로 정하신 일은 있으십니까? 있으시다면 제가 안내하겠습니다."

"고마워요. 마침 어디 좀 가려던 참인데 가실 수 있나 모르겠어요."

"아~~ 말씀만 하시면 저희가 모시겠습니다."

"좋아요. 신세 좀 지겠습니다."

몇 마디 나누진 않았으나 그의 인품이 물씬 느껴지는 어투에 긴장감이 잔뜩 들어 있던 그의 마음이 어느새 누그러졌다.

그리고 약간 뒤에 처져 있던 김희경 여사의 옆집 아주머니 같은 분위기 또한, 그와 그의 뒤에 정렬한 경호원들에게도 같은 느낌을 주었다.

그의 등장을 기다리던 각 언론사의 기자들 수십 명이 순식간에 몰려들더니 마이크를 들이밀기 시작했다.

"어이쿠, 우리 경호 실장님이 무척 바쁘시겠어요."

하며 대통령 당선자는 그에게 작은 목소리로 기자들이 물러서면 좋겠다는 언질을 주었다. 그리고 몰려드는 기자들을 무시하고 주차한 대형 승합차로 향하며 뻘쭘하게 서 있는 기자들에게 손을 흔들었다.

그의 목적지는 양산의 문재연 전 대통령의 자택이었다. 양산에서 문재연 전 대통령과 다음 날 아침까지 24시간을 꼬박 보낸 이명재 대통령 당선인은 애초 기대했던 소기의 목적을 이루고 뿌듯한 마음으로 경호대의 호위를 받으며 귀경길에 올랐다.

-6월 10일 10:00-

청와대 신임 각료 임명식

민주당의 집권과 총선의 압도적 대승으로 말미암아 정국은 대대적 개혁에 돌입했으며 이는 사회 전반에 걸쳐 기득권 세력이 철저하게 무너지는 계기로 이어졌다. 이에 따라 언론의 징벌적 손, 배상의 엄격한 법 집행도 이루어져야 했으나 이에 해당하는 각종 가짜 뉴스, 음해성 기사 등의 사건은 검찰의 암묵적 외면으로 큰 반향을 일으키지 못했다. 하지만 이 역시도 오래 가지 못했고 국회에서 본격적으로 개헌안을 거론하며 그 대상이 되는 안건을 선정해 법 개정을 시작했기에, 차기를 기약하던 기득권의 대표적 존재인 언론과 사법기관이 깊숙이 숨겨 놓은 검은 야망은 몽상으로 끝나기 직전이었다.

정부 각 부처 신임 각료 임명의 국회 동의를 무사히 통과한 내각은 청와대 대 회의실에서 제1차 정부 내각회의를 개최했다. 내각 수반들은 거의 모두 이명재 대통령이 오랜 공직 생활 동안 핵심 각료 후보들의 면면을 중앙정치판에서 보고 듣고 깨우치고 난 후였기에 원활한 인선을 마무리 지을 수 있었고, 이제 그들의 국정 업무 판단과 계획, 그리고 수행 여부에 따라 한반도 전체의 운명이 판가름 날 것이다.

각 부처에 대한 산적한 문제점을 토의하고 그 대책을 수립하기 위해 점심 식사를 마치고 나서도 오후 늦게까지 청와대의 회의는 끝날 줄 몰랐다.

5시가 훨씬 넘어서야 제각기 서류 가방과 국가 미래에 대한 밝은 희망을 간직하고 떠났으나, 박윤옥 신임 국무총리와 국방부 장관 양대석, 외교부 장관 윤진현은 따로 남아서 저녁 식사와 대통령과의 면담을 마친 후 돌아갔다.

박윤옥 총리는 전전(前前)대통령인 문재연 정부하에서 대통령 민정수석 비서로 임명되어 문 전 대통령의 돈독한 신임을 얻었던 형법에 능통한 법학자였으며, 양대석 장관은 해군 대장 예편 후 농후한 정치적 진보 색채로 인해 신임국방부 장관에 발탁된 인물이었다.

그리고 다음 날 군 인사의 대대적 개편이 시작되었다.

그러나 구습에 얽매인 관례적인 군의 관행이 쉽게 바뀌기는 어려웠다. 새로이 취임한 이명재 대통령은 이 악습을 타파하고자 군 인사에 대한 기준을 제시했고 이 제안은 신임국방부 장관 양대석의 전폭적인 지지로 이어졌다.

그 기준은 다음과 같다.

1. 부하를 아끼는 인사
2. 정치에 대해 중립적 소신이 뚜렷한 인사(물론 진보적 색채를 많이 첨가했다)
3. 청렴결백한 성품의 소유자
4. 상벌 적용이 확고한 인사

이 기준을 바탕으로 엄격하게 적용해도 그동안 산적했던 군 인사의 불공정과 관행을 일거에 바꾸기는 힘들었으나, 군 고위 장성들과의 접견에서 이 지침의 기본에 대한 대통령과 총리, 그리고 안보 실장이 선명에 이어 한반도의 미래를 그리기 위한 정세 설명과 대미, 대북 특사로 파견 예정인 문 전 대통령의 임무 등을 개략적으로 듣고 난 후, 군 고위 장성들은 대통령의 국제정세 판단과 한반도 상황을 개선하려는 의지력을 조금이나마 알 수 있었다.

군 장성들이 모두 물러간 후 대통령과 국무총리와 함께한 자리에서 대통령의 깊은 심중에 있던 내용을 듣고 청와대 문을 나서며 장관 승용차에 탄 후에야 대통령이 피력한 대책이 미칠 문제의 파급력과 효과를 깨달은 양대석은, 이제 전략적 우위를 점하기 위한 작전 계획을 세워야만 그 성패를 가늠할 수 있다고 봤다. 이 작전은 그야말로 한반도 미래를 좌우할 만한 일이기에 은밀하고 신중하게 수립해야 했다.

-6월 17일 10:00-
청와대 대통령 집무실

"각하. 러시아 신임 데니소프 대사가 오셨습니다."
"아. 그래요? 어서 모시지요."
어제 김형식 홍보실 수석 보좌관이 오늘의 일정 중 러시아 신임 대사 아그레망 접수를 위한 방문을 보고한 것이 기억난 대통령이 말했다.
안드레이 데니소프 러시아 대사의 큰 덩치가 집무실로 들어서더니 이명재 대통령에게 허리를 숙이며 인사했다.

"각하. 바쁘신 와중에도 반겨 주서서 대단히 감사합니다."

"아닙니다. 대사님의 방문이 얼마나 소중한데 그런 말씀 하십니까? 저는 대사님이 언제 오실지 너무 궁금했습니다."

한국 대통령의 말에 데니소프 대사가 큰 웃음으로 화답했다.

"저도 하루속히 대통령 각하를 뵙고 싶었습니다. 다만 우리 러시아도 새 정부가 들어서서 정국을 안정시키느라 시간을 지체한 것 같습니다. 아쉽게도 이번 콘스탄틴 대통령께서 국내 정국이 너무 바빠서 각하의 취임식에 직접 참가해 축하드리지 못한 점 매우 애석하게 생각하셨습니다."

사실 그랬다.

러시아는 우크라이나 전쟁이 러시아의 어정쩡한 패배로 막을 내린 지금 전임 대통령이 뿌린 재난의 불씨를 어떻게 수습하느냐가 가장 큰 문제였다. 결국 드미트리 전임 대통령의 임기 종료로 인해 새 정부가 들어섰으나, 드미트리 전 대통령의 전쟁 책임에 대해 러시아는 아직도 뚜렷한 해결책을 제시하지 못한 채 정국 혼란이 가중되고 있었다.

콘스탄틴 신임 대통령은 복잡한 국내 문제를 해결하기 위한 대응책의 일환으로 한국을 주목했고, 신임 주한 러시아 대사에게 한국과의 접촉을 지시했으며 이에 데니소프 대사가 이명재 대통령을 방문하게 된 것이었다.

이명재 대통령에게 신임장을 제출한 데니소프 대사는 곧바로 접견실로 자리를 옮겨 심각한 주제로 대화를 나누고 콘스탄틴 러시아 내통령의 친서를 전달한 후 도착 두 시간 만에 떠났다.

-6월 17일 17:00-
청와대 소회의실

그날 저녁 청와대에는 주요 각료들의 임시 국무회의가 열렸다. 국무총리, 외교부, 국방부, 행정안전부, 국토교통부, 산업 통상 자원부 등의 중요 부처 장관들은 청와대 지시에 따라, 각 부처 수석 비서가 소속 부처 장관에게 제출한 러시아 주요 정책 자료를 소지해 청와대로 집결했다. 장관들이 회의실에 모두 모였다는 보고를 받은 이명재 대통령이 회의실에 들어서자, 장관들이 기립하며 대통령을 맞이했다.

대통령이 말했다.

"오늘 저녁 퇴근 시간이 늦어질 것 같습니다. 대신 제가 저녁을 대접하겠습니다만. 혹시 드시고 싶은 식사 있으신 분은 미리 말씀해 주시지요."

대통령이 가벼운 농담으로 긴장을 풀고자 했다.

윤진현 외교부 장관이 말했다.

"각하. 저는 외식하고 싶습니다만 아마도 곤란하겠지요?"

외교부 장관의 유머에 모두가 큰 웃음을 터뜨렸다.

분위기를 수습한 대통령과 장관들은 각자 자리에 앉았다.

대통령은 각료들에게 러시아 콘스탄틴 대통령의 친서를 회람하게 한 후 말했다.

"아시다시피 오늘 신임 러시아 대사가 아그레망을 제출했습니다. 그의 친서에 따르면 보시는 바와 같이 러시아 대통령이 러시아 경제 부흥을 위해 우리의 대대적인 투자를 원한다고 합니다. 지금 러시아 는 우크라이나 사태로 인해 어려운 것이 사실입니다. 러시아의 요청 에 대한 장관님들의 생각은 어떠신지 알고 싶습니다."

청와대 식사로 저녁 식사를 대신한 장관들이 제시한 여러 안건을 취합한 대통령은 밤 10시가 지나서야 회의를 종료했고 각료들은 청 와대를 나섰다.

그러나 대통령은 박윤옥 총리와 외교부 장관, 국방부 장관을 조금 만 더 있으라 했고, 그 네 사람은 러시아의 제안에 대한 외교적 득실 과 경제적 이해, 대통령이 내각 전체 각료 회의에서 제안할 대북 메 시지의 내용, 그리고 국방에 관한 문제까지 폭넓게 토의했다. 그리고 마지막으로 대북 밀사가 북한 김정훈 위원장에게 전할 메시지 내용 에 대한 검토를 시작으로 새벽이 되어서야 회의를 마쳤다.

-6월 20일 15:00-
평양 순안 공항

문재연 전 대통령 재임 시절 국정원장을 지냈던 박찬훈 씨가 철저 한 보안 속에 쌓인 채 평양 순안 비행장에 모습을 드러냈다. 신임 대 통령의 밀사 자격으로 임무의 신속성과 보안에 각별한 신경을 쓴 그는 언론의 접촉을 최대한 피하며 가족과 유럽 여행을 핑계로 인천공항을 떠났다.

독일 프랑크푸르트 공항에 도착해 가족과 일박하며 선행을 즐긴 후, 가족의 양해를 얻은 그는 단신으로 루프트한자 편을 이용해 모스크바로 출발했다.

그곳에서 다시 모스크바발 블라디보스토크로 향하는 아에로 플루트 비행기를 타고 무려 8시간 동안 여행했다. 그리고 블라디보스토크에서 평양으로 가는 비행기를 갈아탄 후, 평양에 도착했다.

그는 평양에서 이틀간 머무르다 독일로 돌아와 가족과 다시 서유럽 관광을 즐기고 귀국했다.

4일간의 엄청난 여정에 그는 녹초가 됐으나 결과가 흡족해 편한 마음으로 남은 일정을 가족들과 즐기고 돌아올 수 있었다. 하지만 이 수상한 여행은 미국 CIA의 눈을 벗어나지 못했다.

-6월 24일 08:00-
평양 노동당 본부 청사

아침 일찍 형님인 김정훈 위원장의 호출에 김 위원장 집무실인 1호 청사로 향하는 김정민은 어제 남한 밀사가 와서 밀담을 나누고 갔다더니 그 일로 자신을 불렀는가 하고 의문에 싸인 채 2층 집무실로 올라가는 계단에 발을 올렸다.

이제 형제 중에 마지막 남은 막내 김정민은 나이는 한참 적었으나 당 정치국 상무위원 한 자리를 차지하고 있다. 그의 나이가 아직 어려 그가 맡은 업무의 무게감은 다행히 경륜이 부족한 그에게는 수월한 편이었다. 그럴 수밖에 없는 현실이지만 그는 형에게 내침을 당하지 않는 것으로도 다행이라 생각하며 그저 묵묵히 형의 곁을 지키고 있을 뿐이었다.

노동당 정치국 상무위원이며 당 서열 6위인 그의 직함에 어울리는 정치국 제복인 인민복 어깨에 붙어 있는 견장이 2층 올라가는 계단 천장에 매달린 샹들리에 불빛에 번쩍거렸다.

건물 내부는 아직 조용하지만 조금 있으면 많은 직원이 출근한다고 북적거릴 것이다.

2층 입구 정찰국 소속의 경계(위병) 군인이 차렷 자세로 칼같이 경례를 붙이더니 손짓으로 그를 안내하며 말했다.

"위원장 동지께서 지금 기다리십니다. 올라가시지요."

"수고 많소, 동무."

그는 형식적으로 고개를 까딱거리며 그를 따라 긴 복도를 지나서 위병이 열어 준 어느 문으로 들어갔다.

두꺼운 편백나무를 겉에 두르고 속은 RPG도 뚫을 수 없는 강철로 채워진 문을 열고 들어선 그의 눈에 널찍하고 푹신해 보이는 소파에 기대 무언가 모를 서류를 두 손에 들고 읽는 그의 모습이 보였다. 김정민이 그에게 손바닥이 보이는 거수경례를 붙이며 인사하자 그를 힐끗 보며 앉으라고 눈짓했다.

정민이 맞은편에 앉아 자리를 잡자, 그는 들고 있던 서류를 내려놓고 동생을 바라보았다.

정민이 입을 열었다.

"아침 일찍 나오셨군요. 위원장 동지, 오늘 날씨가 참 좋습니다."

"으~음." 그가 깊게 숨을 들이켜더니 동생에게 말했다.

"지금부터 내가 하는 말 잘 들으라우. 그리고 결론을 얻을 때까지 이 방에서 나가지 못할 테니 그리 알고~!"

"알겠습니다. 위원장 동지. 말씀만 하십시오."

김 위원장은 구내 수화기를 들고 비서에게 말했다.

"동무, 오늘 일정 모두 취소하라우. 내가 몸이 좋지 않아서 정민 위원이 문병을 왔으니 그렇게 알고 모두 취소하라우."

그가 지시를 마치고 동생을 바라보았다.

'하긴 그나마 믿을 수 있는 사람은 혈육뿐이지.'

그가 무거운 어조로 입을 열었다.

"어제 남측 인사가 왔다 간 건 알지?"

"네. 알고 있습네다."

"그분이 나에게 한 말이 있는데 이 말은 당 간부들이 알기 전에 우리 둘만 미리 알고 의논하려고 하는 거이야~! 무슨 말인지 알갔디?"

"네. 위원장 동지. 동지께서 말해도 좋다 할 때까지 입 다물고 있겠습니다."

"알아. 알아~~! 당연히 그렇게 해야지 않갔서?"

위원장의 안색이 매우 어두웠다.

그는 물끄러미 허공을 바라보다 이윽고 천천히 입을 열었다.

"이 자리는 사석이니까 이름을 부를 테니 허물없이 말하라우."

정민은 근래 그의 뜸 들이는 모습을 본 적이 없기에 어떤 연유인지 궁금했으나 참고 기다렸다.

정민이 묵묵히 형을 바라보며 입을 열지 않자, 김 위원장이 입을 열었다.

"우리 북조선이 더 크기 위해서 정민이 넌 무엇이 가장 필요하다고 생각하나? 말해 보라."

"형님. 저의 개인적 견해를 말하라는 겁니까? 아니면 좀 더 현실적인 우리 북조선의 당면 문제를 말하라는 겁니까?"

정민도 말을 꺼내기가 몹시 조심스러웠다.

'형님이 왜 밑도 끝도 없는 주제를 내세우며 거창한 문제를 거론할까?'

"그렇군. 내가 말을 잘못 꺼냈구나. 정민이가 놀랐겠구먼."

그의 어감이 변했다. 그러나 이러한 변화는 달가울 때가 거의 없었다.

"어제 남측 인사가 남긴 언질이 있는데 이게 복잡한 문제고, 우리 간부들하고 이야기하려니 설명하기가 힘들어서 그래. 그래서 미리 정민이 하고 의논하면 또 다른 견해도 있을 수 있어서 아침부터 부른 거야."

"알겠습니다. 뜸 그만 들이시고 말씀하시지요."

김 위원장이 뭔가 적힌 서류 파일을 내밀었다. 김정민이 들어서기 전부터 보던 서류였다.

서류를 읽는 그의 안색이 놀라움과 의혹에 휩싸여 쉽사리 표정 관리가 되지 않는 것 같았다. 다 읽은 후에도 충격으로 인해 한참 말을 꺼내지 못하던 그가 이윽고 입을 열어 질문했다.

"형님. 이게 사실입니까?"

"그래. 사실이지. 그래서 동생을 부른 거야. 이런 내막을 아무에게 나 꺼내기는 곤란하잖아."

두 사람은 서류를 물끄러미 바라보며 깊은 침묵에 빠졌다.

한참 후 김정민의 입이 열렸다.

"형님. 실제로 이렇게 전개된다 해도 중국이 제일 골치 아플 것 같습니다. 남한 측에서 이 문제를 이런 방식으로 해결한다 해도 과연 가능할까요?"

"아니지. 중국도 우리가 가진 무기가 있는데 가들이 어쩔 수 있갔나? 막말로 북경에 한방 떨어진다 생각해 보라우. 그리고 그럴 경우가 생기면 남조선도 가만있지 않겠다 했으니 뙤놈 믿을 바에는 남한을 믿는 게 낫지 않갔나?"

"형님 그렇다면 중국 문제는 남한 대통령에게 미국도 뙤놈들 조심하라고 손 좀 써달라고 말해 봅시다."

그들이 가장 두려워하는 점은 체제의 몰락이다. 살기 위해서 바둥대도 이 몸부림이 언제까지 갈지는 아무도 모른다.

그러나 자신들의 자리가 위협받지 않는다는 보장만 있다면 굳이 이런 기회를 놓칠 것까지는 없다.

이 점에 대해서 남한 측에 확실한 보장을 요구해야 하며 한 걸음 더 나아가 그동안 쌓은 조선 민주주의 인민공화국의 실체를 보여 줄 기회이기도 하다. 더구나 중국이 승리의 확률도 그리 높지 않은 미국과의 일전도 불사하는 태도는 중국의 전적인 지원을 받는 우리가 볼 때 그렇게 좋은 결과를 가져오지는 않는다고 보인다.

이제 남한이 내민 달콤한 과즙을 우리의 미래에 관해 어떻게 사용해야 할지만 결정하면 된다. 그러나 가장 큰 걸림돌은 주체사상의 변화, 심할 경우 포기라는 점이다.

그들의 이야기는 점점 깊숙이 들어갔다. 점심도 사무실 안에 가져오라고 지시한 후 이야기를 계속한 그들은 저녁나절이 돼서야 자리에서 일어섰다.

다음 날 그는 혼자 금수산 기념 궁전으로 향했다. 오래전 돌아가신 조부 김일성 원수와 부친 김정일을 안치한 금수산 기념궁전은 그가 두 사람의 기일에는 반드시 참석해 묵념을 올렸으나, 이번엔 불시에 그의 앞에 들이닥친 일촉즉발의 상황에 대한 해답을 찾기 어려워 잠시 숨을 돌릴 겸 방문했다.

그는 수행원들을 밖에 두고 두 사람이 누워 있는 방에 들어갔다. 널찍한 방 한가운데 유리관 속에 덩그러니 누워 있는 두 사람의 모습에 그는 자기 자신을 투영했다.

'나도 언젠간 저렇게 누워 있겠지? 두 분은 비록 가셨으나 나는 아직 멀쩡히 살아 있어서 여기 이 자리에 서 있구나. 그런데 지금의 나는 어떤가? 인민공화국 체제의 유지를 위해 발버둥 치는 나의 모습은?

저 두 분은 이 세상 사람이 아니지만 내가 딛고 있는 이 땅은 과연 영원할까? 그래도 두 분은 염원하던 우리 공화국의 번영을 보시지 못

하고 가셨는데.'

그는 불현듯 어릴 적 스위스에서 유학 생활하던 시절이 생각났다. 또래 아이들과 어울려 놀지도 못하고 다른 아이들이 그토록 재미있게 하는 축구 시합에도 끼지 못한 채 곁에서 빙빙 돌던 생각이 떠올랐다.

항상 자기 곁에 동행하며 그의 일거수일투족을 지켜보던 그 경호원은 이미 이 세상 사람은 아니지만, 그가 생전에 나를 바라보던 눈빛은 뭘 의미할까?

'나는 그 경호원의 눈치가 보여서, 아니지, 내 뒤에 있는 아버지의 눈치가 보여서 말도, 행동도 함부로 할 수가 없었지. 그런데 아버지는? 아버지도 보이지 않는 그 무언가의 눈치가 보여서 나를 그토록 철저히 지켜보라고 하셨겠지? 아버지, 할아버지 모두 러시아, 중국의 눈치를 보며 지내셨지. 나도 지금 중국에서 주는 쌀과 석유를 얻기 위해서 눈칫밥 먹고 있지 않은가?

나의 눈칫밥은 간부들의 눈칫밥이기도 하고 인민의 눈칫밥이기도 하다. 이제는 더 이상 우리 조선 인민들에게 눈칫밥 먹게 하진 말자. 이왕 남조선의 제의가 들어왔으니 이 사건을 빌미로 옹색한 핑계지만 자주성을 찾아야겠다.'

그는 여기까지 생각이 미치자 겨우 마음의 안정을 찾고 발걸음을 돌렸다. 이점은 그에게 실로 대단한 변화가 아닐 수 없었다.

그러나 그가 느끼지 못하는 점 하나 있었으니, 그는 그에 대해서는 파악하지 못하고 있었다. 그것은 조선인민공화국 눈앞에 닥친 현실을 타파하기 위한 대책은 자신의 권한으로 어느 정도까지는 추진할 수 있으나, 조국과 인민의 미래를 위한 커다란 청사진을 제시할 때는 주위의 호응을 받기 위한 절차가 필요하다는 것은 몰랐다. 그리고 그것이 바로 민주주의 체제가 지닌 이점이란 것 또한 몰랐다.

현실에 관한 대응책. 미래를 대비하는 계획.

이 둘의 조화야말로 지도자가 지녀야 할 덕목이지만 그는 그것까지는 몰랐다.

다음 날 그는 가장 신임하는 최측근 세 사람, 즉 정찰총국장 박일수, 노동당 조직 지도부장 임영길, 인민 무력부장 최한승과 동생인 김정민 등 4인을 호출했다.

1호 청사 김정훈 집무실에 모인 그들은 그날부터 3일간 밖에 나오지도 않은 채 깊은 숙의를 거듭했고, 그들이 모인 사실과 모여서 나눈 회의 내용은 일절 외부에 알려지지 않았다.

-6월 28일 09:00-

판문점 북한 연락소에서 남한 연락소로 전문이 하나 날아들었다.

남한 측 연락 사무소장에게 날아온 전문의 내용은 "당신들 1호 청사에 이번 선물 잘 받았다고 지체하지 말고 전하시오."라는 간단한 전문이었고 이 소식은 곧바로 청와대로 날아갔다.

-7월 2일 10:00-

천와대 기자회견장

"오늘 이명재 대통령께서는 취임 후 첫 외교 행보로 미국 방문을 결정하셨습니다. 다만 이 방문은 국내 정세의 복잡함으로 인해 우선 특사를 파견해 그 임무를 대신하고자 합니다. 특사에는 문재연 전 대통령의 응락하에 문재연 전 대통령으로 결정하셨고, 방미 일자는 미국 정부와 협의해 가까운 시일에 하기로 했습니다."

이 뉴스는 취임 초기 대통령의 주요 우방국 방문에 대한 기본적 입장과는 약간 벗어난 예외적 행보였다. 대통령 본인이 직접 방문길에 나서는 것이 아닌, 특사가 먼저 방문한다는 뉴스가 정상으로 보일 리는 없었다.

이명재 대통령이 대체 어떤 속셈이 있기에 정상 외교에 대한 결례까지 무릅쓰며 특사를 보낸단 말인가? 다만 문재연 전 대통령이 재임 중 크게 쌓아 올린 외교적 성과가 있었기에, 미국 행정부는 신임 한국 대통령의 대일 외교정책에 큰 폭의 변화를 준 것에 대해 그 의중을 알고자 특사 방문에 응한 사실이 이채롭다면 이채로웠다.

-한국 시간 7월 10일 10:30-

워싱턴 덜레스 국제공항

대한민국 특사 문재연 전 대통령의 방미가 주는 의미는 시기가 시기인 만큼 이전의 한국 대통령 특사들의 방미와는 그 의미도 사뭇 달랐다. 대통령이 아닌 특사가 정상회담의 성립을 위해 방문하는 일도 의외이거니와, 현직 정부 인사가 아닌 전직 대통령이 특사로 임명되어 외교전을 펼친다는 점도 대미 외교에 있어서 이전과는 전혀 다른 분위기가 감지되었다.

한국의 전 대통령이 현 대통령의 지명을 받고 방미에 올랐다는 점에서 백악관과 기타 미 행정부 고위 인사들은 물론이고 서방 주요 국가의 외교가에서조차 뜻밖이라는 반응을 보였다.

대한민국 대통령의 전용기 보잉 B747-8i 기가 대통령 특사를 태우고 워싱턴 덜레스 국제공항에 도착하자 미국 해군 의장대의 군악대 연주가 비행장 활주로에 요란하게 울려 퍼졌다. 이윽고 트랩에서 문 특사의 모습이 보이고 영접 나온 이안 헤이워드 국무부 장관이 트랩으로 다가와서 문 특사가 내리는 모습을 바라보았다.

그는 몇 년 전 문 전 대통령의 방미 때 백악관 오찬에서 국무부 동아시아 태평양 담당 특무대사로 근무했기에 문 특사와 마주칠 기회가 있어서 문 특사와는 구면이었다.

헤이워드 국무장관의 영접을 받은 문 특사가 환한 웃음을 띠며 트랩을 내려오자마자 그는 문 특사의 손을 마주 잡으며 반가운 인사를 나누었다.

"반갑습니다. 장관님. 몇 년 만에 뵈니 더 미남이 되셨군요."

문 특사 특유의 사람 좋은 미소와 더불어 마주 잡은 손을 힘차게 흔들며 그와 다정하게 인사를 나누었다.

"그렇습니다. 특사님. 저도 특사님 뵈니 그동안 건강을 훌륭히 가꾸셨다는 것은 느꼈습니다."

피차 덕담을 주고받으며 해군 군악대의 요란한 연주에 발을 맞춰 걷던 문 특사가 입을 열었다.

"나는 이번 방미에 귀 체이스 대통령의 건강 비결에 대해 많이 배우고 가야 하겠습니다. 사진과 TV 화면에서 보이는 모습이 이전 부통령 시절보다 훨씬 젊어 보이시기에 꼭 젊어지는 비법을 배우고 가야겠습니다."

"하하하~~~ 그러시지요. 특사님. 만약 배우신다면 저에게도 알려주시길 바랍니다."

화기애애한 분위기 속의 만남은 그렇게 부드럽게 이루어졌으나 때가 때인 만큼 속에 감춘 진심은 언제 어디서 어떻게 나타날지 알 수 없었다.

두 사람은 귀빈 접대용 승용차에 나란히 앉아 워싱턴 시내의 월도프 아스토리아 호텔로 향했다. 국무부가 사전 예약한 아스토리아 호텔은 백악관에서 도보로 불과 15분 거리다.

문 특사는 호텔에 도착해 짐을 풀고 간단한 식사와 함께 휴식을 취하며, 저녁에 만날 체이스 대통령과의 접견에 대비해 관련 자료를 다시 정리한 후 잠깐 눈을 붙였다.

그날 오후 4시까지 낮잠을 자는 둥 마는 둥 휴식을 취한 문 특사는 백악관에서 아스토리아 호텔로 보낸 캐딜락 방탄차에 올라 백악관으로 향했다. 백악관 서쪽의 출입구를 지나는 문 특사의 눈에 자신이 재직 시 워싱턴을 방문했던 몇몇 낯익은 풍경이 보였다.

동행한 헤이워드 국무장관이 그의 얼굴을 바라보며 말했다.

"어떠신가요? 특사님. 지난번 방문하셨을 때와 달라진 모습이 보이십니까?"

그의 질문에 체이스 대통령과의 회견에 골몰해 있던 문 특사가 문득 정신을 차리며 말했다.

"사람은 변화가 있으나 만물은 변하지 않는 것 같습니다. 저기 웨스트 윙의 숲도 크게 변하지 않았군요. 그러나 그걸 바라보는 사람이 누구냐에 따라 숲을 보는 의미가 달라지겠지요."

현학적인 답변에 헤이워드가 잠시 골몰해진 사이 승용차는 어느새 백악관 정면 출입구 계단 아래에서 기다리는 체이스 대통령과 그의 수행원들 모습이 보였다. 승용차 문이 열리며 문 특사는 운전사인 재무부 소속 경호 기사에게 감사의 인사를 한 후 내렸다.

체이스 대통령이 다가오며 반가운 표정으로 그의 손을 마주 잡고 인사를 건네고 이어 문 특사의 답례를 시작으로 한국과 미국의 전직, 현직 대통령이 얼굴을 마주했다.

대통령 집무실인 오벌 오피스로 안내한 체이스 대통령이 그가 앉을 소파로 안내했다.

실내는 글자 그대로 오벌(타원형)에 어울리는 배치가 보였다. 길쭉한 테이블 모퉁이의 상석에 착석한 체이스 대통령이 헛기침으로 분위기를 다독거리고 앉은 후 모두 착석했다.

문 특사는 이미 이전 대통령 재직 시 방문에 이 사무실의, 이 소파에 앉은 경험이 있기에 한결 여유로운 자세로 움직이며 체이스 대통령의 손을 잡고 덕담을 건넸다.

"대통령 각하. 각하를 만나 뵙기 전에 국무부 장관님과 약속한 일이 있습니다."

"아. 그러신가요? 대체 무슨 약속을 하셨는지 제가 알아도 무방할까요?"

그러자 문 특사가 국무부 장관 헤이워드를 바라보며 말했다.

"사실은 헤이어드 장관께서 저에게 대통령 각하의 젊어지는 비결을 알아낸 후 전해 달라고 하시기에 그렇게 약속했습니다. 오늘 제가 돌아가기 전에 각하께서 젊어지는 비법에 대해 알려 주신다면 감사하겠습니다."

그러자 실내의 비서진과 각료 등 모든 인물의 입이 벌어지며 파안대소를 터뜨렸다.

"하하하. 특사님 참 대단한 유머이십니다."

분위기가 삽시간에 부드러워지며 화기애애한 모습으로 전환되었다.

백악관 직원들을 소개하는 체이스 대통령의 안내에 이어 잠시 그들과 인사를 나눈 후 그들은 물러갔고 오벌 오피스에는 대통령과 화이트 부통령, 헤이워드 국무장관, 더들리 레이먼드 안보 수석 보좌관과 한국의 통역 겸 수행원만 옆에 남긴 문 특사가 말문을 열었다.

"각하. 지금 우리나라뿐 아니라 전 세계의 정황이 몹시 걱정됩니다. 이러한 어려운 시기에 각하께 또 하나의 짐을 지워 드리는 것 같아 미안하기 짝이 없으나 어차피 세상은 그런저런 문제를 해결하며 살아가야 하는 것 아닐까 합니다."

"맞습니다. 특사님. 우리 역시 유럽과 중국에 대한 커다란 짐 때문에 그 짐이 혹시라도 잠든 사이에, 천장에서 내 머리를 향해 떨어지지나 않을까 걱정입니다. 제발 나의 머리가 단단하면 좋겠습니다."

문 특사 못지않은 체이스 대통령의 재치에 문 특사는 큰 웃음을 터뜨렸다.

"하하하. 그러시다면 제가 방탄 헬멧 하나 선물하도록 하겠습니다. 어떠십니까?"

"감사합니다. 그나저나 지난번 귀국의 이명재 대통령님 취임식에 직접 참석하지 못한 점 사과드립니다. 널리 양해 바라겠습니다."

그의 답변이 이어지며 두 정치인의 줄다리기가 시작되었다.

사실 문 전 대통령은 이미 외교의 달인이라 해도 손색없는 인물이지만, 그래도 현 자리는 어디까지나 한국 대통령의 심부름꾼으로 온 특사의 신분이기에 자유로울 수도 있으나 일견 조심스러울 수도 있었다.

이어 많은 덕담과 삶의 잡다한 일에 대해 지극히 개인적인 사견을 나눈 두 사람과 수행원은 저녁 시간에 맞춰 만찬을 가졌다.

즐거운 분위기 속에 만찬을 마친 후, 티타임을 위해 다시 오벌 오피스로 돌아간 문 특사가 말을 꺼냈다.

"각하. 제가 출국할 때 우리 대통령께서 각하께 전해 달라고 하신 선물이 있습니다. 각하께서 보신 후 좋은 의견이 있으시다면 저에게 알려 주시길 바랍니다. 그러시면 저는 귀국해 저의 대통령께 각하의 의견을 바탕으로 양국의 국가 발전에 도움 되는 점을 찾아 대한민국과 미국, 두 국가의 번영을 위한 초석으로 삼도록 건의를 드리겠습니다."

그러면서 문 특사는 옆의 수행원에게 말했다.

"그거 이리 주시지요. 이제 체이스 대통령께 전해 드릴 시간이 됐습니다."

수행원은 들고 있던 길쭉하고 폭이 좁은 가방에서 비단으로 동그랗게 둘둘 말린 물건 하나와 작은 가방 하나를 건넸다.

체이스 대통령은 그 물건을 받아 들며 문 특사에게 작별 인사를 건네며 말했다.

"아마도 귀한 선물인 듯합니다. 제가 열어 보고 충분히 답례할 수 있다면 좋겠습니다."

"감사합니다. 각하. 이제 떠나기 전에 또다시 뵈면 좋겠습니다."

"네. 그럼 편히 쉬시죠."

체이스 대통령의 깍듯한 작별 인사를 끝으로 문 특사가 숙소로 돌아가야 할 시간이 되어 미국 고위 인사들과 짙은 포옹을 나누며 내일의 만남을 기약하고 헤어졌다.

문 특사와 고위 각료들이 모두 떠난 후 체이스 대통령은 그 둥그렇게 말린 물건이 무엇인지 궁금해 풀어보았다.

그것은 뜻밖에도 지도 한 장이었다.

더구나 오래된 지도, 그 지도는 동아시아 형태의 지도였고, 프랑스어로 쓰인 글이 보였으며 맨 위에는 한글로 쓴 글도 보였다.

-삼국접양지도 (1832년 Klaproth 작) 프랑스판-

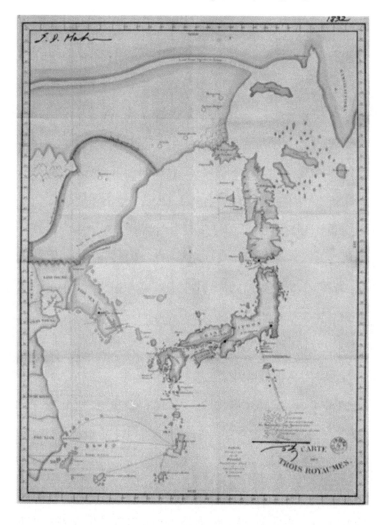

(이미지 자료 출처: 원각사 성보 박물관 소장 삼국접양지도 인용)

체이스 대통령은 이 고지도와 한국 대통령의 친서를 끝까지 읽은

후 뭔가 느끼는 바가 있었다. 그는 인터폰으로 자리를 떠난 리처드

화이트 부통령, 더들리 레이먼드 안보 비서 수석 보좌관, 헤이워드

국무부 장관을 다시 호출했다.

밤늦은 시간, 더구나 한국 특사가 백악관을 떠나고 그들 역시 모두 귀가한 후의 호출이라 모두가 심상치 않은 느낌으로 백악관에 모였다.

체이스 대통령은 그들이 자리에 앉은 후 문 특사가 건넨 지도를 펼치자, 미국 행정부의 최고위 인사 5명이 이 지도에 함축된 의미를 찾기 위해 제각기 머리를 싸맸다. 그런데 자세히 들여다보니 아래쪽 우측의 바다 한가운데에 매직펜으로 보이는 빨간색 밑줄 친 부분이 보여 그것을 핸드폰 확대 기능으로 들여다본 레이먼드 보좌관이 깜짝 놀랐다.

"각하. 이것 좀 보십시오. 우리가 뭔가 찾아야 할 부분이 있는 것 같습니다."

"그래? 그것이 뭐지?"

체이스의 질문에 레이먼드가 말했다.

"여기에 빨간 줄 쳐진 곳에 오가사와라 제도라고 적혀 있습니다. 이 작은 섬의 의미가 무엇인지 알아야겠습니다만 각하께서는 어떻게 생각하십니까?"

"맞아. 무슨 속셈인지 얼른 알아봅시다."

레이먼드는 즉시 웨스트 윙의 안보실 보좌관에게 오가사와라 제도의 내력에 대해 알아보라고 지시했다.

"음~~!!"

체이스 대통령의 고뇌가 깊은 바닷속에 빠지는 듯했다.

묵묵히 침묵을 유지하던 헤이워드 국무장관이 입을 열었다.

"각하. 한국 대통령 친서에는 어떤 내용이 들어 있습니까?"

"아. 내가 깜빡 잊었군요. 이제 읽어 보시지요."

체이스 대통령이 작은 가방에서 꺼낸 서류를 넘겼다.

"각하. 우리가 읽어도 되겠습니까?"

헤이워드 국무부 장관이 대통령의 안색을 살피며 물었다.

대통령이 서류를 부통령에게 건네며 말했다.

"읽어 보시고 모두 돌려가며 읽으시도록."

그때 레이먼드 보좌관의 폰이 울렸다. 폰을 받은 레이먼드가 말을 이었다.

"음. 그렇군요. 그래서? 그런 일도 있었군요. 알았어요. 수고했어요."

그가 폰을 내려놓으며 말했다.

"각하. 이 지도가 뜻하는 의미가 무엇인지 알 것 같습니다."

"그래요? 그게 뭔지 말해 보시오."

"네. 일단 이 섬은 우리가 150년 전 일본 측에 넘겨준 역사가 있습니다. 그때 일본 막부 정권은 이 지도를 근거로 자신들의 땅이라고 말하며 반환을 요구했습니다. 당시의 미국 정부에서 국제적인 논란을 없애기 위해 그 지도의 역사적 권위를 인정하며 일본 측에 반환한 역사가 있었습니다.

이제 한국이 이 지도를 내민다는 것은 아마도 대마도 반환에 대한 근거를 우리에게 제시하며 영토 반환 요구를 하겠다는 뜻인 듯합니다. 즉 대마도는 한국 땅이니 미국도 오가사와라 제도의 반환 조치가 있었기에 일본도 당연히 따라야 하는 것 아닌가 하고 주장하는 것입니다. 여기 보이는 대로 대마도는 분명히 한국 땅이라고 노란색으로 표시돼 있습니다.

아바 이 대통령이 우리에게 직접 부여 주기 위해 오가사와라에 빨간 줄을 덧쒸운 것 같습니다. 그런데 일본은 그 당시 이 지도의 의미를 제대로 파악하지 못한 채 우리에게 반환을 요구했는데 이제는 이 지도가 도리어 자신들의 발목을 잡게 될 것 같습니다."

일동의 안색이 굳어졌다.

'한국이 이 지도 한 장으로 미국을 압박할 줄이야…'

화이트 부통령이 한국 대통령의 친서를 읽다 말고 말을 꺼냈다.

"이 내용이 상당히 심각하군요. 각하의 심려를 이해하겠습니다."

"그렇지요? 그래서 제가 늦은 밤이지만 여러분의 의견을 듣고자 모셨습니다."

체이스 대통령의 말을 들으며 화이트 부통령은 나머지 내용을 눈으로 읽기 시작했다.

-미 합중국 대통령 사무엘 체이스 대통령께-

각하. 안녕하십니까?

오랜 세월 귀국에서 우리 대한민국 국민에게 보여 준

깊은 관심과 호의를 잊지 않고 가슴 깊이 간직하고

있는 대한민국 이명재 대통령입니다.

하지만 모든 국가가 귀국처럼 대한민국을 향해 호의

적이 아닌 것 또한 알고 있습니다.

현재 동북아 정세를 본다면 그 사실은 누구라도 알

수 있습니다.

그러나 이러한 현상은 주위의 여러 국가가 각자 처한 현실에 따라 변수가 많겠으나, 그래도 잊지 않고 지녀야 할 확고한 정책적 주관이 있다면 그것은 아마도 상호 협조에 기반한 외교적 호의와, 이를 정책적 기조로 삼아 각자 번영을 꾀하며 동시에 상부상조의 정신으로 지내는 것이 가장 옳지 않을까 합니다.

하지만 우리 대한민국은 이웃한 몇몇 국가로부터 그러한 상호 협조를 기반으로 한 정당한 평가와 대우를 받지 못하고 있습니다.

저의 이러한 지적은 대표적으로 일본이 대한민국을 대하는 정치, 외교, 군사, 경제적 대응책만 봐도 알 수 있지 않습니까?

저는 대한민국 국민의 지지를 얻어 국가를 대표해 국가의 장래를 책임지는 위치에서 생각해 볼 때, 이웃한 일본의 이러한 처사는 매우 아쉽다고 표현할 수밖에 없습니다.

그러나 아쉬워한다고 바뀌지는 않을 것 같습니다.

이 점은 이미 수백 년간 이어지는 극단적이고 파괴적인 일본의 대(對)한(韓) 외교정책이 증명하고 있습니다.

그보다 더욱 아쉬운 점은 앞으로도 이 기조는 변하지 않으리라 보이는 점입니다.

이러한 현실적 문제로 인해 우리 대한민국은 모든 국

민이 분노를 삼키고 있습니다.

일본과 한국 두 나라는 이러한 좋지 않은 감정을 밑바탕으로 항상 극한 대립에 가까운 살얼음판을 딛고 서 있습니다.

이는 동북아, 나아가 전 세계의 평화도 위협할 수 있는 걸림돌이 될 가능성이 있으며 더 나아간다면 귀국의 동북아 정책도 고심스러워지리라 믿습니다.

체이스 대통령께서도 주지하다시피 중국의 연이은 무력 도발로 인해 동북아 정세가 사뭇 어지러울 지경인데도 불구하고, 친밀하게 지내야 할 가까운 이웃끼리 비정상적인 관계로 지낸다면. 이 또한 장래에 미치는 영향이 긍정적이지는 않다고 할 수 있지 않겠습니까?

그러므로 저는 대한민국을 대표해 차제에 이 험난한 일본과의 관계를 재정립할 시기가 도래했다고 봅니다. 이에 한·일 양국 간 오랜 세월 이어져 온 각종 현안이 있으나 그 중 특히 독도에 집착해 셀 수도 없이 도발하는 일본의 정책을 도저히 묵과할 수 없기에, 우리 또한 대마도가 한국 영토임을 증명하는 고지도에 근거해 같은 방법으로 일본 정부에 대마도 반환을 요구할 것입니다.

저의 이러한 정책적 결단으로 인해 한국과 일본의 맹방으로 자처하는 귀국의 입장이 매우 곤란할 수 있겠

으나 이는 오로지 일본의 대륙 재침략을 위한 디딤돌
로 사용하려는 숨겨진 아집과 야욕으로 인한 결과물
이라 생각합니다.

부디 한국과 일본의 영토분쟁으로 인해 귀국의 동북
아 정책에 커다란 영향이 없으면 좋겠습니다.

-대한민국 대통령 이명재 드림-

화이트 부통령이 친서를 읽은 후 헤이워드 장관에게 친서를 건네
며 말했다.

그의 목소리가 착 가라앉은 걸 보아하니 최대한 감정을 억제한 듯
했다.

"각하. 한국 대통령이 말하고자 하는 내용은 우리에게 할 말이 행
간에 숨어 있는 것처럼 보입니다."

"나도 그렇게 느낍니다. 그래서 문재연 특사의 의견을 듣고 난 후
움직여야 할 것 같습니다. 다른 분들 의견은 어떠신지요? 모두 읽은
후 다시 토의하도록 합시다."

모두 돌려가며 읽느라고 십여 분의 시간이 흘렀다.

서류를 제 자리에 돌려놓고 다들 침묵에 잠겨 있을 때 부통령이
입을 열었다.

"각하. 한국 대통령의 친서 내용은 우리 안보 관련 담당자들도 포
함해 이야기 나누면 어떨까 합니다만…"

"좋은 의견입니다. 그렇다면 일단 내일 랭글리의 리치(찰스 리치

먼드 CIA국장)만 호출한 후 모두 문 특사를 만나 보고 결정하도록 하
년 좋겠지요?"

문재연 특사는 백악관 주인에게 커다란 숙제를 안기고 잠이 들었
다. 한 나라의 특사를 두 번 이상 만나는 경우는 외교 관례상 극히 드
물었으나, 이 사안은 매우 심각하다고 판단된 사안이기에 그런 선례
가 없다고 해서 가벼이 볼 사안은 아니었다.

-한국 시간 7월 11일 09:00-
워싱턴 아스토리아 호텔

미 백악관의 귀빈 접대용 캐딜락이 이안 헤이워드 국무부 장관을
태우고 아스토리아 호텔 정문에 도착했다.
그가 차 문을 열고 나와 미리 호텔 정문에서 기다리던 문 특사의
두 손을 잡으며 반가운 기색으로 가볍게 흔들었다.
"특사님 잘 주무셨습니까? 부족한 점은 없었는지 궁금합니다."
문 특사는 털털한 웃음기 띤 얼굴로 그의 손을 마주 잡고 말했다.
"아닙니다. 나는 항상 느끼는 일이지만 귀국의 호의에 대해 진심
으로 탄복하고 있습니다."
"아~ 그렇게 생각해 주시니 감사할 따름입니다. 우리 체이스 대통
령께서 어제 미처 드리지 못한 말씀 있으시다고 특사님을 기다리고
계시니 참석하실 의향이 있으시다면 제가 모시겠습니다."

"감사합니다. 그럼 가실까요?"

두 사람이 차에 오르자 즉시 출발했다.

백악관 오벌 오피스에 안내받은 문 특사는 참석한 사람의 면면을 보고 매우 놀랐다. 그 자리에는 대통령, 부통령, 안보 보좌관, 국무부 장관, 국방부 장관, CIA 국장 등 6인이 그를 기다리고 있었다.

'CIA 국장까지 오다니.'

이명재 대통령의 친서와 지도가 주는 압박감에 그들 모두가 긴장한 것이 틀림없었다.

문 특사는 일단 면담의 주도권을 쥐었다고 판단했기에 굳이 이름값에 연연하지 않고 이 자리를 이끌기로 마음먹었다.

체이스 대통령이 앉은 자리에서 일어나며 문 특사를 맞이했다.

"특사님. 어서 오십시오. 날씨가 매우 더운데 잠은 잘 주무셨습니까?"

그가 노련한 외교적 어투로 말했다.

"네. 각하의 배려 덕분에 시차 적응에 큰 불편 없이 매우 깊게 잠들었습니다. 감사합니다."

외교 분야에 남다른 처세를 터득한 문 특사는 누구나 호의적인 감정을 품게 하는 능력이 있는 것처럼 보였다. 덕택에 재임 시절 한결 수월한 외교적 수완을 발휘했고. 이에 따르는 국익의 증대 또한 매우 탁월했다.

먼저 헤이워드 장관이 입을 열었다.

"어제 특사님께서 전 해 주신 지도는 잘 봤습니다만 그 의미를 잘 몰라서 우리는 한참 헤맸습니다. 하하하~~"

그가 웃음으로 문 특사의 의중을 떠보았다.

"네. 그러셨군요. 우리 이명재 대통령께서 그 지도를 저에게 주시며 귀국에서 보신 후 매우 심각하게 생각하시지 않는다면 좋겠다고 하셨습니다. 물론 저희로서는 심각하지만 말입니다."

문 특사가 밀어붙였다.

'어디 속 좀 들여다보자.'

체이스 대통령이 입을 열었다.

"아닙니다. 저희도 물론 심각하게 생각합니다. 이 문제는 귀국의 문제만이 아니라 조금 더 포괄적인 문제로 진입할 가능성도 있다고 보이기에 드리는 말씀입니다."

그가 매우 어렵게 말을 꺼내는 것이 역력히 보였다.

"그러십니까? 그러시다면 각하의 구체적 의견을 깊이 새겨들은 후 우리 대통령께 전해 드리겠습니다."

문 특사의 얼굴이 진지하게 변하며 말을 꺼냈다.

그러자 화이트 부통령이 입을 열었다.

"문 특사님. 이 대마도 반환 문제는 반환으로 끝날 문제는 아닌 듯합니다. 혹시 귀국의 이 대통령께서 이 문제에 대해 따로 생각하신 복안이 있으신지요?"

"그에 대해서는 제가 뭐라고 말씀드리기 곤란합니다. 제가 현직에 있지 않기에 저는 우리 대통령께서 말씀하신 그대로 전해 드립니다. 그러나 일본에 대한 의견은 저나 우리의 대통령이나 크게 다른 점은 없습니다. 또 대한민국 국민 역시 일본에 대한 감정만큼은 마찬가지입니다. 같은 민족이니까요."

날카로운 문 특사의 말에 모두가 더욱 심각해졌다.

체이스 대통령이 입을 열었다.

"좀 더 자세히 설명 부탁드려도 되겠습니까? 일본에 대한 감정의 골이 깊다는 점은 저희도 잘 알고 있습니다. 그러나 굳이 감정적인 대결을 원하시는지 이 점이 궁금합니다."

문 특사가 웃으며 말했다.

"그 감정의 골이 우리 대한민국 국민에게 얼마나 깊이 파고들었는지는 모르시겠지요? 제가 이 문제에 좀 더 상세히 설명해 드려도 될까요?"

대화가 점점 날카로워지며 참석자 모두의 신경이 바짝 곤두섰다.

체이스 대통령이 입을 열었다.

"네. 수고스러우시겠지만 설명 부탁드립니다."

문 특사가 동석한 통역에게 가방을 달라고 했다. 문 특사는 가방을 열고 그 안에서 종이 한 장을 꺼냈다. 그 종이에는 아무것도 쓰여 있지 않았다. 문 특사는 그 종이를 테이블 위에 올리더니 매직펜을 꺼내 종이 위에 각각 다른 크기로 동그라미 다섯 개를 그렸다.

중간의 가장 작은 동그라미 주변 사방으로 4개의 동그라미가 그려졌고 그중 우측 멀리 떨어진 곳의 동그라미가 가장 크게, 좌측 동그라미가 그보다 조금 작게, 그리고 아래쪽에 그보다 작은 동그라미가, 그리고 위쪽으로 세 번째 큰 동그라미 등 총 5개의 원이 그려졌다.

"지금부터 대단히 죄송하지만, 우리 모두의 판단을 돕기 위해 제가 비유를 들어 설명하겠습니다. 보시다시피 한마을에 다섯 가구가 살고 있습니다. 크기가 다른 이유는 각 가정의 힘과 재력, 그리고 이 마을에서 차지하는 특징을 나타내기 위해서입니다."

이어서 문 특사는 오른쪽의 가장 큰 동그라미를 가리키며 말했다.

"가장 큰 이 집은 힘도 세고 가진 것도 많으며, 또 가족들 모두 똑똑하기가 비할 데 없는 집입니다. 그러나 중간의 가장 작은 이 집은 워낙 힘이 약해서 천년의 세월 동안 아랫집과 왼쪽 집에서 너무나 많은 박해를 받았습니다. 귀여운 아이들의 생명을 빼앗기는 다반사이고, 집까지 뺏겨서 고통과 분노와 눈물에 싸인 세월도 많았습니다. 더구나 이 아랫집은 고약하게도 옆의 다른 세 집을 상대로 싸움을 걸어 난리가 난 적도 있었습니다."

문 특사는 아래쪽의 두 번째 작은 동그라미를 가리켰다.

그리고 말을 이었다.

"이제는 모두가 먹고살 만한 때이지만 이 아래쪽 사람들의 악행은 전혀 그칠 줄 모릅니다. 가장 작은 집의 한쪽 마당은 분명히 그 집의 땅인데도 불구하고 자기 땅이라 우기며 심심하면 칼을 들고 도발합니다. 그런 짓을 하는 이유는 바로 가장 작은 이 집을 삼킬 욕심이고 또, 오른쪽의 가장 힘이 센 집을 등에 업고 있기 때문이지요.

그 힘센 집에 온갖 아양을 떨고 때로는 자기들 돈으로 맛있는 음식과 향응을 제공하며 적당하게 입을 막기도 한 덕분입니다. 물론 가장 힘이 센 이 집에서는 '잘하고 있군~!' 하며 두 집안의 일은 서로 알아서 처리하라는 듯 모르는 체하고 있습니다. 대신 자기 집도 잘 살아야 하기에 두 집을 상대로 적당히 부추기거나 달래주면 큰 사고는 일어나지 않았습니다.

그렇게 하면서도 실속은 다 챙겼지만 말입니다. 하지만 그렇게 하다 보니 이 아랫집 사람들은 마치 그게 자신들의 힘이 강해져서 그렇게 된 것처럼 착각하며 더 날뛰었고, 견디다 못한 이 작은 집은 결국 혼자 살 궁리를 해야 할 지경에 이르렀지요.

그래서 대판 싸움을 하더라도 이 해묵은 감정적인 문제를 해결하고자 결심했습니다. 하지만 싸움만이 능사는 아니기에 동네 시끄럽지 않도록 다른 집들과 의논도 하며 어떡하던 좋은 결말을 얻으려고 노력합니다. 이것이 잘못된 판단일까요?"

그의 열변에 모두가 놀라며 시간이 얼마나 지났는지조차 모를 침묵에 빠졌다. 미국 정부 최고위 관리들에게는 대단한 도전이며 동시에 엄청난 충격이었다.

오랜 시간이 지난 후에 체이스 대통령이 간신히 입을 열었다.

"지금 이 작은 집안에서도 가족끼리 서로 싸우고 있지 않습니까? 이 문제는 어떻게 생각하십니까?"

"그 문제는 그 집 가장이 따로 처리해야 할 문제입니다. 그러나 그전에 한 가지 잊지 말아야 할 점이 있습니다. 원래 이 작은 집은 가족끼리 잘살고 있었는데 어느 날 이 아랫집이 칼 들고 쳐들어와서 이 집을 풍비박산 냈습니다. 그러자 사방의 힘 좀 쓰는 나머지 여기 세 집까지 동네에 큰 싸움이 나서 난리 났다며, 서로 잘못했다고 온통 뒤섞여 싸우는 바람에 힘없는 이 작은 집만 가정이 두 쪽 났습니다. 대체 무슨 일이기에 힘없는 이 작은 집이 두 쪽으로 갈라진 채 고통과 핍박 속에 살아야 하는지 저는 잘 모르겠습니다."

외교가에서 흔히 쓰이지 않는 거친 언사까지 동원하며 말을 마친 문 특사는 그들을 지긋이 바라보았다. 한 사람 한 사람의 눈을 또렷이, 그리고 날카롭게 바라보는 문 특사의 눈길을 정면으로 바라보는 사람은 아무도 없었다.

무거운 침묵 속에서 한참의 시간이 흐른 후 문 특사가 다시 입을 열었다.

"이 작은 집에서는 이젠 지나간 일이라고 잊고 싶지만, 그러나 아직도 이 아랫집이 허구한 날 괴롭히기에 더 이상 참기 힘들어진 것입니다. 하지만 이 어려움을 풀고 서로가 만족할 만한 결과를 얻기 위해서는 다른 집, 특히 여기 가장 큰 집에서 조금만 도와주면 더 좋은 결과가 있으리라 판단합니다."

침묵의 시간이 길어졌다.

갑자기 문 특사가 일어서며 말했다.

"잠시 화장실 다녀오겠습니다."

문 특사의 통역과 보좌관도 따라 일어서며 두 사람은 문을 나섰다.

실내에 남은 사람들은 한참이나 아무 말도 꺼내지 못했다.

그러나 문 특사가 일부러 자리를 피해 줬기에 이 짧은 시간 안에 결정을 내려야 한다.

이윽고 체이스 대통령이 입을 열었다.

"오늘은 여기서 마치고 내일 다시 문 특사님과 대화해야 할 것 같습니다. 어떠십니까?"

화이트 부통령이 말했다.

"각하. 제가 마지막으로 질문드리고 마치면 어떨까요?"

"어떤 말씀하시고 싶으신지…"

"저는 아무래도 한국 대통령이 커다란 결심을 한 것으로 보입니다. 그렇기에 좀 더 속내를 알아보고 싶어집니다. 각하."

"좋습니다. 그러시다면 저는 말을 아끼겠습니다."

"저도 한 말씀 드리겠습니다."

이어서 리치먼드 CIA 국장이 입을 열었다.

"말씀하시지요."

대통령의 재촉에 그가 입을 열었다.

"지난번 독일 프랑크푸르트 공항에서 한국의 전 국정원장이 사라졌습니다. 우리 요원들이 그가 블라디보스토크에 나타나 고려항공 비행기를 타고 북한으로 들어간 사실을 확인했습니다. 저는 아마도 그때 북한과 밀약이 있었다고 판단합니다."

체이스 대통령이 말했다.

"그 보고는 나도 받았습니다. 그런데 일이 이렇게까지 발전할 줄은 전혀 짐작 못 했네요. 문 특사께서 이렇게 말하는 이유가 아마도 그때의 결과가 있기에 그런가 봅니다. 이제 대충 짐작 가는군요."

그의 말이 끝나자 모두가 침묵을 유지했다.

결국 참다못한 부통령이 입을 열었다.

"각하. 남과 북이 아마도 연합 전선을 펼 예정이라고 봐도 무방할 것 같습니다."

대통령이 말했다.

"문 특사의 이야기를 마저 들어보고 우리끼리 이야기 나눕시다."

문을 두드리는 노크 소리가 들리더니 문이 열렸다.

이어 문 특사가 실내로 들어서며 말했다.

"아무리 급해도 화장실은 다녀와야 속이 편하군요."

넉살 좋은 문 특사의 표정에 그들은 난감하기 그지없었다.

체이스 대통령과 화이트 부통령의 눈빛이 잠시 마주치더니 문 특사가 소파에 앉길 기다린 부통령이 말을 꺼냈다.

"그럼 그 큰 집에서는 어떻게 도와야 서로가 좋을까요?"

문 특사가 입을 열었다.

"불행히도 저는 가장이 아니기에 뭐라 드릴 말씀이 없습니다. 그러나 그에 대한 답은 이 가장 큰집의 가장에게 있을지도 모르지요."

문 특사가 가장 큰 동그라미를 가리켰다.

화이트 부통령이 말했다.

"특사께서는 이 큰 집이 일 처리에 미숙한 점이 있다고 생각하십니까?"

그의 어투가 딱딱해졌다.

문 특사가 어깨를 쭉 펴더니 그를 바라보며 당당하게 말했다.

"그건 스스로 잘 아시리라 믿습니다. 제가 확실하게 말씀드릴 수 있는 것은 이제 일본의 재무장이 갖는 위험성으로 인해 우리 대한민국이 느끼는 분노에 쌓인 감정 속에는 일본 재무장에 많은 도움을 주고 있는 미국의 동북아 정책에 대한 반감도 포함할 수 있습니다. 그러한 감정의 표현이 바로 미국을 달가워하지 않는 우리 일부 국민의 반미 시위입니다. 물론 일부 국민의 뜻이 그렇다고 해도 그 뜻을 온전히 정책에 반영할 수는 없는 것이 현실이기도 합니다."

이제는 직설적으로 말하는 문 특사의 발언에 체이스 대통령을 위시한 참석자들의 안색이 몹시 어두워졌다. 무거운 침묵이 실내를 감싸고 돌았지만, 그 누구도 이 침묵이 주는 압박감을 깨기가 힘들었다.

한참 후 문 특사가 다시 입을 열었다.

"귀국에서는 우리가 일본의 재무장에 대해 느끼는 불안감이 과거의 한 맺힌 기억들과 뒤섞여 쌓이고 쌓여 지금에 와서는 극도의 분노를 일으키고 있다는 사실을 매우 간과하고 있습니다. 이 분노의 감정이 어디로, 어떻게 향할지 누가 알겠습니까?"

문 특사의 꾸짖는 듯한 말에도 그들은 대꾸할 말이 없었다.

이윽고 체이스 대통령이 입을 열었다.

"특사님. 우리끼리 잠시 이야기 나눌 시간이 필요할 것 같습니다. 양해 바라겠습니다."

"네. 잘 알겠습니다. 잠시 바람 쐬고 오겠습니다."

이 자리에서 오고 가는 치열한 신경전이 어떤 결말을 가져올지는 아무도 몰랐다.

1시간 후, 체이스 대통령의 요청으로 오벌 오피스 룸에 들어온 문 특사는 또다시 그들과 마주 앉았다.

문 특사는 좌중을 둘러보며 그들 모두 긴장감이 풀어지고 옅은 미소를 떤 모습을 보더니 즉시 분위기를 파악하고는 말했다.

"아마 이 서류도 혹시 필요하실지 모르겠습니다."

재차 들어온 문 특사의 손에는 또 다른 파일이 있었다.

그 파일은 박찬훈 전 국정원장이 북한 김정훈 위원장에게 받아 온 남북 합의 서류였다.

그 서류를 건넨 문 특사가 말했다.

"이 서류는 북한의 김정훈 위원장이 지금의 회담이 무르익으면 보여 드리라고 건넨 서류입니다."

그렇게 말하며 체이스 대통령에게 파일을 건넸다. 체이스가 열어 보니 거기에는 단 두 문장이 있었다.

미 합중국 사무엘 체이스 대통령 친전

문재연 특사님과의 대화가 원만하게 이루어진다면
제가 드릴 말씀은 아래와 같습니다.
남과 북은 원칙적인 문제에 대해 호상 합의하였으므
로 세부적 문제를 의논해 주시면 고맙겠습니다.

-조선 민주주의 인민 공화국 국무위원회 위원장 김정훈-
2024년 6월 22일

위원장 이름 아래의 여백에 직인이 선명하게 찍혀 있었다.

이 중요한 문건을 접한 문 특사와 미국 최고위 인사들은 머리를 맞대고 2시간에 걸쳐 문 특사가 제안한 내용을 심각하게 검토했다. 이 순간이야말로 한반도의 운명을 가른 역사적 순간이었다.

-한국 시간 7월 13일 10:00-
미국 뉴욕시 유엔청사 미국 대표부

뉴욕시 맨해튼 이스트강 변의 유엔청사 지하 주차장에 검은색 리무진 한 대가 들어왔다. 아무 표식 없이 민간 번호판을 장착한 일반인이 탈 법한 검은 색 벤츠 리무진 승용차는, 주차장 입구에서 창문을 내리고 주차 관리인과 몇 마디 말을 주고받은 후, 그의 안내에 따라 유엔 주재 미국 대표부 전용 주차장 구역으로 들어서더니 정차했다. 수염이 텁수룩한 주차 관리인은 주차 관리실 내로 들어서며 관내 인터폰을 들고 미국 대표부 단축번호를 눌러 표식 없는 검은색 승용차의 도착을 알렸다. 5분 후 지하 주차장에서 건물 내부로 출입이 가능한 엘리베이터 문이 열리며 한 미국인이 나오더니, 그 승용차 운전석으로 다가가서 열린 창문을 통해 몇 마디 대화를 나누고 뒷좌석의 인물을 바라보았다. 이윽고 조수석 뒷문이 열리며 동양인으로 보이는 초로의 남자가 내리며 그와 악수를 주고받고는 엘리베이터 안으로 들어가고, 그들은 곧 주차 관리인의 시야에서 사라졌다.

평소 이런 일이 발생하는 경우는 극히 드물기에 그 주차 관리인은 연신 고개를 주억거리며 의문의 감정을 숨기지 못했으나, 이곳이 다름이 아닌 전 세계 정치인이 모두 모이는 유엔청사이기에 그는 아무런 의문도 갖지 않기로 마음먹으며 자리로 돌아갔다.

그가 자리에 앉자마자 또다시 검은색 쉐보레 SUV 한 대가 미끄러지듯 주차장 내로 들어왔다. 동시에 관리실 안의 인터폰 벨이 울려 그는 그 자동차를 멈춰 세운 채, 인터폰 수화기를 들고 이야기를 나누었다.

5초가 안 되는 짧은 시간 동안 두어 마디 대화를 나눈 그는 즉시 수화기를 내려놓고 쉐보레로 다가가서 창문을 열라고 손짓하며 입을 열었다.

그리고 운전자와 두어 마디 대화를 나눈 후 그는 지정된 주차 구역의 번호를 알려 주며 그곳에 주차할 것을 요청했다.

그 자리는 먼저 도착한 검은 리무진 승용차의 옆자리였다.

또다시 엘리베이터 문이 열리더니 아까의 그 미국인이 다시 내려오고, 그는 쉐보레 조수석 옆에 다가가서 열린 창문으로 보이는 인물에게 동양식으로 꾸벅 인사했다.

쉐보레에서 내린 인물은 나이 지긋한 노년의 동양 신사였다. 그 노신사는 한국의 문재연 전 대통령이었다. 두 사람은 마주 보며 구면인 듯 반가운 웃음을 머금은 채 담소를 나누면서 엘리베이터 내부로 사라졌다.

방금 도착한 쉐보레 승합차는 운전사가 앉은 채 대기 중이었고 먼저 도착한 승용차 역시 운전자 한 사람뿐이었다.

승용차 운전사는 SUV 쪽을 힐끗 바라보며 잠시 실내를 훑어보는 듯했으나, 짙게 선팅된 차량 내부를 볼 수는 없었기에 시선을 돌리고 눈을 감고는 잠을 청하는 자세로 시트를 비스듬히 누이며 몸을 젖혔다.

주차장은 고요한 침묵에 빠져 이 적막을 깨고 싶어 안달하는 자동차 엔진마저 숨조차 쉬지 못하고 조용히 침묵했다.

그렇게 남북한과 미국 3자의 극비회담은 성사되어 동북아와 한반도 현안에 대한 검토와 피차의 의견 개진에 착수하게 되었다. 그리고 3일간 남, 북, 미 삼자의 집중적인 토의를 거친 후, 문재연 특사는 7월 19일 워싱턴 덜레스 공항을 출발해 귀국 비행기에 올랐다.

그동안 북한 주(駐) 유엔 대표 민중혁은 수시로 김정훈 위원장에게 보고했으며 이윽고 미국과의 3자 회의를 마친 후 결과를 즉시 평양으로 보고함과 동시에 북한으로 출발했다.

이로써 동북아 지역의 정치, 안보의 무게 중심은 한국을 기점으로 움직이기 시작했다.

-7월 19일 09:00-
대한민국 청와대

한여름의 아침 열기는 청와대 잔디밭에도 뜨겁게 내려앉았다.

집무실 창문가에서 잔디밭을 바라보는 이명재 대통령은 청와대 보안 전화로 문재연 특사의 미국 방문 결과를 보고받은 후, 집권 후부터 꾸준히 추진해 온 동북아 정세의 안정과 국내 정치 구도 재편을 위해 새판을 짤 수 있도록 이어질 수 있는 외교적 전략 대응책에 몰두했다.

'숭국, 러시아, 일본, 미국, 이 4개국 가자의 방향타에 따라 우리는 어떻게 대응해야 하는가? 백지장도 맞들면 낫다는 속담이 입 안에서 맴돌았으나 과연 누구와 맞들어야 가장 큰 이득이 오는가? 또 어떻게 맞들어야 하는가?'

다행히 문 특사의 엄청난 노력으로 미국과 북한을 향한 대응책은 어느 정도 해결했고 러시아는 가능성이 점점 올라가는 중이다.

'러시아의 현재 상태는 어떤가? 우크라이나 전쟁으로 만신창이가 된 지금 우리가 공략하기엔 가장 좋은 기회가 될 수 있는데… 그 기회는 콘스탄틴 대통령도 알고 있기에 우리에게 손짓하고 있지 않은가?'

이명재 대통령은 윤진현 외교부 장관을 연결하라고 김형식 홍보 실장에게 부탁했다.

잠시 후 10시 정각에 청와대로 급히 달려온 윤 장관은 대통령의 심각한 안색과 착 가라앉은 음성으로 이야기하는 모습에서 뜻 모를 불안감으로 가슴이 뛰었으나, 자신의 걱정과는 판이한 내용의 이야기를 들은 후 안심하며 청와대에서 마련한 때 이른 점심 식사를 마치고 공관으로 돌아왔다.

공관 도착 후 그는 외교부 홍보 수석 보좌관에게 러시아 대사관에 연락해 면담 약속을 잡으라고 말했다.

-7월 20일 08:00-

인천 국제공항

박윤옥 국무총리를 대표로 한 외교부, 산업통상 자원부, 행정안전부, 해양수산부, 중소 벤처 기업부, 등 정부 경제정책 담당의 8개 부처 장관과 한국 대표 기업인 약 40명의 대규모 투자단을 구성한 경제사절단이 러시아를 향해 인천 국제공항을 출발했다. 지난 6월 새로이 출범한 러시아 정부가 전쟁으로 피폐해진 국가 재건을 위해 발표한 시베리아 에너지 자원 공동개발, IT 시대의 주요 산업인 반도체 산업 유치, 북극 항로 공동 개설, 유라시아 대륙 횡단 철도 개설을 안건으로 한국의 참여를 기대하는 성명이 있던 후, 물밑에서 활발한 접촉으로 합의를 본 러시아는 한국 측에 대규모 경제 투자 사절단을 보내 달라고 요청했다.

이 요청을 받아들여 기업가 중심의 사절단을 꾸린 한국 경제사절단 단장 박윤옥 국무총리는 출국 환송 기자회견에서 말했다.

"금번 우리 사절단은 러시아에 대한 투자로 양국의 경제발전을 이룸과 동시에 양국이 지리적으로 가까운 특수한 이점을 활용해 향후 러시아를 통해 유럽과 직접적인 교류가 가능하도록 협의할 것이며, 상호 깊은 이해를 바탕으로 양국의 국가 현안에 대해 허심탄회하게 의논하는 자리를 가지고 우리의 투자가 좋은 열매를 맺을 수 있도록 합의를 바라며 출국합니다. 러시아 신임 대통령이신 콘스탄틴 세브첸코 대통령의 초청에 우리 대한민국 정부는 감사를 표하며, 귀국 시에는 반드시 좋은 성과를 지니고 올 것을 약속드립니다."

그리고 이명재 대통령의 친서를 지닌 국무총리 박윤옥은 러시아 입국 즉시 콘스탄틴 대통령과의 단독 접견을 원한다는 뜻을 러시아 주재 한국 대사를 통해 러시아 정부 측에 전달했다.

-7월 20일 19:00(모스크바 시간 13:00)-

모스크바 국제공항

중간 기착지인 우즈베키스탄의 타슈켄트 국제공항에서 간단한 식사와 급유 후 재출발한 한국 외교사절단이 러시아 서부 표준 시간 오후 1시에 모스크바 외곽의 도모데도보 국제공항에 도착했다.

박 국무총리는 마중 나온 러시아 총리 세르게이 메드베예프와 환영 인사를 나누고 러시아 정부가 제공한 리츠 칼튼 호텔에 여장을 풀었다. 몇 시간의 휴식으로 어느 정도 피로를 푼 대표단은 저녁 6시의 만찬 초대를 받은 사절단 일행 총 60여 명이 자동차로 5분 거리의 만찬 장소인 크렘린궁의 게오르규 예프스키 홀로 향했다.

그러나 만찬 도중 박윤옥 국무총리는 러시아 대통령 경호 실장의 전언에 따라 양국 관계자들이 북적거리는 만찬장을 뒤로하고 콘스탄틴 대통령과의 면담을 위해 보좌관과 통역관만 대동하고 이동했다.

콘스탄틴 대통령은 한국 경제사절단의 도착을 매우 기다렸다. 이미 거덜이 난 국고는 에너지 자원 개발 외에는 마땅히 재충전할 기회가 사라졌기에 이제 남은 일은 석유, 천연가스의 유럽 재판매와 시베리아 개발에 대한 서방 선진국의 참여만 기대할 수 있을 뿐이었다.

하지만 우크라이나 침공으로 심기가 뒤틀린 서방측은 러시아 투자를 꺼렸으며, 이는 어느 정도의 시간이 지나야 해결이 될 것으로 판단한 그는, 당장 급한 불을 끄기 위해서는 어떤 방법이라도 찾아서 돌파구를 마련해야 할 만큼 코너에 몰렸다.

결국 콘스탄틴 대통령은 이미 공개적으로 선진국 반열에 올라선 대한민국이 떠올랐고, 서방측이면서도 러시아에 호의적인 한국의 지원을 바라는 방법이 가장 효율적이라 판단했다.

그는 이 판단이 한국이 지금보다 조금이라도 더 높은 곳에 올라가기 위해 노력하는 시점과 딱 맞물려 시기적으로 대단히 적절하다고 봤기 때문에 실천 가능성이 매우 높다고 자신했다.

더구나 한국은 일본과의 관계에 이전과는 질적으로 180° 다르게 극히 예외적으로 매우 강경한 자세를 취하고 있지 않은가?

피차 계산기 두드려 볼 때 이 상황은 두 국가에 너무나 좋은 시기라 하지 않을 수 없었다.

콘스탄틴은 한국에 제시할 당근의 무게를 이리저리 재 본 후 한국 사절단과 만날 테렘궁으로 이동했다.

콘스탄틴 러시아 대통령이 관저인 테렘궁으로 들어서고, 이어서 만찬 중인 일행과는 따로 떨어져 러시아 대통령 집무실로 향한 한국 국무총리 박윤옥과 보좌관, 통역관이 크렘린 경호원의 안내로 들어왔다.

콘스탄틴 대통령이 접견실 의자에서 일어나 다가오는 박윤옥 국무총리를 바라보며 인사했다.

"총리님 어서 오십시오. 이 자리에서 많이 기다렸습니다. 여기 편히 앉으시지요."

"각하. 안녕하십니까? 이렇게 환대해 주셔서 대단히 감사합니다."

"아닙니다. 도리어 제가 지난번 귀국 대통령취임식에 참석하지 못한 점 사과드립니다. 워낙 큰 문제가 있어서 참석하지 못한 점 늦게나마 양해 바라겠습니다."

'그럴 만도 하다. 우크라이나 사태 책임으로 전임 드미트리 예브게이 대통령이 간신히 임기를 마쳤으니 그 뒤처리가 얼마나 힘들었을까? 우리 대통령은 러시아의 그 곤란한 점을 예견했고 그에 따라 북방 진출 최적의 시기가 도래했다고 열변을 토했으니 말이다.

이명재 대통령의 친서가 안주머니 깊숙이 들어 있으니 타이밍 잘잡아서 러시아 대통령의 호응을 유도해야겠지?'

-모스크바 시간 7월 22일 18:00-
크렘린궁

한·러 양국 경제 협력에 관한 기자회견이 있는 크렘린궁의 알렉산드로프스키 홀에는 각국 기자의 발걸음으로 분주했다. 러·우 전쟁 패전 후 러시아의 외교정책이 처음으로 국제무대에 등장하는 순간을 놓칠 수 없는 전 세계 기자들의 발걸음이 분주히 오가고 있었다.

알렉산드로프스키 홀의 넓고 화려한 실내에 꽉 들어찬 기자들은 한국의 박윤옥 국무총리가 들어서자 어느 순간 웅성거림을 딱 멈추고 그를 주시했다.

이어 그가 낮은 헛기침 소리와 함께 단상의 마이크를 조절하며 실내에 빈틈없이 자리한 각국 기자들의 모습을 바라보았다. 그리고 고개 숙이며 인사를 드린 후 저음의 굵직한 바리톤 목소리로 입을 열었다.

"안녕하십니까? 오늘 이 자리를 빛내도록 여러모로 힘써 주신 러시아 관계 당국의 깊은 관심과 배려에 진심으로 감사드리며, 저 또한 이 자리에 서게 된 것을 대단히 영광스럽게 생각합니다. 저는 오늘 대한민국 대통령의 명에 따라 대(對)러시아 경제사절단 대표로 참가해 여러분께 이 뜻깊은 자리에서 한국과 러시아 양국 간의 전통적 우호 관계가 더욱 돈독해진 사실을 대단히 기쁜 마음으로 알려드립니다. 동시에 우리 양국은 상호 협조와 노력을 바탕으로 더욱 강력한 협력을 이어 나갈 것을 약속했으며 이에 그 내용을 알려드립니다.

첫째, 대한민국은 러시아와 경제 협력의 기본을 이루는 상호 신뢰를 바탕으로 러시아 정부가 추진하는 시베리아 천연자원 개발, 북극해의 천연가스, 석유 등 에너지 부존자원의 탐사 및 재개발, 그리고 러시아 극동 지방의 공업 단지와 관광단지 조성 등 다방면에 걸쳐 대한민국 정부와 민간 업체가 참여하는 대규모 투자를 결의했으며, 우리 한국 측 공공 기관 투자 약 50억 달러, 민간기업 투자 규모 약 50억 달러, 총 100억 달러에 이르는 투자협약을 맺기로 했습니다.

이 중 한국 공공 기관의 투자는 시베리아 지역 인프라를 포함한 재개발에 집중할 계획이며 민간기업의 투자는 민간 필수품 생산 및 소비재 산업에 집중하기로 했습니다.

둘째, 북극 항로를 개척하기 위한 북극해 조사에 들어갈 것을 결정했습니다. 여기에는 쇄빙선 건조를 포함한 러시아의 북극 항로 개척과 연관된 천연가스 운반선 등의 건조 역시 포함합니다.

셋째, 양국은 항공, 우주 산업에 대해서 기본 협약을 맺음과 동시에 러시아 정부의 지원으로 대한민국 우주, 항공 산업에 필요한 기술적 자문을 통해 원천기술을 습득하기 위한 한국 정부의 노력에 러시아 당국의 전폭적 지원을 약속하는 협정을 맺었습니다. 더불어 이상의 3개 부문과 별개로 새로운 협력관계의 필요성이 제기될 때마다 양국은 수시로 상호 의논의 자리를 마련해 국제 평화와 아시아, 유럽 두 대륙에 걸쳐 지역 발전에 기여할 방안을 찾기로 합의했습니다.

한국과 러시아 양국은 오랜 세월 이어온 양국의 끈끈한 우정과 협조의 뜻을 오늘날에 이르러 되살린다는 점이 때늦은 감은 있으나, 지금이라도 양국의 협력이 세계 평화와 인류 복지에 이바지한다는 기본 원칙에 충실할 것을 다짐하며, 3일간의 뜻깊은 자리를 끝맺음하게 돼 매우 아쉽지만 추후 꾸준히 이어질 양국 관계는 어떠한 난관이 닥치더라도 더욱 깊은 차원에서 공동의 관심사로 승화하고 협력을 공고히 할 것을 다짐합니다.

이제 양국 정상의 굳은 신뢰를 바탕으로 확실한 동반자적 관계를 맺었기에 대한민국 이명재 대통령께서는 러시아의 콘스탄틴 세브첸코 대통령을 조속히 국빈 초청하기로 하셨습니다. 감사합니다."

이는 물론 러시아의 다급한 사정이 있기에 가능한 협약이었으나, 한국은 이 기회에 러시아의 풍부한 천연자원 개발권 선점을 노리기도 하는 협약이었다. 그러나 외부에 알려진 협약 이외에 또 다른 이면 협약이 있었으니 그 협약은 군사 기밀 공유에 관한 몇 개의 비밀 협약이었다. 즉, 극초음속 전투기 엔진, 극초음속 미사일, 원자력 잠수함 건조 기술, 첩보위성 정보공유 등에 관한 논의와 더불어 외부로 발설할 수 없는 모종의 밀약을 했으며, 이에 따라 대한민국의 영향력은 한층 더 높은 곳으로 올라설 디딤돌이 된 것이다.

박윤옥 총리는 귀국 보고차 면담에서 한국, 일본 간의 긴장 사태 해소에 관한 대통령의 깊은 의중을 대략적으로나마 들을 수 있었다.

-7월 24일 11:00-
법무부 국제분쟁 대응과

한영훈은 책상의 전화벨이 울리기가 무섭게 전화를 받았다.

"네. 분쟁 대응과 한영훈 과장입니다. 무엇을 도와드릴까요?"

잠시 안색이 변한 한영훈은 전화기를 두 손으로 잡고는 고개를 끄덕였다.

"알겠습니다. 실장님."

자신의 책상 바로 앞자리에는 아직 신혼생활이 끝나지 않은 새신랑 윤우준 계장이 앉아서 업무를 보고 있었다.

"윤 계장, 우리 출장 잠시 갔다 와야겠는데?"

헤어스타일에 신경을 많이 쓰느라 업무 중에도 수시로 머리를 만지작거리던 윤 계장은 보고 있던 파일에서 눈을 떼며 그를 보았다.

"네? 어디로 가는 겁니까?"

직무상 출장이 거의 없는 직책이기에 궁금한 마음에 그가 물었다.

"이 사람아~~ 따라와 보면 알게 돼. 그리고 헤이그에 갈 일 있을지도 모르니 미리 준비하도록."

"헤이그요? 그러면 대마도 그 문제로 출장입니까? 그럼 소송과에서도 같이 가야 하는 거 아닌가요?"

"맞아. 그래도 영어는 자네가 우리 과에서 최고라 갈 확률이 높기에 내가 적극 추천했으니까 걱정 마."

"알겠습니다. 얼른 옷 입고 오겠습니다."

한영훈은 책상 서랍 중 유일하게 자물쇠로 잠근 맨 아래의 서랍을 열기 위해 열쇠를 꺼냈다. 이윽고 서랍 안에서 두툼한 파일을 꺼내든 한영훈은 윤 계장과 함께 썰렁한 복도 끝에 있는 송무심의관실의 문을 열고 들어갔다.

-7월 26일 09:00-

청와대 기자회견장

청와대 대변인 고형숙은 회견장에 모인 기자들에게 들어서며 가벼운 목례와 함께 단상에서 마이크를 잡고 잠시 옷매무새를 고쳤다.

"오신 분들 안녕하십니까?"

맑은 목소리의 고 대변인은 좌중을 두루 보며 고개를 까닥거리며 인사를 했다.

"오늘 이명재 대통령님의 대북 메시지를 포함한 외교 안건에 대해 먼저 말씀드리고 질문을 받겠습니다. 오늘 자로 이명재 대통령은 북한의 김정훈 위원장에게 한반도의 영구적 평화와 번영을 위해 만남을 갖고자 제안한다고 말씀하셨습니다.

이 제안서는 문재연 전 대통령님을 방미 특사에 이은 방북 특사로 결정해 전달할 예정이며 만약 김 위원장께서 반대하지 않으신다면 이른 시일 내에 특사로 가실 것입니다. 이 제안에 김정훈 위원장님의 답변을 기다릴 예정입니다. 이상입니다."

수많은 기자가 손을 들었으나 J 일보의 노란 형광색 기자 조끼를 입은 여기자를 본 고 대변인이 그를 가리켰고 곧이어 그가 질문했다.

"고 대변인님 안녕하십니까? J 일보의 방신주 기자입니다. 이번 특사 방문은 사전에 기획하셨는지요. 그리고 대미, 대북 특사 임명은 당선 직후에 다녀가셨던 양산에서 이미 두 분께서 합의를 보신 사안인지 알고 싶습니다."

"네 맞습니다. 아시다시피 전 정권에서는 한반도 평화가 매우 위태로웠습니다. 이에 민족의 평화와 번영을 위한 상호 영구적 보장을 전제로 방미, 방북 외교는 이 긴장 상태를 해결하기 위한 첫 번째 단추라고 알아주시면 고맙겠습니다."

확실히 전 정권의 고압적이고 폐쇄적인 기자회견과는 격이 달랐다. 고 대변인의 말과 행동에서 그 점은 명백하게 보였으며 이는 기자들의 호감을 사기에 충분했지만 언론 개혁 입법 예고에 대한 반감으로 진보 정권에 대한 감정이 호의적으로까지 변하진 못했다.

답변이 끝나자마자 여러 기자가 손을 들었고 고 대변인은 그중 두 번째 줄 중간쯤에 앉아 있던 키 큰 기자 한 사람을 지목했다.

그가 굵은 목소리로 질문했다.

"D 일보의 채중겸입니다. 며칠 전 네덜란드 헤이그로 법무부 직원 4분이 떠난 것으로 알고 있습니다. 왜 헤이그로 가셨는지 그 이유는 뭔가요?"

고 대변인은 이 부분에서 작심한 듯 물컵을 들고 한 모금 마셨다.

"네. 맞습니다. 대통령의 지시로 헤이그 국제사법재판소로 출발했습니다. 대통령의 지시 사항은 이렇습니다.

날로 증가하는 독도 도발 등의 영토 문제를 우리와 일본만이 아닌 국제적인 문제로 부각해 이 분쟁에서 확실한 선을 획정하기 위한 출장입니다. 일본은 독도 문제를 빌미로 한국에 대한 도발을 증가하고 있으며 근래에는 군용 비행기도 수시로 독도 근해에 파견해 긴장감을 조성하는 등 군사적 도발을 감행하고 있습니다.

이러한 도발 방지와 아울러 독도와 대마도를 함께 분쟁 대상으로 삼아 대마도 반환 소송 심사를 위한 사전 심의에 따르는 출장입니다. 즉, 독도와 대마도가 어느 나라 땅인지 분명히 하겠다는 뜻입니다."

여기저기서 소란스럽게 웅성대는 소리가 회견장을 들썩거리게 했다.

키 큰 기자가 다시 손을 들었다.

"그러면 이 중요한 임무를 띤 외교부에서는 예전부터 이 일을 추진하셨습니까?"

"네. 그렇습니다. 대통령님은 취임 초기부터 외교부와 함께 당 안 팎을 막론하고 주요 인사들과 수시로 회의를 열어 상의하시며 이 일을 추진하셨습니다. 또 질문받겠습니다."

뒤쪽의 어느 줄에서 누군가가 손을 들었다.

"저 뒤의 여성 기자분 질문하십시오."

"네. 감사합니다. 저는 H 일보의 김선미 기자입니다. 지난번 문재연 특사께서 방미 특사로 출국하시고 돌아오셨는데 이번 방북 외교가 그 당시 방미 외교의 연장선에 있습니까? 즉 북미 관계 개선을 위해 양측 입장 조율에 대한 방북인지 묻겠습니다."

"네. 질문 감사합니다. 그러나 지금처럼 외교와 안보 분야에서 예민한 시기에 그 답을 드릴 수는 없습니다. 다만 방북 후 알려드리겠습니다."

고 대변인의 딱 부러지는 답변에 기자들은 한동안 술렁거림을 멈추지 못했다. 이어지는 여러 질문 역시 커다란 반향을 불러일으켰으나 이 두 문제만큼의 파괴력은 보여 주지 못했다.

언론은 이 뉴스를 1면에 대서특필했지만 이에 많은 국민이 순기능을 기대하기보다는 염려의 눈길을 보냈다.

다음 날 각 신문과 방송은 -대마도 반환 소송의 의미-라는 주제로 사설을 올리거나 생방송을 통해 많은 패널이 참가한 가운데 열띤 토론을 벌이기 시작했다.

결국 청와대 기자회견은 상상 이상으로 큰 파문을 불러일으켰고 주한 일본 요시무라 대사는 본국의 훈령을 받은 즉시 다음 날 아침부터 외교부를 방문했다.

그는 윤진현 외교부 장관을 접견하고자 아침 일찍 연락했으나 외교부 접견실에서 그를 맞이한 인사는 차관도 아닌, 격이 한참 낮은 외교부의 의전 국장이었다.

요시무라 대사가 실내로 들어선 것을 본 김유현 의전 국장이 일어서며 맞이했다.

"어서 오십시오. 대사님."

요시무라 일본 대사가 서투른 한국어로 인사했다.

"반갑습니다. 일본국 대사 요시무라입니다. 장관님이 오실 때까지 잠시 기다리겠습니다."

요시무라는 뒤에 서 있는 비서에게 손짓했다. 그 비서는 가방을 열고 랩탑 노트북을 꺼내 벽의 코드를 찾아서 잭을 들어 보이며 의전 국장에게 물어보는 의미의 고갯짓을 보냈다.

김유현 의전 국장은 끄덕거리며 승낙의 표시를 해 주었다. 저들의 쇼를 본체만체 김유현 의전 국장은 가볍게 인사하며 맞은편 의자에 앉았다.

이어서 그가 말했다.

"대사님 안녕하십니까? 저는 의전 국장 김유현이라 합니다. 만나 봬서 반갑습니다."

그리고 말을 이었다.

"장관님께서는 아쉽게도 대통령 각하의 부름을 받으시고 아침 일찍 청와대로 들어가셨습니다. 오늘은 종일 중요 안건을 토의하시느라 청사로 들어오실 수 없다고 하셨습니다만, 대사님 기다리시겠습니까?"

"아니, 아침 일찍 연락드렸는데 나가셨어요?"

"네 대사님께서 전화하시기 직전에 전언이 와서 미처 알려드리지 못해 죄송하게 생각합니다. 혹시 제가 장관님께 전해 드릴 말씀은 없으십니까? 있으시다면 제가 전해 드리겠습니다."

요시무라의 안색이 무겁게 가라앉았다. 그가 다시 비서에게 손짓했다.

비서는 가방을 열고 봉투 하나를 꺼내어 그에게 전달했다.

대사는 그 봉투를 거칠게 받더니 김유현에게 넘겨주었다.

"이 서류는 우리 정부의 공식 항의문입니다. 대마도는 분명히 우리 영토이며 한국과의 영토분쟁 대상이 아닙니다. 이 말을 전해 주시면 고맙겠습니다."

"네. 그러시군요. 잘 알겠습니다. 그리고 독도는 분명한 우리 영토이기에 일본이 침범하는 일이 있어서는 곤란하겠지요. 저는 귀국에서 독도 앞바다의 해상분계선을 넘지 않았으면 좋겠다고 알려드리겠습니다."

요시무라의 안색이 붉게 달아올랐다.

그는 벌떡 일어서며 말했다.

"잘 알겠습니다. 그 발언 책임지셔야 할 것 같습니다."

"네. 저의 책임의 한계가 어디까지인지도 같이 알려 주시면 더 감사하겠습니다. 그러나 저는 그 한계를 잘 모르겠습니다."

급기야 폭발 일보 직전의 대사가 문 쪽으로 발을 옮겼다.

인사도 생략한 채 분노의 감정을 드러내며 요시무라 대사가 문밖으로 나간 후 김유현은 즉시 실내 인터폰을 들고 장관 차석 보좌관에게 연락했다.

"한 비서님. 장관님께 말씀 전해 주십시오, 요시무라 대사가 본국 의사를 전달하는 항의 의견서를 저에게 주고 갔습니다. 아마도 매우 열받았을 겁니다."

그리고 씩 웃으며 접견실을 나갔다.

-7월 27일 09:00-

일본 총리 관저 회의실

총리 다카키 마사모리의 분노에 찬 호통이 복도까지 들렸다.

"아니. 조선이 이제 우리와 본격적으로 대결할 모양이군요. 여러 분, 이 조선의 무례함을 어떻게 처리하면 좋을까요?"

외무대신 유키오 나와무네가 말했다.

"총리대신께서 분노하시는 건 당연한 일입니다. 제 생각엔 한국의 이 대담성을 역이용해서 우리는 미국과 공조해 좋은 결론을 끌어내야 하지 않을까 싶습니다. 동북아 정세에 하나도 도움 되지 않는 이런 조치가 분명히 미국의 심기를 건드릴 것이라 보이기에 그렇습니다. 우리는 화를 내기보다는 차분하게 대책을 의논해야 할 것을 부탁드립니다."

고개를 깊이 숙이며 제 자리에 다시 앉은 외무대신의 말이 이어졌다.

"내무대신께서는 이 일을 어떻게 생각하십니까?"

내무대신 히데요키 곤조는 차기 총리직을 노리는 강력한 후보 중의 한 사람이었고, 곤조 역시 자신의 파벌인 이츠노미야 파벌이 의회 내에서 둘째로 규모가 큰 세력이었기에 한 걸음 더 딛고 올라서기 위해 은밀하게 세력을 규합하는 중이었다. 대(對)한국 외교 자세부터 결을 달리하는 두 대신의 보이지 않는 암투는 총리의 심기를 불편하게 했으나 참모들의 의견을 들어야 하는 자리기에 두 대신의 입을 쳐다보기만 했다.

내무대신 히데요키가 입을 열었다.

"아마도 한국 정부의 판단은 좀 더 강경한 자세를 유지해 국내의 지지층을 결속하기 위한 수단으로 보입니다. 그렇다면 이제 우리는 한국 내 민주 진보세력의 기를 꺾기 위해서라도 그동안 닦아놓은 한국 내의 활동을 더욱 독려할 때가 되지 않았나 싶습니다만…"

외무대신 유키오가 입을 열었다.

"내무대신님. 저는 우리가 그동안 공들인 사람들의 활동은 사실 큰 성과가 없었다고 보는데요. 지난번의 활동이 잘 이루어졌다면 진보세력의 집권은 불가능했을 것 아닌가요? 이젠 한국 내의 활동보다는 우리가 주도적으로 좀 더 강경한 외교를 해야 하고 미국과의 공조를 더 끌어올려야 할 때라고 봅니다. 지금처럼 평풍하듯 진보와 보수 정권이 번갈아 집권한다면 보수파의 영구집권은 언제 이룰지 암담합니다."

총리가 입을 열었다.

"그렇다면 외무대신께서는 이 사태와 연관된 각 나라에 대한 외교 진행을 어떤 형태로 추진하실지 의견을 밝혀 주길 바랍니다."

내무대신이 총리의 말을 이어받으며 말했다.

"저도 외무대신의 의견을 들어보겠습니다."

외무내신이 입을 열었디.

"우선 한국이 떠들어도 그 힘은 미약합니다. 지난 몇 년간 군사력이 폭증해 제법 큰소리치고 있지만, 우리 자위대의 능력이라면 그쯤은 아무렇지 않게 누를 수 있습니다. 그러므로 남한 정세는 우리가 계속하던 대로 추진하고 북한 문제는 미국이 잘 조종하고 있으니, 우리는 미국에 대해서만 처신을 잘한다면 큰 걱정은 아니라고 봅니다."

남한 내부 친일파의 활동 문제는 내무대신이 알아서 처리하고 대미 외교와 대북 외교는 자신이 알아서 처리하겠다는 말이었다.

총리가 입을 열었다.

"일단 두 분의 의견은 좋은 의견입니다. 그래서 이 일은 두 분이 잘 아시고 또 잘 처리하시는 남한과 북한의 문제를 따로 맡아서 진행하시는 방향이 좋을 듯합니다. 물론 최종 결정은 제가 하겠습니다. 여러분들의 생각은 어떠신지요?"

다른 의견들은 자신이 속한 세력권의 후발주자이기에 큰 이견은 없었다.

회의 테이블 중간쯤에 앉아 있던 방위성장이 입을 열었다.

"그럼 저도 한 말씀 드리겠습니다. 타케시마 일입니다만 우리가 좀 더 공격적인 대응을 한다면 한국은 어떻게 대응할지 여러분 의견을 듣고 싶습니다."

그는 의회 내 제1 세력인 현 총리 다카키 계보의 두 번째 자리를 차지하고 있는 구로다 겐노스케 방위성장이었다.

"그렇군요. 방위성장께선 대마도에 관한 일은 어떻게 하면 좋을지 말씀하시길 바랍니다."

총리가 방위성장의 말문을 열어줬다.

"그 문제에 대해서는 일단 우리가 특별히 사법재판소의 타방 당사국이 될 필요는 없다고 봅니다. 한국도 타케시마를 그렇게 하고 있으니까요. 그래서 말입니다만, 우리는 대마도에 병력을 더 증강해야 하지 않을까 합니다. 총리대신님. 명목은 한국의 침범 우려 때문이라고 하면 됩니다."

"과히 일촉즉발 상황이 되겠군요."

"그건 한국의 현 정부가 그렇게 만들었기에 어쩔 수 없는 일이라고 봅니다."

방위성장이 굳은 결의에 찬 모습으로 말했다.

"좋은 의견이군요. 일단 그렇게 밀고 나가 봅시다."

총리의 이 한마디로 내각회의는 끝났다. 그러나 이는 바로 한국과 일본의 전면전으로 이어지는 불쏘시개 역할이었다.

-8월 1일 10:00-
주한 러시아 대사관

박윤옥 국무총리는 귀국 인사 겸 안드레이 데니소프 주한 러시아 대사를 방문했다. 얼마 전 러시아 방문 시에 체결한 경제 협력의 이행 상황 점검과 취약점은 없는지에 대한 정보 교환의 자리였으나 이는 외면적 이유일 뿐, 실제적으로는 동북아 정세를 논의하라는 이명재 대통령이 지시에 띠기 이루어진 민림이 있나.

데니소프 대사가 커다란 몸집을 뒤뚱거리며 박 총리를 맞이했다.

암만 생각해도 백곰이라는 표현이 딱 맞을 정도의 몸집은 적어도 120kg은 될 것 같았다.

"총리님. 어서 오십시오. 대단히 반갑습니다."

대사가 커다란 손을 내밀며 박 총리의 손을 잡았다.

"대사님 감사합니다. 그동안 안녕하셨습니까?"

박윤옥 총리는 그의 두툼한 손을 맞잡고 손등을 두어 번 두드렸다.

"오늘 대사님께 좋은 이야기 듣고 싶어 찾아뵙습니다. 두 나라의 건설적인 동행에 대한 대사님의 고견을 듣고 싶습니다."

데니소프 대사가 말을 이었다.

"그런 말씀 마십시오. 도리어 우리가 귀국의 도움으로 국내 사정이 호전되는 중입니다. 우리는 앞으로도 한국의 지원과 협조가 절실히 필요합니다."

데니소프 대사는 고려인 4세다. 친가의 고조부가 조선인이었다.

고조부 가족은 스탈린의 강제 이주로 중앙아시아에 자리 잡은 후, 갖은 고초를 겪으며 지역 사회인 중앙아시아 옴스크의 비행장에서 청소원으로 근무했고, 그 고난 속에서도 자식들을 키운 그 과정은 여느 고려인과 다를 바 없는 시련의 연속이었다.

다행히 4대째 이르러 가세를 피우게 되어 중앙 정치계까지 진출한 후손 데니소프 덕에, 그의 집안은 옴스크시에서 이미 주목받는 집안이었다.

러시아의 세브첸코 대통령은 외무부에서 잔뼈가 굵은 데니소프의 출신 성분을 알고 있었기에 그를 한국 대사로 임명한 것이다.

박 총리가 말했다.

"대사님. 우리 대통령께서는 지난번 협정의 이행도 중요하지만, 또 다른 협력도 필요하시다고 말씀하셨습니다."

데니소프가 매우 놀란 표정으로 말했다.

"아니. 지난번 협력 사업이 아직 실행 중인데도 벌써 또 다른 프로젝트가 필요하십니까?"

윤 장관이 말했다.

"아닙니다. 우리 대통령께서는 그때의 협력과는 별개의 협력이 필요하다고 하셨습니다."

"아~~! 그러시군요. 그러시다면 주저하지 마시고 말씀하시지요."

"네. 대사님 감사합니다. 대사님께서도 잘 아시다시피 귀국과 우리의 무역이 급속도로 확장되는 중입니다. 그런데 수에즈 통과보다 훨씬 경제적이고, 동시에 귀국 정부의 시베리아 개발도 촉진할 수 있는 시베리아 철도 이용 가능성에 대해 대사님과 의논해 보시라고 하셔서 찾아뵙습니다."

데니소프가 이마 주름살을 깊게 새기며 말했다.

"대통령께서 그런 계획이 있으셨군요. 어떤 계획이신지 구체적으로 설명 부탁드려도 되겠습니까?"

"네. 일단 현재 상황으로 볼 때 두 가지 안을 의논드리고 싶습니다. 첫째는 북한을 설득해 철도 노선을 개설한 후 북한 경유 블라디보스토크를 중간 기착점으로 대륙 횡단을 생각하고 계십니다. 둘째는, 유럽행 화물을 한반도에서 블라디보스토크까지 선박으로 운송한 후 횡단하는 노선도 고려하고 있습니다. 이 두 가지 신백시를 내사님과 깊이 상의해 보라고 하셨습니다."

"아. 그러십니까? 그러시면 제가 본국에 보고드릴 때 장관님 말씀하신 내용으로 보고서 올리면 되겠군요."

박 총리가 가방을 열며 말했다.

"제가 정리한 파일이 여기 있습니다. 대사님께서 먼저 검토해 보시고 타당하다 결론을 내리신다면 본국과 상의하셔서 결과를 전 해 주시면 고맙겠습니다만. 어떠십니까?"

데니소프가 말했다.

"네. 저도 그 내용이 무척 궁금합니다. 저희 두 나라의 관계를 생각해서라도 분명히 좋은 제안이라고 생각합니다. 총리님, 점심 식사 저와 같이 드시고 가시면 어떠십니까? 식사 중에 또 다른 좋은 이야기도 나눌 겸 해서 말입니다."

"네. 네. 감사합니다. 대사님."

"제가 총리님께 커피 한잔 대접하겠습니다."

데니소프 대사는 책상 위의 인터폰으로 비서에게 커피를 부탁했다.

한국의 박윤옥 국무총리가 전할 투자 내용의 골자는 이명재 대통령이 가슴속 깊이 숨긴 복안에 따라 한·일 간 긴장감이 팽배한 동북아의 대립각을 해소하기 위한 여러 조치 중 러시아의 움직임도 큰 변수가 된다고 봤기에, 미리 러시아의 협조를 요청하며 이에 상응하는 지원책을 제시하고자 함이었다. 이러한 대(對)러시아 외교 방침은 지난 6월 초 대통령이 박윤옥 총리, 윤진현 외교부 장관, 양대석 국방부 장관과 함께 세운 작전의 하나로 입안된 내용이었다.

그 내용은 다음과 같았다.

1. 극동 블라디보스토크 항구에 한국 자본으로 거대 조선소를 설립한다.
2. 이 조선소에서 쇄빙선, 천연가스 운반선 등의 부가 가치가 높은 선박을 건조하되 일반기술자와 종업원 등 필요 인력은 러시아의 기술자를 우선적 채용한다.
3. 블라디보스토크를 중심으로 주위에 산업단지를 조성해 유럽과 러시아로 수출하는 각종 산업, 즉 자동차, 반도체, 식품 등 기타 필요한 업종의 생산공장이 들어설 산업단지를 조성한다. 여기서 생산하는 제품은 유럽과 아프리카 지역에 철로로 운송한다.
4. 이 산업단지 조성에 필요한 인력의 복지와 후생, 즉 주택, 의료, 교육 등의 시설 자금은 한국이 부담한다.
5. 위 사항을 러시아 정부와 협의해 한국 기업의 적극적인 투자 유치를 실행한다.

점심을 나눈 후 커피를 마시며 박 총리는 다시 말을 이었다.

"대사님, 제 생각은 가장 중요한 문제가 귀 정부 세브첸코 대통령의 의지라고 봅니다. 그리고 우리 대통령께서 저에게 당부하신 말씀이 있습니다. 만약 이 제의를 충분히 검토하셔서 가능성이 보이신다면, 지금 중국에서 철수하고 있는 우리 기업늘을, 블라디보스토크와 주위 산업단지 조성 계획을 귀국 정부가 승인해 주신다면 그곳으로 이전하실 계획도 있다고 말씀하셨습니다. 이미 중국의 우리 기업은 전체의 70%가 철수했습니다. 만약 블라디보스토크 산업단지가 건설된다면 그곳에서 근무하게 될 기술자분들의 소비 활동으로 지역 경제에도 크나큰 이점이 될 수 있다고 말씀하셨습니다."

데니소프 대사가 들고 있는 커피잔을 두어 번 빙빙 돌리며 크게 숨을 들이켜더니 말을 꺼냈다.

"잘 알겠습니다. 혹시 우리 러시아 정부가 이 제안에 흥미를 느낀다면 또 다른 어떤 제안은 없으십니까? 가령 중국이 한국 기업의 이탈을 틈타 뭔가 일을 꾸미려 한다든가 에 대한 의구심은 없으십니까?"

박 총리는 대사의 이 말이 일본과의 갈등을 기회로 여길 수 있는 중국의 도발을 염두에 둔 발언으로 느껴졌다.

"글쎄요. 대사님께서 어떻게 판단하시는지는 잘 모르겠습니다. 물론 중국이란 나라가 워낙 특이한 행동이 많은 국가이기에 항상 염려는 하고 있습니다만, 그래도 혹시나 동북아에서 돌발적인 어떤 변수가 발생한다면 러시아 정부가 우리를 지원해 주시면 좋지 않겠습니까?"

데니소프 대사는 이제야 이야기가 제대로 진행되는구나 하고 판단했다.

"더 이상 깊이 말씀하지 않으셔도 그 말씀 잘 알겠습니다. 총리님의 이 제안서는 충분히 고려할 만한 가치가 있다고 생각합니다. 저는 빠른 시간에 이 제안서를 정리해 크렘린에 보고 올리겠습니다."

박 총리가 그 말에 반색했다.

"대사님. 감사합니다. 저의 대통령께서도 분명 대사님의 긍정적인 답변을 환영한다고 믿습니다."

"물론 우리는 피차 도우면서 더 굳은 결속을 하는 것이 가장 중요한 문제 아니겠습니까? 하여간 크렘린은 저의 입장과는 또 다른 입장이 당연히 있겠으나, 저는 이 제안에 저의 개인적인 의견을 덧붙여 크렘린에 보고한 후, 긍정적 답변을 드리고 싶습니다."

박 총리는 깊숙이 머리를 숙이며 인사했다.

"하하하. 대사님을 당할 수 없군요. 대사님은 틀림없이 우리 대통령님의 속을 훤히 보시는 것 같습니다."

데니소프 대사가 크게 웃었다.

"하하하하~~ 총리님. 전 절대 그런 인물이 못 됩니다. 하여간 오늘의 이 자리는 아주 깊은 뜻이 들어 있다고 보여서 저는 크렘린을 향해 저의 개인적 판단을 강력하게 주장하겠습니다."

"진심으로 감사드립니다. 아마 우리 대통령께서도 매우 기대하시리라 믿습니다."

두 사람은 숙련된 정치인으로서의 날카로운 촉으로 피차의 속내를 짐작했고, 굳이 그 속내를 숨기지 않았기에 이 대화가 뜻하는 바는 충분히 이해하고도 남았다.

이제 바야흐로 러시아와 중국까지 포함한 동북아 주변 정세가 요란하게 얽히기 시작했다.

-8월 7일 10:00-

평양 순안공항

  중국 공산당 정부는 남한 정부의 특사가 베이징을 경유한 후 북으로 가는 노선을 허락하지 않았다. 이전 같으면 큰 반대 없이 중국을 거쳐 북으로 가는 노선 통과를 허가했으나 남과 북의 협력을 우려한 듯한 중국의 비행 방해는 처음 있는 일이라 청와대를 당혹하게 했다.

  하지만 북한이 뜻밖에 개성 상공을 거쳐 평양 순안 비행장으로 향하는 직행노선을 이용하되, 비행 중 북한 땅을 촬영하지 않을 것을 조건으로 개방한다는 소식을 직통 전화로 알려 와서 이 문제는 간단하게 해결되었다. 물론 촬영 금지는 명분상의 조건이었다.

  평양 근교 순안비행장에 도착한 문재연 특사는 3번째 만나는 김정훈 위원장의 성대한 환영을 받으며 주석궁으로 가는 승용차에 수행원 없이 두 사람만 이동했다.

  "위원장님 반갑습니다. 이렇게 환대해 주셔서 고맙기 짝이 없습니다."

  문 특사의 인사에 김 위원장은 호탕한 표정으로 답하며 말했다.

  "하하하. 아닙니다. 지난번 뵐 때보다 더 젊어지신 것 같습니다. 벌써 몇 년 전 일인지 모를 정도로 까마득합니다. 그동안 안녕하셨습니까?"

  차분한 표정의 문 특사가 말했다.

  "네. 덕분에 너무 잘 지내고 있습니다. 아직 건강도 좋습니다."

  김 위원장은 더욱 반가운 표정을 지으며 말했다.

"네. 네. 건강이 제일입니다. 대통령님."

"그런데 이젠 대통령이 아닙니다. 위원장님. 호칭이 바꼈습니다. 저를 칭하실 때는 그냥 문 특사라 하시면 무난합니다. 위원장님."

"동무, 창문 닫으라요."

그의 명령에 운전석과 뒷좌석을 막아주는 방탄유리가 닫혔다.

"특사님. 지난번 미국에서 전하신 말씀 대표부를 통해 잘 전달받 았습니다. 혹시 그동안 변한 점은 없으신가요?"

"네. 잘 받으셨다니 다행입니다. 저는 걱정을 많이 했습니다. 혹시 나 오해하시면 어떻게 하지 하며 걱정했습니다. 그리고 이 일은 아마 우리 이 대통령께서 추진하시는 대로 잘 이루어질 것 같습니다. 이제 남은 문제를 의논드리라고 절 보내셨습니다."

"아~~ 그렇습니까? 그러시다면 전 언제든지 환영합니다. 이 문제 는 그럼 저만 알고 있는 것이 좋을까요? 아니면 당원분들과 같이 의 견을 나눠야 할까요?"

이 말에서 문 전 대통령에 대한 믿음을 알 수 있었다.

동시에 노동당 당원들도 깊이 믿지 못하는 점을 내비친 것이기도 했다.

"글쎄요. 위원장님께서 미리 정하신 결정이 있으시다면 전 그에 따르겠습니다. 그러나 그렇지 않으셔도 저야 위원장님께서 정하신 또 다른 결정에 쫓아다니겠습니다. 하하하~~!"

김 위원장의 안색이 햇살이 미치지 않는 깊은 골짜기의 어둠처럼 변했다.

말없이 창밖을 바라보며 생각에 잠겼던 그가 이윽고 입을 열었다.

"오늘 밤 제가 먼저 간부회의를 소집하겠습니다. 지난번 밀사의 제안은 ─ 기 당 간부들은 모르고 일부 최고위 간부 서너 명만 알고 있습니다.

오늘 밤에는 당 중요 간부에게 군사적 문제를 제외한 남북 외교에 해당하는 문제를 꺼내며 내일 특사님께 그 문제에 대한 남한 측의 의견을 묻는 자리로 하겠습니다.

그분들도 대단히 능력 있는 분들이기에 속으로는 알고 있을지도 모르겠으나 군사 문제는 외교정책에 대한 논의가 끝난 후로 미루겠습니다. 만약 그 자리에서 어떠한 결정이 나지 않더라도 특사님의 이해를 바랍니다.

또 간부들이 특사님과 남한 정부의 의중을 더 자세히 알고 싶다고 말하면 특사님께서 전체 맥락을 말씀해 주시겠지요?"

"네 그렇습니다. 그러나 모이시는 분들이 위원장님께서 모두 특별히 신임하시는 분들이시겠지요? 새가 듣고 창문 넘어 멀리 천 리 밖으로 퍼지지 않아야 해서 말씀드립니다."

"물론 신임합니다. 하지만 돌다리도 두들겨야 할 때가 있겠지요."

그의 마음이 그리 편치 않은 기색이다.

창밖으로 시선을 돌리며 대답하는 모습에서 그는 자신이 부하들을 얼마나 신임하는지 가늠하는 것 같았다. 차창은 위원장의 차 내부가 밖에서 보이지 않도록 짙은 선팅과 방탄 겸용이었지만 실내의 창문으로 반사해 비치는 안색이 편치 않게 보이는 것은 자신의 느낌 때문일까?

정치란 어느 시대 어느 국가를 막론하고 참 골치 아픈 일이다. 자신 역시 대한민국을 이끄는 위치에 있을 때 수많은 번민과 불확실성을 마주쳤지만, 그 모든 장애를 뚫고 나갈 수 있다는 확실한 믿음은 지니고 있었다.

하지만 때로는 그 믿음의 근거가 미약할 때도 있었으나, 스스로 자신을 믿고 행한 판단과 실행에는 단 한 번의 주저함도 없었다. 그러나 그 역시 시간이 지나고 보면 아쉬울 따름이다.

물론 자신과 김 위원장은 피차 입장이 확연히 다르기에 일괄적으로 판단을 내릴 수는 없었다.

시간이 한참 흘러 김 위원장이 입을 열었다.

"이 고난의 시간이 지나면 남북이 아마 또다시 원래 위치로 돌아가겠지요?"

문 특사가 지난번 미국과의 유엔 3자회담 결과에 대해 전달받은 밀서의 내용이 미더운가 보았다.

"그건 위원장님의 결단에 따라 다를지도 모릅니다. 왜냐하면 우리가 힘을 합쳐 어떤 행동을 취할 때 그에 대한 주변국들의 움직임은 어느 정도 예측이 가능하기에 그걸 예상하고 움직여야 하는 한계가 있으니까요. 그 한계를 뛰어넘을 수 있는 것이 바로 위원장님의 결단입니다. 그 결단으로 이루실 성과에 제가 도움이 되면 좋겠습니다. 그건 우리 대통령님도 마찬가지라고 말씀하셨습니다. 믿어야 하는 상대는 외세가 아니라 우리 민족입니다."

"그렇다면 일본은 가장 먼저 지구상에서 사라져야 하겠군요. 특사님."

"일본의 뿌리는 사라지겠지만 땅과 사람은 남지 않을까요? 그 뿌리를 근전해야만 남과 북의 정국이 서로 안정된다고 믿습니다. 이명재 대통령님의 판단에 따르면 그렇습니다. 또 위원장님의 결단이 당 간부님들에게 공감을 얻는다면 가능하다고 믿습니다."

'우리 대통령의 숨겨진 구상은 아직 발설할 때가 아니야. 우리와 미국의 제안은 오늘 밤이나 내일의 당 간부회의에서 의논하겠지.'

유엔 주재 북한 대표부가 김정훈 위원장에게 보낸 전문 내용에는 군사작전에 대한 설명은 없었다. 그 군사작전의 내용과 실천에 대한 본말은 문 특사의 머릿속에 똑똑히 기록되어 있었다. 기억에서 잊을 수 없고 잊어서도 안 될 작전이었다.

또 실행한다면 절대적인 성공을 해야 하며 어설픈 성공은 있을 수 없었다.

일타 삼피 작전.

문재연 전 대통령은 불과 두 달 전의 미국 특사 임명 때부터 속으로 그렇게 작전명을 붙였다.

이제 그 작전이 실행 단계의 가장 기초적인 토대를 쌓기 직전이었다.

일타 삼피.

동네 어르신께서 경로당에 모여 백 원짜리 화투 치실 때 사용하는 시시한 단어지만, 그 어르신들께는 일타 삼피의 쾌감이 주는 기쁨은 그 무엇에도 견줄 수 없었다.

깊은 상념에 잠겨 있던 문 특사가 머리를 돌려 창문 밖을 바라보니 자동차가 어느새 몇 년 전 평양 왔을 때 봤던 시가지로 들어서고 있었다. 멀리서도 보이는 고려호텔의 최상층부가 눈에 띄었다.

김 위원장이 입을 열었다.

"제가 저녁에 다시 뵙겠습니다. 그때 다시 의견을 교환하고 싶습니다."

"네. 잘 알겠습니다. 그리고 저의 이명재 대통령께서 전달을 부탁하신 친서를 드리겠습니다. 자세히 읽어 보신 후 좋은 결과 있으면 좋겠다는 말씀도 전해 달라고 하셨습니다. 전 저녁 식사를 하지 않고 기다리겠습니다."

"아닙니다. 그러실 필요 없으십니다. 당 간부들과 이야기하다 보면 늦을 수도 있습니다. 먼저 드십시오."

김 위원장은 문 특사가 건네는 얇은 서류 봉투를 받아 옆에 놓인 가방 안에 넣었다.

이윽고 김 위원장과 문 특사가 탄 방탄 승용차는 고려호텔 앞 정면에 도착했다.

먼저 하차해 문 특사를 안내하며 호텔 안으로 들어선 위원장이 말했다.

"저는 돌아가서 일 보겠습니다. 저녁에 연락드리고 다시 찾아뵙겠습니다. 특사님."

"네. 그럼 다녀오시길 바랍니다."

고려호텔 정문에는 호텔 종업원들 전체가 모두 도열한 것 같았다. 박수 소리가 요란하게 들렸다.

"환영합니다. 특사님. 다시 뵙게 되어 정말로 반갑습니다."

"네. 지도 정말 반갑습니다. 잊지 않고 반겨 주셔서 너무너무 감사드립니다."

그때 익힌 종업원들의 얼굴은 그 당시의 순간이 지나고 난 후, 시나브로 잊혔으나 그 느낌과 분위기는 그대로 남아서 익숙한 걸음으로 안내원을 따라 이전에 묵었던 38층으로 올라갔다.

엘리베이터에 동행한 여성 종업원이 말했다.

"특사님. 백발이 이전보다 무척 많아지셨습니다."

"네. 그렇지요? 그런데 저하고 다르게 다행히 흰머리는 안 보이는군요."

하고 미소 지으며 장난기 어린 시선으로 여성 종업원의 머리카락을 쓰윽 훑어보았다.

"호호호~~~ 저는 아직 젊지 않습니까. 특사님."

여성 종업원이 아름다운 모습과 잘 어울리는 목소리로 크게 웃으며 몸을 비틀었다. 그녀의 가벼운 눈 흘김으로 분위기가 너무 부드러워졌다.

'같은 민족이라서 그런 건가?'

문 특사는 양복 윗주머니에 꽂힌 볼펜 한 자루를 꺼내어 여성 종업원에게 건네며 말했다.

"앞으로도 흰머리가 나오지 말라는 뜻에서 볼펜 한 자루를 선물하겠습니다. 선물이 작다고 흉보실 건가요?"

"아이. 아닙니다. 특사님. 너무 감사합니다. 특사님."

그러면서 옆의 남자 종업원을 바라보았다.

그가 고개를 끄덕이자 여성 종업원은 얼른 고개 숙이며 꾸벅 절했다.

"그럼 너무 감사하게 받겠습니다."

물론 이 볼펜은 차후 정찰총국의 철저한 조사를 거친 후 돌려줄 것이다. 그녀가 몸을 옆으로 돌리며 제복 윗주머니에 볼펜 꽂는 모습이 너무 순진하게 보였다.

서울에서부터 동행한 수행원은 국정원 소속의 양수진과 한철승이다.

양수진이 오래된 비서처럼 능숙하게 문 특사의 옷깃을 털어주며 말했다.

"특사님. 피곤하시지 않으십니까?"

"아니, 아직입니다. 등산 효과가 나타나는가 봅니다."

문 특사는 알려진 대로 등산을 무척 즐겼다.

그날 밤 9시도 한참 넘은 시간에 김 위원장 측에서 전화가 왔다.

"특사님, 저는 정찰총국의 한영민이라 합니다. 지금 위원장님과 로비에 도착했습니다만 올라가도 일 없겠습니까?"

전화를 받은 수행원 한철승은 손바닥으로 전화기를 막으며 문 특사에게 말했다.

"위원장님이 도착하셨답니다. 특사님. 올라오시라 해도 괜찮겠습니까?"

"그래요. 올라오셔서 이야기 좀 나누어야지요."

그 누구와도 쉽게 어울릴 수 있는 친근한 어투다.

"알겠습니다. 지금 기다리고 계십니다. 위원장님."

몇 분 후 도착한 김정훈 위원장과 문재연 특사는 단둘이 새벽 1시가 넘도록 내밀한 이야기를 깊이 나누었다.

새벽 1시가 지나서야 문 특사의 설명에 이은 두 사람의 검토가 겨우 합의에 이르렀다.

조마조마한 마음을 어렵게 가라앉힌 긴 밤이 지나고 8월 8일 날이 밝자, 문 특사와 김정훈 국무위원장, 인민 무력부장, 정찰총국 등, 북한 노동당과 군 최고위 인사 10여 명을 포함한 회의에서 남한의 이명재 대통령이 제안한 구체적인 내용인 군사, 외교, 경제 등을 주제로 장시간에 걸쳐 토의한 후 실행에 옮길 것을 결정했다.

이로써 남과 북은 정치, 군사, 외교, 경제 등에 대해 전면적인 유대를 이끌어 내게 되었고, 비록 그 촉매제가 일본을 공격하기로 한 점이었으나, 일본의 도를 넘은 행패는 남북 연합 군사작전에 대한 당위성을 제공하고도 남았다.

-8월 9일 19:00-

평양 시내

노동당 정찰총국장 박일수 상장의 안내로 더운 날씨에 평양 관광을 즐긴 문 특사는, 저녁 7시 김정훈 국무위원장의 명으로 만수대 의사당에서 개최한 당 인민 대표자 회의의 강연자로 초대받았고, 문재연 특사는 노동당 간부들과 초청인사들을 앞에 두고 의사당 연단에 올라 강연하게 되었다.

넓고 웅장한 만수대 의사당에 모인 북한 주요 인사들은 남한 특사 이전에 대통령 자격으로도 방문한 적 있는 문 특사를 열렬히 환영했다.

문 특사는 연단에 오르기 전 김정훈 위원장을 향해 고개 숙여 인사한 후 연단에 올랐다.

마이크를 고정한 문 특사가 이윽고 무겁게 입을 열었다.

"오늘 이 자리에 저를 초대해 주신 김정훈 위원장님께 진심으로 감사드립니다. 또 이 자리에 많은 분께서 참석하셔서 저의 이야기에 귀를 기울여주시는 점 또한 감사드립니다.

저는 남한 정부 이명재 대통령의 특사 문재연입니다. 저는 지난 2018년 남한 대통령의 자격으로 이곳 평양에서 김정훈 위원장님을 만나 뵙고 온겨레의 염원인 남북통일과 평화, 그리고 나아가 우리 민족의 번영을 위해 함께 노력하고자 하는 굳은 의지를 확인한 적도 있습니다.

잘 아시다시피 우리 민족은 수천 년간 고난의 길을 걸어왔습니다. 참으로 마음 아픈 지난날입니다. 저는 이 아픈 마음은 남과 북이 다르지 않다고 생각합니다. 우리는 같은 민족이기 때문입니다. 이 사실은 영원히 변할 수 없는 사실입니다.

지금은 우리 잠시 헤어져 있으나, 그러나 우리는 선조들께서 가꾸어 오신 이 땅 위에서 다시 두 손을 맞잡아야 합니다. 저는 우리 서로 손을 맞잡고 서로의 건강을 걱정하고, 서로의 미래를 걱정하며, 서로의 후손을 걱정하는 순간이 멀지 않았다고 생각합니다.

이렇게 마음과 마음이 맞닿는다면 우리가 그토록 기다리는 통일과 번영이 반드시 올 것이고, 세계의 어디를 가더라도 당당한 민족이 되리라 확신합니다.

그 기초를 여기 계신 김정훈 위원장님께서 마련해 주셨습니다. 우리는 그 튼튼한 기초 위에서 우리 민족이 더욱 번영하리라 믿습니다. 저는 그 순간이 하루속히 눈앞에 펼쳐지길 진심으로 기대합니다. 감사합니다."

우렁찬 함성과 박수 소리가 장내를 가득 메웠다.

-8월 10일 22:00-
김포 공항

문재연 특사가 탄 KAL 전세 비행기가 환한 불빛이 가득한 김포 공항에 도착하자 비행기 개찰구 아래에서부터 기자들이 그야말로 벌 떼같이 몰려들며 마이크를 들이밀었다. 이어 멘트를 요구하는 기자들의 고함에 가까운 질문과 서로 밀치며 문 특사 가까이 자리 잡으려는 맹렬한 다툼이 벌어졌지만, 문 특사는 가벼이 손을 흔들고는 귀빈 출입구로 향했다.

문 특사를 마중 나온 대통령 전용 승용차가 그를 태운 후 공항을 빠져나갔으나 그때까지 기자들은 그 누구도 문 특사의 말 한마디조차 들을 수 없었다. 문 특사의 대통령 전용 승용차는 곧바로 청와대로 향했고 이미 청와대 귀빈 응접실은 대통령을 비롯한 박윤옥 국무총리와 각 부처 장관과 민주당 주요 인사, 그리고 국회 주요 인사 등

220

수많은 사람이 모여 그의 환영 준비를 하는 중이었다.

문 특사는 각 부처 주요 인사들과 만남의 시간을 가진 후 대통령 이명재의 안내에 따라 두 사람은 대통령 집무실로 향했다. 밤늦은 시간이었으나 두 사람은 새벽 두 시 넘도록 밀담을 나누며 방북 결과에 대해 깊숙한 대화를 나누었고, 그 자리에서 친서 전달에 대한 김정훈 위원장의 흡족한 답변을 들은 이명재 대통령은 한참 동안 문 특사의 두 손을 맞잡으며 진심 어린 감사의 인사를 전했다.

날이 밝은 후 윤진현 외교부 장관은 제임스 맥클레인 주한 미국 대사를 방문해 문 특사의 북한방문이 소기의 목적인 남북 관계의 정상화에 대한 협약을 타결했다고 전했다.

이 소식은 곧바로 백악관에 들어갔다.

-8월 12일 23:00-

이틀 후인 12일 23:00 남한은 비밀리에 공수 특전사 부사령관 안진우 소장을 작전 지휘관으로 임명하고 남북 합동 군사작전을 위해 구성한 각 분야 일급 요원 총 24명이 해군 상륙정 LCM에 탑승한 후 북측 수중 침투 대원 선발 작업을 위해 연평도에서 북쪽 40㎞ 지점인 해주로 출발했고, 그들이 도착하자 북한 인민 무력부 역시 합의에 따라 제24 해상 저격 여단의 동해사령부 소속 406 부대원 중 100여 명의 특전단 선별, 구성을 위한 남북 공동작업을 시작했다.

남한 측 대표단과 동행한 군 인사 중에는 남과 북의 최고위 인사를 제외하고는 아무도 모르는 극비 임무를 부여받은 어느 조직도 있었나.

그들은 남한에서 파견한 미사일 부대 위성 담당 기술자들이며 한반도 상공의 첩보위성 SH-201, SH-202호에서 보낸 위성 신호를 수신하는 GPS 위치추적 시스템을 북한 전략로켓군의 각종 미사일에 입력한 후, 미사일 발사에 필요한 정보를 취합하는 수신장치를 설치하는 임무를 받고 엄선해 파견된 정예 요원들이었다.

해주에 도착한 그들은 미사일 발사 후의 궤도 수정에 필요한 각종 전자장비도 함께 꾸린 채, 이동하는 차량 속에서 북한 안내원의 지시에 따라 한밤중인데도 불구하고 창문을 커튼으로 가리고 평양에 도착한 후, 요원들은 북측 전략 로켓부대 수뇌부 인물들과 모여 대포동, 무수단, 화성, 북극성 등 북한의 각종 미사일 제원을 보며 약 2주에 걸쳐 북한의 전략 로켓부대에 SH-201, SH-202 위성이 보낸 송신 자료의 수신과 이 신호를 북한 미사일의 목표 궤도에 설정하는 작동법, 기타 운용 요령을 북한 로켓 부대원에게 가르쳤다.

그리고 수중 침투 대원 선별을 맡은 안진우 소장 등은 북한 특수전 부대 지휘관들과 머리를 맞대고 대원 선별 작업에 들어갔다.

이렇게 한반도와 한민족의 용트림을 위한 큰 그림은 완성되었으며, 문 특사와 김 위원장의 합의에 따라 세부적인 내용의 실행에 대한 문제는 각 담당 부처에 일임하기로 했다.

이 담대한 작전은 이명재 대통령의 결단과 그를 뒷받침하는 문재연 전 대통령의 호응이 아니었으면 절대 불가능한 한민족 탄생 이래로 가장 큰 역사적 전환점의 물꼬가 터지는 순간이 되었다.

-한국 시간 8월 11일 08:00-
러시아 크렘린궁

러시아 관영 타스 통신에서 코멘트 하나가 올라왔다.

"어제 8월 10일 밤 중부 군구 전략사령부의 사령관 올레그 페트로프 장군이 노보시비리스크 기지에 주둔 중인 1개 보병 사단과 2개 포병여단, 그리고 기갑 여단에서 총 2만 5천여 명의 병사와 장비를 이끌고 콘스탄틴 대통령의 허락 없이 무단으로 주둔지를 이탈한 사건이 발생했습니다.

크렘린은 이 사실을 매우 심각한 사안으로 취급해 이 사태의 배후가 누구인지, 무엇을 위한 이동인지 자세히 조사 중입니다.

이 사건의 조사를 위해 콘스탄틴 대통령은 육군 총사령관 니콜라이 이바노비치 대장을 즉시 조사단장으로 임명해 조사에 착수할 것을 명했으며, 이 사건의 내막을 철저히 파헤치기 위해 지원 병력의 파견을 결정했고, 이 지원 병력은 서부와 남부 군구의 정예 병력입니다.

콘스탄틴 대통령은 이 지원 병력을 즉시 중부 군구로 이동, 배치했습니다. 자세한 내용은 크렘린궁의 추가 발표가 나오는 대로 전해 드리겠습니다."

그러나 실제로 그 정예 병력은 일반 부대가 아닌 러시아 전략 로켓부대, 즉 러시아 최정예 미사일 부대인 우주 항공군의 주요 장비와 군인이었고, 이 연합 지원 부대의 실제 이동 위치는 중국 국경과 근접한 지역이었다. 러시아의 급작스러운 정예 부대 이동은 누구도 예상치 못한 사건이었다. 그러나 단 한 사람, 주한 러시아 대사관의 데니소프 대사만 빙긋이 웃었다.

그는 전화기를 들고 부관에게 한국 국무총리실을 연결하라고 지시했다.

-8월 11일 10:00-
대한민국 청와대

청와대 정문으로 박윤옥 총리의 관용차가 미끄러지며 들어왔다. 넓은 청와대 앞뜰에 장대처럼 높이 솟은 커다란 상수리나무 그늘의 간이 테이블에서 독서 중이던 대통령은 총리의 차가 들어오자 일어섰다.

주차 구역에 주차한 관용차의 문이 열리며 박 총리가 웃으며 다가왔다.

"각하. 아직 이른 아침인데도 한낮처럼 매우 덥습니다. 건강 조심하셔야겠습니다."

대통령이 반가운 미소를 띠며 박 총리에게 말했다.

"감사합니다. 건강하기 위해서 항상 노력합니다. 말뿐이지만 말입니다. 하하하~~!!"

박 총리가 말했다.

"솔직하게 말씀드리면 저도 그렇습니다. 하하하~~"

두 남자는 호탕하게 웃었다.

대통령이 물었다.

"오전에 데니소프 대사와 통화하셨다면서요?"

"네. 그렇습니다. 자기의 뜻이 상당 부분 반영된 것 같다고 데니소프 대사도 좋아하십니다. 이제 조금이라도 안심될 것 같은 분위기입니다. 각하."

"그렇군요. 콘스탄틴 대통령이 이동 명령 내렸다는 부대는 어떤 부대인지 말씀하시던가요?"

"그게 좀 애매하게 이야기하시던데요, 툭 던지듯 말했습니다. 짐작으로는 항공우주군(구(舊) 러시아 공군)과 전략로켓군 같다고 말했습니다."

"그건 사실이라는 완곡한 표현법이지요?"

"아마 그런 것 같습니다. 그러나 중국이 만약 위성으로 그 부대의 정체를 파악한다면, 글쎄요. 아마 가만히 있지는 않을 것 같습니다."

"맞습니다. 우리에게 신경 쓸 여유가 그만큼 줄겠지요."

실제로 중국 공안 첩보부에서 첩보위성 사진을 통해 이 부대 이동을 세밀히 분석한 결과 예상외의 변수가 발생할 수도 있다고 공산당 수뇌부에 보고했고, 공산당 수뇌부는 러시아의 속뜻을 파악하기 위해 분주히 움직이기 시작했다.

-8월 13일 10:00-

요코스카 미군 제7함대 사령부

　요코스카항에 주둔한 제7함대 기함 USS 블루리지호 함장 겸 7함대 사령관인 마이클 슈나이더 제독에게 하와이 태평양 함대 본부에서 긴급 암호 전문이 날아왔다.

　　'1: 현 시간 요코스카 기지와 기타 기지에 주둔 중인
　　모든 미국 함선은 지상 부대 철수 지원팀만 남고, 그
　　외 함정은 요코스카항을 떠나 근해 20해리 바깥으로
　　정박할 것.
　　2: 로널드 레이건호와 전투 작전부대 소속 함선은 북
　　한의 원산 앞바다 50㎞ 전방을 향해 조속히 출항할 것.
　　3: 지상의 모든 미군 레이더 기지와 방공미사일 부대
　　소속의 군사 장비와 인원도 모두 괌 및 오키나와 기
　　지로 철수할 것.
　　4: 운송에 사용한 장비와 기밀 서류는 이동 작전 완료
　　후 철저히 수거해 괌 공군기지로 이송, 관리할 것.
　　5: 미 태평양 사령부 휘하 제5 공군 전투단 소속 전투
　　기는 제5 공군 사령관 죠지 셰필드 중장의 명에 따라
　　오키나와 기지와 괌 기지로 이동, 주둔해 후속 명령
　　을 받을 것이며, 만약 전체 전투기의 수용이 불가할
　　시 여타 태평양 공군기지로 이동해야 하고 일본 땅에

미군 장비는 일절 남기지 말아야 할 것을 명한다.

6: 상기 이동 명령은 예하 강습 전투대 역시 포함한 명령이므로 모든 전투 장비들의 이동을 명한다.

이상 사무엘 체이스 대통령의 명에 따라 태평양 함대 사령부의 지시 사항을 하달한다.'

-8월 13일 10:05-

요코다, 주일 미 공군 사령부

주일 미군 사령관 겸 제5 공군 사령관인 죠지 셰필드 중장의 명령이 주일 미 공군 전원에게 하달되었다.

"본 시간부로 제212사단은 오키나와 기지로, 제213사단은 괌 기지로, 제46전투 비행단은 한국의 오산 기지로 옮길 것을 명령한다. 각 사단 예하 공군 비행기들은 명령에 따라 빠짐없이 이동해 불시의 사태에 휘말리지 않도록 조치할 것을 명령한다. 이상이다."

제7함대의 이동 명령이 뜻하는 바를 도저히 알 수 없던 7함대 사령관 마이클 슈나이더 제독은 직접 백악관에 문의하고 싶었으나, 저녁 늦게 걸려 온 백악관 안보실 수석 보좌관 더들리 레이먼드의 전화를 받은 후에야 그 의미를 짐작할 수 있었다.

이 대규모 부대 이동이 동북아, 특히 중국이 오판할 가능성을 줄 수도 있는 영향을 고려한다면 절대 있을 수 없는 명령이지만, 그의 전화 설명으로 인해 태평양 주둔 전력의 이동 의미에 약간이나마 공감을 표할 수는 있었다.

더들리 보좌관의 설명에 따르면 한국과 일본의 감정적 대치 상태가 매우 심각해 군사적 충돌까지 우려되는 상황이라, 이 기회를 틈탄 중국 정부의 준동이 염려되므로 북한의 허락을 얻었으니 원산 앞바다 공해상에 주둔하라는 것이 그 요지였기에 이해할 수 있었다. 다만 일본 정부에게는 북한과 약속했기에 북한 당국의 승인을 얻었다는 말은 하지 말라는 명령도 같이 내려왔다.

그러나 이후 급격히 불어나는 미국 시민의 일본 출국 사태는 뭔가 큰일이 벌어지고 있는 것은 아닌가? 하고 의심할 만큼 충분했다.

슈나이더 제독은 기함인 USS 블루리지호에서 헬기를 호출해 항공모함 로널드 레이건호로 직행했다.

로널드 레이건호에 승선 중인 7함대 기동 타격단 단장 제이슨 그윈 소장은 제독의 착륙을 위해 헬기 선착장을 비워 달라고 함장에게 연락한 후 갑판으로 내려갔다. 항공모함 함장 아처볼트 샘프리스 대령과 제이슨 그윈 소장은 제독의 착륙에 맞춰 도열, 대기 중이었다.

"슈나이더 제독 반갑습니다. 어서 오십시오."

"두 분 수고 많습니다."

의례적인 경례를 주고받은 세 군인이 약 10평 정도의 함장실로 들어섰고 대기 중이던 당직 장교의 경례를 받고는 고개를 끄덕이며 나가라는 신호를 보냈다. 당직 장교가 경례하고 문을 나서며 말했다.

"커피 가져오겠습니다."

"아냐. 고맙지만 괜찮아."

함장이 잘라 말하고 문을 닫고 출입문 옆 벽의 방음 스위치를 눌렀다. 강력한 전파 방지망으로 외부와 무전이나 연락망이 차단된 밀실에서 세 사람이 마주 앉았다.

이후 약 20분에 걸쳐 이동 작전에 관한 세부 명령과 지휘계통을 확인한 세 사람은 함장실을 나서며 굳은 악수를 나눴다.

제독이 떠난 후 로널드 레이건호는 가장 먼저 요코스카 부두에서 출항했고, 그 뒤를 따라 제5 항공모함 타격단 소속의 함정 20여 척을 비롯해 7함대 소속의 모든 전투 함정과 각종 군함이 무려 7시간에 걸쳐 요코스카 부두를 빠져나가기 시작했다.

그러나 로널드 레이건 항공모함은 일본 동경 앞바다를 벗어난 후 북쪽으로 키를 돌려 일본 동해안을 거슬러 올라가 홋카이도의 쓰가루 해협을 지나 북한 원산 앞바다의 공해상을 목표로 전속력으로 항해를 시작했다.

이 항행에는 러시아 극동함대 소속의 군함들이 미리 길을 비켜줬기에 레이건호는 거침없는 질주를 할 수 있었다.

일본 동부 연안을 항해하기에는 지나다니는 선박 통행량이 너무 많기에 전속 운항이 곤란한 점을 고려한 항로였다.

한국 동해 울릉도 근해 깊은 곳에는 지난 7월 10일 문재연 특사가 방미 일정을 마치고 귀국한 직후부터 비밀리에 7함대 소속의 핵탄두 32기를 각각 장착한 오하이오급 잠수함 3척 중 2척이 깊은 바닷속에 숨어 있었다.

이와 함께 요코스카의 요코다 공군 기지는 불시에 내려온 이동 명령으로 요코다에 주둔 중인 미 공군을 비롯한 일본 전국의 미 7함대 소속 전투기와 공군 소속 비행기들이 순식간에 벌집 쑤신 듯 요란하게 움직였고, 제46 전투비행단 소속 공군 F35-A 기는 한국의 오산기지로 이동했다.

미 국방부 동아시아 사태 대비 긴급 작전사령부는 이 작전과 연계해 중국의 준동을 억제하고자 미국의 전체 6개 함대 중 3개 함대의 대대적인 이동 명령을 하달했다.

즉, 대서양에 주둔하던 제6함대를 지중해로 이동해 중동과 유럽을 동시에 방어하는 임무에 이동, 배치했고, 중동과 아프리카 지역을 담당하는 제5함대와 미국 본토 서부지역과 남아메리카 서부지역을 총괄하는 제3함대를 신속하게 동북아시아 지역으로 이동 배치하는 명령을 내렸다. 이 중 제3함대는 한국의 남쪽 바다 암초인 이어도와 제주도 중간에 자리 잡으라는 명령을 받았으며 제5함대는 대만 동쪽 근해에 주둔하라는 명령을 받았다. 미국이 자랑하는 해군 항공모함 3개 전단이 동시에 한국 근해로 이동하라는 긴급 명령이 하달된 것이었다.

이로써 동북아를 중심으로 배치될 미국 전력은 항공모함 4척에 탑재한 각종 항공기 약 300기, 이지스급 순양함과 구축함, 강습상륙함, 핵 잠수함, 기타 해군 전력을 포함해 60척 이상의 대형함정과 40여 척의 중형함정 등, 총 100척 이상의 함정이 전력 이동 후 새로운 기지에 주둔하며 이후 발생할지도 모를 유사시의 출동 준비 태세를 갖출 수 있었다.

이는 곧이어 발표한 미국 국방부 성명에서 밝힌 그대로 중국의 도발 방지와 동시에 북한의 엉뚱한 도발도 강력하게 억제하는 전략이었다.

서서히, 아주 서서히 드러나지 않도록 중국을 포위하는 작전이 미국과 러시아의 병력 이동으로 발현하는 순간이었다.

-8월 13일 10:15-

일본 도쿄

주일 미국 대사 피트 해링턴이 일본 유키오 나와무네 외무성대신에게 급히 전화했다.

유키오 대신은 총리 관저에서 열린 막료 회의를 마치고 외무성 집무실로 복귀하고 각료 회의용 제복을 평상복으로 갈아입던 중 비서의 급한 전갈을 받았다.

유키오가 비서에게 말했다.

"어디서 온 연락인가?"

"대신님. 미국 대사 피트 해링턴 씨입니다."

"그래? 그럼 얼른 돌려줘."

대신 집무실로 옮긴 유키오가 수화기를 들었다.

"대사님. 반갑습니다. 마침 총리 관저에서 도착했습니다."

피트 대사가 숨도 쉬지 않고 말했다.

"장관님. 본국의 요코스카 주둔 미 공군과 제5 공군 휘하의 전투기들을 모두 이동시키는 명령을 받았습니다. 함정들은 일단 유사시를 대비해 근해 10해리 외곽으로 철수하라는 명령을 받았습니다. 또 제46전투 비행단은 한국의 오산기지로 이동하라는 명령도 같이 받았습니다. 매우 유감이지만 백악관의 명령이니 어쩔 수 없군요. 더불어 우리 미국인의 안전을 위한 본국의 요구사항이 따로 전달될 예정이니 양해 바랍니다."

"아니… 그런 일이? 사령부에서 왜 그런 명령을 내렸는지는 말씀하지 않으시던가요?"

"네. 이유는 말씀하시지 않으셨으나 아마도 중국과 북한 때문인 듯합니다. 귀국과 한국 정부의 갈등으로 인한 비상사태 발생을 대비한 조치라고 합니다만…"

실제로 해링턴 대사가 백악관 소식통을 통해 듣기로는 군사적 충돌도 발생할 수 있다는 소문이지만 그건 개인적 루머라 할 수도 있기에 발설할 수는 없었다.

"그렇습니까? 그렇다면 귀국의 공군과 해군 전력이 철수한 후 만약 예기치 못한 사태로 미·일 상호 방위조약이 발효할 경우가 일어난다면 어떻게 하시려는지 알 수 없군요. 그에 대한 명령은 없습니까?"

"네. 현재로서는 그 이상의 명령은 없었습니다."

"아하~~!! 낭패로군. 이럴 수가."

유키오로서는 그야말로 청천벽력이었다.

그는 업무상으로는 가급적 사용하지 않는 사적 용도의 핸드폰으로 총리에게 황급히 전화했다.

신호음이 울리자마자 유키오 대신이 말을 꺼내기도 전에 총리의 목소리가 들려왔다.

"유키오 대신님. 요코스카의 미 공군과 제46 전투비행단의 철수 사실을 알고 계십니까?"

"네. 저도 방금 피트 대사에게서 연락받았습니다. 일부 미 해군 함정들은 요코스카항 10해리 전방으로 철수하라는 명령을 받았다고 합니다. 더구나 전투비행단은 한국으로 철수하라는 명령을 받았다고 하는군요. 기가 막힐 일입니다."

"그런 일이라면 나에게 직접 연락해야지 왜 대신님에게…"

"그건 저도 알 수 없습니다만…"

유키오가 말꼬리를 길게 늘이자 다카키 총리는 신음을 흘렸다.

"음~~ 저도 방금 대신님들 모두 배웅한 후 요코스카 해상 자위대 기시다 해상 장보(소장)에게서 직접 연락받았습니다. 미군 함정들이 모두 출항 준비를 서두르는 것이 이상하다는 연락받고 대신님께 말씀드리는 겁니다."

"이게 대체 무슨 일인지…"

"대사의 말로는 중국과 북조선의 준동을 우려한 조치인 것 같다고 합니다."

"아니 중국과 북조선의 준동이 있으면 우리와 미국은 자동으로 방위조약 이행 준비를 해야 하는 것 아닌가요?"

"아마도 이 문제는 총리님께서 내각회의를 소집해 결정하신 후 항의하셔야 할 문제인 듯합니다."

"아하~~~ 낭패로고~~!!"

짙은 탄식과 함께 유키오 대신은 다카키 총리의 고뇌에 찬 표정이 눈에 보이는 듯했나.

사태가 급하다는 판단이 든 다카키 총리는 백악관 직통 핫라인으로 통화를 요구했다. 그러나 정작 수화기를 든 사람은 안보 수석 보좌관 더들리 레이먼드였다.

"안녕하십니까? 보좌관님. 사무엘 대통령 각하와 통화하고 싶습니다만."

"아~! 총리님. 그러시군요. 지금 우리 대통령께서는 마침 의회 초청 연설로 인해 의회로 가셨습니다. 통화는 연설을 마치신 후에 가능할 것 같습니다. 혹시 제가 총리님의 전언을 대통령님께 전해 드리면 어떻습니까?"

다카키는 침묵에 휩싸였다.

한참 후, 다카키가 말했다.

"그러시다면 보좌관님께서 각하의 의회 일정이 끝나는 대로 제가 다시 연락드린다고 전해 주시면 고맙겠습니다."

의자에 똑바로 앉은 채 통화하던 다카키는 자기 상체가 해파리처럼 흐느적거리며 뒤로 풀썩 넘어지듯 등받이로 넘어진 줄도 몰랐다. 총리 집무실 창문 바깥으로 보이는 구름의 색이 너무 이쁘다고 생각했다.

하지만…

다카키는 이제야 사무엘 체이스 대통령이 전화를 받지 않은 이유를 짐작했다. 일본 정부는 이제 사면초가 상태로 들어선 것이 확실하게 느껴졌다. 물론 모든 분쟁은 항상 불확실성의 연속이지만 이제는 동북아의 정세가 일촉즉발로 변해 일본 정부 입장은 그야말로 폭풍우에 휘말린 갈대처럼 흔들릴 수밖에 없는 문제였다.

문제가 이상하게 꼬여서 이렇게 뒤죽박죽이 될 줄은 몰랐다.

'이런 형편이니 조선인은 믿을 수 없는 존재이지~! 이제는 미국인조차 믿을 수 없게 된 꼴이니 이 난제를 어떻게 풀어야 하나?'

다카키의 머리가 하얗게 세는 듯했다.

-8월 14일 18:00-

강원도 원산항 북한 동해 함대 사령부 제1 전대

한여름 저녁 6시면 땡볕이 아직도 맹위를 떨치는 시간이다. 그 시각 북한 원산항 해군기지에서 북한 해군 제1전대 소속 650t의 사리원급 초계함 232함이 북한 특전대원 80명, 그리고 방북했던 대원 중 미사일 부대 요원을 제외한 남한 특전사 안진우 부사령관과 그 일행을 태우고 남쪽으로 출항했다.

수송선이 밤 9시경 동해의 해상분계선을 넘자마자 어디선가 남한 함정 3척이 나타났고, 이윽고 그들의 호위 겸 안내에 따라 컴컴한 동해에서 남으로의 진로를 재확인 후 전속력으로 항해했다. 밤 10시쯤 속초 앞바다에 다다른 북한군 수송선은 북측 특전대원과 남측 특전사 대원을 남측 해군 함정으로 이동, 승선시킨 후 북으로 돌아갔다.

남한 측 군함에 승선한 북한 특전대원은 모두 남한 해병대 군복으로 위장해 남한군으로 착각하고도 남았고, 이는 혹시라도 한밤중에 출항하는 고기잡이 선원들의 눈에도 의심할 수 없는 남한 해병대 모습으로 보였을 것이다.

물론 그날 그 시간대에는 동해 전 바다에 걸쳐 해군 작전 실시를 발표하며 모든 어선의 출항을 금지했다.

-8월 30일 10:00-
여의도 국회의사당

초거대 여당 민주당의 주도로 이어진 개헌과 개혁 정책은 그동안 여론의 한구석에서만 맴돌던 검사, 판사 등 사법공무원 등의 임명직이 선출직으로의 전환이 시작이었다.

그것은 임명직이 주는 정년의 보장으로 인해 자기 일을 방해받지 않고 퇴임할 때까지 특권에 따르는 각종 권위를 누릴 수 있는 평생 기득권의 유지가 개헌 통과로 인해 선출직으로 전환하면 사라지게 되므로 임기 내에 반드시 국민의 재신임을 얻어야 한다는 명제로부터 시작됐다. 그동안 검찰과 경찰, 법원이 반공법, 혹은 보안법 등의 문구로 포장한 이념적 정치관을 숨긴 채, 고무줄 같은 법 적용으로 포장한 기소와 판결이 수많은 국민에게 얼마나 심각한 해를 끼쳤는지 알 수 있는 대목이었다.

총선, 대선의 연이은 참패로 동력을 상실한 국민의희망당은 결사적으로 반대했으나, 이미 마당은 심하게 기울어 있기에 명분도 실리도 없는 미약한 손짓으로 역사의 흐름을 멈추게 할 수는 없었다. 민주당은 본격적으로 개헌안을 전체 회의에 송부해 토론을 시작했으나, 하지만 안건 발의에 앞서 국민의희망당 소속 국회의원들은 민주당이 제시한 개헌안 모두 불합리하다고 주장하며 퇴장했다. 그러나 정족수보다 훨씬 많은 2/3 이상의 의석을 차지한 여당인 민주당은 아랑곳없이 정식 안건으로 발의해 국회의장에게 상정했다.

그 내용은 다음과 같았다.

1. 대통령 임기 4년제 중임
2. 대법관, 대법원장, 헌법재판소장의 국회 직접 선출
3. 현재의 지자체 사법직 공무원의 임명 직제를 선출직으로 전환
4. 중앙정부의 사법직(검, 경, 판사) 고위 공무원의 선출은 미국 헌법을 참고로 대한민국의 특수성을 감안하여 선출직 전환을 위한 입법, 발의 절차
5. 각종 친일 행위 처벌 법안 입안
* 친일 행위의 소급 적용, 처벌 입안
* 각종 친일 언행 처벌을 위한 법적 근거 제정
* 일본과의 경제, 스포츠 활동을 제외한 정치, 사회적 모임의 참가 목적과 인원의 선별 제한
* 일본 유학 선별 허가, 일본 기업과 교육 기관 등 각종 단체의 지원금, 장학금 수령 금지 및 수혜자와 그 직계의 공직 출마 제한

* 상기 목적 달성을 위해 필요한 공신력 있는 기관 설립

6. 언론 진흥법 개정

* 각종 언론(신문 방송 등)에 지원하는 정부지원금의 선별적 지원

* 언론의 세무조사 법적 근거 정립

* 언론의 자유에 따르는 책임감 대폭 강화(가짜뉴스, 선동뉴스, 왜곡, 편파 뉴스와 편파 보도 엄중 단속)

* 언론중재 위원회 위원은 덕망 있는 민간인 중 추천받은 후 국회에서 선출

7. 종교단체 과세법 입안

* 종교단체, 특히 기독교의 정치 참여로 인해 극심한 사회 혼란에 따른 막대한 사회 불안을 제거하고자 과세 형평의 원칙에 의거한 세무조사 및 감사와 이를 근거로 과세가 필요

8. 탈북자 관리의 민간단체 이관

* 이 조치는 남한으로 이송된 탈북자들의 평일 활동을 제외한 주말 활동은 종교 활동이 주를 이루며 이는 탈북민의 의사에 반하는 반(反)민주적, 친기독교적 색채가 짙고, 이를 기회로 탈북자들의 사회 진출시 전국에 산재한 기독교회와 연결 고리가 형성되어, 이들이 정부의 사법 및 정보조직과 교회의 관리하에 들어갈 여지가 많기에 개선의 여지가 있음

* 전국의 대형교회를 포함한 각종 교회는 하부 조직

이 활성화되어 있으므로, 이들 하나원 출신의 일부 탈북자들을 이용해 각종 반민주 집회에 현금으로 참여 유혹하고 있으며, 일부 교회는 일요일의 교회 예배에 참석 시 교통비 명목으로 금품을 지급하고 있기에 이는 기독교 단체의 세무조사가 필요한 근거임

* 또한, 일부 탈북자들은 근거가 부족, 또는 아예 없거나 혹은 왜곡된 견해를 SNS 등의 비공식 언론 매체를 이용해 극우성향을 드러내는 경우가 많음
이들의 활동은 정치적 영향을 받는 극우 단체의 사주가 확실함

* 이에 탈북자들의 종편 방송, SNS 등 각종 언론 매체의 출연과 정치적 활동(대북 삐라 살포 등)은 정치 사회적 문제를 제외한 주제로만 참석 유도 필요함(언론진흥법 개정 필요)

* 민간 단체로 사단법인을 허가받았으나 그 행위가 명백히 정치적 행위를 나타내는 단체는 선별해 정부 보조금을 지급

그러나 이 내용 중 추후 통과하지 못한 법안은 친일 행위자 죄상의 소급 적용과 탈북자 관리의 민간 단체 이양, 이 두 가지였다. 하지만 나머지 개헌안으로도 보수세력에 대한 진보세력의 완벽한 승리이며 사회 전반에 걸친 파격적인 개헌안이 아닐 수 없었다. 특히 친일 동조자와 그에 관련된 인물들의 법적 조치를 소급 적용하는 안건

은 비록 무산되었으나, 국민의희망당의 발악은 생명이 끊길 때쯤의 마지막 울부짖음을 토하는 짐승과 다름이 없었다.

이 개헌안을 가을 정기국회 회기에 상정해 의결하기로 결정한 민주당은, 이명재 정부와 함께 쌓인 난제들을 국회와의 협력을 통해 차근차근 정리하면서 한반도 통일을 위한 북한과의 관계 정립을 새로이 설정하기 위해 미국과의 외교를 강화하기로 했다. 이런 방침에 따라 여당 의원의 압도적인 지지를 등에 업은 각종 법안은 세부적 내용을 다듬기 위해 분주해졌고 한일 전쟁이 금방이라도 벌어질 듯한 분위기에 적응하지 못한 국민의희망당 의원들은 정치적 활동을 극히 삼가게 되었다.

바야흐로 한반도에는 전대미문의 파도가 밀려오기 직전이었다.

-9월 1일 09:30-

남한 정부의 친일 배척 법안에 대한 북한의 반응이 1주일 후에 나왔다. 북한 관영 중앙 TV 방송에서 생방송으로 발표한 소식은 북한 노동당 군사위원회 위원장 김정훈의 지령으로, 방송 즉시 국내외에 알려졌다.

"우리 조선 민주주의 인민공화국 인민들은 왜놈들의 간악한 행위를 그 누구보다도 뼈 때리도록 잘 알고 있습니다.

이에 항상 조국과 민족의 미래를 걱정하시는 위대하신 김정훈 위원장 동지께서는 수천 년 전부터 이어져 내려오는 왜놈들의 조선 반도 침탈 야욕이 아직도 꺾이지 않은 점에 분노하시며, 이 문제는 남한 정부만의 문제가 아닌 남북한 온 겨레의 문제로 인식하셨고, 한반도를 뺏고자 하는 왜놈들의 침략 야욕을 꺾기 위해서라도 남한 정부와 일시적인 평화 유지도 가능하시다는 매우 매우 진취적인 행동에 임하기를 결정하셨습니다.

간악하기 이를 데 없는 왜놈들의 야욕에 노심초사 걱정하시는 남쪽의 이명재 대통령께서도 한반도를 발판으로 또다시 대륙 진출을 꿈꾸는 왜놈들의 허무맹랑한 야심을 꺾기 위해 고심하고 있으며, 우리 조선 민주주의 인민공화국의 위대하신 김정훈 위원장 동지께서도 우리 역시 같은 민족, 하나의 뿌리라는 거대한 명제 앞에 일제의 잔재와 왜놈의 야욕을 일거에 박살 내겠다고 다짐하시며 전 군과 인민에게 튼튼한 각오를 다지라 하셨습니다.

이 각오가 확실한 렬매를 맺기 위해 위대하신 김정훈 위원장 동지께서는 남한 정부의 특사 방북을 일없이(문제없이) 허락하시어 남과 북이 하나가 되어 왜놈들의 침략 행위에 대한 방지책을 의논하시기도 하셨습니다. 줄기차게 이어지는 왜놈들의 악랄한 범죄행위는 남과 북의 호상 협조하에 박살 날 것이며, 동북아는 물론이고 저 멀리로는 세계 평화에 큰 받침돌이 된다고 위원장 동지께서는 주장하셨습니다.

이제 우리 북과 남의 민족은 하나가 되어 왜놈들의 저 짐승 같은 침탈 야욕을 사정없이 꺾어 버릴 것이며, 잃어버린 조선의 땅인 대마도를 노오 빛이오 기 위해 노력하시는 남한 정부의 발길질(발걸음)에 힘찬 박수를 보내드립니다."

-9월 3일 11:15-

독도 영해

독도를 순시 중인 제1 전투함대 소속 포항급 초계선 안동함은 유달리 센 파도가 몰아치는 바다 위에서 가을바람에 흩날리는 낙엽처럼 이리저리 휩쓸렸다. 거친 파도에도 익숙한 해군 수병들은 이미 이골이 났지만, 그래도 흔들리는 함정 속에서 중심을 잡지 못하고 비틀대면서도 각자 맡은 일에 집중했다.

선수의 함장에게 함내 인터폰의 신호가 반짝였다.

함장 허진영 중령은 폰을 들었다.

"함장님. 레이더병 이순철 수병입니다. 보고드리겠습니다. 정체불명의 비행체가 우리 초계선 전방 35㎞에 나타났습니다. 예의 주시하겠습니다. 계속 보고드리겠습니다."

"음, 그래. 계속 확인하고 보고하도록."

임무 수행 중 자주 있는 일이지만 그래도 이순철 함장은 위층의 레이더실로 자리를 옮겼다. 레이더망에 표시된 점 하나가 원을 그리며 움직이는 레이더 표시점을 따라 근처에 다다를 때마다 가까이 다가오는 것이 표시됐다.

"전 함 내 병사는 들어라. 즉각 경계 태세 돌입 준비."

즉시 함 내 비상 연락 마이크로 명령을 내린 함장은 그 비행체의 정체가 궁금했다.

"무전병, 본부 기지로 연락해서 비행체가 어디서 떴는지 예상 경로는 어떤지 즉시 문의하도록."

-9월 3일 11:20-
독도 근해

'한국의 독도 순시선에 근접 거리로 접근하되 적대감을 줄 정도까지의 거리는 피하도록…'

라는 명령을 받은 해상 자위대 제2 호위대군 소속의 항공 집단 사세보 비행기지에서 이륙한 초계기 SH-60J 제51호기가 독도 근해 15㎞까지 접근했고 이어 독도 동쪽 영해를 순시하고 있는 한국 독도 순시선의 모습이 희미하게 보이기 시작했다.

그러나 한국 순시선은 이미 레이더망에 일본 초계기의 존재를 파악했고 이는 즉시 전자 레이더망의 피신호 탐지로 확인되었다.

일본 해상 자위대 소속 SH-60J 초계기의 기장 요시모토 2등 해좌는 기수를 아래로 내리고 해수면 가까이 접근해 비행을 시작했다.

비행 부기장 겸 레이더 담당 하네요시 3등 해좌가 말했다.

"해수면 80m까지 근접했습니다. 요시모토 대좌님."

"걱정 말게. 이런 적이 한두 번인가?"

한국 순시선 안동함은 일본 초계기를 향해 레이더 조준 준비를 시작했다. 이어지는 레이더 조준 신호가 일본 초계기에 닿기가 무섭게 요란한 소리를 내자 요시모토는 급히 본부 기지로 송신했다.

"본부 나와라. 여기는 초계 51호 요시모토 대좌다. 한국 순시선에서 부당하게 레이더 조준을 시작했다."

보고가 올라가기 무섭게 일본 외무성이 NHK 방송국에 속보를 요하는 긴급 발표문을 보냈다.

잠시 후 11시 26분에 NHK 방송은 긴급 속보로 동해상의 한국 해군과 일본 해상 자위대 소속 초계기의 대치 상태를 전했다.

"긴급 속보입니다. 일본 영해의 타케시마 영공에서 정상적 초계 비행 중인 해상자위대 항공 집단 소속의 우리 초계기에 한국 함정의 레이더 조준 사태가 발생했습니다. 방위성 대신인 구로다 곤노스케 대신은 이에 전시 태세 준비까지 명령할 계획이었으나 한국과의 전통적 우호 관계를 참작해 경고에서 그치기로 했습니다. 이어지는 속보는 들어오는 즉시 시청자분께 알려드리겠습니다. 다시 알려드리겠습니다…."

아양 가득한 목소리처럼 들리는 여자 앵커의 콧소리 섞인 잔망스러운 음성이 화면을 가득 채웠다.

-같은 시각 국방부 작전실-

국방부 장관 양대석은 시시각각 들어오는 해군 참모총장 보고를 정리해 보았다. 일본의 도발이 우발적인지 계획적인지가 중요했기에, 그는 이 점을 파악하기 위해서 일본 초계기들의 지난 5개월간의 동해상 비행궤적을 조사하라고 합참 작전참모장인 권석환 소장에게 지시했다. 5개월 전은 이명재 대통령의 취임 전후가 되는 시기였다. 정확하게는 이명재 후보가 대마도 반환 소송을 준비하겠다는 공약을 내건 직후였다.

10분 후 부관의 보고서를 받아 든 권석환 소장은 내용을 보자마자 파일을 들고 청사 7층의 장관실로 향했다. 그는 행정 부관이 올린 보고서를 읽은 후 그 심각성을 감지했고 이 보고서는 즉시 보고 감이라 판단했다. 그는 합참의장, 부의장에게 전화로 보고하고 7층으로 올라갔다.

엘리베이터에서 내린 작전참모장은 마주치는 각급 장교들의 경례를 일일이 받아 주면서 급한 걸음으로 복도를 가로질러 갔다. 좀처럼 보기 드문 작전참모장의 장관실 방문에 복도를 지나쳤던 많은 장교는 서로 의문의 눈짓을 교환했으나, 그 의미는 그냥 물음표 그 자체였다.

듬직한 풍채의 참모장 권석환은 어깨가 조금 좁게 보이는 점만 제외하면 당당한 군인의 모습 그 자체였고 동작도 무척 빨랐다.

그의 걸음은 자연히 빠를 수밖에 없었다.

그는 장관실 문을 두드렸다. 문이 열리더니 대령 함정민 부관의 산뜻한 모습이 나타났다.

"어서 오십시오. 참모장님. 장관님께서 기다리고 계십니다."

합참의장, 부의장이 그의 보고에 따라 먼저 도착해 미리 대기하는 등, 국방부 최고위 인사들이 모여 일본 초계기의 지난 5개월간 비행 궤적이 장관의 짐작에서 크게 벗어나지 않은 것을 확인하기까지는 시간이 그렇게 오래 걸리지 않았다.

이 사실을 청와대에 보고한 양대석 국방부 장관은 대통령 이명재의 청와대 출석을 전달받았고 장관은 합참본부의 고위 장성 일행과 함께 급히 청와대로 출발했다.

-9월 3일 13:00-

청와대 본관 지하 3층 국가 안보, 군사작전 T/F 벙커

청와대 지하 3층의 방음과 도청 방지 시설이 완비된 벙커는 한반도의 전쟁 발발 시 지휘 본부로 사용이 가능한 구조로 건설되었다. 혹시나 발발할지도 모를 전쟁의 승리를 위해 필요한 모든 준비 태세와 작전 수립은 비밀리에 완료했기에 이제 남은 것은 전쟁 수행에 따르는 장비의 확보였다. 그중 가장 중요한 전쟁 T/F인 지하 3층의 유사시 군사작전 본부는 경비를 위한 2중 출입구를 지나 안에 들어서면 사방 약 15m 정도의 넓은 공간이 보였고, 그 정면에는 커다란 모니터가 있으며 좌, 우 양측의 벽에는 작은 모니터가 빽빽하게 붙어 있었다.

입구 정면의 넓은 벽에 보이는 커다란 모니터는 한반도 전체를 가

로 세로 각각 절반을 잘라 3D로 보여 주는 화면이다.

그러나 양측 화면이 똑같이 밑에서 절반의 화면만 남한 땅이 나타나 있고 그 위로는 빈 화면이었다. 그 비어 있는 공간의 화면이 북한 땅이라는 것은 누구든지 금방 파악할 수 있었다.

그중 좌측의 아래 화면에는 대한민국을 세로로 나눈 서쪽 영토와 서해의 바다가, 우측 화면에는 좌측 화면과 이어지는 동쪽의 영토와 동해가 보였다. 그리고 정면의 화면과 똑같이 생겼으나 양 벽에 각각 50개도 넘는 작은 듀얼 모니터는 전국을 세분화해 각 지역의 군사기지 배치 상황을 알려 주는 불빛이 반짝였고 그 불빛들은 각각의 색이 달랐다.

빨간색은 공군기지, 그리고 노란색은 해안선을 따라 바닷가에 쭉 몰려 있는 것으로 볼 때 그건 딱 봐도 해군기지다.

초록색 불빛은 내륙 곳곳에 수백 개가 넘는 점으로 보아 이것은 육군 부대 배치가 확실하고 또 다른 색인 주황색, 핑크색도 보였다. 그 위치로 보아 아마도 방공미사일 부대와 레이더 부대인 듯했다.

각각의 모니터 앞 의자에는 제각기 헤드폰과 이어폰을 낀 군인들이 요란하게 키보드를 두드리고 있었다. 이곳에 있는 인원은 줄잡아 50명은 될 것 같았고 그들 모두가 계급장 없는 군인 제복을 입고 있었다.

이 작전본부 중간에는 스낵 바 테이블 같은 폭이 2m쯤이고 길이는 10m가량 되는 길쭉한 타원형 테이블 위에 각종 전자장비와 무선장치들이 보이고 그 양옆으로 통로가 보였으며, 그중 우측 통로를 따라가다가 사람 3명이 들어갈 만한 공간이 나타났고 그곳으로 꺾어 돌아서자 정면 벽에 붙은 문이 있었다. 그 문을 열고 들어선 곳에는 작전회의를 위한 타원형 테이블과 그 위에 여러 대의 전화기가 놓인 널찍한 사무실이 나타났다.

이 지하 3층의 방음과 핵 공격의 방어를 위해 철저히 밀폐된 회의실에서 군사작전과 다를 바 없는 내용을 토론하는 정부와 군부 주요 인사들은, 이 사태의 심각성과 국가 안보, 그리고 미래에 끼칠 파장을 조심스럽게 토의하며 대응 방안을 모색했다.

대통령이 입을 열었다.

"일본 초계기의 독도 침범은 명백한 군사도발로 봐도 무방할 것 같습니다. 일본의 이 적반하장의 발표를 여러분께서는 어떻게 평가하시는지 궁금합니다."

양대석 장관이 입을 열었다.

"각하, 제가 합참 의장님과 참모진에게서 보고받고 판단한 점을 말씀드려도 괜찮으시겠습니까?"

대통령이 즉각 답했다.

"네. 얼마든지 말씀하십시오. 군사 문제에 관한 지식은 우리 중 가장 뛰어나시니까 저는 걱정하지 않습니다. 우리 모두 장관님의 의견을 충분히 고려하겠습니다."

"감사합니다. 대통령 각하. 우선 우리 모두 이 도표에 주목해 주시기 바랍니다."

하며 4절지 크기의 코팅을 한 도면을 꺼내 보였다.

그곳엔 타원형의 여러 선이 색색으로 표시되어 이어져 있었으며 선의 끝에는 비행기표시가 돼 있어서 비행궤적인 것을 한눈에 알 수 있었다.

장관은 볼펜으로 가장 바깥쪽의 초록색 선을 가리켰다.

"이 선은 각하의 취임식 직전의 일본 초계기 비행궤적입니다. 그리고 이 선은 각하의 취임식 직후의 궤적입니다. 그리고 다음 선들이 각하의 취임 시간이 지날수록 점점 더 독도 근처로 진입한 궤적입니다. 현재 이 선이 가장 근래의 궤적이고 오늘 궤적이 바로 이것입니다."

장관이 가리키는 궤적은 과연 그의 말대로 시간이 지날수록 독도 상공에 가까워지고 있었다.

"저는 이 점을 보건대 일본 초계기의 도발은 우발적이 아닌 계획적인 음모로 보입니다. 다른 분들께서는 어떻게 판단하시는지요? 즉 명분을 쌓기 위해 조금씩 가까이 다가오다가 어느 날 불시에 독도 바로 위 상공을 침범하리라 봅니다. 저는 그래서 이 침범이 아주 명백한 도발의 징표로 진단합니다."

그가 말을 마치고 잠시 한숨을 돌렸다.

군부 고위 인사들은 그 말에 더욱 심각한 표정이 되었다.

잠시 후 박윤옥 국무총리가 입을 열었다.

"장관께선 그럼 이 도발이 무엇을 노린다고 보시는지요?"

양대석 장관이 말했다.

"이것이 최종적으로 무엇을 뜻하는지는 아직 정확한 판단을 하기는 이르다고 봅니다. 다만 이 계획된 사건이 분명히 우리에게 좋은 일은 아니라고 봅니다. 그러므로 우리도 이에 상응하는 어떤 군사적 조치가 필요하지 않을까 조심스럽게 말씀드립니다."

박윤옥 국무총리와 양대석 국방부 장관의 추임새로 인해 사태가 대통령의 바람대로 이루어질 징조가 보였다.

"다른 분들께서도 의견을 피력해 주시지요. 이 문제는 어느 한두 분의 의견으로 쉽게 결정할 일은 아닌 것 같습니다."

청와대 안보 실장 박원준이 주저하다가 입을 열었다.

"저는 이 사건은 모르는 척 묵과하면 안 된다고 봅니다. 그렇다고 방금 우리가 파악한 점을 일본 측에 따질 만한 근거는 아직 부족하기에, 저의 지금 판단으로는 일본 측이 군사적인 면에서 우리를 떠보는 것으로 보입니다. 그래서 말씀드리는데요. 저희도 군사적 대응책을 취하면 좋지 않을까 합니다."

"아~~ 그러십니까? 저도 비슷한 생각을 하고 있었습니다."

양대석 장관의 맞장구에 모두가 그를 돌아보며 고개를 끄덕였다.

양대석 장관이 다시 입을 열었다.

"그렇습니다. 이런 사태가 한두 번이 아니기에 이제 이 이상 좌시하면 더 큰 도발로 이어지기 쉬울 것 같습니다. 그러므로 제 생각엔 대마도 근해에 우리 초계기를 띄워서 저들에게 우리도 가만있지 않겠다는 의사표시를 확실하게 보여 줄 필요가 있다고 봅니다."

국방부 장관이 대통령을 넌지시 바라보면서 말을 마쳤다.

대통령이 입을 열었다.

"그러다 문제가 더 크게 발전할 수도 있지 않을까요?"

일본 초계기 궤적을 유심히 보던 박윤옥 국무총리가 입을 열었다.

"각하. 국방부 장관님 말씀대로 이 문제를 더 크게 확대하면 어떤 결과가 나올까요? 우리가 일촉즉발로 끌고 나가면 저들의 반응이 어떨지 궁금합니다."

박윤옥 총리의 입에서 의외로 강경한 발언이 나왔다.

"그러시다면 총리님의 판단은 국방부 장관님의 의견에 동조하실 수도 있다는 말씀인가요?"

"네. 그렇습니다. 우리가 여태 침묵을 지키고 있는 가장 큰 이유는 우선 미국의 체면과 동북아의 안정을 바라기 때문이 아닙니까? 이런 데도 불구하고 일본이 저렇게 막무가내로 나온다면 미국의 눈치도 볼 필요 없이 우리만의 독자적인 외교와 군사정책을 펼칠 기회라고 저는 판단합니다.

그런 절차를 밟기 위해서는 우선 전작권 반환부터 강력히 요구할 필요가 있습니다. 이제는 일본의 무력 도발에 우리가 군사적으로 독자적인 대응책을 마련할 수 있는 작전 권한을 주장해야 한다고 판단합니다.

그러기 위해서는 여기 있는 장관님의 분석 자료를 미국에 제시해 미국의 입을 다물게 함과 동시에 전작권 반환의 필요성에 대해 강력하게 주장하고 싶습니다."

"음~!"

대통령의 작은 눈이 더욱 작아졌다.

박윤옥 총리의 발언은 대통령과 국방부 장관과의 3자 회의에서 약속한 계획적이고 암묵적인 발언이었다.

이제 사태는 대통령의 예측에 따른 순서대로 옮겨 갈 단계에 이르렀다.

"하지만 마지막 단계가 남은 것 같습니다. 여러분."

"어떤 문제인지 지적해 주십시오. 각하."

박 총리가 물었다.

"내 생각에는 미국은 작전권 반환을 거부하리라 봅니다. 혹시라도 발생할지도 모를 우리와 일본과의 전쟁을 방지하기 위해서겠지요. 이 문제는 어떻게 해결할 수 있을지 의논해 볼까요? 좋은 의견 있으신 분 말씀해 주십시오."

침묵의 시간이 속절없이 지나가고 있지만 아무도 이 문제에 대한 답을 쉽게 구할 수는 없었다.

한참의 시간이 지난 후에 합참의장 정윤겸 대장이 입을 열었다.

"각하, 전쟁은 명분이 정당해야 하고, 승리는 승리에 대한 집념과 각오가 있어야 얻을 수 있습니다. 그러나 만약 한·일 간 전쟁이 벌어진다면 일본은 명분이 약하고 우리는 명분이 강합니다. 그렇기에 일본 초계기의 이 도발도 대마도와 같이 엮어서 문제 삼아 미국에 우리의 명분과 입장을 강력히 피력해야 하며, 미국이 전쟁 억제를 위해 전작권 반환을 거부한다고 해도 우리가 이 문제를 제시하면 그 명분을 찾을 수 있지 않을까요?"

"그렇군요. 그게 핵심일지도 모르겠습니다. 합참의장님. 그럼 좋은 계획이 무엇인지 알려 주시겠습니까?"

국방부 장관 양대석이 손을 들었다.

"합참 의장님 정말 좋은 의견입니다. 제가 문득 한 가지 계획이 떠올랐습니다. 말씀드려도 될까요?"

"네. 네. 좋습니다. 얼른 말씀하십시오. 장관님."

대통령이 말을 이어받아 양대석 장관을 재촉했다.

"네 저의 의견은 이렇습니다."

그리고 양대석 장관의 약 20분간의 설명이 이어진 후 조용히 대통령이 말했다.

"그러시다면 우리 모두 조용히 손을 들어 의사표시를 합시다. 찬성하시는 분은 손을 들어주시고 반대하신다면 가만히 계셔도 무방합니다."

일본이 결국 참지 못하게 도발하도록 만드는 이 작전에 참석자 9명 모두가 손을 들어 찬성을 표했다.

이 자리의 참석자들 모두 사태가 점점 험악하게 변할 수 있다는 짐작으로 미리 주일 대사와 의논하는 자리를 마련하는 것에 대해 찬성 의사를 표시했다. 대통령은 입을 다물고 침묵 속에 이 결정을 음미했다.

일본이 먼저 군사력으로 도발하게끔 하는 이 작전의 대담성은 동북아 정세에 너무나 커다란 변혁을 가져오는 계획이기에 대통령도 조심스러울 수밖에 없었다.

'아직은 세부 내용을 발설할 때가 아니야.'

대통령이 양대석 장관에게 고개를 끄덕이며 말했다.

"그렇게 결정을 내렸으니 송민우 대사님께 연락하시지요."

그러자 양대석 장관이 수화기를 들고 주일 대사관으로 직통 전화를 걸었다.

주일 대사 송민우는 청와대 직통 전화벨이 울리자마자 즉시 수화기를 들었다.

"대사님 수고 많으십니다. 보시다시피 이제 분위기가 점점 험악해

지고 있습니다. 아마도 대사님께서는 일선에서 일본 정부와 대립하는 입장이 되시리라 보는 중입니다만. 여기서도 가만히 있을 수 없기에 내각 안보회의에서 각하를 모시고 심사숙고 끝에 한 가지 결정을 내렸고, 그 결정에 따라 대사님을 모시고 그 대비책을 말씀드리고자 합니다. 괜찮으시겠습니까?"

송 대사가 말했다.

"알겠습니다. 저는 각하의 의중에 따라 행동하겠습니다."

"아~~! 역시 대사님은 훌륭하십니다. 일단 우리의 요구는 명백합니다. 대마도에 관한 문제이지요. 이에 관한 우리의 입장과 대응책을 좀 더 상세히 설명드리려고 하니 대사님과 함께 대사관 소속 상무관도 귀국해 주십시오. 각하를 모신 자리에서 각하의 생각을 전달하겠습니다."

진짜 내막은 단 세 사람, 대통령, 총리, 국방부 장관만 알고 있으며 개략적인 내용은 윤진현 외교부 장관만 알 뿐이었다.

주일 대사관 상무관 김성광의 공식 직책은 주일 대사관 상무관이지만, 그는 공수 특전사에서 대위로 전역한 국정원 제2과 대외부서 정보과 소속이었으며 적진 침투 작전 입안과 침투 임무 수행의 전문가로 꼽히는 사람이었다. 김성광이라는 인물은 이명재 정부가 들어선 후 일본에 특화된 군사 관련 인물을 찾던 중, 군부의 추천을 받아 일본 대사관에 근무하게 됐으며, 야전에 특화된 전직 군인이라는 점이 매우 특이해 분쟁을 예상하는 정부의 의견을 들려줌과 동시에 일본 군 내부 사정에 어느 정도의 지식을 갖고 있다고 보여 대사와 같이 귀국을 명령했다.

그날 밤 마지막 KAL기 편으로 김포 공항에 도착한 송 대사와 김성광이 공항 출구로 나서자, 대기하고 있던 회색 제네시스 한 대가 그의 앞으로 미끄러지며 다가왔다.

운전석의 남자는 빠른 동작으로 차에서 내리더니 송 대사에게 꾸벅 인사했고 김성광은 적당히 살이 오른 40대 남자로 보이는 그에게 고개를 숙이고 인사를 하고 말했다.

"과장님. 잘 지내셨습니까?"

"그래. 나야 잘 지내고 있지. 거기는 지금 엄청 시끄럽지?"

"아니요. 저놈들은 아직도 실감을 못 하는가 봅니다. 설마 하는 중이라 도리어 비상사태가 발생한다면 아마도 한참 헤맬 것 같습니다."

"그래. 미래의 일이야 나도 알 수 없지만, 이 시기에는 최고의 보안과 안전을 기해야 할 거야."

"잘 알겠습니다."

송 대사가 말했다.

"두 분이 구면이신 줄은 몰랐네요?"

"하하. 예전에 같이 근무한 적이 있었습니다."

"아~! 그러셨군요. 저는 몰랐습니다. 이 사람이 워낙 입이 무거운 사람이라서요."

그들이 탄 승용차는 내곡동 국정원으로 직행했다.

그날 밤, 늦은 시간까지 김성광은 지난 8월 문 특사의 방북 후부터 혹시 발생할 수도 있는 일본과의 극한 대립에 대비한 혼자만의 시나리오를 꺼낸 후, 다시 정리해 올바른 형식을 갖춘 보고서로 작성했다.

그가 이러한 낌새를 눈치챈 연유는 순전히 그의 촉이지만 그 촉이 발동한 이유는 송 대사와 본국과의 유달리 빈번한 접촉 때문이었다.

지난 정권의 박 대사는 정말 한량이 따로 없었다. 일본 정부에서 각종 모임으로 초대할 때마다 극진한 예우를 받으며 나들이를 즐겼으나, 이명재 정부가 들어서자마자 박 대사가 물러났고 새로이 부임한 송민우 대사는 부임 초기부터 본국 외교부와의 빈번한 접촉으로 뭔가 색다른 임무에 임한 것 같은 느낌을 주었다.

송 대사가 유난히 그 접촉에 대해 철저한 보안과 기밀 유지에 힘쓰는 모습이 눈에 띄게 역력했기에, 뭔가 터질 것 같은 느낌으로 자신의 특기인 침투 등의 작전 계획을 혼자 비밀리에 입안한 후 노트북에 저장했지만, 뜻밖의 귀국 명령에 따라 상황이 변해 혹시나 하는 판단으로 그가 챙기고 온 자료였다.

그리고 이틀 후 송 대사와 김성광은 김포를 통해 일본으로 다시 돌아갔다. 그리고 청와대 각료 회의 후 그들이 모두 돌아간 후에 대통령과 총리, 양대석 국방부 장관 세 사람은 따로 자리를 마련해 김성광이 제출한 전대미문의 작전 보고서를 검토하기 위해 심각한 논의에 들어갔다.

-9월 7일 08:00-

청와대 긴급 기자회견

청와대 앞뜰 임시 기자회견장에 모인 각 언론의 기자들은 초조한 눈빛으로 대통령의 등장을 기다렸다. 일본의 무력시위에 가까운 독도 도발과 한국의 강력한 대응으로 인해 한일 관계는 일촉즉발의 태세로 변했으며, 이제 당겨진 화살이 언제, 어떻게 날아가느냐에 따라 막다른 길목에 들어설 수 있을지도 몰랐다.

대통령이 등장하자 기자들은 모두 박수로 맞이했다.

가벼운 고개 인사로 답례를 대신한 대통령이 고형숙 대변인의 옆자리에 선 후 기자들을 둘러보았다. 늦여름 청와대 앞뜰의 잔디는 푸르렀고 하늘도 새파랗게 맑았으나 대통령의 안색은 극히 침울해 보였다.

청와대 대변인 고형숙이 마이크 높이를 조절한 후 입을 열었다.

"모여 주신 여러분께 심각한 말씀을 드리게 되어서 대단히 죄송합니다. 이제 대통령께서 국민 여러분의 안녕과 국가 안보에 관한 중대 발표를 하실 예정이라 질문은 사양하겠습니다. 부디 여러분의 양해를 바라며 이어서 대통령님의 성명 발표가 있겠습니다."

그리고 옆으로 비켜섰다.

대통령이 마이크 앞으로 다가선 후 잠시 숨을 가다듬더니 입을 열었다.

"우선 이 중차대한 시기에 사과의 말씀을 드리게 되어 진심으로 국민 여러분께 사죄를 드리고 싶습니다. 근래 반복적으로 이어지는 일본 초계기의 독도 영해 침범에 대한 일본 측의 도발 중지와 재발 방지를 누누이 요구했으나, 일본 정부의 무성의한 답변에 대해 국민의 한 사람으로서 대단한 실망감을 느끼게 되었으나, 저는 국가 대사를 책임진 대통령으로서 국민의 안녕과 국가 안보를 책임져야 할 의무가 있기에 이에 국민 여러분의 양해와 용서를 바랍니다.

제가 밝힐 이 조치는 정부 관계부처와의 심각한 논의와 토론을 거쳐 결정한 조치이며, 특히 국가 안보에 직접적인 의무가 있는 국방부 산하 각 군부대의 충언과 조언 역시 충분히 참작한 후 내린 결정이란 점을 알아주시면 대단히 감사하겠습니다.

제가 발표할 내용은 국가 안보를 위한 최선의 결과이며, 이는 우리 국가의 미래와 후손들의 미래까지 책임져야 하는 정부 수반으로서 더욱 막대한 책임감을 느낍니다. 그러므로 우리 정부는 기회 있을 때마다 일본 측의 성의 있는 조치를 재삼재사 촉구했으나, 일본 정부는 우리의 기대에 전혀 미치지 못한 조치에 우리 대한민국 정부도 상응하는 조치에 임할 것입니다.

저는 오늘 13시 정각에 진해항을 출발한 해군 전투함은 대마도 앞바다에서 일본 측의 함대와 마주 대할 것이며, 우리 해군 소속의 초계기 역시 대마도에서 독도에 이르는 동해 상공 우리 영해를 순회하며 일본의 독도 준동을 방지하라는 명령을 내렸습니다.

이는 지난 2주 동안 독도 도발 중지를 위한 일본 측의 성의 있는 조치가 없었기에 취한 대통령의 결정입니다.

그러므로 동북아의 평화와 나아가 세계질서를 올바로 구축하기 위해서라도 일본 측의 독도 도발 중지를 강력히 주장하며, 이에 협조하지 않을 시에는 우리는 그 어떤 도발도 강력한 방법으로 물리칠 것을 다짐합니다. 덧붙여 대마도는 역사적으로도 천 년 이상의 시간 동안 우리의 지배와 교류를 맺은 곳입니다. 또한, 삼국접양지도에 분명히 기록되어 있듯이 대마도는 우리 땅입니다. 이는 미국이 삼국접양지도를 근거로 당시 일본 막부 측에 오가사와라 제도를 반환한 사실로 미루어도 알 수 있습니다.

그러나 일본은 이러한 역사적 증거도 외면한 채 오히려 독도를 수시로 침범하며 우리의 국민감정을 자극하고 우리 영토를 침범하고 있습니다.

이제 저는 정부 부처의 고위 인사들과 의논한 결과, 일본의 독도 영공 침범 시 적극적인 방어 전투태세를 갖춰 일본의 침범에 강력하게 대응할 것이며 대마도 또한 우리 땅이란 점을 확실히 하고자 합니다. 부디 이제라도 일본은 역사의 교훈을 되살려 바른 결정을 하기를 바랍니다."

-9월 8일 13:00-

전 부대에 내린 인포콘 3 발령으로 휴가 중인 군인, 외국 연수 중인 군인까지 모두 귀대명령을 받았으며 동원예비군에게는 비상소집 준비를 명령했다. 평화 시에는 있을 수 없는 긴급 소집이었다. 이 명령에 따라 해군 병력도 즉시 전투 대비 상황으로 개편되었다.

그리고 제주도 서귀포에 주둔한 제7 기동전단 권민술 대령의 지휘 하에 세종대왕급 구축함 DDG-991호를 기함으로 삼아 예하 군함을 거느리고 대마도 앞바다로 출동했다. 예하 전함은 대형 수송함인 독도함과 3척의 울산급 호위함, 그리고 포항급 초계함 5척이었다. 물론 손원일급, 안창호급 잠수함 역시 남해 모처의 바닷속에 건설한 수중 잠수함 기지에서 쥐도 새도 모르게 출발했다.

수중 잠수함 기지는 세계 최초로 대한민국의 바닷속 수중에 건설한 잠수함 전용 기지이기에, 어느 잠수함이 언제 출항했으며 언제 입항했는지 알 수 없는 전략적 효과가 탁월하므로 항상 은밀한 작전을 요하는 잠수함의 기동에는 최적의 요새였다.

더구나 이 기지에는 국가 주도의 수소 핵융합 시설을 옮겨와서 거대한 프로젝트를 실행 중이지만 이것은 극비에 속하는 일이기에 관계자 이외에는 그 누구도 알지 못했다.

그리고 이 프로젝트는 수소폭탄의 기초가 되는 연구였다.

그야말로 세상 아무도 모르게 한국의 남쪽 바다 깊은 곳의 수중기지에서 벌어지는 일이었다.

현해탄 작전으로 명명된 작전부대의 선임 작전참모장 겸 세종대왕함 함장 권민술 대령은 출항 직전에 작전 지시서를 수령했다. 그가 맡은 임무는 전쟁 발발 시 대응 태세 구축 작전과 추후 상황이 험악해져 재일본 한국인의 소개가 필요하다고 판단될 시 신속히 한국 교민들을 호송해 무사히 국내로 귀환하는 임무다.

하지만 전쟁의 불규칙성으로 인해 어떤 상황이 언제 어떻게 변할지 모르기에 전투태세는 완벽하게 갖춰야 했으며, 이에 따른 준비는 세계 15개국 연합해군 합동 훈련인 림팩 작전의 성공적 완수를 수차 달성한 함장 권민술의 능력은 그쯤은 달성하고도 남았다.

선수의 함장 의자에 앉아 망원경으로 진해 앞바다를 바라보며 그는 생애 처음 전쟁을 목전에 둔 사람의 자세가 되어 잔뜩 긴장한 채 항해를 지시했다.

"선수 좌현 15로."

그의 지시에 따라 선수가 방향을 틀었다.

이제 1시간 30분 후에는 대마도 서쪽 20㎞ 앞 공해상에 근접 당도할 것이며 일본 제1 호위대군 산하 함정들과 대치하는 긴박한 대치 상태를 유지하게 된다.

DDG-991 세종대왕함은 선수 앞에 초계함 2척이 좌우 전투대형으로 벌려 선두에서 항해를 시작했고 그 중간의 세종대왕함 정면에 호위함 1척이 앞서고 있으며 뒤로는 호위함 2척과 초계함 3척이 따라오고 있었다. 동시에 강원도 동해항에 주둔하고 있는 해군 제1 함대의 광개토왕급 함정인 양만춘함이 제11 전투전단의 울산급 호위함 3척 등의 예하 함정을 거느리고 독도를 향해 출항했다.

이는 일본 측의 독도 도발에 대한 한국의 명백한 응전 신호였다.

-9월 8일 15:30-

유엔군 사령부

한·미 연합 사령부 사령관 빅터 맥그리거 대장은 휘하 정보부 당직 사관이 올린 제주도의 한국 함정 대마도 출동 보고를 받고 즉시 부사령관인 한국 육군 대장 원광수에게 사령관실 출두를 요구했다.

원광수 대장은 청와대 안보 회의 결정 내용을 연합사 사령관에게 말해도 무방한지 청와대에 질의했고, 청와대는 내용 중 일부는 알리지 말라고 통보했다.

원광수 연합사 부사령관은 사령관 빅터 맥그리거의 호출에 사령관실로 향하며, 이명재 대통령의 전략적 결심을 파악한 정부 요인들의 결정이 자신도 따를 만한 타당성 있는 결론이라 판단하고 맥그리거의 앞에 나갔다.

"부사령관님. 어서 오십시오. 커피 하시겠습니까?"

맥그리거가 물었다.

그리고 부관에게 손짓으로 나가라는 명령을 내렸다.

부관 헨리 대령이 원광수 부사령관에게 경례하고 나가자 맥그리거가 말했다.

"부사령관님. 귀국 정부의 결정에 저는 매우 심각한 우려를 표하지 않을 수가 없습니다. 지금 대마도 앞 해상에 한 일 두 나라 군함이 모여 있는데 이 작전의 의미는 무엇인지 궁금합니다. 물론 타당한 결정이라 판단하시고 군함을 집결하셨겠지요?"

"네. 대한민국 대통령 각하의 명령입니다. 미리 알려드리지 않은 점은 그만한 까닭이 있기에 알리지 않았습니다."

"그렇습니까? 지금이라도 알려 주시면 어떠실지요."

맥그리거가 말했다.

"알려드려도 상관은 없습니다. 다만 우리 정부에서는 이 일로 사령관님의 입장이 곤란한 일은 없을 것이라고 말씀하셨습니다."

현 상황과 딴판인 이야기를 듣고 맥그리거는 눈살을 찌푸렸다. 맥그리거는 근래 들어 한국과 일본정세에 관한 미국 정부와 미군 관계자들 사이에 퍼진 다양한 소문이 떠올랐다.

맥그리거가 극히 조심스럽게 말을 꺼냈다.

"제가 곤란한 건 괜찮습니다. 문제는 이 어지러운 사태에서 과연 누가 득을 취하고 누가 손실을 받는지가 큰 문제이겠지요."

원광수 부사령관은 생각했다.

'그렇게 객관적으로 바라보다 양키들 큰코다치지~'

"물론 그렇습니다. 그러나 우리는 이 문제가 한일 양국의 영토분쟁에 얽힌 문제이기에 연합사와 큰 관계가 없을 거라 판단하고 있습니다. 아시다시피 연합사는 적대적 국가와의 분쟁 시에만 작전을 펼칩니다.

일본은 우리 한국과 적대국은 아니지 않습니까? 도리어 우리와 동반자적 관계를 유지하며 동북아 평화를 위해 애써야 하는 국가입니다. 그런데도 불구하고 막무가내로 독도 침범, 경제 제재, 재일 교포 테러 등등 일방적으로 한국에 적대적인 정책과 행동만 하고 있습니다.

그 증거가 여기 있습니다. 이 점만 보더라도 일본 정부의 비겁한 대(對)한 군사, 외교, 경제정책에 대해 미국은 그동안 어떻게 상황 파악했는지 궁금합니다."

그가 내민 파일을 받아 든 맥그리거 사령관이 그 파일을 열어 보자 거기에는 독도를 선회하는 일본 초계기의 선회 주기와 아슬아슬하게 한국 영해를 침범하지 않을 만큼의 침범 구역을 나타낸 표시가 보였다.

더욱 중요한 문제는 날짜였으며, 날짜는 독도에 가까운 비행일수록 근래에 이루어진 침범 사례였다.

맥그리거는 입을 다물었다.

'엄청 예민해졌군.'

"우리는 잊히고 버려진 땅을 도로 찾으려는데 귀국이 도와준다고 판단하지는 않습니다. 다만 바라보기만 하신다면 좋겠습니다."

"부사령관님. 귀국 정부에서 계획한 어떤 일이 있으신가 봅니다."

"그야 당연히 있습니다. 독도는 애초부터 우리 영토이기에 일본의 이 야비한 도발 방식을 분명히, 그리고 철저하게 퇴치할 것이며 아울러 대마도를 도로 찾는 일이지요. 이 일을 추진하는 동안에 어떤 일이 어떻게 전개될지는 아무도 모릅니다. 일본은 대마도를 내주기 싫어하고 우리는 되찾고 싶습니다. 일본도 오래전에 귀국이 영토를 불법 점거했다고 주장하며 반환을 요구해 결국 반환받지 않았습니까?

우리도 똑같은 일을 추진하는데 일본은 반대합니다. 반대도 그냥 반대가 아니고 사생결단 내듯이 초계기를 동원해 수시로 독도 상공을 기웃거리고 전함을 내세우며 전쟁이라도 할 듯한 분위기를 조성합니다. 그런데도 우리는 얌전히 앉아서 돌려줄 때만 기다려야 할까요? 귀국 같으면 그렇게 하겠습니까?"

한국 연합군 부사령관의 열에 들뜬 발언이 듣기에 몹시 거북했으나 이해 못 할 바는 아니었다.

"그래서 우리는 연합사의 한반도 유사시 대비 지침은 우리에게 도움이 안 된다고 판단했기에 연합사에 알리지 않고 출항했습니다. 그렇다고 당장 우리에게 전시작전권을 반환하지는 않을 것 아닌가요? 우리의 판단이 잘못됐습니까? 저는 틀림없이 우리 대통령께서도 같은 생각이라 판단합니다. 만약 잘못이라고 생각하신다면 대마도를 한국에 돌려주지 말라고 일본 측에 전하십시오."

'허~~! 갈수록 태산이군.'

그러나 맥그리거 사령관은 한반도의 전운이 모락모락 일어나는 이 시기에는, 한국 입장보다는 북한의 대응 자세가 더 궁금했으나 지난 11일의 북한의 성명으로 봐서는 별다른 낌새는 없을 것 같은 눈치라 그나마 한시름 덜 수는 있었다.

-9월 9일 09:00-

늦게까지 잠들지 못하다 새벽이 돼서야 겨우 잠들었다가 소변이 급해 깨어난 민길영은, 꿈속에서 연병장을 뺑뺑이 도는 자기 모습이 침대에서 일어난 후에도 연한 푸른색 파도 무늬가 빽빽하게 그려진 천장에서 뱅뱅 돌고 있었다.

이제 겨우 전역 25일 차.

'오늘은 어디서 뭘 하면 좋을까?'

아직은 부모님 눈치를 보지 않고 친구들과 오락실, 당구장에서 그럭저럭 시간을 메꾸고 있지만, 조만간 취업 면접 보러 다녀야 하는 자신을 생각했다.

화장실에 다녀온 그가 TV로 시선을 돌리자, 아까부터 마치 금방이라도 전쟁이 일어날 듯한 분위기의 방송이 계속 이어지고 있었다.

'어이쿠야. 내 전공인데. 배운 게 저건데 써먹을 데나 생기려나?'

쓸모없는 상상으로 담배 생각이 나서 아파트를 나섰다. 아버지가 계시니 베란다에서는 담배 피울 생각조차 금지다.

'영어학원 원장이신 아버지는 오후 1시가 되어서야 나가실 텐데 내가 먼저 나가 볼까? 폰 놔두고 내려왔네? 아이 씨~~!'

부대에서 그렇게도 아까웠던 담배는 전역하고서도 여전히 아깝다고 생각하며, 끝까지 타들어 간 후에야 휴지통에 버리고 6층으로 올라갔다. 침대 위에는 덮고 자던 인디언 담요가 아직 그대로 구겨진 채 어질러져 있었다. 무심코 폰을 집어 든 그가 화면을 띄우자 부재중 전화가 떴다.

번호가 눈에 익어서 길영은 '누구더라? 아니, 이 사람이 왜 아침부터 전화했대?'

궁금증에 발신을 눌렀다. 신호에 금방 전화를 받는 목소리,

"야~ 민 중사 너 바쁘냐? 왜 전화 안 받어?"

대뜸 큰 호통이 들렸고 길영은 어이가 없어서 피식 웃었다.

"아니, 중대장님 뭔 큰일 났다고 꼭두새벽부터 전화해요?"

"너 몰랐구나. 큰일 한번 제대로 터졌다. 너 복무 한 번 더 해야 한다. 얼른 부산 해작사에 가봐라. 집에서 가깝지?"

"해작사로요? 아니 대체 뭔 홍두깨여~~ 거긴 왜요?"

"너 해군 참모총장이 만나자는데 안 갈래? 너 나보다 더 빨리 출세할 기회인지도 몰라~~!"

"난 해병대 UDT고 해군 참모총장하고 친척도 아닌데 와 만나요?"

"최대한 빨리 가 봐라. 군소리는 됐다 하고. 알았냐?"

집은 대연동이기에 해작사까지는 택시로 가면 20분이면 도착한다.

'근데 현역도 아닌데 꼭 내가 필요한가?'

거실로 나가서 냉장고를 뒤져 차갑게 굳어 버린 피자 조각 두 개를 꺼내 전자레인지에 돌리면서 중얼거렸다. 피자에 곁들여 우유도 한 컵 따라 마시기 무섭게 청바지 꿰차고 반팔 티를 걸쳐 입었다.

거실에서 아들이 왔다 갔다 헤매는 모습에 엄마가 길영을 바라보았다.

"니 어디 가노? 디게 설치네~"

"면접 볼라꼬 갑니다."

"그래? 어데로 가는데? 회사냐? 뭐 하는 회사고?"

속사포같이 쏟아지는 질문에 길영은 웃으며 말했다.

"용호동으로예. 바닷바람도 좀 쐬고 친구도 좀 만날라꼬 갑니다."

"면접 본다 안 했나?"

"용호동에서 면접 봅니다. 어무이."

"알았다. 차비는 있나?"

"아니요. 없습니다. 좀만 주이소."

"점심은? 우짤끼고?"

질문을 꼭 두세 번에 나누어서 하는 엄마가 백에서 오만 원짜리 두 장을 건넸다.

"엄마 최고다. 하하하."

"니 술 먹고 들어올 끼가? 먹지 말고 들어와야 칸다."

-9월 10일 14:00-

제주 서귀포 군항

민길영은 해군 참모총장과 해병대 사령관을 동시에 같은 자리에서 본 일이 없다. 부산 용당의 해군기지에서 출발한 해군 초계정에는 그의 처지와 비슷해 보이는 머리카락이 아직도 깔끔하게 정돈한 또래 청년들이 50명쯤 동행했다.

그중에는 언뜻 30을 넘긴 사람들과 젊은 여자들도 몇 명 보였다.

'아마 위관이나 말뚝 하사관 전역한 사람들이겠지.'

그리고 그들은 군함 몇 척이 죽 늘어서 정박 중인 제주 군항에 도착해 해군 마크가 그려진 군인 버스에 올라타고 군항 전용 주차장 한쪽에 자리한 큰 건물로 들어갔다. 건물 안은 무장한 채 삼엄한 경비를 서고 있는 해군 헌병 열댓 명이 일렬로 늘어서 있었고, 그중 선임으로 보이는 한 헌병의 안내 손짓에 따라 모두 창문이 없는 커다란 사무실로 들어갔다.

에어컨 바람으로 시원한 느낌의 평범한 실내는 어느 대학교 강의실과 똑같은 모습의 책상이 10개씩 5줄로 50개, 의자 50개, 커다란 화이트보드가 앞뒤로 한 개, 그리고 실내로 들어오는 그들을 바라보며 열중쉬어 자세로 꼿꼿하게 서 있는 해군 대령 계급장의 장교, 그 옆에 차렷 자세인 채 짧은 머리로 대나무처럼 꼿꼿하게 서 있는 비쩍 마른 대위 계급장을 단 군인이 눈에 띄었다.

그들 모두가 계급장만 있고 명찰은 없었다.

차렷 자세로 그들의 모습을 바라보던 해군 대위가 열중쉬어 자세로 바꾸더니 입을 열었다.

"모두 자기 이름이 붙어 있는 책상에 앉을 것, 책상 위에 가나다순으로 자기 이름의 명찰이 붙어 있으니 2분 내로 찾아서 앉을 것."

모두 착석까지 채 1분도 걸리지 않았다.

엄숙하고 무거운 분위기에 모두가 착석한 채 숨죽이고 있는 순간, 열중쉬어 자세의 대령이 자세를 풀며 화이트보드 앞으로 자리 잡았다.

허리가 꼿꼿하고 안색이 불그스레한 덩치 큰 대령은 그들을 둘러보더니 입을 열었다.

"모두 여기까지 오느라 고생 많았다. 일단 부산 해작사에서 간단한 브리핑은 들었으리라 믿고 이제부터 본격적으로 오늘 소집이 어떤 의미가 있는가 알려 줄 것이다. 우선 이름 순서대로 한 명씩 저 옆의 쪽문으로 들어가서 자세한 이야기를 듣도록."

대령이 가장 우측의 맨 앞 책상에 앉아 있는 사람의 책상을 훑어보더니 말했다.

"첫 번째 맨 앞의 강윤기부터 들어간다."

그리고 대령이 먼저 그 문으로 들어갔다.

그러나 강윤기는 들어간 문으로 나오지 않았고 약 5분의 시간이 걸린 후 두 번째로 들어간 사람의 뒤에 남은 인원들의 눈빛은 눈에 띄도록 심각하게 변했다. 허공을 바라보기도 하고 바닥을 내려다보기도 했다.

쪽문으로 들어간 사람들은 그 문으로 다시 나오지는 않았으나 그게 바로 임무의 심각성을 더해 주는 것으로 판단한 길영은 '아마도 귀가할 인원을 선별해 귀가시키고 남은 인원을 소집했겠지.' 하고 짐작했다.

길영은 자신의 순서가 어서 빨리 오면 좋겠다고 생각하며 옆자리 이름표에 적힌 도재훈의 빈 책상을 보았다.

모두가 침묵에 빠졌다. 아니 정국 돌아가는 분위기 자체가 침묵에 빠지도록 만들었다. 바깥도 그렇고 여기도 그렇다.

대일본 선전포고가 언제 터지는지가 문제일 뿐이었다.

언제부터인지 슬며시 눈이 감겼다.

갑자기, "민길영!"이라고 자신을 호명하는 소리가 크게 들려 옆 사람 모르게 졸던 그는 깜짝 놀라며 눈을 떴다.

"네 접니다."

그를 안내해 쪽문 앞으로 데려간 대위가 작은 소리로 말했다.

"이 문으로 들어가도록~ 들어가면서 관등성명은 댈 필요 없고 그냥 민간인 인사나 제대로 하길 바랍니다."

가까이서 바라본 그의 눈빛이 바로 위 형이 형수님, 조카들과 더불어 미국 이민을 떠나던 형의 눈빛과 비슷했다.

자신을 염려해 주는 눈빛이….

그는 심호흡을 크게 들이키고 문을 열었다.

문 안에 한 걸음 들인 순간 그는 자신도 모르게 군 시절이 떠올라 큰 소리로 "중사 민길영!" 하고 경례를 붙였다.

그러자 아까와는 달리 대령 계급장이 없어진 군 작업복을 입은 그 대령이 빙긋이 웃으며 경례를 받았다.

"그래 민길영 씨. 여기 와줘서 대단히 고맙네. 내 조카 같아서 편하게 반말하고 싶은데 괜찮을까?"

그의 군은 표정과는 어울리지 않은 미소를 지으며 건네는 질문에 길영은 얼떨결에 말했다.

"네. 저도 좋습니다."

머릿속에서는 편하게 말해야지 하면서도 자신도 모르게 대답이 크게 나오자 길영은 멋쩍은 웃음을 띠었다.

"그래. 고맙네. 일단 여기 앉게나. 주어진 시간이 많지 않아서 본론으로 들어가서 의견을 듣겠네. 지금 모인 인원들의 임무가 궁금하지?"

그의 질문이 극히 직설적이라 느낀 길영은 자신도 그렇게 말했다.

"짐작하고 있습니다. 대령님."

"좋아. 자네 결혼 약속한 아가씨나, 혹은 지금 사귀고 있는 아가씨는 있나?"

"아닙니다. 아직 없습니다."

"음~~! 그리고 자네 일본어 잘한다면서?"

"네 조금 합니다. 제2 외국어가 일본어입니다."

군복에 대령의 명찰이 없기에 그는 이 자리가 영화에서나 보던 비밀첩보작전에 어울리는 면담이라 생각했다.

"그래. 좋아. 그렇다면 국가와 민족이 길영 씨가 필요해서 길영 씨를 부른다면 어때? 앞으로 뛰어나갈 자신은 있는가?"

"네 그렇습니다. 저는 아직 군인 정신이 모두 빠지지는 않은 듯합니다. 당연히 절 부르는 곳으로 달려가겠습니다."

"고맙네. 고마워. 이 작전은 기밀을 요함과 동시에 목숨도 버려야 할지 몰라. 그래서 자네의 결단이 필요한 질문이라 이해를 바라네. 그럼 이 서류에 사인 좀 부탁해도 될까?"

대령은 책상 서랍에서 파일 하나를 꺼내어 그의 앞으로 내밀었다.

-**TOP SECRET**-이라고 적힌 회색 파일 겉면을 보고 그는 속이 울렁거렸다.

"자세히 읽어 보게. 그리고 결심이 서면 사인하게."

"아닙니다. 읽지 않겠습니다. 사인만 하겠습니다."

대령의 눈이 크게 떠졌다.

"그래? 음~~! 읽지도 않고 사인하겠다는 친구는 자네가 처음이야. 고맙네. 그리고 자네의 결단을 절대 잊지 않겠네. 이제 저 옆문으로 나가서 다음 지시를 받도록."

민길영은 크게 심호흡한 후 마지막 페이지를 열고 서류에 사인을 마친 후, 그 서류를 들고 옆문을 향해 큰 발걸음을 뗐다. 그는 그 방에서 해군 참모총장과 해병대 사령관을 목전에서 직접 보았다.

50여 명의 인원이 면담을 모두 마치기까지는 네 시간이 걸렸다. 해는 어느덧 서쪽 산마루에 빨간 엉덩이를 걸치고 오늘의 여정을 다한 채 마지막 거친 숨을 고르는 중이었다.

그리고 그들은 각 군부대의 특성에 따라 해병, 특전사, UDT, 땅개 (육군) 등의 주특기를 따라 모인 것을 알게 됐다. 모두가 실전을 대비한 훈련에 익숙한 전투부대 출신들이었으며 전시에 준하는 시기에 비상 소집된 따끈따끈한 동원예비군이었다.

이윽고 부대 한쪽의 작전실에서 그들을 인솔하던 대위를 다시 만나서 군인이 아닌 민간인처럼 악수로 인사를 나눈 후 각자의 임무에 대한 개략적 작전 지시를 들었다.

대위의 이름은 전명철이었다.

전 대위가 앞에 정렬한 대원들을 향해 첫마디를 던졌다.

"우리는 모종의 비밀 작전에 동원된 동원예비군들이다. 지금으로서는 우리 임무를 개략적으로만 알려 줄 것이다. 여러분 모두가 일본어에 능숙하다고 들었다. 내일 훈련 장소로 가는데 그곳에 도착하면 그 후부터는 모든 대화를 일본어로 해야만 한다. 이 점 반드시 숙지해 절대 차질 없도록 할 것, 이상이다."

그들은 이 작전이 사전에 계획됐고 이에 따라 작전 임무별로 나뉜 것을 알았으며 이 작전이 최고기밀에 속하고, 동시에 대통령의 재가를 획득한 작전이란 것을 알게 되었다.

그리하여 그들은 면담에서 탈락한 7명의 인원을 제외한 46명의 인원을 6명씩 총 6조로 짰으며 10명은 대기조 보직을 받았다. 대기조는 모두 30대 후반의 나이로 보이는 건장한 남자들이었으나 그들 역시 군인의 기세를 숨기지는 못했다.

다음 날 그들 모두는 비밀장소로 이동해 혹독한 훈련에 돌입했다.

-9월 17일 17:30-
경기도 모처 야산 육군 야전 훈련장

일주일 전 어디서 왔는지 컨테이너 트럭에 실린 컨테이너 박스 수십 개가 야산에 여기저기 놓이더니 이내 여러 곳에 흩어져 하나의 건물 집단을 이루었다.

사방이 온통 숲으로 뒤덮여 있기에 해 질 무렵 이른 산속 어두움이 더욱 빨리 내려앉기 시작한 훈련장에서 땀을 뻘뻘 흘리며 완전무장으로 각 컨테이너를 뛰어다니던 민길영은 마지막 컨테이너 건물이 옅은 어둠 속에서 희미하게 앞에 보이자 얼른 엎드려 쏴 자세로 엎드리며 뒤에서 악을 쓰고 따라오는 함정식을 바라보았다.

그 역시 땀이 비 오듯 하며 쫓아오고 있었으나 다른 대원들에 비해서는 훨씬 가까운 거리로 그를 쫓아오고 있었다.

"야, 우리 여기까지 몇 분 걸렸냐?"

민길영이 능숙한 일본어로 물었다.

"글쎄요. 전 시계 볼 여유도 없었는데요."

숨찬 목소리의 일본어로 대꾸한 함정식이 그를 바라보았다. 민길영이 나이가 두 살 많아 함정식은 존대를 했다.

"아니 민 중사님은 땀도 안 흘리네요. 지독한 양반이네."

"한국말 하지 말라니까 그러네. 날 쫓아오는 니가 더 지독하다. 아냐? 함정에 빠지지도 않는 지독한 놈 같으니."

그의 이름을 빗대어 민길영이 놀렸으나 함정식은 그냥 웃으며 넘겼다.

"압니다. 알아요~~"

후미에서 쫓아오는 대원 여럿이 보였다.

어디선가 핸드 마이크에서 작은 사이렌 소리가 울렸다.

"잊지 말고 일본말 하자. 알았나? 이제 끝났네. 미치겠다. 가기 전에 저놈들 한 번 더 뺑뺑이 돌릴까?"

"아~~ 됐어요. 이노우에 조장님. 쟤들 지금도 힘들어 죽는데 또 돌려요?"

"하하. 그래? 알았다. 그럼 가자."

전투복 바지에 묻은 흙을 터는 시늉하며 민길영이 일어났다.

"근데 조장님. 전쟁 정말 일어날까요?"

"전쟁이야 모르지만 그래도 준비는 항상 해야 하니까 밥 먹고 또 뛸 생각이나 하자."

"저녁에 전 대위님께 한번 물어보십시오. 궁금해 죽겠습니다."

한낮 기온은 아직 여름 더위의 부스러기가 남아 제법 더웠지만, 그러나 어둠이 깔리기 시작하는 이 시각의 숲속은 상당히 서늘했고, 며칠 전 동원예비역 소집으로 모인 후, 그다음 날부터 매뉴얼에 따라 이른 아침에 시작해 같은 장소를 수십 번 오가면서 습격 훈련 반복을 했기에, 지금 같은 훈련 종료의 사이렌 소리는 마치 어릴 때 엄마가 늦게까지 밖에서 노는 아들을 저녁 먹으러 들어오라고 부르는 소리처럼 정말 반갑게 느껴졌다.

이곳에서 훈련하기 위해 모인 인원은 전역자로 구성한 침투 작전 요원 36명과 전명철 작전 지휘관과 조교 등 5명이다.

명령에 살고 명령에 죽어야 하는 군인들의 특성상 아무것도 알 수 없지만 1주일째 이어지는 이 훈련이 뜻하는 바는 어느 정도 짐작이 갔다. 전명철 대위의 설명으로는 이 구조물들은 천황 거처를 그대로 옮긴 구조라고 했다.

전 대위는 이 훈련장 지리를 충분히 숙지해 작전에 차질 없도록 훈련해야 소기의 목적을 달성할 수 있다고 누누이 강조했다.

"내일부터는 야간 훈련이다. 그러니 단단히 준비해라. 장비 잘 챙기고."

"하이. 알겠습니다. 내일부터 야간 훈련 돌입합니다."

일본식 경례를 붙이며 돌아서서 먼저 언덕을 내려가는 함정식의 전투복이 온통 흙과 땀에 절어 있는 것이 보였다.

그는 특전사 훈련장이 아닌 별도로 마련된 특수 훈련장에서 받는 훈련이 뭘 뜻하는지는 알 만큼 짬밥이 있었다. 이 부대는 적진 심장부 투입 참수 부대다. 임무 자체도 너무나 중대한 일본 천황을 상대하는 작전이다.

임무가 그러니 훈련도 그에 맞췄을 것이다.

그 두 명과 그들 뒤에 따라오던 대원들 모두가 주섬주섬 장비를 챙기며 위치에서 이탈해 모두 한자리로 모였다. 그리고 저녁 식사를 위해 본부 식당을 목표로 나이가 가장 많은 민길영의 일본어 구령에 맞춰 4열 종대 구보로 뛰었다.

-9월 18일 18:00-

한국 남해안 모처 해군 수중기지

추석이 얼마 남지 않았지만, 계절은 자기 자신이 초가을인지 늦여름인지도 모르는 빌어먹을 더위가 아직도 기승을 부리는 계절이다. 그러나 계절과는 상관없이 바닷속은 한없이 평화로웠다. 그 평화는 이 수중기지 내부에도 스며들어 물들인 듯 가끔 기지 아랫부분에서 들리는 잔물결이 가벼이 흔들리는 소리만 들릴 뿐 아무런 기척이 없었다.

수중기지 중앙부의 원형 본부에서 해군 참모총장 성덕주 대장이 기지 사령관 집무실로 들어섰다. 이어 특전사 사령관 등 각 단위부대의 참모들이 줄줄이 입장하며 긴장된 분위기를 한껏 끌어올렸다. 성덕주 참모총장은 집무실 원형 테이블의 가장 안쪽인 참모총장 개인 집무실의 출입문을 등지고 의자에 앉았다.

그가 입을 열었다.

"자. 이제부터 훈련부대 성과를 보고하도록."

그가 입을 열고 주위를 돌아보며 말했다.

대령 계급장을 단 해병대 소속의 송철주 대령이 꼿꼿한 자세로 입을 열었다.

"대령 송철주입니다. 제가 먼저 보고드리겠습니다. 우선 수중 캡슐 제작은 소기의 목적대로 성과를 얻었습니다. 작전 내용은 첫째, 목표 지점까지 총 6시간의 수중 이동이며 이동 시 생리적 현상 해결이 약간 난제였으나 간단하게 해결할 수 있었습니다. 시속은 최고 35해리까지 도달했습니다.

또 안전성은 잠수정 설계를 변경, 차용 후 수중 평형성을 유지했으며 이 상태로 현재까지 총 180시간의 무사고 훈련 달성이라는 소기의 목적을 달성할 수 있었습니다.

삼두 캡슐이 상세 도면은 여기 제출하겠습니다.

둘째, 적 육지 상륙 후의 작전 사항은 여기 보고서 초안을 삭성했으며 언제든지 제출할 수 있도록 준비했습니다. 이상입니다."

그가 자신의 앞에 놓인 파일을 열더니 그 속에서 클립으로 철한 서류를 내밀었다. 성덕주 참모총장이 고개를 끄덕이자 곁에 서 있는 부관이 그 서류를 총장 앞으로 가져왔다. 참모총장은 세 장짜리 서류를 펼쳐보고 자세히 들여다보았다.

거기에는 커다란 물고기를 옆으로 누인 듯한 형태의 물체(유인 잠수정: Manned underwater vehicle)가 컴퓨터 3d로 그려져 있었고 그 물체의 각각의 구조마다 상하, 좌우 수치도 기재되어 있었다.

그가 안경을 잠시 벗더니 그 그림을 자세히 바라보았다.

그는 눈은 약간의 근시여서 글이나 물체를 볼 때는 가까이에서 안경을 벗어야만 뚜렷하게 볼 수 있는 시력이다.

그의 눈에 들어온 물체는 앞부분은 물고기 주둥이처럼 날카롭고 뾰족하게 보였고 뒤로 갈수록 점점 배가 불룩하게 생겼다. 마치 눈이 없는 잉어를 옆으로 누인 듯한 형태였다.

전체적으로 타원형인 중간 부분에 와서는 양 측면보다는 상, 하 폭이 좁은 특이한 형태로 만들어진 구조물이었다. 중간 부분의 최대 지름은 좌우로 1m 80㎝, 상하로 1m 20㎝였다.

내부에는 좌석이 그려져 있어서 운전자가 앉은 자세로 작동하기 편하게 만들어진 구조였다. 또 좌석 뒷부분부터는 원형의 형태가 갑자기 반원에 가까운 모습으로 그려져 있었다.

스크류는 일반적인 잠수함 스크류가 아닌 미국의 원자력 잠수함에서 사용하는 펌프제트가 부착되었다.

"아. 이게 바로 그 잠수 캡슐이군. 성능은 대령이 보증하겠지?"

그의 질문에 송 대령이 허리를 꼿꼿이 세우더니 크게 말했다.

"네. 설계대로 맡은 바 임무를 완수하려고 노력했습니다. 캡슐 제작 후 실험에서 무사히 통과한 결과를 바탕으로 훈련했으며, 이제 실제 작전의 성과를 기대하고 있습니다."

송철주 대령은 이번 작전의 침투를 위한 소형 잠수 캡슐의 제작을 책임지고 있는 군인이었다. 사실 이 소형 잠수 캡슐의 최초 목적은 수중기지의 주위를 정기적으로 순찰하기 위해 만들어진 비전투용 1인승 잠수정이었다. 이것을 전투 상황에 맞게끔 개량할 수 있다고 판단한 사람이 바로 해군 군수 사령부 소속 송철주 대령이었다.

그는 이곳 해군 수중기지 사령관이기도 했다.

참모총장은 서류를 넘기며 두 번째 보고서를 읽기 시작했다. 그 내용은 캡슐의 재질, 그리고 캡슐 내부에서 침투조가 필요한 각종 장비와 운전 요령, 그리고 장시간 내부에 머물 승선 인원의 생리 현상 문제처리 방법과 기타 필요한 문제 등에 대한 상세 기술이었다. 잠수정의 재질은 해군군수사령부에서 국방과학 연구소에 요구해, 국방과학 연구소와 모 대학 연구진과의 긴밀한 협조로 개발, 탄생한 탄소섬유 강화 플라스틱(CFRP) 복합재이고, 이 재질은 기존 재질의 경도보다도 더욱 뛰어난 거의 1.5배나 강력한 재질이었다. 또한 캡슐 전체 겉면에 특수 고무 재질로 제작한 초강력 접착력의 소음감소 패드를 부착해 소음을 최대한 줄였으며, 모터는 리튬 이온배터리로 작동해 그 소음 역시 극히 미약한 수준이어서 수중 소나 음파에도 제대로 탐지되지 않았다. 이것은 수많은 실험으로 입증된 결과로 판명되었고 그 결과 보고가 이 서류에 올라 있었다.

송철주 대령이 보고를 끝내고 눈을 돌렸다.

이어서 원형 테이블의 왼쪽 중간에 앉아 있던 중령 계급의 장교가 대령과 똑같은 자세로 허리를 꼿꼿이 세우며 입을 열었다.

"중령 강동효 보고드립니다. 이번 임무를 위한 대원은 총 128명입니다. 충원 부대는 북한 특수침투 부대원과 남한 대원 반반이며 그들은 지난 8월 13일 이곳 기지로 이동해 훈련을 시작했습니다. 이동 시 그들의 안전과 본 기지의 기밀 유지를 위해 눈을 가린 채 철저히 외부와 차단, 이동했으며, 그들은 이 기지가 수중에 존재하는 줄 모르고 있습니다.

물론 출동하면 이 기지가 수중에 있다는 점을 인지하겠으나 이점은 북한 대원들이 북한 정권의 승인하에 남한으로의 귀순을 허락받았기에 비밀 유지가 가능하다고 판단합니다.

그들의 무기는 일본 자위대 개인화기와 똑같은 89식 소총이며 작전 개시 후에는 북한 귀대를 원하지 않는 것으로 나타났습니다. 그 이유는 북한에서 인원 선별 시 귀대를 요구조건으로 하지 않았기 때문입니다.

이는 정치적 이유 때문이라 판단합니다만 그와는 상관없이 북한에서 도착한 총원 80명 중 개인 상담을 한 결과 16명은 작전 완료 후 북으로의 귀대를 원했기에 그들은 모두 돌려보냈습니다.

남은 대원들은 훈련의 세부 내용을 충분히 숙지하고 남한에 귀순하는 형태로 남을 것입니다. 그들 모두 양호한 상태로 훈련 중이며 이제 출동 명령만 기다리고 있습니다.

덧붙여 알려드릴 내용은 각 조는 남북 각 64인의 동수 총 128명의 대원으로 이루어지고, 남북 각각 8인씩 16인의 8개 조로 나누어 단체로 움직이며 각자의 임무에 따라 작전 구역은 다릅니다.

또한 이 소형 잠수정은 무인잠수정으로 개조해 잠수함 내에 보관하다 작전 시 잠망경 대신 수면 근처로 올려 주위를 살필 수 있는 수색 및 탐색 기능도 포함했으며 유사시 어뢰 기능도 할 수 있도록 개조 중입니다.

따라서 아군 잠수함은 이 무인잠수정을 선내 보관 중 수중 작전 투입이 가능하도록 보관할 구조와 장소만 마련한다면 굳이 수면으로 올라오지 않아도 작전에 지장이 없다고 판단합니다. 그에 대한 보고서는 여기 제출하겠습니다."

그러나 그는 북한 특수대원 대부분이 바닷가 짠물 냄새를 맡고, 적어도 이곳이 바닷가 근처인 것을 알게 된 점은 모르고 있었다. 그는 이어서 대령과 마찬가지로 클립으로 고정한 보고서를 해군 참모총장 앞으로 제출했다.

메모도 없이 눈도 깜빡이지 않고 정면으로 참모총장을 주시하며 보고하는 그의 다부진 모습이 듬직하게 보였다.

성덕주 참모총장이 입을 열었다.

"모두 정말 수고 많았다. 이제 D-day가 얼마 남지 않았다. 그때를 대비해 남은 시간 훈련에 더욱 매진해 주길 바라며 이제 모두 이 작전을 위해 박수로 성공을 기원합시다."

집무실 안의 모든 장교가 일제히 크게 웃으며 한참 동안 요란스레 격려의 박수를 했고 일행은 각자의 임무에 따라 흩어졌다.

-9월 19일 08:00-

사세보 해상자위대 기지

일본 해상 자위대 제2 호위 대군의 모항인 사세보 기지에서 제2 호위 대군 소속 제2 호위대의 휴가급 헬기 구축함(경항공모함)인 이세함을 기함으로 한 전대는 아타고급 미사일 적재 구축함 아시가라함과 구축함 2척, 그리고 각 호위 대군에서 호출한 호위함 11척으로 구성한 대규모 함대를 이끌고 대마도로 출항했다.

바야흐로 동북아의 한국과 일본은 전면전으로 치달을 수도 있는 전략을 전개하며 피차 양보 없는 전쟁 기운이 싹트고 있었다.

-9월 19일 08:30-

한국 청와대 지하 작전 회의실

대통령 이명재는 아침 일찍 NSC 축소 회의를 소집, 개최했다. 이 자리에는 국방부 장관, 합참의장, 육, 해, 공의 3군사령관, 해병대 사령관, 그리고 전략 미사일 사령관, 수석 안보, 민정 보좌관, 외교부 장관, 행정안전부 장관, 국정원장 등 총 13인이 대통령의 명으로 참석했다. 박윤옥 총리는 부인의 와병으로 불참했다.

대통령은 현역 출신이 아니어서 전시 요령에 대한 군사 지식은 부족했으나 상황판단을 할 줄 아는 예리한 안목은 그 누구에게도 뒤지지 않는 사람이었다.

대통령이 말문을 열었다.

"이제 북한 김정훈 위원장에게 메시지를 전달할 때가 온 것 같습니다. 여러분. 오늘의 이 모임은 한반도 역사 이래 최초의 한 일 전면전에 돌입하는 모임이 될 것 같군요. 전쟁은 일어나면 안 되지만 지금 상황으로는 어쩔 수 없는 선택 같습니다. 혹시라도 우리의 앞길에 우려스러우신 점이 있다면 지금이라도 말씀해 주시길 바랍니다."

아직 대통령의 전쟁 결심을 미처 파악하지 못한 일부 각료들이 놀란 눈을 동그랗게 떴다.

국방부 장관이 말했다.

"우리의 결정이 올바른지 아닌지는 후세의 평가에 맡겨야 할 것 같습니다. 각하. 저의 판단은 그렇습니다."

그리고 양대석 국방부 장관은 참석한 주요 인사들에게 그동안 이어진 일본 초계기의 독도 도발 징후가 말해 주는 일본의 야욕과 도발을 설명했다.

양 장관은 말끝에 덧붙였다.

"지난번 문 특사님께서 방북, 방미 외교 활동을 편 후 전쟁이 발발한다면 남과 북은 연합하기로 약속했습니다. 그 사실을 아직 몇 분께 ▨▨ ▨▨▨ 계시기에 대통령 각하의 의중을 말씀드리고자 합니다. 그리고 이제야 말씀드리지만, 저와 각하, 그리고 ▨ ▨▨▨, ▨▨▨ 외교부 장관님은 지난 대선 직후부터 의견 일치를 봤습니다. 그 결과 이제 일본도 우리와 맞닥뜨리기로 작정한 것으로 보이기에 더 이상 시기를 늦출 수 없어 조금 늦었으나 말씀드리는 바이오니 부디 양해 바라겠습니다.”

그가 허리를 깊숙이 숙이며 좌중의 참석자들에게 사과했다.

외교부 장관이 이어서 말했다.

“저는 이 결정이 후에 어떤 결말이 나더라도 후회하지 않겠습니다. 우리의 길은 우리 스스로 결정해야 하지 않겠습니까?”

잠시 뜸을 들인 그가 다시 말했다.

“여기 계신 여러분 우리 모두 지난번 친일 인사들의 행적을 보셨지 않으십니까? 더 이상 그들이 작당해 나라를 어지럽히는 것을 묵과할 수는 없습니다. 저는 어쩌면 발생할지도 모를 이 전쟁은 필연적이고 따라서 우리 민족의 염원이 실질적으로 이루어지는 계기가 된다면 좋겠습니다.”

양대석 국방부 장관이 다시 말을 꺼냈다.

“북한의 도움이 있으면 이 전쟁은 확실하게 끝낼 수 있습니다.”

“좋으신 말씀입니다. 그러면 우리 이 내용을 한번 검토해 볼까요?”

대통령은 이전에 작성해 특수 가방에 넣은 채 문 특사에게 건네주었던 극비문서의 복사본을 꺼내며, 처음 이 말을 들은 각료도 있기에 무척 조심스러웠으나 이제는 알릴 때가 됐다고 판단했기에 더 이상 미룰 수는 없었다.

이미 각자의 테이블 위에는 그 문서가 뒤집힌 채 복사본으로 놓여 있었다. 각료들은 조심스레 문서를 뒤집고 읽기 시작했다.

윤진현 외교부 장관, 양대석 국방부 장관도 대통령에게 말은 들었으나 문서로는 처음 보는 순간이었다.

-극비-

〈김정훈 총비서 겸 위원장 귀하〉

하기의 내용은 극비로 취급해 주시면 고맙겠습니다.

지난번 드린 말씀대로 일본과의 갈등 해결에 김 위원장님께서 흔쾌히 동의해 주셔서 진심으로 감사드립니다.

일본의 악랄한 야욕의 분쇄에는 위원장님의 지원이 반드시 필요하며, 저는 이 결정이 한반도의 희망찬 미래와 함께 김 위원장님과 북한 주민들을 위해서도 커다란 발전이 된다고 믿습니다.

이에 저의 요청 사항을 말씀드립니다.

적극 반영해 주셔서 한민족 다 같이 번영을 누려볼 기회를 찾고 싶습니다.

세부 내용:

1. 군사 협력 사항

* 일본 황궁 습격, 천황 생포 작전 개시 시 핵미사일 일본 목표 설정과 조준 요망(자위대 사기 저하 촉발)
=수락

* 개전 즉시 일본 내 주요 방공망, 레이더 등의 군사 기지, 비행장 등의 미사일 기지 목표 설정, 무수단 등 각종 미사일로 타격 요망 **=수락**

2. 외교 협력 사항

* 한반도 전쟁의 미국 불간섭 주장.
이는 한민족의 천년 원수인 일본과의 민족 전쟁임을 강력히 천명 **=수락**

* 대미 성명서에 일본 주둔 미군 시설과 장비, 미국인의 철수를 주장, 남한 정부도 만약 미국 측에 피해가 있다면 이는 전적으로 미국 측 책임을 주장, 한 일 영토분쟁에 미국의 참전은 인정할 수 없음 **=수락**

* 규슈, 시코쿠의 조선 민주주의 인민공화국 점령 통치, 혼슈, 홋카이도는 남한 정부 점령 통치, 오키나와는 주민 호응도에 따라 조치 **=수락**

* 북한의 참전 대가= 미국과 평화협정 및 불가침 조약, 남한과의 대표부 교환, 미국 등 서방과의 대사급 수교 및 사회 간접 자본 투자 유치 **=재논의**

* 미 제7함대 원산 근해 주둔 요청 **=수락**

* 미 하와이 주둔 제3함대 한국 남해 제주도 이동 배

치 =**양해함**

* 한국 해군 제7 기동전단과 서해 제2 기동 전단 남포

항 주둔 =**재논의**

* 필요시 일본 땅에 핵무기 투하 불사 강조 =**수락**

3. 기타 협조 사항

* 조선 민주주의 인민공화국 발전 정책 수립 및 지원

=**재논의**

* 판문점 등 북한과의 교류를 위한 도로, 철도 등의

교통 요지를 여러 곳 선정, 건설해 양 정부 허가하에

인적, 물적 통행을 개시 =**재논의**

* 승전국으로서의 +α 제공= 일본 중앙은행 보관 금괴

약 800톤과 일본은행 보유 중인 외환(달러)의 남북한

균등 배분, 전투 함정과 잠수함, 기타 해군 무기와 장

비, 그리고 민간기업의 기계, 조선, 화학 장비의 북한

양도와 전비(戰費) 보상 =**수락**

국방부 장관 양대석이 긴 숨을 내뱉으며 질문했다.

"각하. 저는 도저히 상상조차 못 할 계획이 있으셨군요. 저도 세부

적인 면까지는 몰랐던 이 작전은 언제부터 생각하셨습니까?"

대통령이 말했다.

"작년에 김형식 의원님이 보고한 친일 인사들 행각이 한곳으로 향

한다고 판단했을 때부터입니다. 그들의 조직적인 친일행각은 결국 한국 내 불안을 조성해 친일 세력의 득세를 바탕으로 우리를 재차 식민지로 만드는 것이 목표라고 저는 판단했습니다. 저는 신친일의 이 닌 음모로 옆 나라를 침탈하려는 이 악랄한 작태는 도저히 두고 볼 수 없었습니다.

더구나 우리가 흔들린다면 이는 북한에게도 엄청난 위협이 될 수밖에 없다고 판단했기에 김 위원장에게 협조를 요청한 것입니다.

우리가 일본 손에 놀아난다면 다음은 북한 차례가 자명합니다.

이 점을 김 위원장에게 설득을 부탁드렸는데 문 특사님께서 대단한 활약을 하셨기에 김 위원장이 동의했습니다.

우리가 근본적인 원인 제공자인 일본을 무력으로라도 꺾지 못한다면 한반도는 100년 전과 똑같이 일본의 침탈을 받을 것이 분명합니다. 그래서 문 특사님과 함께 작전 구상을 했습니다.

그런 후 박찬훈 전 국정원장님을 모셔서 개략적으로 말씀드리며 부탁했고, 그분께서 수락하셨기에 러시아 경유 북한으로 가 주십사 부탁드렸습니다.

당시 제가 드린 부탁은 북한의 핵을 빌려주십사 하는 내용이었습니다. 그리고 그 대가로 이 전쟁에서 승리한 후 지금 말씀드린 +a를 제공하겠다고 한 점입니다. 다행히 저의 제안을 북한에서 김정훈 위원장이 한 달 넘게 노동당 간부들과 의논 후 설득해 우리와 보조를 맞추기로 했습니다. 그 결과가 지난 9월 1일 북한이 발표한 일본에 대한 엄중한 경고 성명 발표입니다.

그리고 여기에는 빠진 항목이 두 개 있습니다. 그것은 전쟁이 승리로 끝날 시의 북한 압록강 국경의 미군 주둔을 건의했으나 중국을 너무 크게 자극한다는 이유로 제외를 결정했습니다. 대신 원산 앞바다에 미 7함대 항공모함 전단을 배치하는 것으로 대체했습니다. 이것은 중국을 직접 겨냥하지는 않는 중간 정도의 중국 도발 억제책이라고 판단한 결과입니다.

두 번째로 이 내용 중 +α는 부끄럽게도 박 전 원장님께서 김 위원장과의 면담을 거쳐 서류에 남기지 않는 조건으로 구두 결정했습니다. 또 문 특사님께서는 저의 +α에 대한 제안을 들으신 후 몹시 나무라시며 걱정하셨습니다. 저도 그 걱정에는 동의했으나 북한 당국을 확실히 회유할 수 있는 마땅한 방법이 떠오르지 않아서 내린 결정이었습니다. 저의 독단적인 이 +α의 결정을 부디 용서 바라겠습니다.

마지막으로 덧붙일 항목은 천황 생포 작전입니다. 이 작전은 문 특사님의 방미 시에도 미국 측에 내용을 알리지 않았습니다. 이제 알려드리게 되어서 죄송하지만, 천황 생포 작전은 '비둘기 작전'이라는 암호로 현재 진행 중입니다. 이 작전의 기획은 주(駐)일본 대사관의 상무관이 주도했습니다.

저와 박윤옥 총리, 국방부 장관 세 사람이 모여 철저한 검토 결과에 따라 승인한 이 작전은 특급 기밀을 요하기에 저와 박윤옥 총리님, 국방부 장관님, 외교부 장관님, 주일 대사, 주일 상무관, 그리고 국정원의 전직 고위 간부 한 분만 알고 있습니다. 그 고위 간부는 기밀 유지를 위해 그분의 동의하에 임시 거처에서 이 전쟁이 끝날 때까지 따로 모시고 있습니다. 이제는 굳이 숨길 필요 없이 그분은 박찬훈 전 국정원장님이라고 알려드립니다. 문 특사님 역시 진작부터 밀착 경호를 하고 있습니다.

그리고 마지막으로 민주당 고위 간부님들도 지난번 친일 인사 목록을 조사하며 대책을 나눌 때 친일파 척결 이야기가 잠시 나왔었지만, 결과는 도출하지 않아서 이 전쟁의 필요성과 이유에 대해서는 아마도 어렴풋이 눈치는 채실 것입니다. 물론 그분들은 전쟁의 세부 사항에 대해서는 전혀 모르고 계십니다. 다만 아마도 김형식 청와대 홍보 수석 보좌관님은 대충 짐작 하시리라 봅니다."

실내 모든 사람이 입을 쩍 벌리며 탄성을 뱉었다.

"아~~~"

길고 긴 한숨 소리에 이어 윤진현 외교부 장관이 입을 열었다.

"이 내용 또 다른 분도 아시고 계십니까? 각하."

"이제부터는 여기 있는 우리와 총리님, 박찬훈 전 원장님, 백악관 최고위 인사 6명, 즉 체이스 대통령, 화이트 부통령. 국무부, 국방부 장관과 안보 보좌관, 그리고 CIA 국장 외에는 없습니다. 아마도 전쟁이 승리로 귀결되면 언젠가는 이 내용이 국민 모두에게 알려진다고 생각합니다."

"아~~~!!!"

외교부 장관 윤진현이 가벼운 탄식을 토했다.

"그렇기에 이 작전 내용은 극비 중의 극비이며 백악관을 포함한 미국 측의 모든 성명에도 이 내용은 일절 거론하지 않을 것이고 우리도 모르는 체하며 반박하는 자세로 대응해야 합니다. 백악관 측도 그렇게 하기로 약속했습니다. 여러분께도 죄송한 일이지만 사전에 계획한 일입니다."

동석한 대한민국 정부와 군 고위직 인사들의 입이 벌어진 채 다물어지지 않았다. 그리고 이 내용이 주는 엄청난 무게감에 모두 어깨가 잔뜩 움츠러들었다.

대통령이 이어서 입을 열었다.

"이 전쟁은 북한의 핵미사일로 인해 속전속결로 끝날 수도 있습니다. 김정훈 위원장과 그렇게 약속했기에 북측이 근래 들어 대일 강경 발언을 연달아 발표하고 있습니다. 이제부터 우리는 모두 이 작전실에서 일절 움직이지 않고 승리할 때까지 머물러 있어야 합니다. 이 말은 여러분께 명령이 아니라 부탁입니다. 우리 남과 북, 한민족의 번영과 우리 영토, 그리고 우리 민족의 자존심 등 모든 점이 묶여 있기에 부탁드립니다."

대통령은 허리를 깊이 숙이며 그들을 향해 부탁의 인사를 했다. 그를 주시하던 고위 각료들은 얼떨결에 저도 모르게 자리에서 벌떡 일어났다.

잠시 후 가장 앞쪽의 국방부 장관 양대석이 대통령의 앞으로 나가서 굳은 표정으로 두 손을 내밀며 말했다.

"각하. 저의 두 손을 잡아주십시오. 그리고 잡아주시는 손을 통해 저에게도 각하의 염원을 나누어 주시길 바랍니다."

그가 비장한 목소리로 말했다. 이어서 각 장관과 군 최고위 장성들이 무거운 침묵 속에 일일이 대통령과 두 손을 마주 잡으며 깊은 사념에 빠져 마치 영겁 같은 침묵을 이어 갔다.

대통령의 고통과 염원은 그것이 바로 우리 민족의 고통이고 염원이며, 그런 이유로 현실이 더욱 무겁게 느껴지는 것이었다.

이 침묵 속의 결의는 한민족의 미래와 번영을 위한 선택이 아닐까?

이 비장한 모습은 외부 인사들은 알 수도 없고 역사에 기록되지도 못하겠지만, 이들이 숨 쉬며 살아 있는 한 절대 잊히지 않을 장엄한 모습이었다.

"아 참, 총리님 사모님께선 어떠신가요?"

외교부 장관이 분위기 전환을 위한 듯 입을 열었다.

박윤옥 총리의 부인은 지난 보수 정권의 혹독한 시달림에 쇠약해진 상태가 좀처럼 낫지 않았다. 박윤옥 총리 부인 사건은 두고두고 일반에 회자 중이며 그 사건을 담당한 검사, 판사들의 직무는 근래 들어 눈에 띄게 줄어들었다. 그들 중 많은 직원이 휴가, 또는 병가를 내어서 직무에서 손을 떼고 있었다.

더불어 잔뜩 긴장된 사회 분위기가 전쟁의 시작은 아닌지 염려하는 국민의 근심과 언론의 무책임한 전쟁 분위기 기사로 말미암아 혼란 일보 직전까지 이르렀으나, 일각에서는 썩은 고름이 터졌다고 하며 도리어 각오를 다지는 국민이 더 많았다.

그리고 그날 11시에 판문점 남북 군사 직통 전화의 북측 전화벨이 울렸다.

이어 남측의 군사작전 결의문이 북으로 전해졌고 북은 2시간 후 알았다는 답을 보내왔다.

미국 워싱턴

주한 미국 대사를 통해 전작권 반환 요구를 받은 미국 국무부는 백악관 브리핑을 통해 발표한 성명서를 인용해 주미 한국 대사에게 내용을 전달했다.

"동북아시아의 안보 위기는 동맹과의 연대를 통해 해소하는 것이 가장 바람직합니다. 이 점에 대해 한국과 일본은 각각 크나큰 입장 차가 있으므로 이에 미국 정부는 커다란 우려를 느끼지 않을 수 없으며, 두 국가 간의 문제를 외교적으로 해소하기 위해 특사를 파견해 집중적으로 두 국가의 문제점을 파악한 후 동북아시아, 나아가 세계 평화를 위한 가장 좋은 선택의 길을 찾아야 한다고 믿습니다. 미국 정부는 두 국가의 정부에서 미국 특사 파견을 진지하게 받아주실 것을 요청하며, 상호 선린 관계 도모와 이익을 구하는 선에서 이 갈등을 마무리하고자 합니다."

이 소식은 즉각 한국 언론을 통해 속보로 떴으며 한국 정부 측에서는 극심한 반발이 일어났다.

전쟁 발발 직전인데 한가한 소리나 하는 미국 정부에 한국 정부의 반발이 가득 담긴 발표가 즉각 이루어졌다.

"한국 정부는 미국의 특사 파견에 상당한 유감을 표시합니다. 일본과 우리의 영토분쟁은 특사가 해결할 수 있는 성질의 문제가 아니며, 미국의 입장이 어떠한가는 상관없이 대마도는 우리 한반도와 한

민족의 부속 영토인 점이 역사적으로 증명된 영토이므로, 이를 되찾기 위한 우리 정부의 방침은 변하지 않을 것을 천명하며, 일본은 즉시 야욕을 버리고 군함을 철수하고 대마도를 우리에게 돌려달라고 주장합니다. 미국 당국은 백 년 전 오가사와라 제도의 반환 사태를 잊었습니까? 그렇지 않다면 일본의 대륙 재침탈 야욕을 인정하는 것은 아닌지 심히 우려됩니다."

특사 파견의 완곡한 거부 의사였다.

잠시 후 오후 3시가 되자 북한의 중앙 방송에서 뉴스가 나왔다.

"미 제국주의자는 섬나라 왜구들의 야욕을 부추기는 작태를 언제까지 계속할 것이냐? 대마도는 분명히 한반도의 영토란 점은 누구나 다 아는 력사적 사실이다.

아직도 력사적 과오를 인정하지 않고 대마도를 발판으로 대륙을 또다시 침범하고자 하는 일제 왜구들의 악랄한 야욕을 묵인하는 발언은 조선 반도 전체 인민들의 자존심을 깨부수는 발언이 아닐 수 없다.

그러므로 미제는 즉각 사과해야 할 것이고 왜구들 땅에서 물러나라. 그렇지 않으면 우리 조선 민족과 전쟁하자는 것으로 알 것이며, 우리 남북한 민족은 절대 물러서지 않을 것을 밝힌다. 우리 조선 민주주의 인민공화국은 왜구들의 이런 더러운 야욕을 사정없이 응징할 것을 다짐한다."

짧은 문구였으나 '한반도 남북한 민족'이란 짙은 동질성을 함유한 발언은 미국 정부에 상당한 충격을 안겨 주었다. 남과 북의 발언이

거의 일치된 점이 목에 걸린 백악관 수뇌부와 군 고위 인사들의 긴급 안보 회의가 열렸다.

-9월 22일 20:00-

대마도 앞바다

대마도 앞 해상을 순시 중인 대한민국 이지스함 세종대왕호의 ASEA 레이더에 신호가 잡혔다. 레이더에는 사세보항을 출발한 일본의 제2 호위대군의 이지스급 구축함 한 척이 이키섬을 지나 항해하고 있는 것이 보였다.

옆에는 호위함으로 보이는 함정 두 척이 따라오고 있었으며 레이더에 잡힌 그들의 진행 방향은 대마도로 향하는 선로로 파악했다.

잠시 후 시모노세키의 관문 대교를 지나 기타규슈시(市)로 향하는 좁은 해협을 통과해 이키섬과 후쿠오카시 중간쯤의 항로로 접어든 것으로 보이는 이지스함 한 척이 4척의 호위함으로 보이는 함정과 함께 또다시 레이더에 잡혔다. 이 함정들은 구레항이 기항인 제4 호위함대 소속이었다.

세종대왕함 함장 권민술 대령은 레이더실의 보고를 받은 즉시 이 사실을 부산 해군 작전사령부로 무전을 띄웠다. 해군 작전사령부 사령관 이재훈 중장은 계룡대의 해군 본부로 이 첩보를 타전했고, 이는 다시 청와대와 국방부 작전본부 지하 벙커로 전달되었다.

늦게까지 남아 있던 각 부처의 장, 차관급 인사들은 늦은 저녁 식사를 미친 후 휴식을 취하다 이 소식을 받았고 청와대 본관에서 업무 중이던 이명재 대통령에게도 보고가 올라갔다.

10분 후 이 대통령이 지하로 내려왔다.

대통령이 장관들과 인사를 주고받은 후 입을 열었다.

"이제 일본이 차곡차곡 준비하고 있군요. 우리도 병력 증강을 해야 하지 않을까요?"

대통령이 의자에 앉으며 좌중을 바라보고 말했다.

하얀 제복의 깔끔한 해군 정복 차림을 한 해군 참모총장 성덕주가 말했다.

"각하. 일본 해군의 전력은 우리보다 강하다고 하지만 실제 해봐야 그 능력을 알 것 같습니다. 아직 저들이 전력을 다하지는 않은 것 같기에 우리도 전력을 아끼는 것이 좋지 않을까 합니다. 대기 중인 이지스함 두 척을 투입해야 할 필요성은 없을 것 같습니다."

"합참의장님 생각은 어떠십니까?"

대통령이 물었다.

합참의장 정윤겸 대장이 의자에서 가볍게 몸을 일으키더니 말했다.

그는 전통적 군인의 모습에 딱 어울리는 단단한 체격과 나이에 어울리는 듬직한 음성으로 말했다.

"각하. 제가 해군 출신이 아니라서 해군 작전엔 약간 미흡합니다. 하지만 저는 해군 참모총장님의 능력을 믿습니다. 그러나 저 역시 전체를 판단할 때 지금 우리의 전력을 더 이상 노출하지는 않았으면 합니다. 아직 전쟁은 일어나지 않았지만, 적과 가까이 마주쳤을 때 적의 선제타격으로 인한 손해를 조금이라도 줄여야 할 것 같아서 드리는 말씀입니다."

"각하. 저도 그 말씀에 공감합니다."

공군 참모총장인 민흥철 대장이 말을 이었다.

"저의 판단으로는 적이 만약 선제타격을 가한다면 우리는 미사일 부대로 적 본토의 군사기지를 타격하는 전략이 더욱 효과적일 듯합니다. 기간시설인 공항 항구 등의 시설도 조준 폭격해 예봉을 꺾어야 합니다."

대통령이 무겁게 입을 열었다.

"일단 양측이 전면전으로 발발하면 막대한 피해가 옵니다. 그러나 우리가 미사일로 일본의 항구와 자위대 기지 등 주요 시설을 선제공격해서 파괴한다면 미군 장비는 미리 철수해야 하지 않을까요? 저는 그래서 피차 공격이 오가기 전에 미군 장비를 모두 철수해 달라고 요청할 계획입니다. 먼저 한두 대는 맞을 각오로 말입니다."

"맞습니다. 저도 미국의 처사가 괘씸하지만, 막상 그들의 전투 장비가 파괴된다면 더 복잡한 사태가 벌어지는 건 당연하다고 봅니다. 그러나 대부분의 미국 국민은 암암리에 미리 철수했습니다."

합참의장이 대통령의 말을 받아 이어 말했다.

이제 전쟁은 기정사실로 굳어 가는 중이다.

각료들 모두 미국 자산과 미국인의 인명 피해가 없어야 한다는 점에 의견을 같이했으며, 이를 위해 먼저 주일 한국인의 전면적인 소개 작전을 펼친 후에 미군 장비와 미국인의 생명을 고려해야 한다고 결론지었다.

물론 이 결론은 김성광 상무관의 작전을 승인한 후 내린 결과이기도 했다.

결국 대통령이 결정을 내렸다.

"좋습니다. 재일 한국인 철수 작전에 필요한 세부 사항을 미리 작성하시길 바랍니다. 만약 개전한다면 일본에 있는 모든 한국인의 인명과 재산 피해에 막대한 손해를 끼칠 염려가 다분하다는 의미이므로 재일 한국인의 철수를 대비하는 작전입니다. 그 후에 해군 제7 기동전단을 투입하면 어떨까요?"

양대석 국방부 장관이 말했다.

"그렇습니다. 먼저 우리 동포들의 안전과 재산 보호가 꼭 필요합니다. 사업차 일본에 주재하는 기업인, 유학생, 등 전 한국인에 대한 소개 작전이 우선해야 합니다. 그리고 '비둘기 작전'의 선결 조치로 우리의 민간 대형 수송 선박들을 도쿄와 오사카항에 정박하겠다고 요구할 계획입니다. 물론 군함의 호위하에 당당하게 일본 영해로 들어가겠다고 선언한 후에 말입니다."

이 재일 한국인 송환 작전에 포함된 '비둘기 작전(천황 생포 작전)'은 불과 3일 전에서야 군 고위 인사와 일부 각료들이 알게 된 작전이었다.

외교부 장관 윤진현이 말했다.

"각하께서 결정을 내리시면 일본 주재 우리 대사관과 영사관에 미리 통보하겠습니다. 당장 한국으로 귀국 준비하되 규슈 지방의 연안

항구와 도쿄와 오사카 등 가장 가까운 항구에 모이시라고 말입니다. 만약 아무 곳으로도 오시지 못하신다면 한국인이 계신 곳이 어디든 알려만 주신다면 우리가 마중 나가서 귀국길을 도와드리겠다고 하겠습니다."

"그러시면 연합사에는 어떤 조치가 필요할까요?"

대통령의 한마디에 모두가 조용해졌다. 침묵이 길어졌다.

군사에 관한 총책임자인 양대석 국방부 장관이 헛기침을 뱉으며 입을 열었다.

"각하. 실정이 이러하니 이젠 미국 측에 도전적인 자세를 보여야 할 때라고 믿습니다. 어디까지나 영토분쟁임을 부각해서 미국의 그 어떤 간섭 등의 행동을 원하지 않는다는 점을 확고히 해야 하지 않을까 합니다. 그렇기에 이건 적대 국가와의 갈등이 아니라 한 미 일 삼국이 각각 한 다리 건넌 동맹국인 점을 강조하고 미국의 입장은 어떤지 표명을 바란다고 전하고 싶습니다.

주변 모든 국가가 우리에게 적대적이고 호의적인 나라는 없습니다. 미국조차도 자신들의 이익에 부합하는 정책을 유지하고 있는데 우리만 피해를 당할 수는 없습니다. 그리고 주변 정세를 판단할 때 결코 우리에게 불리하진 않습니다.

일본이 워낙 극렬한 우익정책을 취하고 있기에 미국도 여기에는 곤란한 점이 한두 가지 아니라고 판단합니다.

또 각하께서 추진하시는 김정훈 위원장과의 긴밀한 유대도 있지 않습니까? 낙관적으로 보면 곤란하겠지만 그렇다고 비관적인 현상도 아니라고 저는 판단합니다."

박윤옥 총리가 입을 열었다.

"맞습니다. 미국으로서는 북한의 참전과 핵을 가장 두려워합니다. 그렇기에 지난번 문 특사님의 방미 성과가 정말 좋았다는 말씀을 드리고 싶습니다."

대통령은 몸을 뒤로 젖히며 큰 한숨을 쉬었다.

"잘 알겠습니다. 방향을 그렇게 잡고 세부적인 문제를 의논해 주십시오."

대통령의 명령에 따라 각 군은 미사일 공격 목표 설정, 공군 전투기 작전, 해군 작전회의 등 본격적인 전술 수립에 들어갔다.

'과연 미국이 말을 들을까? 그래도 이젠 시위 떠난 화살에 미련은 갖지 말자.'

대통령은 다짐하고 또 다짐했다.

-같은 시각 도쿄 신오쿠보-

한국 마산의 태양금속에서 업무 연수 차 파견한 직원인 반용운은 숙소에 들어가기 전에 간단한 야식이나 먹고 들어가려고 눈에 보이는 우동 가게로 들어섰다. 이미 일본 생활 3년 차에 접어든 지금 일본말을 제법 능숙하게 구사할 수 있었기에, 식사 주문도 어렵지 않게 마치고 식당 내의 좁다랗게 줄지어 놓은 탁자들 사이의 빈 의자에 끼어 앉아 음식값을 지불하고 한 그릇 나오기를 기다렸다.

그 순간 갑자기 밖에서 와자지껄하는 큰 소리와 더불어 한국말로 앙칼지게 소리치는 여자의 목소리가 들려와서, 깜짝 놀란 그는 얼른 식당 밖으로 뛰어나갔다.

한국 관광객으로 보이는 배낭을 짊어진 커플에게 웬 남자가 요란한 삿대질과 함께 큰 소리로 꾸짖는 모습이 보였다.

그 일본 남자는 한국 배낭 여행객에게 계속 손가락질하며 큰 목소리로 욕하는 것이 아닌가?

"朝鮮人は韓国に帰りなさい. 対馬は決してあなたの土地ではありません."

(조선인은 한국으로 돌아가라. 쓰시마는 결코 너희 땅이 아니야.)

젊은 한국 여자는 그 남자가 손을 뻗어 자기의 가방을 뺏자 다시 비명을 질렀다.

옆에 서 있던 한국 남자가 그의 손에서 가방을 뺏으려고 손을 뻗었으나 그는 잽싸게 피하며 비웃듯 미소를 지었다.

여자가 한국어로 다시 소리쳤다.

"도와주세요. 이 남자가 행패 부려요~"

반용운은 얼른 앞으로 나가 두 한국 여행객과 일본 남자 사이에 버티고 서며 날카로운 눈빛으로 그를 노려보더니 잽싸게 가방에 손을 뻗어 한국 여자의 가방을 도로 뺏었다.

그리고 전형적인 일본 남자의 모습인 키 작고 얄팍한 입술의 일본인을 무섭게 쏘아보며 말했다.

"一体どうしたの？なぜ猛烈なのか？"

(도대체 무슨 일이야? 왜 행패 부리지?)

일본 남자는 갑자기 나타난 180㎝가 훌쩍 넘는 당당한 체격의 반용운을 보며 어리둥절했다.

"아. 당신도 한국인인가 보네. 당신도 얼른 한국으로 돌아가는 게 좋을 거야. 여긴 우리 땅이야. 우리 땅 쓰시마를 빼앗으려고? 어림없지."

남자의 독백인지 나무람인지 모를 말에 '대체 왜 저러는 거지?' 의 아해하며 한국 여행객에게 물었다.

"저 사람이 대체 왜 저러는 건가요?"

커플 중 한국 남자가 반용운을 바라보면서

"아저씨 한국 사람이지요? 저 사람 제정신 아닌가 봐요."

"그렇게 보이네요. 그나저나 왜 시비 붙었어요?"

용운의 물음에 그 남자가 뒷주머니에서 지갑을 꺼내더니 명함을 하나 용운에게 건네주며 말했다.

"한국 돌아가시면 연락 한번 주세요. 저하고 이 사람하고 같이 저녁이라도 대접하고 싶습니다. 저 사람 때문에 많이 놀랐는데 고맙게도 그냥 지나치지 않으셨네요."

반용운은 얼떨결에 명함을 받아 들고 여자에게 다시 물었다.

"저 친구에게 뭐라고 했나요?"

그 꾀죄죄한 일본 남자는 슬금슬금 뒷걸음치더니 이윽고 시야에서 사라졌다.

여자가 한숨 쉬며 말했다.

"우린 저 사람에게 아무 말도 하지 않았어요. 그나저나 한국에서도 그렇고 여기서도 그렇고 난리 났네요."

그러더니 용운을 돌아보며 말했다.

"고맙습니다. 이제 우리는 쓰시마 때문에 돌아가야 할 거 같아요."

"쓰시마가 왜요?"

여자가 용운을 바라보며 말했다.

"아직 뉴스 못 보셨나 봐요? 쓰시마에 한국군이 쳐들어온답니다."

"네? 그래요?"

일에 몰두하느라 뉴스도 제대로 챙겨볼 여유가 없었던 자신을 뒤돌아봤다.

"그런 일이 있었어요? 하긴 대마도 반환 소송을 한다는 말은 들었는데, 결국 일이 터진 건가요?"

"아직은 아닌가 봐요. 우리 대통령이 내일 중대 발표한다고 하네요. 아저씨도 잘 들으시고 아마 귀국하시는 게 좋을 것 같아요."

이제야 사건의 윤곽이 파악된 반용운은 두 사람에게 작별의 손을 흔들었다.

이와 비슷한 사건은 그날 저녁부터 일본 전국에서 시작됐고 다음 날 아침까지 도쿄, 오사카, 교토 등등 전국에 걸쳐 무려 26건이나 발생했다. 특히 고도(古都)의 품위를 간직해 한국 관광객이 가장 많이 찾는 교토에서만 11건이 발생했다. 다행히 더 이상 큰 불상사는 일어나지 않았으나 쓰시마로 인한 일본 국민의 불만과 한국을 향한 혐한 분위기는 더 크게 번질 기세였다.

-9월 23일 08:00-

　고 대변인의 모습은 원래의 하얀 얼굴이 조명을 받아 더욱 희게 보여 살짝 으스스한 모습으로도 보였다. 검은 정장 투피스의 대변인은 발표 내용을 적은 종이를 두어 번 탁자에 두드리며 열 맞추듯 추스르더니 이내 얼굴을 들고 정면을 향했다.

　마이크를 툭툭 쳐보고 음향이 아직 작동되지 않는 것을 확인한 대변인은 음향 담당에게 고개를 끄덕였다.

　이윽고 마이크가 켜진 것을 확인한 대변인은 차분하게 말을 꺼냈다.

　"전 세계 국민이 아시다시피 대한민국은 수백 년간 역사의 한 귀퉁이에서 잊힌 땅인 대마도를 되찾기 위해 노력하고 있습니다. 하지만 일본 당국은 역사가 증명하는 이 당연한 사실을 인정하지 않을뿐더러, 이제는 일본 국민까지 대마도 반환에 대해 반발하고 있습니다.

　급기야 어제 밤늦은 시간 일본 국민의 테러로 우리 동포 수십 명이 신체적 피해를 보는 사건이 발생했으며, 이 사건에 대한민국 정부는 대단히 심각한 우려를 표합니다.

　우리 정부는 일본 내의 한국인에 대한 각종 폭행 등의 사건 사고가 앞으로도 이어진다고 보고 있습니다. 이러한 심각한 사태는 시간이 흐를수록 증가하리라 봅니다.

　그러나 일본 당국은 이런 불합리한 사태를 그저 방관하고 있으며, 도리어 부추기지는 않은가 하는 염려까지 있을 정도입니다. 그러므로 우리 정부는 일본 내의 모든 한국인은 조속한 시일 내로 귀국하실 것을 당부드리며, 일본 측의 대마도 반환 거부로 인해 발생한 한국인을 향한 테러 행위는 더 이상 간과할 수 없기에 우리는 강력하고 합당한 대응책을 마련할 것입니다. 이명재 대통령께서는 재일 한국인을 향한 일본 국민의 행패와 모욕은 절대로 묵과하지 않겠다고 하셨습니다."

청와대 기자회견장에 모인 기자들은 긴급 발표의 중대성을 느끼고, 모두가 심각한 모습으로 침묵 속에서 고형숙 대변인의 발표를 열심히 본사에 송고했다.

"그러나 일본 당국은 한국인을 향한 무차별 폭행에도 아랑곳하지 않고 영토분쟁에 따른 국제적 절차를 따르지도 않은 채, 일방적으로 독도와 대마도에 2차 대전 전범기인 욱일기를 매단 군함을 파견해 우리의 분노를 야기하고 있습니다. 이것은 영토 문제에 관한 양보는 없다는 명백한 표시이며, 자신들의 영토도 아닌 대마도의 불법적인 점거를 주장하는 사실에 지나지 않습니다.

이에 불의의 사태에 대비하기 위해서라도 대한민국 국민은 빠짐없이 하루속히 귀국하시길 바라며, 귀국을 원하는 우리 국민의 수송과 안전을 위해 호위 함정을 동반한 여객선을 동원할 계획입니다. 10월 5일 오전에 출항할 예정인 여객선 두 척은 일본의 요코하마항과 오사카항 두 곳에 입항할 예정이며, 도착 예정 시간은 오사카항 도착은 10월 8일 13시, 요코하마항은 같은 날 17시로 예정하고 있습니다.

우리 한국인 귀국수송단의 경로는 시모노세키해협을 통해 시코쿠 남부를 거쳐 오사카와 요코하마로 향하는 항로를 계획하고 있습니다.

우리는 순수한 인도적 차원에서 일본 해운 당국의 안전한 항로 안내를 부탁드립니다.

일본 정부는 재일 한국인의 안전한 귀국길을 열어주시리라 믿으며 일본 정부의 인도적 선린 정책에 의해 재일 한국인의 귀국을 도와줄 것을 부탁드립니다. 마지막으로 한국 여객선의 안전한 입항과 출항을 일본 정부가 가로막는 불상사는 없었으면 좋겠다, 하는 대통령 각하의 바람을 전하며 발표를 마칩니다."

이렇게 한국인의 일본 입국 빌미를 제공한 사건이야말로 일본의 최대 실책이었으나 이는 수많은 일본인의 극우 기질상 충분히 저지를 만한 잘못이었고, 이것을 기회로 삼은 한국은 '비둘기 작전'의 성공에 더욱 가까이 다가갈 수 있었다.

-한국 시간 9월 25일 10:00-

워싱턴 백악관

미국으로서는 두 이웃 국가가 이렇게까지 원수지간으로 나아갈 줄은 몰랐지만, 미래는 그 누구도 알 수 없는 모습으로 등장하는 법이다.

백악관은 한·일 두 나라의 심각한 앙금을 가라앉히기엔 사건이 너무 엄중하고 이 상황이 좋지 않을 것 같은 방향으로 나가는 것에 암담한 심정이었다.

긴급 안보 보좌관 회의를 개최한 미 대통령 사무엘 체이스는 공화당 소속이다. 일본의 성급한 전략적 선택이 동북아에 어떤 영향을 미칠지 훤히 눈앞에 보이지만 미국 의회 내 매파를 등에 업은 군수 기업들은 이 사태를 그저 느긋하게 지켜볼 뿐이었다. 하긴 참견하려고 해도 방법이 없잖은가?

대통령 체이스가 좌중을 둘러보며 말했다.

"다른 점은 둘째치고 중국과 러시아의 대응이 어떤 형태로 나올지 궁금합니다. 두 국가가 이 긴박한 동북아 사태를 이용하지 않는다고 누가 말할 수 있습니까?"

안보 보좌관 더들리 레이먼드가 말을 꺼냈다.

"각하, 한·일 두 나라의 정세가 급하다고 판단하십니까? 아니면 주변국의 동태 파악이 급하다고 판단하십니까?"

체이스 대통령이 말했다.

"우리 중 그에 대해 그 누구도 우선순위를 정하기가 매우 힘듭니다. 모두가 급하고 모두가 해결해야 할 문제입니다. 그 논의는 뒤로 미루지요."

합참의장 에드워드 존스가 말을 꺼냈다.

"각하. 제 생각은 이렇습니다. 일단 한국 정부에 메시지를 전달합니다. 내용은 중국의 동태를 파악하고 있는가 하는 질문입니다. 유사시의 대응책이 없다면 우리는 동북아 정세 인정을 위해서라도 이 전쟁에 참여할 수도 있다는 언질입니다. 한국은 우리의 참여가 어떤 형태의 참여인지는 알 수 없겠지요. 한국 측에 은근히 선택의 여지를 주는 것입니다. 한국은 우리가 이렇게 대처한다면 아마도 이것을 압박으로 간주할 수도 있다고 봅니다.

둘째, 일본 자민당에 질문합니다. 일본이 궁극적으로 원하는 것이 무엇인가? 입니다. 대마도 문제는 역사적으로 본다면 우리도 일본에 태평양의 작은 군도를 반환한 사실이 있습니다. 한국 측이 그렇게 따진다면 어떻게 답할 것인가 하는 점입니다. 이 역시 일본을 압박하는 질문입니다."

군부 참모들의 질문은 극히 단순했다. 이들 중 최고위 간부 6인을 제외하고는 문재연 특사와 체이스 대통령 간의 비밀 합의를 모르고 있기에 나오는 질문이었다.

테이블 끝에 앉아 있던 상무부 장관이 입을 열었다.

"이 문제는 몇몇 분께서는 정치적 논리로 파악하고 있는 것 같습니다. 그러나 나는 경제 논리로써 전쟁을 판단하고자 합니다."

대통령이 그를 바라봤다.

"그런가요? 어떤 견해인지 말씀하시지요."

두툼한 뱃살의 상무장관 해리스 블레이크는 거리낌 없이 말했다.

"모두가 전쟁이냐 아니냐의 정치적 논리로 말씀하시는데 꼭 그렇게 판단할 필요까지는 없습니다. 전쟁도 뒤가 든든해야 할 수 있고, 전쟁에 대한 국민의 인식도 외면할 수는 없습니다.

우리가 비록 아프칸에서 물러났지만 그게 결코 패배라고는 생각하지 않습니다. 우리의 뒤는 든든했으나 국민이 따라주지 않았고 명분도 부족했기 때문입니다. 승리도, 패배도 아닌 이상한 전쟁이었습니다.

그런데 지금 일본은 어떤가요? 나는 이 긴박한 사태에 대해 일본이 주장하는 말은 오로지 일본 집권당과 극우파에서만 외치는 공허한 내용일 뿐이라고 판단합니다.

일반 국민의 지지도 미약하고 대외적 명분도 허약하기 짝이 없으며 그나마 일본을 받쳐 주는 것은 일본의 경제력이라고 판단합니다. 일본 집권자들의 착각이지요.

어쨌든 그렇게 뒤는 든든할지 모르지만 일본 국민은 어떻습니까? 2차 대전의 결말을 알고 있는 일본 국민이 전쟁을 찬성할까요? 일본은 전쟁한다 해도 명분 없는 전쟁입니다.

그래서 저는 일본 국채를 거론하는 것도 중재안 중의 하나라고 생각합니다.

지금 일본 재정은 국채를 중앙은행에서 무한정 사들이고 있기에 버티고 있을 뿐입니다. 그런데 만약 우리가 보유한 일본 국채를 전 세계에 뿌린다면? 또 미래의 불확실성을 이유로 FTA 개정을 요구한다면? 여러분, 이것이 일본의 야욕을 억제할 수 있는 근본 해결책일지도 모릅니다."

더들리가 말했다.

"그 말씀에 동감합니다. 일본이 일을 벌인다면 전투는 할 수 있어도 전쟁은 하지 못한다고 봅니다."

"아. 왜 그런 결론을?"

대통령이 질문했다.

"일본은 이미 2차 대전 때 기습전쟁을 벌인 전범 국가이기에 지금은 명분이 부족합니다. 누가 국가를 대표해 전쟁한다고 선언할까요? 명분상 천황이 해야 하는데 저는 그가 응하지 않는다고 봅니다. 그렇다면 군부나 자민당이? 만약 그들이 선포한다면 국민이 뭐라 하겠습니까? 그건 불 속으로 뛰어드는 불나방입니다. 그에 더해 방금 해리스 장관님이 말씀하신 방법도 있을 수 있으므로 일본은 전쟁하더라도 명분도, 이익도 없는 전쟁입니다."

대통령이 말했다.

"그러면 한국은? 한국 입장에 서서 말씀해 보시지요."

합참의장이 말했다.

"나는 지난번 한국 특사가 북으로 갔을 때 과연 어떤 비밀스러운 안건이 오갔는지가 궁금합니다. 종전 협상인지 평화협정인지 경제 교류인지 우리는 그 진실한 내막을 알지 못합니다.

이런 면을 봐도 이번 한국 정부는 상당히 까다롭다고 표현할 수밖에 없습니다. 전작권 반환을 재촉하지 않는 것도 이상합니다.

표면적인 방북 목적이야 한반도 안정을 위한 종전, 경제 협력 협상이라고 했지만 누가 알겠습니까? 우리가 모르게 북한과 밀약을 했다면? 한국은 쥐고 있는 카드가 몇 개 되는 것 같습니다. 지금 북한의 동태를 볼 때 가장 유력한 카드는 북한의 참전이며 이는 핵의 사용 여부입니다. 그래서 나는 전쟁이 발발한다면 이 전쟁은 아무래도 한국이 유리하다고 봅니다."

"그렇군요. 그렇다면 우리가 선제적으로 무엇을 하면 좋을지, 어떤 방향으로 북한을 유도할지 이야기해 봅시다."

국무부 장관 이안 헤이워드가 말했다.

"글쎄요. 정말 북한은 다루기 힘든 존재입니다. 철없는 아이입니다. 그래도 바보는 아니기에 이 점을 염두에 둘까 생각합니다만…."

이후에도 알맹이 없는 난상 토론이 끝없이 이어졌다.

결국 참석자들은 명분과 실리 모두 일본의 열세를 어느 정도 인식하고 있었다. 그러나 가장 중요한 의제는 중국의 개입. 그리고 북한의 참전과 핵무기 사용 가능성이었다.

두 시간 후 백악관은 국가 안보 회의에서 결정한 내용을 캐롤라인 휘트먼 대변인을 통해 발표했다.

"금번 한국과 일본 양국 사이의 긴장감은 동북아의 평화와 나아가 전 세계의 평화에도 막대한 영향을 끼칩니다. 인류 복지를 향한 두 나라의 평화적 메시지는 누구나 알고 있으며 공감하고 있습니다. 다만 두 국가의 지리적 여건으로 얽힌 역사적 관계로 인해 약간의 오해와 긴장이 있으나, 이는 두 국가와 그 중간에서 평화를 지키고자 노력하는 우리 미국 정부의 노력이 있다면 그 긴장은 사라진다고 믿습니다.

이에 우리는 즉시 일본에 우리의 리처드 화이트 부통령을 파견해 동북아 안정을 위한 협조를 구할 것이며, 한국에도 이안 헤이워드 국무부 장관을 파견해 두 국가 사이의 긴장을 허물도록 노력하고 있다는 점을 밝힙니다."

그리고 며칠간 물밑에서 미국 특사 파견을 줄기차게 요구한 결과로 그날 오후 미국 시간 새벽, 한국 시간 14:00에 한국을 향한 이안 헤이워드 특사가 미 CIA 전용 걸프 스트림 800기를 이용해 떠나고 5시간 후에 화이트 부통령이 일본으로 출발했다.

두 특사가 시간을 달리해 출발한 이유는 먼저 한국 정부 입장을 듣고 난 후에 일본 총리에게 전달할 내용을 미리 정리할 필요가 있었기 때문이었다.

- 2부 -

-10월 5일 13:00-

나가사키시 앞바다 블루스타호

블루스타호 선장 백희상은 인천항을 출발해 제주항에 정기 왕복하는 카페리 여객선 선장이다. 해군 중사로 전역하고 만 34세에 블루스타호가 영일 해운에 도입한 후부터 지금까지 이 배를 타기 시작해 경력 17년을 자랑하는 베테랑 뱃사람이었다.

블루스타호가 인천항에서 출발한 후 어제 10월 4일 13시 제주항에 도착해 승객과 자동차를 모두 하선하고, 다음 운항인 6일 아침의 인천항 출발을 위해 대기 중인 백 선장에게 인천의 본사 영일 해운 사장 권기식에게서 긴급 연락이 왔다.

그다지 바쁘지 않은 백 선장이 선장실에서 커피 한잔 느긋하게 즐기던 그때 핸드폰이 아닌 선내 전화로 연락이 오자 수화기를 들고 투덜거렸다.

'시절이 하 수상하니 올뚱말뚱해라.'

"예. 사장님. 무슨 일이라도 있습니까?"

권 사장의 걸걸한 목소리가 들렸다.

"백 선장, 지금 선내에 선원 복 여벌 몇 벌이나 있지요?"

웬 뚱딴지같은 질문인가 싶은 백 선장은 잠시 생각하고 말했다.

"정식 선원복 말인가요? 아니면 우리 회사 제복 말인가요?"

"아무거나 좋아. 몇 벌이나 있는지 지금 파악할 수 있어요?"

"아마 합치면 모두 40벌쯤은 될 것 같습니다. 왜요? 무슨 일이라도 있습니까?"

"그래요? 그럼, 지금 배 안에 몇 명이나 지금 타고 있어요?"

"몇 명 하선한 선원은 있습니다. 승객들이 이제 모두 내렸거든요."

"그럼 말이지요. 내린 선원들에게는 내일 운항은 취소라 말해 주시고, 지금 남은 인원들은 모두 선원복 벗고 개놓은 후 제주 시내에 호텔을 지정해 줄 테니 그곳으로 가서 대기하라고 말해 주세요."

"네? 뭔가 이상한 일이라도 생겼나 봅니다. 사장님."

"그래요. 방금 인천 항만청장에게서 연락이 왔는데 국가 비상사태라 블루스타호의 인원과 장비 일부를 차출해야겠다고 전화 왔어요. 나도 자세한 사항은 모르지만 1시간 내로 50명쯤의 인원이 승선합니다. 자세한 이야기는 그 사람들에게서 들으시고 일단 제일 높은 곳에서 말한 대로 그 사람들을 승선하게 해 주세요."

"알겠습니다."

'이거 큰일 났구나.'

백 희상은 저도 모르게 집 생각이 났다.

'일본과 시끄럽더니 나한테까지 불똥이 튀어?'

1시간 후 젊은 여성 몇 명을 포함한 체격이 건장한 청년들 50명가량이 블루스타호에 승선했다. 이어서 화물 몇 가지와 25인승 소형버스 4대, 15인승 승합차 2대가 차량 적치 칸으로 올라왔다. 그들은 승선 즉시 25인승 차량 4대의 양 측면에 플래카드를 붙였다.

-在日 韓國人 歸國 輸送團-

그리고 2대의 15인승 승합차 전면과 양 측면에도 붙였다.

-在日 韓國人 歸國 輸送團 先導車-

이제 배 안에 남은 차량은 블루스타호의 승무원들 승용 차량 몇 대였으나 그 자동차는 같은 자동차를 배상하는 조건으로 징발했다. 같은 회사 소속인 돌핀호 역시 똑같은 연락을 받고 같은 인원들을 태웠다. 그렇게 블루스타호와 돌핀호는 10월 5일 13시에 전시 징발되어 일본으로 출발하게 되었다.

-10월 5일 20:10-
대한 해협

지금 그는 그 사람들을 태운 채 서일본 기타 규슈항 앞바다에 다닥다닥 붙어 있는 몇 개의 작은 섬 중 하나인 온시마(男島)를 지나는 중이었다. 대통령의 긴급 발표가 있었으나 그런 문제는 자신과는 별

개의 일이라 생각했는데….

제주항에서 승선한 인원 중 가장 상급자로 보이는 나이 좀 들어 보이는 군인(민간인 복장이었지만 딱 봐도 한눈에 군인으로 보인다) 인 전명철 해군 대위의 말을 듣고 난 후에야, 그는 자신과 자신의 배가 재일 한국인 수송 작전의 민간 여객선 차출에 동원됐다는 사실을 깨달았다.

그리고 그의 지시에 따라 기관실, 조타실 등 각 부서의 중요 직원 중 6명만 남기고는 나머지 승무원은 영문도 모르는 채 제주항에서 하선했다. 여객선 선원들의 하선이 끝난 후, 전 대위는 백 선장에게 작전의 개략적 부분과 무전 주파수를 알려 주며 지원을 요구했고 이에 백 선장은 얼떨결에 동의했다.

다만 작전 내용상 세부 사항은 비밀이었다.

전 대위는 그들 중 일부를 블루스타호의 승무원 보조로 행동하라고 지시했다. 그리고 백 선장은 전 대위의 말에 따라 요코하마로 향했다.

민길영도 동기 아닌 동기들 45명과 블루스타호의 정식 직원 중에서 선별한 선원 6명과 함께 전명철 대위의 지시를 받는 중이었다.

또 다른 한 척의 여객선은 안면은 있으나 만난 적이 드문 배의혁 선장이 승선한 돌핀호다. 배 선장은 오사카로 가는 길이고 자신은 요코하마로 향하는 중이다.

저만치 3~4해리 뒤에서 자신의 배를 따라오는 돌핀호의 배의혁 선장도 자신과 똑같은 일을 겪었다고 생각한 백 선장은 바다가, 해군의 멋진 제복이 좋아서 지원한 젊은 시절의 자신 모습이 떠올랐다.

'라떼는 말이야….'

그가 중얼거렸다.

갑자기 어디선가 폭음이 들리더니 뱃전 바로 앞의 파도가 요란하게 출렁거리며, 배가 좌우로 크게 요동치는 것을 느낀 백 선장은 급히 키를 붙잡고 소리쳤다.

"전 대위님. 뭐가 터졌나 봅니다. 얼른 와 보세요."

조타실 문이 급하게 열리더니 전 대위가 뛰어 들어왔다.

"선장님, 키 잘 잡고 계십시오. 제가 나가 보겠습니다."

조타실 창문 밖으로 군인들 여러 명이 후다닥 뛰어다니는 모습이 보였다. 잠시 후 이번에는 블루스타호 뒤쪽 멀찍이 따라오는 돌핀호 근처에서 폭음이 들렸다.

조타실 문이 다시 열리고 전 대위가 뛰어 들어오더니 부산 해작사에 급한 목소리로 무전을 띄웠다.

"여기는 비둘기 1, 비둘기 1. 독수리가 노린다."

"오케이 여기는 새장, 새장이다. 비둘기는 다치지 않았나?"

"아직 다치진 않았다. 하지만 독수리 발톱은 3분 전에 우리 바로 앞을 지나갔다. 비둘기 2도 똑같다."

"알았다. 집으로 계속 날아가라. 이상이다."

청와대 지하 벙커에도 급전이 날아들었다.

대통령 이명재가 제대로 잠을 자지 못해 누렇게 뜬 얼굴로 집무실에서 급하게 지하로 내려왔다.

국방부 장관 양대석이 경례를 붙이고 손을 떼자마자 말했다.

"각하. 조금 전 20시 10분에 일본 호위함으로 파악한 함정에서 함대함 미사일 두 발 발사를 확인했습니다. 첫 번째 미사일 착점은 블루스타호 전방 100m, 두 번째 미사일 착점은 돌핀호 후방 200m입니다. 인명과 선박 피해는 없습니다. 다만 조준 발사가 명백하기에 전투 개시라고 봐도 무방합니다."

"그래요? 조준 발사? 고약한 친구들일세. 우리도 방금 미사일 발사한 함정을 목표로 조준 발사가 가능합니까?"

"가능합니다. 그러나 그러면 전쟁 발발은 기정사실로 굳어질 확률이 높습니다."

"나는 현역 군인 출신이 아니지만 전쟁에 목숨을 바칠 각오는 돼 있습니다. 더구나 상대가 일본이라면 더 그렇습니다. 장관님. 일본 측에 똑같이 발사하겠다고 전해 주십시오. 단지 우리는 예고한 후 발사한다는 점을 밝히시길 바랍니다. 청와대는 더 이상의 상황 발표는 없습니다. 장관께서는 이 상황이 준전시라는 점을 알아주시길 바라며 어떤 대응이라도 좋으니 각 군 참모와 협의해 대응 작전을 세우시고 실행해 주십시오. 도전에는 응전뿐입니다."

대통령의 각오에 찬 한 마디가 양대석 장관의 뇌리를 울렸다.

10분 후 공영방송인 한국의 MBS가 긴급 속보를 발표했다.

"긴급 속보를 알려드리겠습니다. 조금 전 밤 8시 10분에 일본 해상 자위대 함정에서 우리 민간 수송선 블루스타호와 돌핀호를 향해 미사일을 발사했습니다. 다행히 인명과 선박 피해는 없는 것으로 파악되었습니다. 그러나 국방부에 파견된 본 방송국의 지인석 기자는 이 조준 발사가 한국 여객선을 노리고 발사했다는 확증이 있다는 국방부 관계자의 말을 인용하며, 이에 우리 군도 똑같이 미사일 발사를 계획하고 있다는 점을 확인했습니다. 이에 따라 양국 관계는……."

전쟁의 서막이 오르는 중이다.

잠시 후 또다시 MBS 방송국의 현장 긴급 속보가 방송전파를 탔다.

"방금 알려드린 대로 일본 군함의 미사일 발사로 인해 우리 군은 전군에 위치콘 1을 발령했으며 이는 전시 상황임을 뜻하는 것입니다. 우리 정부는 민과 군을 총동원해 일본의 공격에 응대할 것이며 결코 이 상황에서 단 한 걸음도 물러날 뜻이 없다고 말했습니다. 이상 국방부 출입 기자 지인석입니다."

일본에서도 NHK 방송을 통해 긴급 속보가 떴다.

"한국 여객선의 허락받지 않은 일본 영해 불법 운항으로 일본의 해상 방위 전략에 심각한 차질을 야기했다. 이에 우리 일본 정부는 한국 여객선의 퇴각을 요구하며 이에 불응할 시에는 군사적 충돌을 무릅쓰고 강제 퇴각시킬 예정이라고 방위성장 구로다 곤노스케 대신이 발표했다."

그러나 한국 정부는 이에 아랑곳하지 않고 블루스타호와 돌핀호의 요코하마, 오사카 입항을 위해 계속 운항할 것을 명령했다.

현 사태의 진행 상황은 대마도를 중심으로 동쪽 근해에는 일본 사세보항이 기항인 제2, 제5 호위대군 소속 함정과 지방대의 호위함을 비롯한 25척가량의 함정이 진을 치고 있었고, 서쪽으로 부산의 야경이 빤히 보이는 바다에는 강원도 동해 해군기지에서 전속으로 급파한 한국 해군 동해 제1함대의 광개토대왕급 이지스함 1척과 인천급과 대구급 호위함 각 3척, 6척의 함정과 제2함대에서 차출한 을지문덕함을 포함한 구축함과 호위함 8척 등 총 14척의 함정이 진을 치고 있었다.

그리고 대마도를 불과 20㎞ 앞에서 마주 보는 최전선에는 이지스급 세종대왕함이 자리 잡고 있었다.

대마도 최북단의 작은 항구인 와니우라항 서북쪽 20㎞ 전방 바다에 진입하던 한국 이지스함정 세종대왕함은 저 멀리 이즈하라시의 불빛이 가물거리며 보이는 지점에 멈추고 닻을 내린 채 블루스타호와 돌핀호가 가까이 오기를 기다렸다.

-10월 5일 23:30-
대마도 이즈하라항 30㎞ 전방

전명철은 깜깜한 어둠 속에서 파도를 가르는 물결 소리에 귀를 기울이며 생각에 잠겼다.

'이 항해는 분명 엄청난 위험을 동반하는 작전이다. 본국을 출발할 때 공해상에서는 우리 군함이 호위한다는 명령을 받았지만 일본 영해로 들어가면 어떤 돌발변수가 발생할지 아무도 모른다. 만약, 만약

이 배가 공격을 당한다면? 내 목숨은 아깝지 않다. 그러나 전체 작전 성공을 위해서는 저놈들의 공격은 일단 참아야 하고 도쿄까지 도착해야 하는데…'

그는 안으로 들어갔다.

무전기를 들고 부산 해군 작전사령부의 권석환 참모장을 부탁한 그는 잠시 기다린 후 권 참모장과 연락이 닿자, 그에게 한 가지 요청을 했다.

-10월 6일 00:30-

경상북도 경주 한수원 뒷산의 미사일 기지에서 탄두 중량을 줄이고 사거리를 늘린 천둥-2 미사일 한 발이 날아갔다. 불과 40초 후 대마도 최북단 한국 영토가 보이는 전망대 앞 바다의 우니지마 헬리콥터 발착장과 에비섬 중간의 바다에 떨어진 미사일의 위력은 반경 10㎞까지 굉장한 폭음이 들릴 정도로 강력했다. 다행히 발착장에 있던 응급 환자용 헬리콥터와 기지 사무실 등 인명과 재산 피해는 없었다.

이 미사일 폭발의 불꽃은 세종대왕함에서도 보였다.

국방부 대변인의 긴급 속보가 뒤따랐다.

"방금 우리 측 동해안 모 미사일 기지에서 미사일 발사 훈련 중 기기의 오작동으로 인해 미사일 한 발이 일본 측을 향해 발사되었습니다. 이에 일본 정부에 유감의 뜻을 표하며 차후 피차 또다시 이런 사태가 발생하면 한국 일본 양측 정부 모두가 곤란하다는 점을 인식해 이와 같은 실수가 다시는 발생하지 않아야 한다는 점을 밝힙니다."

전혀 말이 되지 않는 성명이었다.

-10월 6일 00:40-

일본 총리 관저 대회의실

일본 내각의 중추적 인물들이 늦은 시간에도 불구하고 한국과 똑같이 대책 회의를 위해 모여 있었다.

총리 다카키가 호흡을 삼키고 좌중을 둘러보며 말했다.

"모두 조금 전 쓰시마 앞바다에 떨어진 미사일 소식은 들었을 줄 압니다. 이 도발을 시작으로 한국은 전쟁을 시작할 것 같습니다. 이제 우리의 유리한 점과 불리한 점, 그리고 한국의 유, 불리를 따져서 우리가 기필코 승리하도록 합시다."

자신들의 국가가 전범 국가인 것도 잊은 총리 다카키가 열변을 토했다.

그의 말이 이어졌다.

"다만 아쉬운 점은 우리 레이더 기지는 뭘 하고 있었는지 의문이 듭니다만, 일단 한국의 저의가 뚜렷이 보이기에 우리도 철저히 대비해야겠습니다."

자위대 정복을 입고 한껏 점잖은 자세를 취하던 방위대신 구로다 곤노스케가 입을 열었다.

"총리 각하. 우리의 방어 태세는 물 샐 틈 없습니다. 그 점은 안심하셔도 됩니다. 다만 한국의 여객선이 계속 밀고 들어오는데 마땅한 대책이 있어야 하지 않겠습니까? 각하께서 명령하신다면 우리는 저 여객선을 바닷속에 빠뜨리겠습니다. 물론 인명구조는 해야겠지만 말입니다."

관방대신 후나코시 이치로가 조심스레 입을 열었다.

"우리도 이제 한국으로 일본 국민의 수송선을 보내야 하지 않을까요?"

그는 총리의 입이고 발이다. 일거수일투족이 조심스러울 수밖에 없는 사람이다. 그러나 그의 말은 좌중을 한 바퀴 감싸며 침묵 속에 잠기게끔 했다.

외무대신 유키오가 묵직한 목소리로 말했다.

"만약 그렇게 한다면 어떤 배를 보내야 할까요? 방위대신께서 생각하신 점을 말씀해 주시길 바랍니다."

방위성장이 기다렸다는 듯 얼른 입을 열었다.

"제 생각은 이렇습니다. 군함의 호송하에 부산항으로 내지인(內地人: 일제시대 조선에 거주 중인 일본인을 칭하는 단어. 엄밀히 표현하면 일제 당시 조선인을 멸시하고 일본인을 우대하는 말) 수송선을 보낸다고 발표한 후 출항하면 어떻습니까?"

내무대신 히데요리 곤조가 의심에 찬 목소리로 말했다.

"군함을 보낸다고요? 한국은 민간 여객선을 보냈습니다. 비록 호위 목적이라 하더라도 군함 파견은 곤란한 입장에 휘말릴 수 있습니다. 한국인의 일본군에 대한 적개심을 아직 모르시나 봅니다."

방위성장이 손을 휘두르며 반대의 몸짓을 보이더니 입을 열었다.

"아닙니다. 우리의 정예 해상 자위대를 보내면 저들도 감히 우리에게 어쩌지 못할 것으로 저는 판단합니다."

"그러시면 함정을 보내기 전에 한국 여객선은 어떻게 처리하시겠습니까?"

구로다 방위성장이 간단하다는 듯 한마디로 말했다.

"그 여객선은 배에 있는 사람들 모두 내리라고 한 후에 침몰시키겠습니다."

"하~~ 참. 방위대신은 너무 멀리 나가시는군요. 침몰시키면 그 후엔 어떤 일이 벌어질지 생각은 해 보셨습니까? 그리고 한국인들이 순순히 배에서 내릴까요? 조금만 더 침착하게 생각해 봅시다."

그러자 옆에 있던 외무대신이 혼란을 가라앉히듯 조용히 말을 꺼냈다.

"일단 미사일 발사에 대한 책임을 추궁합시다. 우리의 발포도 있지만 그건 어디까지나 진로 방해 목적입니다. 한국처럼 목표 지점을 정해놓고 발사하지는 않았습니다."

성품이 온건해 정치적으로도 중립을 취할 때가 많은 내무대신 히데요리가 다시 말했다.

"그 배는 한국인 귀국을 위한 인도적 목적으로 항해 중이라고 선언한 배입니다. 그 배를 그렇게 쉽게 다루거나 간단하게 생각하면 안된다고 생각합니다. 우리의 체면이 있으니까요."

이윽고 다카키 총리가 소파에 드러눕듯 잔뜩 기대앉았던 몸을 일으키며 말했다.

"일단 한국 측에 미사일 발사에 대한 책임을 묻고 그 후에 여객선의 운항을 중지하고 승무원들은 하선하라고 합시다. 그리고 배를 예

인해 가까운 항구에 정박시키고 한국의 입장을 살펴보도록 합시다."

"알겠습니다. 총리 각하."

길었던 회의는 그렇게 막을 내리고 일촉즉발의 시간은 갈수록 더 가까이 다가왔다.

-10월 6일 01:00-

일본 관방성

"금번 한국 측의 고의적인 미사일 발사에 대해 우리 총리께서는 몹시 우려를 금치 못하셨습니다. 상호 선린관계를 유지해야 할 이웃 국가 간의 전쟁 촉발을 유도하는 군사용 공격 무기의 사용은, 각각의 입장을 매우 난처하게 할 뿐 아니라 잘못 곡해되어 피차간 돌이킬 수 없는 상처를 입게 될 가능성이 크다고 봅니다.

그러므로 우리 총리께서는 한국 측의 성의 있는 사과와 함께, 미사일 발사에 대한 책임이 있는 인물을 찾아낸 후 그 책임을 물을 것을 엄중히 요구합니다.

또한 우리 총리께서는 천황폐하의 명을 받들어 한국 여객선의 불법 운행 정지와 승무원들의 하선을 강력히 요구하며, 이에 불응 시 모든 수단을 동원해 우리 영해를 침범하는 여객선을 상대할 것을 밝힙니다."

고위 인사들과 늦은 시간까지 작전본부를 지키던 이명재 대통령은 일본 관방성의 발표가 한국의 방송을 통해 알려진 후 장관들에게 말했다.

"모두 몹시 피곤하시지요? 나는 일단 일본의 발표는 무시하고 싶습니다. 저들이 비록 무모해도 민간인이 승선한 선박을 침몰시키는 우를 범하지는 않으리라고 봅니다만. 오늘 밤은 모든 작전을 현 상태대로 진행하시고 아침에 다시 모이는 것이 좋지 않을까요? 어떠십니까?"

"알겠습니다. 각하."

국방부 장관 양대석이 걱정스러운 표정으로 답했다.

윤진현 외교부 장관도 내심 비둘기 작전 팀의 안전에 극히 신경이 쓰였지만, 아직 결정적 상황은 아니라고 판단해서 대통령의 명령이 옳다고 생각했다.

"그럼 저는 사령부 당직 장군 두 분을 배치하고 비상 연락망은 열어놓겠습니다."

국방부 장관이 지친 듯한 기색으로 말했다.

그때 권석환 참모차장이 양대석 국방부 장관을 향해 말을 꺼냈다.

"2시간 전 비둘기 작전 팀 전명철 대위에게서 연락이 왔습니다. 우리 해군 함정의 호위를 중지해 달라고 합니다."

양대석 장관이 놀란 기색으로 말했다.

"그렇습니까? 그렇다면 돌발 상황에는 어떻게 대처한다고 하던가요?"

권 참모차장도 근심스러운 얼굴로 말했다.

"그건 대원들과 알아서 해결하겠다고 합니다."

"아~ 걱정되는군요."

양대석 장관의 입에서 긴 한숨이 나왔다.

그가 잠시 후 다시 말을 꺼냈다.

"아마도 전 대위는 우리 정부에게 부담을 줄 수도 있을까 봐 걱정되나 봅니다. 그렇다면 우리 레이더 기지에서 블루스타호와 돌핀호를 철저히 추적해 달라고 말해 주십시오. 일본 함정이 가까이 다가오면 즉시 알려 줄 수 있도록 말입니다."

"네. 알겠습니다."

시간은 지치지도 않는 듯 사정없이 흘러갔다.

깊은 밤, 각 부처 장관은 청와대 경호실에 마련한 임시숙소에서 휴식을 취하고 있던 직원들을 호출했다.

잠시 후 합동 작전 참모부의 준장급 참모 두 사람이 들어왔다. 그 뒤를 따라 쉬고 있던 각 부처의 중요 인물들이 부스스한 얼굴로 들어오며 부처 상관들이 앉아 있던 의자에 교대로 착석했다.

대통령은 피곤한 몸을 일으키며 야간 근무할 인물들과 차례차례 인사를 나눈 후에야 돌아갔고 장관들도 야간 당직 근무하게 된 각 부서 참모에게 일일이 지시 사항을 전달한 후 대통령의 뒤를 따라 작전본부를 나섰다.

-10월 6일 07:00-

일본 시코쿠 서쪽 바다

키타 규슈부터 시모노세키를 지나는 바다에는 안개가 짙게 깔렸다. 계절이 안개의 계절이라 그런지 사방이 온통 안개에 둘러싸여 사람의 눈으로는 동서남북을 분간하기 어려웠다.

민길영은 현역 시절 몇 번 군함에 승선해서 작전에 임했지만, 전역한 후 오랜 시간이 지나서 그런지 다시 뱃멀미가 찾아왔다. 며칠간의 항행에 멀미가 심해진 민길영은 시원한 바람이라도 쐬고 싶어 뱃머리에 나갔다. 사방은 짙은 안개로 아무것도 보이지 않았다. 민길영은 큰 숨을 들이쉬고 한껏 가슴을 부풀리며 멀미를 쫓아내려 했으나 쉽지 않았다.

길영은 제주도를 떠나기 직전 집에 전화했었다. 전화를 받는 엄마의 목소리에는 근심이 가득 묻어 있었다.

"길영아. 니 지금 어디고? 와 이리 늦게 전화하노?"

"엄마. 걱정 마이소. 나 그동안 합숙소에서 연수받고 오늘 그 회사에 합격해서 내 동기들하고 지금 MT 갈라꼬 제주도 가고 있어요. 며칠 동안 연락 없어도 걱정마이소. 알았지예?"

"아니. 먼 회사가 직원들 집에 연락도 안 해 주고 그리 오랫동안 붙잡아 놓더니 집에도 안 보내주고 입사시키노? 니 거짓말하는 거 아이가? 하이간 얼른 돌아오그라. 알았제?"

"아이고. 아닙니다. 회사 동기들도 집에는 아무도 안 갔습니다. 내

걱정은 마시고 돌아갈 때까지 염려 마이소. 어무이.”

'집으로 무사히 잘 돌아가면 좋겠다. 혹시나 못 돌아가더라도 어쩔 수 없지.'

대원 모두는 그렇게 가족들을 안심시킨 후, 임무 수행을 위해 목숨을 건 여정을 계속했다.

그의 뒤쪽으로 조타실 창문 밖의 파도 더미가 어슴푸레 보였다.

그때 갑자기 커다란 엔진 소리가 들려오기 시작했다.

들리는 소리로 보아하니 엔진 기관 소리가 일반 상선이나 여객선은 아닌 듯했다. 그가 숨을 멈추고 잔뜩 긴장 한 채 전방을 주시하자 어느 순간 안갯속에서 대형군함의 모습이 불쑥 나타났다.

순간 머리끝이 쭈뼛 올라선 그는 얼른 뒤를 돌아봤다. 선내에서도 엔진 소리가 들렸는지 조타실 문이 열리며 전명철 대위가 계단을 내려오고 있었다.

뱃사람 모자를 삐딱하게 쓴 그의 모습이 그럴싸한 뱃사람으로 보였다.

처음 봤을 때는 가까이 있는 것 같던 일본 군함의 모습이 제대로 보이기에는 시간이 몇 분 지난 후였다.

무심한 파도는 뱃전을 살랑살랑 두드리며 춤을 추고 있었다.

일본 군함은 블루스타호의 가까이 오더니 윈치로 소형구명정을 바다에 띄웠다. 파도가 잔잔해 구명정은 쉽게 바다에 내려앉았고 즉시 블루스타호를 향해 희미하게 밝아오는 바다 위에서 하얗게 파도를 가르며 달려왔다.

'실제만 아니라면 멋진 광경인데.'

민길영은 속으로 생각하며 전 대위를 돌아보았다.

어느새 옆으로 다가온 전 대위가 그를 슬쩍 밀며 뒤로 물러나라고
했다. 그리고 자신은 선수 가장 앞부분에 서서 구명정을 바라보았다.

블루스타호는 2만 톤이 넘는 여객선이기에 갑판에서 수면까지는
상당히 높은 거리다. 선수 바로 옆으로 다가온 구명정이 꼭 학생들
공부하는 책상 크기로 보였다.

구명정에서 갑자기 핸드 스피커 소리가 들렸다. 누군가가 서투르
지만 똑똑한 한국어 발음으로 말했다.

"배를 멈추세요. 지금 당신들의 배는 우리 영해를 불법으로 침범
했습니다. 얼른 배를 세우고 우리의 지시를 따라주세요."

전 대위가 파도 소리를 제압하려는 듯 크게 소리쳤다.

"당신들이 누구길래 우리보고 멈추라고 명령합니까? 우리는 한국
국민의 귀국을 돕는 민간 여객선입니다. 미리 발표도 했고 모두가 알
고 있는데 왜 멈추라고 하지요?"

전 대위가 군인 특유의 딱딱한 억양을 최대한 억제한 말투로 소리
쳤다.

"우리는 우리의 영해를 지킬 의무가 있습니다. 귀하의 배는 우리
가 그 의무를 버리게 하면 안 됩니다."

이상한 억양과 듣기 거북한 어투였으나 내용은 알아들었다.

"난 우리 대통령의 명령으로 제주도에서 출발했습니다. 그래서 난

요코하마로 꼭 가야 합니다. 비켜 주세요."

민길영은 웃음이 나왔다. 긴박한 순간임에도 불구하고 전 대위가 상대의 억양과 어투를 따라 하는 흉내가 웃겼다.

어느새 대원들 모두 나와서 옆으로 나란히 줄지어 섰다

해상 자위대 장교로 보이는 그가 다시 말했다.

"앞으로 10분을 주려고 합니다. 그 시간이 지나면 우리는 우리 의무를 다하기 위해서 권리를 행사하겠습니다."

전 대위가 얼른 말을 이었다.

"나는 당신이 주는 그 시간을 받지 않겠습니다. 받지 않는 것은 나의 권리입니다. 그러니 당신은 의무를 다하지 않아도 됩니다."

"우하하하~~~~"

졸지에 남자들의 커다란 웃음소리가 갑판을 울렸다.

그 장교가 화가 난 듯 일본말로 크게 소리치며 커다란 동작으로 구명정 바닥을 쿵 울리고는 자신의 군함으로 돌아갔다.

"저놈 열받았구나. 하하하~"

전 대위가 웃음을 멈추더니 옆에 서 있던 사람을 돌아보며 말했다.

"저 자식이 뭐라고 소리친 거지?"

옆에 서 있던 깡마른 체격과는 어울리지 않는 둥근 얼굴의 30 중반의 대원이 말했다.

"두고 보자, 꼭 한 방 먹일 테다'라고 합니다."

"그래? 그럼 이제 모두 정신 바짝 차리도록 해. 저놈들이 이대로 끝낼 놈들은 아니니까."

전 대위가 모두를 돌아보며 엄숙하게 말했다.

"넵."

꼬끼끼 비짜 드 구호로 답을 한 그들은 모두 선내로 돌아가고 일부만 남아서 초계 근무 서듯 뱃전에서 서성거렸다. 그들 역시 민실잉과 거의 비슷하게 길어야 전역한 지 두어 달 된 일반인이었다.

블루스타호에 승선한 직후 그들은 전 대위에게 이 작전의 세부 사항에 대한 지시를 받았다. 그들은 민간인 신분이지만 아직은 군인 정신과 전투기술이 살아 있기에 이 작전의 멤버로 초대받을 수 있었다. 그러나 전 대위는 당연히 현역이었다.

시간이 어느 정도나 흘렀을까?

갑자기 다다다다 하는 소총 소리와 함께 배 옆구리를 두드리는 요란한 쇳소리가 선내에서 쉬고 있던 대원들의 귀까지 들렸다.

"아니, 저 새끼들이?"

전 대위가 소리쳤다.

"모두 가만히 있도록. 우리에게 총을 쏘지는 못할 거니까."

"대위님. 저 새끼들 화풀이하는 것 같은데요?"

누군가가 소리쳤다.

갑판에서 서성대던 민길영은 얼른 핸드폰을 꺼내 뱃전 난간에 윗몸을 걸치고 엎드려서 옆구리의 총알 자국에 카메라 초점을 맞췄다.

"야. 총 맞는다. 나와~!"

전 대위가 소리쳤다. 순간 총소리가 뚝 끊겼다.

그들이 '이제 끝났나?' 할 무렵 밝아오는 여명을 따라 형체가 뚜렷이 나타난 일본 군함이 블루스타호 앞으로 나서더니 S자 형태로 항해를 시작했다. 블루스타호 바로 앞에서 저속으로 좌우로 비틀거리며 항행하자 블루스타호가 그 후미를 사정없이 추돌할 것 같은 기분이었다.

그러나 총격 이상의 또 다른 견제는 없었다. 블루스타호는 옆구리에 총탄 세례를 받은 작은 상처 몇 개만 얻었을 뿐 그 외엔 아무 일 없는 듯 항해를 계속했다.

하지만 총격 소식을 들은 부산 해군 작전본부에서는 이에 따른 응대 방식을 놓고 해군 고위 참모들 사이에 갑론을박이 시작되었다. 결국 상황을 고려할 때 전쟁을 피할 수 없는 시기에 이르렀다고 판단한 양대석 국방부 장관은 용산의 합참본부에 있는 군 고위 참모들과 화상회의를 소집해 긴급 전술 회의를 열었다.

용산의 국방부 합참 소속 고위 지휘관, 계룡대의 각 군 작전참모의 의견을 참고해 장시간의 회의 끝에 얻은 결론은 일본의 소류 급과 오야시오급 잠수함의 대(對)함 공격을 회피하기 위해 대마도 근해의 광개토대왕함과 세종대왕함을 포함해 전술 능력이 충분한 기함, 구축함 등을 각각 포항, 진해와 제주도로 철수하기로 하고, 육군 미사일 부대와 공군 F-35A의 장거리 전술 순항미사일과 탄도미사일 공격을 1순위로 결정했으며, 미사일 발사 후에 안창호급 잠수함 3척과 손원일급 3척 각각 도쿄와 오사카 지역을 목표로 겨냥하는 작전 보고서를 완성했다.

공격 작전을 완료한 육, 해, 공군 참모총장과 미사일 부대 사령관은 07시 30분에 작전 보고서를 들고 대통령에게 보고하기 위해 청와대로 출발했다.

이명재 대통령은 뜬눈으로 밤새다시피 한 채 벙커로 내려왔다.

언제 지하 벙커로 왔는지 모를 국방부 장관 양대석이 경례하며 대통령을 맞이했다.

"장관님. 아침 일찍 일어나셨군요. 고생이 많으십니다."

"아닙니다. 각하. 이건 저의 임무입니다."

"다행히 어젯밤 우리 선박이 큰 피해는 없었군요. 사실 어젯밤 두 선박 때문에 걱정돼서 잠들기 쉽지 않았습니다."

"네. 저도 사실 그랬습니다."

대통령은 속으로 자신의 결정으로 인해 우리 군인의 소중한 목숨을 잃지는 않겠다고 다짐했다. 새 정부의 내각을 꾸릴 때 대통령은 많은 조언을 들어야 했다.

애초 김형식 의원의 친일 인사들 친일 행적 사항을 보고받을 때부터 반일 정책에 공감을 표시하는 각료들의 추천을 김형식 의원을 중심으로 한 당 간부들에게 맡기고, 이 정부의 주요 인사를 그들로 채우려고 결심했기에 일본과의 갈등을 다분히 의도적으로 만들어도 커다란 무리수 없이 작전을 수행할 수 있었다.

'아직도 친일파가 나라를 좀먹는 시대에 살고 있다니…'

대통령은 한숨이 절로 나왔으나 나라와 민족을 위해 역사 이래 가장 큰 군사, 외교 작전이라 할 수 있는 일을 도모하는 이 시점에서는 감상은 금물이고 오로지 승리에 대한 집념을 가져야 할 때라고 굳게 믿었다.

남과 북의 이념 갈등조차 여기에서는 뒷전이었다.

잠시 눈을 감은 대통령의 귀에 양대석 국방부 장관의 목소리가 들렸다.

"각하, 우리 작전팀에서 세부 작전 사항을 보고받았습니다. 보고서는 여기 있습니다. 그리고 잠시 후 8시 30분에 한미 연합사 사령관 빅터 대장의 면담 요구가 들어왔습니다. 만나 보시겠습니까?"

"아침부터 말입니까? 지금 어디 계시나요?"

"용산 연합사에 계십니다. 각하. 그분을 이리로 모실까요?"

"내가 시간 맞춰 청와대 영빈관으로 가겠습니다. 장관님도 동석하시면 어떠실지요."

"네. 알겠습니다. 이곳의 참모들은 본부에 다시 있으라고 전할까요?"

"그게 좋겠습니다. 비상사태가 일어나면 그때 다시 회동합시다."

"알겠습니다. 각하. 너무 심려 마십시오. 저희가 최대한 이 일을 마무리 잘하겠습니다."

"고맙습니다. 일은 제가 하는 게 아니라 여러분께서 하시니까 전 충분히 안심됩니다. 나는 일단 옷 갈아입고 작전 보고서를 보고 그분들과 만나서 나눌 대화를 정리하겠습니다."

조금 전 도착한 각 군의 참모총장이 제출한 작전 보고서를 찬찬히 들여다본 대통령이 눈가를 비비며 소파에 몸을 기대어 뒤로 눕혔다.

이 대통령은 정각 08시 30분에 청와대 영빈관에 들어섰나.

미리 도착했던 빅터 대장은 대통령이 들어오자 급히 의자에서 일어나며 인사했다.

'얼마나 급하면 내가 쳐다보기도 전에 먼저 인사할까?'

이 대통령은 그렇게 생각하며 마음속 각오를 단단히 다졌다.

대통령의 취향에 따라 검소하면서도 잘 꾸며진 각본처럼 단정한 인테리어로 장식한 영빈관 내의 응접실은 빅터 대장의 큰 체구로 실내가 좁아 보였다.

대통령이 자리에 앉으며 말을 꺼냈다.

"사령관님. 반갑습니다. 일찍 오셨군요. 오늘 좋은 소식이라도 있으신가요?"

대통령의 아침 인사가 끝나고 빅터 사령관이 입을 열었다.

"대통령 각하. 좋은 소식인지 아닌지는 모르겠습니다. 오늘 새벽 블루스타호와 돌핀호, 두 수송선이 요코하마와 오사카를 목표로 항해 도중 총격 사건이 발발했다고 들었습니다."

"그건 나도 들었습니다. 그래서 우리도 일본 측의 발포에 대응하는 마땅한 조치를 했습니다. 왜 민간인이 승선한 선박에, 더구나 인도적 지원을 부탁한 항해인데도 총격을 가했는지 그 의도를 알 수 없습니다."

빅터 사령관이 두 손을 깍지 끼더니 몸을 앞으로 수그리며 말했다.

"각하께서도 그렇게 생각하시는군요. 제가 염려하는 점도 바로 그 점입니다. 피차 만족할 만한 결론을 구하면 더 좋은데 왜 일본 당국이 저러는지는 저도 이해하기엔 힘이 듭니다. 솔직히 이 사건이 두 국가의 우호 관계에 더 이상 심각한 영향을 끼치지 않았으면 하는 것이 저의 심정입니다."

"그렇습니까? 저는 사령관님이 언제부터 일본과 우리가 우호 관계였다고 생각하셨는지 궁금합니다. 제가 철이 든 후부터 일본은 우리에게 우호적인 제스처를 취한 적이 없는 것으로 알고 있습니다. 사령관님께서는 우리 두 국가의 우호적 관계가 정말로 존재한다고 믿으십니까?"

"대통령 각하. 저의 발언이 각하의 생각과는 다른 점이 있어서 죄송하게 생각합니다. 그러나 최소한 우리 미국은 두 국가가 갈등을 없애는 미래지향적인 관계를 유지해야 한다고 생각합니다."

대통령은 이 무의미한 대화를 중지하고 싶었다.

"사령관님. 그 말씀은 미국에만 해당하는 발언이십니다. 알고 계시겠지요? 우리가 아무리 미래를 위해 잘 지내자고 말해도 일본은 그렇게 하지 않았습니다. 저는 전혀 공감할 수 없습니다. 또 그 판단에 동참하기에는 우리와 귀국의 거리가 너무 멉니다.

지금 동북아의 한반도와 일본은 귀국이 그리는 큰 그림 안에 머물고 있습니다.

섭섭하실지 몰라도 미국의 동북아 정책을 저 혼자 주관적으로 판단한다면 그것은 첫째, 남북은 항상 긴장 상태를 유지해 군비증강에 몰두하도록 할 것,

둘째, 한·일은 독도, 위안부 등의 지엽적 분쟁으로 정치, 외교, 군

사적 갈등을 항상 유지할 것,

셋째, 북·일 관계는 납치 사건과 핵 문제를 빌미잡아 지속적으로 외교적 긴장을 유지할 것,

그리고 최종적으로는 북핵의 문제점을 확대, 해석해 동북아 전체의 전략적 긴장 상태를 항상 유지하도록 할 것,

이 기조하에서 한국과 일본이 군사력을 증강하면 결국 중국의 야욕을 막을 수 있다고 판단하고 있지 않습니까? 저는 이러한 외교정책이 동북아를 미국의 뜻에 따라 움직일 수 있는 위치에 올려놓은 것으로 판단합니다."

이 말은 미국 정치세력의 동북아에 대한 전략적 판단과 그 속내를 사정없이 찌르는 날카로운 창이었다.

무거운 침묵의 시간이 흘러갔다.

이 대통령이 다시 입을 열었다.

"이제 일본이 우리 민간 여객선까지도 총질하는 지경까지 이르렀기에 전쟁은 피할 수 없을 것 같습니다. 귀국에서도 일본에 머물러 있는 미국인들을 하루속히 본국으로 옮겨 주시면 어떠신지요. 이 점 부디 양해 바라겠습니다."

완곡한 표현이지만 전쟁을 시작하겠다는 말과 다름없었다. 전략적 우호 관계냐, 동반자적 우호 관계냐를 따진다면 그 어느 것도 해당하지 않는 지구상 유일한 이웃 국가가 바로 한국과 일본, 두 국가였다. 수백 년 전부터 비뚤어진 일본 땅의 위정자들 관습과 사회 구조가 그렇게 만들었다.

이명재 대통령은 미국은 2차 대전에 승리하고도 일본을 포함한 동아시아의 정국을 너무나 가소롭게 판단한 그 대가를 치러야 할 때라고 믿었다.

'그 덕분에 대한민국은 얼마나 힘든 가시밭길을 걸었단 말인가? 하지만 우리 민족의 무궁한 능력과 잠재된 힘이 이제는 그 실체를 드러내야 할 때다.

멍청하고 천박하며 능력도 없이 탐욕만 가득한 보수파 전임 지도자들이 국가와 민족의 번영을 가로막았기에 비록 늦은 감이 있으나 이제라도 바로 잡아야 한다. 이 작전의 성공이 우리의 힘을 온 세상에 본격적으로 드러낼 때다.'

이명재 대통령은 깊은 한숨을 내쉰 후 입을 열었다.

"사령관님. 귀국의 정치 지도자들이 일본의 정체를 몰랐다고 보기에는 시간이 너무 많이 흘렀지 않았습니까? 귀국에서는 동북아의 정국 안정을 위해 우리 두 국가의 우호와 긴장이 반복되는 애매한 관계를 유지하고 싶겠지만 일본은 다릅니다. 저들은 귀국을 이용하고 있습니다. 그 점을 참고하시면 좋겠습니다."

미국도 일본을 이용하고 있지 않은가?

2차 대전이 끝난 후, 동·서 양 진영은 체제 유지를 위해 이념 전쟁에 돌입했고, 그 결과로 베를린은 둘로 갈라졌으며, 한국전쟁이 휴전협정으로 끝난 후에는 한반도를 남북으로 나눈 세계 지도가 나타났었다.

덕택에 북한은 체제 존속이라는 구실로 소련(러시아)과 중국 공산당의 지원을 등에 업고 20세기 후반기부터 집중적으로 핵에 접근했고, 이에 따라 시간이 지날수록 동북아의 긴장은 극에 달했다.

한편, 일본은 잽싸게 미국이라는 보스의 졸개 노릇을 눈치껏 착실히 하며 미국 무기를 쉴 새 없이 구매했고 한국 역시 그랬으나, 미국은 휴전상태인 한국의 중무장을 적당한 선에서 마무리하려고 미군을 주둔시켰고 이마저도 카터 행정부 시절 미군 일부를 철수시키면서 도리어 긴장감을 증가시켰다.

'미국은 수십 년 동안 전쟁 위험성을 부추긴다는 핑계로 남한 정부의 미사일 개발을 지연시켰고, 일본 정부를 향해서는 북핵으로 인한 전쟁 위험성이 상존한다고 위협 아닌 위협을 하니, 군수물자 팔기에 딱 좋은 이런 긴장감만 꾸준히 유지하면 이토록 꿩 먹고 알 먹는 남는 장사가 대체 어디에 있나? 이젠 더 이상 넘어가지 않겠다.

미국 덕에 일본의 재무장이 한결 쉽게 이루어졌으나 그게 도리어 미국이 동아시아의 균형을 깨뜨린 꼴이 되었어. 남북한이 각각 한쪽은 핵에 몰두했고, 또 다른 쪽은 기형적인 육군 전력 증강에 온 힘을 쏟았지. 하지만 너희들은 그 와중에 대한민국의 경제 성장이라는 가장 큰 변수까지는 예상 못 했을 거야.

우리는 너희들이 1950년부터 3년간의 한국전쟁에서 사용한 전비 중 1/3 이상은 일본으로 흘러 들어갔으리라 짐작한다. 그 돈으로 너희 양키들이 동, 서 냉전 시대에 일본을 키운 후 소련에 대항하기 위한 전략이 제법 들어맞았지만, 일본 자민당 패거리들은 그 당시 우리 6:25 전쟁으로 번 돈을 재무장과 한국 재침탈에 이용하려고 잔머리 굴린 것은 알았을까?

그러나 대한민국이라는 작은 나라가 그 쑥대밭의 폐허 속에서도 국민 모두 악착같이 이루어 놓은 경제발전이라는 성과가 있을 줄은 몰랐을 거야.

이제 그 성과를 바탕으로 그동안 대외적으로 온통 서러웠던 사건들의 매듭을 한꺼번에 풀고 말 테다. 그 주범이 바로 미국이고 종범이 일본이란 말이다. 둘 다 똑같은 주제에 누굴 뭐라 하는가? 이제 너희들도 선택할 때가 되었지만, 그래도 너희들이 가장 우선하는 것은 당연히 너희들 양키의 이득이 우선이겠지?'

말없이 앉은 채 대통령의 말을 듣던 빅터 사령관이 긴 침묵 끝에 입을 열었다.

"이 갈등의 끝이 좋은 결말로 이어지면 좋겠다는 말씀을 전하고 싶습니다. 그러나 부디 군을 동원하게 될 일은 없었으면 합니다."

그 말에 이명재 대통령의 목소리가 커졌다.

"아니, 사령관님. 군사력을 앞세운 나라가 대체 누굽니까? 일본은 수시로 독도 근해에 심해 과학 연구선이라는 핑계로 자위대 순시선을 대동해 침범했고, 초계기가 우리 군함을 위협하는 이것이 군사력 동원 아닌가요? 그 말씀은 못 들은 것으로 하겠습니다. 그러나 잊지 마시기 바랍니다. 우리도 할 줄 몰라서 하지 않고 쓸 수 있는 카드가 없어서 못 한 것은 아닙니다."

전쟁이란 이득을 취하거나 세력 과시, 또는 가만있으면 당할지도 모른다는 공포심에서 유발된다.

'하지만 우리는 그와는 전혀 차원부터 다른, 그 어디에도 속하지

않는 민족의 한이 서린 복수라는 목표로 이 사태를 해결할 테다.'

빅터 사령관은 본전도 찾지 못하고 돌아갔다.

대통령은 벙커로 돌아와 국방부 장관 양대석에게 명령을 내렸다.

"장관님. 우리 배를 향한 총격에 대응할 전략을 세워주시되 총탄엔 포탄을, 포탄엔 미사일을 대응 전략으로 하시면 좋겠습니다."

"각하. 당연한 대응입니다. 미국은 자신들 입장만 계산한 지 오래입니다. 군에서도 이제 각하의 판단과 명령에 따라 우리의 입장을 강조해야 한다고 믿습니다. 저도 그러기 위해서는 이 작전을 반드시 성공하도록 하겠습니다. 이제 참모 회의를 소집하겠습니다."

동석한 각 장관의 고개도 절로 끄덕여졌다.

대통령의 명에 따라 즉시 국방부의 합참본부와 연결해 주요 참모들과 전쟁 발발 시 작전 전개를 위한 화상회의가 열렸다.

-10월 6일 13:00-
외교부 청사

CIA 전용기로 태평양을 건너 오산 미군 비행장에 도착한 미 국무부 장관 이안 헤이워드는 한국 외교부 의전국장 김유현의 환영을 받았다. 그러나 한국 오산 비행장에 도착한 그의 귀에는 전혀 뜻밖의 소식이 기다리고 있었다. 대통령의 업무가 바쁘다는 핑계로 외교부 장관과 면담을 해 달라는 연락을 받은 것이었다. 선선한 가을바람이 옷자락을 가볍게 휘날리는 날씨에 헤이워드 장관은 마음을 가라앉히고자 크게 심호흡했다.

'외교부 장관과 면담이라고? 그것도 장관이 오산까지 오지도 않고 의전팀을 내보내서 날 맞이해?'

그러나 그는 할 수 없이 한국 외교부 청사로 방향을 틀었다. 이미 빅터 맥그리거 한미 연합 사령관에게 이 대통령의 속내를 들었지만, 서울로 향하는 관용차 안에서도 치솟는 울화를 참지 못하고 헛발질로 차 바닥을 두어 번 쿵쿵 두드렸다.

의전 국장 김유현이 대사를 맞이해 장관실로 안내했다.

헤이워드는 청사 내부에 오가는 사람이 적어 분위기가 무척이나 썰렁해 발걸음이 편하진 않았다. 폭발 직전의 광산 갱도처럼 휑하니 뚫린 듯한 청사 복도 역시 마찬가지였다.

문이 열리고 장관 비서가 나타났다.

"장관님, 우리 장관께서 기다리고 계십니다. 안으로 들어오십시오."

그의 도착 시간에 정확하게 맞추어 접대하는 한국식 효율적인 응대에 그는 발걸음을 멈출 새도 없이 장관실로 들어갔다.

머리를 책상에 파묻고 서류를 보던 장관이 일어서며 그를 맞이했다.

"어서 오십시오. 장관님. 이래저래 바쁘시지요?"

"네. 무척 바쁩니다. 장관께서도 그러시리라 믿습니다."

"저야 저의 조국 문제고 저의 일이라 그런 건 당연하지만 장관께서는 타국 일로 바쁘셔서 저의 마음도 편치 않습니다."

말로는 절대 밀리지 않을 사람이다.

"그러시지요? 저의 미국도 큰 관심과 걱정이 있는 문제라 장관님 심정 충분히 이해합니다."

"감사드립니다. 그러시다면 장관께서 오늘 하실 말씀이 저와 저의 국가에 무척 득이 되는 일이었으면 좋겠습니다. 마찬가지로 장관께서도 조국인 미국을 위해 득이 되는 결정을 지니고 저를 찾아오셨다고 짐작합니다만 앉으시지요."

눈치 볼 것 없이 빨리 이야기 듣고 청와대에 보고해야 한다. 윤진현 장관은 자신도 책상 뒤에서 나와 소파에 마주 앉았다.

헤이워드가 입을 열었다.

"저의 체이스 대통령께서는 한반도를 포함한 동북아 정세에 매우 우려하십니다. 아시다시피 백악관 안보 회의에서 이 문제를 논의한 결과를 총합하신 후 저에게 귀국 대통령께 전하라는 임무가 하달되어 장관님께 전해 드리겠습니다. 원래 대통령께 직접 전달하고자 했습니다만 바쁘신 관계로 장관님께 대신 전달 부탁드리겠습니다."

"잘 알겠습니다. 그런데 귀국에서는 한국을 염려하시는 만큼 일본도 염려하시겠지요? 그에 대한 대책도 잘 마련하셨으리라 믿겠습니다."

헤이워드는 치솟는 울화를 꾹 참고 말을 꺼냈다.

"물론입니다. 우리 미국 입장은 맹방인 두 국가가 서로 다투지 않는 것이 가장 최선이라 판단하고 있습니다. 현실은 그와 정반대로 나가고 있지만 말입니다."

"그야 저도 동감입니다. 그러나 이 사태를 일으킨 장본인은 일본입니다. 미국 정부에서는 일본이 궁극적으로 원하는 것이 무엇인지 파악하셨습니까?"

"그건 당연히 동북아 안정과 평화가 가장 우선이 아닐까요?"

"맞습니다. 그러나 귀국은 그렇게 생각하실지 몰라도 일본 정권은 전혀 그런 판단을 하지 않고 있습니다. 귀국의 바람과도 동떨어지고, 더구나 말씀하신 동북아 안정과 평화와는 전혀 어울리지 않는 정반대의 외교를 펼치고 있습니다. 왜 독도와 위안부 등의 문제로 말썽을 일으킨다고 보십니까? 그게 무엇 때문이라고 생각하십니까?"

'이게 바로 핵심이야. 이 양키놈아~~!'

헤이워드의 입이 다물어졌다. 한참 후 그가 입을 열었다.

"그 답에 대해선 저의 개인적 입장과 우리 정부의 공식 견해는 다를 수도 있습니다. 그러므로 그 말씀에 답변하기 곤란한 점을 이해해 주시길 바랍니다."

'더 밀어붙이자. 밀어붙여야만 진심 어린 답이 나온다.'

"아닙니다. 저는 그렇게 생각하지 않습니다. 귀국 정부와 장관님의 의중이 같기에 장관직을 수행하고 계신 것 아니신가요? 제가 느끼기에 귀국의 동북아 정책은 한일 관계가 순조롭게 발전하는 것을 달가워하지 않는 것같이 보입니다. 왜냐하면 한·일 두 국가가 항상 어느 정도의 긴장 상태를 유지하고 있어야만 귀국의 역할이 생기니까요. 그 긴장을 꾸준히 지속하기 위해서는 남한과 북한의 대치 상태보다 더 좋은 미끼가 어디 있겠습니까?"

헤이워드의 안색이 몹시 어두워졌다.

"장관님, 저의 개인적인 정치관과 우리 정부 입장은 전혀 다를 수도 있습니다. 저는 저의 책무에 따라 미국 정부와 한국 정부의 유대

관계 유지와 그리고 우리가 진정 추구하는 세계 평화와 세계 각국과의 선린관계를 이루고 싶은 저의 개인적 희망과 우리 정부의 견해가 같기에 왔습니다."

"그러시군요. 잘 알겠습니다. 부디 세계가, 그리고 동북아가 장관님의 정치관과 잘 어울리면 좋겠습니다."

'대체 뭘 믿고 한국의 장관이 저런 식으로 나오지?'

헤이워드 장관은 사전 밀약을 몰랐다면 벌써 이 자리를 박차고 일어났으리라 생각했다.

헤이워드는 치미는 화를 가라앉히며 입을 열었다.

"저의 정부가 귀국 대통령께 드리는 의견이 있습니다. 이 점을 고려하시고 우리와 귀국에서 피차 공감할 수 있는 결정을 하신다면 고맙겠습니다."

그는 출입구 벽 앞에 열중쉬어 자세로 서 있는 수행 비서를 불러 그의 손에 들린 가방에서 봉투 하나를 꺼내어 장관에게 전했다.

"감사합니다. 장관님의 우려와 미국 정부의 의견 매우 감사합니다. 일본에도 역시 그런 점을 강조해 주시면 진심으로 감사하겠습니다."

얻은 것 하나 없이 돌아선 이안 헤이워드 장관은 숙소 대신 미국 대사관에 도착하자마자 웃옷을 벗어서 내팽개치고 의자에 앉아서 두 손으로 얼굴을 감쌌다. 그나마 문 특사의 특사 방문 때 이 사태의 진행 과정을 알고 있었기에 다행이었다. 그러나 한국의 대통령조차 똑같은 생각이라는 점을 확인하니 틀림없이 단단한 각오를 한 것 같았다.

-이명재 대통령 귀하 친전-

이명재 대통령께 드립니다.

지금의 동북아 정세는 매우 긴박하게 이루어지고 있
습니다.

이런 일은 매우 우려스러운 일이지만 아쉽게도 귀국
과 일본의 입장이 현격한 차이가 나게 되어 본인도
답답한 마음 이루 말할 수 없습니다.

우리 미국으로서는 동북아시아의 두 맹방이 상호 긴
밀히 협조해 동북아 지역의 안정과 평화유지에 온 힘
을 쏟아 두 국가 모두 국민의 안녕과 행복을 위하는
길이 가장 올바르다고 생각하고 있지만 현실은 그렇
지 못합니다.

그러나 우리는 이미 양국 간의 갈등이 불거졌고, 이
에 따라 동북아의 정세가 급변할 수도 있다는 판단을
내리기에 이르렀으며, 이는 다름 아닌 중국 공산당의
태도에 관한 의문점 때문입니다.

만약 남한과 북한의 공조가 이루어져 북한 내부의 군
사적 변동이 있을 시, 중국 공산당의 동북아 지배에
대한 야욕에 가만히 있지는 않으리라 판단하는 것은
지나친 비관론일까요?

이런 복잡한 이유가 있으므로 우리는 귀국과 일본의
극한 대립은 바라지 않으며 피차 납득할 수 있는 결

과를 얻는 것이 가장 좋다고 생각합니다.

그러나 우리 미국 정부는 굳이 귀국에서 일본과 적대시해 영토 반환을 요구한다면 그건 두 국가의 문제이기에 어떠한 참여도 하지 않겠습니다.

다만 우려되는 점은 이미 밝혔다시피 중국의 북한 땅 침범과 이에 따르는 북한의 정세 변화가 있다면 이는 곧바로 귀 정부에게도 크나큰 타격이 된다고 판단합니다.

이에 이명재 대통령 각하의 현명한 판단을 기다리겠습니다.

-미국 대통령 사무엘 체이스 드림-

짧지만 강력한 대외적 자세를 견지하기 위한 대외 언론용 메시지였다. 중국의 침범 우려를 불식시킬 준비는 이 대통령과 문재연 특사의 남과 북, 그리고 미국을 포함한 3자 비밀 합의에서 결론을 내렸기에 그는 이러한 언론 배포용 보여 주기식의 외면적인 논평에는 아예 신경도 쓰지 않았다.

-10월 6일 15:00-

북한 주석궁 총비서 집무실

노동당 정치국 제1 서기 권희철 책상 위에 김정훈 위원장에게 보내는 비밀 통신문이 왔다. 발신자는 미국 대통령이고 수신인은 김정훈 위원장이었다. 권희철 제1 서기는 즉시 통신문을 들고 위원장 집무실로 향했다. 미리 연락받은 김정훈은 할아버지 김일성과 아버지 김정일의 대형사진이 등 뒤 벽에 걸린 집무실에서 그를 맞이했다.

"어서 오시오. 서기 동무. 바깥 날씨는 좋습니까?"

"네. 그렇습니다. 위원장 동지. 묘향산에서는 단풍이 벌써 만개했다고 합니다. 오늘 오전에 미제 놈들이 위원장 동지께 전언을 보내왔습니다. 여기 있습니다."

"유엔 대표부를 통해서 왔다면서요? 무슨 일이기에 그랬을지 짐작은 하십니까?"

"제가 어떻게 짐작하겠습니까? 이 전언의 내용이 뭔지는 몰라도 위대하신 김일성 동지와 그 위엄을 물려받으신 위원장 동지님의 손바닥 안에 있지 않겠습니까?"

"그렇지요? 미제 놈들이 남한 때문에 급한가 봅니다. 우리도 남한 문제로 골치 아픈데 미제 놈들까지 골치 썩이다니 말입니다."

그가 전언 봉투를 받아 들며 말했다.

"이 내용이 뭔지는 몰라도 어쨌든 우리도 뭔가 조치가 있어야 하지 않겠습니까? 동지들 모일 준비 부탁합니다."

그의 명령에 따라 권희철은 즉시 정찰총국에 연락해 비상소집 준비를 전했다. 그동안 김정훈 위원장은 미국 대통령의 밀서를 개봉해 읽었다.

-조선 민주주의 인민공화국 노동당 김정훈 위원장 귀하

조선 민주주의 인민공화국 김정훈 위원장님께 미국
정부를 대표해 사무엘 체이스 대통령의 뜻을 다음과
같이 전하고자 합니다.

이 내용은 동북아와 한반도 정세에 관한 미국 정부의
공식 입장이므로 충분히 고려하신 후 좋은 결론을 이
끌어 주신다면 동북아시아 삼국의 관계가 원만하게
이루어지리라 믿습니다.

그러나 귀국과 한국 정부의 일본 정부를 향한 갈등이
앞으로도 지속된다면 가장 우려되는 부분은 바로 중국
이 어떤 행보를 보일지 심히 우려스럽다는 점입니다.

중국의 야욕만 없다면 우리 미국은 두 국가의 영토분
쟁에서 양보할 수도 있으나, 만약 귀국 인민 정부와
한국 정부가 일본과 상대하느라 틈이 보인다고 느낄
지도 모르는 중국 공산당 정부에서 이 기회를 노리고
귀국과 중국 국경선인 압록강을 넘지 않는다는 보장
은 없다고 보입니다.

그러한 이유에서 위원장님께서는 대한민국 정부와
일본의 갈등에서 한 발 빼주시면 고맙겠습니다.

우리 미국 정부의 제안에 따라 위원장님과 우리 미국
의 상호 협조 관계가 이루어진다면 우리는 일본과의
갈등에서 어떠한 역할도 맡지 않는다고 약속드리겠

습니다.

※ 추신: 위원장님을 대리해 지난번 유엔 주재 미국 대표부에서 문 특사님, 그리고 귀국 유엔 대표님과 함께 삼자대면으로 약속한 내용은 우리 측에서 약속 대로 실행하고 있습니다.
상기 전문의 내용은 언론 발표용이라 생각하시면 좋 겠습니다.

-미 합중국 대통령 사무엘 체이스 드림-

'전쟁하지 말라고? 그건 양키 너희들 마음이지 내 마음은 아니야. 중국이 우리 국경을 넘는다고? 우리도 핵이 있는데 감히?'

미합중국 대통령의 친서를 서랍 속에 집어넣은 후 그가 군부에 내 린 지시는 평양 순안공항의 정찰총국 소속 제26 드론 정찰부대의 드 론을 활용해, 동해 원산항 앞 먼바다에 머물러 있는 미 제7함대 전단 을 향한 공중감시 활동 강화였다.

-10월 6일 19:00-
일본 내각

총리 다카키는 미국의 전언 내용이 희망적이길 기대하며 미국 부 통령을 맞이했다. 한국에는 국무부 장관이 갔고 우리에게는 부통령이 왔다. 이게 바로 국력의 차이 아닌가? 총리의 얼굴이 환하게 밝아 졌다.

잠시 후 관방장관을 대동한 미 부통령 리처드 화이트가 총리 관저에 도착해 다카키 총리의 응대를 받았다.

다카키 총리가 반갑게 화이트 부통령의 손을 잡고 악수했다.

"먼 길 오시느라고 수고 많으셨습니다. 부통령님."

"하하. 멀지도 않습니다. 총리께선 귀국과 우리 미국까지의 길이 멀다고 생각하십니까?"

"아닙니다. 아닙니다. 예전부터 우리 두 국가 사이는 항상 가까웠습니다. 새삼스레 멀다니요. 그렇지 않습니다."

다카키의 호들갑에 화이트 부통령이 크게 웃었다.

"그렇습니다. 미국과 일본 두 국가는 항상 가까이 있었고 앞으로도 가까이 있을 거라고 믿습니다. 그렇기에 제가 우리 대통령의 명령을 받고 찾아뵙지 않습니까? 조금도 멀지 않고 힘들지 않습니다."

왠지 모를 불안감이 다카키의 머리카락을 곤두서게 했다.

웃음 속에 칼이 있는 법. 화이트 부통령의 커다란 웃음소리는 그의 불안감을 일으켰을 뿐 아니라 앞으로의 정국도 변화가 있는 것은 아닐까? 하는 의구심도 들었다.

"총리 각하. 저도 귀국과 한국의 갈등에 많이 우려하고 있습니다. 그러나 피차 해결 못 할 일은 아니라고 보는데요, 총리께서는 어떻게 생각하실지 모르겠습니다만, 우리 미국 정부 입장으로서는 귀국의 입장에 대해 매우 우려스럽게 생각합니다."

발걸음을 옮기며 이야기를 나누는 두 거물 정치인의 얼굴은 웃고 있으나 그 속에는 팽팽한 긴장감이 흐르고 있었다.

이윽고 총리 집무실에 접어든 두 정치인은 어색한 기분을 느끼고 자리에 앉았다.

다카키는 뭔가 쫓기듯 초조한 감이 들어서 먼저 말을 꺼냈다.

"그 우려하시는 대마도 문제는 부통령께서도 알고 계시겠지만 우리가 실효 지배한 지 몇백 년은 됐습니다. 그런데 지금 와서 한국 정부가 돌려달라고 하는 건 아무리 생각해도 앞뒤가 맞지 않다고 봅니다. 우리 일본은 대마도를 돌려줄 생각이 전혀 없습니다. 한국의 억지로 인해 돌려준다면 우리는 세계의 웃음거리가 됩니다. 부통령께서도 충분히 이해하시리라 믿습니다."

"그럼요. 충분히 이해하고도 남습니다. 문제는 북한도 길길이 날뛰니 그게 문제입니다. 북한 지도부는 우리 미국도 적대시하고 있기에 말이 안 통하는 그 점이 곤란합니다. 혹시 북한에 대한 좋은 고견은 있으신지요?"

"북한은 끼어들지 못합니다. 귀국의 체이스 대통령이 가만있겠습니까? 제 판단엔 북한은 아마 말로만 떠들 뿐이고 절대 끼어들지 못한다고 봅니다."

"그러십니까? 하긴 제가 대통령이라 해도 북한이 그러지는 못할 것이라 봅니다. 다만 우리 의회가 어떤 결정을 할지 그 점이 문제라고 봅니다. 지금 우리 하원에서는 귀국의 대외부채가 상당하다고 보고 있습니다. 혹시나 전쟁이라도 발생한다면 귀국의 신용도가 상당한 타격을 받으리라 보는데요. 총리께서 그 점은 고려해 보셨습니까?"

전쟁이 발생할지도 모른다는 압박이다.

"그렇지 않습니다. 만약 전쟁이 일어난다 해도 승리할 자신이 있습니다. 그런 이유로 우리 신용도는 전쟁이 일어나도 변동이 없다고 봅니다. 우리의 해외 자산이 있으니까요."

"그 판단이 일리가 있으시군요. 그러시다면 전쟁은 없다고 봐도 무방하겠습니까?"

"한국이 우리 일본을 침략하는 일은 일어나지 않는다고 판단합니다. 우리 역시 한국과 선린관계를 지속해야 하는데 끔찍한 전쟁이라니요. 만약 어쩔 수 없이 그렇게 된다 해도 한국은 우리 일본을 꺾지 못합니다. 우리에게는 국민의 의지가 있고 능력도 풍부합니다. 이 모든 점이 귀국의 지지가 있기에 가능한 일입니다."

'하~~ 이렇게 생각이 깊지 못해서야 원~~!! 우리가 없으면 나라가 제대로 돌아가기나 할까 모르겠네.'

"그러시다면 저는 총리께서 전쟁은 없다고 장담하시니 그대로 우리 대통령께 전하겠습니다. 만약 그런 일이 발생한다 해도 귀국 일본의 능력으로 충분히 감당할 수 있다고 하시니까 저도 안심됩니다."

'이렇게 우리는 이 전쟁에서 발을 뺄 수 있게 됐군.'

이런 결론을 얻은 부통령은 이 어리석은 지도자의 판단을 느낀 그대로, 본 그대로, 들은 말 그대로 백악관에 보고했다.

-10월 7일 21:00-

해상자위대 사세보 지방대

해상자위대 사세보 지방대 지역 총감 사사키 해장보에게 긴급 작전 지휘 요강이 날아왔다.

4평도 채 될까 말까의 좁은 사무실에서 가족사진을 보며 시간을 보내고 있던 사사키는 야간 통신 당직인 2등 해위(중위)의 보고를 듣는 즉시 기밀처리 하라고 말한 후 자신의 사무실로 올려보내라고 지시했다.

"사사키 해장 상. 기밀 보호 파일입니다."

야간통신 담당 당직인 모리 2등 해위는 옅은 푸른빛이 도는 얇은 파일 봉투를 건네고 차렷 자세로 경례한 후 사무실을 나갔다. 일본의 모든 기관 업무가 그렇듯 자위대 역시 아날로그 시대에 머물러 있었다.

메일, 혹은 USB가 아닌 서류 봉투에 작전 지시를 담아 보내다니…

봉투를 개봉한 사사키는 내용을 숙지하고 서류 가장 밑부분의 서명 날인란에 날인 한 후, 벽에 기대어 있는 캐비넷 문을 열고 그 안의 다이얼식 서랍 하나를 열고는 그 속에 기밀파일을 넣고 다시 서랍을 잠갔다.

잠시 허공을 바라보며 한숨 돌린 사사키는 이윽고 인터폰을 들고 모리 2등 해위를 재차 호출했다.

조심스레 문이 열리더니 군화 소리 요란하게 뒷굽을 정렬하며 차렷 자세로 외치는 모리 2등 해위의 구호가 사무실에 쩌렁쩌렁 울려 퍼졌다.

"하이, 해장님. 부르셨습니까?"

사사키는 근엄한 표정으로 명령했다.

"오늘 함정 근무 해좌들을 즉시 모두 소집하라. 시간은 30분 이내로 한다."

"하이, 집합 소집 명받았습니다."

모리의 요란한 군화 소리에 눈살을 찌푸린 사사키는 의자를 한 바퀴 빙그르르 돌렸다.

뒷벽에는 규슈와 시고쿠의 컬러 지도와 더불어 규슈 각 지역의 함정 배치도와 함께 각 함정의 함장들 이름이 포스트 잇에 글로 적힌 채 붙어 있었다. 영락없는 구시대적 전장 모습이었다.

"음~~!!"

신음소리와 함께 고개를 끄덕인 사사키는 서랍에서 메모철을 꺼내더니 뭔가 적기 시작했다. 그는 다른 사람들에게는 근무 상황을 기록하기 위해 메모하고 있다고 했으나, 실은 기억력의 감퇴로 인해 메모를 보지 않으면 업무처리를 제대로 할 수 없을 정도의 인지 능력을 지니고 있었다.

위에서 알면 그는 당장 물러나야 할 일이지만 그는 아직 그 사실을 감추고 아무에게도 말하지 못했다.

그의 나이 54세였다.

일본 전체 좌급(우리의 영관급)의 평균 연령은 45세고 위급(위관급)의 평균 연령은 36세다. 대한민국으로 한정하면 사관학교를 졸업한 초급장교는 많아야 25~26세라 해도 무방하고, 일부 부대에 배속된 소대장의 나이는 말년 병장보다 한두 살 많거나 비슷하겠지만 일본은 아니었다. 그 덕에 일본 자위대 장교의 평균 연령은 대한민국 장교에게는 삼촌뻘의 나이라 해도 무방했다. 징병이 아닌 모병의 결과였다.

그날 밤 사사키 해장보의 명에 따라 사세보 내항을 빠져나가는 함정의 수는 사세보 지방대 소속의 구축함 1척과 호위함 1척, 그리고 미사일 고속정 2척, 총 4척이 쓰시마를 향해 출항했다. 대마도 앞바다에서는 일본의 제2, 제5 호위대의 주축 함정과 사세보 지방대의 함정들까지 총 35척가량 집결해서 기왕에 작전 항행 중이던 여타 호위함대, 호위대 소속의 함정과 호응한 대형함대를 구성하며 촘촘한 방어막을 펼쳤다. 부산의 해군 레이더 기지와 동해 하늘의 P-3C 초계기에서 이 종적을 놓칠 리 없었다.

대규모 함대의 움직임이 서쪽(한국에서 보면 동남해)으로 향하는 것을 확인한 후 국방부 합참에 보고한 시간은 22시였다. 그 목적은 대마도 방어 작전 이외에는 있을 수 없는 일이었다.

-10월 7일 22:00-
외교부 장관 집무실

늦은 시간이지만 일본 군함들의 대마도 집결을 묵과할 수 없는 이명재 정부의 외교부 장관 윤진현은 미국 대사에게 전화했다.

"대사님. 늦은 시간에 전화드려서 대단히 죄송합니다. 22시 현재 일본 사세보 지방대의 이지스함 한 척과 호위함 두 척이 또다시 대마도를 향해 출항해서 여타 호위함대 함정과 작전을 벌인다는 보고가 들어왔습니다. 전투함의 출항이 뜻하는 목적은 우리를 향한 명백한 군사도박이라 판단합니다. 우리 정부는 일본 해상 자위대 군함의 집결을 전쟁의 시작이라고 판단하기에, 우리는 이에 맞대응하기 위해 우리의 군사력을 총동원해 우리 국민의 안전을 지키겠습니다. 우리 정부의 이 결정을 연합사 사령관님께 전해 주시면 감사하겠습니다."

할 말만 하고 전화를 끊은 그는 청와대로 출발했다.

장관들은 모두 청와대 지하 벙커에 모여 상황을 예의 주시하고 있었다.

설마 하던 일이 벌어지자 아닌 밤중에 홍두깨가 따로 없었다. 맥클레인 대사는 급히 백악관 직통 전화로 체이스 대통령을 찾아 이 사실을 보고했고, 체이스 대통령 이하 정부 고위 각료들이 순식간에 백악관 대회의실에 모였다. 그러나 마땅한 대응책이 보이지 않아 경솔하게 대응하지 않기로 했다.

-한국 시간 10월 8일 10:00-
네덜란드 헤이그 국제 사법 재판소

국제 사법 재판소 대변인 헨리크 욜센이 기자회견을 자청했다. 재판소 건물 내부 중세기 풍의 예술적 취향이 가득한 화려한 인테리어에 둘러싸인 기자회견장에 등장한 욜센 대변인의 안색은 몹시 긴장한 듯 하얀 얼굴이 더욱 창백하게 보였다.

연단의 마이크를 곧추세운 욜센 대변인은 잠시 물 한 컵을 마신 후 들고 있는 파일을 열더니 이윽고 입을 열었다.

"금번 대한민국과 일본 두 국가의 영토분쟁에 관한 의견을 우리 국제 사법 재판소에서 확인하고 파악한 입장을 국제사법재판소 소장님의 허락하에 여러분께 알려드리고자 합니다.

지난 2023년 6월에 대한민국 정부가 본 국제사법재판소에 제소한 내용은 이미 모두 아시다시피 한국과 일본 양국의 대마도 영유권에 대한 분쟁의 해결을 위해 본 재판소에 접수된 내용입니다. 이 안건은 본 재판소의 현명하신 재판관님들께서는 이미 오래전에 이루어진 미국과 일본의 영토분쟁인 오가사와라 제도 반환에 관한 전례가 있으나 이에 대한 해결책의 권고, 혹은 제시에 대한 예측이 매우 어렵습니다만 당 소송 역시 이 분쟁과 유사한 형태의 소송이라 판단하고 있습니다.

이를 토대로 저 개인적 판단에 따라 조심스레 추측한다면 이 소송 건에서는 그 당시의 판결에 준하는 결정이 이루어지리라 예측합니다.

다만 저의 미숙한 예측과는 별개로 우리 재판소는 대마도 반환 소송으로 인해 대한민국과 일본 양국이 전쟁 직전까지 이어지게 된 점을 너무나 심각한 사안으로 인식해 깊이 염려하게 되었으며, 따라서 위급한 양 국 정세가 진정할 수 있는 국면을 마련하기 위해 이 소송에 대해 조속한 결말을 짓기 위한 긴급 예비 심사에 착수했습니다.

우리 국제사법재판소의 모든 직원은, 전쟁은 어떠한 명분의 전쟁이라도 발생하지 않아야 할 인류의 재앙이라고 판단합니다.

그러므로 본 국제사법재판소에 소속된 모든 직원은 이 소송의 심사 결과가 양 국민의 귀중한 인명과 재산을 보호할 수 있다면 빠른 시간에 결정해야 한다고 의견 일치를 보았습니다. 대한민국 정부와 일본 정부는 국제사법재판소 입장과 전 세계의 평화를 위해서라도 이러한 갈등이 더 이상 크게 번지지 않도록 해 주신다면 감사하겠습니다.”

오가사와라 제도 반환에 대한 전례를 빌미 삼아 일본을 압박하는 이 성명으로 일본은 사면초가에 몰리게 되었다. 이 발표로 인해 미국, 중국, 러시아, 영국 등 열강은 한·일 전쟁의 결과를 예단하며 일본 미래에 대한 의구심을 증폭시켰으나, 오히려 한국 정부는 호랑이가 날개를 단 격이었다.

한국 동남부 해안과 일본 대마도 근해에는 대마도를 중심으로 동쪽 근해에는 일본 제2, 제4 호위함대 소속 호위대와 지방대를 비롯해 타 호위함대에서 증파한 10척을 포함해 총 40척 정도로 구성한 대규모 함대가 진을 치고 있었고, 한국 해군에서는 주력 함정인 이지스함 3척 중 세종대왕함만 제외하고 모두 서귀포항과 진해항으로 철수한 상태였으나 그래도 구축함과 초계함 상당수를 산개, 배치했다. 어리석은 일본 해상 자위대는 한 곳으로 집중한 함정들은 전쟁 발발 시 적의 공격에 얼마나 취약한지 깨우치지도 못했다.

-10월 8일 11:30-

대마도 북쪽 사세보 지방대 소속 미사일 고속정 카와쿠라함

6일 아침에 벌어진 한국 여객선에 가한 총격 사건은 이미 일본 전국에 퍼졌다. 이 사건을 시작으로 전쟁을 대비하고 있던 일본 자위대는 만반의 준비를 하고 있었다.

쓰시마 앞바다를 순시 중인 미사일 고속정 카와쿠라함 함장 2등 해좌(중령) 유키 마사무네는 갑판에 올라선 후 서쪽 방향 한국 측의 고요한 바다를 보고 '폭풍 전야가 따로 없구나.' 하며 눈에서 망원경을 뗐다.

그가 망원경을 떼자마자 낮은 하늘에 수면을 따라 주황색 불꽃 하나를 길게 그으며 쏜살같이 날아오는 물체를 봤다. 그 물체는 정확하게 카와쿠라함 50m 전방에 떨어지며 커다란 물거품과 함께 엄청난 폭음을 일으켰다.

그리고 크게 흔들리는 배 위에서 마사무네 함장은 즉시 조타실로 뛰어 들어가며 선내 방송으로 크게 소리쳤다

"모두 전투 준비~!"

함정 내부는 요란한 경고음과 함께 레이더 스크린이 급하게 돌아가기 시작했고 그는 직속상관인 사세보 지방대 기함 4,000톤급 대형 호위함 묘코함의 함장인 후지와라 1등 해좌에게 긴급무전을 보냈다.

"하이. 카와쿠라함 마사무네입니다. 한국에서 발사한 것으로 보이는 정체 미상의 미사일이 본 함 전방 50m 앞에 투척됐습니다. 명령을 바랍니다."

"알았다. 명백한 전쟁 시작이다. 지금 카와쿠라함 서쪽 좌표 09;15, 13㎞ 전방에 한국 고속정이 레이더에 들어 있다. 우리 함정이 SM-1 발사 준비하고 있으니 카와쿠라는 기다려라. 이상."

잠시 후 후지와라의 명령과 동시에 제2 호위대 소속 묘코함에서 발사한 하푼 대함 미사일은 마하 3의 속도로 날아갔고, 15초 후 대한 민국 호위함인 1,500톤급 울산급 호위함에 명중해 침몰시켰다. 이에 승무원 118명 전원이 피격으로 인한 사망과 침몰로 익사하며 단 한 명의 생존자도 없었다.

-10월 8일 11:40-

〈선전포고〉

청와대 대변인 고형숙이 침통한 표정으로 기자실에 들어오더니 자리에 모여 수군대는 기자들을 향해 큰소리로 말했다.

"방금 우리 군함이 일본 함정에서 발사한 미사일에 피격되어 장병 모두가 순국했습니다. 이에 대통령 각하의 명령으로 긴급 기자회견 을 할 예정이니 모두 준비해 주십시오."

기자들은 모두 놀라서 벌떡 일어났고 이에 분주히 카메라를 챙겨 들고 대변인의 입을 향해 렌즈 초점을 맞추며 본사에 알림과 동시에 생중계 준비를 시작했다.

청와대의 긴급 발표가 각 방송국을 통해 전국에 생중계되었다.

화면에 등장한 고형숙 대변인은 침통한 표정이 가득 찬 잔뜩 굳은 얼굴로 대본도 처다보지 않으며 카메라를 정면으로 주시한 후 말을 꺼냈다.

"잠시 후 이명재 대통령께서 한일 양국 간의 극도로 긴장된 군사적 대결에 대해 국민 여러분께 말씀드리고자 합니다. 저로서는 이 심각한 사태에 대해 더 이상 말씀드리기가 힘듭니다."

고 대변인의 커다란 눈에 갑자기 눈물이 그렁그렁 맺히며 연단에서 물러섰다.

이 장면을 보던 시청자의 눈이 크게 휘둥그레지며 '대체 무슨 일이지? 사건이 크게 벌어졌구나.' 하는 짐작이 들었다.

이윽고 연단 후문이 열리며 연단 앞으로 다가선 이명재 대통령은 줄지어 뒤따라 들어오는 정부 고위 인사들과 자리에 도열 한 후 입에서 무거운 탄식과 함께, 잠시 고개를 숙이며 기도를 드리는 자세를 취하더니 얼굴을 들고 카메라를 바라보고 입을 열었다.

"국민 여러분, 방금 아주 심각한 사태가 벌어졌습니다. 대마도 근해에서 작전 중이던 우리 군함을 향해 일본의 해상자위대가 미사일을 발사해 우리의 소중한 자식이자 친구, 그리고 미래가 창창한 118명의 젊은이의 생명을 앗아갔습니다.

저는 이 사태에 대해 정말로 침통한 마음이 들지 않을 수 없으며 일본의 후안무치한 함포 사격에 대해 분노의 감정 또한 멈출 수 없습니다. 저들은 군사적 대결을 뜻하는 선전포고조차 없이 미사일을 발사해 우리 함정을 침몰시켰을 뿐만 아니라, 궁극적으로는 무력으로 우리의 위대한 조상들께서 가꾸어 놓으신 한민족의 정기와 한반도의 침탈을 목적으로 하고 있습니다.

이에 저는 우리 정부의 책임 있는 분들과 상의한 후 다음과 같은 결정을 내리게 되었습니다. 국민의 생명과 재산을 보호하기 위해 헌법이 명시한 그대로 저는 이 사태를 바로잡고 한민족의 자존심과 번영을 위해 일본의 무력에 맞서, 우리 역시 똑같이 무력을 사용할 것을 결정했습니다.

정부는 우리 대한민국의 모든 인적, 물적 자원을 동원해서 일본과 군사적 대결을 할 것이며 일본이 천년 넘어 저지른 만행에 대해 복수를 할 것입니다. 국민 여러분께서는 침착하게 정부를 믿으시고 전장으로 나아가는 우리의 소중한 젊은이들에게 무운을 빌어주시길 바랍니다.

전 군은 전투에 임해 백전불패의 각오로 오랜 세월 켜켜이 쌓인 수많은 감정의 앙금을 없애 버릴 것이며, 앞으로 일본 민족은 다시는 이런 못된 짓을 저지르지 못하도록 온 힘을 아끼지 않을 것을 약속드리겠습니다.

2024년 10월 8일 11시 40분을 기해 전시에 돌입할 것이니 국민 여러분께서도 국가가 존재해야 국민도 있다는 사실을 직시하셔서 목숨 걸고 전투에 임하는 우리의 사랑하고 소중한 멋진 젊은이들에게 힘을 더해 주시길 바랍니다."

이 방송은 생방송으로 전파를 타고 전 세계로 타전되었고 몇 년 전 발생했던 러시아와 우크라이나의 전쟁에 이어 또다시 이웃 국가 간의 전쟁이 발생하게 되었다.

기자회견 방송을 보며 침통한 분위기에 젖어 있던 전 국민은 분노에 휩싸였다.

이명재 정부는 절차에 따라 즉시 전시 내각 국무회의를 개최해 전쟁 수행을 위한 법적 절차에 따라 국방부 장관 양대석을 총사령관으로 임명했다. 전시에 현직 군인이 아닌 내각의 장관을 총사령관으로 임명한 조치가 매우 예외적이었으나, 이 전쟁의 특수하고 파격적인 기밀 내용을 속속들이 알고 있는 각 장관이 모두 찬성했기에 임명 절차는 극히 간단하게 이뤄졌다.

이 전쟁은 전술적 역량도 중요하지만, 전략적 가치가 더 소중한 전쟁이기에 내려진 결정이었다.

이제 국회에 통보하는 절차만 남겨두었고 그 문제는 청와대 박원주 안보 수석 실장이 직접 여의도에 방문해 국회의장에게 통보하기로 결정했다.

-10월 8일 11:45-

총사령관 양대석은 이명재 대통령의 명령에 따라 총사령관직을 부여받은 후, 화상 합참 회의를 개최하며 삼군 사령관 및 육군 미사일 부대와 해군 잠수함 부대의 작전참모에게 작전 명령을 하달했고, 이어서 곧바로 맥클레인 미국 대사에게 전화했다.

맥클레인 대사는 백악관과의 통화망을 상시 개방한 채 대기 중에 양대석 총사령관의 전화가 연결되자 얼른 수화기를 들었다.

인사를 나눌 겨를도 없이 양대석 사령관이 말했다.

"대사님, 아쉽게도 전쟁이 발발했습니다. 우리 젊은이들이 포고조차 없이 발사한 일본 함정의 포탄에 순국했습니다. 우리는 이에 굴하지 않고 일본과의 전쟁을 거부하지 않을 것이며, 일본에 머물러 있는 귀국의 인명과 재산에 부디 큰 피해 없도록 조치해 주시면 고맙겠습니다. 또한 한국 영토에 있는 미국인을 포함한 모든 외국인의 안전을 완전히 보장할 것을 알려드립니다."

그게 끝이었다. 맥클레인 대사가 뭐라 할 틈도 없이 전화가 끊겼다.

곧이어 대한민국은 전시 사령부의 명령에 따라 전국에 동원예비군 소집 명령이 떨어졌으며 각 군수공장은 탄약을 비롯한 각종 무기 생산 가동에 전속력으로 돌입했다.

어느새 전국에 산재한 각 예비군 부대에는 입대를 자청하는 예비군들이 연령 불문하고 일거에 몰려들기 시작했다. 그리고 미국 대사에게 전한 내용에 따라 미군의 안전을 위해 미군 기지 안으로 한국 경찰의 기지 내 진입 허가를 요청했다. 미국은 울며 겨자 먹기로 이 요청을 받아들일 수밖에 없었다.

양대석 총사령관의 지시로 작성한 작전명 〈커튼 작전〉이 즉시 민홍철 공군 참모총장에게 내려졌고, 민홍철 대장은 〈커튼 작전〉의 전개를 예하 공군 부대에 하달했다.

이 작전은 이미 전쟁을 예상해 사전에 기획된 작전이며 전쟁 준비 과정에서 충분한 검토와 한국 공군의 전력을 고려해 선택한 최초의 대일 공격 전략이었다.

〈커튼 작전〉

1. 일본 항공 자위대 공중 경보기는 우리 공군의 공대공 미사일 발사 파괴, 동시에 일본 대마도 서부, 북부 해안의 함 대 함 순항미사일 적재 이지스함 5척을 천둥 3-C 장거리 순항미사일로 공격, 파괴

2. 항공자위대 주요 비행장 활주로 공군 장거리 순항미사일로 파괴

3. 일본 서부 해안가 방공망(레이더, 요격미사일) 기지 파괴

4. 주요 사회 간접시설(전력, 통신, 발전 시설, 항만 파괴)

5. 도쿄 진입 비둘기 생포 침투부대 요청에 따라 장거리 순항, 탄도 미사일 도쿄 시내 정밀 타격

상기 내용 중 3, 4, 5호 작전은 전국의 전략 미사일 부대와 북한 군 당국에 지침을 하달, 및 전달한다.

이에 각 부대는 차질 없이 공습에 임할 것을 당부한다.

이상 제군들의 무운을 빈다.

-10월 8일 11:45-

동해 상공

민홍철 공군 참모총장의 명령에 따라 〈커튼 작전 1, 2〉를 수행하기 위해 공군 제11 전투비행단의 대구 공군 비행장에서 F-15K 2개 편대 8기가 떴다. 곧이어 청주 공군 비행장의 활주로에서도 최신예 F-35A 스텔스 전투기 8기가 이륙했고, 두 곳의 비행장에서 뜬 전투기들은 3분 후 동해 울릉도 10,000ft 상공에서 각 4대씩 총 4개 편대를 이루며 다이아몬드 대형으로 비행했다. 다만 4개 편대의 편제 비행은 매우 특이하게도 F-35A 스텔스기 2개 편대 8기는 F-15K 8기와 약 1㎞의 상하 간격을 두고 F-15K 바로 위 상공에서 똑같은 속도로 비행했다.

일본 지상 레이더와 상공의 공중 조기경보기 레이더에서 볼 때 각 레이더에는 각 4대씩 2개의 다이아몬드 편대로 이루어진 F-15K 8기만 보이는 형태여서 F-35A 전투기를 F-15K기가 커튼으로 가리듯 뚜렷하게 보이지 않기에 붙인 작전명이다.

이 편대 비행 작전은 전쟁 개시 이전에 한국 공군이 공중에서 여러 각도로 수십 번 모의비행을 한 결과 지상의 우리 군 레이더 기지와 하늘의 조기경보기도 탐지하지 못한 편대 비행이어서 일본 조기경보기 역시 두 종의 전투기 중 F-15K만 보였다.

당연히 일본 서부 고마쓰의 중부 항공자위대 기지에도 동해먼 바다 상공의 조기경보기 E-767 제502호기에서 이를 탐지한 레이더 탐지 정보가 들어왔다.

한국 전투기의 이륙으로 불시에 비상이 걸린 항공자위대는 즉각 고마쓰 기지의 F-35A 3개 편대 12기를 편성하고 동해 상공으로 출격해 한국 F-15K와 대치시켰다. 이들의 레이더에도 한국 F-15K 8기의 모습만 뚜렷이 보이고, 덕분에 일본 조종사들은 한국 공군의 F-35A 스텔스기를 파악하지 못했다.

동해상의 독도를 지나쳐 공해상에 들어선 한국 스텔스 전투기들이 갑자기 -편대 헤쳐- 형태로 변하더니 F-35A 8기가 애프터버너를 점화해 속도를 올리고 순식간에 고도 35,000ft 이상으로 급상승했다. 동시에 F-15K 8기는 대마도를 향해 남측 방향으로 선회한 후 상공 20,000ft 중고도에서 서쪽으로 크게 기수를 돌리더니 대구로 귀환했고, 이 F-15K 기의 이동 경로는 동해 먼바다 상공에서 경보 시스템을 작동하던 일본 조기경보기가 예측한 한국 공군이 공격할 것이라는 예상을 완전히 빗나가게 한 작전이었다.

그들은 한국 전투기 8기가 분명히 일본 영공을 향해 비행하는 것으로 보였으나. 공격은 하지 않고 어느 순간 갑자기 기수를 돌려 본국으로 되돌아가는 점을 이해할 수 없어 어리둥절했다. 일본 E-767 조기경보기의 레이더상에는 큰 물체인 F-15K 8대만 보이고 바로 위의 F-35A 스텔스기는 레이더상 불과 $0.001m^2$ 크기라 제대로 판별하지 못한 결과였다.

덕택에 일본의 F-35A 스텔스 전투기 2개 편대가 방향을 바꾸고 한국의 F-15K 전투기를 따라 남쪽 대마도 방향으로 선회한 후 본토 방향으로 기수를 돌렸다. 애석하게도 F-15K만 눈에 띄었으니 그럴 수밖에 없었다.

그리고 이 착오는 처참한 결과를 내고 말았다.

2년 전 우주로 쏘아 올린 누리 2호 발사체에 탑재해 궤도 비행 중 분리했던 큐브 위성 4개는, 그중 2개가 다보아 정찰 첩보위성이다.

F-35A 스텔스기 조종사들은 35,000ft 상공에서 각각의 기수를 임무에 따라 각자의 공격 방향으로 돌리고 이 첩보위성에서 보내는 수신장치를 가동하기 시작했다. F-35A 스텔스 제1, 제2 편대 총 8기 모두 이 2개 위성 중 하나인 SH-202호 위성에서 보내는 신호를 포착했다.

사방 50㎝ 크기의 무게 15㎏에 4,096개의 눈이 64개씩 정사각 형태로 지상을 향해 정렬한 눈이 달린 첩보위성의 이름은 다보아 위성 1호기, 2호기(SHADOW-201, 202: 약칭 SH-201, 202)이다.

이 첩보위성에 부착한 고광도 초정밀 CCD 전자광학, 적외선 겸용 카메라에서 무려 1억 8,000만 화소의 화질을 자랑하는 영상이 피사체의 거리를 1회소 당 2m씩 구획한 후 촬영해 확보한 자료를 보내온 신호는, 첩보위성 2기 각각 지구 반대편에 자리해 번갈아 지상 600㎞ 상공의 이동 궤도를 순회하며 일본 조기경보 통제기의 위치를 알려주는 신호였다. 이 카메라는 지상의 골프공 크기인 약 5㎝의 크기까지도 식별이 가능한 초고성능 카메라였다. 정말 엄청난 대한민국 IT 기술의 결정체라 하지 않을 수 없었다. 다만 이 위성이 고고도의 정지궤도에 머물만한 기술력을 확보하지 못한 점이 아쉬웠다.

이 위성이 보낸 정보 자료 수신장치는 이미 지난 8월 북한 전략로켓군에게도 수신 작동법을 가르쳐 주었고, 그에 따라 북한 로켓(미사일) 부대에서도 그 신호를 수신하고 있었다.

결국 변화무쌍한 커튼 작전에 휘말려, 일본 하늘의 조기경보기 탐지시스템은 처음 보는 적기 편대 비행의 정체를 제대로 파악하지도 못한 채 락 온(Lock On) 당했으나 때는 이미 늦어도 한참 늦었다.

다보아 2호 위성의 신호에 따라 대한민국 공군의 F-35A 스텔스기 8대는 각각의 위성 신호를 수신하며 일본 본토 상공과 동해의 먼 쪽 일본 근해, 그리고 일본 서부의 규슈 상공 등에서 비행하던 일본 조기경보기 E-767기 2대와 E-2D 2대 등 모두 4기를 표적으로 삼을 수 있었다.

편대장 박일우 중령이 편대에 무선을 보냈다.

"편대 2호기, 나는 알파, 브라보 조준, 2호기는 챨리, 델타 타겟 맡을 것. 나머지 3, 4, 5, 6, 7, 8호기는 지상 명령에 따라 커튼 2호 임무 완수하도록. 라저."

"2호기 수신, 2호기 수신, 라저."

F-35A 스텔스기 8대의 AESA 레이더에 일본 조기경보기임을 확인하는 시그널이 점점 가까운 위치로 이동하며 깜빡거렸다.

이윽고 공대공 KAIM-200 미티어 미사일 사거리 내 200㎞로 마주 오던 일본 조기경보기 E-767 두 대를 향해 커튼 작전 편대장인 박일우 중령이 올해 2024년 초 개발에 성공한 사정거리 400㎞의 미티어 미사일 2발을 발사하고, 곧이어 편대 2호기에서도 남은 2대의 일본 E-2D 조기경보기를 향해 각각 1발씩 2발을 발사하고 기지로 기수를 돌렸다.

마하 4.5의 속도로 날아간 4발의 미사일은 발사 30초도 채 지나지 않은 시간에 일본이 자랑하는 조기경보기 4대를 강타했고, 피격된 4

대의 항공자위대 조기경보기는 순식간에 일본 서부 해상 허공으로 화려한 불꽃과 조각조각 깨어진 파편 흔적을 흩뿌리며 동해 바닷속 깊이 추락했다.

일본 공중 경보기의 후미에서 이 미사일 공습을 뒤늦게 파악한 항공자위대 F-35A 전투기 3개 편대 중 1개 편대는 자국의 공중 조기 경보기가 산산조각 나는 광경을 지켜봐야 했고, 한국의 F35-A 전투기는 일본 F35-A 전투기의 요격미사일 사거리를 벗어난 채 유유히 상공을 빠져나갔다.

무사히 작전을 마친 박일우 편대장은 본부에 타전했다.

"본부, 본부, 커튼 1호 열렸다."

한편, F35-A기 공격 직후 다보아 1호는 이와꾸니 비행장에 2대, 미사와 비행장에 계류 중인 2대 등 일본 전국 각지의 비행장에 계류 중인 조기경보기 총 10대의 위치정보를 확보해 곧바로 지상 작전사령부에 송신했고, 지상의 좌표 설정을 수신한 나머지 F-35 6대는 이를 목표로 사거리 500㎞의 공대지 미사일 AGM-84L 각각 2발씩 총 12발을 조준, 발사했다. 이 공대지 미사일들은 지상의 조기경보기 10대는 물론이고 활주로까지 사용 불능이 되도록 폭파했다.

'개싸움은 상대 눈탱이부터 선빵 날리면 이길 확률이 높지!'

박일우 편대장이 중얼거리며 본국의 작전사령부에 커튼 1, 2호 작전 성공을 알리자, 이 정보는 즉각 북한의 전략 로켓부대로 송신되어, 북한 화성 7호, 13호, 대포동1호 등 사정거리 2,000㎞ 내외의 탄도미사일 100여 발이 동해를 건너 항공자위대 중부 주요 기지인 미사와 기지 등, 일본 곳곳의 항공기지 활주로를 폭파해 전투기를 포함한 모든 항공기의 발을 묶었다. 이와 동시에 남한은 천둥-3C호 순항미사일 200기 이상을 발사해 일본 서부 해안에 활 형태로 길쭉하게 자리 잡은 주요 방공미사일 기지와 레이더 기지, 그리고 후추 기지의 항공자위대 레이더 기지를 철저히 파괴했다.

오키나와, 홋카이도를 제외한 일본 전국 곳곳에 흩어져 있는 항공자위대 기지의 활주로는 남북이 협의해 사전에 목표물을 각각 나누어 발사한 탄도미사일과 순항미사일의 융단 폭격으로 차례차례 파괴되었고. 20분도 채 지나지 않아 일본이 자랑하는 항공자위대 전력은 완벽하게 무용지물이 됐다.

이 두 번의 남북한 육, 공 미사일의 합동 공습으로 인해 일본 서부 육상 및 해상과 항공 주요 방공레이더망, 요격미사일 기지, 그리고 주요 비행장의 활주로 등이 순식간에 초토화되었다. 물론 이 공격의 성공은 미사일 적외선 탐지 회피 장비인 DIRCM의 도움이 가장 큰 덕분이었다.

천만다행으로 미군 기지와 장비는 모두 철수한 후라 피해가 없었다.

-10월 8일 12:00-

청와대 지하 벙커 작전 본부

한반도를 중심으로 서태평양 상공을 지나며 지상의 일본 기지 사진을 찍는 임무를 담당하는 군사 첩보위성 다보아 1호가 대마도 근해에서 작전 중인 일본 함정과 해상자위대 기함이 머무는 군항을 중점적으로 촬영해 전송한 사진이 부산 해군 작전 사령부에 도착했다. 이 사진을 전송받아 판독 결과를 보고받은 양대석 총사령관은 대마도 근해의 일본 해상자위대 전함을 목표로 천둥-3B, 3C 순항미사일 부대에 또다시 발사 명령을 내렸다.

이와 동시에 이명재 대통령의 선전포고 훨씬 이전인 지난 9월부터 준비 태세를 완비한 채 대기하고 있던 부산, 울산, 거제도, 제주도 등의 미사일 기지에서 다보아 1호의 GPS 신호 수신과 유도에 따라 일본 서부의 대도시에 천둥-4A, 4B, 4C 등 사정거리 각각 1,000㎞, 1,500㎞, 2,000㎞ 이상의 장거리 탄도미사일 약 200발 이상이 한꺼번에 날아갔다.

또, 일본 제1, 2, 3, 4 호위함대의 이지스함 8척과 각종 호위함 16척, 그리고 일본 해상자위대 군항을 향한 천둥-3B, 3C 순항미사일은 1차 공습 목표에서 제외됐던 소규모 일본 항공자위대 레이더 기지와 방공부대 레이더, 미사일 기지 등 총 60곳 이상의 목표도 정확하게 타격해, 남북한의 탄도, 순항미사일은 일본 해상, 항공자위대의 전력을 완전히 마비시켰다.

여타 선진 군사 강국에 비해 월등한 정밀함과 성능을 자랑하는 첩보위성 다보아 1호가 좌표 설정한 천둥-3B, 3C 순항미사일 공습으로 요코스카 해군기지의 제1 호위대와 제6 호위대 DDG급 이지스함 마야함과 기리시마함이 부두 내에서 침몰했고 기타 호위대군 기지인 요코스카, 사세보, 마이즈루, 구레, 오미나토 기지의 이지스함 등 총

22척의 함선도 순식간에 바닷속으로 수장되었다.

불과 10분 사이에 벌어진 남북한 동시의 세 차례 미사일 공습으로 일본 항공, 해상 전력은 거의 괴멸했다. 그러나 이에 그치지 않고 일본 관서 지방 대도시의 주요시설인 전신전화국, 이동 통신 기지국, 발전과 전력 송전시설 등에 대해서도 엄청난 수의 미사일 폭격이 퍼부어졌다.

혼슈의 히로시마, 나고야, 규슈의 후쿠오카, 나가사키, 키타 규슈 등의 대도시가 정밀한 순항미사일의 타격으로 도시 중심가는 마치 불꽃놀이 하듯 화염에 휩싸였다. 이 폭격으로 한일 전쟁은 오래전부터 준비된 한국의 전쟁 시나리오에 따라 계획된 전쟁이란 것이 증명되었다.

그러나 그렇다고 해서 전쟁의 판도가 달라질 이유는 없었다.

이 순간에도 한반도 상공 21,000㎞의 정지궤도에 머물러 있는 미국 첩보위성은 남한과 북한의 미사일 공습을 하나도 빠짐없이 영상 자료로 확보했다.

-10월 8일 12:00-
북한 조선 중앙방송

북한 조선 중앙방송 제1 방송의 화면이 김일성의 항일 전쟁 시리즈 방영 도중 예고도 없이 바뀌더니 익숙한 이정희 앵커의 목소리가 울려 퍼졌다.

"방금 들어온 소식에 따르면 오늘 낮 11시 30분에 일본 제국주의 왜구 놈들이 우리 민족인 남한의 군함을 향해 대포를 발사했습니다. 이 포탄에 남한 해군 120여 명의 목숨을 일거에 빼앗겼으며 함정은 가라앉았다고 합니다.

이에 따라 남한 정부는 즉시 왜구와의 전쟁을 선포했으며, 이 급박한 사태를 보고받으신 우리의 위대하신 영도자 김정훈 동지께서는, 같은 핏줄인 남한 동포의 피도 우리와 똑같은 한민족의 피라고 말씀하셨습니다.

이에 우리 조선 민주주의 인민공화국은 위대하신 지도자 김정훈 위원장 동지의 지시로 민족의 천년 원쑤인 왜구의 악랄한 침략 욕심을 꺾기 위해서 북조선 인민군도 참전하기로 결심하시고, 전 인민군의 무장과 동시에 일본과의 전쟁에 참전할 것을 결정하셨습니다. 만약 왜구의 포탄 한 발이 한반도 땅에 떨어진다면 우리는 100발로 보답할 것이고 10발이 한반도에 떨어진다면 우리는 우리가 가진 최고의 무기로 히로시마와 나가사키처럼 왜구들을 섬나라에서 모조리 없애 버릴 것입니다.

특히 미 제국주의자들은 남북한 동포의 고유 영토인 대마도를 되찾는 일본과의 전쟁에 발을 딛는 순간, 미 제국주의자들도 분명한 책임이 있다는 점을 우리의 지도자이신 김정훈 위원장 동지께서 특별히 강조하시며 말씀하셨습니다.

그러므로 미 제국주의자들은 왜구들 땅에서 즉시 철수해야 할 것을 주장하셨으며, 남북한 동포들의 소망인 우리 땅을 되찾는 전쟁에는 단 한마디의 발언권도 없다고 강조하셨습니다.

그러나 미국인과 미군들이 철수하지 않고 버틴다면 이는 곧 왜구의 편을 든다는 점을 확인하는 꼴이기에, 우리는 부득불 미 제국주의자들의 인명과 재산에 손실을 끼칠 수도 있으며, 이것은 전적으로 왜구들 편에 서서 조선 민족의 앞날을 가로막는 행패이기에 그 책임은 미국 당국에 있다고 하지 않을 수 없습니다. 미국인과 미군들은 조속히 왜구들 땅에서 물러나 남북한 조선 인민들의 희망을 꺾지 말 것이며, 두들겨 맞고 후회하지 말고 두들겨 맞기 전에 물러나야 합니다.

마지막으로 일본에 거주하는 모든 외국인도 빠른 시간에 각자의 본국으로 돌아가시어 피해가 없도록 하십시오. 이 역시 우리는 미리 알려드렸으니 사고가 발생해도 우리에게 책임을 묻는 일은 없어야 합니다. 이 성명은 미국을 막론하고 각 나라는 지금 즉시 자국인의 철수를 위한 조치를 해야 하고, 그 후의 일에 대해서는 일체 책임을 지지 않겠다는 언질입니다. 부디 일없는 수많은 외국인의 목숨은 다치지 않도록 하길 바랍니다."

북한이 일단 미사일부터 먼저 쏜 후의 성명 발표가 매우 우스꽝스러웠지만 전쟁의 불확실성은 그 누구도 예측할 수 없는 것 아닌가?

강경한 어조의 북한 앵커 목소리에 일본 주재 각국 대사관은 일제히 난리통에 빠졌다. 결국 북한 당국도 이 전쟁에 참여해 일본을 상대하겠다고 선포하고, 전쟁은 이제 본격적으로 남북한과 일본의 대결로 이루어졌다.

이어 북한의 평안북도 태천 비행장에 주둔한 기습디격 진단의 An-2 경비행기 40대가 오래전 적지 침투 요인 암살, 주요 구조물 폭파 등의 특수임무를 담당했던 124군 부대 후신인 북한 제22 특수 작전부대(남한 측 명칭: 특작대)원 2개 대대 16명의 장교와 대대 병사 약 400명을 싣고 북한 내륙을 관통해 동해안을 따라 동해상의 울릉 공항과 김해 공항으로 출항했다.

두 곳의 공항에 도착한 북한의 경비행기는 특작대원들을 내린 후 남한 군부의 도움으로 경비행기에 알맞은 무장을 장착하고 규슈 해안 상륙기습 작전에 필요한 무장을 완료했다.

-10월 8일 12:20-

남해안 모처 해군 비밀 수중기지

이 비밀의 수중기지는 지난 문재연 정권 초기 집권 때 남해안의 동부 해역과 서부 해역 두 곳에 각각 건설에 착수해 약 3년간의 공사를 거쳐 완공했다. 이 수중기지 건설로 한국의 잠수함은 군항에 접안한 후, 군이 수면에 떠오르지 않고도 각종 작업을 할 수 있었으며, 이로써 잠수함이 외부에 노출되지 않고도 머물 수 있는 기항이 마련됐다. 그 형태는 수압을 대비해서 정확한 원형의 구(球) 형태를 갖춘 지름 80m, 높이 25m의 거대한 크기로 수중 50m 아래에 위치했으며, 덕분에 근무자들은 '문어 대가리'라는 별명으로 불렀다.

외해를 향한 전방에는 중심에서 각각 30° 각도로 뻗어나간 6개의 길쭉한 길이 약 400m의 마름모꼴 대형 터널이 자리하고 있다. 그 반대쪽, 즉 육지로 향한 방향의 또 다른 2개의 터널은 육지와의 연결이 가능한 구조였다.

외해로 향한 반원의 중심에서 약간 벗어나 좌우 각 세 개씩 자리한 6개의 터널 중, 중심 부분 2개의 큰 터널의 크기는 미래의 초대형 핵 잠수함 도입을 대비해 둘 다 출입구 지름이 20m였고, 나머지 4개 터널은 그보다 작은 4,000t급 미만의 잠수함 출입이 가능한 16m 크기로 건설되었다. 더구나 2개의 대형 터널 각각의 내부에서는 아무도 모르는 8,000t급의 한국형 핵 잠수함 두 척을 건조 중인 사실은 극비 중의 극비에 속했고, 대형 터널 더 깊숙이 들어간 가장 깊은 내부 공간에서는 수소 핵 융합실험, 즉 수소폭탄 제조가 이루어진다는 사실 역시 극비 중의 극비였다.

이 초극비에 속하는 수중기지는 한 민간 발명가가 특허 출원한 기술이었으나, 그 가치를 한눈에 알아본 국방부 관계자가 그 발명가에게 접근해 적절한 가격으로 특허권을 매입한 결과물이었다.

각 터널은 개, 폐가 가능한 3중(重)구조 터널의 3단 조합으로 이어져 있으며 제1단 터널구조는 출입에 필요한 구조였고, 제2단 터널구조는 잠수함 입고 후 출입구를 폐쇄하고 이후 2단의 개구부가 열리며 해수가 2단 터널로 이동해 수위를 낮출 수 있고, 제3단 터널구조 역시 출입구를 개방해 그 수위를 더욱 낮춘 후, 필요하다면 선체 전부를 노출해 각종 작업에 필요한 공간을 확보하는 장치였다. 그중 두 개의 소형 터널 속에서 1인승 잠수정의 대마도 침투 작전 훈련이 이루어졌고 이제 작전 개시 시간이 다가와 비밀 침투 작전을 기다리고 있었다.

이 기지를 건설한 기술자들은 물론이고 북한침투 대원들, 남한 특수부대원들도 이곳 기지에 들어올 때 처음부터 모두 눈을 가리고 들어왔기에 정확한 위치와 외부 구조는 고위 간부를 제외하고는 알 수 없었다.

리튬 이온 배터리로 작동하는 잠수정 내부에는 각종 폭파 장비, 공기 여과 및 순환기와 산소 공급 장치, 수상 목표물 탐지 장치, 개인화기, 탄약과 이동시간 동안 필요한 식수, 비상식량이 갖추어져 있었고 생리 현상은 물고기 배 안에 2중으로 이루어진 아래층의 작은 덮개를 열면 바닷물이 들어 있는 아래로 배설이 가능한 구조였다. 이 아랫부분의 바닷물은 부력조절도 겸하도록 설계되어 있었다.

1인용 잠수정이 워낙 소형이라 소음도 매우 작았기에 그에 따라 이 소형 잠수정은 그 은밀함과 더불어 지금과 같은 침투 작전에 완벽히 어울리는 수중 이동장치였다.

그러나 1시간 후인 13시 30분 사세보 해상자위대 기지를 향하기 직전, 갑자기 작전 취소 명령이 떨어졌다. 합참에서의 작전참모 회의 결과 직전의 미사일 공격으로 이미 일본 해상, 항공 전력의 엄청난 손실을 입혔기에, 일본 서부 해안침투 작전에는 우리 군의 상당한 인명 피해가 따른다고 봤기에 실익이 미미할 것으로 예측해 작전 개시 직전에 취소된 것이었다.

따라서 울릉공항과 김해 공항에서 대기하던 일본 서부 해안 기지와 규슈 침투 특작대원들의 임무도 중지했다.

하지만 이 수중기지에서 출발한 안창호급 3척과 손원일급 3척 등 총 6척의 잠수함은 이미 각각의 작전 구역으로 출발한 지 오래였다.

-10월 8일 12:30-
주일 미국 대사관

대사 집무실의 까만 보안 전화기에 파란 불빛이 반짝거리며 백악관 직통 보안 전화가 온 것을 알려 주었다.

동시에 피트 해링턴 주일 대사의 책상에 있던 개인 핸드폰 진동이 울리며 본국 전화 도착을 알렸다. 이 알람 신호는 대사가 언제 어디서든 백악관 극비 보안 전화의 수신을 알리는 역할도 겸했다.

수화기를 든 그의 귀에 백악관 안보 보좌관 더들리 레이먼드의 목소리가 들려왔다.

"대사님. 그곳 분위기 어떠십니까?"

거두절미하고 질문부터 던지는 그의 목소리가 예상외로 차분하게 들렸다.

"네. 안녕하십니까? 여기 일본은 전국이 전쟁 상태에 돌입해 엄청 시끄럽습니다만 다행히 우리 대사관은 안전합니다. 대통령께서 또

다른 지시를 내릴 예정이십니까?"

"네. 일단 따로 말씀이 있겠지만 지금은 일본에 남아 있는 우리 국민을 철수하기 쉽도록 한곳으로 모일 수 있게 해 주시면 고맙겠습니다. 큰 항구라면 더 좋을 듯합니다. 시간이 촉박하니 서두르는 게 좋겠군요."

"잘 알겠습니다. 그럼 저는 일단 일본 총리와 면담부터 하겠습니다. 이미 많은 미국인이 본국으로 떠났으나 아직 남은 미국인의 안전한 철수를 보장해 달라고 요구할 생각입니다."

"그렇게 하십시오. 아마도 반대는 하지 않을 것 같습니다. 그리고 앞으로 정치적 사안은 일본 당국에 아무 말씀도 하지 말아 주시면 고맙겠습니다. 모든 문제는 백악관의 명령과 지시에 따라 행한다고만 말씀하시면 무난하리라고 생각합니다."

"네. 잘 알겠습니다. 저로서는 본국의 지시에 따라 일본 주재 우리 국민의 안전과 순조로운 철수가 가장 우선이니까 그 점에 초점을 맞춰 나가겠습니다."

"그리고 또 한 가지, 체이스 대통령께서 새로운 명령을 보내실 예정입니다. 참조해 주시기 바랍니다."

그날 낮 12시 40분 일본 관영 NHK 방송국에서 한류 드라마 〈어제의 일기〉가 방영 중인 화면 아래쪽에 자막이 나타났다.

　　-일본에 거주하는 모든 외국인은 각각 본국 대사관에
　　연락해 귀국길에 오르길 당부드립니다-

곧이어 또다시 자막이 떴다.

-시바다 곤노스케 관방대신은 일본 거주 외국인들이
피해가 없도록 우리 일본 정부에서 최대한의 지원을
아끼지 않을 것이라고 발표했습니다-

-10월 8일 14:00-
도쿄 내항

블루스타호는 우여곡절 끝에 결국 일본 도선사의 안내로 도쿄항
내 아카즈키 여객부두까지 입항했다. 돌핀호는 이미 몇 시간 전에 오
사카 난코항에 입항해 정박을 마친 후 대기하고 있었다.

아카즈키 부두에는 주일 한국 대사 송민우가 미리 대기하고 있었
고 송 대사는 부두의 접안 지점까지 나와서 자위대 간부와 입항에 관
한 절차의 논의에 들어갔다.

전시체제로 변한 일본의 각종 군사시설과 그에 준하는 공항, 항구
등에는 심사 및 통과를 담당하는 자위대 간부가 파견되었으며, 송 대
사는 아카즈키 부두의 감독관인 1등 해조(대위급) 무라모치와 면담 중
이었다. 무라모치는 송 대사가 제출한 블루스타호의 승선 인원 명부
와 내륙에서의 한국인 귀국 운송을 위한 승합차의 내역을 훑어봤다.

무라모치는 전 대위의 얼굴과 사진, 그리고 한국인 선원 일행에 대
한 기록을 조사하며 승무원들의 모습을 찬찬히 훑어보았으나, 선원,

의사, 간호사, 구호대 직원 등으로 세밀하게 위조된 증명서까지 파악하기는 힘들었다.

그는 25인승과 15인 승 승합차의 내부로 들어가서 차의 내부를 샅샅이 살폈고 엔진 덮개를 열어 보라 말하고 엔진 내부를 들여다봤다. 하지만 자동차 전문가가 아닌 그의 눈에는 크고 작은 여러 파이프 등 온갖 부속이 연결된 엔진 모습을 제대로 파악할 수 없었고, 자동차 부속과 비슷하게 개조해 출입 문짝 내부, 그리고 자동차 하부 프레임의 ㄷ자 형태의 앵글 안쪽, 총 6대의 차량에 딸린 예비 타이어의 공기를 빼고 그 속에 각종 개인화기의 탄약, 탄창과 수류탄 등의 개인 폭발물들을 숨겨 적당한 공기압으로 채워 위장한 것까지 찾아내지는 못했다. 나름 꼼꼼하게 6대의 차량을 모두 수색한 무라모치는 결국 육지 상륙을 허가했고 운행 일지에 기재한 후 송 대사에게 말했다.

"이 차는 어디로 갈 계획입니까?"

"당연히 한국 대사관으로 갑니다. 거기서 대기하며 귀국할 한국인을 모시고 부두로 갈 계획입니다."

"그렇습니까? 그러면 부두와 대사관을 제외한 다른 장소로 이동하면 안 됩니다. 지금은 귀국과 우리는 전쟁 중이라 이 점을 반드시 숙지하시고 만약 우리의 요구에 불응할 때는 책임을 지셔야 합니다."

"물론이지요. 그런 일은 없을 겁니다. 다만 우리 한국인을 운송하는 일에 지장만 없다면 어떤 조건도 좋습니다. 그리고 우리 차에 대한 전시 특별 통행증도 발급 바랍니다."

그러자 무라모치 해조는 어딘가 전화하더니 잠시 기다리라고 말하고는 자리를 떴다. 한참 후 그가 손에 '戰時 特別 通行證'(전시 특별 통행중)이라는 스티커를 갖고 오더니 차 전면 유리창에 부착했다.

이어 무라모치가 대사에게 무력시위 하듯 총을 겨누면서 말했다.

"엉뚱한 곳으로 다니지 마시오. 그러면 반드시 후회할 일이 생깁니다."

송 대사가 당당한 표정으로 웃으며 말했다.

"그런 걱정 안 해도 됩니다. 우리가 이 난리에 뭘 할 수 있겠습니까?"

모든 절차를 마친 25인승 버스 4대, 15인승 승합차 2대는 비둘기 작전대원들을 태우고 주일 한국 대사관으로 직행했다. 그들은 도착 즉시 대사관 정문을 닫고 단단히 걸어 잠궈 외부의 시선을 차단한 후 6대의 자동차를 분해하기 시작했다.

이미 주일 한국 대사관 정문 앞과 주위에는 자위대 군복을 입은 육상 자위대 3개 소대가 완전무장으로 한국 대사관을 감시하고 있었다.

비둘기 작전에 투입된 특수부대원들은 현역 근무 시 군대에서 습격 작전에 필요한 각종 특수 훈련도 완료했고, 비록 전역했으나 이 작전에 필요한 복무 경력과 일본어도 능숙하게 할 수 있으며, 기타 필요한 각종 전술 기술 습득 훈련을 거친 전직 군인이었다.

그들은 분해한 채로 숨겨 뒀던 자동차의 각 위치에서 떼어낸 기관총과 소총, 권총, 그리고 소이탄, 섬광탄과 수류탄, 탄약, 플라스틱 c-4 폭탄, RPG 등 분대 전투와 각개 전투에 필요한 각종 무기를 일사불란하게 수거하는 즉시 대사관 2층 임시 거주시설로 옮겨 각각의 임무에 할당된 무기를 찾아 조립하기 시작했다.

송 대사는 대사 집무실로 들어간 후 청와대 직통 전화를 들었다.

신호가 가기 무섭게 누군가가 수화기를 들자마자 말했다.

"여기 일본 송민우 대사입니다. 말씀하신 귀국 준비는 모두 완료했습니다. 그리고 귀국수송단을 태운 여객선과 수송대원들도 무사히 대사관에 도착했다는 보고를 드립니다."

전화를 받은 사람이 말했다.

"저는 외교부 장관입니다. 대사님 수고 많으셨습니다. 이제 소식이 알려진 후부터는 귀국 인원이 몰려드리라 생각합니다. 준비는 잘하셨으리라 믿고 있습니다."

"네. 지시받은 대로 모든 준비는 철저히 했습니다. 이제 귀국에 필요한 우리 국민의 준비물들을 다시 한번 점검하겠습니다."

"감사합니다. 그럼 수고하시고 우리 국민께서 무사히 귀환할 수 있도록 전적인 노력을 부탁드립니다."

"네. 잘 알겠습니다. 이만 끊겠습니다."

물론 이 전화는 일본의 전파감시망에 걸려도 무방한 내용이었고 동시에 '비둘기 작전' 부대가 무사히 도착했다는 내용의 암호 전화였다.

송 대사는 전명철 대위 등 대원들과 함께 지하실 창고로 내려갔다. 그곳에는 대사관에서 비둘기 작전 계획의 입안 때부터 구매해 모은 잠수복 등 수중 침투에 대비한 각종 물자, 자위대 군복과 전투화, 가방, 헤드캠을 비롯한 작전 수행에 필요한 모든 장비가 잔뜩 들어있는 가방 열 몇 개가 있었다.

전 대위의 지시에 따라 그들은 자신의 개인장비를 찾아 가방에 집어넣고 2층 대사관 직원 임시숙소로 돌아왔다. 그리곤 재차 전투 장비 점검을 마친 후 편한 자세로 각자 맡은 임무를 재암기하며 작전 개시 시간을 기다렸다.

-10월 8일 14:45-

평양 주석궁

북한은 관영 중앙방송 제1 방송을 통해 성명을 발표했다.

"우리 조선 민주주의 인민공화국 산하 인민군은 일제 왜구들의 준동으로 남쪽에 있는 우리 민족의 생명과 재산에 막대한 피해가 생겨 분노의 감정을 숨길 수 없다. 왜구들의 악마적인 행태는 도저히 지나칠 수 없는 사건이므로, 우리 위대하신 지도자 김정훈 위원장 동지께서는 즉시 우리의 모든 전력을 쓸어 모아서 왜구들 본거지를 파괴하라는 엄명을 내리시었다.

위대하신 김정훈 위원장 동지께서는 그래도 왜구 중 일반 인민들에 대한 피해는 줄이라 하셨기에, 우리는 이 명령을 받들어 왜구들의 모든 군사기지에만 엄청난 위력의 미사일을 발사했다. 그러나 이에 만족하지 않는 우리는 재차 공격할 것이며 이 목표는 일본의 화산 근처가 될 것이다.

우리가 목표하고 있는 왜구 땅의 화산 근처에 살고 있는 주민들은 즉각 대피할 것을 알리며, 만약 주민의 피해가 있다면 그것은 오로지 왜구들 수괴인 다카키 총리 등 악당 수뇌부의 책임이다.

전 세계 최고의 성능을 자랑하는 우리 미사일이 지금 하늘을 날아가고 있는지 1시간 후인지 24시간 후에 날아갈지는 말할 수 없지만, 일단 미사일이 땅에 떨어지면 모두의 생명은 절대 보장할 수 없으니, 한시라도 속히 피해서 아까운 생명이나마 부지하도록 해라. 이 선언은 우리 위대하신 지도자 김정훈 위원장 동지께서 그나마 큰 죄 없는 일반 인민들의 목숨줄을 이어가게 하시려는 염려의 덕분이니 그 은덕에 감사해야 한다."

이 성명의 파급효과는 실로 대단했다.

심리전을 이용해 적의 혼란을 유도하고 그 혼란한 상황을 노리는 전략적 작전 전개는 북한의 핵폭탄 발사 위협으로 인해 더욱 큰 위력을 발휘할 수 있게 만들었다.

만약 화산 분화구에 핵폭탄이라도 떨어뜨린다면?

일본 전국, 특히 후지산 근처 주민들을 포함해 전국에 흩어져 있는 화산 근처 주민들은 글자 그대로 공황에 빠졌다. 수도인 도쿄는 아직 미사일 세례는 없었으나 그래도 후지산과 가까이 있기에 언제 핵미사일이 떨어질지 몰라 치안을 비롯한 각종 사회적 활동이 다른 지역과 똑같은 극심한 혼돈에 빠졌다.

-10월 8일 14:50-

청와대 작전 본부

국방부 장관 겸 총사령관 양대석은 대통령에게 보고했다.

“각하. 송 대사님께서 연락이 왔습니다. 모두 무사히 도착했다는 연락입니다.”

회의실 소파에 앉은 자세로 기대어 눈을 지그시 감고 있던 이명재 대통령은 그 보고를 듣자마자 자리에서 일어났다.

“송 대사께서 수고가 많으셨겠습니다. 사령관님, 이제 준비는 다 된 것 같습니다. 이제 다음 작전을 실행할 때가 되었군요. 모두 각오를 단단히 하고 실행하도록 합시다.”

대통령은 테이블 위의 머그잔을 들어 식어 버린 쓰디쓴 커피 한 모금 마신 후 다시 입을 열었다.

“지금 폭격당한 일본 내의 기지는 어떤가요? 위성 정보로 알 수 있을까요?”

대통령은 미사일 선제 발사로 인해 피해를 본 일본군의 상태가 궁금했다.

사령관 양대석이 말했다.

“우리의 공습으로 피해를 본 일본 자위대 전력에 대한 보고서는 잠시 후 올리겠습니다. 하지만 저들도 피해가 미미한 이지스함 2척에서 우리 부산과 남해안 근처로 미사일을 쐈으나 사거리 부족으로 우리 땅에 떨어진 미사일은 없습니다. 다만 먼저 작은 피해를 본 일본 측 이지스함 몇 척이 피해복구를 마치고 장거리 미사일을 쏘기 위한 준비가 됐다면 또 발사하리라 보이지만 그 위력은 미미하다고 봅니다.

그러므로 수리 중인 일본 이지스함이 보이면 우리 미사일 부대와

해군 이지스함에서는 즉시 SM-3과 천둥3-A, B, C 등의 순항미사일을
지속 발사할 예정입니다.

그리고 저들의 항공자위대 전투기들은 미군 비행기들이 떠나고
난 후 공황에 빠진 듯합니다. 미군기가 비워둔 격납고에 항공자위대
전투기들이 들어가지도 않고 활주로에 그냥 세운 채로 파괴된 모습
이 아직도 우리 다보아 위성을 통해 보입니다."

총사령관 양대석이 잠시 한숨 돌리고 말을 이었다.

"각하~! 이제 공군 전투기가 출격할 때가 됐습니다. 이젠 조기경
보기와 이지스함 모두 파괴했으므로 우리 공군과 함정들의 작전 능
력이 강화되기 때문입니다. 본격적인 비둘기 작전 명령을 내리겠습
니다."

대통령의 앉은 자세에서는 긴장 어린 부담감이 물씬 풍겼다.

"공군 전투기 투입하면 일본의 남은 방공기지에서 미사일 발사는
없을까요? 나는 그게 걱정입니다. 우리 군인들 목숨으로 도박하고
싶지 않군요."

양대석 총사령관이 말했다.

"알겠습니다. 각하. 충분히 검토하고 전투기 출격 여부를 결정하
겠습니다."

이 전쟁은 단순한 영토분쟁이나 이념, 혹은 종교 분쟁과는 비교할
수 없는 전쟁이었다. 이 전쟁은 불구대천의 원수를 향한 감정싸움이
며 천 년 넘게 이어진 왜구의 침탈에 감정이 잔뜩 쌓인 채 오랜 세월
발톱을 감춘 호랑이의 분노에 싸인 응어리를 한꺼번에 터뜨리는 포

효였다. 이런 경우에는 어떤 전략이 정당하고 어떤 전략이 부당하다 평할 수 있을까? 조상 대대로 이어져 내려온 그 원한이 후대의 가슴 속 깊이까지 맺혀 있는 이 분노의 덩어리를 몇 마디 말로서 감히 어떻게 정의할 수 있단 말인가?

대통령조차도 그 감정에 대한 조절이 어려웠다. 다만 해야 할 일은 반드시 이 전쟁에 승리해 한민족의 울분을 시원하게 씻어 내리고 후대에서는 더 이상의 갈등이 없도록 해야 한다는 결심이 가득했다. 그러나 우리는 그 감정을 씻어낼 수 있다고 해도 전쟁에 패할 것이 확실한 일본 국민은 또 다른 앙금이 그들 가슴에 쌓일 것이라는 현실적 문제로 인해 깊은 부담감에 빠진 것이다.

오랜 침묵이 흐른 후 대통령이 문득 고개를 들고 좌중을 바라보았다. 그의 눈앞에는 각 부처 담당 관료들의 바쁘게 움직이는 모습이 보였고, 이 모습에 문득 그는 정신을 차렸다.

작전본부 가운데 자리한 길쭉한 타원형의 T/F에 잔뜩 올려져 있는 각종 유, 무선 통신 장비의 수많은 울림과 그 울림에 일일이 응답하는 간부들의 목소리에 그의 어지럽던 짧은 상념은 깊은 잠에서 깨어나 그의 어깨를 쭉 펴게 했다.

청와대 상황실은 글자 그대로 상황실이다.

실제 작전 지시와 전황을 살피고 부분 전술에 임하는 작전본부는 국방부 청사 40m 지하의 전투 상황실 본부였으나 대외적으로는 전쟁 발발 시의 사령부는 계룡대에 있다고 알려졌다.

청와대 지하 벙커는 용산 국방부 지하 작전본부의 상황과 실시간 인터넷망으로 이어져 각종 작전 상황을 볼 수만 있고, 실제 각 군의 작전 지시는 양대석 총사령관이 청와대에서 국방부 작전본부의 상황을 각 부서 책임자와의 집중 논의와 판단하에, 그에 합당한 대책을 국방부 지하로 전달해 각 군 작전참모에게 전달하는 시스템이다.

국방부 지하 상황실이야말로 각 부대의 작전참모를 비롯한 주요 전투 인력이 집결해 전투를 총괄하며 각종 지시를 하달하는 수뇌부였다. 청와대와 유사한 상황실은 이미 2020년 문재연 전 대통령 시절에 계룡대 국군 본부와 함께 한국군 예하 각 군부대 본부(육, 해, 공, 미사일, 잠수함, 해병대)도 각 군의 상황과 규모에 알맞게 각 군 본부 지하 벙커에 설치되어 있었다.

이렇게 애매하게 각 군이 따로 3重 배치한 이유는 유사시 계룡대 작전본부가 파괴되어 전군에 대해 일괄적인 작전 지시가 불가능할 시를 대비한 것이지만 실제 효용성은 이 전쟁의 결과에 따라 판가름 날 수밖에 없었다. 대통령과 각 부처 주요 인사들이 모인 청와대 지하 벙커에서는 그들의 작전 전개와 전장의 상황만이 한눈에 보일 뿐이었다. 때때로 양대석 총사령관의 보고를 통해 전황이 돌아가는 상황을 판단할 뿐 대통령의 작전 개입은 절대 불가침으로 약속되었다. 그러나 모든 전쟁은 불확실성의 연속이기에 이 상황 역시 그 주체가 원하는 대로 흘러갈지는 아무도 모른다. 다만 목적을 이루기 위한 끝없는 전진일 뿐 그 이상도 그 이하도 아니다.

한반도, 그리고 한반도를 마주한 일본과의 전쟁, 이를 둘러싼 동북아 정세는 그야말로 어둠 속의 안개를 더듬듯 아무것도 잡히지 않고 그렇기에 더더욱 확신할 수 없었다.

세계 각국은 러시아와 우크라이나 전쟁이 러시아와 우크라이나 양측 모두 패배가 아닌 애매한 기권(?)으로 마감했으나, 뜻하지 않게 동북아에서 한·일 전쟁이 발생해 또 다른 혼란 속으로 빠져들어 갔다.

서방 선진국들은 두 나라 중 그 누구의 편도 들어주지 못하고 도와줄 수도 없는 전쟁.

러·우 전쟁과는 그 성질이 전혀 다른 두 국가의 감정적 앙금이 쌓여 발생한 전쟁이기에 그 누구도, 어떤 명목으로든 끼어들 수 없는 전쟁이었다. 그렇기에 두 나라는 같은 서방의 선진국이지만 아무도 중재에 나설 엄두가 나지 않는, 이성적 판단에 한참 못 미치는 1차원적 분노의 감정이 쌓여 촉발된 기이한 전쟁이었다.

이 점은 미국도 마찬가지였다.

하지만 미국은 끼어들기는 곤란해도, 그 결과에 대해서는 그 누구보다 신경이 곤두설 수밖에 없는 전쟁이다.

러시아와 중국의 태평양 진출을 막아야 하는 미국은 태평양 방패의 경계선을 한국과 일본 두 국가 중 어디에 두어야 할지 지극히 곤란했으나 지난여름의 문 특사 방미 회담 후 한국을 지지하는 방향으로 기울어졌다.

그런 연유로 한국은 미국의 눈치를 보지 않고도 어느 정도 국제적 외교관계에 여유를 갖고 전쟁에 임할 수 있었으나, 반대로 일본은 미국의 보호막이 사라진 형편이라 북한의 존재, 특히 핵으로 인해 운신의 폭이 지극히 좁을 수밖에 없었다.

또 근래 들어 서방 선진국 국민을 비롯한 정계, 재계 등 전 분야에서 일본을 차츰 경원시하는 자세를 보임에 따라 외교적 열세는 이미 겉으로 드러난 것 이상이었다.

그러나 한국은 러·우 전쟁으로 인해 촉발한 한국산 무기의 폭발적인 수출 증가로 전쟁 비용과 물자 확보가 훨씬 수월해졌기에 그 자신감을 밑바탕으로 도리어 전쟁에 더욱 적극적일 수 있었다.

이미 국산 전투기 개발을 완료했고, 대형항공모함도 건조 중이라 단군 조선 이래 국방에 대한 자신감만큼은 사상 최고치로 하늘을 찌를 정도였다. 이에 더해 국민의 전폭적인 지지를 받는 극일(克日)을 위한 전쟁이기에 더욱 큰 탄력을 받을 수 있는 전쟁이었다. 그 증거는 재입대를 원하는 젊은 남자의 수가 폭발적으로 증가한 사실로도 알 수 있는 일이었다. 이 사실은 나이가 많든 적든 상관없이 오로지 국가의 존엄과 반일(反日)의 분노가 함께 어우러진 현상이었다.

'나는 이 전쟁에서 반드시 승리할 것이다.'

이명재 대통령은 그렇게 속으로 다짐했다.

그렇다.

대한민국은 고대부터의 역사 이래로 타 민족을 침범한 전쟁은 드물었다. 전쟁을 일으켜도 그것은 생존을 위한 방어적 선제공격이었고 침략을 위한 전쟁은 아니었다.

그러나 옆 나라 일본과 중국은 어떤가? 대륙 침략의 발판, 혹은 한반도를 식민지화하려는 야욕이 어우러진 말 그대로의 침략이었다.

이제 주변 국가의 그런 망상과 야욕을 일거에 꺾고 우리만의 당당한 국가로, 민족의 자긍심과 자신감이 어우러져 지구상 그 어떤 나라보다 훌륭한 국가와 민족으로 만들기 위한 전쟁이 바로 이번 전쟁이었다. 이 전쟁의 방아쇠를 당긴 자신이 영웅이 될지 역적이 될지 그것은 후에 기록될 것이다.

-10월 8일 16:00-
북한 평양 근교

시내 중심부에서 동쪽으로 약 10㎞의 고위 간부들 유락 시설인 대성산 유원지 광장에 이동식 미사일 발사대 TEL 차량 3대가 집결했다.

차량에서 하차한 군인들이 정렬하며 모두 집결하자 그중 40대 중반의 정훈혁 대좌가 가장 앞에 자리 잡고 말했다.

"동무들, 이제 우리는 불구대천 원쑤인 일제 놈들을 때려잡기 위해 여기 모였습니다. 위대하신 지도자 김정훈 위원장님의 지도하에 그동안 여러분이 갈고 닦은 전투력을 모두 발휘해 이 자리를 빛내야 합니다. 알았습니까?"

그의 우렁찬 목소리가 새벽어둠을 뚫고 가장 뒤에 서 있는 군인에게까지 들렸다.

인민군의 우렁찬 함성이 대지를 진동했다.

"잘 알겠습니다. 대좌 동무."

"일동~ 발사 대형으로 정위치~!"

명령에 따라 발사 차량 3대의 옆에 모였던 정 사수와 운전병 겸 부

사수는 모두 일사불란하게 미사일 발사를 위해 각자의 위치로 옮겼다.

잠시 후 정적을 깨뜨리는 자동차 엔진소리와 함께 국방색 벤츠 지프차 한 대가 도착하더니 번쩍거리는 별 두 개의 북한전략 로켓국(미사일) 부대장인 염현길 중장(남한의 소장급)과 소속 부대 참모 중좌 두 명과 함께 내렸다.

모여 있던 대포동 포병대 제2대대장인 정훈혁 대좌가 앞으로 나서더니, 바람이 휙 불도록 절도 있게 발걸음을 옮기며 염현길 중장 앞으로 나섰다.

"대대 차려~엇. 가운데로 봐~!"

차량 승차 인원을 제외한 광장에 집결해 있던 군인들 모두의 시선이 염현길 중장을 향했다. 이어 대대장 정훈혁이 염현길 중장을 향해 경례하며 크게 외쳤다.

"우리의 불구대천의 원쑤 일제 놈들을 때려잡기 위해 이 자리에 모인 우리는 위대하신 지도자 김정훈 위원장 동지의 교시를 받들어 중장 동무의 명령을 따르겠습니다."

염현길 중장이 나지막한 목소리로 말했다.

"대대 쉬어~ 하세요~~!"

정훈혁 대좌가 복창했다.

"대대~~ 쉬어~!"

대대 군인들이 모두 쉬어 자세로 돌아가자 염현길이 말했다.

"동무들, 이제 우리 조선 민주주의 인민공화국이 새로운 빛을 찾았습니다. 우리의 불구대천 원쑤인 일제 놈들과 우리 동포인 남조선 인민들이 전쟁을 시작했습니다.

이에 우리의 위대하신 지도자 김정훈 동지께서는 '피를 같이 흘려야 동족이다'라는 교시와 함께 남한 인민을 도와 악랄한 왜놈들을 때려 부수기로 작심하셨습니다.

그 맨 앞자리에 올라탄 우리 부대는 그동안 숨겨둔 채, 갈고 닦은 힘을 쥐어짜서 정확하고 빠르게 일제 놈을 도륙해야 합니다. 모두 정신 무장을 튼튼히 하고 각자의 임무에 진입해 왜놈은 단 한 놈도 살려주지 않겠다는 각오로 전투에 임하도록 해야 합니다. 알았습니까?"

그의 훈시를 눈도 깜빡이지 않고 듣고 있던 정훈혁 대좌가 다시 염현길 중장을 향해 말했다.

"알겠습니다. 우리 부대는 부대 명예를 걸고 위대하신 지도자 김정훈 위원장 동지의 명령에 따라 한목숨 바쳐 싸우겠습니다."

중장 염현길이 다시 차에 오르며 대좌를 손짓으로 불렀다.

"정 대좌 동무. 이제 앞을 단단히 보시오~! 우리 대포가 왜놈들의 두 눈을 멀게 해야 한다는 말씀입니다. 왜놈들 두 눈을 멀게 하지 않으면 왜놈들은 또다시 두 눈깔 부릅뜨고 우리 땅을 노린다는 사실을 직시하시오~!"

"네. 잘 알았습니다. 중장 동무. 저는 위대하신 김정훈 위원장 동지의 뛰어난 지도를 받은 군인입니다. 반드시 위대하신 지도자 동지의 뜻을 이 땅에서 이루도록 하겠습니다."

정훈혁 대좌의 우렁찬 경례 소리를 뒤로하고 지프차 문을 연 염현길은 차에 오르며 생각했다.

'이제 이 전쟁이 끝나면 과연 우리는 어떻게 변할까? 나는 또 어떤

행동을 해야 하나? 보통 문제가 아니구나.'

그는 움직이는 차 안에서 깊은 생각에 빠졌다.

염현길 중장이 떠나자 정훈혁 대좌가 명령을 내렸다.

"모두 발사 준비!"

여기저기서 다다다~~ 하며 요란한 군화 소리와 함께 소속된 TEL
로 뛰어가더니 어느새 발사 준비 소리가 요란하게 퍼졌다.

이윽고 각 발사대에서 "조준 완료."라는 짤막한 외침이 줄줄이 터
져 나왔다.

잠시 후 정훈혁 대좌의 짧고도 강력한 어조의 명령이 떨어졌다.

"각 포 발사~!"

북한 조선 인민군 전략로켓군 제3 여단 소속(대포동 포병대 재2대
대) 북극성 탄도미사일 TEL 발사대 3대에서 사거리 1,500㎞로 조정
한 북극성 미사일 18기가 순차적으로 도쿄 도심의 공원 지역, 오사
카의 아마가세 댐, 그 북동쪽 약 10㎞ 지점의 비파호수 세타 댐 등 각
각의 목표물을 향해 마하 7의 속도로 날아가며 대대적인 탄도미사일
공세를 펼치기 시작했다.

일본 서부지방을 담당하는 사세보 제2 호위함대 헬기 탑재 호위함
이세함은 초기 미사일 공격으로 선체 절반 이상이 파괴됐으나 남은
선체에 언제 날아왔는지도 모를 속도로 미사일이 떨어졌다.

이는 북한의 북극성 탄도미사일이었고 남한의 SH-022 다보아 2호
의 신호를 따라 발사되어 날아왔으며 그 속도가 마하 7에 다다랐다.

이미 남한의 순항미사일 공격으로 인해 일본 내 방공레이더망과

방공미사일 기지 거의 모두가 파괴된 이후였기에 이세 함은 미사일의 정체를 파악하기도 전에 완전히 파괴되어 수면에 커다란 소용돌이를 남기며 바다 깊숙이 침몰했다. 동시에 구레, 마이즈루 등 여타 호위함대 소속의 1, 2차 미사일 공습을 피했던 호위함과 구축함도 북한의 북극성 탄도미사일을 사정없이 두들겨 맞고 침몰하는 처참한 최후를 맞았다.

이로써 일본 각 호위함대 기지에 정박한 채 전투 명령을 기다리던 준이지스급인 아키즈키급 구축함 4척과 아사히급 구축함 2척을 비롯한 준이지스함 8척과 휴우가급 헬기 구축함 2척, 이즈모, 마야급 다용도 경항공모함 2척, 오오스미급 강습상륙함 3척 등 해상자위대의 주력 함정들이 모조리 파괴, 침몰했다. 이 전과는 각 함정의 위치를 정확히 파악한 SH-022 다보아 2호 위성의 실로 놀라운 탐지 능력의 결과물이 아닐 수 없었다.

-10월 8일 16:10-

일본 오사카

관동 지방 일본 제1의 호수인 비와코(비파호)의 세타 댐, 그리고 하류의 아마가세 댐을 향한 북한 화성 8호 탄도미사일 두 기가 각각 거의 동시에 강타해 엄청난 물기둥을 일으키며 솟구쳤고 이어서 천지를 뒤엎는 폭음이 들리더니 댐이 무너지기 시작했다.

호수에 고인 물이 요란한 소리를 내며 무너진 댐을 넘어 일시에 하류를 향해 쏟아져 내려가기 시작했고, 이 급류는 약 15분 후 교토 시가지를 관통해 오사카 시내로 내려가는 세타강의 물과 합세해 한 껏 불어나 주위 시가지를 휩쓸고 지나갔다.

순식간에 불어난 물로 인해 교토 시내의 주민들이 높은 언덕으로 올라가기 위한 사투가 벌어졌다.

하류의 오사카 시내는 시내에 고지대가 별로 없어 시민들은 놀란 채 사방으로 뿔뿔이 흩어지며 물가에서 멀리 떨어지려고 악전고투를 시작했다.

그 순간 유서 깊은 오사카성 안의 오테마에 정수장에 또 하나의 미사일이 날아오더니 정수장 한가운데에 떨어졌다.

이 정수장은 오사카성 천수각 바로 우측으로 겨우 50m 떨어져 있기에 그 엄청난 충격에 천수각 건물이 크게 흔들렸다.

다행히 무너지진 않았으나 정수장이 폭파되며 쏟아진 물로 인해 오사카성 공원은 물바다가 되었다.

혼비백산한 시민들의 울부짖음과 자동차 경적음, 그리고 소방차 출동하는 사이렌 소리에 뒤덮여 온 도시가 아비규환이 따로 없었다.

교토 시내도 마찬가지였다. 유서 깊은 교토 어원(옛 황궁)은 세타 강에서 제법 떨어져 있기에 수해는 크지 않았으나, 어원에서 남서쪽 으로 불과 1㎞도 떨어지지 않은 니조 공원 중심부의 해자에 떨어진 미사일로 인해 이웃한 주민들 역시 혼이 나간 채 무턱대고 폭격의 중 심지에서 도망치기 바빴다.

-10월 8일 16:20-

일본 도쿄

"쾅, 쾅, 쾅, 꽈~광 쾅!"

도쿄 시내 한복판 신주쿠구의 신주쿠 공원과 시부야구 요요기 공원에 북한의 북극성 탄도미사일이 차례로 떨어졌다.

일본 자위대의 그 누구도 눈치채지 못했지만, 도쿄로 날아오는 미사일들은 한국 대사관에서 일본 천황의 황궁으로 가는 길목의 중요 건물들을 정확하게 폭격했다.

이 정밀 타격은 김성광 상무관의 작전에 따라 자위대의 혼란을 유도하여 작전대원이 천황 거처까지의 이동을 수월하게 해 주는 공습이었다.

이어 도쿄 네리마 기지의 육상 자위대 제1 사단 본부와 기타 도쿄 주둔 수도권 방어부대인 7개 기지도 미사일 공습을 피할 수는 없었다.

이 공습으로 도쿄 시내를 방어할 수 있는 도쿄 1사단 육상 자위대 병력은 상당수가 사망했고, 남은 병력은 근처 경찰서 등의 관공서로 피신하기 바빴다.

이 미사일 공격은 순식간에 도쿄 주민들에게 극심한 공포와 혼란을 일으켰으며, 잠시 후 요요기 공원 바로 옆의 도쿄 요요기 국립경기장에 떨어진 미사일 한 방으로 국립경기장 그라운드와 체육시설이 모두 파괴되었다.

이어서 남한 미사일 부대의 천둥-3A 순항미사일 5발이 도쿄 서쪽 약 25㎞ 지점의 후추 항공기지 사령부 건물과 주변 시설물을 강타하며 산산조각으로 박살냈다.

그리고 도쿄 시내의 상가 밀집 지역에도 무차별 미사일 공습이 시작됐다.

또 지방의 주요 전력 발전과 송신망 공급처인 도쿄, 간사이, 쥬부, 호쿠리쿠 등 각 전력회사의 본사 건물과 점점이 흩어져 있는 초대형 송전철탑, 그리고 외부로 노출된 송, 배전 시설 등에도 미사일이 정확하게 떨어졌다.

도쿄 시내 지요다구의 일본 전신전화국 본부 건물, 해상, 육상, 항공자위대의 군 기지가 주둔한 주요 도시의 전신전화국 기지가 파괴되었고, 전국망을 가진 도쿄 시내의 3개의 이동통신사 본사 건물도 완파되었다.

이로써 일본 내 유, 무선 통신망이 거의 괴멸되었고 전쟁 대응에 대한 조직적이고 즉각적인 소통이 어느 하나도 이루어지지 못했다. 또 국제공항인 도쿄 하네다, 나리타 공항과 오사카 국제공항 등 일본 전국의 국제공항 활주로에도 미사일 세례가 이어졌다.

이 미사일 공습에 홋카이도를 제외한 일본 주요 대도시가 정전과 화재로 사방이 불길 속에 파묻혔고, 주요 산업시설은 가동 불능 상태가 되어 종업원들의 아우성과 함께 무조건 도시 밖으로 탈출하려는 자동차 행렬이 한꺼번에 거리로 쏟아져 나와 온 도시에 극심한 혼란을 부추겼다.

더구나 도쿄 방위를 책임지는 도쿄 제1사단 기지와 근교의 수도방위 기갑여단 본부에도 미사일이 사정없이 떨어져 시가지 전투와 보병 전투의 첨병을 맡아야 하는 장갑차 등의 각종 보병 지원 기갑 장비들이 모조리 파괴됐다.

한반도에서 날아오는 장거리 미사일의 공포가 일본 전국을 뒤덮기 시작했으나, 막상 자위대의 반격은 아예 없었다.

지상의 레이더 기지는 이미 모두 파괴됐으며 해상 이지스함도 모두 침몰해 미사일 공습에 대응할 수 있는 그 어떤 기능도 발휘하지 못했고, 전쟁 매뉴얼에 있어야 할 적군의 기습에 대한 대응 작전이 미비한 까닭이다.

일본은 미국의 그늘에서 주로 방어에 몰입할 수 있지만, 워낙 주일 미군의 전력이 막강해 그들 자체의 방어력보다는 미국의 방어력에 의존하는 경향이 있기에 국가 간 1:1 전쟁에서의 방어 전략은 미비할 수밖에 없었다.

그 덕택에 자위대의 군기와 전쟁 매뉴얼의 비참한 수준이 수십, 수백 차례 언론과 인터넷상에 떠돌았지만, 그 점을 고치기에는 일본 민족 자체가 지닌 관습의 대물림과 타성으로 인해 아무 소용 없었다.

이러한 전술적 약점이 한국의 기습 미사일 공격에 그 취약점이 그대로 반영되어 되돌릴 길 없는 피해가 발생했으나, 그걸 알 리가 없는 수많은 남북한 미사일은 거침없이 목표를 향해 돌진했다.

미사일들의 주요 목표는 주로 산업 주요 시설, 대도시 중심부의 공공시설이 운집한 상가 밀집 지역이며 인구 밀집 지역인 주택가들은 목표가 아니었다.

살아남은 일본인들은 처참한 모습의 시신들이 사방에 여기저기 널려진 광경이 보이자, 몸서리를 치며 자민당과 자위대를 원망했지만 이미 때는 늦었다.

그러나 일본 자위대는 장거리 지대지 미사일이 아예 없기에 반격은 엄두조차 낼 수 없었다. 설령 있어도 이미 한국의 기습에 모조리 파괴됐을 것이지만 말이다.

더구나 북한의 핵 탄도미사일 발사위협에 놀란 자위대 막료장을 비롯한 고위 간부들이 설전만 벌이며 시간을 보내는 형국이라 꼼짝없이 앉은 채 날벼락만 맞고 있는 꼴이었다.

그나마 항공자위대 F-35A 전투기에 장착한 XASM-3 미사일이 있으나, 공대지 미사일이기에 전국의 군용 비행장 활주로가 파괴된 지금으로서는 전투기 이륙조차 불가능했고, 이지스함의 함대지 미사일 역시 한국의 순항미사일에 선체가 모두 피격되어 침몰했기에 반격할 생각은 엄두도 못 내고 있었다.

일본은 고스란히 불구덩이를 뒤집어쓰고 말았다.

일본 땅에 소수 남아 있는 주일 미군과 군속, 그리고 기타 외국인들의 출국 행렬로 일본 전국 공항과 항구는 온통 난장판으로 변했다.

한반도에서 날아오는 탄도, 순항 등 각종 미사일 공습에 일본 정부는 각 방송국을 통해 속보로 전황을 알렸지만, 그 전황은 거의 모두 유리한 전황이 아닌 불리한 전황이었다.

그러나 어느 순간 TV 방송국도 폭격당했는지 모든 채널이 막혔고 그나마 공영 TV인 NHK에서만 화면을 송출했다.

한국의 미사일이 전국망을 가진 TV 방송 5개소 중 NHK 방송국만 남기고 모조리 파괴했기 때문이었다. 전쟁의 승패는 상대 국가와 국민의 혼란을 부추길수록 승리 확률은 더 상승하는 법이다. 일본 민간인의 사망자는 순식간에 10만이 넘었고 부상자도 포함하면 줄잡아 20만 명 이상의 사상자가 발생했다.

이는 오로지 남북한 미사일의 무차별 공습의 결과였다.

-10월 8일 18:30-

도쿄 시가지

초저녁부터 가로등을 제외한 모든 건물에 비상 상황 대비 소등실시로 평시와는 전혀 다른 공포의 느낌이 물씬한 초저녁 어둠이 도쿄 시내를 완전히 휩싸고 있었다. 도쿄 시내는 이미 남북한 미사일의 폭격으로 인해 아비규환이 따로 없었다.

끔찍한 파괴의 현장 속 뜨거운 불길과 대혼란 속에서 주일 한국 대사관 안으로 승용차 한 대가 들어왔다. 차에서 내린 사람은 김성광 상무관이었다. 그는 비둘기 생포 작전 팀의 진입을 위해 목표인 천황 어가까지의 도로 상황을 정찰하기 위해 둘러보고 오는 길이었다. 그가 현관을 열고 들어오자, 일반 방문객 접수대에 앉아 있던 전명철 대위가 그를 맞았다.

"수고하셨습니다. 황궁 길목은 어떻던가요?"

"이미 우리 공습으로 처참하게 변했습니다. 방어는 꿈도 못 꾸는 상황이고 도망가기 바빠서 진입이 수월할 듯합니다. 전시 상황이라 곧 할 수 없을 정도의 전투 대비 상태입니다. 아마도 모두 경황이 없는 것 같아요."

"그렇다면 큰 문제는 아니겠지만 그래도 조심은 해야겠지요?"

전명철이 말하며 김 상무관과 같이 대사관 지하실로 이동하자 모두가 따라 내려간 후 각자 개인장비를 챙겼다. 그들이 소지한 소총은 모두 일본 육상 자위대의 89식 제식 총이었고 그들의 신분을 알려 줄 수 있는 물품은 단 하나도 없었다.

이는 유사시 그들의 신분을 알려 줄 수 있는 증거가 아무것도 없다는 사실이었으며, 그들을 구별할 수 있는 것이라면 오로지 각자의 얼굴과 목소리, 그리고 가까운 사람들만이 알 수 있는 익숙한 몸짓뿐이었다.

이미 초저녁부터 등화관제가 시작된 도쿄 거리는 가로등 불빛만 제외한 모든 건물과 상점 등의 불빛이 차단되었고, 무슨 일로 왕래하는지 모를 사람들이 탄 차량 행렬이 혼란 속의 길거리를 엉금엉금 기어가고 있었으나, 시내의 혼란스러움으로 그 누구도 지나가는 수많은 차량을 제지하지 않았다.

그 덕분에 민길영의 일행 36명은 대사관 직원 인식 번호판을 붙인 개인 승용차 5대에 대원 14명을 나눠서 태우고 나머지 대원을 주일 한국 대사관 명의 번호판을 붙은 승합차 2대에 태웠으며 그리고 여성(간호, 구급)대원 몇몇이 25인승 중형버스 두 대에 나눠 탄 후 후타바 학교를 목표로 계속 이동했다.

길거리는 자위대 군인들이 이리저리 뛰어다니며 혼란한 상황을 수습하려 했지만, 이 혼란을 쉽사리 잠재울 수는 없었다.

그들은 거리에서 어깨에 보병용 89식 소총을 울러 멘 채 뛰어다니며 여기저기 기웃거리다 수상한 그림자는 없는가 하고 형식적으로 살펴보는 등, 실제 전투 상황과는 전혀 어울리지 않는 전시 상황이었다.

하긴 하늘을 날아다니는 적의 미사일을 방어할 수 있는 보병이 어디 있을까?

민길영을 비롯한 한국의 특수전대를 태운 차량 행렬은 차량 지붕에 사이렌 경고등을 부착한 채 요란한 경고음을 울리며 엉망이 되어버린 도로를 따라 동쪽으로 약 1㎞를 더 달려 신주쿠의 요츠야 공립학교로 우회전하는 사거리에 이르렀을 때 검문에 걸렸다. 대원들이 탄 차를 육상 자위대 선두에 중대장을 나타내는 꽃잎 하나와 작대기 두 개가 붙은 제복을 입은 3등 육조가 다가오며 정차하라고 손짓했다.

그 육조가 급한 걸음으로 주상웅 부대사가 승차한 선두 차량인 승용차 옆으로 다가오더니 창문을 열라고 손짓했다.

그는 주일 대사관을 상징하는 차량 전면 유리에 붙은 '戰時 特別 通行證(전시특별 통행증)'이라는 스티커를 무시하고 한국 부대사가 내민 외교관 신분증도 본체만체 질문했다.

"이 시기에 한국인이 대체 어디로 가는 중입니까?"

주상웅 부대사가 말했다.

"저 앞 후타바 중학교에 한국인들이 귀국하는 배에 타려고 모여서 우리를 기다리고 있답니다. 사방에서 미사일 떨어지니 너무 무섭다고 자기들을 얼른 귀국선에 태워달라고 연락이 와서 그분들을 데리러 가고 있는데 당신이 막는군요. 저 뒤 작은 버스는 그분들을 태우고 대사관으로 모시는 차입니다. 우리는 한국 민간인의 생명을 구하려고 빨리 가야 하니 의심스러운 점이 있으면 빨리 말하세요."

"아~~! 그래요? 그런데 차량이 이렇게 많이 필요합니까? 그리고 차에 타고 있는 사람도 너무 많은 거 아닌가요?"

"우리 교민분들이 폭격 파편에 맞은 분이 계셔서 응급조치가 필요하답니다. 그래서 의사분과 기타 여성 응급 요원들과 식량과 음료를 운반하는 구호대원들도 같이 가는 중입니다. 어서 보내주시지요."

주위의 사거리 교차로에는 육상 자위대 병력 중 도쿄 수비대 병력도 제법 깔려 있었으나, 그들을 검문하는 자위대 장교를 보고는 시선을 돌렸다. 갑자기 가까운 거리에 미사일 한 발이 떨어지며 요란한 굉음과 함께 땅이 심하게 흔들리고 놀란 그 육조가 급하게 말했다.

"당신들 신분을 증명할 수 없습니다. 보내드리지 못하겠어요."

주 부대사가 큰 소리로 외쳤다.

"이봐요. 난 한국 부대사란 말입니다. 당신들이 날 붙잡고 이렇게 시간 끌다가 우리 한국인 생명에 지장이 생기면 당신이 책임질 건가요? 정 그렇다면 내 신분증을 아예 당신에게 맡기고 우린 출발하겠습니다."

주상웅 부대사가 외교관 신분증을 그에게 휙 던지며 말했다.

"우린 어서 갑시다."

그리고 차창 밖으로 머리를 내밀고 그 육조에게 소리쳤다.

"나중에 우리 대사관으로 오세요. 문제가 있다면 내가 그때 처벌받으면 되겠지요?"

핸들을 잡고 있는 강윤기 대원이 소리쳤다.

"부대사님, 급하니까 출발하겠습니다."

그리고 사정없이 액셀을 밟고 차를 몰고 나가자 후미의 차량 7대도 쏜살같이 따라가며 경적을 울렸다. 차창 밖으로 놀라고 당황해서 황급하게 쫓아오며 소리치는 그 육조의 모습이 보였으나 그들은 무시하고 계속 달렸다. 그러나 주위의 자위대 군인은 모두 숨거나 도망가기 바빠서 그들의 차량을 제지할 엄두도 내지 못하는 것 같았다.

어리숙한 자위대 순찰 병력을 지나쳐 교차로를 지나 점점 어두워지는 거리를 따라 사이렌 소리를 끄고 속도를 줄인 채 조심스레 직진해, 목적지인 후타바 중고등학교 건너편의 가로등 불빛조차 없는 우거진 숲까지 도달했다.

부대사와 승용차를 운전하던 대사관 직원들은 어둠 속에서도 십자가가 돋보이는 천주교 성당 건너 길가에 차량을 세우고 대원들이 하차하게 한 후 크고 작은 승합차 4대만 길에 세워놓고 여성 대원들과 부대사 일행을 태운 승용차 5대는 대사관으로 돌아갔다.

다행히 좌측통행인 일본의 도로교통 방식 덕분에 성당 건너에 내리자마자 그들은 도로 가에 주차한 차량의 그림자에 몸을 숨기며 은밀히 이동했고, 1차 목적지인 후타바 중학교 담장 건너 숲속에서 머리 꼭대기부터 발끝까지 온통 검은색으로 칠해진 잠수복으로 갈아

입고, 얼굴은 위장용 얼룩으로 묻히고, 등에는 테니스 가방 비슷하게 생긴 개인화기를 넣은 방수 가방을 멘 모습으로 변했다.

전명철 대위가 말했다.

"모두 헤드 캠 착용하고 통신망 열도록. 그리고 유사시를 대비해서 소음기는 항상 손에 닿기 쉽게 할 것."

이곳은 도로와 제법 떨어져 있었으나 시내의 미사일 폭격의 굉음은 여전했고, 순간순간 지나가는 차량의 바퀴 굴러가는 소음과 가끔 이른 밤 숲속을 날아다니는 이름 모를 새들의 날갯짓 소리만 들렸다.

이어 천천히, 아주 천천히 움직이며 검은 모자를 눌러쓰고 귀에 이어폰을 끼고 모자 위로 헤드 캠을 덮어쓴 후, 공포와 혼란에 빠진 도쿄 어둠을 등에 짊어지고 숲 앞으로 뚫린 철도를 따라 북쪽으로 움직이는 그들의 눈앞에 저 멀리 수십 번이나 지도에서 봤던 도쿄 테이진 병원의 높은 건물이 들어왔다. 후타바 학교 건너의 전철 궤도가 구부러지는 곳부터 그곳까지는 얕은 강이 있었고 그들의 움직임은 그 강물 속으로 하나둘 사라지기 시작했다.

약 10분 후 머리 꼭대기만 빼꼼 내놓고 얕은 강을 두 팔로 휘저으며 걷던 그들은 이윽고 후지미 빌딩이 바로 눈앞에 다가오자, 물속에서 나와 철로를 건너 호세이 대학 쪽의 숲속으로 들어갔다.

-10월 8일 18:54-

도쿄 황궁 근처

전철은 진작부터 끊겨 있었다.

그들은 숲속에 도착한 후 곧바로 방수가방을 열고 자위대 군복을 꺼내 갈아입었다.

전명철 대위는 잠시 헤드 캠을 머리 뒤로 젖히고 위성 GPS가 부착된 손목의 갤럭시 워치를 보았다. 그리고 모두에게 손짓으로 모자를 바꿔 쓰고 조용히 숨어 있으라는 신호를 보냈다.

민길영은 잠시 숨을 고르며 이 고요의 순간이 지나면 몰아닥칠 피바람을 그려 보았다.

여기까지 오는 길이 사실 이 작전의 가장 위험한 순간이었으나 이제 무사히 통과해 안도의 숨을 내쉬며 약속 시간이 될 때까지 기다리는 일만 남았다. 앞으로 남은 시간은 약 6분.

'정각 19시에 이 학교 건물 뒤의 그 악명 높은 야스쿠니 신사에 미사일이 떨어진다. 그리고 순식간에 주변은 아수라장이 될 것이고 특히 해자와 이어진 호숫가의 데이진 병원 입원환자들로 인해 소방차와 응급구조대원들이 몰려들 것이다. 그 틈을 노려야 한다.'

전 대위는 투지를 활활 불태웠다.

아니 목숨을 걸고 이곳까지 온 그들 모두가 마찬가지였다.

6개의 각 조는 습격조 4명과 수색조 2명 중 조장 1인, 폭파조 1인, 돌격조 2인, 수색조 2인, 총 6인으로 구성하되 전 대위와 부관을 포함한 6조는 전위에, 1조는 후위에 위치하며 습격조의 전방과 후미공격을 저지하는 임무였다. 이 중 수색대원은 일본어와 일본 글에 대단히 능숙한 대원이었다.

민길영은 습격대 2조 조장이다. 나머지 대원 역시 일본어를 제법 할 줄 알았으며 민길영처럼 일본어에 능숙한 대원 1명을 각 조 조장으로 편성했다.

6조는 전 중위가 조장이었다.

각 조는 맡은 임무와 구역에 따라 몇 분 내에 각자의 구역을 목표로 움직여야 한다.

그들의 위장 신분 속에는 위조한 일본 자위대 신분증명서가 들어 있었다.

민길영은 고국에서 훈련 시작하기 직전 자신에게 사인을 요구하던 대령의 말이 떠올랐다.

"이제 귀관의 목숨은 지구상에서 없어지는 목숨이야. 죽어도 정체가 드러나면 안 되며 만약 그렇게 될 경우라면 스스로 끝장을 내야 한다. 이건 작전에 임하기 시작하는 이 순간부터 내가 내리는 처음이자 마지막 명령이다. 앞으로 귀관과 내가 만날 일은 살아 돌아오면 있을 수 있겠으나 그렇지 않다면 우린 모르는 사이일 뿐이야. 이 말이 무슨 뜻인지 알겠지?"

"네~! 잘 알겠습니다."

-10월 8일 19:00-

도쿄 황궁 반장문

그 순간이 떠오른 민길영은 이제 이 마지막 순간이 영광스러울지 아닐지의 판가름 날 시간이 다가오자, 가슴 깊은 곳에서 아드레날린이 뜨거운 기운으로 물씬 솟는 것을 느꼈다.

전 대위가 또다시 손목의 갤럭시 워치를 보았다.

시간은 어느새 19시 정각이 되어 가고 초조한 순간만 보내던 그들의 귓가에 갑자기 "쐐~액!" 하는 날카로운 휘파람 부는 소리와 비슷한 소리에 고개를 들자, 허공에 기다란 주황색 불꽃을 꼬리에 단 미사일 2발이 대원들에게서 100m도 채 떨어지지 않은 그 악명 높은 야스쿠니 신사와 데이진 병원에 각각 1발씩 떨어졌다.

엄청난 폭발음과 함께 주위의 어둠 속에 숨어 있던 자위대 병사들이 공포에 질려 사방으로 뛰어다니며 고함을 치는 소리가 사방으로 퍼졌다.

이 모습을 본 전명철 대위가 명령했다.

"1조는 후위에 남고 모두 이동한다. 갤 워치는 눈에 띄지 않게 버리도록."

이 혼란을 틈탄 대원들이 뛰어나가면서 각자 일본어로 크게 소리지르며 신사 앞 도로로 뛰어나갔다. 그리고 일시에 건너편 인도로 뛰어가더니 계속해서 남쪽의 황궁 입구인 반장문 방향을 향해 뛰었다.

한국 미사일 본부에서 그들이 뛰어가는 도로 뒤편의 건물들에 시간을 맞춰 발사한 미사일이 연이어 떨어지고 주위는 더욱 혼란스러워졌으나 대원들은 아랑곳하지 않고 뛰며 오즈마 여자대학 앞의 이차선도로를 따라 남쪽으로 약 1㎞를 더 뛰었다.

이윽고 그동안 도쿄 시내 지도, 특히 훈련 시에 집중적으로 익혔던 황궁을 중심으로 삼은 컨테이너 표적을 떠올린 채 지도와 도로, 주변 건물을 지나가며 큰 사거리에 도착한 대원들이 왼쪽으로 돌아서 반 장문 입구로 뛰어갔다.

대원들은 이곳부터 직선거리로 200m도 되지 않는 반장문(半藏門)까지 계속 뛰었고 후미에 처진 1조 대원 6명이 후방 엄호 자세를 취하며 뒷걸음으로 총구를 반대로 돌린 채 이동했다.

잠시 후 1조 대원들은 후미에서 따라오다 멈추더니 제각기 주변 건물 그림자의 어둠 속에 엎드렸다.

그리고 남은 5개 조 대원 30명은 작전대로 반장문 바로 앞의 해자 변 도로로 뛰어갔다. 그들의 손에는 일본 육상 자위대의 89식 소총이 들려 있었고 군복 역시 육상 자위대 군복이었으나, 조금 전 바꿔 쓴 군모는 특이하게도 군모에 해상자위대 군기인 욱일기 마크가 원형 이 아닌 별 모양으로 새겨져 있었다.

대원들의 군복 주머니와 어깨에서 내려온 멜빵 앞에는 각종 수류 탄과 수류탄 비슷한 폭발물로 보이는 무기도 매달려 있었다. 이것은 순간적으로 눈을 멀게 하는 섬광탄이었으나 자위대의 엉성한 훈련 과 빈약한 무기 지식으로서는 이 무기가 무엇인지 그들이 알 리가 없 었다.

대원들의 요란한 군화 소리에 반장문 입구에서 경비 병력이 우르 르 뛰어나오며 그들에게 총을 겨눴다.

그들 중 누군가 가장 앞으로 나서며 소리쳤다.

"누구냐? 누구기에 이 밤에 어전에서 얼쩡거리냐?"

가장 앞에서 뛰던 전 대위가 일본어로 크게 대답했다.

"너희는 몰라도 된다. 폐하의 황거는 지금 총 몇 명이 호위하고 있나?"

"누구냐고 물었잖아? 총 쏘기 전에 얼른 말해라."

"그래? 우리가 누군지 알면 나중에 후회할 일이 생길 텐데 그래도 되겠나?"

"어쨌든 이 밤에 돌아다니는 모습이 수상하니 얼른 말해라."

"좋다. 말할 테니까 내 질문에도 답해야 한다. 알았나?"

전 대위가 지지 않고 고함을 치자 자위대 병사가 움찔거렸다.

"우린 유사시 성스러우신 천황폐하를 안전하게 보호하라는 명령을 받고 달려온 방위대신의 명령만 받드는 직속 어전 비밀 호위 부대 소속이다. 우리는 대동아 전쟁이 아쉽게 끝난 후 당시 육군성의 특별 지시로 유사시 천황폐하를 근거리에서 직접 호위하라는 명을 받고 조직된 부대다. 지금 사태가 바로 그 유사시에 해당하는 때이기에 우리가 출동했다. 이 군모가 증거다. 우린 어제부터 숨어서 비밀리에 황거를 지키고 있었다. 우리는 80년 전통의 비밀조직이라 부대 이름과 소속은 말해 줄 수 없고 우리 이름도 말하면 안 된다.

지금 건너편 황거에 황궁 경찰 전원이 천황폐하를 지키고 있지만 그들은 평시에는 유능할지 몰라도 유사시에는 대비책이 없다.

그런 비상사태를 대비해 우리가 비밀조직으로 존재하는데 귀관이 알 리가 없지. 귀관이 더 알고자 한다면 귀관은 그때부터 비밀을 지키기 위해 우리 부대에 귀속해야 한다. 귀관이 우리 호위 부대를 모른다면 우린 그냥 황거로 갈 테니 귀관이 알아서 상관에게 보고해라.

다만 이 급박한 사태에서 단 한 순간도 지체할 수 없는데 귀관이 지금 어정쩡한 상태로 시간을 보내다가 혹시라도 고약한 일이 발생한다면 나는 귀관의 책임으로 보고할 테니 그리 알도록 해라. 이상이다."

그리고 뒤를 보며 대원들에게 손짓으로 황거 입구로 진입할 것을 명령하고 출발하려다 멈칫거리더니 갑자기 뒤를 돌아보며 가장 앞의 자위대 군인을 바라보며 말했다.

"이등 육조 자네가 순찰대 선임인가?"

상대의 기세에 눌린 그 군인이 말했다.

"그렇다. 내가 선임이다."

"그렇다면 자네 후임에게 지휘를 맡기고 우리와 같이 황거로 가자. 가서 황궁 경찰이 우리에게 천황폐하 호위를 맡기는 임무의 인수, 인계에 증인이 되도록 해라."

말이 안 되는 억지였지만 말이 안 되기에 그는 더욱 어리둥절했다. 일본의 폐쇄적인 사회성이 여기서도 제대로 나타났다. 자신이 속한 조직 외에는 큰 관심을 가지지 않거나 알려 주지 않는 폐쇄성이 문제였다.

전 대위가 다시 말했다.

"조금 있으면 본 방위성에서 정식 호위대 1개 대대가 온다. 그때까지 우리가 임무를 맡아야 하기에 증인이 필요하다. 그래서 자네가 필요할 뿐이다. 알았나?"

이미 주위에서는 그들의 실랑이에 신경조차 쓰지 않았다.

그들 옆의 도로로 또다시 소방차 한 대가 사이렌 소리도 요란하게 지나갔다.

"시간이 없다. 저들이 황거까지 폭격하면 천황폐하 생명이 위태로워진다. 자네는 비상시를 대비한 황거 내부의 비밀공간을 알고 있나?"

"나는 모른다. 내가 알 리가 없지."

"그럼 입 다물고 조용히 따라와라. 우리가 천황폐하를 그곳으로 모셔서 천황폐께 누고를 끼치지 않도록 할 테니까."

그가 머뭇거리며 주위 동료들을 바라보았다. 하지만 아무도 그와 눈길을 마주치는 사람이 없었다.

처음 보는 자위대 제복의 인물들이 강한 어조로 다그치는 모습에 그들은 어떻게 대응해야 할지 몰랐다.

잠시 후 이등 육조가 한 병사를 지목하며 말했다.

"이봐, 하세베. 자네 나와 같이 황거로 가야 하겠다."

하세베라 불린 자위대 병사가 말했다.

"육조님, 저는 아시다시피 아직 남은 순찰 구역이 있습니다."

"뭐 하고 있나? 지금 전시인데도 모조리 멍청이들만 모였군."

전 대위가 크게 고함을 지르자 놀란 자위대원들이 이등 육조를 바라보았다. 이등 육조가 어서 빨리 저들을 따라가기를 바라는 눈길이었다.

"좋다. 이등 육조 자네 이름이 뭔가? 나중에 보고해 자네에 대한 조치를 따로 처리해야겠다."

전 대위가 매서운 눈길로 그를 주시하자 그가 마지못해 걸음을 옮겼다.

"그럼 갑시다."

말투가 어느새 존대로 바뀌었다. 전 대위가 습격 대원 모두에게 일본어로 호령했다.

"모두 뛰어!"

그 호령을 필두로 대원들은 피식거리고 웃으며 전 중위를 따라 뛰기 시작했다. 그 일본군 육조는 맨 뒤에서 헐떡거리며 쫓아오기 시작했다.

그들이 반장호(半藏濠) 주변의 도로를 돌아 반장문 입구로 들어서자, 입구의 경비초소에서 총을 들고 지키던 경비 경찰 두 명이 뛰어나왔다.

전 대위가 이등 육조에게 말했다.

"자네가 저들에게 우리 일을 말해 주게나. 우리는 입을 열면 열수록 손해니까. 알겠나?"

이등 육조가 말했다.

"알겠습니다. 제가 나서서 말하겠습니다. 그리고 저의 이름은 시네모리입니다."

졸지에 앞잡이가 된 그가 황궁 경비본부 소속 900명 중 1명인 경비 1과 소속의 대원 앞으로 나서며 말했다.

"나는 도쿄 방어대 1사단 제22 여단 소속 시네모리 이등 육조다. 이제부터 이분들이 천황폐하의 안전을 보장한다. 그러니 우리가 통과하도록 길을 안내해라."

정식 자위대 군복의 시네모리 이등 육조가 말하자 그들 중 한 명이 어리둥절하며 말했다.

"아니. 우린 그런 명령 받지 못했는데요? 언제 그런 명령이 내려왔습니까?"

전 대위가 그렇게 말한 경비 경찰에게 호통쳤다.

"자네는 이름이 뭔가? 그런 명령이 있으면 비밀 호위대가 아니지. 글자 그대로 우리는 전시에 천황폐하를 직접 보위하는 비밀임무 부대야. 이제 들어간다."

"저는 쓰시무라라고 합니다. 귀관의 성명은 어찌 되시는지요?"

그 질문을 무시한 전 중위는 무전기를 들고 말했다.

"본부… 본부… 여기는 와시(독수리). 와시. 본부 나와라."

"말하라."

"비둘기 집에 도착했다. 이제 둥지를 살피러 가야 한다."

"알았다. 계속하도록."

지극히 간단한 무전이었으나 시네모리에겐 여전히 어색하고 낯선 분위기였다. 이어서 무전기를 다른 손으로 옮겨 쥐며 대원들에게 말했다.

"4조는 즉시 반장문 앞에, 5조는 후키아케 호위서 앞 숲에 은신해 침입자를 방비하라."

4, 5조 대원들이 일제히 소리쳤다.

"하이. 알겠습니다."

대답과 함께 4, 5조 두 조의 대원들이 일제히 명령받은 장소로 달려갔다. 전명철이 다시 무전기로 반장문 건너에서 후위를 책임지던 1조를 호출했다.

"1조, 모두 합세하라. 적이 여기는 아직 없지만 모두 모여서 어가를 방어하도록 한다."

그러자 반장문 건너편 도로 가 빌딩 그늘에 숨어서 엄호하고 있던 1조 대원 6명이 후방에서 우르르 뛰어나오더니 그들 있는 곳으로 몰려왔다. 전 대위와 일행은 잠시 기다리다 1, 2, 3조와 합세했다.

　전명철이 도착한 1조 강윤기 조장에게 다시 명령을 내렸다.

　"1조는 어가 정문 숲속에서 은신하도록, 혹시 은밀히 접근하는 자가 있으면 우리 외는 모두 적이니까 즉각 사살하도록. 알았나?"

　1조 조장 강윤기가 말했다.

　"하이. 잘 알겠습니다."

　시간은 19시 45분이었다.

　-10월 8일 19:30-

　일본 도쿄 지요다구 천황 황거

　그 시각 주일대사관 송민우 대사는 전화기를 들고 이 대통령 직통 전화 다이얼을 돌렸다.

　통화가 연결되자 송 대사는 한마디만 말했다.

　"비둘기들이 집에 도착했습니다."

　이 암호는 즉시 전국의 미사일 부대로 전해졌다.

　지하실의 김성광은 본국에 공습 요청을 한 송 대사의 전화가 끝나자마자 무전으로 전명철 대위를 호출했다.

　"와시, 와시 나와라, 여긴 본부다."

"하이. 여기는 와시, 말씀하십시오."

"본부에서 알린다. 대원들은 즉시 황거 근처의 숲속으로 은신해 본대가 도착할 때까지 혹시라도 있을지도 모를 누군가의 침입을 방지해라."

"하이. 알겠습니다. 그런데 궁내청과 경찰 본부의 우리 경찰들은 어떻게 하라고 알릴까요?"

"와시, 황거는 아직 공습이 없으니 그 자리에 대기하도록. 본부에서는 적들이 황거를 직접 폭격하지는 않는다고 본다."

"하이, 알겠습니다. 그렇다면 우리는 황거 진입로 근처 숲속으로 이동, 은신하겠습니다."

"알았다. 수고~!"

일본어로 주고받은 무전 내용은 주위의 경비 경찰과 시네모리에게도 고스란히 들렸다.

대구 근교의 천둥 미사일 기지에서 발사 명령만 기다리고 있던 사거리 1,500㎞의 천둥 3-A 순항미사일 2기의 발사와 동시에 울산 배후의 미사일 기지에서 천둥-4 탄도미사일 24기가 또다시 일제히 동해를 건너 1,100㎞ 떨어진 일본 도쿄로 날아갔다.

마하 7의 속도로 날아간 극초음속 순항미사일은 9분 후 도쿄 황궁 동남쪽 해자 건너 도쿄도(都) 경시청과 황궁의 궁내청 건물에 정확히 명중해 순식간에 두 건물을 폭삭 주저앉혔고, 또 다른 미사일은 도쿄 방어를 담당하는 네리마의 동부 1사단 기지와 기지 주변 곳곳에 떨어져 엄청난 폭발을 일으키자 순식간에 주위를 아수라장으로 만들었다. 도쿄 경시청과 황궁 궁내청의 두 건물은 직선거리로 불과 500m 거리였으나 순항미사일이 정확하게 두 건물로 떨어진 것이다.

경시청과 궁내청, 두 곳의 미사일 공습을 시작으로 도쿄 황궁 주변의 중심 상가와 근처에 밀접한 일본 대기업들의 본사 건물에 미사일들이 떨어지기 시작했다. 미쓰비시, 미쓰이, 도요다, 혼다, 닛산, 후지, 스미도모 등 대기업 본사들과 동경 전력회사 등의 기간산업의 본사 건물도 순식간에 잿더미가 됐고, 동경 전력 본사 건물의 붕괴로 인해 도쿄 시내는 전 도시가 완전 정전 사태로 변했다.

이 미사일 목표 지점 설정은 북의 전략 로켓 부대와 실시간으로 정보를 주고받으며 목표를 선정하고 타격한 남한 군부의 전략적 선택이었다.

그나마 미사일 공습이 뜸했던 황궁 해자 건너편의 관공서 밀집 지역도 갑자기 벌어진 엄청난 미사일의 공습으로, 근처에 있던 자위대 군인들과 도쿄 경시청 소속 경찰들과 황거 주위의 궁내청 순찰 자위대 병력도 순식간에 아수라장 속으로 빠졌다.

뒤이어 폭음에 뒤섞여 나오는 비명과 소방차의 사이렌 소리가 뒤섞인 채, 주위는 죽음과 공포의 기운이 가득 들어차기 시작했다. 도쿄 경시청 건물에서 당직 근무하던 경찰들은 한국의 탄도미사일 공격으로 인한 건물 붕괴로 이미 대부분이 사망했고, 다행히 살아남은 경찰과 자위대 병사들이 어두운 도로를 뛰어 도망가는 모습이 반장문 건너의 침투 대원들 눈에도 확 들어왔다.

"어이쿠~~! 웬 날벼락이야. 모두 피해라."

황거 서측 출입구인 반장문 경비실의 조장으로 보이는 순사부장 계급의 경찰이 급하게 소리쳤다.

전 대위가 대원들에게 소리쳤다.

"모두 어가 엄호 대형으로 움직여라."

그의 명령에 따라 전 대위와 함께 2, 3, 6조 대원들 모두 한꺼번에 황거 건물 근처의 숲속으로 뛰어 들어갔다.

반장문 경비 경찰 2명과 시네무라 이등 육조 역시 얼떨결에 전 대위를 따라 황거 숲속으로 뛰어 들어왔다.

전 대위가 다시 지시했다.

"모두 작전 내용은 잘 숙지하고 있겠지?"

"하이~!"

침투 대원들이 일제히 소리쳤다.

쓰시무라가 물었다.

"그 작전은 우리도 알면 안 됩니까?"

전 대위가 그들에게 말했다.

"그건 알 필요 없고 자네들도 우리를 따라갈 건가? 아니면 본부로 돌아갈 텐가?"

순사부장급 경찰이 말했다.

"본부로 들어가겠습니다."

시네무라가 말했다.

"그럼 나는 여기서 이만 돌아가겠습니다."

"알았다. 조심히 돌아가도록."

시네무라가 떠나는 모습을 바라보던 황궁 경찰은 저들의 관계가 어떤 관계이기에 자위대 군인까지 저토록 설설 기는지 알 수 없었으나 일단 전 대위 일행을 지켜볼 수밖에 없었다.

대원들과 쓰시무라 일행은 모두 황궁 궁내청 방향의 길로 접어들었다.

2조 대원 중 민길영만큼 일본어가 능숙한 윤필석이 옆에서 따라오는 황궁 경찰에게 말했다.

"폐하는 안전 가옥에 무사히 계시는가?"

경비 경찰 쓰시무라가 말했다.

"잘 모르겠습니다. 그런데 비밀 안전 가옥은 어디에 있습니까?"

"아니 황거 경비가 유사시 폐하를 안전하게 모시는 비밀 안전 가옥의 존재도 모른단 말인가? 알면서 잡아떼는 거야? 아니면 전혀 모르고 있나? 대체 무슨 교육을 받아서 모른다는 말이지? 이 사람 영광스러운 황궁 경비경찰 맞나?"

이 호통에 경비 경찰 쓰시무라는 이 사람들을 믿을 수가 없었으나 그렇다고 무시할 수도 없는 애매한 입장이 됐다.

윤필석이 옆의 한민석에게 일본어로 말했다.

"이 사람이 안전 가옥을 모른다는데 이 말을 자네는 믿는가?"

한민석이 능청스럽게 말했다.

"잘 모르겠습니다만… 만약 정말로 모른다면 저들 모두 불러 모아 폐하를 안전 가옥으로 모시는 작전에 대해 설명해 줘야 할 것 같습니다."

즉 한곳으로 모아놓고 일망타진하자는 말이었다.

그 말을 들은 전명철이 쓰시무라에게 말했다.

"그렇군. 자네 들었나? 궁내청이 박살 났으니 자네들 모두 일단 황궁 경찰청 본관으로 모두 모이라고 연락하게."

쓰시무라는 자신이 한 말에 스스로 얽혀 오도 가도 할 수 없는 처지가 되었다.

"궁내청 건물이 사라졌으니 일단 그렇게 하겠습니다."

쓰시무라는 저들의 말이 미심쩍었으나 모두 모인 자리에서 이 패거리들의 진짜 정체를 알아볼 속셈으로 말했다.

쓰시무라가 어깨에 멘 무전기를 켜고 말했다.

"여기는 반자이, 반자이, 전부 들어라. 폐하의 방위성 직속 호위부대가 도착했다. 우리와 함께 천황폐하 호위 작전에 대해 의견을 나눈다고 하니 간부급 포함해 생존자들은 모두 황궁 경찰청 본부로 모여라."

무전기가 지직거리며 응답들이 잇달아 날아왔다.

"알았다. 오버."

"오케이. 오버."

"하이. 오버."

답신들도 제각각이었다. 그만큼 저들의 훈련 상태가 일관성이 없다는 이야기였다.

"일단 움직여. 시간이 없다."

전명철이 호통치며 황궁 경찰청 본부를 향해 동쪽으로 뚫린 숲길로 달렸다. 그의 호통에 따라 대원들은 온몸의 무기끼리 부딪치는 달그락 소리를 내며 일제히 달렸다.

전명철은 뛰어가며 무전기를 들고 명령을 내렸다.

"4조는 2차 작전의 자기 위치로 이동~!"

전 대위의 무전 명령에 따라 4조는 반장문 입구를 막는 위치에서 이탈해 황거로 향하는 북쪽의 숲속 길로 뛰어가서 5조와는 반대 방향에 은신해 황거 주위를 양방향에서 방어하는 형태로 숲속으로 스며들었다.

전 대위를 선두로 3개조 18명의 대원들은 궁내청 방향의 산노마루 상장관을 향해 수색 대형의 거리를 두며 뛰어갔다.

불시에 전쟁이 벌어진 탓에 황궁만이 아니라 일본 전국은 엄청난 대혼란에 빠졌다. 역사 이래로 일본 본토에 들어온 외국 군인은 미군을 제외하고는 아예 없었기에 그들의 혼란한 상태는 짐작하고도 남았으나, 이 정도로 우왕좌왕할 줄은 아무도 몰랐다. 어쩌면 일본이라는 섬나라 땅덩어리에서만 지내온 갈라파고스 사고방식 덕분인지도 몰랐다.

남한과 북한 연합군은 현명하게도 육, 해, 공 전력 대신 미사일 전력으로 자위대의 군사력을 파괴하는 전략으로 나섰고 이는 그대로 맞아떨어졌다. 그 미사일들은 수백 km를 날아와 지금 전명철의 특수 침투부대가 활약하는 도쿄까지 계획적인 폭격을 하고 있으며, 이는 황궁 침투부대의 전략적 선택을 한층 수월하게 만들었다. 이 계획된 미사일 공습은 사전에 치밀하게 수립된 천황 생포 작전의 가장 중요한 핵심이었다.

도쿄 도심과 황궁 주위에 번갈아 떨어진 미사일 공습은, 도쿄 중심가에 자리 잡은 주요 관공서 등을 방어하기 위해 배치한 육상 자위대 군인들이 제대로 정신 못 차리며 특수부대의 황궁 침투에 올바로 대응할 수 없게 만든 주원인이었다.

황거 바로 옆 북쪽 500m 거리의 일본 무도관 건물에 미사일 한 발이 떨어지더니, 엄청난 폭음과 함께 폭삭 주저앉으며 8각형으로 이루어진 건물 자체가 사라졌다.

그리고 이어서 떨어진 미사일들이 황거 주위의 해자를 넘어 황거 진입이 가능한 10개의 다리와 과학기술관과 미술관 뒤의 고가도로 등 총 12곳을 타격했다. 그 시각은 침투부대가 황거로 진입한 직후였다.

서북 방향의 치도리카 해자를 통해 진입이 가능한 고가도로와 반장문 다리에 떨어진 미사일은 천황이 머물러 있는 황거에서 겨우 200~400m도 안 될 만큼 가까운 거리였다.

황실을 보좌하는 시종들은 그 직책상 대부분이 나이가 많다. 황가의 수많은 예의범절과 각종 행사에 따르는 절차, 그리고 천황의 살림과 일거수일투족에 대한 엄정한 보좌 등 온갖 궂은일을 도맡기에 그 과정을 익히기에는 무척 오랜 세월이 필요하기 때문이다. 별도로 경호를 위한 시위대도 있으나 그들 대부분은 천황과 그 일족을 우습게 아는 궁내청의 위압적인 태도를 그대로 본받고 천황을 깍듯한 예우로 모시지 않았다.

더구나 현재의 천황은 자리를 물려받을 태자는 없고 공주만 두 명이 있기에, 다음 세대의 황실이 제대로 존속할지 어떨지 모르는 상황은 시위대의 존폐까지 흔들릴 수밖에 없게 만들었다.

공주 두 사람은 결혼으로 인해 황거 어원 거주는 불가능하기에 남편들을 따라 도쿄 시내와 오사카에 거주 중이었다.

덕택에 천황은 집권당에서 격에 맞는 예우를 받지 못했고, 그것이 시위대의 시중도 올바르게 받지 못하는 이유가 됐다. 넓은 황궁 어원에 거주하는 사람은 천황과 황비뿐이었다.

그렇기에 황거와 가까운 거리에 떨어진 미사일 세례에 놀란 나머지 천황의 안위는 팽개친 채, 모두 황거 밖으로, 혹은 황궁 경찰 본부로 도망가기 바빴다. 물론 궁내청과 황궁 경찰청으로 도망간 시위대는 대부분 미사일 폭격으로 사망하거나 크고 작은 부상으로 천황의 호위에는 신경 쓸 겨를조차 없었지만 말이다.

한국에서 날아오는 미사일의 정확성은 무섭도록 놀라워서, 황궁 정문인 고쿄 외원과 황거 주위의 공원인 고쿄 히가시 어원, 히비야, 미야케, 자가코, 가타노마루 등으로 이어지는 주요 도로에 떨어져 커다란 폭발을 일으켜, 도로가 움푹 팰 정도의 커다란 구덩이가 생겼고 걷는 방법 이외에는 황궁으로 접근할 수 있는 수단을 원천적으로 차단했다.

약 5분의 시간 동안 황거 주위에 집중적으로 떨어진 미사일은 사방에서 황거로 진입할 수 있는 동쪽 출입구 2개와 전명철의 특수부대가 진입한 서쪽의 반장문, 북쪽 입구인 평천문, 궁내청 서릉부 방향으로 진입하는 제방 도로 등 황거로 진입하는 모든 제방 도로를 파괴해, 자위대는 물론이고 화재진압을 위한 소방차의 통행조차 불가능했다.

이로써 육로를 통해 천황 호위에 필요한 자위대 지원군의 진입은 도보 이동 외에는 사실상 불가능한 일이었다. 정말 놀랍도록 정밀한 타격이었다.

황거 진입로는 하늘길을 제외하고 완전히 외부와 차단됐다.

황거 공식 수비 병력은 황궁 경찰 본부의 전투에 숙련되지 못한 황궁 경비 경찰 900여 명이다. 그나마 밤중이라 퇴근한 숫자가 많고 교대로 인해 약 400명의 인원이 황궁을 떠나있었기에 실제 인원은 훨씬 적었으며, 이 또한 그들이 주로 모여 있던 궁내청은 남한의 탄도미사일 폭격으로 대부분 사망, 또는 도주해 황궁 경비는 엉망으로 변했다.

그러나 도쿄 앞바다에서 멀리 떨어진 채 잠항 대기 중인 안창호급 잠수함 3척에서는 단 한 발의 SLBM 미사일도 발사하지 않았다. 남북한 미사일 부대의 총공격에 굳이 SLBM까지 나설 필요가 없었기 때문이었다.

-10월 8일 19:20-
북한 중앙방송

전시이기에 모든 일반 정규방송은 중단되었고 군부대 소식만 나오던 방송이 잠시 끊기더니 북한 중앙방송 제1 방송국의 이정희 앵커가 화면에 나타났다.

"이제 우리 남측 장거리포(미사일)가 왜놈들의 땅을 향해 날아가기 시작했습니다. 우리 위대하신 지도자 김정훈 위원장 동지께서는 북조선도 이에 맞추어 핵무기 사용이 가능한 북극성 2호 장거리 대포(미사일)를 쏠 준비가 되었다고 말씀하셨습니다.

우리의 용감한 인민군 군대는 요코스카 기지 등의 모든 해군기지와 비행장의 미군 전투기들이 모조리 철수했다고 가정하고 무차별 폭격을 시작할 준비를 마쳤습니다.

아직 철수하지 않은 미군과 미국인들, 그리고 또 다른 외국인들은 일단 도시에서 벗어나야 합니다. 우리의 대포에는 눈이 없으므로 언제 어디로 떨어질지 모릅니다. 그렇기에 마지막 경고로 일본인을 제외한 외국인들은 빠른 시간에 비켜나길 바랍니다."

어투는 사뭇 친절했으나 내용은 그와 정반대의 무자비한 살육전을 벌이겠다는 경고였다. 그 무시무시한 핵까지 쏠 수 있다는 방송이 연이어 나가자, 도쿄 등 대도시를 비롯해, 중소도시마저도 도심에서 외곽으로 아직도 빠져나가지 못한 수많은 인파와 자동차 행렬로 인해 더욱더 아비규환으로 변했다.

세 번이나 핵폭탄을 맞는 국가가 된다는 생각은 그들의 피난 발걸음을 더욱 혼란과 공포에 빠지게 했다.

-10월 8일 19:25-

도쿄 황궁

전 대위 일행이 파괴된 궁내청을 지나 약 500m 떨어진 황궁 경찰 본부에 거의 다다르자, 사방에서 본부로 모여드는 경비 경찰이 보였다. 전명철은 6조 대원 중 4명을 후방에 머물러 후위를 방어하도록 배치한 후, 민길영의 2조와 3조, 6조의 남은 1명 등 13명을 대동하고 쓰시무라를 앞세워 절반 이상이 파괴된 황궁 경찰청 본부 앞에 모였다.

그가 무너진 본부 입구로 다가서자, 뿌연 먼지가 밤에도 보일 정도로 어깨에 가득 내려앉은 경찰 간부 제복을 입은 한 명이 앞으로 나서며 물었다.

"누구십니까?"

전 대위가 대차게 말했다.

"누구냐고 묻기 전에 누구라고 먼저 밝히시지."

"아~~ 저는 부본부장 후나코시 경시장이라고 합니다만. 무전으로 들었는데 무슨 일로 모이라 했습니까?"

"그건 저 쓰시무라에게 물어보고 일단 모두 이리 모여서 내 작전 지시나 듣도록 하세요."

"아니. 대체 당신들이 누구인지나 알아야지요."

"음. 굳이 알고 싶다면 여기 대화해 보시지."

그가 어깨에 맨 무전기를 떼어 입에 대고 말했다.

"본부. 여기는 와시, 와시. 비둘기 집에 도착했습니다. 이제 작전 지시 바랍니다."

지직거리는 소리와 함께 누군가의 외침이 들려왔다.

"비둘기는 안전하신가?"

"아직까진 안전하십니다. 여기 경찰들이 우리 부대를 모르고 있어서 잠시 바꿔드리겠습니다."

"아직까지라니? 대체 무슨 보고가 그따위인가?"

호통 소리를 뒤로 하고 전 대위가 무전기를 후나코시에게 건넸다.

엄청난 폭격으로 도쿄 전체가 긴박하게 돌아가는 상황에서 후나코시 경시장의 머릿속은 하얗게 변해, 가뜩이나 혼란스러운 이 상황에서 뭐가 뭔지 모를 정도로 어지러웠다. 궁 바깥 도심의 어딘가 가까운 곳에서 또 미사일이 떨어졌는지 무시무시한 굉음과 더불어 땅이 흔들렸다.

무전기에서 요란한 외침과 함께 이상한 여러 소음이 시끄럽게 들려왔다.

"사카이 대좌. 빨리 말해라. 여기 이루마 본부도 긴박하다."

전 대위가 후나코시에게 눈짓으로 말하라고 재촉했다.

"저는 후나코시 경시장입니다. 본부장님이 부재중이시라 황궁 경비를 임시로 책임지고 있습니다."

"그래서? 용건이 뭐야?"

상대의 무시하는 말투에 후나코시가 황급히 말했다.

"이제 여기 폐하 경비는 어떻게 하면 됩니까?"

"아니, 그걸 지금 말이라고 하고 있나? 옆에 있는 사카이 대좌 지시를 듣지 못했나? 이런~~!! 칙쇼~~!"

전 대위가 무전기를 뺏어 들고 후나코시에게 말했다.

"사태가 급하니까 내가 먼저 폐하께서 지금 안전하신가 확인하고 올 때까지 일단 여기 모여 모두 대기하고 있으시오. 그리고 차후 본부 지시를 받고 재편성하기로 합시다."

후나코시는 전 대위가 생각할 여유조차 없이 몰아치자 무조건 일단 고개를 끄덕였다.

황궁에서 서쪽을 향해 직선거리로 약 4㎞쯤 되는 한국 대사관 지하실에서 무전기를 들고 소리치던 김성광 상무관이 미소를 띠며 자리에서 일어났다. 지하실 내부에서는 각종 커다란 소음이 들렸다. 끔찍한 비명, 폭탄 터지는 소리, 핸드 마이크에서 외치는 소리 등등 각종 소음이 들리던 지하실에서 그 소리가 갑자기 뚝 끊겼다.

마치 누군가가 스위치를 끄듯….

실제 이 소음은 상대 무전기에 들리도록 벽에 부착한 스피커에서 미리 녹음된 소리를 최대한 크게 틀어놓은 소리였다.

김성광이 빙긋이 웃으며 의자에서 일어났다. 그리고 뒤에서 바라보고 있던 송 대사를 보며 말했다.

"대원들이 무사히 황궁 안까지 진입 성공했습니다."

송 대사가 말했다.

"정말 엄청난 순간이었군. 그들이야말로 이 전쟁의 영웅이야. 아니지~ 이 천황 생포 작전을 구상한 자네가 영웅이구만."

미사일 폭격으로 부서져 형편없이 파괴된 황궁 경찰 본부 앞으로 수십 명은 되어 보이는 인원이 모였다.

경찰 본부 쪽으로 들어오는 숫자가 확연히 줄어들자, 전 대위는 전면으로 나서며 말했다.

"모두 조용히~~~ 이제부터 황궁 경비는 이루마 항공본부에서 대기하던 우리 비밀 호위대가 관장한다. 우리는 비상시를 대비해 외부에 알려지지 않은 방위성 직속부대이기에 외부인은 우리 존재를 전혀 모르고 있다.

즉, 우리는 천황폐하의 안전만을 담당하기에, 유사시 아니면 절대 외부로 드러나지 않는 조직의 특성상 그대들도 당연히 모를 수밖에 없을 거다. 그렇게 알고 약 20분 후 우리 본대가 도착할 때까지 내 명령을 따르도록 할 것.

이상이다. 참, 그리고 외부와의 교신은 이제부터 이 주파수로 맞춰서 무전기로만 교신한다. 알았습니까?"

경비 경찰 중 일부가 묘한 표정으로 전 중위를 바라보았다. 전 대위는 그런 시선을 묵살하고 다시 말했다.

"이제부터 주파수를 722.0125 Mhz로 맞춘다. 이 주파는 우리 부대만의 주파수이기에 외부 도청이 불가능하고 우리끼리의 송, 수신만 가능하다."

갑자기 한쪽에서 누군가가 손을 들고 소리쳤다.

"우리 무전기는 그 주파수는 잡히지 않는 무전기입니다. 이건 어떻게 해결하겠습니까?"

"이런. 대체 어떤 무전기를 쓰기에 주파도 제대로 못 잡는가?"

그의 일갈에 후나코시 경시장이 말했다.

"우리와는 다른 주파를 쓰는가 봅니다."

"아~ 본부에서도 그것까진 미처 생각 못 했구나. 이젠 어쩌지?"

전 대위가 새삼 난감한 듯 고개를 숙이고 생각에 잠긴 척하더니 후나코시에게 말했다.

"우리 대원 무전기를 넘길 테니 수시로 나, 아니면 본부와 교신하도록. 알았습니까?"

덧붙여 한마디 더 했다.

"우리와의 교신으로 받은 명령 외에는 절대 누구의 말도 믿지 마시오. 그 누구도 폐하의 생명으로 장난치지 못하게 해야 합니다. 그리고 시위관들은 어디 있지?"

전 대위는 옆에 있던 6조 도재훈 대원의 어깨에서 무전기를 떼어내서 후나코시에게 주었다.

후나코시가 무전기를 옆의 경시정 계급을 부착한 부관에게 건네며 말했다.

"무슨 일이 생기면 즉시 무전으로 이루마 본부에 연락하라."

그 연락은 한국 대사관 지하실의 김성광 상무관에게 가는 연락이지만, 그걸 알 턱이 없는 부관은 이내 고개를 끄덕이며 연신, "하이. 하이." 했다.

이어서 후나코시가 말했다.

"시위관은 모두 어원 근처에 있습니다. 워낙 급박한 비상사태라 지금 어디 있는지는 잘 모르겠습니다."

전 대위는 그 말을 듣고 고민에 빠졌다. 그러나 시간을 지체할 수는 없기에 뒤에 있는 2조 조장 민길영을 돌아보며 지시했다.

"시간이 별로 없으니 후나코시 경시장과 함께 어원으로 이동하도록. 가서 폐하의 안전부터 확인하고 안전 가옥으로 모시도록 할 것."

"하이."

결국 민길영의 2조 6명과 6조의 도재훈 대원 등 7명이 후나코시 경시장을 비롯한 경찰 인력 9명과 함께 천황 거처인 후키아케를 향해 서쪽으로 향했다.

그들이 떠나는 모습을 보던 전 중위는 모여 있는 경비 경찰들을 바라보며 낮은 소리로 중얼거렸다.

"저것들을 모조리 쓸어버리면 속 시원하겠네~"

그가 알기로는 교대 근무로 인해 900여 명 중 300여 명은 자리에 없고 600명쯤만 어원에 머무는 것으로 들었는데, 여기 모인 인원은 경찰청 폭파로 사망과 부상, 그리고 도망가거나 숨어 버렸는지 50명도 채 되지 않을 것 같았다.

전 대위는 아까 무전기를 받아 든 경찰을 가리키며 말했다.

"자네. 이리 와 보게나. 자네 경시정 맞나?"

"하이. 경시정 요시무라입니다. 잘 봐주십시오."

그가 묘하게 미소 지으며 전 중위를 바라보았다.

"그래~! 그런데 후키아케 근무 몇 년째인가?"

"이제 16년째입니다. 그동안 천황폐하와 어원의 안전에는 충실히 임했다고 생각합니다."

"알았네. 그런데 후나코시 경시장은 어떤 사람이지?"

요시무라 경시정이 말했다.

"그분은 우리의 롤 모델입니다. 어느 것 하나 흠잡을 데 없는 분이십니다."

전 대위가 웃으며 말했다.

"그렇다면 자네는 흠이 많은가?"

요시무라가 말했다.

"저는 아직 멀었습니다."

갑자기 전 대위 어깨의 무전기에서 소리가 들렸다.

"요시무라 상. 잠시 실례하겠네."

전 중위는 한 걸음 옆으로 옮기며 무전기에 입을 댔다.

"여기는 와시~ 와시다. 말하라~!"

무전기에서 높은 고함이 들렸다.

"사카이 대좌. 왜 상황 보고를 하지 않는가?"

전 대위가 무전기에 대고 일본식으로 고개를 깊이 숙이며 말했다.

"하이. 죄송합니다. 비둘기 집은 아직 안전한 듯합니다."

"아직이라니. 조금 전에도 그렇게 말하더니 그게 대체 무슨 소리야? 앞으로는 안전하지 못하다는 말인가?"

무전기의 고함이 옆에 있는 요시무라에게까지 들렸다. 전 대위가 요시무라를 돌아보며 멋쩍게 웃었다.

그리고 옆걸음으로 자리를 옮기며 무전기를 다른 손에 옮겨 쥐었다. 그는 걸음을 옮기며 연신 "하이… 하이…" 하며 고개를 조아렸다.

요시무라와의 거리가 멀어진 것을 확인한 전 대위가 낮게 말했다.

"황궁 경찰 본부에 거의 모두 모였습니다. 아마도 이번 폭격으로 황궁 경찰들은 모두 사라질 것 같습니다."

김성광 상무관이 말했다.

"알았습니다. 준비 마치면 연락 바랍니다. 좌표는?"

"즉시 보내겠습니다."

잠시 후 좌표를 찍어 보낸 전 대위는 다시 발걸음을 돌려 그들 방향으로 향했다.

그가 요시무라를 바라보며 말했다.

"요시무라 경시정. 자네가 경비대에게 대신 전해 주게. 이루마에서 당신들에게 따로 작전 지시를 내린다니 모두 모여서 대기해 폐하의 호위대 재편성을 기다리라고 말이야. 나도 여기서 같이 작전 명령을 받으라는 본부의 지시가 있지만, 아무래도 폐하의 안위가 걱정되어 어가로 가봐야 할 것 같군."

요시무라가 답했다.

"하이. 알았습니다. 그렇게 전하고 대기하겠습니다."

도재훈이 옆에서 말했다.

"사카이 대좌님. 대좌님과 우린 조금 더 머무르시면서 작전 진행 상황을 지켜보시고 어원으로 가시면 어떻습니까?"

전 대위가 그를 바라보며 말했다.

"그래. 그것도 좋은 생각이군."

그는 일단 황궁 투입조의 무전을 기다리기로 했다.

-같은 시간-

민길영은 황거가 자리한 깊은 숲속으로 이동하며 전 대위의 대담한 행동에 두 번이나 놀랐다.

첫째, 그의 즉각적이고도 확실한 임기응변에 놀랐고, 둘째로는 그의 일본어 실력에 놀랐다.

'이 전쟁이 끝나면 전 대위를 무궁화 훈장 수여자로 추천해야겠구나.'

물론 그가 추천한다고 그 추천이 받아들여질지는 모르겠으나, 그만큼 전장에서의 능력이 돋보이는 것은 사실이었다.

2조 조장 민길영은 다른 조와 떨어져 가장 먼저 황거로 침투하는 임무를 부여받았다.

"모두 따라와."

일본말이지만 큰 어려움 없이 말하고 들을 수 있는 그들 특수대원에게도 민길영은 정말 일본인이 아닌가 할 착각마저 들 만큼 그의 일본어 구사 능력은 뛰어났다.

후나코시 경시장이 함께 뛰어가는 경찰들을 보며 그들에게 말했다.

"우리도 같이 움직여야 한다. 따라오도록~!"

민길영은 일이 이렇게 된 바에야 나중에 저들을 처리해야겠다는 판단이 들었다. 결국 민길영 등 대원 7명, 그리고 후나코시 경시장 등 9명의 경찰이 그 뒤를 따랐다.

후키아케 어원 앞까지 도로를 따라 서쪽으로 약 500m 거리의 황거로 직접 이어지는 도로는 없었다. 숲속으로 이동하는 방법이 가장 빠른 길이다. 민길영의 명령에 따라 대원들과 황궁 경찰은 모두 북쪽 숲을 통과해 작은 다리를 건너는 방법을 택했다.

어둠 속에서 희미하게 보이는 황거 어원 앞에 도착한 일행이 정문이 아닌 뒤쪽의 숲에서 어원 뒤의 잔디로 나아가자, 희미하게 어원의 불빛이 보였다.

갑자기 어둠 속에서 사람 그림자가 얼쩡거리더니 소리쳤다.

"손들어~~! 누구냐?"

먼저 도착해 황궁 주위 숲속에 매복해 있던 5조 대원들이었다.

"나 이노우에 중좌다. 이상 없나?"

"하이. 이상 없습니다. 계속 경계근무 서겠습니다."

"아니다. 우리를 따라오도록 해라."

민길영은 황궁 경찰의 수가 많아져서 그들의 경계심이 짙어지면 시끄러워질 것이 틀림없다고 판단해 5조 대원들도 동행하도록 지시했다.

총 13명의 대원과 황궁 경비경찰 후나코시와 그 부하 9명은 계속 나아갔다.

'아직 등화관제를 안 했군.'

민길영의 손짓에 따라 조심스레 다가간 그들이 천황이 머무는 두 개의 건물 서쪽을 돌아 정문 입구로 다가서니 초소 비슷한 작은 공간이 보이고 그들의 인기척에 누군가 문을 열고 나왔다.

밖으로 나온 사람은 정복을 입은 초소 경찰이었다.

그가 말했다.

"당신들 누군데 여기까지 연락도 없이 온 거요?"

민길영이 후나코시에게 턱짓하자 후나코시가 앞으로 나가서 말했다.

"나는 경시장 후나코시다. 지금 폐하의 방위성 비밀 호위 부대 대원이 도착했다. 자네는 오늘 당직인 스즈키 순사인가?"

그가 말했다.

"아닙니다. 순시조의 곤조 순사입니다. 스즈키 순사는 지금 어원 주위를 순시 중입니다."

"그래? 2인 1조인데 왜 자네 혼자서 지키고 있나?"

그가 머뭇거리며 말했다.

"금방 돌아온다고 했습니다."

말투로 보아서는 볼일 보러 잠시 자리를 비운 듯했다.

"시위관은 모두 어디 있나?"

"그분들은 지금 주위 순시 중입니다."

"알겠다. 일단 문을 열어라. 우리가 들어가서 폐하의 안전을 확인 해아겠다. 그리고 이분들이 앞으로 어가익 보안과 폐하의 안전을 보 장할 것이다."

"하이~!"

그는 답과 함께 현관 옆 기둥에 붙어 있는 스피커에 입을 대고 말 했다.

"슌스케 님. 지금 방위성에서 보내온 비밀 호위 부대가 도착했답 니다. 안으로 모셔도 되겠습니까?"

그러자 잠시 후 스피커에서 카랑카랑한 목소리가 들렸다.

"무슨 호위 부대 말인가?"

민길영이 얼른 앞으로 나서며 스피커에 대고 말했다.

"폐하. 지금 비상시국이라 길게 말씀드리기 곤란합니다만 이제부 터 저희가 안전을 책임지겠습니다. 일단 폐하의 안전 유무를 확인하 고 반드시 안전하게 지켜드리겠습니다."

그들은 이 작전의 훈련 초기부터 황궁 어원에는 분명히 구석구석 에 CCTV 카메라가 있을 거라 짐작했기에 언행이 극도로 조심스러울 수밖에 없었다. 건물 가까이에서 보니 주위에 떨어진 미사일 폭격의 진동 여파로 건물 바깥 유리창 여러 장 깨진 모습이 보였다.

"저희는 폐하의 어신(御身)이 평안하신지 확인하려고 합니다."

"우리는 아직 안전하게 지내고 있다. 그런 일이라면 구태여 어원 내전까지 들어올 필요가 있는가?"

"알겠습니다. 그러시다면 저희가 왔으니 인사만 받아 주신다면 감사하겠습니다. 잠시 인사만 드리고 물러나서 밖을 지키겠습니다."

그러자 안에서 잠시 침묵이 이어졌다.

이윽고 스피커가 울리면서 목소리가 들렸다.

"알겠네. 잠깐 인사만 하고 물러가도록 하게."

"하이~~!! 하이~!"

민길영은 연신 머리를 조아리며 안에서 보고 있는 듯한 사람에게 고개를 깊숙이 숙였다.

그리고 후나코시를 뒤돌아보며 말했다.

"후나코시 경시장은 여기서 지키고 있도록. 나는 대원들과 함께 안에 들어가서 인사드리고 나오겠습니다. 문 열어 주시오."

민길영은 곤조 순사에게 말했다.

"나는 들어가서 폐하를 안심시켜 드리고 추후 작전에 대해 말씀드린 후 나오겠소."

이윽고 곤조가 비밀번호를 눌러서 문손잡이를 돌렸다.

민길영은 한 손으로 문고리를 잡은 채 무전기를 들고 전 대위와 교신했다.

"여기는 와시 2, 와시 2. 우리는 비둘기 집에 도착했다. 비둘기는 안전하고 우린 비둘기 집으로 들어간다."

이어서 지직거리며 답이 들렸다.

"알았다. 집에는 우리 대원만 들어가서 비둘기를 둥지로 모시고 나머지는 모두 밖에서 지키고 있도록 해라. 이상이다."

"하이~! 명령에 따르겠습니다."

또다시 바깥의 가까운 곳에서 엄청난 폭음이 들렸다.

민길영은 혼잣말처럼 말했다.

"미사일이 여기까지 떨어지는구나~ 우리도 폭격당하기 전에 얼른 들어가서 폐하와 가족분들을 비밀 상소로 옮길 테니 혹시 누기 침입하지 못하도록 잘 지키시오."

"알았습니다. 참, 무기는 어떻게 하실 겁니까? 폐하께서 무기를 들고 들어오는 걸 반기시진 않을 것 같습니다."

"그렇군. 그럼 총기를 맡기겠으니 잠시 보관하시오. 그리고 우리는 4명만 들어가고 나머지 대원들은 여기서 같이 있을 겁니다."

민길영 등 2조 대원 4명이 메고 있던 소총을 내려 옆 대원들에게 건네며 말했다.

후나코시가 그래도 머뭇거리며 우물쭈물하는 모습을 본 민길영은 허리에 찬 권총집을 풀고 권총을 꺼내 후나코시에게 건네며 말했다.

"이제 밖의 일은 알아서 잘 처리하도록~!"

그 말의 뜻을 모르지 않는 습격 대원들이 일제히 답했다.

"하이. 안심하십시오."

권총까지 넘기는 그들을 보고 황궁 경찰들은 속으로 크게 안심했다.

어원으로 들어가는 대원들에게서 총을 받아 든 5조 대원 등 9명과 후나코시와 곤조를 포함한 9명의 황궁 경찰은 바깥의 초소 안으로 들어갔다. 그리고 민길영을 포함한 2조 대원 4명만 황거 내부로 진입했다.

초소 보초들이 머무는 건물인 듯한 내부로 진입하자 회랑을 통한 복도 끝에 문이 열려 있었고, 그곳을 통과하니 비로소 천황이 거주하는 황거의 실내로 들어설 수 있게 됐다.

어전 시위대의 존재는 건물 내부 어디에도 보이지 않았다. 이윽고 민길영과 함정식, 권일준, 한석민은 마지막 관문을 통과해 고금을 통틀어 거의 찾아볼 수 없는 실로 대담한 작전의 성공을 목전에 두었다. 인명 살상도 없고 대원들 피해도 하나 없으며 오로지 배짱과 기지로만 여기까지 도달했다.

-10월 8일 19:40-

황궁 어가

민길영 등 대원 일행 4명이 문을 열고 들어갔다. 시국이 그런지라 실내는 제법 어두웠으나, 비상 발전기를 가동하는 듯 천장의 LED 등 불빛으로 주위는 충분히 알아볼 수 있었다.

폭이 2m도 되지 않을 것 같은 나무가 깔린 좁은 복도에는 날카롭게 깨진 유리창 조각이 나뒹굴고 있었다. 그들이 들어선 현관 안쪽에는 복도가 좌우로 약 20m가량 이어지며 건물 내부를 좌측과 우측 둘로 나눈 형태였다.

그중 좌측 복도의 중간 부분에서 누군가가 복도로 나오더니 그들을 맞았다.

"어서 오시오. 여기까지 온다고 수고 많았겠군요."

키 작은 그림자가 나타나더니 점잖은 응대로 그들을 맞았다. 그는 어림잡아 50대 후반쯤으로 보였다.

민길영은 크게 숨을 들이켰다.

'여기는 적의 우두머리가 있는 집이다. 긴장하지 말자. 내 임무가 있으니 눈 딱 감고 임무를 완수하자.'

민길영은 심호흡을 크게 들이킨 후 그에게 허리를 숙이며 마주 인사했다.

"번거롭게 해드려서 대단히 죄송합니다. 하지만 밖이 너무나 소란스러워서 여기 오지 않을 수 없었습니다. 널리 이해해 주시기 바랍니다. 폐하와 황후께서는 같이 계십니까?"

민길영이 물었다.

그 남자가 말했다.

"그렇소. 그리고 나는 폐하의 어전 비서 슌스케입니다. 나는 폐하 바로 측근에서 폐하를 모시고 있습니다."

'복잡하기도 한 황실이구나. 하긴 일국의 왕이니까 그렇겠지.'

"알겠습니다. 그런데 폐하를 모시는 분이 너무 적습니다. 모두 어디 가셨나요?"

"난 안에만 있어서 잘 모르겠으나 아마 그들도 바쁜가 봅니다."

"바쁜 게 아니라 도망갔겠지요. 이건 심각한 문제입니다. 밖은 온통 난리라 폐하를 모셔야 하는데도 도망가다니… 이 전쟁이 끝나면 난 상부에 단단히 따져야겠습니다."

"그렇게 해서라도 천황폐하의 안녕이 보장된다면 얼마나 좋을까요?"

슌스케가 잠시 심각한 안색을 보였다.

"일단 폐하께 안내 부탁드리겠습니다."

그가 다시 허리를 숙이며 슌스케에게 인사했다.

슌스케도 허리를 숙여 인사 하더니 몸을 일으키며 말했다.

"대일본 제국이 비상사태라는 것이 뜻밖입니다. 조선인이 감히 일본을 침략하다니 말입니다."

민길영은 쓴웃음을 지었다.

'그래 두고 보라지.'

그러나 입으로는 다른 말을 했다.

"어쨌든 일은 벌어졌으니 각자 맡은 책임을 완수합시다. 그래야만 후회하지 않을 겁니다."

민길영의 딱딱한 말투에 슌스케는 입을 다물었다.

민길영이 다시 입을 열었다.

"우리 임무에 대한 기록을 남겨야 해서 이제부터 헤드 캠을 작동하겠습니다."

그는 슌스케의 대답을 듣지도 않고 헤드 캠 스위치를 작동했다.

"따라오십시오. 폐하께 정성껏 인사드리는 것 잊지 마시길 바랍니다."

민길영은 슌스케가 복도를 따라 있는 문 중에 좌측 세 번째 미닫이 문을 열고 들어가자 뒤따라 들어갔다.

단출한 방안에는 별다른 가구 없이 입구에서 우측 벽에 국화무늬와 대나무가 그려진 벽장이 있고 좌측에는 대형 TV가 보였다. 입구의 맞은편에는 더블 침대가 놓인 단순한 구조였다.

그리고 산뜻한 흰색 칠을 입힌 넓직한 나무 테이블이 있고 그 위에 책 몇 권이 있었다.

이 모든 장면이 민길영과 습격 대원들의 헤드 캠에 영상으로 고스란히 찍히며 한국 대사관의 지하실에 전송되고 있지만 그들은 알지 못했다.

민길영은 흰색 바탕에 일본식 꽃무늬가 새겨진 유카타를 입은 초로(初老)의 천황에게 고개 숙이며 인사했다. 말은 할 필요가 없었다.

그는 옆의 함정식에게 고갯짓으로 슌스케를 가리켰다.

그 의미를 눈치챈 함정식 대원이 슌스케에게 말했다.

"잠시 묻고 싶은 말이 있습니다. 복도에 나가서 질문해도 될까요?"

슌스케가 함정식을 바라보며 말했다.

"그러시지요. 나도 묻고 싶은 일이 더 있습니다."

슌스케와 함정식, 그리고 한석민 대원이 밖으로 나갔다.

복도로 나온 두 대원은 천황의 방문 밖에서 몇 걸음 떨어진 곳에 다다르자, 아무 말 없이 양쪽에서 슌스케의 양팔을 잡아 뒤로 꺾어 비틀며 각각 한 방씩 그의 복부에 꽂았다.

힘이 넘치는 젊은 대원들이 내지르는 두 방의 강력한 펀치에 슌스케는 '흐억~~!' 하는 짧고 급박하게 숨 멎는 듯한 비명과 함께 허리가 저절로 꺾였고 이내 두 다리가 꼬이며 바닥에 고꾸라졌다.

이 작은 소동에 천황의 방문이 열리며 권일준 대원이 머리를 내밀고 바라보았다. 그는 함정식, 한석민 두 사람이 슌스케를 바닥에 고꾸라뜨린 것을 보고 도로 문을 닫았다.

한석민이 전투복 주머니에서 빠른 동작으로 케이블 타이를 꺼내

숀스케의 양 손목을 뒤로 꺾은 채 단단히 옭아매는 사이, 함정식은 숀스케의 입을 손바닥으로 가리며 소리가 새어 나오는 것을 막았다.

함정식이 언제 꺼냈는지 모른 날카로운 군용나이프를 꺼내어 그의 눈앞에 들이밀었다.

"숀스케. 이게 보이면 말은 하지 말고 고개만 끄덕여라. 입을 여는 순간 너의 목에 구멍이 뚫릴 테니까 말이다."

함정식이 낮은 목소리로 협박했다. 숀스케는 아직도 무슨 일인지 깨닫지 못한 눈으로 두 사람을 바라보았으나 살기 가득한 두 대원의 눈빛을 보고는 아무 소리도 하지 못했다. 힘들게 몰아쉬던 숨소리가 가라앉기 시작하더니 그가 무겁게 고개를 끄덕였다.

함정식이 주머니에서 헝겊 조각을 꺼내더니 그의 입에 물렸다. 그리고 붕대를 꺼내어 재갈을 단단히 물린 채 꽁꽁 감았다.

"말은 필요 없다. 내가 하는 질문에 고개만 움직이며 그렇다, 아니다, 표시하도록. 끄덕이는 시간이 조금만 늦어도 너는 죽는다."

너무 놀라서 작은 눈이 최대한 커다랗게 떠진 숀스케의 눈이 그의 반응을 말해 주었다.

'천황의 거처에서 이런 일이 벌어질 줄이야…'

"이제 물어보겠다. 어원 주위를 감시하는 CCTV 상황실은 어디 있는가?"

숀스케가 고개를 밑으로 끄덕이며 눈짓으로 말했다.

"지하실에 있다고? 지하실 가는 입구는 어디인가?"

그가 고개를 우측으로 돌리며 눈짓으로 그 방향을 가리켰다.

"출입은 어떻게 하지?"

그가 눈을 껌뻑이며 허리를 뒤틀었다. 알고 보니 바지 주머니에 카드 키가 있었으나 대원들이 조급한 마음에 그의 몸을 수색하는 것을 깜빡한 것이다.

함정식과 한민석은 슌스케의 두 다리까지 케이블 타이로 결박한 후, 슌스케가 나왔던 방문을 열자 벽에 붙은 커다란 모니터 두 개가 있었다. 그중 하나는 외부 감시용 모니터였고, 화면에서는 바깥 초소의 후나코시와 곤조, 그리고 침투 대원들이 각자 떨어져 이야기를 나누는 모습이 보였다.

다른 모니터는 아마도 어원 후면을 비춰주는 것 같았다.

함정식은 슌스케를 끌고 그 방으로 들어가 품에서 밧줄을 꺼내 벽에 붙은 모니터의 삼각 받침에 단단히 고정하고는 두어 번 당기고 확인한 후, 복도로 나와서 그가 눈짓 몸짓으로 알려 준 방향으로 문을 열고 나갔다.

-10월 8일 19:55-

황궁 어가

민길영은 천황을 바라보며 말을 꺼냈다.

"우리가 누군지 알겠습니까?"

천황의 두 눈이 적의에 찬 두 대원의 두 눈을 지그시 바라보더니 뭔가 생각에 잠겼다.

한참 생각하던 그가 입을 열었다.

"아마도 그대들은 나에게 원하는 것이 있을 것 같구만. 그게 뭔지는 모르겠지만 여기까지 왔으니 말해 보게나."

천황의 눈에서 체념한 듯한 모습이 보였다.

"말은 필요 없고 당신들을 잠시 구금하겠습니다."

그리고 권일준과 민길영은 두 사람에게 다가가서 손을 등 뒤로 꺾으며 말했다.

"당신 목숨은 이제 우리 두 사람에게 달렸습니다. 귀찮게 하진 않을 테니 우리가 하라는 대로만 하면 됩니다."

반항하지도 않는 천황과 황후의 두 손을 케이블 타이로 단단히 묶은 후 민길영은 두 사람에게 입을 열었다.

"당신 나라가 우리에게 진 죄를 따진다면 끝이 없으니 그 말은 하지 않겠고, 이제는 두 나라의 해묵은 빚을 청산해야 합니다. 내 말이 틀렸나요?"

"그래요? 그래서 내가 필요하단 말인가요?"

"맞습니다. 당신이 이 전쟁을 끝낼 수 있고 우리와 당신 나라의 해묵은 감정의 찌꺼기를 없앨 수 있습니다."

"음~~!!!"

천황의 입에서 긴 한숨이 흘러나왔다.

잠시 후 황후를 돌아보며 말했다.

"이게 바로 역사는 돌고 돈다는 말인가 보오."

그리고 고개를 돌려 다시 그들을 바라보며 말했다.

"나는 당신들이 들어올 때부터 예감이 있었지. 내각이나 방위성은 우리에게 이렇게까지 관심을 쏟지는 않는데 왜 여기까지 왔을까 했는데 결국엔…."

그가 말을 잊지 못했다.

한참 후 그가 다시 입을 열었다.

"이제 나도 천황을 그만둘 때가 온 듯하오. 아니 일본은 이제 천황이 필요할 때가 지났지. 그것도 한참이나 지났지."

그의 독백이 이어졌다.

"애초에 우리 조상께서 일본으로 건너오지 않았더라면 두 나라가 훨씬 좋은 관계로 이어질 수도 있었을 텐데 이젠 늦었구나."

민길영은 그의 독백을 뒤로 하고 전 대위에게 무전을 날렸다.

"여기는 키츠네, 비둘기 안전 확보했다."

그러자 무전에서 전 대위의 환호에 들떴으나 나지막한 음성이 들렸다.

"수고했다. 이제 다음 작전이다. 조금 후 여기 정리할 테니 잠시만 기다리면 우리가 간다."

민길영은 무전기를 껐다. 그리고 침묵이 길게 이어졌다.

멀리 밖에서 들리는 요란한 온갖 굉음은 간 곳 없고, 이곳 어원의 조용한 실내에서는 네 사람의 숨 쉬는 소리만 들렸다.

이윽고 민길영이 말했다.

"이제 당신들을 저기 구석에 묶어 놓겠소. 우리가 내부를 수색할 동안 움직이지 마시오."

민길영이 권일준에게 말했다.

"이제 나가서 밖을 보고 올게. 잠시만 기다려."

"알겠습니다."

권일준이 고개를 끄덕였다.

민길영은 머리의 헤드 캠을 끈 후 문을 열고 복도로 나갔다. 복도 세 번째 방문이 조금 열린 것이 보였다.

민길영이 허리춤의 멜빵에서 슬며시 소음기를 꺼내서 바짓가랑이 속에 숨긴 소형 베레타 권총에 부착하고 방문을 당겨 안을 들여다보니 슌스케가 묶인 채로 두 눈을 끔뻑거리는 것이 보였다.

문을 닫고 돌아선 그의 눈에 복도 오른쪽 끝 방의 문이 열려 있는 것이 보였다. 민길영은 그 방에 들어섰다.

방에 들어선 그의 눈에 마주 보이는 벽으로 문이 또 있고, 그 문이 열려 있는 걸 보고 가까이 가서 안을 들여다보고는, 그곳이 지하실로 통하는 계단이란 것을 깨닫고 권총을 단단히 움켜쥔 후 계단을 내려갔다. 지하실 바닥에 도달하니 그곳은 방화 철문 하나만 있는 구조의 지하실이었다.

방화문 밑 틈으로 불빛이 흘러나오는 것을 보고, 그는 문에 귀를 기울이며 조용히 기색을 살폈다. 그는 권총을 꽉 움켜쥐고 크게 심호흡하며 단단한 각오로 문을 두드렸다.

안에서 일본어로 대답이 들렸다.

"누구요?"

함정식의 목소리였다.

"나 이노우에 중좌다. 별일 없나?"

잠시 후 문이 열리더니 함정식의 얼굴이 보였다.

"중좌님 들어오시지요."

그가 웃는 얼굴로 민길영이 들어올 수 있게 비켜서자 그는 지하실의 상황이 잘 풀렸다는 걸 깨달았다. 민길영이 실내로 들어서니 전면의 벽에 각각 1, 2, 3, 4의 번호가 붙은 모니터 4개가 보였다. 그중의 한 화면에서는 밖의 어디선가 미사일 떨어진 불빛인지 모를 환한 불빛이 번쩍거리다 사라지기도 했다.

4대의 모니터 화면은 모두 황거 외부의 사방을 보여 주고, 그중 1번 모니터는 정문의 초소를 비추고 있었다. 그러나 황거 내부를 비추는 모니터는 보이지 않았다. 아마도 건물 내 천황의 일거수일투족까지 관찰하기에는 무리였으리라.

만약 황거 내부를 비추는 카메라가 있었다면 함정식과 한석민이 슌스케를 구타하는 장면이 보여, 졸지에 어디엔가 숨겨놓은 비상 연락망을 발동했을지도 모를 위기였으나 다행히 그렇지는 않았다. 민길영의 눈에 모니터 앞 의자에 앉은 두 사람의 뒷모습이 보였다.

민길영이 말했다.

"폐하의 안전에 특별히 신경 써야 하니 더욱 철저하게 감시 태세를 유지하도록. 알았나?"

함정식이 머리를 곧추세우더니 깍듯이 숙이며 답했다.

"하이. 우리가 있는 한 폐하의 안전은 절대 보장하겠습니다."

"그래. 당연히 그래야지. 슌스케 비서님도 안전하시지?"

"하이 그렇습니다. 우리를 안내했던 방 안에서 폐하의 안위를 걱정하고 있을 겁니다."

그제야 의자에 앉아 있던 모니터 담당 감시 시위관 두 명이 고개를 돌리며 인사했다.

"안녕하십니까? 여기 감시 체제는 염려 마시길 바랍니다."

"알았네. 그럼 우리 호위대 대원들과 같이 감시에 충실하게. 그런데 나머지 시위들은 어디 있나?"

"그들은 아마도 폭격에 이상 없는가 하고, 외부 순찰 중일 겁니다. 잠시 후 돌아오겠지요."

"몇 명이나 순찰 중이란 말인가?"

민길영이 추궁하듯 물었다.

좌측의 모니터 감시원이 말했다.

"모두 12명이 있었습니다. 순시 조장 가와바다 경정님이 30분 전에 10명을 데리고 나갔습니다. 하지만 아직 돌아오지 않고 있어서 걱정됩니다."

"그래? 조만간 돌아오겠지. 당분간 감시에 집중하도록, 알았나?"

"하이."

대답과 함께 황거 모니터 감시원들이 몸을 돌려 시선을 모니터로 향하자, 민길영은 함정식을 향해 그들의 목을 긋는 시늉을 했다.

2명의 황궁 경비 모니터 감시 요원들은 그동안 외부 모니터를 통해 침투 대원들의 행동을 쭉 보고 있었기에 침투 대원들의 진짜 정체를 알지 못했다.

만약 중간에 어떤 작은 사고라도 발생했으면 이미 저들은 비상을 걸었겠으나, 민길영의 대담하고도 침착한 대응으로 인해 작은 틈도 보이지 않았기에 여기까지 올 수 있었다. 덕분에 그들은 의자에 앉은 모니터 감시대원들의 목을 뒤에서 졸라 간단하게 기절시킨 후 손발을 묶어서 구석으로 처넣었다.

민길영이 말했다.

"밖에는 전쟁이 벌어졌는데노 이놈들은 꼼싹노 안 한 채 방 안에만 틀어박혀 있네. 대체 어떤 훈련을 받았기에 이 모양이냐~~!!"

민길영이 말하지 않았는데도 불구하고 한민석이 대신 의자 하나에 걸터앉아서 모니터를 처다보기 시작했다.

짧은 시간 동안 전명철 대위의 대담한 변신법을 옆에서 보더니, 어느새 그걸 습득한 함정식과 한민석의 재주에 놀란 민길영은 다시 한번 이번 작전 성공이 얼마나 큰 소득인지 알 수 있었다.

그리고 함정식 대원을 대동해 계단을 올라온 후, 슌스케가 대원들을 맞이하던 방문을 열고 들여다보니 슌스케가 묶인 채 그를 마주 바라보았다.

그의 입에는 아직 재갈이 단단히 물려 있었고 눈동자는 충혈되어 팔다리가 뒤로 묶인 채, 그가 나갈 때의 자세 그대로 벽의 모니터 받침대 다리에 묶여 있었다. 그것을 풀 수도 없거니와 움직이면 모니터가 바닥에 떨어지는 소리가 요란하게 들릴 것이다.

민길영은 다시 한번 슌스케의 케이블 타이를 확인하고 방을 나와 천황이 묶여 있는 방으로 갔다. 방에 들어선 민길영은 무전기를 들고 지하의 한민석을 호출했다.

"한민석. 잠시 올라와서 폐하를 지키고 있도록."

"넵. 여기는 별일 없을 것 같습니다. 올라가겠습니다."

민 길영은 한민석의 대답을 듣고 재차 무전기로 초소 밖에서 대기 중인 5조 조장 정윤구를 불렀다.

"여기는 오카미, 5조 나와라."

즉시 답이 돌아왔다.

"여기는 5조, 말하라."

"여기 폐하께서는 안전하시다. 우리가 확인했으니 나가겠다."

"알았다. 기다리겠다. 오버."

민길영은 무전을 마친 즉시 권일준, 함정식에게 말했다.

"이제 밖에 나가서 나머지 경비들을 처리하자. 따라와."

-10월 8일 20:20-

천황 어가

그들 3명은 건물 밖으로 나왔다. 문이 열리며 어원 건물의 LED 불빛에 밖이 조금은 환해졌고 두 그림자가 마당에 어른거리더니 초소에서 후나코시와 곤조가 나왔다.

민길영이 다시 무전기로 4조를 호출했다.

잠시 후 건물 뒤편에 은폐 중이던 4조 대원들이 건물 앞으로 모였다.

"후나코시 경시장. 폐하는 안전하시니 걱정하지 마시고 이젠 좀 쉬시게. 나도 잠시 쉬겠소."

그가 점잖게 말하자 후나코시도 한숨을 크게 내쉬며 말했다.

"그러시지요? 일단 초소에 들어가서 잠시 휴식을 취합시다."

민길영이 물었다.

"나머지 경찰들은 어디 있는가?"

후나코시가 말했다.

"그들은 내가 경찰 본부로 보냈습니다."

"그래? 지금은 두 명뿐인가? 잘하셨군. 우리 전부 초소에서 잠시 쉬고 다시 폐하를 호위합시다."

민길영이 권일준과 함정식에게 눈짓하며 앞장서서 초소로 들어갔다.

후나코시와 곤조가 대원들 뒤를 따라 들어오며 문턱을 넘는 순간, 잽싸게 몸을 돌리며 뒤에서 따라 들어오는 후나코시와 곤조의 앞머리를 소총 개머리판으로 사정없이 후려갈겼다.

뭔가 단단한 물체가 깨지는 듯 빡~! 하는 소리와 더불어 두 사람이 '억' 하는 비명을 지르며 몸이 흐물거리더니 뒤로 엎어졌다. 즉사는 아니겠지만 적어도 큰 중상은 틀림없다고 짐작했다. 그들은 넘어진 경비 경찰 두 명을 단단히 재갈 물린 후 꽁꽁 묶어서 초소 안에 구겨 넣었다. 그리고 함정식과 권일준은 숲속 길로 들어서며 무전으로 나머지 대원들을 불렀다.

이윽고 천황을 감시하는 한민석을 제외한 2조와 4조, 5조 대원 전원이 모이자 민길영은 무전기를 꺼내 전 대위를 호출했다.

"여기는 오카미(늑대), 오카미, 키츠네(여우) 나와라."

잠시 후 지직 거리며 전 대위의 목소리가 들렸다.

"여기는 키츠네, 오카미는 말하라."

"비둘기는 안전하시다. 준비 끝났다. 키츠네 출동 바란다. 끝."

"알았다. 오카미."

사전 약속에 따라 비둘기 작전이 성공했을 때의 암호는 키츠네로 바꾸기로 했었다. 이어 4조와 5조 대원 12명은 밖을 지키고, 2조 대원 5명 모두 황거 내실로 진입해 한민석까지 6명의 2조 대원 모두 합류했다.

전 대위는 무전을 받은 즉시 김성광에게 무전을 보냈다.

"본부, 본부, 여기는 키츠네, 비둘기는 안전하게 모셨다. 다음 작전 지시 바란다."

"알았다. 키츠네, 작전 지시는 작전회의 마감 후 즉시 하달하겠다."

대사관 지하실의 김성광은 옆에서 듣고 있는 송민우 대사에게 눈을 찡긋했다.

-10월 8일 20:35-

주일 대사관

송 대사는 지상으로 이동해 2층 대사 사무실로 들어갔다.

그리고 크게 심호흡한 후 도청 방지 전화기를 들었다.

"송 대사입니다. 전화 받는 분 누구신지요?"

"대사님. 양대석입니다. 말씀하십시오."

"아. 사령관님이시군요. 이제 보내드리는 좌표를 타격하시면 되겠습니다. 비둘기 팀 작전이 막바지입니다. 마무리 부탁드리겠습니다."

"잘 알겠습니다. 대사님 수고 많으셨습니다. 반드시 안전에 유념하셔서 다시 만나 뵙길 바랍니다."

이 통화를 마친 후 양대석 총사령관은 공수 특전단 단장에게 도쿄 강습 작전 준비를 완료하라는 지시를 내렸다.

전 대위는 무전을 마치고 요시무라 경시정에게 말했다.

"방금 들은 대로 본부 지시는 회의 마친 후 금방 내려오겠지만, 나는 아무래도 폐하의 안위가 걱정되니 우리도 어원에 다녀와야 할 것 같네. 그러니 여기서 잠시만 기다리게."

요시무라가 말했다.

"알았습니다."

전명철은 무전으로 4조를 호출했다.

"토라(호랑이) 나와라."

무전기에서 즉시 답신이 날아왔다.

"여기는 토라, 키츠네는 말하라."

"키츠네다. 비둘기는 안전하게 모셨다.

제3 작전 수행이 있으니 황거로 모여라."

"하이~!"

하는 대답과 함께 반장문 등의 후키아케 호위소 앞쪽 황거 진입로를 지키던 3조 대원들이 천황이 잡혀 있는 어원 쪽으로 뛰기 시작했다.

이제 몇 분 이내에 요시무라와 잔해만 남은 황궁 경찰 본부는 천등 5-A 탄도미사일로 아예 지상에서 사라질 것이다.

불똥이 튀기 전에 얼른 이 자리에서 벗어나야 한다.

전 대위는 뛰어가며 민길영을 불렀다.

"오카미, 오카미 나와라. 여기는 키츠네, 키츠네다. 우리는 지금 전원 둥지로 이동한다."

"여기는 오카미, 알았다. 키츠네."

전 대위 일행이 어원 근처에 도착하자 무전이 날아왔다.

"여기는 오카미. 키츠네는 어디인가?"

"여기는 키츠네, 거의 다 왔다. 주위는 괜찮으니 헤드 캠 불빛으로 위치 안내해라."

"알았다. 키츠네."

전 대위의 앞 약 50m 지점에서 불빛이 깜빡거렸다. 전 대위와 은신 중이던 6조 대원들까지 그곳에 도착하자 전체 6개 조 36명이 모두 모이게 됐다.

전 대위가 말했다.

"이제 2조, 6조만 여기 남고 1, 3, 4, 5조는 각각 숲속을 청소해라."

"알겠습니다."

그리고 전명철은 대원들을 데리고 천황이 묶여 있는 방으로 들어가며 본부로 무전을 넣었다.

"본부, 비둘기 작전 성공. 이제 후속 작전에 들어갑니다. 헤드 캠을 켭니다."

무전기에서 김성광의 목소리가 들렸다.

"오케이. 나도 접속 준비합니다."

"이제 민 조장은 캠을 끄도록, 대신 내가 캠 작동한다."

민길영이 말했다.

"알겠습니다."

그들은 작전이 이렇게 쉽게 풀릴 줄은 정말 몰랐다. 그러나 목표물에 대한 미사일 폭격지점의 세밀한 조준과 함께 시간을 딱 맞추는 미사일 폭격이 있었고, 전 대위의 뛰어난 기지와 대담한 배짱이 결국 이 작전의 성공을 목전에 두게 된 것이다.

하지만 뭐니 뭐니 해도 김성광 상무관의 치밀한 비둘기 작전 계획 이야말로 바로 이 작전의 백미였다. 이 전쟁이 승리로 끝난다면 김성 광 상무관은 특급열차 탄 듯 진급에 가속을 붙이게 될 것이 확실했다.

잠시 후 그들의 머리 위로 미사일 불꽃이 보이더니 제법 거리가 멀어진 황궁 경찰 본부에서 엄청난 폭발로 건물이 무너지는 소리와 황궁 본부에 있던 경찰들의 소름 끼치는 비명이 뒤섞여 대원들의 귀 에 들려왔다.

김성광은 또다시 부산하게 움직였다. 그가 지하실 우측 벽에 있는 120인치 대형 모니터의 전원을 넣자 모니터에 화면이 반짝이며 작동 하기 시작했다. 이 모니터는 한국 정부와의 화상회의 전용 모니터다.

김성광은 모니터 밑에 있는 버튼 몇 개를 눌렀다. 곧이어 SH-201 다보아 1호 위성을 통한 송수신 장치가 작동하며 황궁에 침입한 전 대위의 캠에 찍히는 영상이 송신되기 시작했고, 이 화면은 SH-201 다 보아 1호 위성을 통해 실시간으로 한국 청와대와 국방부 지하 4층 사 령부에 위성 생중계로 이어졌으며, 여기에서는 이 화면을 다시 국내 의 MBS 방송국에 전송했다.

MBS 방송국은 즉시 전황을 알려 주던 방송을 중단하고 국방부에 서 초긴급 연락한 전쟁 실황 중계화면으로 변경했고, 이 화면은 곧장 전국 전파망을 타고 대한민국 전역으로 실황중계 준비가 완료됐다.

이 실황 중계방송은 실시간 전황을 알려 주는 방송으로 알고 있는 방송국에서 송출하는 전파였다.

김 상무관 앞의 화면이 어디인지 모를 실내로 바뀌며 실내에는 전대위의 거친 숨소리와 더불어 일본 천황과 황후가 등 뒤로 두 손이 묶인 모습이 비쳤다.

김성광이 무전기 송신 버튼을 누르며 혹시나 하는 마음에 일본어로 말했다.

"여기는 본부, 본부, 어떻게 진행하고 있나?"

"여기는 비둘기 둥지, 비둘기 둥지, 보시는 바와 같이 지금 편하게 보살피고 있다. 다음 단계로 진행한다."

"알았다. 진행하라."

그리고 "Go." 사인과 더불어 전황 중계를 한다는 이유로 생중계를 부탁한 한국의 MBS 방송국에 이 신호를 보내고 방송국 화면에 송출하기 시작했다.

전국의 티비 시청자가 순식간에 혼란 속으로 빠졌다.

일본과의 전쟁 상황을 보도하던 화면이 갑자기 바뀌며 누구인지 모를 묶여 있는 사람을 비추는 게 아닌가? 잠시 후 일본식 실내복을 걸친 사람이 일본 천황이란 것을 눈치채기까지는 시간이 얼마 걸리지 않았다.

-10월 8일 20:40-

도쿄 황궁 어원

전명철이 천황에게 다가갔다.

"이제 당신은 하고 싶은 말을 다 하시오. 누구에게 말하든 상관없고 이 전쟁에 대해 당신이 생각하고 판단한 바를 말하면 됩니다. 다만 우리 한국은 당신 나라가 역사 이래 우리나라를 너무나 심하게 괴롭혀 온 그 악행에 대해 반드시 보상받길 원합니다. 그 보상 속엔 당신 목숨도 좋고 일본의 항복도 좋지만 오로지 우리에겐 그동안 쌓인 원한을 풀기 위함이 이 전쟁의 최종목적인 점만 알아두시오. 결코 용서도 없고 자비는 더더욱 없을 것입니다. 이제 마이크를 당신에게 넘기겠소."

일본 천황의 누렇게 뜬 안색이 짧은 시간 수시로 변했다.

몇 분이나 흘렀을까.

천황의 고개가 아래로 푹 꺾이며 짙은 한숨이 새어 나왔다.

전명철은 헤드 캠 쓴 얼굴을 천황의 얼굴에 더욱 가까이 밀착시키고 그의 입을 주시했다. 김성광의 모니터에서는 천황이 입술을 핥으며 굳은 표정으로 확대된 천황의 얼굴이 점점 크게 다가왔다. 전명철은 잠시 주머니를 뒤적이더니 소형 녹음기를 꺼냈다. 그리고 헤드캠과 더불어 두 개의 장치로 천황의 말을 녹음하기 시작했다.

이윽고 그의 입이 열리며 무거운 한숨과 함께 말소리가 흘러나오기 시작했다.

"나 일본 천황 게이히토는 일본 신민에 고합니다."

MBS 방송을 시청하던 시청자들 눈이 갑자기 휘둥그레지며 화면을 주시했다.

전국에서 이 화면을 보던 시청자들이 모두 '대체 무슨 일이지?' 하며 어리둥절하는 사이 일본 천황의 입이 열리며 말소리가 들렸다.

"나는 우리 일본국과 한국은 서로 이웃해 있기에 항상 선린 관계를 유지하길 바랐고, 두 나라의 관계 발전은 서로의 평화와 번영을 위한 초석이라는 점을 마음속 깊이 인지하고 있습니다. 그러나 본인의 바람과는 거리가 먼 두 나라의 관계는 이제 엄청난 참극으로 확대되었으며, 이는 다시는 돌이킬 수 없는 불행한 사건이라 하지 않을 수 없습니다."

MBS 방송국은 황급히 일본어에 능통한 직원을 불러서 천황의 발언을 긴급 동시통역 방송으로 내보냈다. 누구도 예상치 못한 역사적인 순간이 아닐 수 없는 사건이었다. 물론 방송국조차 이 방송이 어떻게 이루어졌으며 누가 진행하는지도 몰랐다.

"이에 본인이 할 수 있는 일은 일본과 한국 두 나라가 더 이상의 피해가 없도록 하는 것이 가장 중요한 일이라 생각합니다. 그러므로 일본 국민 모두는 즉각 전쟁 행위를 중지하길 바라며, 한국 또한 더 이상의 전쟁 행위가 없길 바랍니다."

천황은 초점이 없어진 듯 멍한 눈빛으로 전명철 대위를 바라보았다.

어느새 일본 천황이 사로잡혔다는 초대형 뉴스는 전 세계의 폭발적인 관심을 끌었고, 그들은 부랴부랴 한국의 MBS 방송국에 접속하고 로그인한 후 보거나, MBS 방송국에서 인터넷 실시간으로 생중계하는 화면을 겨우 볼 수 있었다.

덕분에 인터넷 온라인의 MBS 서버는 순간적인 트래픽 초과로 서버가 다운될 뻔했으나, 이를 눈치챈 방송국 직원 1명의 기지로 접속 제한을 걸며 간신히 서버 다운을 막았다.

그러자 수많은 외국 방송국에서 직접 한국의 MBS 방송을 위성 중계 형식으로 변경하기 위해 국제전화를 하느라 MBS 방송국 전화는 졸지에 국제전화의 폭증으로 사방의 전화벨 소리에 방송국 건물이 폭발할 지경까지 이르렀다.

이 와중에도 방송 화면을 바라보는 TV 앞의 한국인은 전 세계가 난리 난 줄도 모른 채 경천동지할 소식을 화면으로 보고 있었고, 그 수천만의 눈길이 각자의 자세에서 천황의 눈길을 따라 시선을 돌렸으나 거기엔 아무것도 없었다.

화면 속의 천황은 헤드 캠을 쓴 전명철의 카메라를 바라보고 있으니, 천황의 시선에 따라 그의 눈에 비치는 모습이 보일 리가 만무했다.

화면에서 웬 남자의 목소리가 들렸다. 물론 일본어였다.

"당신네 나라가 조선을 침범해 저지른 수많은 악행 중 우리 조선 국왕인 고종 황제의 황후 민비를 시해한 사건을 알고 있습니까?"

천황이 고개를 끄덕이는 모습이 화면에 보였다.

그리고 입을 열었다.

"알고 있습니다."

얼굴이 보이지 않는 남자가 폐를 쥐어짜듯 고통에 찬 말소리가 다시 들렸다.

"당시 시해 사건에 가담한 낭인들이 민비를, 한 국가의 황후를 겁탈하고 시신을 불태운 사실도 알고 있습니까?"

"……."

"말해 보시오."

이 긴급한 소식을 알게 되어 뒤늦게 긴급 뉴스를 편성한 일본 국영 NHK 방송의 화면을 주시하던 일본 국민들의 경악에 찬 고함이 일본 전국에서 터져 나왔다.

"아니 이게 대체 어떻게 된 일이야?"

"一体この放送はどんな放送なの？(대체 이 방송이 무슨 방송이지?)"

"天皇陛下はなぜあんな場所にいるのか？(천황폐하께서 왜 저런 자리에 있는 거지?)"

경악에 찬 고함도 잠시, 수천만 개의 일본인 눈동자가 일제히 천황의 입만 바라보며 숨을 죽였다.

얼굴이 보이지 않는 남자의 목소리가 다시 들렸다.

"왜 말이 없습니까? 그 사실을 모릅니까?"

카메라 초점이 옆으로 향하더니 천황 옆에서 웅크리고 앉아 있는 황후를 화면에 담았다.

"당신은 알고 있소? 당신과 같은 지위에 있던 한국의 국모가, 당신과 같은 여성의 몸으로 그렇게 처참하게 살해된 사실을 알고 있소?"

황후의 고개도 힘없이 푹 꺾이며 말없이 바닥을 바라보았다. 실내에서는 한참이나 무거운 침묵이 흘렀다.

아니 이 침묵은 두 나라에서 이 화면을 바라보는 사람들은 물론이고, 어느새 동시 중계로 이 화면을 확보한 전 세계의 수많은 사람에게까지 전염되고 있었으나 전명철은 거기까지는 알지 못했다.

-같은 시각 미국 워싱턴-

그 시각 이른 아침임에도 불구하고 천황이 사로잡혔다는 급한 연락을 받고 백악관 집무실로 들어와서 체이스 대통령 앞에 모인 백악관 고위 인사들은, TV 화면을 직접 보자 놀라움에 휩싸였다.

"아니 이럴 수가~~~ 전쟁 발발 하루 만에 일본 천황을 사로잡다니."

이 특급 중의 특급뉴스는 미국뿐 아니라 그야말로 전 세계를 경악에 빠지게끔 한 소식이었다. 이 엄청난 뉴스는 순식간에 전 세계 모든 사람의 눈길을 사로잡은 채 그 결말을 눈이 뚫어져라 지켜보게 했다.

화면에서 전명철의 목소리가 다시 울렸다.

"우리가 원하는 게 무엇인지 당신들은 알고 있소?"

대일본국 천황이 느릿하게 입을 열었다.

"내가 이 전쟁을 끝마치길 원하듯 당신들도 끝내고 싶어 하는 것은 알겠소."

"좋습니다. 그렇다면 당신은 이 전쟁을 어떻게 끝마치고 싶은지 일본 국민에게 말해 보시오. 당신의 말에 따라 이 전쟁이 어떤 결말을 맞는지 궁금합니다."

천황의 표정에 굳은 결심의 기색이 역력하게 떠올랐다.

이윽고 그가 마이크를 향해 입을 열었다.

"일본국의 천황으로서 일본 국민에게 고합니다. 이 전쟁은 두 국가에 얽힌 수많은 관계가 이 순간부터는 미래의 좋은 결실을 위해서라도 끝내야 합니다. 그러므로 나는 일본국의 자위대 병사 모두에게 무기를 내려놓고 각자의 위치에서 움직이지 말 것을 부탁합니다. 또 한국 측에도 나의 이 뜻이 전해지면 좋겠습니다. 이것은 나의 뜻임과 동시에 이 전쟁으로 막대한 피해를 보는 양국 국민의 뜻도 다르지 않다고 생각합니다. 부디 무기를 내려놓길 바랍니다."

직접적인 표현은 아니지만 항복과 다름없는 내용이었다.

전명철은 깊이 생각했다. 그가 본국에서 받은 작전 지시에 따르면 천황의 생포 후, 그의 항복 선언을 받아내는 것이었다.

이 정도의 내용으로 항복의 조건을 채운 것인가?

그가 잠시 침묵에 빠지는 순간 시청자들에게 보이는 화면 바깥에서 누군가의 목소리가 갑자기 크게 울렸다.

"그게 무슨 말이요? 그런 말장난으로 우리가 받았던 그 수많은 상처가 아물 수 있다고 생각하시오? 당신들의 죗값을 따지자면 우리는 당신네 나라를 지구상에서 아예 없애버려야 속 시원합니다. 100년 전에 2차 대전을 명령한 사람이 누구였소? 당신 할아버지 맞소? 또 조선 땅을 침범해 당신네 야욕을 채우기 위해 온갖 악행을 행하도록 명령한 사람은 누구요? 보아하니 할아버지처럼 비참한 모습은 보이기 싫다 이 말이군. 그런 말장난은 듣기 싫으니 다시 말해라."

악에 받친 것처럼 들리는 목소리가 화면을 쩌렁쩌렁 울렸다. 천황이 놀란 눈으로 민길영을 바라보았다.

분노와 복수심에 불타는 그의 눈빛을 차마 마주 바라보지 못한 천황의 고개가 아래로 힘없이 떨어졌다.

TV 화면에서는 보이지 않는 민길영의 고함이 다시 들렸다.

"당신 할아버지는 1945년 8월 15일에 항복 성명을 발표했소."

그의 울분에 찬 고함이 화면에 쩌렁쩌렁 울려 퍼졌다.

"당신 할아버지 히로히토는 미주리 함의 맥아더 장군 앞에서 항복 문서에 조인했단 말이오. 그게 창피해서 또다시 항복이란 말을 못 하겠다, 이 말인가?"

민길영이 소리쳤다. 전명철은 정신이 빈찍 들었다.

그도 지금 기분으로는 저 앞의 일본인 두 사람을 당장 없애버리고 싶었다.

"민길영. 잠시 진정하도록."

전 대위의 짧은 명령에 민길영은 씩씩거리며 뒤로 물러섰다.

전 대위가 입을 열었다.

"우리는 당신을 협박해 항복을 받고 싶진 않소. 그러나 이 점만은 알아두시오. 당신의 항복 선언이 늦어지면 늦어질수록 애꿎은 당신 나라 국민의 목숨만 사라진다는 것을. 우리는 결코 여기서 물러나지 않을 것이오."

천황이 그를 바라보더니 천천히 입을 열었다.

"좋소. 이것을 풀어주시오."

천황이 몸을 비스듬히 돌리며 뒤로 묶인 두 손을 내밀었다.

전명철이 코웃음 치며 말했다.

"뭔가 착각하고 있는데 당신은 지금 전쟁 포로요. 그런데 풀어달라? 아예 총까지 달라고 하시지."

화면을 보는 전 세계 수많은 사람의 눈에 갑자기 화면 아래쪽에서 권총이 불쑥 튀어나오더니 천황의 얼굴을 향했다.

물론 이 장면은 모니터에서 보이는 장면이지만 전 세계 모든 사람은 일순간에 놀라움에 찬 외마디 비명을 질렀다.

특히 일본인들은 기절 문턱까지 왕복했다.

이어 커다란 총소리와 함께 실내의 천장에 구멍이 뻥 뚫리며 희뿌연 먼지가 푸르르 피어오르는 광경이 화면에 떠오르자, 화면을 시청하던 전 세계 사람 모두가 대경실색하며 놀라움에 찬 비명을 질렀다.

천황은 깜짝 놀라서 몸을 잔뜩 움츠리며 두 눈을 꼭 감더니 고개를 옆으로 돌렸다.

"당신도 자기 목숨은 소중하겠지? 우리 한국민의 목숨, 그리고 당신네 군인들의 목숨, 또 당신 목숨도 모두 똑같은 무게인 것이나 제대로 알고 있소? 당신이 그렇게 전쟁을 끝마치고 싶다면 항복 선언을 하지 못할 이유는 대체 뭐요?"

전명철의 폐를 찌르는 날카로운 말에 적당히 대꾸할 말조차 떠오르지 않았다.

이윽고 천황의 가슴이 펴지며 그가 천천히 입을 열었다.

"그렇군. 이제 내가 할 일을 알겠소."

전 대위가 대꾸했다.

"할 일? 그럼 여태껏 당신은 천황의 위치에서 할 일이 뭔지도 몰랐단 말인가? 참 어불성설이군."

그가 천황을 주시하며 말을 이었다.

"말해 보시오. 당신이 얼마나 인간적인지, 얼마나 평화를 사랑하는 사람인지, 얼마나 일본 국민을 사랑하는지, 얼마나 인류 평화에 이바지하는 사람인지 말해 보시오."

구구절절 사정없이 천황의 가슴을 찌르는 말이었다.

"잘 알겠소. 나란 존재에 대한 의구심이 날 평생 괴롭혔는데 이제야 나 스스로 자신에 대한 의문이 풀린 것 같소. 고맙소."

그의 뜻밖의 말에 전명철은 잠시 놀란 표정을 지었다.

이 흥미진진한 대화는 한·일 양 국민을 제외한 전 세계 모든 사람이 그 뜻을 모두 알 수는 없었으나, 그들의 표정으로 보건대 돌아가는 분위기는 눈치껏 파악할 수 있었다.

천황이 다시 마이크에 입을 가까이하고 말을 꺼냈다.

"일본 국민 모두 들으시오. 이제 내가 여기서 만난 한국의 군인들과 나눈 짧은 시간 동안의 대화야말로 내 인생에 가장 뜻있는 대화였던 것 같습니다."

그가 잠시 숨을 돌리더니 다시 말을 이었다.

"우리는 각자 살아가면서 우리 모두 자신이 한 일에 대한 겸허한 반성이 있어야 하고, 앞으로 할 일에 대해서는 철저한 검증으로 이에 따르는 부작용이 없도록 해야만 발전이 있다고 생각합니다. 나는 오늘 뒤늦게나마 이것이 인간으로서 해야 할 일의 전부라고 깨달았습니다. 그동안 우리 일본 내각과 일부 혐한 인사들이 한국을 향해 보인 적대적 감정은 우리 잘못이 더 큽니다. 나는 항상 이웃한 두 국가가 좀 더 사이좋은 관계로 이어지면 좋겠다는 희망을 지니고 있었으나, 우리 일부 정치권 인사들의 한국을 향한 올바르지 못한 감정적 대응으로 인해 결국에는 두 국가가 돌이킬 수 없는 강을 건넜습니다.

이에 나는 철저하게 천황의 책임을 통감하며 일본 자위대에게 명령을 내립니다. 일본 자위대원들은 모두 무기를 내려놓고 자신이 속한 군부대에서 이탈해 각자의 가정으로 돌아가라고 명령합니다.

나는 더 이상 잘못된 길을 걷지 않을 것이며, 이 걸음을 올바른 방향으로 되돌리기 위해 일본 정치인들은 한국에 항복할 것을 권유합니다.

잘못된 길을 계속 걷다 보면 결국 낭떠러지에 이릅니다. 이제 나의 이 성명으로 인해 두 국가가 발전적인 형태의 이웃으로 거듭나기를 바랍니다.”

-10월 8일 21:15-

천황 어가

문 열리는 소리에 고개를 돌린 전 대위의 시야에 함정식 대원이 나타나며 손에 쥔 책 한 권을 보여 주었다. 낡아빠진 겉표지를 보아 하니 꽤 오래된 고서로 보였다.

함대원이 손짓하며 전 대위를 불렀다.

“전 대위님. 이 책 좀 보십시오. 기가 막힐 내용입니다.”

“그래? 읽어 봤나?”

“네. 잠시 봤는데 너무나 기가 차서 다 보지 못하고 가져왔습니다.”

전 대위가 천황을 보며 말했다.

"잠시 기다리시오. 이 책이 무슨 책이기에 우리 대원이 그렇게 놀라는지 확인할 동안 여기서 꼼짝 말고 있으시오."

한민석과 민길영은 천황과 황후에게 총부리를 겨눈 채 곁눈으로 전 대위가 그 책을 넘기는 모습을 보았다.

전 대위의 눈이 점점 휘둥그레지더니 무전으로 본부의 김성광을 호출했다.

"아. 여기는 본부, 전 중위, 무슨 일이오?"

"상무관님 잠시 이 책을 그대로 보여드리겠습니다. 내용이 너무나 충격적입니다."

"그래요? 대체 무슨 내용이기에~?"

전 대위가 그 책의 앞면을 보여 주자, 앞면에는 연도를 표시한 조잡한 인쇄체로 쓰인 글과 숫자가 보였다.

滿 洲

陸軍省

防疫給水部

표지와 함께 누렇게 바랜 모습의 책이 김성광의 눈에 들어왔다.

"전 대위님. 잠시 그 책 속을 볼 수 있을까요?"

"네. 함정식 대원이 잠깐 본 것 같습니다. 저도 잠깐 봤는데 그 내용이 너무나 충격적이라 보여드리지 않을 수 없어서 연락드렸습니다."

그가 책을 향해 캠 각도를 똑바로 맞추며 말하더니 몇 장을 넘겼다. 잠시 후 전 대위는 한 페이지에서 손을 멈추고 그 페이지를 향해 캠 초점을 조절하며 더욱 가까이 들이대고 책이 잘 보이게끔 조정했다.

그 페이지에는 군인 수십 명이 일렬로 정렬한 채 총을 겨누고 있으며, 각각의 군인 앞에는 무릎 꿇린 채 앉아서 밧줄로 꽁꽁 묶여 있는 사람들이 줄줄이 앉아 있는 모습이 보였고, 그 사람들 뒤에도 줄잡아 백 명이 넘는 사람이 포박된 채로 꿇어 앉아 있는 모습이 보였다. 그들은 허름한 농부 같은 평범한 복장의 사람들이었다. 명백한 학살 장면을 찍은 흑백사진이었다.

전 대위는 이 잔인한 장면이 너무나 눈에 거슬려 페이지를 넘기자 또 다른 사진이 보였다. 수술대로 보이는 침상 위에 어느 여자가 알몸으로 누워 있었고, 그 주위에 군복 입은 남자 두 명과 흰 수술복 같은 옷을 입은 의사로 보이는 사람이 있었다. 사진은 오랜 시간이 지나 흐릿했으나, 보이는 장면은 구분할 수 있을 정도였다. 수술대 위의 여자는 아랫배가 좌우로 갈라져 있으며 수술대 옆에는 의사가 태아로 보이는 물체를 두 손으로 들고 있었고, 또 그 옆에서 그것을 바라보는 일본 군인도 보였다. 수술대 위에는 피로 보이는 검은색 무늬가 수술대 위의 여자 주위에 물처럼 흐르는 듯한 모습도 보였다.

그 여자 옆의 또 다른 수술대 위에도 똑같이 벌거벗은 밝은색 단발머리의 여자가 두 손 두 발을 꽁꽁 묶이고 입을 헝겊같이 보이는 것으로 막힌 채, 수술대에 묶여 공포에 질려 크게 부릅뜬 눈으로 옆 수술대에서 의사와 군인이 바라보는 태아로 보이는 물체를 쳐다보는 모습이 있었다. 그 여자도 배가 불룩한 것으로 보아 임신 중으로 보였다. 머리카락이 밝은색이고 배가 갈라진 여자에 비해 피부도 훨씬 희게 보이는 것으로 미루어 여자는 백인이었다.

정말 참혹하고 잔인한 장면이 아닐 수 없었다.

이 놀라울 정도로 잔혹한 흑백사진은 화면을 통해 김성광의 눈에 그대로 보였다.

그가 너무 놀라서 전 대위에게 소리쳤다.

"전 대위님. 그게 뭡니까? 뭔데 그런 사진이 화면에 비추나요?"

전 대위는 사진을 보고 너무나 놀랐으나 김성광의 외침에 또다시 깜짝 놀라며 말했다.

"아이쿠~! 잠시만요. 이거 그대로 화면에 나가고 있지요?"

"그렇습니다. 왜 이런 장면이 갑자기 나오는지…"

그때 김성광이 있는 지하실의 어디선가 전화벨이 요란하게 울리는 소리가 들렸다.

김성광이 얼른 전화를 받자 커다란 고함이 터져 나왔다.

"김 상무관. 그 화면 얼른 끄세요~!"

한국 작전본부의 누군가가 그 끔찍한 사진을 보고 지르는 놀라움에 찬 고함이었다.

밑도 끝도 없이 다짜고짜 커다란 고함이 들리고서야 김성광은 눈치챘다.

이 화면이 한국의 방송국을 통해 전 세계로 송출되고 있다는 것을 깨달았지만, 이미 이 끔찍하고 잔인한 장면은 이 방송을 보던 한국 국민은 물론, 이 방송을 보던 전 세계 시청자들의 놀라 내뱉은 외마디 비명과 함께 한껏 크게 떠진 눈동자만 TV 화면에 잔상을 남겼다. 전 대위도 이 끔찍한 사진에 너무나 놀라고 당황한 나머지, 이 장면이 외부로 전송되는 점을 깜빡 잊고 헤드 캠을 끄지 않은 채 책장을 넘기다 벌어진 전대미문의 사건이었다.

충격에 빠진 전 대위가 정신을 되찾은 후 반사적으로 헤드 캠을 끄고 함정식에게 물었다.

"이 사진 어디서 찾았지?"

"슌스케에게 지하 창고 같은 장소 있나 물어보니 알려줘서 뒤지다 찾은 겁니다."

"그래? 왜 지하 창고를 찾은 거야?"

"난 숨어 있는 잔당이나, 혹은 우리 문화재나 뭐 그런 거 여기 어디 감추진 않았나 싶어서 찾으려고 했는데 이게 나오네요. 아마 더 있을 거 같습니다. 궤짝이 몇 개 더 있었거든요."

"잠시만. 우리 이야기 좀 하고 이 일을 정리해 보자."

그들이 잠시 침묵하며 이 일에 대한 문제점을 파악하려고 애썼다. 전 대위나 민경일이나 함정식이나 그들 모두 큰 충격은 마찬가지였다.

마침 김성광의 호출로 인해 침묵이 깨지고 그의 목소리에 전 대위는 잠에서 깨어난 듯한 기분이 되었다.

"전 대위님. 그 문서 어디서 찾았는지 아십니까?"

전명철이 말했다.

"이건 함정식 대원이 여기 지하실에서 찾았다고 합니다만… 더 있을 것 같다고 합니다."

"그래요? 함정식 씨, 왜 그렇게 생각하지요?"

함정식이 말했다.

"여기 지하에 이 책을 담았던 궤짝과 비슷한 궤짝이 여러 개 있습니다. 그래서 아마 거기에도 이런 비슷한 내용의 문서가 들어 있다고 짐작합니다만."

함정식은 자신이 가져온 낡은 책 내용이 공개된 후에 미칠 파장까지는 생각이 미치지 못했으나, 그래도 이런 잔인한 문서가 공개적으로 대중에게 알려진 것을 생각하니 온몸에 오싹한 기분이 들었다.

침묵의 시간이 길어졌다.

그러나 한국 국방부 지하의 작전사령부에서는 갑자기 나타난 이 사진을 두고 졸지에 시끄럽게 갑론을박이 벌어졌다.

여러 명이 떠드는 고함에 파묻혀 침묵하던 양대석 사령관이 입을 열었다.

"여러분, 잠시만 조용히 해 주십시오. 이런 비밀문서가 더 있는지 확인도 해야 할 것 같습니다. 그러니 모두 조용해 주시기 바랍니다."

양대석 사령관은 사령실 안의 작전 담당 연락관에게 도쿄 김성광 상무관과 연결하라고 명령했다.

잠시 후 김성광과 연결되자 사령관이 말했다.

"이 문서 어디서, 어떻게 찾았는지 아는가?"

"네. 사령관님. 우리 함정식 대원이 황궁 지하실 창고에서 발견했다고 합니다."

"그렇다면 그 창고를 다시 수색하라고 하고 이제 전 대위에게 이렇게 말하게. 지금부터 들고 있는 그 문서의 내용을 다 보라하고, 정말 잔인하거나 TV 화면으로 나가면 안 될 극악한 장면은 빼고 일본의 이 악행을 알릴 수 있는 장면만 보여 달라고 하게.

그런 사진 고르기가 무척 힘들겠지만 방금 장면은 전 세계로 송출되어 이제 돌이킬 수 없으나, 이왕 벌어진 일이니까 조금 더 보여 주고 일본의 잔인함을 알릴 수 있도록 하게. 그리고 창고를 뒤지는 장면은 사실대로 녹화하도록. 이상이다."

양대석 사령관은 이어서 명령을 내렸다.

"지금 방송국과 연결된 송신망을 끊으세요. 이건 보통 문제가 아니니 더 이상 세상에 보이면 곤란할 것 같습니다."

천황 생포 작전 실황중계는 그렇게 끝났다.

또 한국의 MBS 방송국도 이 사진의 방영으로 말미암아 방송국 안팎이 온통 공포와 경악으로 인해 전 직원들 머리까지 멍해진 상태로 되었다.

이 와중에도 천황의 항복 선언은 정말 엄청난 파문을 일으켰다. 일본 자위대의 사기는 그야말로 속수무책으로 땅에 떨어졌으며, 이는 전쟁 즉시 한국을 향해 공격 명령만 기다리던 육상, 해상, 항공자위대 모두 얼이 빠져 전투에 임할 의욕마저 상실할 만큼 그 파급효과가 엄청났다.

반격할 주요 공격 무기도 남아 있지 않았지만….

-10월 8일 21:30-

도쿄 자민당 중앙당 본부

미사일은 다행히 자민당 본부 당사까지 폭격하진 않았다.

자민당사 지하의 재난대피소에 피신한 자민당 고위 간부들에게도 천황의 항복 성명이 대피소의 TV 모니터 화면으로 알려졌다.

총리 다카키는 대피소의 가장 안쪽 깊숙한 곳에 자리한 전쟁 및 재해 대책 본부 사무실의 상석 의자에 앉아 있었으나 그는 도저히 자리에 앉아 있을 수 없었다. 앞에 주욱 둘러앉은 각료들의 얼굴도 흙빛으로 변해 있었다. 낭패가 이런 낭패가 또 어디 있겠는가?

모두가 끝없는 침묵 속에 빠진 이때 방위성장 구로다 곤노스케가 입을 열었다.

"천황폐하께서 저렇게 되도록 도내(東京都) 경찰은 대체 뭘 하고 있었나?"

그가 분통에 찬 얼굴로 탁자를 세게 두드렸다. 그러나 이에 대답하는 아무도 사람은 없었다.

그때 또다시 화면이 움직이더니 한국군 누군가가 책을 한 권 들고 있는 장면이 보였다. 잠시 후 화면이 움직이며 책 속에 일본군에게 총살당하는 군중들의 모습이 보였고, 이어서 또 페이지를 넘기니 수술대 위의 여자와 일본 군인들의 모습도 보였다. 이어서 한국 군인들이 놀라서 지르는 비명과 아우성이 겹치더니 순식간에 화면이 꺼졌다.

이 장면을 본 자민당 간부들이 넋이 빠진 채 입이 떡 벌어졌다. 생각지도 못한 화면으로 인해 순식간에 혼은 달아나고 서로의 얼굴만 멍하니 쳐다볼 뿐, 말이 나올 수가 없었다.

총리를 비롯한 자민당 각료들만 넋이 빠진 것은 아니었다. 일본 전체는 물론 전 세계가 일순 깊은 공포와 분노, 그리고 경악에 빠져 침묵 속에 시간만 속절없이 흘러갔다.

하지만 그것도 잠시, 교토 시내에서 커다란 폭동이 일어났다는 소식이 넋이 빠진 그들 귀에 날아 들어왔다. 천황이 사로잡혀 손이 묶인 채 굴욕적인 모습으로 항복 선언을 하는 방송에 열받은 일부 과격 우익 시민들이 앞장서서 교토의 자민당 지부 당사 건물로 쳐들어온다는 소식이었다.

"다카키는 뭐 하고 있는가? 천황폐하가 포로라니. 어서 나와서 해명해라."

"나와라 다카키."

엄청난 함성에 자민당 지방 당사에 몇 명 있지도 않은 자민당 당원들이 놀라서 도망갔고, 빈 건물에 폭도들이 밀려 들어와 닥치는 대로 기물을 부수고 집기를 파괴했다. 어느새 자민당 교토 지부에는 시민들이 몰려와 난장판을 만들기 시작했다.

이 소식은 생존 시민 중 얼마 남지 않은 스마트폰 화면을 통해 보게 된 몇몇 일본인을 통해 온라인으로 일본 전국에 퍼져나갔고, 극도로 분노한 일본 국민이 떼를 지어 일본 전국 곳곳의 자민당 건물로 몰려가서 애꿎은 자민당 건물만 부수고 말았다.

-10월 8일 21:40-

대한민국 청와대

화면이 바뀌며 대한민국 MBS 방송국에서 청와대 대변인 고형숙의 중대 발표가 나왔다.

"금번 일본 천황의 항복 선언으로 전쟁이 조기에 멈추게 되어 더 이상의 인명 피해가 없다는 점에 우리 정부는 환영을 표합니다. 그러나 우리는 천황의 항복이 곧 일본 집권당의 항복은 아니라고 봅니다. 그러므로 진실로 양국 간의 평화와 번영을 원한다면 집권 자민당 고위 각료들은 모두 이 항복 선언에 동참해 일본 국민의 인명 피해가 없도록 해야 합니다.

우리 정부는 조속한 시일 내에 일본 자민당이 전쟁 종료, 혹은 지속 의지가 있는지에 대한 일본 집권당의 표명을 바랍니다.

이 요구에 빠른 시간 내로 응답을 바라고, 조금이라도 지체한다면 우리 남한과 북한 정부는 일본의 전쟁 의지가 지속된다고 가정할 것이며, 이에 따라 우리는 더욱 강력한 전쟁 수행 능력을 보여 줄 것입니다. 일본 정부는 부디 현명한 판단으로 더 이상의 고귀한 인명 피해가 없도록 해야 할 것입니다."

일방적인 항복 요구였다.

자민당 지하 대피시설의 가장 깊숙한 곳에서는 여기저기서 짙은 한숨 소리가 새어 나왔으나 다카키의 머리에서는 별달리 뾰족한 수가 생각나지 않았다.

그가 한참 후 입을 열었다.

"대신님들, 이제 어떤 방법으로 이 난국을 헤쳐 가면 좋을까요? 우리 모두 심각하게 생각해 봅시다."

그는 모여 앉은 고위 각료들의 얼굴을 하나둘씩 쳐다보며 뭔가 획기적인 돌파구를 마련할 수 있기를 바랐으나 이미 기가 꺾인 그들은 모두가 침묵만 유지하는 중이었다.

전명철은 자신의 앞에 두 손을 뒤로 묶인 채 의자에 앉아서 자신을 주시하는 천황을 바라보았다. 그의 머리가 복잡하게 회전하기 시작했다.

이 사태가 어느 방향으로, 어떻게 흐를지 모르겠다고 느낀 그는 깊은 생각에 잠긴 후 이윽고 김성광에게 말했다.

"상무관님. 이제 저는 천황을 앞세워 뭔가 할 예정입니다. 지원 부탁드려도 괜찮을까요?"

"그래요? 어떤 생각인지 제가 알면 어떨까요?"

"저는 우리 대원들이 아직 안전하다고 판단하지는 않습니다. 그래서 일단 일본 총리와 기타 각료들을 이곳으로 불러들이고 싶습니다. 그리고 만약 각료들이 이곳으로 집결한다면 그들을 인질 삼아서 확실한 돌파구를 마련하려고 합니다만…."

"그렇습니까? 어떤 돌파구를 말씀하십니까?"

"일단 다카키 일행이 이곳으로 온다고 가정하고, 우리 공군 비행장에서 모든 수송기를 동원해 특전사부대원들이 이곳 도쿄로 낙하 공습하면 좋겠습니다. 지금 인원으로는 이곳을 지키기에는 역부족이기에 일단 천황 거처를 공격하려는 자들이 있을지 모르니 그들의 준동을 무력화하기 위한 조치입니다.

또, 낙하하는 우리 공습부대를 향해 자위대의 공격이 없도록 하라는 우리 사령관님의 강력한 메시지가 있으면 좋겠습니다.

그동안 저는 여기를 좀 더 뒤져서 이놈들이 오래전부터 저지른 악랄한 전쟁범죄 증거가 더 있을지 확인하고 싶습니다.

함 대원 말로는 아까 사진첩과 비슷한 종류의 서류 뭉치가 여러 궤짝 있다는 점으로 미루어 분명히 더 많은 자료가 있다고 봅니다. 만약 그런 자료가 있어서 제가 발견한다면 그것으로 저놈들의 야만적인 행태를 끝까지 폭로하겠습니다."

천황의 생포로 말미암아 알게 된 이 끔찍한 사실은 침투부대가 전혀 예상하지 못한 일이었다. 그리고 전명철의 이 공수부대 투입 작전의 제안도 양대석 사령관과 비슷한 결론이었으나 전 대위와 양 사령관 두 사람은 서로의 생각이 같을 줄은 미처 알지 못했다. 국방부 작전사령부에서는 이미 양대석 사령관이 공수 특전단의 도쿄 낙하 강습 준비를 지시한 후였다.

김성광은 속으로 양대석 사령관의 공수부대 투입 지시를 미리 전 대위에게 알려 주지 않은 것에 안도하며 즉시 동의했다. 김성광이 특전 부대 투입 작전을 알려 주지 않은 이유는 전 대위의 자존심을 생각한 것이었다.

"알겠습니다. 그러시면 제가 여기 입장을 사령관님께 자세히 전달해 일본이 섣불리 덤비지 못하도록 조치해 주십사 하고 부탁드리겠습니다."

"네. 감사합니다. 잠시 후 천황이 또다시 다카키 일행을 유인하는 방송을 보내겠습니다. 거기까지만 생중계하시고 그 후부터는 상무관님만 우리가 보내드리는 화면을 계속 주시한다면 고맙겠습니다."

"어떤 생각이 있으신지 정말 궁금합니다만, 일단 그렇게 하도록 전달하겠습니다."

"네 감사합니다."

이렇게 대사관 지하실 본부를 통한 한국 방송국과의 중계는 다시 이어졌다.

김성광은 전명철의 요청 사항을 양대석 사령관에게 전했다. 그러나 양대석 사령관은 이미 공수 특전단 도쿄 강습 팀을 꾸려서 일본으로 보낼 준비를 마친 후였다.

전 대위는 김 상무관과의 대화를 마치고 다시 천황을 바라보며 입을 열었다.

"이제부터 내가 요구하는 조건을 잘 듣고 실천해 주기 바랍니다. 이 조건이 실천되지 않으면 나는 본국에 보고해 일본 땅에 무차별 공격을 가해 달라고 요구할 생각입니다."

천황이 눈을 동그랗게 뜨고 그를 올려보았다.

전 대위가 입을 열었다.

"첫째, 자민당 각료들을 1시간 안에 이곳으로 집결하라고 하십시오.

둘째, 만약 그들이 불응해 시간을 넘기면 우리 정부에서 북한 측에 부탁해 히로시마와 나가사키 두 도시를 80년 만에 두 번째 불바다로 만들어 달라고 요구하겠습니다.

우리는 북한이 거절하지 않는다고 봅니다. 왜냐면 우리 민족은 시작한 일을 확실히 매듭짓기 위해서는 그 무엇도 마다하지 않을 것이기 때문입니다."

전 대위의 요구사항은 그대로 한국 MBS 방송국의 중계망을 통해 방송되었다.

전명철은 잠시 말을 끊고 무전으로 어원 밖 진입구를 지키고 있는 대원들에게 명령했다.

"각 대원들은 들어라. 이제 내각 각료들이 이곳으로 올 수 있기에 입구에서 철저히 검문, 검색하고 각료 외에는 아무도 들어오지 못하도록. 이상이다."

"1조 알았다. 오버."

이어서 각 조에서 모두 회신이 들어왔다.

천황이 깊은 한숨과 함께 말을 꺼냈다.

"알겠소. 지금 그렇게 하겠소."

천황이 마이크를 쳐다보며 무겁게 입을 열었다.

"나 일본 천황 게이히토(京仁)는 일본국 총리대신 이하 내각대신들에게 명하는바, 이제 한국과 일본의 심각한 전쟁 상황을 끝마치기 위해 대신들의 뜻을 모으고자 모두 이곳으로 모여 이 상황을 헤쳐 나갈 수 있는 방법을 찾기 원합니다. 모두 들으신 대로 나의 이 발언은 한국 측 요구사항입니다."

일본 천황의 힘없는 목소리가 방송을 타고 흘러나가자 자민당 간부들의 심장이 벌렁거렸다.

성미 급한 구로다 곤노스케 방위성 대신이 말했다.

"아니, 지금 한국 군인에게 사로잡혀 있으면서 그리로 오라고? 우리 모두 인질로 잡고 싶으신 모양이지?"

내무대신 히데요리 곤조가 말했다.

"우리 중 몇 명만 가면 어떨까요? 폐하의 명령인데 거절하기가 너무 어렵습니다. 총리대신께서는 여기서 지휘를 계속하시고 말입니다."

사태가 이 지경인데도 누구 하나 천황의 안위를 걱정하는 사람은 없었다. 천황을 얼마나 허수아비로 알았으면 각료들의 반응이 저럴까? 할 정도였다.

정부 관료들은 정치와는 손절한 천황의 존재를 꼭두각시로 알지만, 그래도 일반 국민은 아직도 천황의 존재를 신으로 떠받들다시피 하는 전근대적인 국민성이 그나마 차라리 인간적이었다.

-10월 8일 22:00-

도쿄 외곽지역

하늘에서 시뻘건 불꽃과 함께 마하 7의 속도로 날아온 탄도미사일 한 방이 도쿄 중심가에서 서쪽으로 약 30㎞ 떨어진 후지산 부근의 숲에 떨어지며 엄청난 굉음과 함께 깊이 20m, 지름 300m가량 되는 구덩이가 생겼다. 이 폭발은 도쿄 중심가에서도 지진으로 느낄 만한 진동과 함께 그 폭발 소리가 천황이 인질로 잡혀 있는 황궁 어원까지 은은한 뇌성으로 들려왔다.

미사일이 떨어진 숲은 시뻘건 불길로 인해 주위 약 2㎞까지의 잔뜩 우거진 숲속의 나무가 화염에 휩싸여 산불을 일으켰다. 한국의 미사일이 엄청난 위력을 뿜어내며 일본의 항복을 요구하는 시위였다.

더구나 한반도에서 발사한 수많은 미사일이 줄기차게 도쿄 시내를 강타하고 있었기에 일부 자위대 군인들은 천황 구출 작전을 전개하고 싶어도 불가능한 상황이었다.

천황이 머무는 어가 주위의 해자는 각 길목의 주위에 침투 대원들이 은밀히 숨은 채 지키고 있었고, 또 어가로 진입하는 도로마저 모두 파괴되어 전투용 차량으로 진입하기란 애초에 불가능했다.

자민당 지하 대피소의 벽걸이 TV 화면에 여성 아나운서의 낭랑한 목소리와 함께 한국 방송국에서 발표가 나왔다.

"방금 한국 군사령부에서 발표했습니다. 발표에 따르면 방금 도쿄 외곽에 떨어진 미사일은 남한의 모 기지에서 발사한 미사일이라 합니다. 이 위력은 히로시마에 떨어진 핵폭탄의 1/10 위력을 갖고 있으며 만약 인구 100만의 대도시 한복판에 떨어진다면 그 도시의 절반이 파괴될 정도의 위력을 갖고 있다고 합니다. 이는 한국군 사령부에서 민가와 멀리 떨어진 곳을 목표 지점으로 삼아 발사한 것이며 곧이어 더욱 강력한 공격이 있을 예정이라 합니다. 잠시 후 한국군 사령부의 발표가 있겠으며 곧 마이크를 넘기겠습니다."

그러자 화면이 바뀌며 한국군 양대석 총사령관의 모습이 보였다. 그가 마이크를 두드리며 잠시 숨을 골라 쉰 후 입을 열었다.

"조금 전 일본 도쿄 외곽지역에 발사한 탄도미사일은 천둥5-A 미사일이며 탄두 중량은 5t입니다. 우리는 정확한 목표를 설정해 가능한 한 민간인의 피해를 줄일 수 있는 곳을 타격했습니다. 이제 우리는 우리 군인이 보호하고 있는 일본 천황의 명령에 따라 빠른 시간에 일본 내각의 각료들이 전쟁을 끝낼 방안을 강구 하도록 천황과 함께 모두 모여 의논하기를 바랍니다. 이는 순수한 인도주의적 입장에서 알려드리는 것이며 이 요구조건이 이루어지지 못한다면 우리 한반도의 남과 북 두 정부는 지금보다 10배, 100배의 더욱 강력한 공세를 취할 것을 알립니다."

에누리 없는 협박이었다.

-한국 시간 10월 8일 22:10-

워싱턴 백악관

그들은 조금 전 화면에 나타났던 그 충격적인 사진에 어안이 벙벙해 제대로 정신 차릴 수가 없었다.

체이스 대통령을 비롯해 옆에서 같이 화면을 바라보던 안보 보좌관, 국무, 국방, 재무, 상무부 장관, CIA 국장 등과 군 주요 인사를 포함한 관료들의 입도 딱 벌어졌다.

"대체 어떻게 저런 일이 일어날 수 있지요? 그것도 단 하루 만에."

체이스 대통령의 놀라움 가득한 말이 나왔다.

안보 실장 더들리 레이먼드가 말했다.

"정말 작전도 치밀하게 짰군요. 이런 작전은 글쎄 전 세계 전쟁 역사를 통틀어 봐도 전혀 듣도 보도 못한 작전인데요? 대체 어떻게 황궁까지 들어갈 수 있었는지 모르겠습니다."

이 기습 작전에 모두 놀란 채 벌린 입을 다물지 못했다.

"아니. 그러고도 저런 일이 어떻게 자료로 남아서 아직도 간직하고 있단 말인가?"

체이스 대통령의 말에 모두가 정신을 차리고 옆 사람을 둘러보았으나, 혼란스러워진 머리를 식히기에는 시간이 너무 짧았다.

체이스 대통령이 다시 말을 꺼냈다.

"자~~ 이제 동북아 상태가 일본의 항복으로 정리된다면 중국 문제는 어떻게 될지 모르겠습니다. 이제 우리도 전략적 선택을 해야 할 필요성이 있군요."

모두의 주의를 환기하는 말이었다.

조용히 앉아 있던 이안 헤이워드 국무장관이 입을 열었다.

"좋습니다. 우리는 결국 중국의 향방이 가장 우선이니 후속 조치를 해야 하겠습니다."

그의 말이 떨어지고 각료들은 그제야 화면에서 눈길을 돌렸다.

체이스 대통령이 국방부 장관 잭 로이드를 향해 입을 열었다.

"지금 한국 해군 제2 함대는 서해에 있습니까?"

"네 각하, 우리 위성에서 파악한 바로는 지금 평안남도 남포항 앞바다에 한국 제7 전단 소속 제2 함대가 있다고 합니다. 그리고 우리 7함대는 원산 앞바다 약 30㎞ 떨어진 곳에서 대기 중입니다."

국무부 장관 이안 헤이워드가 말했다.

"각하, 우리가 중국을 상대로 별도의 조치를 해야 할 일이 있을까요?"

국무부 장관의 질문에 체이스 대통령이 그를 바라본 후 나머지 고위 관료들을 바라보았다.

"모두 어떻게 생각하시오? 의견을 듣고 싶소."

잭 로이드 국방부 장관이 말했다.

"제 생각은 이렇습니다. 러시아는 우크라이나 사태에서 회복하는 중이기에 별 큰 문제는 없으리라 보이기에 중국의 행보에 당연히 더 큰 관심을 가져야 할 때라고 봅니다. 그러나 중국도 러시아 항공우주군이 국경 근처로 이동한 일과 한국과 일본의 예기치 못한 전쟁에 큰 당혹감을 느끼고 있기에 아직 어떠한 징조도 보이지 못하는 것으로 보입니다. 더구나 우리 7함대의 원산 주둔으로 저들이 쉽게 움직이지는 못하기에 당분간 사태를 지켜보는 것이 어떨까요?"

이안 헤이워드 국무부 장관이 이어서 말했다.

"그렇습니다. 그리고 지금 우리의 하와이 제3함대도 한국 남해안에 주둔 중입니다. 그런데 이상하게도 러시아가 군대를 중부 군구로 이동한 점이 이해하기 어렵습니다. 우리 위성이 파악한 출발 위치로 봐서는 그 부대가 로켓부대와 항공우주군 부대 같다고 합니다. 공교롭게도 이동한 곳이 중국 신강성과 가까운 점이 걸립니다."

신강성은 중국의 핵무기 발사대가 가장 많이 몰려 있는 지방이다.

체이스 대통령이 말했다.

"내가 직접 콘스탄틴 대통령에게 물어볼까요?"

대통령의 이 말에 모두가 어색한 미소를 띠었다.

체이스 대통령이 다시 입을 열었다.

"나는 러시아의 이 조치가 아마도 한국 정부와 관련이 있지 않을까 합니다. 지난번 한국 경제사절단이 방문했을 때 커다란 짐 보따리를 푼 이유가 이것 때문이 아닌가 합니다만, 어쨌든 결과가 말해 주니 아마 중국도 당분간 움직이기엔 애매하다고 봅니다. 다른 분들께서는 어떻게 생각하시는지요?"

화이트 부통령이 대통령의 말을 받았다.

"각하의 판단이 맞을지도 모르겠습니다. 그러나 이 러시아 사태는 지난번 문 특사의 방문에서는 나오지 않은 이야기 아닌가요?"

체이스 대통령이 말했다.

"이 전쟁은 이제 생각하니까 아무래도 한국 정부가 사전에 철저하게 계획한 전쟁 같습니다. 그러나 우리로서는 다행이라고 할 수 있지요."

세상일은 결과가 좋으면 과정도 미화되기 마련이다. 체이스 대통령은 지금으로서는 미국 정부도 중국의 향방에 온 신경을 써야 하는 만큼, 한국의 철저한 외교 전략에 박수를 보내야 마땅하다고 판단했다.

체이스 대통령이 주위 고위 정치인들의 기색을 보아하니 자신과 마찬가지로 이 전쟁에 대해 수많은 의구심이 가득 차 있을 수밖에 없다고 생각했다.

문 특사와 북한 김정훈 위원장과의 밀약을 세밀한 부분까지는 알지 못하니 그럴 수밖에?

체이스 대통령이 주의를 환기하느라 잠시 헛기침을 했다.

"이제 전쟁의 결말이 서서히 다가오는 것 같습니다. 우리도 동북아의 정세 변화에 대해 좀 더 유연한 대책이 필요할 것 같습니다만, 여러분의 생각은 어떤지 말해 주기 바랍니다. 그러나 어떤 정책이든 국가에서 실행하는 모든 정책은 항상 최선의 결과를 기대하기보다는 최악의 결과가 발생하지 않는 방향으로 나가야 합니다. 지금 우리에게 필요한 점이 바로 이것입니다.

첫째로 최악을 피할 것, 두 번째로는 차악을 피할 것. 이렇게 좋지 않은 결과를 예상할 수 있는 정책을 하나둘 제거하다 보면 최후에 남는 정책이 결국 최선의 정책이 됩니다.

여러분께서는 이러한 점을 반드시 숙지하시고 당장에 보이는 결과를 얻기 위함보다는, 보이지는 않으나 분명히 좋은 결과를 가져올 수도 있다는 가능성을 고려해 주시면 좋겠습니다."

화이트 부통령이 입을 열었다.

"옳으신 말씀입니다. 그런 방향으로 나간다면 동북아 정세가 올바로 잡히지 않을까 기대됩니다."

찰스 리치먼드 CIA 국장이 입을 열었다.

"저는 한국 군인이 찾아낸 저 비밀문서가 필시 나중에 커다란 후환이 될 것 같은 느낌이 듭니다. 우리도 일본에 관한 문서를 뒤져 혹시 나올지도 모르는 일본의 만행에 대한 자료를 찾아보는 것도 나쁘진 않을 것 같습니다. 일본은 한국 측에서 저 문서뿐이 아니라, 또 다른 전쟁 범죄문서를 찾기만 한다면 아마도 나라의 존립조차 위태로울 것 같습니다."

불행히도 찰스 리치먼드 CIA 국장의 이 예측은 얼마 후 결국 사실로 나타났지만, 그때까지는 사태가 그렇게까지 심하게 진행하게 될줄은 몰랐다.

-10월 8일 22:20-

자민당사 지하 대책본부

구로다 방위대신의 목소리가 커졌다.

"대신들께서는 어떻게 생각하실지 몰라도 저는 황궁에 들어가지 않겠습니다. 우리의 전력이 아직 남아 있기에 전심전력으로 전투에 임한다면 우리도 충분히 승산이 있습니다."

내무대신 히데요리가 말했다.

"지금 우리가 가진 전력을 100% 발휘할 수는 있습니까? 구로다 대신님. 저는 그게 궁금합니다. 더구나 북한이 핵폭탄을 쓸까 말까 망설이고 있는데도 말입니다."

그의 비난에 가까운 말에 관방대신 후나코시 이치로가 답했다.

"내무대신님, 지금의 전세로 본다면 분명히 우세하다고는 볼 수 없습니다. 북한의 핵이 문제이긴 하지만 저의 판단으로는 북한이 핵을 사용하지는 못한다고 봅니다. 그랬다간 분명히 전 세계의 손가락질을 받을 것이 뻔하지 않겠습니까? 그러므로 구로다 대신님의 말씀대로 아직 남은 병력과 무기를 총동원해 한국을 꺾어야 합니다. 저는 아직 늦지 않았다고 판단합니다."

모두가 한마디씩 하면서도 다카키 총리의 눈치를 보았다. 전쟁이냐, 항복이냐의 갈림길에서 다카키는 한참 동안 말을 잊지 못했다.

'황궁으로 간다면 황궁을 장악한 한국군에게 인질로 잡힌다. 그러나 그렇게 인질이 되어 우리 일본 국민의 생명과 재산을 조금이나마 더 보전할 수 있다면 내가 인질로 잡힌다고 전황이 나아진다는 보장은 없으나, 다만 소중한 국민의 생명과 재산은 온전히 보호할 수 있지 않을까? 하지만 인질이 된다면 그건 바로 항복문서에 조인하는 꼴이 된다.'

그의 두 눈이 질끈 감겼다.

지난 100여 년의 시간 동안 우리 일본 제국이 이루어 놓은 것은 어떤 것이었나? 또 잃은 것은 어떤 것이던가?

2차 대전 패배 직전까지는 이루기도 많이 이루었으나 잃은 것도 많았다. 그러나 지금의 일본은 한국전쟁으로 쌓아 놓은 자금력을 바탕으로 또다시 기적처럼 일어났지 않은가?

더구나 조선 해방 후 몰래 심어놓은 수많은 조직이 음지에서 도움을 주었기에 조금만 더 시간이 있었다면 분명히 조선은 우리 수중에 들어올 텐데 어떻게 이런 일이….

다카키는 상념에서 깨어날 줄 몰랐다.

누군가의 커다란 목소리에 그의 감긴 눈이 떠졌다.

"아니. 그래서 지금 우리가 조센징에게 항복하자는 말씀입니까?"

구로다의 목소리였다.

"총리대신님. 이제는 말씀하실 때가 되었습니다. 황궁으로 가시겠습니까? 아니면 여기서 지휘하시겠습니까?"

내무대신 히데요리가 간절한 눈빛으로 말했다.

다카키 총리가 구로다 방위대신에게 물었다.

"구로다 대신님, 지금 우리 전력은 얼마나 피해를 봤습니까?"

"솔직하게 말씀드린다면 이미 항공자위대 전력 절반과 해상 자위대 전력의 2/3가 가동 불능입니다. 그러나 아직 육상 자위대 전력은 고스란히 남아 있기에 조선 군대가 이 땅에 발을 붙이지는 못합니다. 제가 수도 방위 1사단에게 연락해서 어가에 침입한 조선 군인들을 처리하겠습니다. 천황폐하를 구출하도록 하겠습니다. 총리대신님, 걱정하지 마십시오. 우리의 육상 자위대 전력은 세계 제5위의 전력입니다. 더구나 우리는 땅에서, 저들은 바다에서 올라오기에 절대적으로 우리가 유리합니다."

"그렇다면 우리는 이제 앉은 채 당하는 길밖에 없겠군요."

구로다의 희망 섞인 대답과는 달리 다카키 총리가 절망적인 말투로 말했다.

구로다의 평소 언행이 지나친 낙관에 치우칠 경우가 많기에 그의 말은 믿을 수 없었다.

"여러분, 우리는 국민의 재산과 생명을 보호하기 위해 이 자리에 있습니다. 그러나 이제 더 이상 우리의 책임을 다하지 못할 것 같습니다. 남은 과제는 우리 국민의 희생이 더 이상 늘지 않게 해야 한다고 생각합니다. 그러므로 나는 이제 황궁에 들어가서 천황폐하와 함께 저들에게 휴전을 청하고 더 이상의 전쟁 피해는 없도록 요구하겠습니다."

구로다의 안색이 차갑게 변하더니 입을 열었다.

"총리대신께서는 아마도 항복하실 작정이신가 봅니다. 그러나 저는 항복하지 않겠습니다. 저와 뜻이 같은 분도 계시리라 믿기에 저는 그분들과 같이 결사 항전하겠습니다. 그렇지 않습니까?"

비장한 그의 목소리에 몇몇 대신이 감격에 찬 어조로 말했다.

"옳습니다."

"우리가 어떻게 조센징에게 항복할 수 있습니까?"

"총리대신께서는 다시 한번 생각해 주십시오."

침묵을 지키고 있던 외무대신 유키오조차 기어코 입을 열었다.

자리에 모인 정부 부처 11개 성 대신과 3개 청장의 모습이 제각각이었다.

"이제 10분 남았군요."

문득 입을 연 사람이 있어서 돌아보니 그는 문부 과학성대신 히로시 쥬우베였다.

"무슨 시간이 10분 남았다는 말씀이신지요?"

"아까 천황께서 말씀하신 1시간이 이제 10분 남았습니다. 우리가 이렇게 우왕좌왕하는 동안에 시간이 저렇게 흘렀군요."

히로시의 깊은 탄식에 이어 끝에 앉아 있던 국토교통성 대신 아소 신타로가 벌떡 일어났다.

"저는 총리대신의 뜻을 도저히 따를 수 없습니다. 우리 일본국이 태평양에 가라앉는다면 같이 가라앉겠습니다."

그러자 여기저기서 대신들이 일어나며 큰 소리로 말했다.

"저도 그렇습니다."

"저도 찬성합니다."

실내는 일순간에 얼어붙었다.

총리대신 다카키는 자리에서 일어난 대신들을 가만히 쳐다보았다.

'모두 7명, 저들은 우리 국민의 생명이 아깝지도 않은가? 천황폐하를 살리고 국민의 생명도 살려야 하는 내 심정을 몰라주다니…'

문득 가미가제가 떠오른 다카키는 부르르 몸서리를 쳤다.

그가 자리에서 분연히 일어났다.

"나는 천황폐하의 옆에서 폐하의 어신을 지키겠습니다. 같이 가실 분은 따라오십시오."

그가 자리에서 일어나며 문을 향해 한 걸음 옮기자, 환경성, 후생노동성, 경제산업성 대신이 따라 일어섰다. 그들이 발걸음을 옮기는 찰나 갑자기 방위대신 구로다가 그 앞을 막아섰다.

"안 됩니다. 우리는 아무런 힘도 쓰지 못하고 우리의 영광스러운 일본국의 명예를 땅에 떨어뜨리지는 않겠습니다. 그러니 자리에 앉아 주세요."

구로다의 엄숙한 목소리가 들리자 모두 술렁거렸다. 명백한 항명이었다.

구로다가 이어서 입을 열었다.

"이제부터 총리께서는 아무 권한 행사도 하지 마시길 바랍니다. 그렇게 나약한 모습은 우리 국민과 천황폐하께서 절대 반기지 않을 것입니다. 이제 우리는 여기 계신 각료분 모두의 동의를 얻어 새로운 임시 내각을 조성하겠습니다. 다른 대신들께서도 동의하시리라 믿습니다."

그가 주위를 둘러보며 말하자 외무대신 유키오 나와무네가 말했다.

"그렇습니다. 이제 우리는 전시 비상 내각을 꾸리고자 합니다. 이 내각은 아무래도 국방에 대한 식견이 높으신 구로다 대신께서 이끌어 가시는 게 옳다고 봅니다만 다른 대신께서는 어떠신지요?"

"그렇습니다. 저는 찬성입니다."

"저도 찬성입니다."

너무나 간단하고 수월한 정권 교체다.

-10월 8일 22:30-

도쿄

일본 공영방송 NHK의 화면에서 긴급 속보가 떴다.

"긴급 속보입니다. 방금 다카키 마사모리 내각 총리대신이 이번 일

499

한(日韓) 전쟁에 대해 극심한 피로감으로 인해 건강이 매우 심각한 상태에 이르러, 비상 내각회의를 통해 총리직을 사퇴함과 동시에 구로다 곤노스케 방위성 대신에게 총리직을 인계했습니다. 따라서 전시특별법을 적용해 임시 내각회의를 개최해 각료들의 동의를 얻은 구로다 대신은 즉시 전시 비상 내각회의를 소집해 총리대신직을 인수함과 동시에 새로운 각료들을 임명했습니다. 새 내각은 관방대신에⋯."

그러나 실제로 다카키 총리의 사퇴 이유를 글자 그대로 믿는 일본 국민은 아무도 없었다.

-10월 8일 22:40-
도쿄 천황 어가

전 대위의 명령에 따라 천황 거처로 진입하는 여러 곳의 길목을 사수하고 있던 대원 중 2개 조의 인원을 어가로 집중해, 총 24명의 인원이 천황의 어가 건물 주위 숲속 등에 촘촘한 방어망을 구축한 전 대위는 팔목의 시계를 보고는 대사관의 김성관 상무관에게 연락했다.

신호가 가는 즉시 김성광이 받았다.

전명철이 말했다.

"상무관님. 이제 약속 시간이 됐습니다. 저놈들이 다카키를 내쫓고 구로다를 내세운 이유는 명백히 반격을 노리는 일로 보입니다. 이제 저놈들에게 최후의 심각한 타격을 주어야 할 것 같습니다. 가능할까요?"

이것은 핵 공격을 의미하는 발언이다.

김성광이 말했다.

"본부에서도 충분히 짐작하고 있으리라 봅니다. 정말 끔찍한 맛을 봐야만 저놈들이 두 손 들고 기어 나올 것 같습니다. 즉시 본부의 의중을 알아보겠습니다."

김성광은 본부의 양대석 사령관과 연결했다.

그가 이어폰을 귀에 꽂고 질문했다.

"사령관님. 동경의 김성광입니다. 조금 전의 일본 총리 사퇴 소식을 들으셨습니까?"

"그래. 알고 있어. 김 상무관. 지금 전 대위는 천황을 잘 지키고 있겠지?"

"네. 아직 별일 없는 것 같습니다. 저와는 항상 채널을 열어 놓고 있어서 돌발 상황이 발생하면 즉시 연락하기로 했습니다."

"잘 알겠네. 이제 우리는 북한 당국과 교신해 결정적인 타격을 실행할 때가 됐나 보군. 아마도 북한 김정훈 위원장은 응할 것으로 판단하니까 이제 김 상무관도 대비하길 바라네. 혹시 자위대원들이 천황 거처로 진입할지도 모르기에 하는 말이야."

"네 알겠습니다. 그래도 도쿄는 대상에서 제외되겠지요?"

김성광은 핵이 만약 도쿄 한복판에 떨어진다면 자신과 대원들의 운명도 확신할 수 없기에 말했다.

"그건 아니야. 도쿄는 인명 피해가 너무 크기에 일단 제외했어. 아마도 다른 지방이 될 거야. 물론 상의한 후 결정하겠지만."

"네 알겠습니다. 사령관님. 상황이 바뀌면 즉시 보고하겠습니다. 이상입니다."

"수고하시게. 김 상무관."

자민당사 지하 대책본부

또다시 자민당 당사 근처에 떨어진 미사일의 어마어마한 폭발력으로, 지하 4층의 깊숙한 곳에 자리한 자민당 고위 간부들도 느낄 만한 폭발의 여파가 그들의 몸까지 흔들리게 했다.

이미 실각한 다카키는 어느새 처량한 모습으로 구석 자리에 앉아 바닥을 바라보고 있었다.

새로이 총리대신으로 취임해 막중한 책임을 안게 된 구로다가 말했다.

"이제 우리도 반격하도록 합시다. 각 육상 방면대 막료부와 해상, 항공 막료부에 연락해 남은 전력을 모읍시다. 그리고 해상 막료부 다케조오 해상 막료장을 이 반격 작전의 통합 막료장을 맡아 작전을 수행하십시오. 즉시 2층 해상 막료부로 연락하시길."

구로다의 명령에 따라 같은 건물 2층의 해상자위대 막료장 다케조오 이에미쓰에게 명령이 하달되었다.

긴급 명령으로 하달된 해상자위대의 반격은 예상처럼 쉽지 않았다. 이미 한국의 순항, 탄도미사일로 인해 이지스함 8척이 모두 파괴되었고 남은 전력은 호위함 무라사메급과 아키즈키급 등, 그나마 함대지 미사일 발사가 가능한 함정 6척이 남아 있으나, 그조차 기동 중 미사일 발사는 아예 불가능했다.

한국 본토에 직접적 타격을 줄 만한 사정거리가 아니기 때문이었다.

그러나 더 큰 이유는 북한의 핵 보복 세례가 두렵기 때문이고, 그 점을 알고 있는 북한이 핵을 앞세워 심리전에서 이미 몇 수 앞서 나 간 남북한의 엄포가 제대로 먹히는 전쟁이었다.

그러나 명령은 명령. 구로다의 명령에 따라 대마도 후편에 바짝 엎 드려 숨은 채, 한국 순항미사일 공습을 면한 사세보 제2 호위대군 소 속의 무라시메급 구축함 아리아케함에서 지대지를 개량해 함대지로 바꾼 사정거리 1,000㎞의 17식 MK-56 VLS 미사일 1기를 발사했다.

1차 목표는 부산의 해군 작전 사령부로 정했으나, 이미 북한 남포 항으로 떠나서 텅 비어 버린 제주도의 한국 제7 기동 전단으로 변경 했고, 부산을 목표로 설정하지 않은 이유 역시 북한의 핵무기가 그 이유였다.

한국 제2의 대도시를 목표로 미사일 공격하기에는 위험부담이 너 무 큰 공격이었다.

-10월 8일 23:20-
서귀포 강정 해군 제7 기동전단

제주 서귀포시 강정항 앞바다에 있는 작은 섬인 문섬에 붉고 긴

불꽃을 꼬리에 문 미사일 1기가 떨어져 섬 중앙부를 강타했다. 이 공격은 바로 앞 제7 기동 전단의 모든 근무자가 보고 느낄 수 있을 강도의 강력한 폭발과 함께 섬 귀퉁이 일부가 무자비하게 쪼개져 바닷속으로 가라앉았다.

제7 기동 전단의 제주기지 해상 레이더와 이지스함인 세종대왕함의 레이더에서 거의 동시에 포착된 일본의 공습 미사일은, 대마도 뒤편의 해상자위대 구축함에서 발사한 것으로 판명했다.

대마도에서 멀찍이 떨어진 한국 해군의 주력 함정인 세종대왕함이 다보아 위성을 통해 표적을 확인한 후 대마도 뒤에 숨은 아리아케 구축함을 향해 함대함 순항미사일 SSM-700K 1기를 발사했다. 다보아 위성 1호에서 점 찍은 좌표는 정확성이 비할 데 없어서, 미사일은 아리아케함의 한 복판을 관통하며 배를 두 쪽 냄과 동시에 230여 명의 수병을 바다에 빠뜨려 일거에 수장했다.

-10월 8일 23:30-
황궁 지하실

전 대위는 민길영을 호출했다. 지하실 창고에서 수색하던 민길영이 즉시 답했다.

"지금 창고 수색 중입니다. 혹시 다른 지시 사항이 있습니까?"

"아니. 단지 수색이 언제 끝날지 궁금해서 그래. 본부와 교신했고 아마 빠른 시간 내로 폭격이 있을 것 같아서 가능하다면 수색을 빨리 끝마치는 게 좋을 것 같아서 그래."

"알겠습니다. 그런데 예상외로 찾아볼 문서가 너무 많습니다. 이 중 우리와 연관된 것들만 대충 추려 봤습니다만 그것도 열 권 정도는 됩니다."

"그러면 내용을 대충 보고 우리 목적과 부합할 만한 책만 골라서 나오면 어떨까?"

"네. 알겠습니다. 일단 중요하다고 판단되는 문서만 골라보겠습니다."

민길영은 이미 구석에 먼지로 잔뜩 덮인 채 쌓여 있던 궤짝 중 하나를 뜯은 후 대충 그 내용을 읽어 보았다.

그가 옆에서 누렇게 색이 바랜 겉표지의 책 한 권 골라 읽고 있던 함중석에게 말했다.

"함 대원. 일본어를 조금이라도 아니까 수월하지?"

"네. 그렇네요. 상무관님 말씀처럼 중요한 내용만 골라서 갖고 나가야 하지 싶습니다. 시간이 너무 지체되면 곤란하겠지요?"

"좋아. 그렇다면 우리 적당한 책 골라 볼까."

그리고 그들은 제목으로 봐서 중요하다 싶은 책 몇 권을 골라 챙겼다. 그 책들은 대부분 큰 제목으로 육군성, 남경 사태, 전시 군 여성위문단 구성, 등의 제목들이었다. 대충만 훑어봐도 2차 대전 중의 주요 문서인 것을 알 수 있었다.

마지막으로 궤짝 하나를 뜯어서 책을 들쑤시던 함정식 대원이 갑자기 탄성을 발했다.

"어? 이건 색다른 내용 같은데요? 민 조장님 이거 좀 보시지요."

그가 내민 허름한 책의 겉에는 이런 소제목이 붙어 있었다.

戰後 朝鮮 皇國 臣民 組織圖

吉田 武正

昭和 28年

얇은 책이었다. 함정식이 몇 장 되지도 않는 책의 첫 장을 넘기니 그 속의 내용이 보였다.

昭和 28年 2月

金明植 20萬 円= 2月 14日 三島 重工業
韓逸均 18萬 円= 2月 18日 三島 重工業
鄭熙允 22萬 円= 2月 20日 川中 重工業
....
....
....
....

총 10페이지에 걸쳐 수백 명의 이름이 적힌 명단이 보였다. 언뜻 봐도 전범 기업에서 한국인에게 제공한 뇌물성 금전 액수로 보였다.

함정식은 즉시 책을 챙겼다. 그리고 그 책 밑에 놓여 있던 또 다른 얇은 책도 같은 제목이고 연도만 다른 昭和 29년이라고 적혀 있어 다시 들춰보았다.

그 밑에 깔려 있던 책의 내용 역시 인명이 잔뜩 들어 있고 그 밑으로는 연도(年度)만 다른 같은 제목의 책 15권과, 별다른 제목 없이 겉표지에 昭和 28年이라 적힌 책 등 총 16권이 나타났다.

16권의 책에 인쇄한 날짜 중 최종 날짜는 昭和 44년이었다. 함정식은 뭔지는 모르겠지만 중요한 문서라 파악되어 그 책들을 모두 등에 멘 가방 속에 단단히 갈무리했다.

책들이 매우 얇아 무게가 적게 나가기에 그는 가뿐하게 가방을 둘러메고 전 대위와 통신 연결했다.

"전 대위님. 중요하게 보이는 문서를 발견했습니다. 이 문서는 즉시 챙겨야 할 문서로 보입니다."

"그래? 알겠다. 그럼 올라오도록."

이윽고 민길영이 함정식, 한석민과 함께 올라왔다.

함정식이 어깨에 둘러멘 가방에서 얇은 책 두 권을 꺼내 전명철에게 넘겼다. 책을 받아 든 전 대위는 읽자마자 그 내용이 의미하는 바를 깨닫게 되었고, 그는 즉시 김성광에게 연락했다.

"상무관님. 당장 본부와 화면 전송 연결 부탁드립니다."

김성광이 물었다.

"급한 일인가요? 오케이."

"네, 감사합니다. 이건 너무 중대한 문서 같아서 본부에서 직접 보시고 판단할 일 같습니다."

"알았습니다."

그는 즉시 본부 양대석 사령관과의 연락을 부탁했다.

그리고 잠시 후 전명철의 헤드 캠과 이어진 위성 전송 화면에 지하 창고에서 발견한 비밀문서 내용이 전송되자 양대석 사령관은 이명재 대통령에게 보고했다. 대통령이 급히 청와대 지하로 내려왔고, 대통령의 눈에는 작전 사령실과 화면 연결된 일본 황궁 실내의 장면이 주위에 보였다.

그리고 전명철이 보내는 자료가 모니터 한가운데에 뜨자 대통령이 말했다.

"조금 더 확대해 보시지요."

그의 명령에 따라 전명철이 머리의 헤드 캠을 책에 더 가까이 비췄다.

유심히 바라보던 대통령이 양대석 사령관을 바라보며 말했다.

"사령관님. 저 인물 이름이 적힌 책 내용이 무어라 생각하십니까?"

양대석 사령관은 대통령 곁에서 같이 화면을 보다 심각하게 대답했다.

"아마도 자세히 확인 해 봐야 할 내용 같습니다. 각하."

잠시 침묵하던 대통령이 말했다.

"지금 북한 당국에선 전 대위가 요구한 시간이 다 됐는데 뭐라 하던가요?"

"우리의 연락만 기다리고 있다고 합니다."

"음~!"

대통령의 장고가 시작되었다. 따라서 양대석 사령관도 침묵에 싸여 이 자료를 확보해야 하는가, 북에 연락해 핵무기 발사를 요청해야 하는가에 대한 질문이 동시에 떠올랐다.

"각하. 일단 저들은 우리가 요구한 시간을 지키지 않았습니다. 저도 그렇기에 특전사 낙하부대 출동을 늦추고 있습니다. 그리고 이 자료를 검토할 시간을 잠시 벌기 위해서라도 북한의 폭격을 잠시 지체할 필요가 있을 듯합니다만 어떻게 생각하십니까?"

"갑자기 정치적인 문제가 닥쳤군."

대통령은 혼자 작은 소리로 되뇌었다.

"그 책 내용 사진으로 찍어서 즉시 전송하라고 하시지요."

대통령이 말했다.

"전부 말입니까?"

양대석 사령관이 되물었다.

"아니요. 시간이 많지 않아 만주라고 찍힌 첫 책과 마지막 날짜의 책, 그리고 지금 보이는 이 책 등 3권만 전송해 달라고 하지요."

"알겠습니다. 각하."

"그리고 북한에 전달할 내용을 우리 상의해 봅시다."

대통령이 말했다.

정윤겸 합참의장이 말했다.

"원산 기지의 폭탄 사용 말씀인가요?"

그건 핵이었다.

"그 문제도 포함해서 의논해야겠습니다. 다만 이건 매우 민감한 문제라서 일단 우리의 천둥-5 탄도미사일을 먼저 사용하면 어떨까요?"

사령관 양대석이 말했다.

"각하. 그 말씀대로 자민당 간부들이 아직 황궁으로 출발하지 않았기에 천둥으로 또다시 심각한 타격을 주는 것도 좋을 것 같습니다만, 저렇게 미적거리는 것을 봐서는 아직도 정신 차리지 못한 것 같습니다. 말로 해서는 안 될 인간들이기에 반드시 더 큰 타격이 필요할 것 같습니다."

"좋습니다. 그럼 그렇게 하시고 세부 사항은 양 사령관께 일임하겠습니다."

그때 권석환 작전참모장이 파일을 들고 오며 대통령에게 내밀었다.

"각하. 도쿄에서 김 상무관이 보낸 헤드 캠 사진입니다."

"고마워요."

대통령이 그에게 수고했다는 말을 한 후 파일을 열고 보기 시작했다. 그 파일에는 한국 이름의 인물과 일본 円화의 액수가 적혀 있었고 날짜별로 정리되어 한눈에 볼 수 있었다.

누가 봐도 뇌물로 보이는 확실한 증거였다. 내용에 적힌 인물의 수가 페이지 당 약 30명, 5장의 얇은 책 안에 들어 있었다. 앞뒤 총 10페이지이기에 적힌 인물의 수는 대략 300명, 이런 책이 모두 15권이나 되니 단순 계산으로 4,500명.

대통령은 나직한 한숨을 내쉬었다. 그리고 양대석 사령관에게 말했다.

"사령관님. 여기 적힌 인물들의 내력을 최우선으로 파악합시다. 가족 관계, 교우, 일본과의 연결 고리, 일본 유학도 좋고 일본 기업과의 교류도 좋습니다. 그리고 저 책들을 대사관으로 옮긴 후 모두 팩스로 보내달라고 하십시오. 일본 내 전기 사정이 좋지 않다면 위성사진으로라도 보내라고 지시 바랍니다. 아~ 참. 저 책들 확보할 때 모두 촬영하고 있었겠지요?"

"네. 그렇습니다. 각하. 대원들의 모든 활동은 빠짐없이 헤드 캠으로 촬영한 후 저장하고 있습니다."

"잘하셨습니다. 그리고 사령관님은 저와 따로 이야기 좀 나누시면 좋겠습니다. 자리 옮기고 잠시 시간 내주시면 좋겠는데요, 어떠십니까?"

"네. 제가 모시고 저쪽 방으로 가겠습니다. 권 참모, 여기 자리 잠시 맡아주시지요."

"네 사령관님."

권석환 작전참모장의 씩씩한 대답에 사령관의 안내를 받아 작전팀의 휴식 공간인 별실로 들어간 대통령과, 박윤옥 총리, 윤진현 외교부 장관, 그리고 양대석 사령관 등 네 사람은 약 30분간 이야기를 나누었다.

30분 후 박윤옥 총리는 김형식 홍보 비서를 긴급 호출했다. 귀가도 미룬 채 비서실에 상주하다시피 하던 비서진들은 김 홍보비서의 황망한 발걸음을 쳐다보고, '뭔가 큰일이 또 터졌구나.' 하며 뛰어가는 그의 뒷모습을 물끄러미 바라보았다.

그는 빠른 걸음으로 대통령과 총리, 그리고 양대석 사령관이 있는 지하 작전실의 휴식 공간에 도착했다.

이 대통령이 김형식 홍보 비서를 보고 급하게 손짓하며 그를 가까이 오라고 했다.

그가 숨을 몰아쉬며 뛰는 가슴을 진정시키는 모습을 본 대통령이 서류 파일 하나를 건네며 입을 열었다.

"김 보좌관님. 이 명단 속 사람들 성향을 최대한 빨리 알아봐 주세요. 지난번 우리가 확보한 친일 인사들 명단과 어떤 연관이 있는지 알아야겠습니다."

"각하. 긴급입니까?"

그가 대통령의 다급한 음성에서 긴박감을 느끼며 물었다.

"그렇습니다. 빠른 시간 내로 이 명단 인물들의 지난 행적을 알아봐야겠습니다."

"알겠습니다. 즉시 보안 1급으로 취급하겠습니다."

"당연히 1급입니다. 최대한 빨리 파악하시고 즉시 연락 부탁드립니다."

김 홍보 수석 보좌관이 나간 후, 멍하니 천장을 쳐다보는 대통령의 이마 주름살이 점점 짙어가고 있었다.

주위의 모든 인물까지 침묵의 시간이 전염된 채 흘러갔다.

한참 후 대통령이 그에게 말했다.

"사령관님. 비밀문서가 더 나올 수도 있는 것 같은 느낌이 드는데 조금 더 수색하라고 하고 싶군요."

"네 저도 그렇게 생각합니다. 명령을 내리겠습니다."

양 사령관은 이 명령을 곧바로 도쿄 김성광에게 전달했다.

한편 김형식은 명단을 받아 들고 지하를 나서며 생각했다.

'이건 아무래도 이 기자와 의논해야 할 일이구나.'

김형식은 즉시 현진규와 이영현을 불렀다.

여의도에 있던 그들은 20분 후 도착했고 김형식 보좌관은 두 사람에게 대통령에게서 받은 명단을 건네주며 말했다.

"지금부터 온밤 새서라도 이 명단 속의 인물들을 추적해 주시게. 이 일은 최우선이라 내가 당에 연락할 테니 당무에는 잠시 신경 쓰지 마시고 긴급으로 취급하시길. 그리고 무조건 특급 기밀 보안 1급이니 그 점 절대 유념해야 합니다."

서울 당산동

뉴스 첩보 방송국장 임종균에게 연락한 사람은 이영현이었다.

"이 기자. 오밤중에 대체 무슨 일이야? 자는 사람 깨울 만큼 중요한 일인가?"

"국장님. 정말 죄송합니다. 연락드리기는 너무 늦은 시간이지만 청와대에서 부탁이 와서 국장님께 상의드려야 할 일 생겼습니다. 매우 중요한 일입니다."

임 국장은 정신을 차리려는 듯 한참 동안 조용하더니 말했다.

"그래? 알았어. 마누라에게 적당히 말하고 내가 갈게. 청와대 일이라니 아마 집에서 만나면 안 될 느낌이 드네. 도착하면 연락하지."

"네. 감사합니다. 오시면 제가 상세히 말씀드리겠습니다."

이영현과 현진규는 그렇게 임종균과 협력해 이 명단의 인물들에 대한 궁금증을 풀기로 했다.

-10월 9일 01:00-
대통령 긴급 방송

청와대에서 대통령의 긴급 발언이 있다고 방송국에 연락이 온 시간은 한밤중인 12시 50분이었다. 공영방송 두 곳과 전국 방송 두 곳이 일시에 방송을 중단하고 화면과 마이크를 청와대로 옮겨 대통령의 긴급 소식을 전달했다.

전쟁 개시부터 청와대에 상주하던 기자들은 본사의 연락을 받은 즉시 카메라를 설치해 대통령이 나타나기를 기다렸다.

집무실에 카메라를 설치하라고 부탁한 비서진의 요구에 따라 카메라 네 대가 집무실로 들어갔고, 그곳에는 이미 대통령이 의자에 앉아 기자들을 기다리고 있었다.

실내에 모인 사람들끼리 간단한 인사를 주고받은 홍보 수석 비서실장 김형식이 기자들에게 말했다.

"방송 준비됐습니까? 대통령께서는 벌써 준비돼 있습니다."

"네. 시작하셔도 괜찮습니다."

한 기자가 구석에서 소리쳤고 이를 신호로 대통령이 엄숙한 표정을 지으며 옷깃에 달린 마이크와 단상의 마이크를 조정한 후 입을 열었다.

"이미 전 세계가 모두 아시다시피 우리 대한민국과 일본은 전쟁 중입니다. 양국의 관계에 대해 잘 모르는 외국 분들께서는 작은 영토 하나에 집착하는 우리의 입장에 대해 왈가왈부하실지는 모르겠으나 이는 결코 작은 섬 하나로 국한된 문제는 아닙니다. 이 전쟁은 천 년도 더 오래된 시절부터 이어져 온 일본 측의 한반도 침략과 만행으로 인해 우리 국민의 가슴속에 내재되어 있는 해묵은 감정을 정리하자는 것이며, 더 깊은 곳에는 일본의 아시아 대륙 재침 야욕에 대한 엄중한 문책성 전쟁입니다.

잘 아시다시피 일본은 150년 전부터 동북아의 침략을 시작으로 급기야 세계 대전까지 일으킨 전범 국가입니다. 그 만행의 증거가 우리 모두 조금 전 화면으로 언뜻 본 고금에 유례없이 끔찍한 사진입니다.

저는 이 사진 속의 여성 두 분이 어느 나라 분이신지는 모르겠습니다만, 그러나 명백한 사실은 이러한 악행을 저지르고도 뉘우칠 줄 모르고, 한반도를 위시한 동북아 정세를 끊임없이 불안과 갈등으로 내모는 일본 측의 그 파렴치한 모습이 이제는 중단돼야 하고, 또 자신들이 저지른 수많은 죄에 대한 대가를 치러야 한다고 생각합니다. 그러나 저는 이 사진 한 장으로 인해 일본의 만행으로 피바람이 불었던 우리 민족의 과거 치욕까지 덩달아 되살아나는 것은 저로서도 인간이기에 어쩔 수 없이 가지게 되는 한계인 것 같습니다.

그러므로 저는 일개 개인으로서는 물론이며 대한민국의 번영과 평화를 책임지는 사람으로서도, 또 이 사진의 진위와 일본 당국의 사진 보관 과정을 알기 위해서라도, 일본 측에 엄중한 규명을 요구할 것이며 이에 따라 주일 한국 대사관에 몇 가지 임무 수행을 명령했습니다.

첫째, 일본 천황은 지금 우리 군인의 보호 아래 있습니다. 전쟁 중인 군인의 특성상 포로의 입장인 천황의 안전을 보장하기 힘들며, 이에 따라 우리 주일 대사를 천황의 거처로 파견해 천황의 안전을 보장하고자 합니다.

둘째, 천황의 거처에 있는 우리 군인들이 방금 보신 사진 외에, 일본이 숨겨 놓은 또 다른 전쟁범죄 증거가 있는지 파악하기 위해서 일본 천황의 거처에 대한 수색을 명령했습니다. 물론 일본 입장으로는 절대 안 된다고 반발하겠으나, 지금은 전시이기에 그러한 의견을 받아들일 생각은 추호도 없습니다.

그러므로 비록 오랜 시간이 지난 일이지만 일본이 전 세계를 대상으로 저지른 아직도 밝혀지지 않은 전쟁범죄에 대한 여죄를 추궁하기 위해서, 그리고 억울한 최후를 맞이하신 우리의 선조들을 위해서라도, 저는 일본이 비밀리에 간직한 각종 범죄자료가 분명히 존재한다는 가정하에, 반드시 이를 찾아내어 일본의 야만적인 전쟁범죄와 이로 인한 모든 책임을 져야 할 것을 다짐합니다.

지금 우리 대사관 직원이 도쿄의 천황 거처로 향하고 있습니다. 그분들은 외교관이기에 일본 자위대 당국은 우리 대사관 직원의 앞길을 가로막지 않길 바라며, 만약 이동 중 불상사가 발생한다면 이는 오로지 일본의 책임이므로 그에 따른 엄중한 조치가 있을 것을 천명합니다.

그리고 마지막으로 알려드릴 사항이 있습니다. 조금 전 일본 구축함에서 발사한 미사일이 우리 땅에 떨어졌으나 미미한 피해에 그쳤습니다. 이는 아직도 상황을 제대로 파악하지 못한 일본의 일부 군사 전문가들이 저지른 실수라고 판단하겠습니다.

그러나 일본 땅에서 발사한 미사일이 또다시 우리 땅에 떨어진다거나 우리 국민의 생명을 위협, 또는 심각한 상황에 이르게끔 한다면 우리는 이를 일본 정부가 전쟁을 지속하겠다는 명백한 의사로 받아들일 것이며, 이에 따라 우리는 일본에 대해 책임을 묻는 동시에 반드시 이에 따르는 보복에 이어 일본은 결국 커다란 파멸만이 따를 것을 천명합니다."

대통령의 이 명령은 주일 송민우 대사에게 직접 전달해 황궁 내의 전명철에게 하달되도록 조치됐다.

일본의 패배가 기정사실로 굳어 가는 시점에 한국 대통령의 이런 발표는 조금이나마 남아 있던 일본의 호전적인 일부 전쟁주의자들의 얄팍한 야망을 송두리째 꺾어 버리는 일이었다.

한국의 당당한 자신감이었다. 그러나 일본 측에서 보자면 그야말로 치욕적인 순간이 아닐 수 없었다.

양대석 사령관은 대통령의 성명을 신호로 전 군을 막론하고 긴급 병력 수송이 가능한 모든 수단을 총동원해 전투 병력을 일본 도쿄로 수송하라는 명령을 내렸다. 이 명령에 따라 제1차로 한국 김해 비행장에서 공수특전 대원을 태운 C-130H, C-130J, CN-235 등의 수송기를 포함해 치누크 수송 헬기에 탑승한 포항의 해병 특수부대원 등 한국 내 곳곳의 기지에서 약 800명의 특전사 대원이 한밤중에 일본 도쿄 하늘을 목표로 날아갔다.

이어 제2차로 천왕봉급 수송 상륙함 4척에 각각 완전군장으로 무장한 해병 2개 대대 병력과 전투 장갑차 레드백 10대, 그리고 공중 드론 수색 부대의 드론 50대를 포함해 일본 본토 상륙을 목표로 출동 명령했으며, 이 병력과 장비 수송을 필두로 본격적으로 일본 본토에 상륙한 후, 전투에 임할 추가 병력과 기갑부대 이송을 위해 민간 선박을 포함한 각종 선박을 동원해서 일본 땅의 주요 시설에 대한 상륙, 점거 작전에 돌입했다.

-10월 9일 01:20-

도쿄 황궁

한국 대통령의 성명 발표에 따라 이동 중 별다른 저항 없이 천황 거처에 도착한 주일 대사 송민우와 상무관 김성광, 그리고 직원 10여 명을 대동해 천황 거처에 도착한 한국 외교관들이 전명철 대위를 만났다.

송민우 대사가 전명철에게 말했다.

"전 팀장님, 그리고 대원들 모두 수고 많았습니다. 정말 위대한 작전이고 훌륭한 임무 수행을 하셨습니다. 이제 천황 만나러 가 볼까요?"

그들 일행은 곧바로 천황이 잡혀 있는 실내로 들어갔다.

송민우 대사는 초라한 모습으로 뒷손이 묶인 채 의자에 앉은 천황의 모습을 보며 감개무량한 표정이 되었다.

그러나 이제는 뒷수습이 중요하기에 그는 솟구치는 감정을 억누른 채 천황에게 말했다.

"당신은 천황이 아닌 전쟁 포로입니다. 그러므로 나는 당신에게 존칭을 쓰지 않겠으며 처우 또한 포로 신분에 맞게 할 것이니 그리 아시고 우리에게 협조 부탁합니다."

천황이 힘겹게 입을 열었다.

"이미 일이 이렇게 됐는데 무엇을 망설이겠소. 할 말 있으면 말씀하시오."

그가 무덤덤하게 말했다.

"일단 우리에게 항복 의사를 밝혔기에 그건 됐습니다. 다만 일본 총리와 각료들이 아직 제대로 된 항복 의사를 하지 않아서, 현재로서는 피차 아직도 전쟁 중입니다. 그러므로 우리가 섭섭한 대접을 하더라도 적응하시길 바랍니다. 일본 각료들이 전쟁 패배에 항복 의사가 없는 이유는 항전 의사표시라고 생각해도 됩니까?"

"그건 나도 잘 모르겠으나 국민의 피해가 막심한 지금 더 이상 전쟁을 지속한다 해도 무슨 의미가 있을지 모르겠습니다. 나도 각료들이 조속히 이 전쟁을 끝내는 일에 동참하면 좋겠습니다."

"잘 알겠습니다. 그러나 우리는 억지로 항복하라고 요구하진 않겠습니다. 다만 애꿎은 일본 국민의 피해만 늘어날 텐데 이 점에 대해 각료들이 아직 올바른 상황 파악을 하지 못하는 점이 아쉽군요. 어떠십니까? 또다시 각료들을 설득해 보시겠습니까?"

송 대사의 집요한 추궁에 천황이 몹시 어지러운 듯 머리를 두어 번 흔들었다.

"이미 우리 한국에서는 공수특전 대원들이 도쿄로 오는 중입니다. 그때 더 이상의 사상자가 발생하지 않았으면 좋겠습니다만, 만약 우리 군인들의 인명 피해가 있다면 막대한 손실이 있을 것을 미리 말씀드립니다. 부디 이 점을 잘 이해하시고 각료들에게 다시 한번 촉구하시지요."

천황이 고개를 끄덕였다.

송 대사가 김성관과 전명철을 돌아보며 말했다.

"두 분은 또 다른 숨겨진 문서를 찾으시는 게 어떻겠습니까? 아마 사진에 찍힌 책 말고도 더 많은 자료가 숨겨져 있을 것 같습니다만…"

그가 본국의 양대석 사령관에게 하달받은 명령이었다. 일본 내 어디일지는 몰라도 분명히 어느 귀퉁이에 또 다른 기밀에 속하는 문서가 많이 있으리라 짐작한 본부에서, 더 깊이 수색하라는 지시에 따라 송 대사가 전달한 것이었다.

전명철은 밤새 충분한 휴식을 취하지도 못했으나 덤덤하게 말했다.

"저희도 그렇게 생각하고 있습니다. 그러나 지금은 지원 병력이 많지 않아 조금만 더 기다리다 지원병이 도착하면 그때 본격적으로 수색하면 좋겠습니다. 지금은 일본 각료들에 대한 조치에 더 신경이 쓰입니다. 상무관님은 어떠신가요?"

김성광이 말했다.

"그렇군요. 그러면 조금 더 시간을 두고 보기로 합시다. 하지만 나는 여기 지하에 어떤 자료가 더 있을지 궁금해서 나 혼자라도 찾아보면 좋겠습니다."

김 상무관이 일본어로 천황에게 물었다.

"당신은 저기 지하에 어떤 자료들이 있는지 알고 있습니까?"

천황이 말했다.

"우리 황가는 선황 이후로 그곳에는 들어가지 않았습니다. 집권당의 간부들이 오가며 자료들을 두거나 가져가는 것으로 알고 있고 마지막으로 들어간 시기가 선황의 퇴임 직후입니다."

"그래요? 들어가서 찾아보면 알겠지요."

김 상무관이 전명철에게 말했다.

"나는 분명히 더 중요한 비밀문서가 있을 것 같은 기분이 듭니다. 방해되지 않도록 혼자라도 창고로 내려가고 싶습니다. 뭔가 나오면 보고드리겠습니다."

송 대사가 말했다.

"아니, 나도 내려가겠어. 김 상무관과 같이 내려가서 찾아내고 싶군."

김 상무관이 말했다.

"그래도 괜찮겠습니까?"

"큰일은 없다고 봐야지. 아직 미사일이 떨어지고 있어서 자위대의 습격은 쉽지 않을 거야. 그리고 유사시에는 부대사님이 대사관을 지키고 계시니까 연락하면 될 거야."

"알겠습니다. 그럼 우리는 여기서 지키고 있겠습니다."

전명철이 말했다.

"이곳 천황 거처는 다행히 무장 병력이 없지만 혹시 몰라 우리 총기는 여기 두고 권총만 가지고 갑니다. 잘 지켜 주십시오."

김성광. 송 대사, 민길영, 윤필석, 권일준 대원 등 5명은 내려갔다.

지하로 내려가며 송민우 대사가 말했다.

"모두 헤드 캠 켰지요?"

"아니요. 아까부터 끄고 있었습니다."

라는 대답이 돌아왔고 송 대사가 말을 이었다.

"그럼 지금부터 모두 키고 내려갑시다. 확실한 증거로 삼을 일이 생길지도 모르니까요."

천황 거처 주위에는 전명철과 함께 투입된 비둘기 작전대원 30명의 방어막이 이중으로 단단하게 형성되었기에 그들의 수색을 크게 방해할 만한 요소는 없었으나, 문제는 지하실에 과연 어떤 자료가 더 숨겨져 있는가 하는 점이었다.

퀴퀴한 곰팡내가 풍기는 지하실의 어두컴컴한 복도는 비상 발전기로 점등한 LED 등의 희미한 빛과 대원들 머리에 부착한 헤드 캠의 램프 불빛만이 앞을 비추었고, 그들은 궤짝의 열쇠를 갖고 있을지도 모르는 슌스케를 앞세워 지하실의 방으로 들어갔다.

좁은 방 안은 나무로 만든 조립식 선반이 입구 양측 벽에 어른 키만큼의 높이로 세 층이 있고, 각 층에는 내용물이 뭔지 모를 비슷한 크기의 나무 궤짝 수십 개가 나란히 정렬된 모습이 보였다. 그중 입구로 들어서자마자 보이는 왼쪽 벽 세 번째 가장 낮은 층에 있는 궤짝 4개 중 한 궤짝은 자물쇠가 부서진 상태로 열려 있었고, 나머지 궤짝들은 희미한 불빛 속에서 검게만 보였다. 자물쇠가 부서진 궤짝은 함정식 대원이 자물쇠와 궤짝 사이에 억지로 베레타 권총 총구를 밀어 넣고 비틀어 연 궤짝이었다. 그것들은 모두 크기가 비슷하게 가로, 세로, 높이가 각각 50㎝쯤 되었고 오래된 것처럼 보이는 쇠로 만든 자물쇠로 잠겨 있었다.

궤짝 겉면에는 바랜 글씨체로 역대 천황의 시호와 연도로 보이는 일본 글이 적혀 있었으나, 일행은 그 글의 의미를 자세하게 알 수는 없었다. 그들은 4개의 궤짝을 일단 바닥에 내려놓은 후 아직 잠겨 있는 한 궤짝을 살펴보았다.

김성광이 슌스케에게 물었다.

"이 자물쇠는 열쇠가 없나?"

슌스케가 말했다.

"그 열쇠는 천황폐하께서 간수하고 계십니다."

"그래? 그렇다면 누가 올라가서 천황에게 열쇠 좀 받아오시지."

송 대사가 함정식 대원에게 눈짓했다.

한참 후 함정식이 내려왔다.

그가 말했다.

"천황이 열쇠를 어디 뒀는지 찾지 못해서 좀 늦었습니다."

송 대사가 말했다.

"이제 열쇠 끼워 보고 맞는 열쇠를 찾아보게나."

함정식이 손에 든 열쇠 꾸러미에는 알 수 없는 용도의 열쇠도 여러 개 보였으나, 그중 가장 오래된 것 같은 열쇠 몇 개를 차례대로 궤짝의 자물쇠에 끼워 보았다. 잘 맞지 않아 다른 열쇠를 끼워 보고 몇 번 그렇게 한 후 기어코 맞는 열쇠가 있어 툭 하는 소리와 함께 자물쇠 열리는 소리가 들렸다.

민길영은 얼른 뚜껑을 열고 상자 안을 들여다봤다. 퀴퀴하고도 매캐한 냄새와 함께 누렇게 변색한 비단 천으로 감싼 사각 형태가 보였고, 그들이 그 천을 벗기자 무슨 동물인지 알 수 없는 동물 가죽 같은 겉표지로 감싼 내용물이 보였다.

송 대사가 그 가죽을 벗기고 안의 내용물을 살피니 고서들이 보였고, 책 겉면에는 아마도 이 책의 발행 연도 같은 한문으로 쓴 숫자와 천황의 이름으로 보이는 글이 적혀 있는 모두 40여 권의 얄팍한 두께의 책이 있었다.

그 새 함정식은 옆의 궤짝을 열었고 그 속에도 역시 비단과 동물 가죽으로 감싼 日本書紀라 쓰인 책이 보이고 古事記라는 제목으로

上, 中, 下로 나눈 책 3권도 보였다. 또 그 밑에 續日本記가 보이고 연이어 百濟記, 百濟本紀, 百濟新撰이라는 제목의 책도 보였다.

이런 제목의 책들은 역사학자가 아닌 그들에게는 어렵기만 한 책이다.

송 대사가 말했다.

"이 궤짝 모두 원형 그대로 다시 잠가 둬야겠어. 이 상태 그대로 보내서 조사해야 할 필요가 있을 것 같은데?"

"아~! 이 자료들의 진위를 파악하려고 그러시지요?"

김성광이 물었다.

"그렇지. 이 자료에 대한 처리는 우리가 할 일은 아닌 것 같아. 본국에서 전문가분들이 살펴보고 결론 내려야 할 일 같아 보여. 원래대로 궤짝에 넣어서 갖고 가는 게 좋겠어."

그의 제안에 따라 송 대사를 제외한 4명은 4개의 궤짝을 하나씩 어깨에 둘러메고 위로 올라갔다.

-10월 9일 02:30-

도쿄 상공

한국 김해 비행장에서 출발해 도쿄 하늘에 다가온 수송기가 도쿄 허공에 공수특전 대원을 우수수 쏟아놓았다. 자민당 지하 대피시설에 모여 있는 일본 정부 최고위 각료들, 특히 구로다를 위시한 응전 세력은, 이미 기울어진 전황을 바로 세우기 위한 어떠한 노력도 물거품이란 점을 깨닫기에는 너무 안일한 사고방식을 가지고 있었다.

그들에게는 2차 대전 당시의 '텐노 헤이카 반자이(천황폐하 만세)' 정신, 혹은 옥쇄작전으로 얼마든지 상황을 바로잡을 수 있다고 판단 했으나 전투에 임하는 무기, 특히 지대지 미사일의 부재로 한국 땅을 향해서는 아무 힘도 쓰지 못한다는 사실을 인정할 수 없었기에 그 타격은 더욱 큰 피해로 나타날 수밖에 없었다. 더구나 미국이 여름부터 육, 해, 공군 전력 모두를 철수하며 한 발 빼리라고는 생각도 못 했기에 그 부담을 극복하기에는 역부족일 뿐 아니라, 애초부터 한국 땅의 남과 북, 두 정부의 연합 미사일 공세를 막기조차 불가능했다.

도쿄 하늘의 수많은 비행기 소리가 자민당 지하실에서도 은은한 울림으로 들리기 시작했고 이어서 급한 소식이 연이어 들어오기 시 작했다.

"구로다 총리님. 한국 군인들이 낙하하기 시작했습니다. 땅에 떨어지기 전에 공격할까요?"

통합 막료장 마쓰시다 유키무라가 구로다 총리에게 물었다.

구로다는 선뜻 대답할 수 없었다.

"공격하시오."

마쓰시다 막료장이 기어코 속내를 내뱉었다.

"총리대신님. 우리 기갑 장비는 이미 남아 있지 않습니다. 남은 장비는 자위대원들 개인 화기가 전부인 듯합니다. 그들에게 총을 쏘라고 명령해야 할 것 같습니다."

"아니 장갑차 같은 장비도 모두 폭격당했나요?"

"네. 그렇습니다. 지금으로서는 어가 탈환은커녕 낙하하는 한국 특수부대도 제대로 상대하기 힘들 것 같습니다."

구로다의 안색이 처참하게 일그러졌다.

이윽고 한참의 시간이 흐른 후 구로다의 엄숙한 명령에 마쓰시다 막료장은 별수 없이 도쿄도(東京都) 방위 부대 네리마 기지 제1사단 장에게 명령을 내렸다.

시내 곳곳에 숨어 남아 있는 무전기로 상황을 파악하던 육상 자위대 병사들이 이 명령을 받고 낙하 중인 한국 특수부대를 향해 제대로 보이지도 않는 컴컴한 밤하늘을 향해 무작정 사격했다. 이 반격으로 공습 낙하하는 군인 중 상당수가 지상에서의 대공사격으로 인해 허공에서 산화했고, 사상자 발생 상황은 즉시 한국 작전본부로 송신됐다.

그러나 무사히 착지한 대원들은 야간 적외선 투시경으로 각각 명 받은 임무에 따라 도로, 공원 등이 보이는 평지에 착륙해 분대 경계 자세로 흩어지며 응전을 시작했고, 황궁 주변의 관공서 밀집 지역을 이어주는 넓은 도로와 광장에 착지한 약 100명의 대원은 신속히 황궁 주위의 해자를 에워쌌으며, 기타 대원들도 대대장 등 지휘관 지시에 따라 황궁 주위의 육상 자위대를 상대로 시가지 전투를 벌였다. 이로써 도쿄 낙하 작전은 어느 정도 성공했고, 일부 낙하부대원들은 지도상에서 미리 익혀 놓은 자민당 당사로 돌진하며 자민당사를 방어하는 자위대 병사들과 시가전을 벌였다.

자위대의 전력은 세계적인 수준이라고 소문났으나, 실제 전투에 임하는 그들의 작전 수행 능력은 오합지졸 그 자체였다.

능률적이지 못한 지휘 체계와 한국을 얕보던 자만심까지 어울려 기세만 높이다 남북한의 미사일 대공습에 육, 해, 공 등 전력 대부분이 사라졌고, 천황까지 포로로 잡힌 지금은 남아 있던 전투 의욕조차 소멸했다.

-10월 9일 02:45-

대한민국 작전 본부

양대석 사령관은 도쿄 낙하부대를 향한 대공사격 보고를 받자 곧 삼군 합동 화상작전 회의를 개최했다. 대통령이 이 소식을 듣고 급히 지하로 내려왔다.

양대석 사령관이 대통령에게 말했다.

"각하. 우리 낙하부대원들에게 자위대의 지상 공격이 있습니다. 낙하하던 대원들 상당수가 착지하지 못한 채로 아깝게 전사했습니다."

"아니 자위대의 반격이 있었단 말인가요?"

"네. 그렇습니다. 낙하 도중 자위대의 사격으로 인명 피해가 상당하다고 합니다."

"아! 그런 일이… 그래도 나는 사령관님만 믿겠습니다. 일단 나는 올라가겠습니다."

대통령이 참모들의 작전 수립을 위해 자리를 비켜주었고 양대석 사령관이 말했다.

"이제 우리의 진짜 모습을 보여 줄 때가 됐나 봅니다. 여러분의 의견을 듣고 싶습니다."

"사령관님. 제가 한말씀 올리겠습니다."

합참의장 정윤겸 대장이 입을 열었다.

"말씀하시지요."

이 시점에서 사령관의 허락이 필요할까만 그래도 사령관의 입에서 말하라는 말에 합참의장은 안심하며 입을 열었다.

"저는 저놈들이 마지막 발악하는 것으로 봅니다. 이 기회에 아예 기를 완전히 꺾는 것이 옳지 않을까 생각하며 그러기 위해서는 북한의 도움이 필요할 것 같습니다. 이것은 북한의 기를 살려주기 위한 일이기도 하며 일 후 일본 땅에 상륙할 때 북측의 체면이 크게 살 수 있을 것 같습니다. 북한 정권도 이 전쟁으로 뭔가 얻는 것이 있어야 하지 않을까요?"

합참의장이 아직 이 전쟁의 내막을 자세히 알지 못하는 군 고위 간부들을 의식해 총대를 메고 발언하자 양대석 사령관이 말했다.

"알겠습니다. 또 다른 분 의견도 들어보겠습니다."

작전참모 권석환 중장이 말했다.

"합참 의장님 말씀으로는 북의 핵이 필요할 것 같군요. 만약 그러시다면 이 문제는 각하의 승인이 필요한 일이겠습니다만."

합참의장이 정면으로 그를 바라보며 말했다.

"그렇습니다. 쓰지 않아야 할 카드지만 우리 병사들이 도쿄 하늘에서 목숨을 잃고 있는데 더 이상 수수방관하기는 힘들군요. 그리고 도 육상 전투로 들어간다면 혹시라도 국지적 반격이 있을 수도 있으니 아예 반항조차 하지 못하게 할 필요가 있다고 보기에 의견을 냈습니다."

권석환 중장이 주위를 돌아보며 말했다.

"이제 우리 모두 찬성, 혹은 반대 의사를 표해 주시면 감사하겠습니다. 저는 전쟁을 더 끌지 않기 위해서라도 찬성입니다만."

권 중장이 앞장서서 말했다. 이어서 그 자리에 있는 고위 관료, 해군, 공군, 육군 간부들 모두 의견 일치를 보았다.

전쟁은 항상 비극을 낳기 마련이지만 그것이 오래갈수록 국가와 국민 모두에게 심각한 후유증을 낳기 마련이다. 더구나 대한민국은 고대부터의 외침으로 그동안 얼마나 많은 역사적 시련이 있었던가?

그 시련 대부분은 일제의 야욕에 의한 침탈이었다.

온 겨레가, 온 국토가 짓밟힌 참담했던 지난 역사를 일본 땅 점령으로 철저하게 복수하려는 이 시점에 남과 북의 정치체제를 굳이 따질 이유는 없지 않은가?

양대석 사령관이 입을 열었다.

"우리 민족은 오랜 세월 동안 일본의 만행에 시달렸습니다. 그 한을 모두 풀 수는 없겠지만, 다만 앞으로 우리 민족이 일본에 대한 앙금이 남지 않도록 하려면 이 기회에 철저하게 짓밟아 다시는 일어서지 못하게 해야 한다고 생각합니다. 나도 그래서 북한과의 연합작전이 필요하다고 생각했습니다. 북한 주민도 우리와 똑같은 민족이라 더 그렇습니다. 물론 공산 정권이라는 한계가 있으나 이 전쟁이 끝나면 미래가 어떻게 변할지 누가 알겠습니까?"

합참의장이 고개를 주억거리며 말했다.

"잘 알겠습니다. 이제 북의 행동이 남은 것 같습니다. 사령관님의 결심에 저는 적극적으로 동의합니다."

합참의장과 작전참모, 기타 고위 관료의 지지를 받은 양대석 사령관은 대통령에게 이 결의를 보고했다.

잠시 후 대통령이 집무실에서 내려왔다.

양대석 사령관이 대통령에게 말했다.

"각하. 여기 모인 저희는 북한의 결정적 지원이 필요하다고 결론 내렸습니다. 각하의 고견을 듣고 싶습니다."

대통령은 핵을 지칭하는 그 말을 곱씹으며 주위 인사들을 둘러보고 한참 동안 침묵을 지켰다.

이윽고 대통령의 입에서 명령이 떨어졌다.

"여러분들의 의견이 그러시다면 저도 굳이 반대하지 않겠습니다. 다만 최대한 민간인 피해가 적도록 작전을 취하시면 좋을 것 같습니다."

"네. 알겠습니다. 각하의 지시에 따라 북한 당국에 이 결정을 알리겠습니다."

"나도 미국에 이 사실을 전하겠습니다. 다만 핵무기 사용에 대한 책임 소재는 남과 북이 같은 입장이라고 주장해야 할 것 같군요."

"네. 어떤 의미인지 잘 알겠습니다. 저도 북측에 이야기할 때 조심스레 전달하겠습니다."

"알겠습니다. 그럼 난 올라가 보겠습니다."

대통령이 자리를 떴다.

이어 양대석 사령관은 작전참모에게 말했다.

"권 참모장. 우리 낙하부대에 연락하십시오. 북과 합의한 시간에 폭탄이 떨어지니까 그 시간에는 부대원 모두 숨어 있되, 절대 폭발 장면을 보지 말라고 말입니다. 그리고 북측에 연결 부탁합니다."

-10월 9일 02:50-
도쿄 서쪽 70㎞ 야마나카 호수

일본 제1의 화산 후지산 동쪽에는 국립공원으로 지정된 야마나카 호수가 있다. 사계절마다 특색 있는 경치로 인해 관광객이 항상 붐비고, 이곳을 찾는 사람들은 그 정취에 한껏 취해 많은 추억을 지닌 채 떠나가는 곳이다.

이날, 깊은 밤중의 호수 상공에서 꼬리에 붉은 불꽃을 기다랗게 매단 비행체 하나가 날아오더니 호수 위 상공 200m 지점에서 폭발을 일으켰다.

곧이어 시뻘건 화염과 함께 주위 온도가 급격히 상승하며 사방 모든 숲을 태웠고, 호수면은 마치 용트림하듯 허공으로 솟구쳤다.

핵폭탄이었다.

북한 원산시 뒷산에 구축한 지하 핵 발사장에서 탄두 중량 2t의 원자폭탄을 발사했고, 이로써 일본은 유례없이 3번이나 원자폭탄을 두들겨 맞은 국가라는 기록을 세우게 되었으며, 애꿎은 일본 국민이 그 피해를 고스란히 덮어쓰게 되었다. 이 폭발은 후지산 동쪽 약 70㎞ 떨어진 이루마 기지 방어를 위해 잠복, 근무하던 자위대 경비대원들의 눈에도 보였다. 뒤따라 태풍이 몰아치는 듯한 회오리바람 소리를 내며 반경 2㎞ 내의 모든 생물이 폭발과 화염에 휩싸여 그 자세 그대로의 모습으로 타 죽거나 혹은 후폭풍에 휘말려 허공으로 날아다녔다.

주위는 그야말로 지옥도 그 자체로 변했다.

호수 주위를 빙 둘러싸고 계절마다 특색 있는 경관을 바라보며 망중한을 즐기는 관광객을 위해 멋진 모습으로 치장하고 각각의 특색을 살려 생계를 유지하던 수많은 카페, 식당, 모텔 등이 흔적도 없이 사라졌고 그곳에 피난 차 머물던 약 3,000명의 사람도 모두 일순간에 흔적 하나 없이 사라졌다. 호수 표면도 그 후폭풍의 위력에 엄청난 물기둥을 일으키며 하늘 높이 솟구쳤고, 호수 밑바닥의 각종 어류도 그 충격파에 모두 죽은 채 물 위에 둥둥 떠다녔다.

야마나카 호수는 후지산 기슭 높은 고지에 있어서, 저 멀리 동쪽의 도쿄 주민과 서쪽의 시즈오카시 주민들에게 그 섬광은 맨눈으로도 또렷이 보여 이 빛을 본 사람들은 적어도 시력의 절반 이상을 잃었다. 이 폭발을 멀리서도 직접 목격한 주민들은 즉각 2차 대전의 히로시마가 떠올라 공포와 충격에 짓눌려 발 닿는 대로 도망가기 바빴다.

또 도쿄 시내에서 한국 낙하부대원에게 사격을 가하던 자위대원들도 그 강력한 불꽃을 봤다. 하지만 한국 낙하부대원들은 사전 지시대로 잠시 몸을 숨겨서 단 한 명의 피해도 없었다.

-10월 9일 03:00-

한국 KBC 라디오 방송국

대한민국 국영 라디오 방송 제1 방송국에서 여성 아나운서의 다급한 목소리와 함께 긴급 뉴스가 흘러나왔다.

"긴급 속보입니다. 한반도에서 발사한 핵폭탄이 방금 일본 후지산 중턱의 야마나카 호수 상공에서 폭발했습니다. 정확한 인명 살상 등의 피해는 아직 알려진 바가 없으나 이 폭발로 인한 인명과 재산 피해는 상당하리라 보입니다. 자세한 소식 들어오는 대로 시청자 여러분께 알려드리겠습니다. 긴급 속보입니다. …"

같은 내용을 반복하며 핵폭발 소식을 전하는 아나운서의 숨 가쁜 멘트에 한국 국민조차 설마~~하다 '정말 큰 전쟁이구나.' 하며 시국이 온통 뒤숭숭해졌다. 곧이어 대한민국 청와대에 파견 나가 있던 기자들을 통해 한국 정부의 긴급 발표가 예고된 가운데 한국에 파견된 각국 외신 기자들 발걸음이 바빠졌다.

자민당 지하 대피시설의 고위 각료들도 한국 청와대의 발표에 촉각을 곤두세우며 방송 멘트 소리에 귀를 기울였다.

"조금 전 02시 30분에 우리 남한 정부와 북한 정부는 상호 합의해 일본의 무조건 항복을 요구하는 의미로 탄두 중량 2t의 핵무기를 발사했습니다. 목표 지점은 인가가 드문 후지산 중턱의 야마나카 호수이며, 이곳을 목표 지점으로 상정한 이유는 남과 북 고위층에서 충분히 협의를 거친 후 결정한 지점입니다.

물론 야마나카 호수를 중심으로 상당한 인명 피해와 방사능 낙진으로 인해 오랜 시간 오염으로 막대한 피해가 예상되지만, 이 폭격은 어디까지나 한반도의 대일 전쟁에 관한 전략적 의미 그 이상도 이하도 아닙니다.

이 공격은 우리 부대원들의 도쿄 낙하 공습에서 입은 인명 피해에 대해 확실하게 보복하기 위한 작전입니다. 차후에도 이 전쟁에서 한국군의 작전 수행에 따른 피해가 발생한다면 우리 남과 북의 군부에서는 이보다 몇 배 더 강력한 보복이 뒤따르는 조치를 택할 것이며, 이를 실행하는 일에 추호의 망설임도 없을 것을 밝힙니다. 우리는 일본의 무조건적인 항복을 요구하며 우리 군인의 인명 피해가 더 이상 발생하지 않길 바랍니다."

냉정하고도 굳은 결의가 담긴 표정으로 발표를 마친 고현정 대변인의 모습에서 이 전쟁에 임하는 한국 측의 각오를 엿볼 수 있었다.

구로다가 짙은 고뇌의 표정으로 말을 꺼냈다.

"우리가 할 수 있는 반격이 대체 뭐가 있을까?"

그가 혼잣말로 중얼거리자 외무대신 유키오 나와무네가 말을 받았다.

"구로다 총리님. 일단 한국 정부에 연락하면 어떨까요?"

"그래요? 무엇을 어떻게 말하자는 겁니까?"

유키오 대신이 말했다.

"제 생각은 이렇습니다. 일단 전쟁의 피해가 양측이 모두 막심하니 무의미한 전쟁은 여기서 중지하고 대마도는 우리가 양보하겠다고 하면 어떻습니까?"

"그건 말로만 그렇지 실제로는 항복 아닌가요? 애초에 한국이 전쟁 시작할 때부터 대마도 반환을 요구했으니 말입니다."

또 다른 사람이 입을 열었다.

"맞습니다. 우리가 대마도를 넘기겠다는 말을 꺼낸다면 이것은 누가 봐도 분명한 항복 의사로 보입니다. 문제는 우리가 이 이상의 전쟁 수행 능력이 있느냐에 따르지만, 이건 저도 장담하기 곤란한 일이군요."

그는 관방대신 후나코시였다.

구로다가 말을 이었다.

"그런가요? 대신께선 전쟁 수행 능력에 대한 의문이 드십니까?"

"네. 그런 판단이 듭니다. 여기 우리 막료장께선 어떻게 보십니까?"

후나코시 대신이 통합 막료장 마쓰시다 유카무라를 바라보며 물었다.

"그게 뭐라고 말씀드리기 어렵습니다. 왜냐하면 각 자위대에서 공습 피해에 대한 정식 보고가 아직 도착하지 않아서 우리가 가진 실제 가용전력을 파악하기가 어렵기 때문입니다."

"아니 전쟁 중의 아군 상황에 대한 보고가 이렇게 느린 속도로 진행되는 일이 정상인가요?"

구로다가 벌컥 화를 냈다.

"한국의 미사일 공격이 우리 자위대 통신망 대부분을 파괴했습니다. 총리대신."

마쓰시다가 억울한 표정으로 말했다.

"야마나카에 떨어진 핵이 또 다른 곳에 떨어질 경우도 발생할 텐데…"

구로다가 또다시 중얼거렸다.

지하 대피소 입구의 통신실에서 통신을 담당하며 각국의 소식을 탐색하던 여러 통신병 중, 북한 라디오 채널에 다이얼을 맞춰 북한 소식을 듣던 자위대 통신병과 소속 간부 한 사람이 급히 문을 열고 들어오며 큰 소리로 말했다.

"북한방송에서 신호가 잡힙니다. 잠시 다이얼을 맞추고 들어도 되 겠습니까?"

딱 집어서 누구에게 말하는 것도 아닌 애매한 시선으로 대신들을 바라보며 그 간부가 말했다.

구로다가 말했다.

"들어봅시다."

각료들의 방에 연결된 스피커에서 지지직 소리와 함께 또렷하진 않으나 발음은 분명한 소리가 들렸다.

"번역하시오."

구로다가 다시 말했다.

"네."

그 통신병이 복창하며 뒤이어 들어온 옆 하급 간부에게 말했다.

"북조선 방송에서 하는 말 동시통역 가능한가?"

"곧 보내겠습니다."

그가 경례하며 나간 후 다른 간부가 들어왔다.

아마도 그가 북조선 말투에 익숙한 간부인 것 같았다. 그는 북한 방송에서 들려오는 섬뜩한 어투의 앵커 목소리를 따라, 틈틈이 번역해 각료들에게 들려주었다.

"금번 우리 북조선 인민은 위대하신 지도자 김정훈 동지의 명에 따라 철천지원수인 섬나라 왜구들의 땅에 강력한 핵폭탄을 떨어뜨렸다.

이 로켓 발사는 너희 왜구들 수괴인 천황의 목숨을 안전하게 보존해 우리 민족과 상호 존중하며 번영을 이루고자 하는 것인데도 불구하고, 아직도 자민당 벌거지들이 호응하지 않고 천황의 목숨과 국민의 생명을 담보로 언제까지 악착같이 버틸 것인가?

이제 대한민국 군인 수십 명의 아까운 젊은 목숨이 도쿄 하늘에서 사라졌으니 그 대가는 한층 엄중할 것을 선언하며, 너희 왜구들은 더 이상의 피해를 바라지 않는다면 어서 빨리 천황을 앞세워 우리가 요구하는 항복 조건에 따라 두 손 들고 앞으로 나와서 처벌받아라.

만약 날이 밝도록 의사표시가 없다면 우리는 우리가 가진 폭탄을 아끼지 않고 너희 섬나라 땅, 특히 원자력 발전소를 향해 퍼부을 것이기에 그때는 후회하기엔 늦은 시간일 것을 미리 밝힌다."

구로다의 안색이 점점 흙빛으로 변했다. 다른 각료 역시 그 방송 내용에 더욱 심한 타격을 받고 말없이 허공만 물끄러미 바라보았다.

얼마인지도 모를 기나긴 침묵의 시간이 흐른 후 구로다가 입을 열었다.

"한국 정부와 연결하도록 하시오."

한국의 청와대에는 이미 세계 각국에서 핵무기 사용에 대한 항의 전화가 빗발쳤다. 그러나 한국 정부는 묵묵부답으로 임했고 각 방송국도 이에 관해서는 입을 굳게 다물었다.

이윽고 한국 청와대와 연결된 회선으로 일본 전시 내각총리인 구로다와의 통화가 이루어졌다.

"대통령 각하. 일본의 구로다입니다."

"네. 구로다 총리. 말씀하세요. 우리 군대가 조만간 귀국 땅에 상륙할 예정입니다만 설마 또 공격하진 않겠지요?"

"아닙니다. 그런 일은 없다고 약속합니다. 다만…"

그가 말끝을 흐렸다.

"계속 말씀하시지요. 총리님."

이명재 대통령이 느긋하게 말을 이었다.

한참의 침묵이 흐른 후 구로다가 입을 열었다.

"우리 일본은 대마도를 한국에 양보할 의향이 있습니다. 그러므로 한국 군인의 상륙은 중단해 주시면 고맙겠습니다."

이명재 대통령이 큰 소리로 말했다.

"대마도는 원래 우리 땅입니다. 그런데 그걸 양보한다고요? 또 한국군의 군사작전은 나의 소관이 아니고 우리 작전 사령관의 소관이기에 나는 군 작전에 대해 아무 말도 할 수 없습니다. 또 다른 말씀 있으십니까?"

"………………"

"그럼 이만 전화 끊겠습니다."

"아니. 잠시만요. 각하."

"말씀하시지요."

"지금 우리 천황께서 포로로 계십니다. 천황께 대한 처우는 어떻게 하실지 알려 주시면 감사하겠습니다."

"구로다 총리님. 지금 천황 문제가 급하신가요? 아니면 일본 국민의 생명이 급하신가요? 아직도 사태에 대한 감을 잡지 못하고 계시니 참 보기 딱합니다."

이명재 대통령이 한심하다는 어투로 말했다.

상황인식 자체가 느려도 너무 느렸고 대처 방식 또한 말할 필요조차 없는 일본이었다. 대체 어쩌다 저런 얼간이들에게 나라를 빼앗겼었는지 전혀 짐작이 가지 않았다.

"일단 총리께서는 천황 거처로 가셔서 그곳에 있는 우리 외교관들과 접촉하시길 바랍니다. 자세한 이야기는 우리 주일 대사에게 들어주십시오."

한국 대통령은 매몰차게 전화를 끊었다.

그리고 잠시 큰 한숨을 내쉰 이명재 대통령은 홍보실 수석 비서 김형식에게 고위 각료들과 함께 항복 조인 문서를 작성하라 지시했고 이어 북한 김정훈 위원장과 직통 전화 연결을 지시했다.

김정훈 위원장과 약 30분간의 통화를 마친 대통령은 김형식 수석 비서에게 말했다.

"내일 김정훈 위원장을 대리한 북한 최한승 인민 무력부 부장이 김 위원장의 지시에 따라 도쿄로 급파합니다. 북한도 전쟁에 참여했으니 당연히 항복문서에 서명할 권리가 있다고 판단했기에 그렇게 합의했습니다."

"아~ 그러셨군요. 저는 그럼 일본 송 대사님께 알리겠습니다. 항복선언문을 작성해 팩스로 보낼 테니 양 총사령관에게 전달하고 천황에게 서명받으시라고 전하겠습니다."

"그렇게 하시지요. 나는 이제 다리 쭉 펴고 좀 쉬겠습니다. 김 수석님도 좀 쉬시지요."

"알겠습니다. 내일 아침에 뵙겠습니다."

-10월 9일 03:10-

도쿄 자민당 당사

구로다 일행은 별수 없이 어가로 향했다. 특전대원들은 전 대위의 지시에 따라 그들이 천황 어가에 도착하자마자 체포, 결박해 어가의 지하 창고에 감금했다.

송민우 대사는 청와대의 지시에 따라 날이 밝는 대로 항복문서 조인을 위해 천황의 집무실에서 항복선언문 검토에 들어갔다.

이미 도쿄 시내는 연이어 낙하한 한국 특전사 부대가 도쿄 천황 어가를 중심으로 사방의 외무성, 내무성, 국토교통성, 국회의사당, 법무성, 경제산업성. 총리 관저 등 파괴된 주요 관공서를 점령했고, 요요기 공원 남측의 국립 NHK 방송국도 낙하부대가 진입해 모든 자위대 수비 병력을 무장 해제한 후 쫓아냈다.

여러 기관 중 특히 방위성, 내무성, 외무성의 경비는 더욱 삼엄하기 이를 데 없었다. 이후 한국 낙하 공습부대에 대한 자위대의 공격은 더 이상 없었다.

날이 밝은 일본 땅은 처참하게 변했다.

주요 도시는 물론이고 각 항구와 비행장이 있는 대도시, 그리고 해안가의 군사기지 등등 모조리 쑥대밭이 되어 자위대의 집합조차 어려울 지경이었다. 물론 자위대는 진작부터 무기를 버리고 각자의 자리에서 대기 중이었지만, 그중 가장 비참한 일은 천황의 지위가 하룻밤 새에 전쟁포로가 된 사건이었다.

아침의 태양은 변함없이 동쪽 하늘에서 솟아 올라왔으나, 반대로 일본인들의 희망은 순식간에 땅속으로 꺼져 들어갔다.

이미 일본 서해안의 각 항구에는 밤새 전속력으로 달려온 한국 군함과 대형여객선, 그리고 각종 무기를 실은 상선이 한국군을 잔뜩 싣고 입항했다.

날이 밝자 한국군들은 각자 맡은 임무에 따라 긴급 징발한 대형 버스 등을 이용해 지정된 지역으로 흩어지며 반격자 수색, 자위대원 무장해제, 군사기지 접수 등의 작전에 돌입했고, 이에 따라 곳곳에서 작은 충돌이 있었으나 커다란 불상사는 일어나지 않았다.

이 중 교토에 낙하한 한국 특수부대는 시내 곳곳에 퍼져 있는 오래된 각종 유적과 근교의 나라현 등의 유서 깊은 사찰과 고택 등에 대한 집중적인 수색에 들어갔다. 일본인들은 그들이 무엇을 찾는지도 모르는 채 물끄러미 바라볼 뿐 별다른 반항이나 도주는 할 생각도 하지 못했다.

하긴 섬나라에서 도망가면 어디까지 갈 수 있을까?

전쟁포로로 잡힌 자민당 간부들과 천황은 집단 감금 상태인 채 한국에서 양대석 사령관의 도착만 기다렸다. 그동안 각 주요 기관을 점령한 한국군은 각종 기관과 단체에 대한 집중적인 수색과 더불어, 방송국을 외부와 차단하고 고위직원들을 감금한 후 방송매체의 전파를 차단했다. 다만 파괴되지 않은 통신사의 기지국은 원래의 활동을 허락했기에 스마트폰을 이용한 화면 송출은 허용되었고, 덕분에 긴급한 각종 뉴스를 근근이 알 수 있었다.

한국군과 같이 도착한 IT 기술자들이 이 역할을 맡은 덕분이었다. 또 한국군이 긴급 조직한 수색대는 일본 내의 혐한 단체 중 가장 큰 세력을 가진 '일본 회의' 조직원과 혐한 인사에 대한 대대적인 검거에 돌입했고, 이외에도 일본 교육계, 특히 역사학자들에 대한 강력한 체포 작전에 들어갔다.

이 수색 작전의 바탕에는 한국 내 IT 유저들이 수집한 혐한 인사, 혐한 방송인과 유튜버 등을 망라한 각종 자료 수집력이 커다란 힘이 되었다.

일본 전국은 점령국인 한국에서 발표한 일본 내 모든 학교의 휴교령과 더불어 직장인의 출퇴근도 제한되었으며 공무원은 소집 명령에 따라 일정 장소로 집합하게 되었다.

또 일본인들의 외출을 엄격히 제한했고, 각 개인도 외출 목적에 따른 인식표를 부착하도록 해서 외출 시 신분을 증명하도록 했다.

바야흐로 일본은 한국과의 전쟁에서 패배해 일순간에 피지배자 신세의 비참한 나락으로 떨어지게 되었다.

-10월 9일 10:00-

도쿄 천황 어가

밤새 수면도 제대로 취하지 못한 초췌한 모습의 천황이 자신의 뒤에 자민당 고위 각료들을 거느린 채 도열한 모습이 한국의 MBS 방송 화면에 잡힌 시간은 2024년 10월 9일 정각 10:00였다.

아침 일찍 한국 공군의 긴급 수송기를 타고 일부 활주로가 파괴된 도쿄 나리타 공항에 양대석 한국군 총사령관이 도착했으며, 잠시 후 북한 인민 무력부 부장 최한승과 남형필 정찰총국 제1 비서도 나리타 공항에 모습을 드러냈고, 승전국인 남한의 총사령관 양대석 대장과 북한의 김정훈 국무위원장 겸 전시 총사령관의 대리인 최한승의 두 사람이 나란히 천황의 앞에 나타난 시간은 9시 30분이었다. 그리고 이제 역사적인 일본 천황의 항복문서 조인을 앞둔 시간이 코앞으로 다가왔다.

천황 거처인 어가의 실내에는 벽을 등지고 양대석 사령관과 최한승 인민무력부 부장이 한국군 장성들과 관계인들에 둘러싸여 책상을 앞에 두고 천황을 바라보고 나란히 서 있었으며, 맞은편에는 어느새 따라왔는지 한국 방송 관계자들이 이 장면을 놓칠세라 카메라 초점을 천황에게 맞추었다.

천황은 미주리함의 히로히토 천황의 자세를 거의 판박이 한 모습으로 허리를 구부린 채, 한국군이 요구하는 총 12개 항목의 항복 조건이 적힌 문서를 물끄러미 바라보았다. 그러나 그의 시선은 문서 내용보다는 자기의 얼굴에서 문서까지 약 50㎝의 비어 있는 공간을 보듯 초점이 잡히지 않고 있었다.

천황의 손목을 옥죄었던 케이블 타이는 어느새 벗겨졌으며, 일본 전통 복장이 아닌 평범한 양복으로 갈아입고 등장한 패배자의 허망한 표정과 옆모습은 한국 MBS 방송을 스마트폰으로 실시간 시청하는 수많은 일본 국민의 가슴을 먹먹하게 만들었다. 더구나 천황 뒤로 줄줄이 서 있는 자민당 각료들의 초라한 모습은 더욱 꼴 볼 견이었다.

무언가 억울한 듯 입술을 꽉 깨문 구로다를 비롯한 호전적인 각료들은 줄곧 먼 산을 바라보며 애써 이 순간을 외면했고, 다카키 전 총리와 같이 한국과의 확전을 반대하던 몇 각료들은 머리를 푹 수그린 채 애꿎은 바닥만 바라보고 있었다.

어디선가 10시 정각을 알리는 알람 소리가 들려왔다.

이어서 한국군 홍보 부대의 카메라와 MBS 방송국 등 수많은 국내·외 방송국의 카메라가 그들에게 초점을 맞추기 시작했다.

엄숙한 표정의 양대석 사령관이 천황을 바라보며 말했다.

통역관이 얼른 다가와서 천황의 옆에 서서 통역을 시작했다.

"귀하의 신분은 일본국을 대표하는 천황입니다. 귀하는 일본 정부와 국민을 대표해 이 항복문서에 서명하겠습니까?"

양대석 사령관의 엄숙한 질문과 함께 날카롭게 자신을 주시하는 눈초리에 천황이 겨우 답했다.

"네. 일본 정부와 국민을 대표해서 정식으로 서명하겠습니다."

"귀하는 이 문서에서 한국 측이 요구하는 내용을 모두 숙지하셨습니까?"

"네 모두 숙지하고 이해했습니다."

"또 다른 말은 없습니까?"

"저희 각료들의 의중도 알고 싶습니다만. 저분들도 진심으로 항복을 원하는지 궁금하기에 그렇습니다."

"좋습니다. 그렇다면 각료들에게 물어보십시오. 그 시간은 드리겠습니다."

양대석 사령관이 흔쾌히 답하자, 천황은 구로다 총리를 바라보며 입을 열었다.

"총리대신은 들으시오. 이 전쟁의 원인이 어디에 있었는지 알고는 있습니까?"

구로다가 한 걸음 앞으로 나서며 무언가 말하려 하다 얼른 도로 물러섰다. 그리고 천황을 물끄러미 바라보며 말했다.

"이제 와서 말씀드린다 해도 무슨 소용이 있겠습니까? 저들이 원하는 대로 하고 더 이상 우리 국민이 다치는 일은 없었으면 합니다."

양대석 사령관이 차가운 눈길로 그를 바라보았다. 한참 동안 그를 주시하더니 이윽고 살벌한 눈빛을 거둔 사령관이 천황에게 말했다.

"귀하의 서명을 바랍니다. 더 이상 시간을 지체하는 것도 바람직한 일은 아닙니다."

"알았습니다."

천황은 양대석 사령관이 건넨 펜을 받아 들고 책상 앞으로 한 걸음 다가섰다.

그리고 허리를 구부려 12개 항의 항복 내용이 일본어로 적힌 문서를 다시 한번 찬찬히 읽는 듯 마는 듯했다.

일본국(日本國) 降伏 調印書

승전국인 대한민국과 조선 민주주의 인민공화국은 패전국인 일본국에 대해 아래와 같은 조건으로 항복을 인정한다.

이 항복문서는 일본을 대표하는 인사가 서명, 날인과 동시에 그 효력을 발휘한다.

總序

일본국은 대한민국과 조선 민주주의 인민공화국을 상대로 한 전쟁에서 패배했기에 항복문서에 서명한 직후부터 일본국의 주권을 포기한다.

이에 따라 대한민국과 조선 민주주의 인민공화국은 일본국 전체에 관한 권리를 대한민국과 조선 민주주의 인민공화국으로 귀속할 것이며 이에 대한 보상은 없다.

또한 하기와 같은 조건 하에 일본의 항복을 인정할 것이며 이외 어떠한 이의(異議)도 인정하지 않을 것을 밝힌다.

일본국 항복 문서 세부 내용

1: 한반도의 남과 북 두 승전국은 점령 국가로서의 책무에 따라 기왕의 일본 내 모든 일본인 자산을 동결하며, 일본이 추진한, 또는 추진 중인 해외 출자에 관한 모든 책임을 질 것이며, 이의 반대급부로 일본의 모든 해외 현물 자산은 한반도의 남과 북 두 승전국에 귀속된다.

 또한 일본 자본으로 투자, 혹은 참여한 외국 프로젝트는 모두 대한민국 정부가 인수해 지속적 추진, 또는 파기할 것이며 이에 따르는 수익과 손실 역시 대한민국 정부로 귀속한다.

2: 일본 중앙은행이 발행하는 일본 円화의 유통은 상당 기간 존속할 것이다.

존속기간은 추후 결정, 발표할 예정이다.

3: 점령 국가인 대한민국과 조선 민주주의 인민공화국 중 대한민국 정부는 본주(혼슈)와 홋카이도의 치안과 안정을 책임질 것이며, 조선 민주주의 인민공화국 정부는 규슈와 시코쿠를 책임질 것이고 기타 도서의 영유권은 대한민국 정부의 관할에 귀속한다.

다만, 이 중 오키나와는 국방과 외교 분야를 제외한

분야에서 오키나와 주민께 전적인 자치권을 환원할
것이며, 이 지역의 국방과 외교는 미국 정부와 대한
민국 정부가 합의해 결정한다.

4: 일본의 전범 기업을 포함해 항공, 조선, 기계, IT,
전자, 화학 기업 등 주요 생산재와 군수물자를 취급
하는 기업은, 각 회사에 보관 중인 한국 측 기업과의
예전 협약과 그 내용에 관해 교류한 한국 인사에 대
한 기록을 점령군 지역 사령부에 제출해야 한다.
이 지시는 일본의 한국 침략 야욕을 파악하기 위한
사항이기에 절대적으로 따를 것을 명령한다.
다만 시민 생활과 직결되는 소비재 생산 기업은 일부
제외하지만 위 사항에 포함되는 소비재 기업은 보고
해야 한다.

5: 일본 국민은 모두 점령군 사령부가 제작한 신분증을
수취한 후 이를 상시 지참해 외부 활동을 해야 한다.
이에 따른 세부 조치는 추후 공지할 것이다.

6: 일본 혐한 인사에 대한 검거 작전에 임할 것이고 그
들은 한국 내 친일파와의 교류가 전적으로 의심되므
로 모두 체포, 구금할 것이며, 만약 거부, 혹은 반항 의
사를 보이는 즉시 강력한 현장 처벌에 취할 것이다.

7: 그간 일본이 참여했던 모든 국제 조약은 무효로 인정할 것이며 일본 내의 어떠한 정치적 목적, 사회 교란 목적을 가진 집회, 단체는 처벌할 것이다.

일본의 정당은 모두 해체할 것이며, 언론은 검열받아야 하고 각종 출판물, 인터넷 매체 등, 공공 활동 또한 이에 포함한다.

또한 기존에 사용하던 일본 정부의 여권 효력은 인정하지 않을 것이며, 외국에 있는 모든 일본 국적인은 즉시 그 나라 주재, 혹은 근접 국가의 한국 대사관에 출두해 명단을 등록한 후 일본으로 귀국해야 한다.

단, 일본 국적의 외국인은 일본인의 자격을 인정하지 않을 방침이므로 이에 해당하지 않는다.

이에 따른 세부 사항 역시 추후 발표할 예정이다.

8: 청·일, 러·일 전쟁부터 소급해서 한·일 합방 전후, 그리고 2차 대전 종전까지 한국에 근무했던 군인과 민간인 포함해, 외국에 근무한 모든 일본인의 가족과 유족은 그들이 귀국 시 지니고 온 물품 전부, 귀가 후 남긴 기록물 등 모든 자료를 각 지역 점령군 사령부에 제출해야 한다.

일본 내각과 조선총독부의 종용, 또는 임의의 사유로 당시 조선에 파견되었던 모든 일본 무장세력(사무라이)도 이에 포함한다.

특히 2차 대전 중 만주 관동군 소속 방역 급수부에 근무했던 모든 인사에 대한 체포령을 발동할 것이며, 해당 인사의 사망 시에는 그 가족과 친지에 대한 철저한 조사가 이루어질 것을 알린다.

또한 방역 급수부 근무 중 인체를 대상으로 비인도적인 악랄한 각종 실험을 했던 자료를 수거하기 위해 일본 내의 관공서, 대학, 의료 기관 등 연관된 각종 기관에 대한 대대적인 수사가 따를 것이다.

이에 학계와 의료계 인사 등 관련 인물은 각 지역 점령 부대에 예외 없이 출두해, 자신이 연관되거나 그렇지 않다는 근거를 제시해야 한다.

9: 일본인은 일본 내의 군사용 무기를 포함한 모든 자위대 장비는 접근, 절취, 사용을 일절 금지한다.

10: 일본 국민의 차량, 식량, 석유류의 소유, 판매, 보급 행위는 일절 금지하며 각 가정당 일정량의 배급제를 시행한다.

11: 일본인의 모든 프로 스포츠 행위를 금지한다.
단 학교, 학원의 아마추어 학생스포츠 활동은 예외로 한다.

12: 상기 모든 조치에 위반하거나 반항, 또는 거부할 시 별정 근거를 마련해 상응한 조치를 취한다.

이외 일본 내의 각종 사회 불안과 혼란, 또는 점령군의 지시를 무시하거나 사회질서를 어지럽히는 행위에 대해서는 일본은 피지배국임을 명시해 점령군은 엄격한 처벌을 가할 것이다.

2024년 10월 8일

대한민국 총사령관: 양대석 대장

조선 민주주의 인민공화국 총사령관 김정훈 위원장
대리:

최한승 인민 무력부 부장

패전국 일본 대표: 德宮 京仁

항복문서에는 이미 양대석 총사령관의 날인과 최한승 인민 무력부장의 김정훈 국무위원장 대리 직인은 이미 날인을 마친 상태였다.
이윽고 천황이 문서 하단의 서명란에 서명을 마치고는 힘이 빠진 듯 앞무릎이 꺾이며 풀썩 주저앉더니, 엎드린 채 땅에 머리를 쿵쿵 부딪치면서 뭔지 모를 신음을 흘렸다.

잠시 후 양대석 사령관은 항복문서를 일본 내각 각료에게 일일이 건넨 후 천황의 서명란 아래로 각료들의 서명을 줄줄이 이어받았고 그들의 활동 영역을 황거 내로 제한하며 외부와는 일절 접촉을 금지한다는 명령을 내렸다.

그야말로 굴욕적인 모습이 아닐 수 없었다.

이들은 전쟁 포로와 같은 처우를 받으며 또다시 감금 상태로 들어갔다.

한국에서 이 순간을 지켜보던 한국 국민 모두는 요란한 박수와 함께 진정한 독립을 맞이한 듯한 기분을 한껏 즐겼다.

천 년도 더 넘는 세월 동안 이어져 내려온 왜구의 악랄한 침탈에 쌓였던 울분과 천 년 묵은 체증이 한꺼번에 사라진 느낌이었다.

-10월 9일 11:00-

평양 중앙 방송 제1 방송

익숙한 모습의 북한 앵커가 중앙 방송에 등장해 선언문을 낭독했다.

"우리 북조선 인민을 대표하시는 위대하신 김정훈 위원장 동지께서는 일본 왜구의 항복을 받아낸 2024년 10월 9일 이날을 길이 기념하기로 하셨습니다. 위대하신 김정훈 위원장 동지께서는 남북이 합세해 간악한 왜구의 속셈을 남김없이 털어내어 두 번 다시 한민족의 고난을 겪지 않도록, 밤잠도 주무시지 못하고 남한 정부와 협력해 왜구를 박멸하는 공로를 이루시었습니다. 민족 대대로 길이 기억해야 할 이 전쟁을 끝내시고 맞이한 승리의 순간에 조선 민주주의 인민공화국 지도자이신 위대하신 김정훈 동지께서는 대한민국의 이명재 대통령께 우리 한반도가 함께 번영의 길로 나아갈 방향을 제시하고자 하는 깊은 고심을 허심탄회하게 말씀하셨습니다. 그러므로 우리의 위대하신 영도자 김정훈 위원장님께서는 이 승리를 토대로 남과 북이 힘을 합쳐 민족 번영에 매진하고자 하는 우리의 제안에 깊이 숙고하시어 호상 만족할 만한 결과를 얻고자 합니다."

전쟁 승리에 대한 지분을 요구하는 목소리였다. 물론 사전의 남북 밀약에 따른 요구였지만 대외적인 명분을 구축하기 위해서 성명을 발표한 것이었다. 그리고 그 즉시 북한 대표단이 이 문제를 토의한다는 명목으로, 김정훈 국무위원장을 필두로 대표단을 구성해서 판문점의 남측 경비 초소를 통하는 입국 요구서를 남측에 전달했다.

이와 때를 맞춰 미국 정부도 한·일 전쟁 후의 동북아 안정을 위한 대책을 의논하고자 리처드 화이트 부통령을 단장으로 하는 대표단을 구성해 한국에 파견하고 싶다는 뜻을 한국 정부 측에 전달했다.

전 세계 외신은 한국의 전쟁 승리를 대서특필했다.

-남북한, 미사일 공격으로 하루 만에 일본 땅 침몰-
WP지 헤드라인
-일본 패전하다- 르 몽드 지 헤드라인 장식

-일본 결국 죄의 대가를 치르다- CNN 방송

등 한·일 전쟁에 대한 뉴스가 전 세계 언론의 머리말로 온통 도배됐다. 일본이 일방적으로 두들겨 맞고 하루 만에 항복한 이 전쟁은 국가 간의 전쟁 중 최단기간에 끝난 전쟁으로 기록될 만한 사건이었다.

-10월 14일 10:00-

청와대 영빈관

청와대 영빈관에 남, 북, 미 삼자 대표가 모여 한국과 일본, 두 국가가 현해탄을 중심으로 벌어진 영토전쟁을 치른 후의 동북아 정세에 대한 회의가 열렸다. 북측 대표는 예고한 대로 김정훈 위원장이 북측 주요 인사를 대동해 사상 처음으로 남한을 방문했으며, 이 자체로도 전 세계의 언론과 방송이 흥분할 대형 이슈였다.

청와대 앞뜰에 미리 대기하던 이명재 대통령도 미처 예상치 못한 이 뜻깊은 자리를 어떤 방법으로 돌파해야지? 하며 며칠간 고위 인사들과 밤샘 회의를 했다. 경위야 어떠하든 반가운 기색으로 북측 김정훈 위원장과 미국의 화이트 부통령을 맞이한 이명재 대통령은 그들을 회담 장소인 영빈관으로 안내하며 이동했다.

회담은 이틀에 걸쳐 지속되었고 3일째 되는 날 16일 오전 10시에 삼국 대표는 공동 성명을 발표했다.

먼저 미국 대표 리처드 화이트 부통령이 마이크 앞에 섰다. 그의
안색은 흥분으로 인한 것인지 분위기로 인한 것인지 모를 들뜬 기색
이 역력했다. 이윽고 그가 마이크를 두어 번 흔들고 입을 열었다.

"우선 제 옆의 조선 민주주의 인민공화국 김정훈 위원장님과 이명
재 대한민국 대통령을 모시고, 최근 동아시아에서 발생한 비극적인
전쟁을 미래의 번영을 위한 기틀로 전환하고자 마련한 이 자리에 동
석하게 되어 대단한 영광으로 생각합니다. 주지하다시피 일본은 전
쟁에서 패배했습니다. 일본으로서는 패배의 아픈 기억이 쉽게 잊혀
지지 않겠지만, 역사의 수레바퀴는 결코 우리가 원하는 대로 굴러가
지는 않는다는 점을 저는 또다시 깨닫게 되었습니다.

다만 이 비극을 계기로 또다시 동아시아에서 비극적인 사태가 발
생하지 않도록 하는 것이야말로 우리가 모인 근본적인 이유라고 생
각합니다. 그러므로 향후 발생할지도 모를 사태에 대해 우리 삼국은
이 사태를 깊숙이 토의한 결과, 미래의 번영과 평화를 이루기 위한
실행 사항으로 다음과 같은 결론을 내렸습니다.

첫째, 우리 미국 정부는 조선 민주주의 인민공화국과 상호 군사 협
력 및 안보 방위조약을 맺기로 했습니다. 이 조약은 양국의 의회를
통해 비준되는 즉시 발효될 것입니다.

이에 따르는 조치로 미 합중국의 사무엘 체이스 대통령은 제3국이
조선 민주주의 인민공화국 국경을 침범하는 일이 발생 할 경우, 양
국가가 맺은 합의를 바탕으로 조선 민주주의 인민공화국의 국경 방
위를 적극적으로 지원하기 위해 미군을 파견하겠다는 의지를 밝혔
습니다.

이 합의에 따른 구체적 실행 사항으로서 김정훈 위원장의 승인으로, 동해안의 원산항에는 일본의 요코스카 기지에 주둔하던 미 제7항모전단 사령부의 이동 배치와 함께, 서해의 남포항에 미 제36강습상륙전단을 배치할 예정입니다.

둘째, 오랜 기간 조선 민주주의 인민공화국이 보유한 강력한 무기로 인해 양국 간 소소한 갈등과 견해 차이가 있었으나, 동아시아의 미래와 조선 민주주의 인민공화국의 자주국방을 위해 이러한 강력한 무기의 보유는 주변국에 영향을 주지 않는 선에서 평화적이고 방어적인 사용을 전제로 그 존재를 인정할 것을 밝힙니다.

셋째, 미국과 조선 민주주의 인민공화국은 상호 대사급 외교관계를 교환하기로 합의했으며 굳건한 믿음을 바탕으로 한 외교관계 수립과 더불어, 조선 민주주의 인민공화국의 발전을 위해 필요한 대규모 투자와 함께 각종 경제정책을 함께 도모하고자 하며, 이 목적을 이루기 위해서는 대한민국 정부도 함께 적극 동참하기로 협정을 맺었습니다.

넷째, 대한민국과 조선 민주주의 인민공화국은 승전국의 지위를 누릴 것이며 일본은 패전국의 책임을 다해야 한다고 믿습니다.

이 전쟁은 대한민국과 조선 민주주의 인민공화국의 연합작전으로 승리했기에 이는 합당한 결론이며, 대한민국과 조선 민주주의 인민공화국은 패전국인 일본을 상대로 승전국으로서 그 책임을 다하리라 믿고 인권과 생명을 중시하는 정책을 펴나가길 당부드립니다.

끝으로 미국의 이러한 조치가 동아시아의 중심인 한반도의 무궁한 번영과 평화에 많은 도움이 되기를 진심으로 바라며, 이를 이루고

자 우리 미국에게 기회를 제공해 주신 대한민국 이명재 대통령과 조선 민주주의 인민공화국 김정훈 위원장께 진심으로 감사를 드립니다. 감사합니다."

길고 긴 성명이었으나 미국이 일본에게 내린 최종 사형선고였고 중국에는 강력한 타격을 줌과 동시에 군사력 과시 및 도발에 대한 억제력을 발휘하는 순간이었다.

또 북한의 핵무기에 대한 표현을 극도로 순화해 강력한 무기로 지칭했으나, 그 표현이 핵을 의미한다는 것은 누구나 알 수 있었다.

이어서 대한민국 이명재 대통령이 김정훈 위원장을 앞세우며 손짓으로 먼저 연단에 오르라고 양보했다.

김정훈 위원장은 감격스러운 얼굴로 이명재 대통령에게 고개를 숙이며 감사 표시를 한 후 연단에 올라 주의를 바라보았다. 수많은 내외신 기자의 카메라 조명의 집중 세례를 받는 그의 얼굴은 순식간에 벌겋게 달아올랐고 그는 잠시 헛기침했다.

그리고 두 손으로 마이크를 단단히 고정한 후 말을 꺼냈다.

"우선 이 자리에 설 수 있도록 애써 주신 대한민국의 이명재 대통령님께 진심으로 감사의 인사를 드립니다. 또 력사적인 전쟁의 승리자로서 이 자리에 있게 된 저와 저의 조국 조선 민주주의 인민공화국 인민들께도 진심으로 감사의 인사를 드립니다.

오늘 일본의 패배는 오랜 세월 한반도를 향해 지속된 망나니 같은 처신으로 인해 얻은 자업자득의 결과라고 저는 판단합니다. 이런 결과는 '뿌린 대로 거둔다'라는 우리 속담도 있듯, 왜구들은 당연한 결과로 패망했으며, 이는 100년 전 한반도 삼천만 겨레가 입은 영원히 잊지 못할 상처를 조금이나마 갚는 기회가 되었습니다.

그러므로 저는 대한민국의 이명재 대통령님과 미국의 리처드 화이트 부통령을 모시고 이 승리의 순간을 영원히 기억하고 싶으며, 이 승리를 조국 조선 민주주의 인민공화국의 번영을 마련하는 기틀로 삼을 것을 다짐합니다.

이 자리에 참석하지 못한 미국의 사무엘 체이스 대통령 역시 이 승리를 기리는 의미와 동시에, 우리 한반도의 평화를 시기할 수도 있는 누군가의 야욕을 저지하는 의미에서 호상 군사 방위조약을 성립해 한반도와 그 주변 평화를 구축하는 일에 동참하기로 하셨습니다. 이에 따라 우리 조선 민주주의 공화국 인민들 모두가 국토방위와 민족 번영을 위한 건설에 매진할 예정이며, 우리 조상들께서 이룩하신 찬란한 문화와 민족의 유산을 후손에게 물려주기 위한 노력 역시 게을리하지 않을 것입니다. 민족의 번영을 위한 일이라면 저는 어떠한 일이라도 가리지 않고 대한민국 정부와 긴밀한 협조를 할 것을 굳게 다짐하며, 또 미국 정부의 깊은 관심에도 감사드리며 경제 협력 역시 양측이 손을 굳게 맞잡고 이어 나갈 것을 약속합니다. 감사합니다."

김정훈 위원장의 연설에 우렁찬 환호와 박수가 울려 퍼졌다.

마지막으로 대한민국의 이명재 대통령이 연단으로 올라왔다. 어디선가 작게 들리던 박수 소리가 순식간에 회견장을 가득 메우며 사방으로 울려 퍼졌다.

곧이어 커다란 함성이 장내를 들썩거리게 했다.

"대한민국 만세, 이명재 만세~"

이명재 대통령은 그 환호에 화답하듯 두 손을 번쩍 치켜들고 흔들며 감격스러운 표정으로 입을 열었다.

"감사합니다. 감사합니다."

연이어 두 번이나 고개를 숙이며 감사를 표한 그가 감격에 겨워 목이 메인 듯 잠시 말을 잊지 못했다.

"감사합니다.

지금의 이 자리는 조선 민주주의 인민공화국 국무위원회 위원장이신 김정훈 위원장님의 협력과 더불어 빛난 자리라고 생각합니다. 또 지난날 우리 선조들께서 겪으셨던 험난한 굴욕과 고통의 시간이 비로소 그 굴레를 완전히 벗었다고 생각하는 시점이기도 합니다. 오늘 저는 우리 민족의 위대함을 새삼 느끼지 않을 수 없으며 남북 민족 다 같이 번영과 평화를 맞이해, 바야흐로 단군왕검께서 주창하신 홍익인간의 위대한 가르침을 따르는 기초를 이루게 되었다고 생각합니다.

비록 수많은 풍파가 우리 민족을 가로막았으나 이제 그 풍파는 순한 바람이 되어 돛대를 활짝 펼치게 되었고, 우리 민족은 그 바람이 이끄는 대로 함께 번영의 길로 들어서게 되었습니다. 감격스럽습니다. 남과 북의 우리 민족은 함께 힘을 모아 협력해 더 나은 세상으로 나아갈 준비가 되었다고 생각합니다.

이제 우리 대한민국 정부는 북의 민족도 더불어 풍족한 번영의 삶을 영위하기 위한 지원을 아끼지 않을 예정입니다. 감사합니다. 진심으로 감사합니다."

　연설을 마친 이명재 대통령은 양옆의 화이트 부통령과 김정훈 위원장의 두 손을 번갈아 맞잡고 크게 흔들며 악수를 교환했다.

　그리고 한 시간 후 남, 북, 미 3국 각각의 방송을 통해 발표된 합의 사항은 대단한 규모의 투자와 협력 사업의 출발을 알리는 총성이었다. 미국은 북측에 200억 달러를 산업시설 건설에 투자하기로 했으며, 남한 정부도 100억 달러에 이르는 자본을 북의 사회 인프라 시설에 투자하는 협정을 맺고 서명했다는 사실을 알렸다. 이 협정의 발효를 시작으로 서방 선진국들의 대대적인 투자 문의가 이어지기 시작했으나, 이러한 회의에 익숙하지 못한 북한 당국은 남한 정부의 협조를 요청했고 이에 따르는 다양한 분야의 지원은 남한 정부와 협의하고 실행하기로 했다.

　그러나 대외적으로 발표하지 못하는 비밀 협정이 있었으니, 그것은 전쟁 후의 한반도 문제 해결을 위한 사전 협상 내용이었다. 이것은 뉴욕의 UN 대표부에서 있었던 북한과 대한민국의 비밀 협상에서 논의한 후, 문재연 특사 방북 시 합의한 사항이며, 미국 측에 이 사실을 미리 알리지 않은 비밀 협정 속에는 다음과 같은 내용이 있었다.

　　1: 남북한 정부는 승전금 중 일부의 양보 의사를 러시아와의 협상에 이용한다.
　　즉, 전쟁 발발 시 동북아 정세 안정을 주제로 삼아 상

의하는 자리를 마련하는 형식(중국 견제 필요성 역
설)으로 특사를 파견해 추진하며, 한·일 전쟁 승리 후
러시아에 승전금 일부를 양보한다.

남한 정부는 러시아의 지원으로 중국의 준동을 어느
정도 방지할 수 있었기에 배상금 중 일부를 러시아
정부에 지급하기로 약속한다.

덧붙여 승전금을 포함한 기타 자본으로 시베리아 개
발과 베링해협 해저터널 건설을 위한 대규모 투자를
제의해 협정을 맺고 러시아의 에너지 자원 수출을 서
방과 합의해 재개한다. (북한은 지난 8월 민 특사 방
북 시 합의한 사실을 사전에 알고 있었다)

2: 남한 정부는 지난 8월 문 특사의 방북 시 북한의
강력한 요구에 주(駐)북한 러시아 대사가 참석한 형
식적인 회담을 비밀리에 개최하고 전쟁 전 러시아의
협력을 구하는 조건으로 승전금 일부를 러시아에 넘
길 것을 결정했다는 사실을 미국 정부에 비공개로 밝
힌다.

결국 러시아와 협력 과정이 결실을 이루기까지에는 중요한 매개
역할을 한 주(駐)한국 러시아 대사가 뛰어난 외교 수완을 발휘했기
에 성사됐다는 사실도 밝혔다.

이 내용은 서울에서 김정훈 위원장, 이명재 대통령, 그리고 화이트 부통령의 3자 회의 시 미국 측에 알렸고, 이 사실을 알게 된 미국은 대단히 분노했으나 전 세계의 평화와 번영을 기원한다는 대명제하에서 크게 양보해, 우크라이나와의 전쟁으로 피폐해진 러시아 경제를 돕고 미, 러, 남한과 북한을 포함한 다자간 안보 및 군사 동맹을 이루는 군사협정, 우크라이나 재개발, 시베리아 지하자원 개발, 유라시아 철도 건설과 베링해협의 해저터널 건설 협정도 비준해 유럽, 아시아, 아메리카 대륙을 잇는 전 세계 연결 철도망을 건설할 것을 약속했다.

그리고 이 대규모 프로젝트는 한국이 앞장서서 이끌어 가기로 합의했다. 미, 러, 남, 북의 다자간 안보, 군사협정은 중국을 고립화하기 위한 전략적 선택이기도 했다.

전쟁 개시 전에 철저하게 계획한 전략적 선택을 바탕으로 전쟁을 승리로 이끈 한국은 그만한 대가를 얻을 자격이 충분했다.

-10월 26일 13:00-

한국 국방부 내 계엄 사령부

한국 점령군은 항복문서에 명기한 내용에 따라 점령군으로서의 훈령을 발표한 후 혐한 활동 등의 인물에 대한 대대적인 수색, 검거, 그리고 수감이 뒤따랐다. 이외 훈령에 따른 세부 시행 조치로 자위대가 보유한 각종 무기 중 사용이 가능한 전투기 등 항공 무기는 대한 민국으로 이송한 후 운영에 관한 세칙을 마련한 후, 북한에 일부 기체를 양도하기로 했으며 해상 무기인 각종 함정 중 파괴, 또는 운항 불능의 함정 이외의 운용 가능한 함정은 모두 조선 민주주의 인민공화국으로 이송되었다. 그러나 잠수함은 운용상의 기술적 어려움으로 남한으로 이송했다.

육상 자위대 전투 장비 역시 일부만 수거하고, 북한이 요구하는 장비에 한 해 북한으로 옮긴 후 나머지 육상 전투에 필요한 각종 무기는 모두 폐기 처분했다.

이는 일본 육상 자위대 무기의 성능이 상당히 저급했기에 내려진 조치였다. 전차, 자주포, 장갑차, 야포 등의 각종 육상 전투용 기갑 장비가 인정받지 못한 이유가, 섬나라 국민의 속 좁은 눈으로 육상 무기를 개발했으니, 한국의 군사 당국자가 판단할 때 실전 운용에는 그 능률이 턱없이 부족한 것은 당연하기 때문이었다.

또, 항복문서 제8항에 근거해 일본 전국의 사찰 등 종교, 교육 시설, 정부 기관 등에서 회수한 문화재는 국보, 보물급으로 판단되는 1,300여 점을 비롯해 각종 불교 문화재, 조선 왕조 문화재 등 한반도에서 건너왔다고 추정되는 문화재만 모두 20만 점 이상에 달했다. 이 중 일부는 중국에서 건너왔다고 짐작되는 문화재도 있었다.

한국의 승리로 인해 일본은 철저한 피지배 국가로 전락했고, 항복 문서의 내용에 따르면 국가 자체가 소멸할 지경에 이르렀다. 단 하룻밤 새 벌어진 짧은 전쟁은 한국의 승리로 말미암아 동북아 정세는 폭풍 한가운데로 진입하고 말았다. 이 전쟁은 몇 년 전 러시아 우크라이나 전쟁과는 비교조차 불가능할 정도로 전 세계에 커다란 충격을 안긴 사건이었다.

한·일 전쟁의 결과 동북아 정세는 힘의 추가 어느 방향으로 기울지 전혀 모르게 되었으며, 이에 따른 미국과 중국의 극동 대응책은 그 어디에 중심점을 둬야 할지 모를 지경이 됐다.

바야흐로 극동아시아에서 중국에 이은 또 하나의 경제, 군사 강대국이 등장했으며, 이는 미, 중, 러 세 나라의 외교, 군사, 경제 등 모든 분야에 걸쳐 한반도의 남북 정권에 대한 자국의 전략을 재평가해야 할 시점에 이르렀다.

일본의 몰락에 따른 미국의 경제구조는 무역 분야에서 제법 타격을 입었으나 심각한 혼란은 없었으며, 중국은 대일 무역 흑자로 인해 다행히 타격이 적다고 할 수 있지만 역시 만만치 않은 후유증이 뒤따랐다.

그러나 일본과 긴밀한 관계를 맺고 있던 국가들은 일본 소유의 해외 자산 처리에 대한 한국의 대응 조치가 몹시 의문스러웠고, 이 의문은 그동안 일본이 전 세계 국가를 상대로 자산을 출자해 각 분야에 걸쳐 일군 상당수 프로젝트의 후속 조치에 민감할 수밖에 없는 의문이었다. 이 불확실성은 한국이 발표한 대일 전쟁 승리에 관한 특별 조치로 해소책이 마련됐다.

이날 오후, 정말 충격적인 또 다른 발표가 청와대 대변인 고형숙의 입을 통해 전 세계에 타전됐다.

"오늘 모여 주신 기자분 여러분과 함께 이 내용을 발표하게 되어 매우 유감으로 생각합니다. 일본이 20세기 후반과 2차 대전 전후에 걸쳐 한반도와 중국에서 두 국가의 민간인을 대상으로 저지른 살육과 만행, 각종 물자 수탈, 그리고 남경 학살에 대한 전모, 731부대가 감행한 인간의 상상을 벗어난 잔혹 행위 등, 각종 전범 행위를 뛰어넘어 그야말로 짐승 같은 잔학한 행위가 천황의 지하 밀실과 방위성 지하 밀실에서 획득한 비밀 자료에 낱낱이 드러나, 급기야 한국 정부는 이 사실을 전 세계에 알리게 된 점을 진심으로 가슴 아프게 생각합니다.

덧붙여 이 자료와 동시에 발견한 위안부에 관한 기록도 발견했으며, 이 기록에 따르면 그간 알려진 동남아 등 10여 개 국가를 넘어 유럽 백인 여성을 포함한 30여 국가 약 2여만 명 이상의 여성들이 납치, 강제 동원, 혹은 유인 등으로 위안부 시설에 끌려갔다는 증거도 확보했습니다.

여기에는 만주 관동군 방역 급수부(731부대)의 문서도 포함됐으며, 이 문서 중 일부는 종전 후 미군 점령하에서 미군 당국으로 이관됐으나 그 내용은 당시의 미국 정부가 발표하지 않았기에 알려지지 않았을 뿐입니다. 그러므로 우리는 아직도 미국 정부가 지니고 있다고 추정하는 일제 만행에 대한 자료를 제공해 줄 것을 당부드리며 이 자료를 포함해 현재까지 세상에 밝혀지지 않은 일본의 만행을 세상에 알리고자 합니다."

잠시 마이크를 조정한 고 대변인이 손에 든 파일을 넘기며 마이크를 잡고 낭독했다.

"하지만 이보다 훨씬 더 큰 문제가 발생했기에 이를 알려드립니다. 이 문제는 이번 한·일 전쟁에 우리가 승리한 후 대한민국의 현 정세를 바탕으로 미래를 그려야 할 청사진을 혼란스럽게 만드는 매우 어려운 문제이므로, 부득이 공표하지 않을 수 없게 된 점 널리 양해 바라겠습니다.

첫째, 우리 군이 일본 천황의 거처와 방위성, 내무성, 외무성 등 수많은 기관에서 획득한 문서 중 극히 일부는 천황 거처에서의 화면으로 보신 분이 많으실 겁니다.

그 사진은 일본의 과거 만행이 그야말로 끔찍함을 넘어선 인간으로서 저지르면 절대 안 되는 경악스러운 증거의 하나였고, 우리 군과 정부에서는 그런 끔찍한 증거 외에도 또 다른 전쟁범죄가 감추어져 있다는 가정하에, 그 증거를 찾기 위해 일본의 각종 정부 기관과 오래된 옛 사찰 등 중요문서가 감춰져 있다고 추정할 만한 장소를 대대적으로 수색했습니다.

그 결과 광개토대왕 비문 위조 과정을 수록한 문서와 대한제국의 국모인 민비 시해 사건을 비롯한 수많은 증거서류를 확보했고, 이 증거물은 이 회견이 끝난 후 따로 작성한 문서 및 수색 과정의 동영상 파일로 작성해 공개할 예정이며, 그 내용을 방송 등 각 언론 매체를 통해 국민께도 알려드림과 동시에, 일본의 지난날 죄상을 낱낱이 밝혀 인류 양심을 향해 일본의 악행을 고발합니다. 그리고 2차 대전의 전쟁범죄 증거품은 일본 방위성 지하의 반영구 밀폐된 시설에서도 확보했습니다.

확보 당시의 장면은 우리 군의 헤드 캠으로 촬영했으니, 의심스럽다고 판단하시는 분이 계신다면 확인 요청을 받아들이겠습니다. 우리 군은 모든 자료를 수거할 때 모든 수거 과정을 철저하고 엄정하게 헤드 캠으로 녹화했다는 점 알립니다.

이 증거에 의하면 동북아의 한국과 중국은 물론이고 서양의 많은 인명도 2차 대전의 피해자로 나타났습니다. 이 허름한 책이 바로 그 증거입니다."

고 대변인이 낡고 빛바랜 책자 하나를 들고 허공에 흔들었다.

그리고 말을 이었다.

"이 책의 내용 역시 전 세계가 볼 수 있는 기회를 제공할 것을 약속합니다.

그러나 문제는 이것으로 끝나지 않았습니다. 더 큰 문제는 바로 우리의 조국, 대한민국을 일본에 넘기려는 악랄한 매국노, 반역자 그룹이 조직적으로 결성되어 이 순간까지 활동하고 있다는 사실입니다.

그것이 바로 여기 증거로 나타났습니다. 그동안 점령 사령부가 일본의 여러 곳에서 확보한 친일 증거 자료를 해당 분야 전문가 다수를 투입해서 세밀히 살펴본 결과, 국내의 정치, 사회, 교육, 경제, 문화,

군사 등 우리 사회 모든 분야에 걸쳐, 일본은 한국 내의 친일파 양성을 위해 지속적인 지원과 협력을 통해 대단히 오래전부터 대한민국 사회의 전 범위에 걸쳐 친일파 조직을 꾸렸던 사실도 발견되었습니다.

1945년 8월 15일 해방 후 6:25 사변을 거쳐 전쟁이 끝난 후에도 지속적, 계획적으로 꾸준히 이어져 온 일본의 한국 정권 침탈과 대륙 정복의 야욕은, 우리 군이 철저한 수색으로 일본 내 각종 기관에서 찾아낸 증거로 그 정체를 파악했습니다."

그리고 아까와는 다른 빛바랜 책 한 권을 들고 카메라에 자세히 비치게끔 가까이 들이댔다.

"이 책은 일본 천황의 거처가 아닌 자민당 본부의 지하 밀실 깊은 곳에서 찾아낸 자료입니다. 우리는 모든 비밀문서를 수거한 후 시기별로, 그리고 항목별로 구분해 정리한 파일 내용은 이렇습니다.

첫째, 천황의 거처와 방위성에서 발견한 비밀 파일은 대부분 2차 대전 종전 말기까지의 전쟁범죄에 속하는 기밀문서이며,

둘째, 대한민국 내 친일파 결성과 지원 등의 내용은 자민당 비밀금고 속에 간직하고 있었습니다. 더구나 이 비밀문서 속에는 오래전부터, 정확하게는 우리 6:25 전쟁 후부터의 자료도 포함해, 자민당 역대 고위 간부들의 스위스 은행 비밀 계좌까지 들어 있는 자료도 있었습니다.

그 자금은 우리가 말하는 전범 기업의 주머니에서 흘러나왔으며, 300개 이상의 전범 기업들은 이 외에도 우리의 일본 유학생, 경제인,

근래에는 군사 교류를 목적으로 일본으로 파견한 한국 군인의 회유 등, 일본과 교류가 있는 모든 한국 인사에 대한 향응 제공과 회유에 막대한 자금을 쏟아부은 것으로 판명되었습니다.

또, 이 자료 중에는 일본을 방문한 친일 인사의 장자들이 어린 나이에도 불구하고 일본의 성 접대에 휘둘려 난잡한 행위를 저지른 장면이 찍힌 오래전의 사진도 포함됐습니다.

그 사진이 찍힌 날짜를 확인해 당시 소년의 나이를 현재의 나이로 역추적한 결과 이 인물들의 친일 성향이 어릴 때부터 조직적으로 이뤄졌다는 사실을 알 수 있었습니다. 우리 정부는 이것을 증거로 그들이 바로 친일파의 중심인물로 암약했다는 사실도 밝혀냈습니다.

이 사실로 미뤄 보아도 우리는 일본 집권자들이 각종 문서에 누가, 언제, 어디서, 누구에게, 무엇을 등등 아주 꼼꼼하게 기록한 후, 이 기록을 두 번째의 한반도의 일본 식민지화에 대비한 통치자료로 삼기 위해 보존하고 있었다고 판단합니다.

우리 정부에서는 이를 근거로 오래전부터 국내에 조직된 매국적, 반역적인 친일파 조직의 실체를 파악하게 됐으며, 절대 용서받지 못할 이 매국노들을 모두 발본색원해 엄중한 처벌을 가할 예정이라고 밝혔습니다.

이를 위한 조치로 이제 대통령께서 직접 담화를 발표하실 예정입니다. 여러분, 잠시만 기다려 주시길 바랍니다.”

고 대변인이 물러서자 회견장 후면의 출입구가 열리며 이명재 대통령이 연단 앞으로 나섰다. 그는 매우 침울한 표정으로 마이크를 두

세 번 흔들며 고정했다.

이윽고 대통령이 입을 열었다.

"국민 여러분. 방금 고형숙 청와대 대변인의 발표를 들으셨다시피 이 참담한 현실에 대해 뭐라 드릴 말씀이 없습니다.

우리 선조들께서 임시 정부로부터 시작해 민족 자립을 위해 해방 후 힘들게 나라의 기틀을 세우시고 동족 간의 전쟁까지 치르며, 오늘날까지 온 국민이 피땀 흘려 일군 국가의 번영을 사정없이 훼손하고 국기를 문란케 하며 나아가 이 땅과 민족혼(民族魂)을 일본에 넘기려고 작당한 이 매국노, 반역자들의 정체가 드러났습니다.

비록 매우 늦었으나 이제나마 저들의 행위를 알게 되었으나, 이로 말미암아 저는 다행인지 불행인지조차 분간하기 어려운 비참한 심경에 처하게 되었습니다.

위대하신 우리 조상들께서 이 땅에 나라를 세우시고 반만년의 역사를 가꿔 오셨으나, 하마터면 반역자 무리로 인해 나라의 운명이 뒤바뀔 수도 있었다고 생각하니 소름이 끼칠 지경입니다.

이들은 역사의 죄인일뿐더러 민족과 국가의 정체성마저도 외면하고 외세와 결탁해 소중한 우리의 민족혼을 말살하려고 한 조직적 반역자입니다.

이들의 조직은 우리 사회 곳곳에 대단히 광범위하게 침투했고 여기에 참여한 무리의 정확한 정체와 규모조차 아직 모두 파악하지 못했습니다.

그러나 그동안 친일파라 짐작되는 언행을 일삼은 인물들은 당연히 이에 가담했다고 보이기에 우선 그들부터 시작해 발본색원할 예정입니다.

그 첫 번째 조치로 정부는 오늘 밤 12:00시를 기해 독도를 제외한 전국에 부분 계엄령을 선포하기로 결의했으며 이 조치는 친일 조직의 완전 박멸이 이루어지는 날까지 지속될 것입니다. 이에 따라 정부는 각 부처 장관 등 고위 관료를 포함한 안전보장 회의를 통해 일본과의 전쟁에 혁혁한 공을 세운 양대석 사령관을 계엄사령관에 임명했으며 지금부터 계엄령 선포에 따른 긴급조치를 발표하겠습니다."

이 성명을 끝으로 이명재 대통령은 마이크를 고형숙 대변인에게 넘기고 물러났다.

그리고 이어지는 고형숙 대변인의 계엄령 긴급조치가 발표되었다.

"정부는 이명재 대통령 이하 정부 관계자들의 회의를 통해 다음과 같은 긴급조치를 결정했기에 이를 발표합니다.

긴급조치 제1호,

언론, 출판, 강의, 개인적 친분 등의 가능한 모든 수단을 이용해 암묵적, 공개적, 대외적으로 친일 발언을 한 자, 그들의 친일 행위에 동조 혹은 가담한 자는 스스로 변명할 기회를 제공할 것이며, 이에 따라 향후 10일 이내에 자발적으로 거주지의 지역 계엄 사령부에 출두해 심사받아야 합니다.

긴급조치 제2호,

위 1호에 해당하는 자에게는 10일 이내에 출두를 명하며, 만약 출두하지 않을 시 즉각 전국에 체포 명령이 발효되며, 국가 전복을 위한 모반죄와 민족반역죄를 적용해 최고 수준의 엄중한 법적 처벌을 가할 것을 밝힙니다.

긴급조치 제3호(친일 행위의 범위),

1: 일본 전범 기업을 포함한 기업과 일본 정부 관계자가 제공하는 각종 향응과 금품을 제공받은 자

2: 일본 극우 역사학계와 깊은 교분으로 우리 역사를 왜곡, 모독한 자

3: 출판물, 인터넷 등 각종 매체를 이용해 일본의 우월성을 직, 간접적으로 강조하거나 일본의 혐한 행위와 발언에 동조한 자

4: 일본 유학, 비즈니스 등 기타 한일 친선을 매개로 한 활동을 포함한 모든 분야에서 친일 행적이 의심되는 자와 함께, 일본의 對한국 정책에 찬성, 또는 긍정적인 행위에 가담했다고 판단되는 자

5: 일제 치하에서 일본군과 조선총독부가 임명한 모든 공식 직위에 근무, 혹은 복무한 자와 그 후손들, 그리고 친일 인명사전에 등재된 인물과 그들의 후손, 그리고 그 후손이 외국에 거주하는 경우 대한민국 법에 따라 이들에게 국내로 송환 지시를 할 것이며 응하지 않는 자는 반역자로 인정해 해당 국가의 수사기관과 공조해 송환을 요구할 것임을 밝힙니다.

긴급조치 제4호,

본 계엄령의 긴급조치는 친일파 색출 및 검거를 위한 사법 조치의 일환이며, 정상적인 국회의 입법과 정치적 활동, 그리고 민간인 사회

활동에 대한 제한은 없습니다.

그러므로 일반 국민의 회사 근무, 교육, 그리고 생활에 필요한 각종 활동에 대한 제약은 없을 것이며, 다만 정부의 친일 조직을 뿌리 뽑기 위한 계엄령 발동에 반대하는 자에 한해서는 계엄령 본연의 원칙에 따라 엄중한 법적 기준을 적용할 것을 밝힙니다.

상기 사항 이외에도 친일 행적을 뿌리 뽑기 위한 정부의 모든 활동은 우리 민족이 외세를 물리치고 진정한 자주를 위한 정책적 결단에 따른 행위로 판단해 시책을 펴나갈 것입니다.

긴급 조치 제5호,

현재 대한민국에 머물러 있는 모든 일본인은 즉시 주일 대사관과 영사관, 지방 거주 일본인은 가까운 경찰서에 출두해 일본 여권을 제시함과 동시에 임시 거주증을 발급받고 신분을 확인해야 하며 이후 한국 정부가 제공하는 일본인 수용소에 거주해야 합니다.

상기 조항은 일본국의 패전으로 말미암아 한국의 치안과 질서 유지, 그리고 재한 일본인의 안전을 위한 조치임을 알립니다.

긴급조치 제6호,

상기한 친일파 검거에 따른 혼란의 시기가 완전히 소멸했다고 인정할 때까지 친일 인사와 그 관련자에 대한 재판은 향후 구성할 계엄사령부 관할 군사재판부에서 행할 것입니다. 군사재판의 피고인에 대한 형량은 재심 없는 1심의 형을 유효로 합니다.

이 친일 행위의 범주는 지금 밝힌 범위뿐만 아니라, 이 외에도 어디까지 넓게 분포되었는지조차 모를 정도이므로, 이에 따라 계엄 당국은 앞으로도 철저한 수색과 검문, 그리고 엄격한 법 집행에 따라 친일 행위에 가담한 자와 그 동조자를 끝까지 추적해 이들을 일망타진할 것입니다."

그리고 말을 마친 고 대변인은 마지막으로 마이크를 잡고 말했다.
"이상으로 계엄령에 따른 긴급조치 1~6호 모두를 공지합니다. 감사합니다."

고형숙 대변인이 회견장에서 물러난 후 온 나라가 발칵 뒤집혔다.
곧이어 공영방송 MBS에서 섬뜩한 제목의 프로그램 방영을 안내하는 화면이 떴다.

-한국 재침을 위한 친일 조직 구성과 활동 지침서-

화면 하단에 자막으로 뜬 글이 보였다. 저녁 8시부터 방영할 프로그램에서 광개토대왕 비문 위조 사건, 민비 시해 사건 가해자의 일본 內 영웅 대접, 친일 조직 활성화를 위한 각종 지원책 등등, 눈이 뒤집힐 내용의 친일 행적과 역사 왜곡, 그리고 심지어 오래전 임진왜란까지 거슬러 올라가는 왜구의 만행까지 연이은 폭로를 예고하는 자막이었다.
더구나 일본 고대사를 멋대로 조작하고 임나일본부설, 백제 왕족의 일본 천황 등극 사실 은폐 등등 고대부터 현재에 이르기까지 거짓과 기만의 흔적이 뚜렷하게 일본 역사서에 수록됐으며, 이 내용을 있는 그대로 방송할 예정이라고 알렸다. 이는 한국의 진보 역사학자들이 천황의 지하 비밀금고에서 발견한 고서적을 분석하다 알게 된 사실이었다.

또 친일 인물 파악 중 드러난 인물들은 각 분야에서 활약하는 현직 인사까지 포함하는 것이기에 그 충격파는 이루 비할 데가 없었다. 그러나 무엇보다도 가장 큰 파장은 이전 여러 보수 정권의 최고위직 인사와 사법부. 입법부까지 광범위하게 친일 조직이 파고든 흔적이 나타난 사실적 증거였다. 이 흔적은 정부가 제시한 사진 속에 있던 친일파의 어린 아들들이 일본의 추잡한 접대를 제공받은 난잡한 증거 사진의 해당 인물을 심사하던 중 그들이 바로 친일파 중심인물이라는 사실이 밝혀졌고. 이 자료가 후일 그들이 한국에서 성장한 후 자의, 혹은 타의로 조국을 배신하게 된 뚜렷한 증빙자료가 되고도 남았다.

이들의 또 다른 불법과 비리는 대검찰청 청사 깊이 숨겨져 있던 비밀문서를 발견하므로 들통났으니 그 비밀문서에는 행정부처만이 아니라 입법, 사법, 군부 등, 정부 고위직 인사들의 각종 비리가 고스란히 담겨 있었다.

그 외에도 경제계, 언론계, 교육계 등을 망라한 사회지도층 인사의 각종 불법적 증거가 차고 넘쳤고 이 비밀문서를 근거로 정부 긴급 안보 회의의 회의 결과 급기야 계엄령을 선포하기에 이르게 됐다(결국

이 비밀문서가 항간에 떠돌던 검찰 캐비넷이었다).

권기만은 작년 초 친일파 종적을 규명할 당시 작성한 소년들의 이름이 TV 화면에 뜨자 그들의 정체가 결국 자신이 숨겨둔 소년들의 명단과 일치한다는 점을 알게 됐다. 또, 그 사실을 증명하는 직접적인 근거는 천황의 지시에 따라 작성한 조선 재침략의 세부 사항 중 제5항에 있었다.

이 또한 MBS 방송국의 친일 비밀 자료 방영 중 -친일파 육성-이란 제목의 소책자에서 나타났다.

그 내용은 다음과 같았다.

-天皇陛下 親語-

우리 대일본 제국은 朕의 부덕으로 대동아 일치단결의 원대한 꿈을 이루지 못했다.
朕은 비참하게도 미국의 요구에 따라 항복문서에 서명했고 이는 조상들의 뜻을 거역하는 전대미문(前代未聞)의 수치스러운 일이다.
이에 일본 국민의 생명과 안전을 도모하기 위해 어쩔 수 없이 항복했으나 朕을 따르는 대일본제국의 신민들은 결코 朕의 큰 뜻을 잊지 않았으리라 믿는다.
결국 조상님의 은덕에 따라 하늘은 무심하지 않아 조선 반도의 전쟁으로 대일본제국은 또다시 부흥할 기회가 도래했다.

그러므로 아래와 같이 새로운 대일본제국을 위한 지침을 세우니 조야의 신민들은 이를 깊이 새겨 반드시 지난날의 치욕을 갚아야 할 것이다.

내각 총리대신의 말을 들어보니 조선의 전쟁으로 우리의 많은 기업이 매우 큰 이득을 취했다 한다.

이 기업들이 이득을 취한 자본을 토대로 삼아 활동을 개시해 1,000년 전부터 꿈꿔 오던 내지인의 희망인 대일본제국의 부흥을 위해, 대동아 건설의 두 번째 발걸음을 조선 반도부터 시작해야 한다.

그러므로 전쟁 중인 조선의 혼란한 시기를 이용해 우리와 손을 맞잡을 수 있는 세력을 구축하도록 하라.

지난날 우리의 뜻을 받들어 조선인의 황국 신민화를 주장하던 조선 인사들이 있으니, 그들의 후손을 찾아내 우리와 뜻을 같이하도록 하라.

무릇 전쟁, 혹은 기타 천재지변이 발생하면 민심은 항상 뒤숭숭해지는 법.

어지러워진 민심은 돌파구를 찾기 마련이며 우리가 지향해야 하는 바가 바로 그 돌파구를 마련하는 일이다.

昭和 31年

이 내용은 특전대원들이 천황의 지하 창고에서 발견한 책에서 찾았으며, 천황의 이 발언이 뜻하는 바를 증명하고자 철저하고 끈질긴 수색 끝에, 자민당 본부 지하 대피소 가장 깊은 곳의 비밀 문을 거쳐야만 출입이 가능한 밀실에 숨겨진 문서가 발견됨에 따라 드러나게 됐다.

昭和 31年이면 2차 대전 패전 후 활동하던 정당 중 하토야마 이치로를 중심으로 자유당과 민주당이 합당해 자민당으로 출발한 원년이었다. 당시 천황은 일본 내 정세가 한국전쟁으로 인한 결과가 일본의 경제 부흥으로 이어져, 이것을 기회라 여기고 이토록 악랄한 칙령을 내린 것으로 보였다.

잔혹한 전쟁광이란 말이 어울리는 천황의 야망이 이 문서로 결국 꼬리를 밟힌 것이다. 이 지시에 따른 일본 보수세력이 은밀히 작성한 한 반도 내 친일파 육성책은 다음과 같은 내용으로 확인됐다.

> 1: 일제 치하의 친일 인사와 그 후손을 위시해 해방 후 자유당 정권하의 부정부패 가담자를 회유해 진보 인사를 적색분자(공산당)로 몰아세우고 포섭

> 2: 한국 학생의 일본 유학 중 각종 향응과 금품 제공을 통해 포섭한 자, 그중 학업 성적이 우수한 자에 대해 한국 국내에서 어느 정도 자리 잡은 친일 인사를 후원자로 지정해, 그 유학생에 대한 집중적 지원과,

한국 사회 진출 시 황국 신민의 추천을 통해 요직에
투입, 세력 확장

3: 아직 제대로 자리 잡지 못한 한국 내 경제계에서
소장 인사로 성공할 확률이 높다고 판단한 자의 경제
적 지원책 수립

4: 사회 중요 분야인 교육계, 문화계, 언론계 인사를
적극 초빙해 조직 구성원으로 육성

5. 이들 중 황국 신민으로서의 자질이 엿보이는 자를
교화해 조선 반도 내의 보수세력을 결집, 그 세력을
확장하도록 할 것이며 조선의 민족주의자들을 철저
히 '빨갱이'로 매도할 것, 이와 더불어 우리의 대동아
정책을 수용하는 황국 신민 조선인의 자녀 중 남아
(男兒)는 만 15세에 반드시 부(父)와 함께 일본을 방
문해 그 충성심을 확인할 것

6. 서방 승전국, 특히 미국의 정치, 사회, 교육계 등의
분야에 친일 분위기 조성을 위한 투자를 아끼지 말 것

7: 일본 군속과 일한(日韓) 합병 기간 중 관동군 복무
자, 조선 반도 내 법원, 순사 등 사법계에 복무한 경험

이 있는 자들과 그 후손을 선별해 중점적으로 지원, 세력 확대할 것

8: 5·16 군사혁명 주 세력인 군부 인사 중 일제의 영향을 받은 인물을 골라 지원할 것

이 중 제8 항목은 5·16 군사쿠데타를 혁명으로 표기한 것을 보건대 쿠데타 세력이 집권한 후의 대책을 추가한 것으로 보였다.

이 문서의 발견에 따라 1961년 5월 이루어진 군사 쿠데타로 자유공화당이 집권한 후의 한일 기본조약 내용에 일본의 주장이 대부분 반영된 이유가 밝혀졌다.

이와는 별개로 전범 기업의 자금을 관리하기 위한 지침도 있었다.

그 내용은 다음과 같다.

1: 한국전쟁으로 특별히 성장한 기업은 향후 무기한 순 이득의 0.5%를 정부에 기부해야 하며 이 자금을 기본으로 조선 반도의 황국화를 기하도록 할 것

2: 이 기업들은 국제적인 사업 활동 시 각종 혜택을 줄 수 있다. 즉, 일본 중앙은행의 무이자 융자, 누군가 일본 기업과 상충하는 행위를 하며 일본 기업의 성장을 저해하는 적대적 행위를 할 경우의 지원과 대

응책 등, 전 분야에 걸쳐 정부 차원에서 적극적으로
지원책을 마련해 목적을 이룰 수 있도록 도울 것

이상의 내용으로 현시대에는 도저히 어울리지 않는 중세 시대, 혹
은 그 이전 고대에나 어울릴 기막힌 전 근대적인 각종 음모를 동원
해, 한국 국내 정세를 어지럽혀 혼란에 빠지게 하고 그 틈을 노리는
계책을 세우고 실행한 것이었다.

이 음모를 지원하는 자금은 당연히 한국동란을 기회로 떼돈을 벌
게 된 전범 기업이 제공했고, 그 전범 기업들은 이후에도 일본 정치
권 내부의 보수, 반한 세력의 지지를 등에 업고 지속적인 자금 지원
과 자신의 기업을 통해 한국 내 친일 인사의 일본 방문에 맞춰 각종
명목으로 금품을 제공했다.

즉, 천황의 지시로 친일파 육성을 했으며 그 선두에 앞장선 자들이
바로 전범 기업의 자금 지원을 받은 자민당 내각의 극우 인사들이었다.

이 지시 사항에 따라 온갖 음모를 꾸미며 한국 사회를 어지럽힌 영
향으로 한국은 해방 후부터, 아니 일제 강점기부터 빈부 격차 해소와
근대 정치적 이념의 토대가 제대로 성립되지 못한 한계로 인해, 공산
진영과 민주 진영의 극심한 대립이 이루어지게 되었다. 결국 전쟁 중
인 한국 사회의 혼란을 이용하라는 천황의 명령에 따라 전후(戰後)
신흥 정치 집단인 자유민주당의 집권을 시작으로 본격적인 친일파
육성책을 마련한 것이다.

이 중 현재까지 가장 큰 피해를 준 두 가지의 악랄한 음모는 친일

파를 앞세워 민족주의자인 김구 선생을 필두로 한 진보세력을 속칭, "아카(赤: 빨갱이)로 몰기"와 지방끼리의 지역 갈등을 유발하는 정책이었다.

이 친일파들의 활동은 진보세력을 "빨갱이"라는 누명을 씌워 억누름과 동시에 결국 보수세력의 확장을 이루는 밑바탕이 됐으며, 진보, 민족주의 인사들을 공산당(빨갱이)으로 몰아 민주 사회를 이루기 위한 노력을 헛수고로 만드는 작전이었다.

실제 이 빨갱이란 단어의 유래는 일제시대 민족주의를 내세우며 활동한 독립군을 칭하는 단어였으나, 이를 해방 후의 한국 민족주의자에게 재사용하라는 일본의 간악한 수법으로 변해 진보주의자들을 칭하는 단어가 된 것이었다.

이 단어로 말미암아 한국 사회의 각종 정치 이데올로기의 혼란, 동·서 간의 지역 갈등, 진보와 보수 갈등이 끝없이 깊어졌으며 급기야 북한까지 이 단어에 얽매어 남한에 대해 더욱 강한 반감을 갖게 만든 원인이었다.

또, 전국 각 지방단체끼리 갈등을 유발하는 정책, 즉, 경상도와 전라도로 대표되는 지역 갈등을 조장해 사회 불안을 유도하는 술책이었다.

이 지역 갈등의 대표적 사례는, 친일 보수 정치인들이 남한의 어느 일정 지역을 빨갱이 소굴이라고 폄훼하는 말도 안 되는 망언을 한 경우가 대표적이었다.

참으로 악랄하기 그지없는 술수였다.

이웃 국가에 대해 저토록 악독한 수법을 사용해 그 혼란을 틈타

집어삼킬 야욕을 버리지 못하는 행태는 도저히 용납할 수 없는 것이었다.

결국 해방 후의 한국 정치 구도는 일본의 간악한 술수에 놀아난 꼴이었다.

그동안 일본의 혐한 정책에 동조하던 세계 각국의 인사들은, 혹시나 한국이 찾아낸 친일 행위 가담 자료에 자신의 이름이 들어 있을지도 모르는 불안감으로 초조한 나날을 보내게 됐고, 미국 정부의 고위 관료 중 친일 행태를 보인 인사들도 불똥이 튈까 극히 조심스럽게 움직였다.

특히 잊을 만하면 위안부에 대한 모독을 일삼던 미국의 모 학자는, 그 명단의 최전선에 이름을 올라 있을 것 같은 예감이 들었는지 연락조차 끊은 채 잠적하고 말았다. 일본은 과거 수없이 저지른 전쟁 범죄에 대한 책임을 80년 가까이 지난 세월 속에서도 여전히 등에 업고 헐떡거리는 중이었다.

대통령 이명재의 임명을 받아 일본 점령군사령관으로 부임한 현의철 특전사 사령관은, 본국의 추가적인 증원으로 해병대 1개 사단, 육군 특전단 2개 여단, 전역 예비군 중 5년 차 미만인 자 중 공모에 의한 모집 인원 중 군 복무 시 근무 성적이 우수한 3만여 명 등 총 5만여 명의 병력과 육상 보병 전투 장갑차 KAAV-7A1 300대, K-808 돌격 장갑차 100대, 최신형 K153C1 200대, 레드백 200대, 보병 여단급 각종 전투 장비, K153C1 소형전술 차량 1,000대 등과 함께 총 6만에 가까운 병력을 일본의 치안 확보와 질서 유지에 투입하기 위해 선발대로 출항했다. 여기에 야외에서의 각종 불온 행위를 감시하기 위한 정찰 드론 500대도 포함했다.

북한 김정훈 위원장도 규슈, 시코쿠 지방의 점령군 사령관으로 당 정치국 서열 제17위인 권인길 인민군 부사령관을 임명한 후, 특수작전 부대 1만 명, 인민군 병력 2만 명 총 3만 명의 인원과 인민군 장비를 포함, 원산항에서 북한 선적의 대형여객선 모란봉 호, 기타 중 소형 여객 선박과 화물선 등 12척으로 이루어진 대부대를 구성해 인솔하도록 한 후 규슈, 시코쿠 지방으로 파견했다.

전 세계 외교가는 급격히 술렁거렸다.

2차 대전의 전범국인 독일의 전쟁범죄에 비해 소외시되었던 천벌을 받아 마땅한 일본의 전쟁범죄가 백일하에 낱낱이 드러나게 되어, 이에 따라 한국의 비밀문서 공개로 알려진 위안부로 끌려간 여성의 국적이 있는 세계 각국 중, 서방세계를 이끄는 선진 10개국이 피해 보상을 논하고자 급히 회동했다.

그러자 이 10개국은 물론이고, 러시아마저 자국 여성의 피해 사례를 들먹이며 이 회담의 참석을 요구하기에 이르렀다.

한국 정부는 일본 만행의 최대 피해국으로서 당연히 이 회담의 대표로 참가했고, 중국도 은연중 눈치 보며 기웃거렸으나 10개국 대표 회의에서 토의한 결과 만장일치로 중국의 참여를 거부했다. 예정에 없던 주제로 모인 2차 대전 위안부 징용 여성들의 11개 피해국 정상은 피해 회담국 대표인 한국의 김형식 대표에게 아직 밝혀지지 않은 일본의 만행에 대한 여죄 파악과 더불어, 자국민을 대상으로 삼은 일본의 각종 전범 피해 상황을 밝혀 주길 요구했고, 특히 미국 대표를 향해서는 종전 후 731부대의 수많은 기록물을 전쟁범죄 면책 조건으로 압수한 자료의 제출을 강력하게 요구했다.

한·일 전쟁으로 인해 알려진 일본 제국주의자들의 온갖 잔악한 인권 유린 사태를 촉매제로 유발된 전 세계인의 성난 파고는, 일본이 철저하고도 깊숙이 숨겨 놓은 전쟁범죄의 증거 발견으로 인해 동, 서양을 가릴 것 없이 전쟁범죄, 특히 여성 인권 유린에 대한 응징의 표본으로 일본의 처벌을 강력히 요구했다. 급기야 이 문제로 10일 후 미국 뉴욕의 UN 본부에서 선진 15개국 대표의 비공식 회의 결과, 긴급 임시 총회와 긴급 안전보장 이사회까지 개최하기에 이르렀다.

-11월 1일 09:00-
대한민국 청와대 대변인실

청와대 대변인 고형숙의 긴급 발표가 알려졌다.
급히 달려온 언론 매체 기자들을 마주한 고형숙 대변인은 엄숙한 표정으로 연단에 올랐다.
이어 옅은 잔기침으로 목소리를 가다듬은 고형숙 대변인은 당찬 목소리로 손에 쥔 파일을 읽기 시작했다.

"금번 우리 이명재 대통령께서는 일본의 항복에 이은 조치로 한국 군을 반(半)영구적으로 일본 땅에 주둔하겠다고 선언하셨으며 일본 땅에서 우리 군대가 철수하는 일은 없다고 하셨습니다. 이 결정은 국가 안전보장 회의에서 결정한 사항입니다.

이 결정이 이루어진 배경으로는 한 일 전쟁의 승리로 일본의 항복을 받은 후에도 남은 죄를 용서하기에는 일본이 우리에게 저지른 죄가 너무나 크나큰 상처로 남았기에 일본 역시 우리와 똑같은 처지로 남길 원하기 때문이라고 말씀하셨습니다.

일본은 지난날 우리 땅을 멋대로 침범해 강제로 합병했고, 우리 민족은 무려 36년간 굴욕적인 식민 지배의 비참한 삶을 이어 왔습니다. 그러므로 우리 대한민국 정부는 북한 정부와 합의해 일본 땅과 일본인을 대상으로 향후 114년간 식민 통치를 결정했으며, 이는 일본이 우리 민족에게 저지른 죄과의 세월인 36년의 세배를 뛰어넘는 원한에 사무친 식민 지배입니다.

이 114년이라는 시간은 우리 민족이 치욕적인 식민 지배를 받은 1910년부터 현재에 이르는 세월을 뜻합니다.

이 114년이라는 시간이 우리 조상들께서 36년 동안 일제의 악랄한 지배로 인해 깊이 쌓인 원한과 억울하고 비참한 통한의 세월을 갈음할 수는 없습니다. 그러나 이 결정은 뉘우칠 줄 모르는 일본 국민의 악랄한 근성으로 차후에 또다시 세계 평화와 민주 질서를 어지럽히는 결과를 되풀이하지 않도록 하기 위한 조치임을 알립니다.

물론 114년이란 시간이 흐른 후에 우리 정부에서 일본 지배에 대한 처리 방법을 다시 거론할 수는 있습니다만, 그때까지도 일본의 국민 의식이 민주적인 자생의 싹이 보이지 않는다면 우린 결코 일본 땅에서 물러날 생각이 없다고 결론을 내렸습니다. 이 114년이라는 시간 동안 일본 국민은 철저히 뉘우치길 바라며 식민 지배란 어휘가 주는 처절한 반성과 고찰의 시간을 갖길 바랍니다."

-11월 2일 06:00-

점령군은 일본 땅에서 본격적으로 철저한 복수극을 시작했다. 일본 전국에 걸쳐 이미 밤 9시부터 통행금지가 시행됐으며 새로운 신분증명서를 발급하며, 일본인 전체를 대상으로 각 지방 관공서에 소집한 후, 13세 이상 일본인 모두의 지문과 사진을 발췌해 신분증에 입력하기 시작했다. 이 작업은 한국의 뛰어난 IT 기술을 바탕으로 혼란스러운 과정 하나 없이 순조롭게 진행했다.

또 일본 총리를 비롯한 전, 현직 고위 각료도 모두 체포, 한국으로 압송해 친일파 결성 과정의 참여 여부를 심사 후, 모두 북한이 시코쿠에 설치하고 관리하는 감옥 중 한 곳인 혐한 일본인들을 수감한 감옥으로 이송했다.

한편 대한민국 국내 정세는 혼돈 그 자체였다. 일제의 악령이 남긴 더러운 진흙 발자국으로 만신창이가 된 한국 사회는, 때늦은 감은 있으나 계엄령 발효를 시작으로 친일파 잔재를 박멸하기 위해 철저하고도 강력하게 친일파 검거에 박차를 가했다.

그 첫째가 자민당 비밀 자료에 나타난 친일 인사 조직도의 분석과 더불어, 그에 동조하거나 지원하는 음지의 세력도 있을 수 있기에, 계엄 사령부는 지난날 언론 등을 통해 알려진 수많은 친일 자료를 확보하기 위해 밤낮없이 움직였다. 이 친일 자료 검색의 바탕은 인터넷을 이용한 진보 유저들이 그동안 모은 각종 언론 기사와 방송, 출판물 등 모든 수단을 동원한 친일 언행 인사들의 면면을 속속들이 수집한 데이터가 있어서 가능했다.

그중 특히 첫 번째로 집중한 분야는 일본 점령 사령부에서 한국의 친일 인사가 방일 시 그들과 접촉하거나 접촉 가능성이 있는 극우 혐한 일본인에 대한 집중 수사를 통해 확보한 자료를 근거로 삼은 한국 내의 친일 인사 색출 작업이었다.

두 번째로는 전범 기업의 자금이 흘러 들어간 루트를 파악하고자 정치, 경제, 교육, 언론계는 물론이고 종교, 문학, 예술계를 망라한 고위 인사 중 친일, 혹은 이와 관련한 반역적 혐의가 있다고 추정되는 자들의 대대적인 체포와, 그들의 측근 중 자금 유통에 관여한 사실 여부를 파악하기 위한 금융 추적과 함께, 주변인들까지 그 소재 파악과 더불어 수배령을 발효했다.

그중 가장 깊은 연관성을 가진 집단인 뉴 화이트 단체에 대해서는 3개 이동통신사의 통화기록, 일본 방문 여행 기록, 개인 컴퓨터 압수 수색 등을 통해 친일 행적, 또는 불법 자금 수수 등의 범죄에 가담한 사실을 확보하기 위해 집중적으로 수색했다.

이 표적 수사에 가까운 민족 반역 집단의 검거에는 친일 명단에 포함된 자 중 일본 유학 중 포섭됐을 경우와, 일본 전범 기업의 후원금 수수 등, 금품 제공받은 징후가 확실한 자들과 그 가족을 포함한 주변 인물의 검거 및 행적 확보가 가장 큰 문제였으나, 이 문제의 해결을 위해 계엄 사령부가 압수 수색한 은행권의 금융자료, 그리고 주변 인물의 금융 거래 내역 확보를 위해 전방위에 걸쳐 깊이 파고 들어간 결과, 시중의 모든 금융권이 큰 홍역을 치렀다.

하지만 이 와중에 계엄사의 금융 계좌 수색이 뜻밖에도 의외의 소득을 올리는 계기가 있었으니, 그것은 전직 선출직 행정부 최고위 인물 중 실형을 선고받은 자들과 직계 가족들이 숨겨 놓은 비밀 금고였다.

이 사실이 알려지자 곧바로 그들을 향해 온 국민의 공분이 터졌으며, 계엄사는 이에 대한 특별 전담반을 따로 꾸며 그 내막을 파악하기 위한 특단적 조치를 했고, 그 조치 중 가장 중요한 것은 그들의 가족과 친지 등이 운영하는 각종 기업활동의 시작점부터 현재까지의 기업 경영에 대한 철저한 감사와 가택 수사였다.

이 집중 수사로 인해 밝혀진 사실은 다음과 같다.

첫째,
실형을 선고받고 복역했던 전직 최고위 인물들과 재직 중 사망한 인물까지 포함한 방대한 불법 자금 유통에 대한 수색이 이루어졌고, 그 결과 그들의 비밀 계좌 운용은 스위스 은행과 바하마 제도 은행의 돈세탁 루트를 이용한 것으로 드러났다.

둘째,

친일파로 밝혀진 사법부 검사, 판사, 변호사에 대한 철저한 검증이었다.

계엄 사령부는 이들이 관여한 각종 불법과 비리, 불합리한 고소 및 판결에 대한 집중검증을 통해 철저하게 증거에 입각한 고소 및 판결이었나 등, 의문이 드는 판결 및 기소 행적을 추려 법 적용의 확대, 또는 축소 적용 등을 엄격히 구별해 이의 근거가 일방적, 혹은 자의적인 기준인가를 선별하는 엄중한 심사에 돌입했다. 결국 이 심사를 바탕으로 오랜 세월 관례, 혹은 자의적 법률 해석을 근거로 진행한 각종 비합법적, 비합리적, 비도덕적 사법 행위의 당사자들은, 법적 책임은 물론이고 도덕적 책임에서도 벗어날 수 없어 계엄 사령부의 칼날을 벗어나지 못했다. 이는 당연한 귀결이었다.

셋째,

언론계도 마찬가지였다.

특히 검찰로 대표되는 사법직 고위 인사들과 수시로 암암리에 회동하며 언론의 힘을 앞세워 권력층에 아부하던 극우 보수 언론인들과 기자들은, 진보 유저들이 계엄사의 요청을 받고 확보해 계엄사에 제출한 증거, 즉 각종 유사 언론(인터넷 매체)과 미디어에 발표한 기

사라는 뺄도 박도 할 수 없는 증거로 인해, 이 기사들이 그들의 혐의에 대한 직접적 증거로 채택되어 계엄사의 눈을 벗어나지 못했다.

이 증거로 보수 언론을 자처하는 전국 방송, 신문사 기자의 기자증을 모두 압수했으며, 두 달에 걸친 친일, 반민족, 반민주적 행위에 해당하는 기사를 근거로 철저한 심사 끝에 심사를 통과한 극히 일부의 언론인만 구제했다. 그 구제 비율은 놀랍게도 전체 기자 1만여 명 중 겨우 10%였다.

이를 계기로 언론 대개혁이 이루어지기 시작했고, 친일파가 장악한 것으로 밝혀진 주요 보수 종편 방송과 보수 언론사는 전면 폐쇄 조치에 취해졌으며 TV 방송사 또한 마찬가지였다. 그러나 수많은 보수 언론인의 가장 악랄한 행위는 바로 친일파 인사들의 친일 활동에 중간 매개로 암약한 사실이었다.

언론인이라는 신분은 사회 각계각층에 대한 자유로운 접근이 허용되는 거의 유일한 신분이었고, 이를 최대한 이용해 친일 인사들 사이를 오가며 연결 고리를 충실히(?) 수행한 이들의 죄과가 가장 크다고 할 수 있었다. 결국 계엄사는 사회 여론을 임의로 비틀어 조작한 이들 악덕 언론인에 대한 처벌을 가장 강력하게 내려야 한다는 결론에 이르러 이들 역시 시코쿠에서 북한이 관할하는 한국인 친일파 감옥으로 이송했다.

넷째,
교육계도 이 칼날을 피하지 못했다.

교육계에 투신해 교육 재단을 설립한 후 재단 이사장으로 등록하고 알게 모르게 친일파 양성에 힘을 보탠 인물도 있었으며 이들은 대부분 정치계, 특히 보수 계열의 인사가 가장 많았다.

권력과 결탁해 교육 재단 운영의 비리와 일제 강점기부터 총독부의 지시에 따라 고대 한국사를 황국사관으로 개악해 민족사 왜곡 행위를 저지른 교육계 인사들과 친일, 매국적 발언 등의 행위를 수시로 해 공분을 일으킨 유명 교수들의 행적은 영락없는 을사오적의 재림이었다. 특히 사학 재단을 운영하던 재단 이사진들 상당수가 보수권력층과의 밀접한 유착관계를 이용해, 그들의 재단이 저지른 친일 발언을 포함해 각종 불법과 비리를 적당하게 눈감아준 사법 인사들과의 교류가 이동통신사의 전화 기록 수색, 그리고 금융 계좌의 추적으로 샅샅이 밝혀냈다.

마지막으로 보수 정권의 그늘에서 은밀히 숨은 채 야심만만하게 양지로 뛰쳐나갈 준비를 하던 친일 성향이 짙은 일부의 군부 고위 장성들도 계엄 사령부의 눈에 띄어 그 칼날을 피하지 못했다.

이 모두가 검찰의 비밀문서에 그 증거가 있었기에 가능한 일이었다.

-11월 3일 08:00-

용산 국방부 계엄 사령부

계엄 사령부의 양대석 사령관은 청와대의 이명재 대통령에게 전화한 후 청와대로 향했다.

대통령이 그를 반갑게 맞이하며 말했다.

"사령관님 고생 많으시지요? 매일 매일 큰 사건이 줄지어 나타나서 옆에서 보기에도 안쓰럽습니다."

대통령의 한마디는 그의 마음에 잔잔한 파문을 일으켰다.

사실 양대석 사령관은 그동안 잠도 부족했고 소화도 시원치 않아서 건강에 대한 자신감이 점점 옅어지는 중이라 안팎으로 편치 않았다. 그러나 대통령이 자신을 믿고 큰 임무를 부여했기에 그 책임감으로 난국을 헤쳐 나가기로 마음먹은 후부터는 절대 뒤로 물러서지 않았다.

양대석 사령관이 말했다.

"각하. 저도 그렇지만 각하께서도 매우 힘드신 줄 압니다. 다만 이 어지러운 사태가 빨리 마감하길 바라고 있습니다. 그러나…."

그가 말을 흐리자 대통령이 그 말을 받아 대화를 이어갔다.

"사령관님. 내가 사령관님을 믿는 이유는 무엇보다도 인간적인 믿음이 앞서기 때문입니다. 능력은 세월 따라 더해지거나 부족해질 수는 있어도 지닌바 인간 내면의 바탕은 쉽게 바뀌지 않습니다. 그렇기에 오랜 시간 지켜본 결과, 사령관님의 감춰진 능력이 그 인간성을 바탕으로 더 큰 빛을 발휘하리라 믿었기에 오늘까지 국면을 잘 이끌어 왔다고 생각합니다. 그러니 하실 말씀 있으시면 주저하지 마시고 하십시오."

"알겠습니다. 각하의 그 말씀에 더욱 힘이 납니다. 지금 정국의 소용돌이가 엄청납니다. 하루속히 이 사태를 해결하고 친일파 뿌리를 뽑기 위해서 각하의 지원이 절실히 필요합니다."

"그래요? 말씀하시지요. 제가 힘이 된다면 무엇을 못 하겠습니까?"

"감사드립니다. 각하. 가장 큰 걸림돌이 있기에 드리는 말씀이지만 이 파고를 헤쳐 나갈 수 있는 가장 큰 지원이 아무래도 국회 활동이 요구되는 사항이라 판단하지만, 저는 그 부분을 잘 모르기에 드리는 말씀입니다."

"어떤 면에서 지원이 필요하신지요? 충분히 상의할 필요가 있으시니 오셨지 싶습니다."

"네. 그것은 계엄 사령부의 법적 활동의 한계에 관한 우리 사령부의 고민입니다. 계엄 관할하의 직무가 어느 선까지 가능한지, 만약 제가 친일파를 대상으로 권한 행사가 가능하다면 그 법적 근거는 충분한지 알고 싶습니다."

"그렇겠군요. 그러시면 실제 세부 사항에 적용이 필요한 부분은 어떤 부분이십니까?"

"네. 일단 각하께 드린 보고서에도 거론됐지만 관련된 인원이 엄청난 숫자입니다. 그들을 대상으로 친일 항목에 적용할 법적 처벌 규정의 유무와, 만약 존재한다면 그 가이드라인이 필요할 것 같습니다. 범위가 너무 넓다 보니 혹시라도 법 조항 적용에 신중하지 못할 것 같아 걱정이라 말씀드립니다. 현재 법 규정에 그런 조항이 있는지, 아니면 새로이 법 제정이 필요한지 알고 싶습니다."

"음. 그렇군요. 사실 나도 그 문제를 깊이 생각해 본 적이 있습니다. 그래서 얻은 결론입니다만 들어보시겠습니까?"

"네. 각하. 말씀해 주십시오. 저로서는 불법과 합법의 경계를 가늠하기가 매우 어렵습니다."

"그러시지요? 그래서 우리 당에서도 헌법 전문 위원님들, 형법 전문 의원님들을 자주 초빙해 이러한 내용에 대한 자문과 결론을 얻으려고 준비 중입니다."

"아~! 그러시군요. 전 까마득히 몰랐습니다. 각하께서는 항상 몇 걸음 앞서 나가십니다. 말씀 계속해 주십시오."

"그래요. 유비무환이라 하지 않았습니까? 만에 하나 후일 역사에 우리의 이 지향점이 오점으로 남지 않길 바라는 뜻에서 법과 도덕, 그리고 보편적 양심에 기초해 이 사태를 바로잡으려고 합니다. 그래서 여러 당직자분과 함께 약간의 의논을 했습니다."

"각하. 여러모로 감사합니다. 그러시면 저희 임무에 어떤 의미가 부여되는지요?"

대통령이 말했다.

"첫째,

법적인 의미가 있습니다. 그것은 정치 활동을 통해 외세와 결탁해 국기 문란을 일으킨 사태, 국가 영토에 대한 주권 포기, 또 외부 세력과 준동해 국가 전복, 나아가 민주주의의 준법 질서를 어지럽히고 거부하며 독재를 획책하는 사태 등에 대한 직접적 처벌 조항을 국회에서 형법에 추가하는 방법이 있습니다.

이 조항은 불법 집단들이 군사쿠데타, 혹은 이에 준하는 방법을 사용해 국가 전복을 꾀하는 자들을 처벌하는 국가보안법, 간첩죄 처벌을 위한 새로운 추가 조항입니다.

둘째,

민족 정체성 확립의 의미입니다. 지금 밝혀진 대로 친일 조직이 오래전부터 암약해 그 피해가 엄청납니다. 이 친일 집단을 포함한 어떠한 집단이나 개인이라도 외세의 물질적, 정신적 지원과 학습을 통해 국가의 명예와 국민의 존엄성을 훼손한다는 명백한 증거가 있을 시, 이들에게 민족반역죄를 적용해 강력한 처벌을 받게 할 법 제정도 염두에 두고 있습니다.

이 민족반역죄는 한민족에 대한 외세의 악행에 추종, 동조, 고무, 그리고 여론 조장에 앞장선 행위가 해당합니다.

또 하나, 이 조항을 확대 적용해 지난번 김정훈 위원장의 방한 때 남북 회담을 통해 국가보안법과 민족반역죄에 해당하는 한국인은 남, 북 막론하고 이 조항을 적용해서 처벌할 수 있는 권한을 갖기로 했습니다.

이는 상황에 따라 남측 국보법과 간첩죄, 그리고 민족반역죄를 위반한 반역자도 북한에서 재판한 후 감옥에 수감할 수 있다는 뜻이며 그 반대의 해석도 가능합니다. 이 조치는 친일파를 포함해 외세를 등에 업고 암약한 반역자는 한쪽 법령에 적용하기보다는 한민족 공통의 문제로 인식해 서로의 감옥에 보낼 수도 있게끔 하는 조치입니다.

이 외의 문제는 지난번 정기국회에서 통과한 각 법안의 시행령에 따라 충분히 처벌 가능하다고 봅니다. 아마 이 정도의 국회 지원책이면 가능하지 않을까 합니다.

물론 전쟁을 종결했기에 올해 국회 회기 내에 안건을 상정해 결정할 일입니다. 그래서 악질적인 친일파와 민족 반역자로 판단되는 자들을 모두 시코쿠 감옥으로 이송하라고 한 것입니다."

"그러셨군요. 감사합니다. 부디 이 조치가 구국의 길로 이어지면 좋겠습니다. 각하."

이에 따라 국회는 대통령과 여당의 요구로 친일파 처벌법 제정을 긴급 안건으로 상정한 임시회의를 개최했으며, 민족반역죄와 국가보안법을 적용해 친일 행위 가담자는 물론이고, 이에 동조한 자도 남북 똑같이 국가보안법과 간첩죄, 그리고 민족 반역자 처벌법의 테두리 안에서 포괄적 처벌할 수 있는 법안이 통과되었다.

겨우 명맥만 유지하고 움츠려 있던 국민의희망당과 보수 인사들은 이 입법이 범위가 정해지지 않은 포괄적 적용이 따르는 악법이라고 강력히 주장했으나, 이미 저들은 수많은 인사들이 친일 행적을 보였기에 이 발악은 도살장에 끌려가지 않으려고 발버둥 치는 짐승의 마지막 몸부림일 뿐이었다. 그러나 그 발악도 계엄 당국이 그들에게 제시한 금융 계좌와 통화 내용을 증거로 제시하는 순간 입을 다물 수밖에 없었다.

이들도 정기적, 혹은 비정기적으로 일본 전범 기업을 통하거나 일본 내 혐한, 극우 인사들과 접촉해 금품 제공 등의 지원을 받은 사실이 들통났기에 죗값을 받을 수밖에 없었다.

이 사실은 진보 언론 매체를 통해 발표됐으며, 이 증거로 친일파로 밝혀진 인물 중 평범한 일반인은 대부분이 국민의희망당 일반 당원으로 입당했거나, 혹은 국민의희망당 각종 행사에 앞장선 인물로 확인되었다.

가관인 것은 기존 언론사의 사설 담당 외부 기고자 상당수가 일본 유학 중 전범 기업, 혹은 극우 정치인과 금전 수수의 연결 고리가 발견된 점이었다. 이들 친일 언론인은 이외에도 국내 극우 보수 인사들에게서 비밀 계좌를 통해 금품을 수수한 증거도 확보했다.

이 매국 언론 집단은 자유당 계보를 시작으로 이어져 내려온 극우 보수층과 야합하고 언론 매체를 이용해 뒤에서 펜으로 응원하던 전국 3대 일간지인 A 일보, B 일보, C 신문을 비롯해 D 일보, E 신문, F 방송 등 한국의 대표적인 언론, 방송사였다.

친일파 완전 박멸은 해커 권기만이 남몰래 취득해 현진규에게 건넨 친일파 중요 인사의 행적을 민주당에서 확보한 것이 그 시작점이었고, 그 후 계엄 사령부가 친일파의 금융 계좌 수색을 집행하며 금융권을 집중적으로 추궁, 수색한 결과가 밝혀짐으로써 명백한 증거를 확보하게 된 것이 그 마지막이었다.

그러나 권기만과 그의 친구들은 당시의 해킹이 비록 명백한 불법이지만, 그 파장으로 인해 친일파들의 국가 반역 행위를 알게 된 너무나 엄청난 결과를 가져왔기에 처벌까지 이루어지지는 않았고, 도리어 대통령의 직인이 찍힌 비공식 표창장과 훈장을 받았다.

보수라 자칭하던 국민의희망당은 주요 고위 간부들이 대부분 친일파로 밝혀져 정당 폐쇄 조치를 받고 관련자는 검거, 수감 되었으며, 친일 혐의가 있다고 의심되는 일반 당원들에게도 계엄 사령부에 출두해 친일 행적의 유무를 밝히라는 명령과 함께 가택 내 근신 명령을 내렸다.

또 보수 정치인의 집권 시 그 위세를 등에 업고 일탈을 거듭하던 각종 민간단체 중 극렬 우익단체에 대한 집중적인 수색으로 그들의 친일 행위와 불법 금전 거래, 횡령 등의 수많은 불법 사례도 적발해 그 단체들도 폐쇄 조치했다.

이로써 보수를 가장한 친일파는 한국 땅에서 그 명맥이 끊어졌으며, 동시에 한국 정치에도 그 영향이 미쳐 보수라 자처하거나 인정되는 사람은 여의도에 발도 붙이지 못할뿐더러, 사회 진출에 대한 제약도 알게 모르게 차단됐다.

친일파들이 지금에 와서는 예전에 자신들이 나라를 망친다고 그토록 악담을 퍼붓던 빨갱이가 된 꼴이었다. 하지만 가장 큰 문제인 골수 보수당 지지자들의 인식은 어떻게 변할지 아무도 알 수 없었다. 여태껏 알면서도, 혹은 모르면서 속아온 그들이 자신의 잘못된 판단을 뉘우치고 눈을 다시 뜰 기회가 될지는 그 누구도 장담할 수 없었다.

계엄 사령부가 그해 연말까지의 집중 수색으로 검거한 인원만 사회 전 분야에 걸쳐 약 65,000여명에 달했다. 이들의 사회활동 중 가장 많은 직종은 기자를 포함한 보수 극우 언론인이었고 그 수는 무려 8,000명에 이르렀으며, 그다음 집단은 사법직 종사자, 그리고 행정직 공무원, 교육계, 종교계, 특히 기독교 인사 등이었다.

또, 전 현직 최고위급 선출직 정부 관리를 시작으로, 인터넷 매체를 이용해 친일 행적을 마다하지 않던 일반 극우 친일 성향의 인물까지 총망라해, 이토록 어마어마한 수의 매국 친일파가 100년 넘도록 활개 쳤으니, 나라가 망하지 않은 것이 고마울 정도였다. 그 밑에서 하수인 노릇을 하며 보수 기득권의 찌꺼기 맛을 본 인물들은 또 어이해야 하나? 사망한 친일파까지 모두 합하면 그 수는 얼마나 될지…

그러나 계엄 당국은 이후에도 그치지 않고 지속적인 수사를 통해 친일파 발본색원에 집중적으로 나설 것임을 천명했다.

-11월 8일-

뉴욕 UN 본부

11월 8일 UN 임시 총회에서 충분히 토의한 후 결정한 의결로 정식 회원국 193개국의 2/3를 훨씬 넘은 144표를 득해 일본의 UN 회원국 지위를 박탈했고, 당연히 그동안 일본이 참여했던 UN 산하의 모든 국제기구에서도 축출됐다.

UN 총회와는 별도로 한국을 포함한 상임, 비상임 이사국의 긴급 안전 보장이사회 15개국 대표가 미국의 요청으로 회동해 러·우 전쟁과 한·일 전쟁으로 암울해진 세계적 안보, 식량, 에너지 위기에 대응함과 동시에 새로운 국제 질서의 확립 필요성을 주제로 토의했으며, 결국 이의 타개책으로 우선 러시아와 우크라이나가 전쟁으로 황폐화한 빈사 상태의 경제를 재건하기 위해 폭넓은 해결책이 필요하다는 결론을 내렸다.

즉, 세계 경제는 러시아의 석유, 천연가스 등 에너지 자원과 우크라이나의 곡물 증산이 즉각 필요하다는 결론을 얻었기에, 두 국가에 대한 지원 방안이 문제점으로 등장한 것이었다.

중국 공산당 정권도 시대의 흐름에 따라 어쩔 수 없이 이 결의에 찬성했다. 곧이어 러시아를 향해서는 민주정권 수립의 필요성과 다자간 상호 안보 및 군사 동맹 체결, 현재 전 세계를 대상으로 중국이 담당하다시피 하던 공산품 수출 거점을 러시아와 북한으로 선회하겠다는 방침을 내세우며 비공식 접촉을 했다. 또 시베리아 개발을 촉진해 러시아의 경제체질을 개선하며, 러시아의 실질적 번영을 위한다는 목적으로 시베리아 개발을 위한 국제 연합체를 결성할 것도 제안했다. 러시아 역시 국내 사정이 급박했기에 이를 전격적으로 수용했다.

다만 민주정권의 필요성은 인정하지만, 이는 내정간섭이라 주장하는 일부 러시아 국내 세력의 항의에 따라 이 조항은 추후 논의하기로 했다.

이 결의에 따라 합의한 사항은 다음과 같았다.

> 1: 시베리아 에너지 자원 개발과 우크라이나 곡물 증산, 동, 서 물류 이동을 위한 운송로 개발을 할 것이며 여기에 소모되는 개발금 확보는 선진 10개국 확대회의에 참가한 국가들의 출자금으로 조성한다.

2: 이 확대회의에 참여하는 국가는 각국의 50억 달러 출자(각 국가 사정에 따라 금액 변동 가능)를 기금으로 총 500억 달러를 조성하며, 부족 시에는 IMF, UN 국제기금, IBRD 등 국제기관의 기금으로 충당하며 원금 상환은 각국 출자금 규모에 따라 러시아 정부와 협의한다.

3: 확대회의 참여 10개국: 미국, 영국, 프랑스, 스페인, 이탈리아, 대한민국, 캐나다, 오스트레일리아, 스웨덴, 네덜란드
옵저버 국가: 스위스, 벨기에, 노르웨이, 핀란드, 폴란드(독일은 추후 참여) 각 국가의 결정에 따라 일부 금액을 지원한다.

4: 상기 시베리아 개발을 위한 건설자재, 부품 등은 지리적으로 가장 가까운 대한민국에서 조달하고, 기타 개발에 필요한 각종 사업설계와 시공에 대한 협의체의 의장국은 토목, 건설 사업에 대한 Know How 가 가장 뛰어난 국가가 대한민국이므로. 상기 15개국의 합의에 따라 표결 없이 대한민국을 의장국으로 결정한다.

이와 같은 4개 항의 합의사항을 이끌어 내게 되었다.

다만 아쉬운 점은 지구 기후 변화에 의한 재난방지와 대피 대책을 의제에 올리지 못한 점이다. 결국 이 지구 온난화 문제는 별도의 기구를 결성해 그 대책을 세우기로 한 점이 그나마 위안이었다.

처음 회동에서 독일을 제외한 이유는 회의 서두에 미국이 밝혔듯 러·우 전쟁에서 독일이 러시아 접경 국가에 대한 지원을 소홀히 해 서방국들이 분개한 결과물이다.

독일은 2차 대전의 전범국이기에 독재국가인 러시아의 전쟁 발발을 저지하는 것이 2차 대전 전범국의 도덕적 선택이라고 할 수 있는데도 불구하고, 폴란드와 우크라이나 등 러시아와 국경을 맞대고 있는 국가들에 대한 군비 지원을 소홀히 한 결과였다.

독일이 적시에 군수물자를 지원했다면 전쟁을 더 빨리 끝낼 수도 있었다는 일종의 응징이었다. 그러나 독일은 이 결정에 대해 섭섭한 감정을 숨기지 않았고, 결국 서방 10개국은 못 이기는 척 독일 정부가 요구한 확대회의 참가 요구에 독일의 추가 참여를 인정했다.

이 서방 10개국 정상회의에서는 미국의 입김이 크게 약화한 것을 볼 수 있었다.

이는 한국 측이 미국에 강력하게 요구한 731부대의 기밀 자료를 전후(戰後) 미국이 압수해 감춰둔 채 공개하지 않아, 패전 후 일본 전범자에 대한 처벌을 올바로 하지 못했으며, 한국과 일본 두 국가를 상대로 냉전 시대를 포함해, 지속해서 철저히 자국의 국익에 따라 외교전을 펼친 결과로 말미암아 한국 정치사에 막대한 암흑기를 가져온 도덕적 책임을 미국 측에 은근히 추궁했고, 이에 따라 미국의 입김은 적어질 수밖에 없었다.

이 추궁 속에는 2차 대전 종전 후 남한 만의 신탁 통치 결정이 가장 큰 이슈였다.

한편 독일을 포함한 서방 선진 16개국의 합의로 인해 중국은 군사, 경제, 외교 등 모든 분야에 걸쳐 전 세계적으로 고립되었으며, 중국 내부의 공산당 파벌 갈등과 빈부 격차로 인해 촉발된 인민의 반정부 활동이 갈수록 격화하며 공산당 체제의 몰락이 시작되기도 한 기점이 되었다.

이는 추후 중국과 북한의 접경지역에서 양측 민간인끼리의 소규모 무역 분쟁으로 촉발한 무력 충돌로 번지게 되었고 결국에는 동북아에서 또다시 전운이 감돌 징조가 보이기도 했다.

한편에서는 엉뚱하게도 한·일 전쟁 후 한국 정부에서 발표한 훈령으로 일본 국민의 석유류 개인 소유가 금지되었기에 이로 인한 중고 차량 매물이 기하급수적으로 늘게 된 점이 눈에 띄었다.

이 자동차들은 후에 중고차 매매시장에 나와서 전 세계 각국으로 수출됐다. (이 수량만 해도 일본 전체 차량의 절반이 넘는 4,000만 대 이상의 차량이 중고차 매물 시장에 나왔고, 이를 최저가의 중고 시세로 한국인들이 매입한 후 세계 각국에 수출해, 전 세계 중고 자동차 시장이 일제히 쏟아져 나온 일제 자동차 홍수로 인해 신차 판매 물량이 급격히 줄어드는 기현상까지 발생했다. 그러나 일본 자동차의 핸들이 우측에 있기에 기대만큼 큰 수요는 없었다.)

물론 그 수입금은 한국과 북한 정부로 귀속되었으며, 남북 비밀 합의에 따라 일본 중앙은행에 보관 중이던 시가 약 600억 달러의 금괴와 외환(달러)도 남북한이 각각 반으로 나누어 이송했다.

또 북한은 규슈, 시코쿠 지방의 건설용 중장비와 각종 기계류도 대거 압수해 북한으로 옮겼고, 이외 북한의 실물 경제에 도움이 될 만한 물품은 거의 모두 압수했다.

결과적으로 대한민국은 한일 전쟁의 승리로 인해 정치, 경제, 군사, 외교 등 전 분야에 걸쳐 세계질서 재편의 선도국으로 도약하는 기틀을 마련하는 기회를 얻었다. 이런 결과는 전쟁 시작과 종전이 한 달도 채 지나지 않은 시점에 급격히 이루어졌다.

-2025년 1월 1일-

전 세계를 경악에 빠뜨렸던 격동의 2024년이 눈 깜빡할 새 지나고, 새로운 세상을 밝히는 2025년 새해의 태양이 한반도 구석구석에 골고루 빛을 퍼뜨렸다.

9일 후, 1월 9일 새벽 5시 일본 천황이었던 게이히토가 감금 상태로 거주하던 도쿄 황궁의 한 방에서 문틀에 목을 매어 자결한 모습으로 발견됐다.

그가 남긴 유서에는 "한국을 미워하지 마라."라는 글만 있었다.

-2025년 8월 15일-

한국 계엄 사령부 관할 군사재판부에서 친일파에 대한 군사재판이 열려 친일파를 세분화해서 국가보안법, 간첩죄, 민족반역죄에 해당하는 법 조항을 각각 적용해 판결했다.

이 판결에 따라 1급 극렬 친일 인물로 판결받은 약 260명은 남북 합의에 따라 북한 최북단의 인민 교화수용소로 이송한 후 북한 당국의 관리를 받게 했으며, 2급, 3급에 해당하는 자 역시 일본 땅 시코쿠에 설치한 북한군 관할의 감옥으로 이송했다. 이로써 친일파의 완전 척결은 그 끝을 보게 됐으며 일본은 한국의 철저한 철권통치로 지난날의 죗값을 받게 됐다.

에필로그

역사는 세대 간에 걸쳐 내려오는 진실이다. 그러나 이미 너무나 오랜 세월 진실을 감추며 살아도 그 누구 하나 반박하지 못하는 일본 사회의 비뚤어진 관습이야말로 일본을 패망으로 이끈 主敵이었다.

저자의 변

보수를 빙자해 국가 기본을 흔들고 사리사욕에 얽매어 불법과 비리를 끝없이 저지르며 윤리적, 도덕적 한계와 법의 울타리를 서슴없이 왕복하는 행위가 아무런 제지도 받지 못하는 이 시대, 그런 막장 사태를 TV 화면을 통해 물끄러미 바라만 봐야 하는 힘없는 국민의 처지가 너무나도 암담한 이 시절, 결국 이 암흑을 벗어나고자 몸부림치며 용트림한 결과가 바로 이 글을 쓰게 된 동기입니다.

다만 의욕은 있으나 능력이 미치지 못하기에 스스로 졸작을 자인하며 부디 독자분들의 넓은 양해 바랄 뿐입니다.

모쪼록 우리 세대에서 기필코 이 혼란을 극복하고 국가와 민족이 한층 번영하기를 염원해 봅니다.

3일 전쟁

ⓒ 姜必元, 2024

초판 1쇄 발행 2024년 2월 22일

지은이   姜必元
펴낸이   이기봉
편집   좋은땅 편집팀
펴낸곳   도서출판 좋은땅
주소   서울특별시 마포구 양화로12길 26 지월드빌딩 (서교동 395-7)
전화   02)374-8616~7
팩스   02)374-8614
이메일   gworldbook@naver.com
홈페이지   www.g-world.co.kr

ISBN   979-11-388-2782-9 (03810)